論語密碼

冶文彪 著

【目錄】

「於汝安乎？」
「安。」
「汝安，則為之。」

——《論語・陽貨第十七》

第一章：汗血托孤

「宮中汗血馬被盜！」

杜周[1]聽到急報，面上不動聲色，嘴角卻不禁微微抽搐。

去年，漢軍西征大宛，奪得的汗血寶馬一共才十匹，[2]天子愛如珍寶。

杜周身為執金吾[3]，掌管京城巡邏防盜，自然首當其責。他略一沉思，隨即吩咐：「關城門，搜。」

左丞[4]劉敢領命下去，急傳口諭，調遣人馬。

1 杜周：漢武帝時期著名酷吏，參見《史記．酷吏列傳》。

2 太初元年（西元前一〇四年）漢武帝因遣使赴大宛購馬被拒，先後兩次發兵西征大宛，歷時四年，大勝，奪得汗血寶馬數十匹，中等以下三千匹。

3 執金吾：擔負京城巡察，禁暴，督奸、防盜等任務的官吏。

4 丞：丞是佐官，輔助之職，漢代中央和地方官吏的副職。執金吾有兩丞。

杜周則獨坐府中，拈住一根鬍鬚，不停扯動，令其微微生痛。他鬍鬚本就稀疏，身體髮膚受之父母，但每逢大事，倘若沒辦好，就揪掉一根，引以為戒。好在為官多年，一共只拔掉幾根，都存在一個盒子裡，妻子都不知曉。

不久，衛尉與太僕[5]一起趕到。兩人失責更重，無比惶急。杜周平素不愛多語，仕途之上，多講一個字，便多一分危險。見二人失了方寸，他微有些鄙夷，更知道這馬若追不回來，兩人必定會推諉罪責，因此越發不願多語，只道了句：「莫慌，等信。」便請兩人坐下，靜待消息。

不多時，信報紛至沓來——

「十二座城門盡都關閉！」

「長安八街九區、一百六十閭里，盡數封閉，已在挨戶搜查！[6]」

「盜馬者為未央宮大宛廄馬卒，名叫朱安世。」

「朱安世盜取了宮中符節，才得以帶馬出宮。」

「西安門城牆下發現汗血馬御製鞍轡！」

「西安門門值報稱：清晨城門才開，有一軍吏身著戎裝，單騎出城！那馬渾身泥汙，但身高頸細，腳步輕捷。」

「四年前，朱安世因盜掘皇陵，被捕下獄，適逢徵發囚徒，西征大宛，朱安世免於死罪，隨軍出征。他因善馴烈馬，被選為天馬侍者，護養汗血寶馬。大軍凱旋回京，宮中新增大宛廄，朱安世留在大宛廄中為馬卒，仍舊護養汗血寶馬。」

*****

天漢元年[7]，秋。

天色漸晚，扶風[8]街市上人漸散去，只見天燒暮雲、風掃黃葉。

市西頭，蔣家客店樓上，朱安世被一聲馬嘶吵醒，他是個魁梧的漢子，年過三十，兩道濃眉，一臉絡腮濃鬚。

聽得出是自己那匹馬，朱安世忙跳起身，扒到窗邊，透過窗欞四下查看：街市上一片寂靜，稀落幾個路人；客店裡卻人聲喧嘩，正是暮食時分。再看馬廄邊，並無人影，廄裡十幾匹馬，其他馬三五聚在一處，低頭吃草料，唯有他的馬傲然不群，獨在一邊，雖然滿身泥污，卻昂首奮尾、四蹄踢踏，看來已經恢復了元氣。

朱安世伸出拇指，在唇髭上一劃，朝那馬點頭笑笑，才放心回去穿衣。

前日，劉彘試乘汗血馬，選的便是這一匹。當時這馬金鞍玉勒、錦妝繡飾，身負劉彘，列在馬隊之首，身後百餘名樂府騎吹樂工，擊鼓吹簫，奏角鳴笳，高唱劉彘所作《西極天馬歌》[9]，威震宮

---

5 《漢書・百官公卿表》中記載，衛尉，掌宮門衛屯兵。太僕，掌輿馬。

6 《漢書・武帝紀》中記載：「（天漢元年）秋，閉城門大搜。」閭里：平民聚居的街巷。

7 天漢元年：「天漢」是漢武帝劉徹年號。天漢元年為西元前一〇〇年。

8 扶風：位於今陝西省寶雞市東部渭河流域，西漢時為京畿右扶風轄區治所。

9 《漢書・武帝紀》中記載：「（太初）四年春，貳師將軍廣利斬大宛王首，獲汗血馬來。作《西極天馬之歌》。」

苑，聲動天地：

天馬徠兮從西極，經萬里兮歸有德。
承靈威兮降外國，涉流沙兮四夷服……

兩側臣僚、護衛、黃門、宮人列隊侍從，上千人盡都恭肅屏息，除歌樂聲和馬蹄聲，聽不到半點其他雜響。朱安世平生第一次親歷這等皇宮威儀，如同身陷一派汪洋，頓時茫然自失。

汗血馬性烈認生，所以才命朱安世在一旁牽著韁繩、安撫天馬，護從天子。他距離劉彘只有咫尺距離，能嗅到劉彘身上熏的香氣。然而，他的頭竟也像所有其他侍從，一直低垂著，頸背像是被人施了咒，根本直不起來。這是他生平從未有過的事，第一次感到權勢逼人竟如此森然可怖。

心裡一股傲氣激起，他才回過一點神，眼角偷瞥了劉彘一眼：這個身為天子的人，騎在馬上，高昂著頭，鬚眉稀疏、雙眼凹陷，不過是一個年近六旬的尋常之人。但不知為何，渾身似乎罩著一層無形之氣，讓人如臨絕壁，似履危岩，浩蕩寒風，撲面而至。尤其是那目光，幽深漆黑，竟隱隱發燙，越過宮殿苑宇，遠眺前方，像是在巡視世外無人能見的某處奇渺之所。

回想起這目光，朱安世心中一陣翻湧。他之所以留在宮中做馬卒，本是想等這一機會刺殺劉彘，然而真的到了那一日，身臨其境，四面八方盡是莊肅之氣，將這念頭逼得無影無蹤，直到騎遊快結束，才猛然記起。這時，距歇馬之處只有十幾步，幾個黃門已經躬身候在天子下馬用的腳榻邊。

朱安世深吸一口氣，攥緊韁繩，準備動手，心卻猛地狂跳起來，比樂工的鼓聲更加震響，胸口起伏、呼吸急重，更不由自主大大咽了一口唾沫，聲音響得恐怕連馬上的劉堯都聽得到。他一向自負無所畏懼，以前聽人講荊軻刺秦王，燕國勇士秦武陽慨然隨行。秦武陽十二歲就曾殺人，目光兇悍，無人敢和他對視，及至見到秦王，卻恐懼變色。朱安世曾對此嘲鄙不已，此刻感同身受，才終於明白，當日荊軻從容應對之氣概古今少有，讓他由衷嘆服，自愧遠遠不及。

稍一遲疑，距離歇馬處只有八九步了。

*****

杜周立即下令，驍騎出城，急速追趕。

他想：汗血寶馬身形俊逸、引人注目，這朱安世是積年大盜，必定塗飾偽裝過，又假扮軍吏，可免於盤查。盜賊狡猾，事關重大，他不敢信任何人，隨即吩咐左丞劉敢在城中嚴搜細查，又命人備駕，自己親自出城追擊。

平日，杜周出行巡城時，緹騎二百人，持戟五百人，威儀煊赫，聲震道路。今天，他只挑了五十名精幹吏士，精選快馬，輕車上路。

衛尉與太僕一起送至城門外，兩人連聲道謝，將全部身家寄於杜周。杜周越發煩膩，此刻這兩人看似手足無措、毫無張致，一旦與己無關，能置身事外時，則又是一番模樣，能不腳下使絆、背後螫刺，已是大仁大義。因此，他仍只淡然道了句「好說」，隨即下令驅車急趕。

出西安門不久，先遣巡查就來回報：向東一里驛道邊，一處水窪裡發現幾個馬蹄泥印，隱約可辨天馬革韆[10]形狀。

杜周即命前往，到了那裡，他下車來到水窪邊，泥中果然有幾個蹄印。昨夜下過秋雨，清晨路上又少有人行，故而這蹄印異常醒目。他俯身細看，見這蹄印果然不同，周遭隱現虯龍紋樣，中間則依稀可見「天馬」字樣。天子珍愛汗血寶馬，命人特製犀韆，裹護馬掌。

杜周站起身，正要上車，忽覺不對，又回身細看，猛然想起：朱安世為逃避追趕，自然是快馬疾馳，馬踏泥窪，泥水必定四處飛濺，蹄印也應前深後淺、左右不勻。但現在泥中這幾個蹄印，深淺一致、左右勻稱、邊沿齊整。馬速極慢，才能留印如此。顯見是朱安世有意留下，以為誤導。

杜周立即上車，命人掉頭反向，往西追趕，同時又遣快馬在前面先行查看。

果然，沒走多遠，另一處泥窪裡又見半個蹄印，雖然印跡模糊，仍能隱約辨認出革韆印跡，蹄印是自東向西。杜周下車過去一看，「哼」了一聲，這才是賊人不小心留下的。因這灘泥窪太寬，占滿半邊路，賊人雖然小心閃避，但還是留下這半個蹄印。

杜周立即命令四個得力騎衛急速西追，自己也隨即率人向西急行。一路上，又相繼發現幾處蹤跡，一直追向扶風城。

＊＊＊＊＊

朱安世穿好衣服，下了樓，來到客店前堂。

七八張席案坐滿了人，大半是漢地客商，小半是西域商販。案上樽盂杯箸、羔豚雞魚，席間胡語漢音、大呼小叫。只有靠門側一張食案還空著，朱安世便過去坐下，要了一壺酒、二斤狗肉，邊吃邊飲，邊暗暗算計：他清晨離開長安，午時趕到這裡，睡了兩個時辰，若是杜周親自追查，再過一兩個時辰，追兵大致就該到了。

很快，一壺酒喝盡，他欲開口再要，想了想，還是忍住，只吩咐店家備些胡餅、乾肉包好，放在手邊，預備帶走。又要了一碗麥飯，蘸著豉醬，吃剩下的狗肉，不時望著門外，等約定之人。

不久，客店門外走進一位老人，牽著一個小童。

老人來到門邊，先打眼向裡張望，一眼看見朱安世，便脫了麻履[11]，又彎腰幫小童脫掉鞋子，牽著小童走進來。店主上前招呼，老人像沒聽見，徑直走到朱安世面前，彎腰低聲問道：「請問可是朱先生？」

朱安世聽他漢話裡雜著羌音，抬眼打量：老人頭戴舊葛幘，身著破葛袍，一手提著一個小包袱，一手緊緊牽著身邊小童，神色警惕。小童七八歲，髮辮散亂，衣裳髒爛，神色困倦。兩人布襪都已磨破，露出腳趾，滿是塵垢，看得出長途奔波、一路勞頓。

見他們滿臉塵灰、衣衫敝舊，朱安世有些詫異。日前受故人之托，順路接了這件差事，說是付重金送一樣東西，所以二百里犯險趕過來。看老人這副窮寒模樣，應該不是事主，但為何又能說出自己的姓？他點點頭：「是我，你是？」

---

10 鞮：皮革所製的鞋。

11 漢代居室內鋪席，席地而坐，進屋普遍脫鞋穿襪。

店主跟過來，又招呼老人。老人照舊像沒聽見，又小心問道：「這裡說話不便，可否找個僻靜之處？」

店主聽見，識趣走開。朱安世又問：「是你找我送東西？」

老人回頭環顧店裡，偷偷指指手中包袱，低聲道：「酬金已經帶來，還有一些事要交代，請先生移步店外說話。」

朱安世越發納悶，但還是站起身：「那就去樓上。」

「也好。」

朱安世起身，引著老人和小童上樓，進到客房，關了門。

「你要我送什麼東西？」

「這孩子。」

朱安世更是詫異，低頭向童子望去，童子也正望向他，臉上神色雖困倦，卻眼睛黑亮，目光如冰，像是要將他看穿。盯得朱安世有些不自在，便扭過頭，又問：「送到哪裡？」

「京城，御史大夫[12]兒寬[13]。」

「御史大夫？京城？」

聽到「御史大夫」四字，朱安世心裡一刺，再想到「京城」，又忍不住笑起來。

老人不解其意，滿眼惶惑。

朱安世不願多說，收起笑：「這孩子這麼貴重？送一下就付那麼多酬金？你莫非是在耍笑？」

老人忙打開手中包袱，裡面一個漆盒，揭開蓋子，整齊排放著四枚大金餅，一斤一枚；六枚小金餅，一兩一枚。

老人小心道：「信裡說定五斤。傾盡全力，只湊到這四斤六兩。還請朱先生寬緩一步，日後定當補齊。」

見老人居然能拿出這麼多金子，朱安世很是意外：「這是誰家孩子？到底什麼來路？」

「朱先生還是不知道為好。」

「此去長安不遠，你為什麼不自己送過去？」

「這孩子不能再繼續跟著我，我也找不到其他可信之人，才寫信求告樊先生。樊先生舉薦了朱先生，他舉薦的人自然也是義士名俠。老朽懇請朱先生仗義援手、施恩救助，送這孩子去長安——」說著，老人俯身便要跪下。

朱安世忙伸手扶住：「老人家萬莫要這樣，若在平日，這不過是順手之勞。只是我還有一件急事在身，不能馬上進京。」

老人為難起來，低頭想了半晌，才道：「先生辦事能否帶他一起去？只要離開此地，保他安全，晚幾日到京城倒也無妨。不過，必須親見到御史大人，當面交付。」

12 御史大夫：官名。《漢書．百官公卿表》謂「副丞相」。秦代始置，負責監察百官，代皇帝起草詔命、接受百官奏事，管理國家重要圖冊典籍等。與丞相、太尉合稱三公，官秩為中二千石。

13 兒寬：西漢名臣，官至御史大夫，卒於太初二年（西元前一〇三年），生平參見《漢書．兒寬傳》。

朱安世見老人滿眼殷切，又看那孩子瘦弱可憐，便點頭道：「成。」

老人如釋重負，蓋好漆盒，包起來遞給朱安世。

朱安世知道這些金子得之不易，忙謝絕：「這點小事，費不了什麼力氣，這錢你還是自己留著。」

老人執意道：「這是早已說定的，怎麼能改？況且這點錢算得了什麼！先生若能將孩子安全送到，大恩勝過黃金萬兩。」

朱安世推拒不過，只得接過，隨手放到案上。

老人轉過身，輕撫小童雙肩，又替他掠齊額頭鬢角亂髮，溫聲囑咐道：「驩[14]兒，我不能再陪你了，你自己要當心留意，凡事要聽朱先生安排，不要違拗他，到了兒大人府上，你就安全了。」

小童一邊聽一邊不住點頭，淚珠大顆大顆滾下來。

老人也忍不住落下淚來，哽咽半晌，才強忍住，在小童耳邊輕聲又交代了幾句，朱安世知道他這些話不願被人聽到，便轉身到窗邊，向外張望。

這時霞紅將褪，暮色漸臨，扶風城裡，到處炊煙冉冉，四下越發寂靜。

一陣風過，涼意瘆人，朱安世不由得打了個冷戰。

汪汪汪！

東邊市口忽然傳來一陣狗吠，接著便是一串馬蹄聲，相鄰的狗也接連叫起來。

朱安世忙向東邊窺望，隱約見一隊人馬正穿過市門，急急奔來。再仔細辨認，依稀可見馬上人皆穿官府捕吏之服。

＊＊＊＊＊

落霞，長安城。

秋風如水，刷洗這座繁華富麗之城。

一片黃葉飄飛，落在司馬遷肩上，他卻渾然不覺。

他立在自己宅子後院，看著衛真埋書。衛真是他的侍書童僕，正手執鐵鍬，彎著腰在院中那棵大棗樹下挖土。挖好一個方方正正的小坑後，衛真放下鐵鍬，雙手捧起坑邊一個木盒，小心放進坑裡，然後又拿起鐵鍬，鏟土掩埋。

那木盒中，放著一卷竹簡，是司馬遷剛剛寫就的一篇史記[15]。

一顆棗子忽然落下，砸在衛真頭上，彈到地下，衛真看見，笑道：「棗子都熟了，得趕緊收了。」

這棵棗樹是司馬遷新婚那年所種，他得知妻子愛吃棗，就托人從河間捎來一棵棗樹苗，親手種下，如今這棵棗樹已經十分粗壯茂盛，每年都要結不少棗子。

司馬遷抬頭望著樹上棗子，正在沉想，妻子柳氏忽然疾步走出來道：「外面有人在敲門！」

「哦？全城都在大搜，這時辰會是什麼人？」司馬遷一驚，忙催促衛真道，「我出去看看，你趕

---

14 驩：通「歡」，現統一簡化為「歡」。本書保留人名用法。

15 司馬遷《史記》最初命名學界至今未有定論。「史記」本是古代史書通稱，從三國開始，才由通稱逐漸成為《史記》的專稱。為小說敘述方便，文中採用通稱。

緊埋好！」

他走到前院，外面有人正在叩門，聲音很輕，御夫伍德站在門邊側耳聽著，司馬遷示意開門，伍德忙拔開門閂，拉開了門。

門外一個年輕男子，看衣著是個僕役，神色略有些緊張。

伍德問：「你有何貴幹？」

那人道：「我是御史大夫延廣家人，有事求見太史令大人。」

司馬遷忙走到門邊：「找我何事？」

那僕人忙道：「我家主公讓我來送一件東西。」

「什麼東西？」

那僕人左右望望，道：「大人能否讓我進去？」

司馬遷心中納悶，便讓他進來，伍德忙關起門。

「我家主公命小人將這個交給大人。」那僕人從懷中取出一個小帛卷，雙手呈給司馬遷。

司馬遷接過，展開一看，是一方帛書，只有巴掌大小，上寫著幾行小字：

星辰下，書卷空

高陵上，文學燔

九河枯，日華熄

九江涌，天地黯

鼎淮間，師道亡
啼嬰處，文脈懸

司馬遷讀了幾遍，只覺詞氣悲慨，卻不解其意，納悶道：「這是什麼？該當何解？」

「小人不知。主公只說務必要親手交給大人。」

「他為何要送這個給我？」

「主公沒說。」

＊＊＊＊＊

杜周先遣騎尉一路疾趕，黃昏時到了扶風。

進城之後，直奔府寺[16]，參見右扶風[17]減宣[18]。

減宣聽了騎尉急報，心下大驚：天下這麼大，這賊別處不逃，偏偏逃到我這裡！何況又事關汗血馬，再想到杜周這頭老狼，越發悚然。本來事發長安，是杜周失職，現在這賊逃到扶風，正好給杜周

16 寺：古代官署的名稱。秦漢以官員任職之所，通稱為寺。

17 右扶風：漢時長安京畿劃為三區，分設京兆尹、左馮翊、右扶風三個官職，合稱三輔。

18 減宣：漢武帝時期著名酷吏，參見《史記·酷吏列傳》。

卸罪的由頭。自己與杜周暗鬥多年，雖說互有輸贏，但杜周比自己更能沉得住氣，始終隱隱占上風。

他忙問：「執金吾現在哪裡？」

騎尉道：「也正趕往扶風。」

減宣一聽，才稍安心，既然杜周親自來追查，他就脫不掉關係。雖然這晦氣來得冤，但事已至此，只有盡力而為。兩人合手協力，料必能捉到那盜馬賊，只要捉到，彼此也就相安無事。

於是他拋開疑慮，立即下令關閉城門，同時急召賊曹掾史[19]成信，吩咐道：「那盜馬賊若仍在扶風，料必會藏身在兩個地方——或去民宅區投靠朋友，或在市中客店歇腳。你將手下分為三撥：一撥去民宅區通告所有里長，分別搜查各自里巷；你自己率領一撥，速去市中搜查，那盜馬賊見四處大搜，必定要設法逃出城；第三撥人去城牆周圍尋堵出城秘道。」

成信領命出來，急忙分派人手，自己率人趕往市[20]中。

到了市東門，成信喚來門值詢問。但這一整天，市裡來往人流不斷，那門值想了半天，也想不出是否有個騎了匹棕色好馬的軍吏。倒是一個市吏聞聲趕過來，說在市西的蔣家客店見到一匹馬，雖然渾身骯髒，但毛色應該是棕色，頭小頸長、身形俊逸，他最愛馬，一眼看到，便知是匹極好的馬，過目難忘。不過沒見到馬主人，不知是不是逃犯。

成信聞言，即命市吏關閉四門，自己帶人急急趕向市西蔣家客店。

＊＊＊＊＊

朱安世從窗口看到捕吏飛馬奔來，忙道：「來得這麼快！我們得馬上離開！」

老人聽到，頓時慌張起來，不由得伸臂護住小童，小童也滿眼驚懼。

朱安世一愣，他們也在逃避官府追捕？但此時已經無暇細問，便向小童伸出手，小童卻緊緊抓住老人，向後縮著。

老人安慰道：「驩兒莫怕，朱先生是信得過的人，公公才把你交給他。」說著，把小童送到朱安世身邊。

「朱先生，孩子就托付給你了。」

「放心。」

他俯身抱起小童，向老人點點頭，開門快步下樓，奔到前堂，從囊中抓了一把錢，扔給店主，急急穿上靴子，小童自己也飛快蹬好鞋。朱安世挾著小童，奔到馬廄，牽出馬，將小童抱上馬背，隨即自己翻身上馬，吆喝一聲，驅馬來到院前。

這時，外面馬蹄聲越來越近，很快將到門前。

朱安世拍馬就要向門外衝，這時老人也已經趕下來，顧不上穿鞋，竟氣喘吁吁奔出來阻攔，險些被馬撞翻，幸好朱安世急勒住了馬。

19　賊曹掾史：官名，主捕盜賊。漢代中央及各郡縣皆置掾史，分曹治事。曹：分科辦事的官署；掾原為佐助的意思，後為官署屬員的通稱；掾為各曹之正，史為副，合稱掾史。

20　市：集市，市場。漢時，各商鋪集中在城中一處，以圍牆圈起，有市吏督管，早晚定時開關。

「朱先生，前門已經不能出了！」

「不怕，我這馬快！」

「被捕吏看到，終究麻煩。我走前門引開他們，你們走後門！」

「公公！」小童叫起來。

老人沒有答話，只是望著小童慈愛一笑。

朱安世看老人神情坦然，心中頓生敬佩，但事情緊急，不容爭執，便攬韁掉頭，店主也跑到門首來看。

朱安世大聲問道：「後門在哪裡？」

店主一時惶急，說不出話，只用手向身後指指。

朱安世拍馬就衝進前堂，臨進門，一眼瞥見老人強掙著奔向馬廄，顧不得多想，徑直帶馬躍進前堂，接連踢翻幾張案席，踢倒幾個客商，一路杯盤翻滾，湯汁四濺，店裡一陣驚叫。轉眼之間，穿過廚房，越過後廳，來到後院，院門閂著。朱安世跳下馬，打開門，牽馬出去，帶好門，左右看看，一條窄巷，寂無人影，便又翻身上馬，打馬向西疾奔。

到了巷口，左轉回到正街，客店那邊傳來陣陣蹄聲和呼喝之聲，朱安世無暇細看，催馬疾速奔向市西門。

第二章：石渠天祿

成信趕到客店街口時，暮色已昏，一人騎馬從客店中急奔出來，見到捕吏，帶馬便逃。成信見其可疑，急忙率人追趕。追到市南門，市門已關，賊人見無法逃脫，竟拔出劍，先向自己臉上左右連割幾劍，而後橫向脖頸，意欲自刎。

成信見到，忙將手中的劍一把擲過去，擊中那人手腕，那人手中之劍隨之脫手。其他捕吏立即趕過去，將那人一把掀下馬，將他生擒。

這時才看清是個老人，追錯了人，成信大怒，朝那老人重重踢了一腳，命人押他回去，自己又帶人急奔回客店。

盤問了店主，才知道有一軍吏剛才從後門逃出。成信忙命人分頭趕往市四門，確認賊人是否出了市門，並調人挨戶細搜，又將店主及店中所有客商羈押歸案。

＊＊＊＊＊

朱安世趕到市西門時，見門已經關閉。

遠遠看見兩個人影在門邊張望，應是門吏，想來是聽到了動靜。朱安世放緩馬速，徐馳到門邊。

門吏攔上來：「市門已關，要出，明早吧。」

朱安世賠笑說：「多貪了兩杯酒，誤了時辰，請兩位行個方便。」

「過時禁出入，觸了禁律，方便了你，受罰的是我們。」

朱安世翻身下馬，從囊中掏出兩串銅錢，塞到兩個門吏手中，笑著說：「兩位辛勞了這一天，也該買點酒解解乏。」

兩個門吏互相看看，又見朱安世身著軍吏戎裝，就沒多推卻。

其中一個看到馬上的小童，問道：「這小兒是誰？」

朱安世笑道：「是我老友之子，老友醉倒在客店裡，動彈不了，就睡在客店裡，他怕家裡妻子擔憂，托我送這孩子回去，順道傳個口信。」

門吏轉問道：「小兒，你家住哪裡？」

朱安世沒防備這一問，正要開口遮掩，沒想到小童竟不慌不忙回答道：「午井鄉，高望里。」

「午井鄉出南門更近，為何要走西門？」

朱安世忙道：「本要走南門，剛巧碰到一隊捕吏往南門追人，怕擾了公幹，就避開走這邊了。」

「追什麼人？」

「像是個胡人，違例偷買了些鐵器，藏在布帛中，想私帶出關外。[21]」

「怪道剛才嚷聲一片。」

門吏不再多問，打開了門，朱安世連聲道謝，牽馬走了出去，隨即翻身上馬，加速向西奔去。

到西城門時，天色已黑。

城門已關，一隊兵吏，擎火執械，在門樓下巡守，看來已接到京城詔捕令。

＊＊＊＊＊

長安城，未央宮。

司馬遷自北闕緩步走進未央宮[22]，書佇衛真緊隨身後。

進了宮，迎面便是天祿閣，其西相隔二十餘丈，則是石渠閣。

抬頭南望，椒房殿、溫室殿、清涼殿、宣室殿……四十三座殿閣[23]，一殿高過一殿，重軒疊閣、雕金砌玉。紅日在簷下，樓台在雲中。

「這未央宮建成到今年，居然正巧一百年了呢。[24]」衛真忽然道。

司馬遷點頭笑了笑，衛真這些年倒也讀了些書、記了些史。

---

21 漢代為防匈奴兵力，禁止鐵器出關。

22 北闕：未央宮北面門樓，是大臣等候朝見或上書奏事之處。《漢書．高帝紀》顏師古注：「未央宮雖南向，而上書、奏事、謁見之徒皆詣北闕。」

23 據《西京雜記》記載，未央宮「周回二十二里，九十五步五尺。街道周回七十里。台殿四十三……宮池十三，山六，池一，山一，亦在後宮。門闥凡九十五」。

24 未央宮建成於漢高祖七年（西元前二〇〇年），人致於漢惠帝時建成。

衛真見左右無人，壓低聲音：「當年是蕭何督造的未央宮，他也是一代賢臣，那時，高祖稱帝才兩年，戰亂未休、成敗未定，天下凋敝、百姓困窮，未央宮卻建得如此奢華……」

司馬遷嘆息道：「蕭何也算一片苦心，他正是怕後世奢侈，特意使未央宮之壯麗無以復加，一次建成，讓後繼帝王無須再費財力。[25]」

「可見貧者不知富者心。當年瞧著奢華已極，到了當今天子，卻嫌它窄陋，增飾了多少回了。高門、武台、麒麟、鳳凰、白虎、玉堂、金華，這些殿都是後來增修，更不用說未央宮外，又新建北宮、桂宮、明光宮、建章宮……還有上林苑、昆明池，到處的離宮別館……」

司馬遷忙喝止，衛真也立即警覺，嚇得伸伸舌頭，趕緊閉嘴。

司馬遷長喟一聲，心想：高祖既把天下視為自家產業，[26]當今天子窮奢極欲，也只當是花銷自家私財而已，又可奈何？

他不願多想，向西行至石渠閣，拾級而上。

石渠閣下，流水潺潺。

當年，秦始皇為滅天下異心，杜絕諸子百家之學，禁民藏書，遍搜天下書籍，大都付之一炬，少數藏於皇宮內府，天下文獻滅絕殆盡。高祖攻入秦都咸陽，諸將都去爭搶金帛財物，唯有蕭何收藏圖書律令。營造未央宮時，蕭何又特建了石渠閣、天祿閣，專藏文獻典籍，才算保住一線文脈。

建石渠閣時，下鑿石渠，引入宮外潏水，環繞閣下，因名「石渠閣」[27]。

司馬遷不由得感嘆：這石渠當是為防火災，便於就近取水。蕭何惜護典籍之心，可謂深細。

登上台基，憑欄四望：未央宮裡到處金玉炫耀、紅紫紛擾，宮人穿梭、黃門往來。唯有天祿閣和石渠閣，地處最北，平日極少有人出入，此時秋風寂寂、落葉寞寞，越發顯得蕭疏隔絕。但兩閣畢竟深蘊文翰之氣，清寂中自具一派莊重穆然。

衛真又小聲說：「當年阿房宮和這未央宮相比，不知道哪個更甚？」

司馬遷不答言，但心想：當年秦始皇發七十萬人建三百里阿房宮，殿未及成，而身死國滅；他鉗民口、焚典籍，欲塞萬民之心，到如今，卻圖書重現，文道復興。可見有萬世不滅之道義，無千年不朽之基業。

未央宮又何嘗不是如此？看眼前雖繁盛無比，若干年後，恐怕也難免枯朽灰敗，無跡可尋。而天理人心，則千古相續，永難磨滅。

想到此，司馬遷豪情頓生，衛真見他面露笑意，有些納悶，又不敢問。

司馬遷轉身走向閣門，迎面見幾個文吏護擁著一個官員出來。

那官員年近六旬，枯瘦矮小，卻精乾矍鑠，一雙眼精光銳利，如一隻老瘦禿鷲，是光祿勳[28]呂步

25　據《漢書．高帝紀》記載，蕭何營建未央宮，劉邦見其壯麗，大怒，蕭何說：「天子以四海為家，非令壯麗亡以重威，且亡令後世有以加也。」

26　據《漢書．高帝紀》記載，劉邦年輕時為無賴，其父常責罵他不能治產業，劉邦登基後，反問其父：「現在我的產業和你相比，誰的多？」

27　《三輔黃圖．閣》中記載：「石渠閣，蕭何造。其下礱石為渠以導水，若今御溝，因為閣名。所藏入關所得秦之圖籍。」

28　光祿勳：官名。本名郎中令，秦已設置。漢武帝太初元年（西元前一〇四年），改名光祿勳，為九卿之一，掌守衛宮殿門戶，後逐漸演變為專掌宮廷雜務之官。

舒。

司馬遷與呂步舒都曾師從名儒董仲舒，但兩人年紀相隔近三十歲，呂步舒又官高位重，因此從未說過一句話。司馬遷忙退到路側，躬身侍立，呂步舒並未停步，鼻中似乎「哼」了一聲，算作答禮。

等呂步舒下了閣走遠，司馬遷才舉步走進石渠閣。

*　*　*　*　*

天黑時，杜周車騎趕到扶風。

扶風有減宣在，讓他略為安心。他與減宣故交多年，曾共事於張湯[29]門下十數年，二人為官效法張湯，都以嚴刑敢殺著稱。減宣尤其精於深究細查，張湯被誣自殺、淮南王劉安謀反等大案，都是由減宣查辦，曾官至御史。和自己一樣，減宣也經過宦海浮沉、幾度升降，年前被廢，新近重又升至右扶風。

杜周在車上暗想：盜馬賊逃到扶風，倒是幫了我，這樣便稍有了些轉圜餘地。減宣查案最為精細，只要盜馬賊還在城中，減宣必能捉到；就算捉不到，盜馬賊是在扶風逃走，正可藉此轉些罪責在減宣頭上，再加上衛尉與太僕失責於前，或許可以免去死罪……

車駕剛到東城門下，如杜周所料，城門打開，減宣果然親自率眾出來迎接。

杜周特意端坐著，並不急於下車，減宣步行來到車前，深深躬身，拱手致禮：「減宣拜迎執金吾大人。」

兩年前，減宣身為御史，是杜周稱減宣為「大人」，而減宣稱杜周為「杜兄」。現在杜周官秩雖略高於減宣，[30]但仍屬平級，杜周見他如此恭敬，知道他已有防備，有意做出這番姿態。當務之急，是要同心協力捉住那盜馬賊。於是，他等減宣拜了一半時，才急忙下車，伸手挽住，臉上扯出些笑意：「你我之間，何必多禮？汗血馬失竊，事關重大，還望減兄能鼎力相助。」

減宣忙道：「此是卑職職分所在，當然該盡心竭力，不敢有絲毫懈怠。」

兩人相視點頭，心照不宣。

減宣隨即道：「盜馬賊還在城中，正在細搜。已捉到一個與那盜馬賊相識之人。請大人上車，進城親審。」

兩人進城到了府中，杜周顧不得勞累，馬上命人掌燈，同減宣提犯人審訊。

犯人提上來，杜周一看，只見犯人臉上血肉模糊，縱橫幾道劍傷，猶在滴血，滿襟血水濕漉。雖然如此，卻挺身而立，並無懼意。

減宣道：「這老賊怕被認出身份，先割傷自己臉面，然後才要自刎。」

「搜出什麼沒有？」

「只有一個水囊，幾塊乾糧，兩串銅錢。」

---

29 張湯：漢武帝時期著名酷吏。官至御史大夫，用法嚴酷，但為人清廉簡樸，後被誣陷獲罪，被逼自殺。

30 漢代官秩以糧食計算，執金吾為中二千石，每月一百八十斛；右扶風為中二千石，每月一百八十斛。（參見唐代杜佑《通典．職官》）

杜周轉頭吩咐身邊長史：「衣物再細查。」

減宣聽見，忙命吏役將老人渾身上下剝光，全都交給杜周長史。

老人披頭散髮、赤身露體，跪在地上，木然低首，聽之任之。

杜周隨行令丞知道慣例，一向是先打再問，便命道：「笞五十！」

吏役將老人俯按在地上，壓住手足，刑人手執五尺竹笞，揮起便抽。這刑人是慣熟了的，知道這五十笞是用來威懾犯人、逼其就範，所以並不用全力，只尋最怕痛處，笞笞觸骨。那老人卻始終忍痛不叫，只在喉嚨裡發出悶哼之聲。

五十數滿，令丞等老人緩過氣來，問道：「你和那朱安世可是舊識？你們在客店會面所為何事？」

老人趴在地上，閉著眼睛，喘著粗氣，像是沒有聽見。

令丞問了幾遍，怒道：「再笞五十！」

刑人舉笞又抽，這次下手加力，招招狠準，務使極痛，又不要他命。老人再忍不住，痛叫出聲，卻並不求饒。

五十笞又完，老人已疼昏過去。

減宣令人將老人抬回獄房，又命提客店店主與客商審問。店主、客商都驚慌至極，搜腸刮肚，把所見的一切細枝末節盡數交代。

眾人退下，減宣獨與杜周商議：「看來老兒與盜馬賊並不相識。」

杜周點頭不語，心裡沉思：朱安世已犯了滔天大罪，逃命唯恐不及，怎麼還有工夫在這裡約見老兒？

「那店主偷聽到老兒有東西托朱安世護送，什麼物件這麼貴重，值得捨命？」

「不是物件，是人。」

「那小兒？」

「嗯。」

「那老兒豁出性命要保住秘密，那小兒恐怕關係不小。」

＊＊＊＊＊

司馬遷脫履進了石渠閣。

這一向，他都在天祿閣查書，有半月餘沒到石渠閣。進門後，卻不見書監皐辜，一名黃門[31]內官迎上來，身穿書監衣冠，卻從未見過。

那個黃門躬身行禮：「卑職段建參見太史。」

司馬遷一愣：「又換人了？」

段建低頭答了聲：「是。」

當今天子繼位以來，連丞相、御史都頻繁更替，更莫論宮內宦官，八年來兩閣書監已經各換了五

31 黃門：宦官。《通典・職官三》：「凡禁門黃闥，故號黃門。」皇宮門漆為黃色，故用「黃門」代稱宦官。

六回。

司馬遷不再多言，問聲好，便徑直朝書庫走去，段建忙跟隨在後。來到書庫內門前，旁邊司鑰小黃門躬身迎候，司馬遷一看，也換了人。小黃門掏出鑰匙，打開銅鎖，用力推開石門。隨即取來一盞朱雀宮燈，躬身呈上，衛真接過。

石渠閣書庫全部用石材密閉建成，所以又稱「石室」。書庫之內，齊整排列著數百個銅櫃，稱為「金匱」，都上了鎖。

衛真舉燈照路，司馬遷大步走進書庫，段建和小黃門也各擎了一盞燈跟隨進來。

司馬遷今日是來找秦宮古本《論語》[32]。

穿過前面幾排銅櫃，來到諸子典籍處，孔子書櫃居於列首。司馬遷吩咐小黃門拿鑰匙打開櫃鎖，小黃門尚不熟諳，一串鑰匙試了很多把，慌得一頭大汗，總算找對。

櫃門打開，司馬遷就著燈光一看，裡面簡冊排放似乎和舊日不同，再細看，果然被重新排放過。

「這裡書卷動過？」

段建忙說：「庫內圖書重新點檢過，不知太史要找什麼書？」

「哦？」

司馬遷微有些納悶：兩閣藏書各歸其類，石渠閣中所藏都是當年秦宮典籍圖冊，漢以來所獻之書都收在天祿閣。獻書時有增補，且版本紛亂、真偽混雜，因此天祿閣圖書需要書官定期檢閱重排，而石渠閣秦宮圖書則早已編訂完備，再無新增，為何重新點檢？

段建看出他的疑惑，忙解釋道：「並非卑職所為，是前任書監。」

司馬遷一卷一卷小心翻檢，找遍銅櫃裡所有書卷，都沒找到《論語》。

「《論語》去哪裡了？」

「卑職初來乍到，也不清楚，請太史稍候，卑職去拿圖書簿錄。」

司馬遷又細細找了一遍，仍然沒有，又叫小黃門打開相鄰的銅櫃，和衛真分別找遍儒學類、諸子類幾個銅櫃，都不見《論語》。正在納悶，段建捧著石渠圖書簿錄來了。司馬遷接過一看，圖書簿錄是新的。

「這簿錄也重新寫錄過了？」

「前任書監交給卑職時便是這樣。」

司馬遷忙到旁邊石案上展開，在燈影下一條條查看，連找三四遍，居然找不到《論語》條目。

段建小心問道：「敢是太史記錯了？」

「我豈會記錯！」

＊＊＊＊＊

扶風城內，兵衛執炬提燈，沿街巡邏，挨戶搜查，到處敲門破戶、雞飛狗叫。

---

32 《論語》書名的確定和通用時限至今尚有爭議，據王充《論衡．正說篇》言：「孔子孫孔安國以教魯人扶卿……始曰《論語》」。這一書名至少到漢武帝時期已經確定，因此，本文將其統稱為《論語》。

朱安世見勢不妙，忙取出備好的皮墊，將汗血馬四隻蹄子包住，以掩蹄聲，然後循著暗影，悄悄向城邊躲移。

他一人脫身不難，但多了一匹馬、一個小童，行動不便，躲不了幾時。這馬得來不易，他斷捨不得丟棄；至於小童，就算沒有酬金，也不該有負所託。況且看那老人神色，小童怕是罪人之後，也正在被追捕，小小年紀，更不能讓他落入官府之手。他回頭看了看馬上小童，小童也望向他，眼中竟毫無慌懼，朱安世暗暗納罕。

看到處火光閃動，四下裡不時傳來士卒們呼喝叫罵之聲，他心裡頓時騰起一股怒火。為了一匹馬，弄出這麼大陣仗，而萬千百姓饑寒而死、征戰而死、冤屈而死，卻只如螻蟻一般，誰曾掛懷？誰曾過問？

念及此，他不由得暗暗後悔，那日為何不刺死劉彘？

當時，眼看就要到歇馬處，朱安世手中韁繩擰得咯吱吱直響，卻心神昏亂，猶豫再三。耳側劉彘咳嗽了一聲，他一驚，才略微清醒。行刺的步驟他早已仔細想熟、反覆演練。西征大宛往返途中，他親眼目睹不少士卒被軍吏套住脖頸，拖在馬後凌虐處死，恨怒一直聚在心裡，他要讓劉彘也嘗嘗這等苦楚：用馬韁當繩套，回身拋向劉彘，套住他的脖頸，一把拽下，繩子纏繞三圈，勒緊，跳上馬背，驅馬疾奔……

他偷眼掃視，兩邊雖然宮衛密列、戈戟如林，但片刻之間，他就能處死劉彘，宮衛們都在半丈之外，根本來不及阻止。然而，他的手卻抖個不停。

他一直納悶荊軻劍術精熟，近身刺殺秦王，卻居然失手，此刻也才明白：人處此境，再有膽略，也難免心浮意亂，身手不及常日一半。他手中並無兵刃，韁繩必須一套即中，不容絲毫閃失。

這時，距離歇馬處只有五六步。

再不動手，良機恐怕永難再有。

勒死劉彘之後，自己也休想逃脫一死，對此，朱安世早已想過無數次。他自幼便立誓要刺殺劉彘，以一命換一命，遂了平生之志，又有何憾？何況，能為西征軍中那幾萬枉死士卒雪恨，更為天下蒼生除掉這個暴君，能得如此一死，千值萬值……

一陣馬蹄聲打斷朱安世思緒，是一隊騎衛從前面大街上急急奔過。

他忙回過神，勒停了馬，躲在暗影中，心想：無論如何，都得逃出城去，不能如此輕易便讓劉彘舒心快意。

他斷了雜想，盤算對策：只有先將小童和馬藏到一個隱秘安穩之處，自己才好尋找出路。

他曾到過扶風，知道南城門左側有一處營區，心想雖然滿城大搜，營區當不會細查。他小心繞到營區附近，張眼一看，果然只有十幾個兵卒值夜。朱安世牽馬繞到營房後方，營房貼城牆而建，房側一叢樹林，只有兩個兵卒巡守。朱安世趁那兩個兵卒巡到另一邊，忙牽馬輕步鑽進樹叢。城牆角落有塊巨石，他將馬牽到石後，輕拍馬背，這馬本就靈性乖覺，又經調教多時，早已心意相通，立即停住腳，靜靜站立。這時草叢間霜冷露重，朱安世又從背囊中取出皮氈，鋪在石邊馬側，抱下小童，讓他靠石坐好。

「你在這裡等著，我去找條出路。」

小童點點頭。

「別發出聲響，驚動那邊守衛。」

小童又點點頭。

「你一個人怕不怕？」

小童搖搖頭。

朱安世伸手拍了拍小童肩膀，以示讚賞。他又輕撫馬鬃，那馬只是微微轉頭，仍然靜靜站著，連個響鼻都未打。朱安世這才放了心，起身悄悄離開。

第三章：潛越七星

扶風牢獄。

昏黑中，老人被一陣哀號吵醒，聽聲音，年紀似乎很小。

老人忍著渾身痛問道：「孩子，你怎麼了？」

「疼啊！疼死我了！」

老人掙扎著爬過去，見牆邊趴著一個少年，背上衣衫一道道裂開，黑濕一片，應是血痕。

老人小聲問道：「你父母在哪裡？什麼緣故被打成這樣？」

少年只是一味哭叫，哭夠了，才斷續道：「我爹娘都在蔣家客店做雜役，傍晚一隊官軍忽然衝進來，把店裡所有人都捆起來。我正好到客店後院，去娘那裡取東西，和爹娘一起被捉到這裡，他們一個一個拷打，我爹和我娘都被打得動不了，不知道被拖到哪裡去了，然後他們就拷打我，嗚嗚……」

「你一個小孩子，他們拷問你什麼？」

「說是客店裡來了個老人，帶了個小孩，交給一個軍士，他們問我那個軍士到哪裡去了，我什麼也沒看見，什麼都不知道，可他們就是不信，偏說我就是那個小孩！」

老人沉默半晌，愧道：「竟然是我連累了你……」

「你就是那個老人？公公，求求你，快告訴他們，我不是你帶的那個小孩！」

老人忙高聲喊來獄卒：「你們快放了這孩子，他不是我帶的那個孩子！」

一個胖壯獄卒聞聲過來，厲聲說：「老兒亂叫什麼！你個死囚囊，管得到該放誰？」

「我的孩兒才七歲，這孩子……」

少年忙搶道：「我已經十三歲了！」

獄卒叱道：「再不閉嘴，休怪老子手毒！」

「他只是個民家少年，有何罪過？」

「既然他不是，你帶的小孩在哪裡？」

「客店店主、客商都曾見我帶孩子進店，他們可以作證這孩子不是我家孩兒。」

「我管不了這許多，除非你說出你家孩子下落，我才敢去稟報上頭。」

老人頓時沉默不語。

少年又哭起來：「公公！求求你，救救我！」

獄吏罵道：「好狠毒的老兒！為保自家孩子，竟要別人孩子的命！」

老人低頭傷嘆。

獄吏便罵著轉身離開：「既然不說，休要再嚷！」

少年繼續苦苦哀求，老人說不出話，低頭垂淚。

少年止住哭道：「公公，你別傷心，你說店主和客商都看到那個孩子了，他們只要審問過，就會放了我。」

「孩子，難為你了……」

「這沒啥，我爹常說善人有善報。我比你家孩子大多了，替他吃點苦沒啥。你家孩子的下落千萬別告訴他們，他們一旦逮到他，兩下就把他打死了。公公，你家孩子叫什麼？」

「這個——」

少年忙道：「對了，不能說，說出來被人聽到就不好了。」

停了片刻，少年又拉拉雜雜說起來。老人見他乖覺可憐，便陪著他說話，但只要觸及自己身世由來，便立即閉口，隻字不提。

少年說得累了，呼呼睡去，夢中被一聲重響驚醒，睜眼卻不見身邊老人，黑暗裡四處亂摸，在牆角摸到老人身子，問話拍打，均無反應，再往前一摸，老人頭下一片濕滑，是血。

少年忙扯著嗓子向外面喊道：「朱三！快來，這老賊撞牆自盡了！」

剛才那個胖壯獄卒急急趕來，打開了門。

*****

朱安世沿著城牆潛行，一路避開巡查，尋找出城的缺口密洞。

繞城一周，凡是可逃之處，都有重兵把守，而城內搜查仍然緊密。他不放心，又回到營區，偷偷觀望，見營房後兩個兵卒仍在巡守，並無異樣，知道小童安全，便不擔心，坐在暗影裡，邊休息邊想計策。

思忖良久，他忽然笑起來：天下各城，都有盜賊慣偷，尤其當今之世，逼而為盜者四處紛起，這扶風城裡自然也少不了盜賊。今夜全城大搜，那些盜賊自然個個惶懼、人人自危。城裡慣賊必定早備有逃城之法，只要找到這些慣賊，自然就能找到出城秘道。

朱安世以盜心推測，扶風城內最佳出城秘道當在七星河。七星河穿城而過，上游北口是扶風武庫所在，防守嚴密，不易穿越，但下游南口是一片田地，地闊人稀，便於潛匿。

於是，他避開路上巡查，輾轉來到七星河下游，見兩岸各有一隊兵衛執炬巡守。朱安世小心挪到城牆邊，尋了個黝黑角落，躲在草叢裡觀望，想等個盜賊出來引路，但許久都不見動靜。城裡搜捕已經有半個時辰，盜賊要逃恐怕也早已逃了，現在岸邊有巡衛，就算有盜賊，也不敢出來。

朱安世又等了一陣，仍然不見動靜，便等岸邊巡衛走開，趁著空檔，悄悄梭到岸邊，長吸一口氣，輕身滑入水中，潛游到城牆下，黑暗中，頭碰到硬物，伸手一摸，前面有鐵柵封擋。他上下左右細細摸尋，到處鐵欄堅固，並沒有鬆動斷裂處。一口氣用盡，只得浮出水面，躲在黑影裡，一邊喘氣一邊琢磨：下面水門周邊都用磚石厚砌，剛才摸遍，並無缺漏，唯一可能之處，應在河床。

他又長吸一口氣，一頭潛到水底，在泥中亂摸，摸到水門附近的河床中央，手觸到一根繩索，用力一扯，似有墜物，循繩摸去，河泥中有一石盤，徑約三尺，厚約兩寸，盤邊對鑿兩個孔，所摸繩頭繫於一孔，另一孔用繩索拴在鐵欄根部。朱安世大喜，用力扯繩，石盤豎起，伸手一探，石盤下有一洞穴，應是通至柵外。

朱安世又浮上水面，深換口氣，重又潛到河底洞穴，拉起石盤，伸手探頭，向裡游去，洞穴先是陡斜向下，接著平直前行，而後又向上斜伸。游了數步，頂上被堵死，伸手一摸，又是一塊石盤，便推開石盤，出了洞口，到達河床。他向上急游，浮到水面，一口氣恰好用盡，回頭看時，鐵柵已在身後。

＊＊＊＊＊

石渠、天祿兩閣藏書，只有太常[33]、太史、博士[34]方可查閱。

八年前，司馬遷官封太史令，第一件事便是進到未央宮，登天祿、觀石渠。

當日，見天下典籍堆積如山、古今圖書盡在手邊，他喜不自禁，幾乎手舞足蹈，心想：天子坐擁天下之樂，也莫過於此。

八年來，司馬遷無數次穿梭出入於天祿閣和石渠閣，比自己家中還熟稔。閣中圖書雖未遍讀，但簿錄卻不知翻閱過多少遍，藏書名類數量，歷歷在目。

這幾年，他所查閱的多是歷代史籍，《論語》只是大略翻看過，未及細讀。現在寫史寫到《孔子列傳》，需要參酌《論語》，天祿閣裡所藏《論語》殘缺不全，多個版本互相齟齬。石渠閣《論語》是秦宮所藏古本，是用先秦籀文書寫，時人稱之為蝌蚪文，艱深難辨，極少

33 太常：官名，九卿之首，掌宗廟禮儀等事。官秩中兩千石，屬官有太樂、太祝、太宰、太史、太卜、太醫六令及丞，博士及諸陵園也受其管轄。

34 博士：最早是一種官名，始見於戰國，負責保管文獻檔案，編撰著述，傳授學問。秦朝時，有博士七十人，掌管全國古今史事以及書籍典章。漢初沿置，官秩為比六百石，屬太常。漢武帝時，設立了五經博士，博士成為專門傳授儒家經學的學官。

人能識。司馬遷少時曾學過古字，大致能認得，所以才來石渠閣查閱。

沒想到這秦本《論語》竟憑空消失。

司馬遷猛然想到：父親司馬談在世時亦為太史令，就曾發覺兩閣書目在減少，所少的多是先秦諸子之書，司馬談曾數次上報此事，天子命御史查案，幾位掌管圖籍的官吏因此送命，所失圖書卻都無下落。

司馬遷又忙看圖書總數，還好，只缺《論語》一部。於是轉身問書監段建：「前書監現在哪裡？」

段建忙低首輕聲道：「卑職不知。」

司馬遷想：若無御史中丞[35]應允，石渠閣書監無權重新編排閣中圖書。便不再多言，轉身走出書庫，下了石渠閣。

御史中丞掌管圖籍秘書，官署在宮中蘭台。

司馬遷沿宮道，南行二里，來到蘭台，卻見內外皆有許多宮衛執械把守，不許進出。司馬遷命衛真上前打問，原來御史中丞獲罪被拘，廷尉正在查抄蘭台，至於所犯何罪，並不清楚。

衛真小聲說：「難道是因為《論語》？中丞有罪，該不會牽涉到御史大夫？」

近年來，一人獲罪，往往禍延周邊，少則牽連幾人、幾十人，多則幾百、幾千，甚至上萬。

現任御史大夫延廣升任不到三年，司馬遷與他並不相熟，只因延廣精於《春秋》，多年前遊學齊魯時，曾向他求教過一次，此外並無私交過往。但司馬遷一向深敬延廣為人誠樸、處事端謹，斷不會有什麼瀆職妄舉。御史中丞為御史大夫佐官，下屬有罪，延廣至少也難辭失察之過。

延廣今早忽然命人傳送那封帛書給他，必定事出有因。

司馬遷心中暗憂，只得原路返回，出了北闕。

他的皂布蓋軺車[36]停在宮門外，卻不見御夫伍德。轉頭一看，不遠處停著一輛軺車，兩轓朱紅、皂繢華蓋，車上坐著一個御夫，衣冠華貴。而伍德正躬著身、仰著臉，立在那輛車邊，車上那御夫斜著眼不知道在說什麼，伍德不住點著頭。

衛真叫了一聲，伍德聽見，忙向那御大施禮道別，這才轉身跑過來。

見他滿面春風，衛真嘲道：「和大人物攀扯上了？」

伍德偷眼看看司馬遷，不敢答言，只是嘿嘿笑了一聲：「是光祿勛呂步舒大人的御夫。」說著連忙扶司馬遷上車。

司馬遷心中不快，卻也不好說什麼，便道：「先去御史府。」

軺車啟動，衛真騎馬跟隨。過了直城門大街，到北闕外王侯官員甲第區，遠遠就見御史大夫府前竟也是重兵環衛，等走近些時，只見御史大夫延廣及闔家男女老幼被拘押而出，哭聲一片。

司馬遷大為吃驚，卻不敢靠近，命伍德停車，眼望延廣合族被押走，只能搖頭嘆息。

這時，天上忽然落起白毛[37]，絲絲縷縷，漫大飄搖，長尺許，如同千萬匹天馬在雲端搖首，落下

35 御史中丞：御史大夫佐官，《漢書．百官公卿表上》中記載：「中丞，在殿中蘭台，掌圖籍秘書。」

36 軺車：一匹馬駕的輕便車。漢代按官秩對官員車駕裝飾有嚴格等級區別，詳見《後漢書．輿服志》。

37 《資治通鑒．漢紀十三》中記載，（天漢元年）「天雨白氂」。這種自然現象在歷代史書中多有記載。

無數銀鬃。

四下裡人們都驚呼起來，司馬遷也覺驚詫，伸手去接，只見白毛輕如蛛絲，沾黏於手，嗅之有股鐵腥味。

衛真小聲問：「難道是天譴？莫非御史有冤？」

司馬遷向來不信這些，並不答言，但心中狐疑、恍然若失。

＊＊＊＊＊

得知那老兒自殺，減宣大怒，杜周也嘴角微搐。

獄中那少年及獄吏、獄卒都跪伏於地，全身顫抖，連聲求饒。

那少年其實是減宣府中小吏，已經十七歲，因長得瘦纖，又聲音清亮、猶帶童音，看上去只有十三四歲。

杜周將他重笞一頓，投進老兒牢房內，命他設法探察老兒底細。

減宣不放心，又選了手下一個精幹文吏，也扮作囚犯，關入老人囚室隔壁，旁聽動靜。

那文吏小心稟告道：「倒也並非一無所獲，據卑職旁聽，那老兒一口淮南口音，其間夾雜著些西北聲調詞語，應是南人北遷，在西北居住多年。至於西北何處，恕卑職無力分辨。」

減宣忙命人找尋精通西北口音的人來。片刻，找來一個寮吏，他曾代人服役，在西北各處防守多年。杜周命那文吏複述老人話語，那文吏擅長模仿，一句一句道來，竟有七八分像，小吏也在一邊提醒旁證。

老吏細細聽了，稟告道：「據小人聽來，此人應在金城[38]以西、湟水[39]一帶住過些年頭。」

杜周問道：「確否？」

「話語中夾著一些西羌口音，別處俱無，只有湟水一帶，漢羌雜居，才有這種口音。」

「要多少年，才會帶這種西羌口音？」

「剛才聽來，羌音用得自然熟絡，內地北人要脫口說出，至少三五年，至於南人，恐怕得七八年以上。」

杜周與減宣商議：「淮南之人去湟水羌地，概有三種：一是戍卒，二是商人，三是逃犯。」

減宣道：「邊地戰事頻繁，漢地商人大多只是行商，絕少定居；逃犯行蹤不定，即便定居，也必改名換姓，難以追查；只有戍卒，有簿記可查。」

杜周微微點頭，心中細想：戍卒分兩種——服役或謫戍。男子自二十三歲至五十六歲，一共只須服兵役兩年，無久居邊地之理。唯有獲罪被謫之人，常駐屯邊，戍無定期，更有闔家男女老幼一起被謫者，才會定居。看那老兒情狀，當是謫戍屯田的犯人。

於是，他即命長史急傳快信回長安，命左丞劉敢去查歷年簿記，找出西征湟水軍士名冊。

長史領命，同時稟報道：「方才二位大人所論，與卑職所查正好相符。」

38　金城：今甘肅省蘭州市。

39　湟水：黃河上游支流，位於青海省東部。

杜周目光一亮：「哦？」

「卑職奉命查驗老兒衣物，其佩劍上有銘文『淮南國』，水囊上則有工坊識記『金城牛氏』。另外，老兒袋中還有一把炒熟青稞，以及幾片沙棗皮屑，青稞乃羌人主食，沙棗則是河湟特產。」

減宣喜道：「這老兒果然來自湟水一帶。劍上銘文更加可疑，當年淮南王謀反，事敗自殺，淮南國也早已被除。難道這老兒竟與此事有關？二十年前，鹽鐵就已收歸官營，民間不得私自鑄賣鐵器，兵器更加要緊，只有專任鐵官方可督造，這劍恐怕是當年淮南王私造的兵器。」

長史道：「卑職一併傳信與左丞，去查當年簿記。」

減宣道：「若這老兒真是淮南王反賊餘孽，倒也可以將功補過，略抵一些失馬之罪。」

杜周沉思不語。

* * * * *

朱安世原路返回，潛行回到營房後頭。

小童背靠石頭坐在氈上，並未睡著，月光下雙目炯炯。

「找到出路了，跟我走。」朱安世牽起小童，收拾皮氈，轉身就走。

小童見他不牽馬，輕聲問：「馬怎麼辦？」

「馬先留在這裡。」朱安世伸手撫摸馬鬃，那個河下洞穴，這馬是萬萬穿不過去的，來的路上他已想好一個帶馬出城的法子，只是今夜得暫時捨棄。

那馬仍靜臥不動，但像是明白主人意思，扭過脖頸，將頭貼近朱安世。朱安世拍拍馬頸，輕聲道：「明早我來接你，等我召喚。」

說罷，朱安世牽著小童，轉身離開，避開巡衛，一路躲閃，來到七星河岸邊。

* * * * *

杜周和減宣坐候扶風府寺。

賊曹掾史成信來報：「城中民宅均已挨戶細搜，官宅各家自行搜查，出入要道都布兵把守，各荒僻角落也逐一密查過，但均未見賊人下落。」

杜周沉著臉看了看減宣，減宣叱道：「官宅也要搜查！那朱安世積年盜賊，你所查之處，正是他要避開之處，你想不到的，才是他藏身逃脫之所。城中可藏可逃之處都搜遍了？」

「城北河邊有一片亂石灘，東門有一處密林，城牆東南角有一處殘缺……這幾處都已派兵把守，賊人絕逃不出去，另外七星河穿城而過，不過城牆下都有鐵柵阻擋，卑職怕有疏忽，派人潛到水中查過，南北水柵均牢固無損……」

杜周不待聽完，轉頭問減宣：「獄中可關有城中慣賊？」

減宣不明其意，忙傳獄吏。獄吏報上名目，城內所捕大小賊共有二十幾人。

杜周命獄吏將這些賊全都提來，押跪在庭中，先選了其中一個頭目，並不問話，只下令重笞五十。刑人發狠用力，那頭目連聲慘叫，此時夜深寂靜，幾條街外都能聽到哀號之聲。

笞罷，杜周問他出城秘道，那頭目剛說了句「沒有」，杜周命再重笞一百。笞罷又問，那頭目哭叫「不知道」，杜周見刑人已累，命換刑人再加笞一百。[40]

那頭目號哭著求饒，杜周只問他知與不知，那頭目哭道：「小人實在不知……」

杜周只說一個字：「笞！」

新換的刑人發力便抽，到七八十下，那頭目已喊不出聲，一百笞罷，人趴在地上，已不動彈，不知死活。

杜周命人將其拖到一邊，又在賊中選了另一個頭目，不等發話，那個賊頭已不住磕頭，連聲哀叫：「城南牆角有一個缺洞，小人平日都是從那裡鑽出去，此外再不知道有什麼出城秘道，大人饒命！」

杜周只吩咐換捶刑，先捶一百。那賊頭始終不知，幾輪捶完，也昏死過去。

杜周拿眼掃視庭中，眾賊全都魂破膽裂。沒等杜周開口，其中一個賊喊道：「大人饒命，我知道有條秘道。」

杜周嘴角一撇，冷冷一哼。

那個賊招供道：「七星河南城牆下，河床中間有個石盤，蓋住了一個洞口，下面是條隧道，穿過鐵柵……」

40　漢文帝為政清靜仁慈，廢除肉刑，用笞刑代替。漢景帝繼位後，見笞刑三百以上，多有死於笞下者，又減了笞刑數量，並且定下律令，笞刑途中不得更換刑人。漢武帝劉徹登基以來，重用酷吏，放任酷刑，景帝所定律令漸漸廢棄。

第四章：星辰書卷

朱安世小聲問那小童：「你會不會游水？」

小童搖搖頭。

朱安世犯起難來，但看小童身子瘦小，回想河底洞穴，大致容得下兩人同行，便囑咐道：「我們要潛水，下水前，吸足一口氣。」

小童點點頭，但看那河水幽深，眼中微露懼意。

朱安世拍拍他的小肩膀：「跟著我，莫怕！」

小童點點頭，小聲說：「我不怕。」

朱安世俯身讓小童趴在自己背上，用衣帶緊緊捆牢，等巡衛離開，急趨過去，下到河裡，扭頭說聲：「吸氣！」

小童連忙用力吸氣，卻因為過於惶急，嗆到喉嚨，咳嗽起來，幸好自己及時捂住了嘴，才免被巡衛察覺。

朱安世一扭頭，見岸上遠處隱隱閃動一串火點，並飛快移向這邊，隨即聽到一陣馬蹄聲，是一隊人馬打著火把。捕吏一定是知道了這個出城秘道，不容再耽擱！

朱安世伸手到後面拍了拍小童，小童也見到了那些火把，猛吸了一口氣。朱安世覺到，也深吸一口，隨即潛入水中。到了水底，他拉開石盤，鑽進洞穴，急速前游，還未出洞，便覺背上小童手足亂掙，已經支撐不住。這時已容不得多想，朱安世拚命加速，鑽出洞穴，急浮上水面，這時，背上小童已不再動彈。

朱安世連忙向岸邊急游，飛快上岸，解開衣帶，將小童平放到河灘上，只見小童雙眼緊閉，一動也不動。

* * * * *

「孔子生魯昌平鄉陬邑。其先宋人也，曰孔防叔。防叔生伯夏，伯夏生叔梁紇。紇與顏氏女野合而生孔子，禱於尼丘得孔子。魯襄公二十二年而孔子生。生而首上圩頂，故因名曰丘雲。字仲尼，姓孔氏……」[41]

司馬遷端坐於書案前，鋪展新簡，提筆凝神，開始寫《孔子列傳》[42]，才寫了一段，衛真急沖沖進來：

「御史大夫延廣畏罪自殺了！[43]」

司馬遷大驚抬頭：「所因何罪？」

「誣上。」

「又是腹誹……」司馬遷嘆息一聲，低頭不語。

當今天子即位之初，還能寬懷納諫，自從任用酷吏張湯，法令日苛，刑獄日酷。連張湯自己也莫能倖免，最終冤死於誣告。尤其是十七年前，大子造新幣，大農令顏異只微微撇了撇嘴，便因「腹誹」之罪被誅。從此，公卿大夫上朝議事，連五官都不敢亂動，更莫論口出異議。[44]

衛真又道：「御史手下中丞也已被處斬。兩家親族被謫徙五原戍邊屯田。」

司馬遷聽後，心中鬱鬱，不由得從懷中取出延廣所留帛書。這兩天，他反覆琢磨上面那幾句話，卻始終不解其意。只覺得那字跡看著眼熟，卻又想不起是誰的手筆。

衛真瞅著帛書，猜道：「這帛書莫非和《論語》遺失有關？延廣才把帛書送上門，我們就發覺《論語》遺失，接著他就被拘押，今天又自殺。他留的這幾句話難道就是在說這事？」

「石渠閣書籍由內府監守，圖書丟失，內府首當其責，御史大夫即便有過，也罪不至死。此外，我和延廣並無私交，他為何要傳這封帛書給我？」

「希望主公為他申冤？」

---

41 引自《史記．孔子世家》。

42 《史記》中為《孔子世家》，此處寫為《孔子列傳》，原因見後文。

43 延廣生平僅見於《漢書》中一句「（太初三年）正月，膠東太守延廣為御史大夫」。值得注意的是，《漢書．百官公卿表下》中，歷任御史大夫任免死亡，均有明確記載，獨缺延廣紀錄。

44 《史記．平准書》中記載：「（張）湯奏（顏）當異九卿見令不便，不入言，而腹誹，論死。自是之後，有腹誹之法，以此而公卿大夫多諂諛取容矣。」

「我官職卑微，只管文史星曆，不問政事，如何能替他申冤？」

「御史大夫死得不明不白，至少主公您可以借史筆寫出真相，還其清譽，使他瞑目。」

「我寫史記，乃是私舉，從未告訴他人，延廣如何得知？」

「主公當年探察史跡、遊學天下，又曾求教於延廣，講論過《春秋》[45]。主公雖然不說，但延廣精於識人，察言觀志，也能判斷出主公有修史之志。」

「這倒不無可能，我與延廣雖然只有一夕言談，但彼此志趣相投、胸臆相通，他確有可能猜到我之志願。不過，我將古本《論語》遺失一事上奏太常時，太常已經先知此事，並說有司也已在查辦，如果延廣確因此事獲罪，為何不等案情查明就倉促自殺？」

「莫非古本《論語》正是被他盜走？」衛真話剛出口，隨即又道，「不對，《論語》隨處可得，盜之何用？」

「那並非普通《論語》，乃是現存唯一古本。」

「古本再珍貴，也不過是竹簡，又不是金玉寶物，和今本區別難道那麼大？」

「你哪裡知道古文之珍！古代典籍經歷了始皇焚書、楚漢戰火，書卷殘滅殆盡。民間書籍雖有倖存，大多殘缺不全，加之儒家常遭貶抑，及至今上繼位，尊揚儒術，儒家經籍才稍稍復出。這時距秦亡漢興，已逾百年，歷五六代人，房樑木柱都已經朽蝕，何況書簡？現存各種經籍，版本雜亂、真偽難辨，即便同一版本，也各主其說，互相爭訐，有了古本，才能辨明真偽。」

「難怪當今儒學這派那派爭個不停。不過，主公從來不理會這些派爭，延廣沒道理讓您知道啊。我看帛書上頭一句是『星辰』二字，難道和主公執掌天文星曆有關？」

「星曆與圖書有何關係？」

「《論語》是聖人之言，《論語》遺失，也許上應天象，是個兇兆，延廣被拘那日天雨白毛，莫非他預感不祥，想讓您查出其中徵兆？」

「更加胡說！千年之前，周人已知『敬天』在於『保民』，深明『天聽自我民聽，天視自我民視』[46]。五百年前，孔子也曾道『未知事人，焉知事鬼』，長嘆『天何言哉』[47]！今人反倒不如古人，求神拜仙，巫鬼橫行。董仲舒雖然是我恩師，我卻不得不說這全是他開的惡頭，迷信陰陽，妄說災異，惑亂人心，流毒日盛！」

衛真嚇得不敢再說，轉過話題道：「延廣留下這幾句話，難道是暗指《論語》下落？」

「他為何不上報朝廷，為自己脫罪，反倒留些暗語，讓人亂猜？」

「難道其中另有隱情？」

司馬遷小心捲起那方帛書：「延廣煞費苦心，並為之送命，如果真有隱情，這隱情恐怕關係不小。」

衛真怕起來：「這事大有古怪，主公您最好不要牽涉進去。」

45 《春秋》：中國最早的編年體史書，相傳由孔子整理修訂而成，記載自西元前七二二年至前四八一年間歷史。漢武帝時期定為儒家「五經」之一。

46 引自《尚書．周書》。

47 兩句均引自世傳《論語》。

司馬遷未及答言，夫人柳氏走進來：「衛真說得是，御史大夫都因此受禍，這事非同尋常。夫君怎麼反要撞上去？」

司馬遷看妻子滿面憂慮，安慰道：「不必擔心，我知道。」

*　*　*　*　*

月光下，小童臉色蒼白，氣息全無。

朱安世大驚，忙伸掌在小童胸口用力按壓，良久，小童猛嗆一聲，一口水噴出，總算轉醒。

朱安世這才放心，剛咧嘴要笑，只聽對岸忽然傳來「噹啷吱呀」一陣聲響，城門隨之打開，吊橋急急放下，一隊騎衛打著火把奔出門來。

不好！朱安世忙一把背起小童，幾步躥進旁邊的草叢，奔了數百步後，聽見後面騎衛已趕到自己剛才上岸處，有人大喊：「岸邊有水跡！」

「這裡有腳印！是朝那邊去了！」

朱安世聽到，放輕腳步，加快行速，忽左忽右，在荒草中繞行數十步，確信足跡已經混亂，見前面有棵大樹，便奔過去，又用衣帶捆牢背上小童，手足並用，爬上了那棵樹，攀到樹頂枝葉最密的一根粗杈上，趴伏起來。

很快，那隊騎衛便趕了過來，他們果然追丟了腳印，在下面四處亂尋，隨後便分頭去找。

朱安世等騎衛蹄聲都已奔遠，才溜下大樹，回頭小聲問背上小童：「你怎麼樣了？」

「我沒事。」小童聲音雖低，氣息卻也平順。朱安世放了心，回手拍了拍小童，心想城西山塬縱橫，容易藏身，便邁步向西急奔。

他避開大道，只走田間小徑，一個多時辰後，行至無路處，在土塬中找到一處洞穴，取出火盒，用火刀擊火石，點燃火絨，向裡照看。洞內空空，只有幾處小獸糞便，早已乾透，便放心走進去。

兩人渾身濕透，一路秋夜風涼，小童凍得不住打顫。朱安世去洞外撿了些柴火，又用樹枝密密封住洞口，以擋火光，然後點著柴火，叫小童脫下衣服，自己也脫了，都搭在火邊晾烤。又在地下鋪好皮氈，從囊中取出一件長袍，兩人躺下蓋好，困乏睡去。

*　*　*　*　*

成信又硬著頭皮前去回報：「七星河南口城牆下果然有條秘道，卑職出了城門到護城河對岸去查看，見岸邊有一攤水跡和一串腳印，便帶人去追，不過……」

減宣罵道：「蠢！蠢！蠢！河底秘道人能過，馬不能過，汗血馬一定還在城裡，不許開城門，繼續在城裡細搜，何時搜到何時再開！」

杜周卻想：那朱安世冒死盜馬，定難輕棄。他要帶馬出城，只有從城門出。賊人藏匿隱秘，搜了一夜，都不見蹤影，再搜也未必找得到。與其徒勞費力搜尋，不如誘其自出。便道：「不必，打開城門。」

減宣一愣，但略一想，隨即明白：「大人高見！那盜馬賊就算逃走，一定還會回來設法取馬，還得從城門出去，汗血馬身形特異，再作偽裝，也不難辨認。」

於是他下令撤回城中搜捕人馬，打開城門，守衛照平時安排，只嚴查出城之馬。又挑了百名精於識馬的士卒，扮作平民，在出城要道暗查，城門外暗伏人手，以作堵截。

＊＊＊＊＊

太常遣信使又來催問「天雨白毛」之事。

當今天子崇信鬼神，越老越甚。前日天雨白毛，急命太常查究天意，太常吩咐司馬遷呈報。司馬遷一向不喜這些災異之論，尤其遍讀古史，見善者窮困壽夭、惡徒富貴善終，比比皆是，不可勝數。何曾見天道，哪裡有賞罰？因此，每逢受命解說災異徵兆，總是拖延遲怠，常遭太常斥責。

此事太常已經催過兩次，信使進門就冷沉著臉，聽說仍未完成，辭色更加不堪，司馬遷只得躬身賠罪，說此事離奇，倉促難以查明，需要參研古往紀錄。

信使冷冷丟下一句話：「日落之前，還見不到呈報，休怪太常大人無情！」隨即轉身就走。

司馬遷見不能再拖延，只得帶了衛真，去石渠閣查閱古時天象紀錄。

到石渠閣，仍是書監段建接引進去，打開金櫃，找到周秦天象簿記，衛真一一搬運到案上，司馬遷一卷一卷細查，查遍了也未找到相似記載，司馬遷犯起難來。

衛真見段建離開，便小聲說：「找不到記載更好。無可查證，正好隨意編纂。皇上崇信鬼神，愛聽吉言，就編幾句好話，他聽了歡心，主公也交了差事，豈不皆大歡喜？」

司馬遷卻搖頭道：「不好。」但上司催逼緊迫，要交差事，沒奈何，只得提起筆，依照物理，勉強應付幾句，關於福禍，卻隻字不肯提及。

衛真在一邊讀了，勸道：「這樣恐怕過不了關。」

「我只能言我所見、道我所知，至於過不過關，只能由他去，豈能為了交差亂造訣辭？」

衛真不敢再說，偷偷搖頭嘆息，抱起書卷，一一放回原處。

司馬遷心頭悶悶，望著燈焰出神，忽然聽到身後一陣金石相磨之聲，接著衛真叫道：「主公，快來看！」

司馬遷聞聲轉頭，見衛真趴在一個銅櫃前，櫃裡書卷全堆在外面，衛真擎著一盞燈，頭伸在書櫃中。司馬遷過去一看，書櫃底部竟有一個黑洞！洞裡架著一副梯子！

司馬遷瞠目結舌，遍體生寒：這裡為何會有一個洞？看梯子，應是有人從此上下，下面通到哪裡？洞口藏在書櫃裡，難道是條秘道？

衛真小聲道：「這是拉環。」

他伸手指向櫃內右側，底邊中間有個銅環。握住銅環，用力一拉，一塊銅板從櫃底應手滑出，再一拉，銅板蓋住洞口，與櫃底四邊密合，完好如初。銅板邊上一圈凹槽，衛真按下銅環，銅環正好扣在那圈凹槽中，嚴絲合縫，乍一看，是銅板上所刻環狀凹紋。唯有環頂，有一處半圓凹陷，指頂大小，彷彿澆鑄時誤留殘跡，衛真伸指在那凹陷處，輕輕一摳，便又摳起銅環。

司馬遷大驚，衛真又笑著指指櫃頂銅牌，銅牌上是書櫃藏書編目，上刻「秦・星曆」。

兩人異口同聲，念出延廣帛書第一句：「星辰下，書卷空！」

＊＊＊＊＊

朱安世醒來時，天已微亮。

他爬起來到洞口探看，外面一片薄霧，近處荒草凋零，並無人跡，遠處是農田，時辰尚早，未見農夫蹤影，於是他回身放心穿衣。小童也隨即醒來，穿好衣裳，坐著不說話，只拿眼望著朱安世。

朱安世這才仔細打量小童：睡了一夜，小童比昨日精神了許多，一雙圓眼，眸子黑亮，臉曬得黝黑，牙咬著下唇。小小年紀，神色中竟透著老成滄桑，靈動處看還是個孩子，倔強處卻像是經過了許多挫磨。

朱安世心裡湧起一陣憐愛，從背囊裡取出水囊，倒了些水在手帕上，湊近小童要幫他擦臉，小童卻慌忙說：「我自己來。」伸手接過手帕，認真把臉擦淨，而後將手帕擰乾，起身過來，拔開水囊木塞，一手抓起水囊，一手握著手帕，小心往手帕上澆水。水囊有些重，抓不穩，他的小手一直在顫，水卻沒有灑到地上。手帕澆濕後，他蓋好水囊，將手帕遞給朱安世：「朱叔叔，你也擦一把。」

朱安世一直看著，心裡暗暗讚嘆，忙笑著接過手帕：「你幾歲了？」

「七歲零三個月。」

「比我兒子還小兩個月。」

朱安世一邊擦臉，一邊想，兒子可不會幫我做這事。分別幾年，那小毛頭見了自己，恐怕都有些認生了。

他想著和兒子見面的情形，心裡暗道：他要是敢不大聲叫我「爹」，我就狠狠擰他的臉蛋，嘿嘿……他們茂陵宅院裡有棵槐樹，有雀兒在樹上搭了個窩。有一日，兒子聽到樹上小雀仔啾啾鳴叫，鬧著要捉下來玩，妻子酈袖不許，兒子一向怕他娘，不敢再說，嘟著嘴生悶氣。朱安世逗他，只輕輕擰了下他的臉蛋，兒子頓時借故大哭起來，無論如何都哄不住。朱安世只得求告酈袖，去捉了幾條蟲子，背著兒子爬上槐樹，讓他餵那幾隻小雀仔。兒子樂得了不得，正在餵小雀仔，老雀飛回來了，見到他們，立即振翅叫著，朝他們撲啄，朱安世忙抱著兒子溜下樹，老雀不依不饒，又追叫了一陣，才飛回巢中。兒子小臉唬得煞白……這小毛頭，嘿嘿……

那小童見朱安世笑，有些吃驚。

朱安世忙回過神，笑著問：「我聽那老丈叫你『歡兒』，是歡喜之『歡』嗎？」

小童邊穿衣裳邊搖搖頭：「我娘說，是馬兒歡騰的『驩』。」

「你姓什麼？」

「我不能說。」

朱安世一愣，看他一本正經，不由得笑起來，又問：「那老丈是你什麼人？」

「不知道。」

「不知道？」

「我是楚公公轉托給他的，以前從沒見過。」

「楚公公是你什麼人？」

「不知道。」

「又不知道？」

「是姜叔叔把我轉托給楚公公，以前也從沒見過。」

「你一共被轉托了幾人？」

「四個人。」

「你最早是跟誰在一起？」

「我娘。」

「你娘現在哪裡？」

驩兒不再言語，垂下頭，眼中忽然湧出淚來。

朱安世看這情形，猜想其母已經過世，不由得長嘆口氣，伸手在他小肩膀上拍了拍，轉身去囊中取食物。剛打開背囊，忽然發覺一事，忍不住叫了一聲。

驩兒忙擦掉眼淚問：「怎麼了？」

朱安世忙道：「哦，沒什麼。」

驩兒卻向背囊裡望了望，隨即道：「公公給你的酬金忘在客店裡了？」

朱安世見他猜破，不好說什麼，只是笑了笑。

他一直自視豪俠，想做出些驚天動地的壯舉，這次行刺劉彘未果，讓他黯然自失，發覺自己既非荊軻也非豫讓，第一就先捨不下妻兒，恐怕做不了什麼英雄豪傑。

心灰之餘，卻也定下主意，從此不再任意胡為，找見妻兒，從此一家人安穩度日。只是這兩年做馬卒，沒有多少積蓄，他本可以去巨富之家輕鬆盜些錢財，但妻子酈袖始終不喜他為盜，他想用正道得來的錢，買些禮物向妻兒賠罪，再置些產業以作營生。因為酬金豐厚，所以才接了這樁生意，結果卻居然……他苦笑了一聲。

正在思尋，驪兒忽然道：「你不用生氣，酬金丟了，你就不用管我了。我自己去長安，我也正好不想再連累別人。」

朱安世看驪兒一臉稚氣，卻神色倔強，不由得笑起來。

驪兒眼中卻又閃淚光，他忙用袖子擦掉眼淚說：「幾位叔伯都為我死了，公公也必定已經……謝謝你救我出城，我走了。」說著便向洞外走去。

朱安世忙起身攔住：「我既受你公公之托，哪能這樣了事？豈不壞了我名聲！」

驪兒站住，低頭不說話。

朱安世取出乾糧和水囊，遞給驪兒。驪兒卻遲疑不接，不料肚子咕咕叫起來，大大咽了聲口水，頓時紅了臉。朱安世笑起來，強塞到他手中，驪兒才低低道聲謝，接過去，卻不吃，放在氈上，坐下來，閉起眼睛，口中忽然念念有詞。

朱安世不知道他在做什麼，也不好問，便自己拿了塊乾糧，坐到一邊，邊嚼邊看。驪兒一直在念，嘰嘰咕咕，他聽了半天，沒聽清一句。

大半個時辰，驪兒才停了嘴，睜開眼，又伸出右手手指，在左手手心裡畫了一番，之後才拿起乾糧，低著頭慢慢吃起來。

「你剛才在念什麼？」

「我不能說。」

第五章：秘道夜探

「我去取馬，你在洞裡等我。」
「城裡現在到處是官兵啊。」
「不怕，我自有辦法。你不要出去，在這裡等我。」
「我知道，朱叔叔，你小心。」

朱安世不帶行囊，輕身徒步，向扶風回走。

遠遠看見城門大開，行人出入，一切如常，心裡有些詫異，略想了想，又不禁笑起來：他們料定汗血馬仍留在城裡，我捨不得馬，一定會回來取，所以故意設下陷阱。

城南護城河外不遠，有一處高坡，朱安世便捨了大路，穿進小徑，繞道上到坡頂，這時朝陽初升，俯視城外，見大道兩側密林叢中，隱隱有刀光閃耀。他目測距離，自坡頂到城牆，果然大致不差，又左右望望，仔細想好退路。

盤算已定，他伸出拇指，在唇髭上一劃，運一口氣，撮口作聲，音出舌端，發出一聲長嘯，聲音嘹遠，清透雲霄，迴響四野。

片刻之後，城門內隱隱傳來馬嘶聲和嚷叫聲，轉眼，只見城門洞中奔出那匹汗血馬，揚鬃奮尾，衝過守衛，翻蹄亮掌，風一般奔出城門，躍上河橋。

幾個守衛一邊急追，一邊大喊：「吊起橋！吊起橋！」

汗血馬才奔到橋中間，橋板忽然拉起。朱安世遠遠看見，暗叫「不好！」汗血馬卻並不停蹄，繼續前奔，橋板不斷升高，奔了十幾步，快到橋頭時，橋板已經十分陡斜，橋頭離地已有一丈多高，汗血馬前蹄一滑，險些蹶倒，朱安世不由得又驚呼起來。那馬長嘶一聲，身子一掙，兩隻前蹄先後搭住橋頭，縱身一躍，凌空而起，飛落到岸邊。

朱安世大喜，響響打了個呼哨，汗血馬身子一挫，將頭一偏，沿著河岸朝著土坡飛奔過來。吊橋也隨即重新落下，城內一隊驍騎緊隨而出，城外林中伏兵也聞聲而動，疾奔過來。

朱安世忙奔下土坡，趕到坡底，汗血馬一聲長嘶，已驟立在眼前。朱安世翻身上馬，拍拍馬頸，讚了一聲，隨即帶馬飛奔。後面驍騎緊緊追趕，到了城角，朱安世拍馬向北折轉，繼續疾奔，身後追兵雖落後幾丈，卻緊隨不捨，朱安世知道他們顧惜汗血馬，不敢放箭，所以放心奔馳。

疾奔一里路後，追兵漸漸被甩開，又奔一里多路時，穿過一片樹林，回頭已看不到追兵。朱安世這才放慢馬速，掉轉馬頭，揀了條小路，向南繞行。不到半個時辰，回到山洞。

驩兒聽到馬蹄聲，在洞口悄悄探頭，見是朱安世，叫著跑出來：「你真的救出牠來了！」

朱安世跳下馬，得意道：「吾乃朱安世也。」

驩兒睜大眼睛，用力點頭，朱安世第一次見他露出笑容，現出孩童樣兒，不由得伸出手摸摸他的頭，笑著進洞，收拾行囊，很快出來，抱驩兒上馬，穿過田野，沿一條山路，向西奔行。

＊＊＊＊＊

司馬遷和衛真離開了石渠閣。

衛真小聲感嘆：「難道《論語》真是從那個地洞被盜走的？誰這麼大膽，敢在石渠閣挖秘道？」

司馬遷見前面有黃門走來，忙制止：「回去再說。先去太常那裡交差。」

見了太常，司馬遷呈上文卷，太常展開一看，見只有寥寥數語，且全是猜測，不見定論，免不了又一番責罵。

司馬遷唯唯謝罪，不敢分辯，因念著心事，順口問道：「不知《論語》遺失一事可有下落？」

太常叱道：「干你何事？還不退下！」

回去的路上。

衛真納悶道：「什麼人會偷《論語》？」

司馬遷嘆道：「如今，孔子之學，通一經，就能為官受祿，儒家經籍，早已成為富貴之梯，人人爭攀。」

「但朝廷只設了《詩經》《尚書》《禮記》《易經》《春秋》這五經博士[48]，學這五經才有前途，並沒聽說有誰學《論語》得官祿的。」

「《論語》是孔子親身教授弟子之言，比那五經更真切深透。用《論語》解五經，才是正道。只可惜我當年師從孔安國[49]時，年輕無知，只學了《尚書》，未請教《論語》。後來恩師去世，現在悔時，已經晚矣。」

「主公學《論語》是為求真知，他人卻未必這樣，衛真雖然見識短淺，但遍觀滿朝人物，多是阿附主上、求榮謀利，有幾個真學者？有幾人求正道？他們要《論語》何用？」

「正因如此，他們才要引經據典，借孔子之言，自樹正統，排除異己。想當初公孫弘與董仲舒同得天子賞識，兩人主張不同，互不相容。公孫弘更加得寵，一路扶搖直升，官至丞相，猶嫉恨董仲舒學問高過自己，最終逼其免官歸鄉。學問之爭，從此變成權勢之爭。」

「話雖如此，可誰敢冒險到石渠閣盜書？不要命了？」

「我也想不太明白。不過當今之世，人心大亂，利令智昏，前日竟有人盜走宮中汗血馬。有人宮中盜馬，有人秘閣偷書，這天下真是大亂了。主公剛才見太常，為何不稟報秘道一事？」

「我才要說，就先被太常喝止，不許我管這事。」

「這倒也是，這事無關主公職任，還是遠避為好。」

「實錄史事是我平生僅有之志，此事非同小可，既然察覺，怎能裝作不知？何況延廣臨死寄語，必是望我能查明真相。」

48 《漢書・百官公卿表》中記載：「武帝建元五年（西元前一三六年）初置《五經》博士。」

49 孔安國：孔子十一代孫，西漢經學家。司馬遷曾師從於孔安國學習古文。《漢書・儒林傳》中記載：「安國為諫大夫，授都尉朝，而司馬遷亦從安國問故。遷書載《堯典》《禹貢》《洪範》《微子》《金滕》諸篇，多古文說。」（陸德明《經典・序錄》作十二世孫，此據史記）。

「主公執意要查，有一言衛真必須說。這樁事大悖常情，兇險難測，要查也只能秘密行事，萬萬不能讓他人知曉。」

「我知道。」

*****

汗血馬逃逸出城，杜周嘴角連連抽搐。

他曾任廷尉，掌管天下刑獄，幾年間，捕逮犯人六七萬人，吏員因之增加十餘萬，稍有牽連者，盡聞風避逃，何曾有人敢在他眼皮之下公然逃竄？

但他畢竟久經風浪，心中雖然怒火騰燒，面上卻始終冷沉如冰，他定神沉思：封死河底秘道前，這馬賊就先已逃出城了。亡命之徒，自顧不暇，未必會帶那小兒一起出逃。於是問道：「那小兒可有下落？」

賊曹掾史成信忙稟告說：「那客店店主及客商昨夜就已分為四撥，分押在四門，查認出城孩童，至今未見小兒出城。」

杜周道：「繼續嚴查。」

成信領命出去。

減宣在一旁道：「緝捕公文已經發出，各路都派了騎衛巡查，料這馬賊逃不出扶風轄境。」

杜周搖頭道：「未必。」

「這賊人騎了汗血馬，必不敢招搖過市，定得找個藏匿之處。何況汗血馬迥異常馬，雖然盜得，大路之上不能公然騎乘，賣與人，恐怕也無人敢買。盜汗血馬純屬自找罪受，無異於頂個大大的『賊』字招牌四處行走。這賊盜馬，不能以常理斷之，必定有個原委，查出這原委，才能獲知他的去向。」

二人正在商議，杜周手下左丞劉敢從長安遣人來報：「經四處盤查，逐一追索那盜馬賊在長安時所交往之人，已羈押十餘人，正在拷問，一有消息，即刻來報。」

減宣讚道：「大人調教的好下屬。」

杜周只動了下嘴角，算作一笑，心中卻在暗想：現在汗血馬已逃出扶風，能否追回，已無把握，我不能再留在扶風，得設法儘早離開，這樣才好移罪給減宣。

*　*　*　*　*

朱安世找了一片隱秘樹叢，和驩兒下了馬，取出食水，坐下充饑休息。

驩兒接了餅仍先放在一邊，又閉起眼念誦起來。朱安世細聽了一陣，仍聽不清，便不去管他，心裡細細思忖。

這孩子看著雖然古怪，模樣舉止卻讓人憐愛，而且定是吃了不少苦頭。那老人拚了性命要將他送到長安，交給御史大夫。御史大夫位列三公，官職僅次於丞相，這老少二人看衣著，十分貧寒，怎麼會和御史大夫有瓜葛？他能拿出那許多金子，難道是喬裝成窮人？這孩子年紀雖小，卻言語從容、舉止有度，也不像出自一般小戶人家。不過既然識得御史大夫，為何又會害怕官府捕吏？

朱安世想來想去，也想不明白，只得擱下，又盤算去路：自己眼下恐怕是天下第一號要犯，帶著這孩子，行走更加不方便，一旦被捉，反倒會害了他。那老人慷慨重義，豁出性命引開捕吏，定已被捉。他雖說是為這孩子，卻也是救了自己一命，就憑這一點，也不能有負於老人家，一定得把孩子安全送到。

妻子酈袖若在，也定會極力要他救助這孩子。就連兒子，雖然有些頑劣，卻生來就有一點小豪氣，最愛拿自家東西分贈給鄰家小兒。此事若辦不好，見到他們母子，怎好開口？

扶風左近的槐里和鄠縣，他都有故交好友，倒是可以把孩子轉托給他們，但自己盜了汗血馬，這孩子又牽涉到御史大夫，稍有不慎，便會遺禍給朋友。

想了良久，並無良策，這時驩兒已經念完、畫完，拿起餅低頭默默吃起來。朱安世看著驩兒，忽然想到：大人容易被人認出，小孩子容貌還沒長醒，誰能記得那麼清？

他頓時想到一個主意，等驩兒吃罷，將水囊遞給他，等他喝完，才道：「我身負重罪，恐怕不能親自帶你進京。」

「我知道。」驩兒毫無驚訝。

「我想了個辦法，不知你願不願意？」

「願意。」

「我還沒說，你怎麼就願意？」

「我信你。」

朱安世笑起來：「這個法子應能平安送你到長安。」

「只要不連累別人就成。」

「你一個小孩子，操那麼多心做什麼？」

「志士仁人，無求生以害仁。」

朱安世聽他說出這等老成話語，一愣：「你從哪裡學來的？」

「我娘教的。」

朱安世忍不住笑起來。

驩兒有些著惱：「我娘教得不對嗎？」

「很對，很對！你娘很好，很會教。」

「你娘當年不教你這些？」

朱安世笑容頓時有些僵。他已經許久沒有想起過自己的娘，連模樣都已經記不太清，只記得娘總穿著素色衣衫，說話輕聲細語，嘴角常含著一絲溫溫笑意。臨別那日，娘攬著他，在他耳邊柔聲道：「世兒，等你長大了，不要學你爹，也不要行商，更不要去做官，就做個農夫，安安分分過活。你一定要記著娘的話……」娘輕撫著他的頭，嘴角仍含著笑，眼裡卻不住地滾下淚珠。

朱安世並沒有忘記娘的囑咐，卻沒有聽娘的話，不由自主，仍走上了父親的舊路。念及此，他不由得長嘆一聲。

驩兒覺察，立即慌起來：「我說錯話了，對不起。」

朱安世笑了笑，站起身：「你在這裡躲一會，我去辦點事。」

他鑽出樹叢，沿著山塬小路，走了不到二里，找到一片村莊，農夫都在田間收割，兒童也去拾穗，村裡寂靜無人，偶爾幾聲雞鳴犬吠。朱安世潛入村中，查看門戶庭院，選了一戶看著殷實些的人家，進到房裡，於櫃中搜出一大一小兩套半舊秋服，放了二百錢在櫃中，包好衣服，怕人望見，便從後門出去，由村後繞路回去。

朱安世和驩兒各自換了村服，都大致合身。朱安世將驩兒舊衣埋在土中，自己戎裝包入囊中備用。騎了馬，尋路向驛道。

路上，他細細叮囑驩兒：「等會兒我在路上截一個可靠的過路人，使些錢，托他帶你去長安。你該吃就吃，該睡就睡，你一個小孩家，別人料不會起疑，只是不要輕易亂說話，應能保無事。到了長安，送你到我故友處，就是你公公寫信給他的那個樊仲子。你拿這把匕首給他看，他就知道是我，自會悉心待你。」

驩兒將匕首貼身藏在腰間，一路聽，一路點頭答應。朱安世見他如此乖覺，竟有些不捨。

半個時辰，來到驛道，朱安世將馬藏在林中，與驩兒隱在路邊樹後觀望。驛道之上，不時有官差、客商、役卒往來，朱安世一一仔細觀察，相了十幾個，皆不中意。後來見有一馬一車自西緩緩而來，馬上一位中年男子，車上一僕夫執轅，上坐一中年婦人和一個五六歲男童，車後滿載箱櫃包裹。看神情相貌、衣著貨物，應是一戶三口、中產人家，男子婦人都本分面善。

朱安世便牽著驩兒上前攔住，拱手拜問：「敢問先生要去哪裡？」

馬上男子有些詫異：「長安，你問這做什麼？」

「有件事要勞煩先生。」

「什麼事？」

「這是我家鄰人之子，父母都得病死了，其父臨死前將孩子托付給我，求我送他去長安舅舅家，我又要應差服役，明日就要啟程去張掖。先生正好順路，能否施恩，攜帶這孩子到長安？」朱安世說著邊從懷裡取出一個小絹包，裡面有三個小金餅，共三兩金子，「這是孩子父母留下的，正好用作先生護送酬金。」

馬上男子本不情願，見了金子，有些心動，回頭看看妻子，車上婦人微微點頭，又聽朱安世說了些好話，便點頭答應：「孩子舅舅在長安哪裡？」

朱安世連聲道謝：「他舅舅是賣酒的，名叫樊仲了，在長安西市橫門大街有家店叫『春醴坊』，一打聽便知。他舅舅為人最慷慨，孩子送到，定還有重謝。」

朱安世又蹲下身子，攬住驩兒雙肩，低聲囑咐了一番，驩兒咬著下唇，只是點頭，不說話。

朱安世想起一事，又向馬上男子道：「這孩子有個古怪毛病，每次吃飯前都要閉眼念叨一陣子，先生見了不要怪責。」

馬上男子道：「我知道了，你放心。」

朱安世將驩兒抱上馬車，笑著道別，驩兒也笑了笑。

車馬啟動，驩兒不住回頭，朱安世看車馬遠去，才回到林中，騎了馬，尋了條小路，隔著田野，追上那夫婦車馬，遠遠跟行，一直盯望。

東去長安，必經扶風。快到扶風時，朱安世不敢大意，先把馬藏在一片林子裡，而後步行，小跑著繼續探看。一路果然無事，也不見巡捕，那車馬緩緩駛進扶風西城門，門卒也沒有阻攔。

朱安世不能再跟進，便躲在一棵大樹後，遠遠望著，驩兒一直定定坐在車後，隔得遠，看不清臉面。

等了一陣，不見異常，朱安世才原路回去，尋到馬，穿過林野，繞道來到扶風東門外，躲進林子裡，下馬靠著一棵大樹坐著歇息，等待天黑。心始終懸著，坐不住，又站起身，汗血馬正在一邊吃草，他走過去撫弄著馬鬃，不由得想起酈袖常笑他的那句話──「你呀，總是沉不住氣。」

他性情中有一股莽撞激切之氣，雖然自己也清楚，卻始終無法根治。家裡酈袖管教兒子一直很嚴，他常和兒子一起背著酈袖做些「壞事」，每次兒子都能裝得住，他卻反倒總是要露出些馬腳來，被酈袖看破。就像有次他帶兒子去長安，臨走前，酈袖告誡說最多只能給兒子買一樣吃食、一件玩物。到了長安市上，他一時興起，讓兒子盡情吃了個歡心，又買了一大包玩物。回到家，兒子就開始鬧肚子，他只得騙酈袖說碰到樊仲子等一班朋友，紛紛買給兒子，不好推卻，並一樣一樣指名道姓。話還沒說完，酈袖輕輕道：「樊大哥今天到茂陵，來家裡找過你──」

今天這事不會有什麼不妥吧？

他連忙一條一條細細回想，想著想著，忽然大叫一聲：「不好！」

酬金給得過多了！

那三兩金子是他這兩年所攢軍俸，為打動那對夫婦，保驩兒平安，他傾囊而酬。本意雖好，卻過猶不及。三兩金值兩千錢，可購兩畝地。只是順路帶人，酬勞根本不必這麼多，何況他和驩兒身穿農家衣服，出手更不應如此闊綽，那對夫婦難免生疑。

現扶風城內搜捕正急，那對夫婦一旦起疑，或膽小懼禍，或貪圖賞金，都會害了驩兒那孩子！

*****

司馬遷與衛真細細商議後，黃昏時分，又登石渠閣。

段建見了，有些詫異：「太史這時辰還來查書？」

「前日天雨白毛，我受命細查，昨日來查古往紀錄，並未找到，因此呈報不詳，被太常責罵。只好又來重新查過，怕是昨天匆忙漏看了。今日不只要查星曆天象，其他古籍中也得細尋一番，好尋佐證。這要費些工夫，今夜整晚恐怕都要在這裡，你自去安歇，不必相陪。」

段建略一遲疑，隨即點頭答應，吩咐司鑰小黃門留下侍候，自己告辭去了。

司馬遷本心也是要再查尋天雨白毛紀錄，便命衛真搬書，埋頭細細翻閱查找。直到深夜，見小黃門瞌睡欲倒，便叫他去歇息。小黃門正巴不得，叩謝過後，留下鑰匙，到庫外宿處睡去了。

司馬遷與衛真相視點頭，執燈來到那個秦星曆書櫃前。

櫃門緊閉，銅鎖在燈影下閃耀森森幽光，像是在看守一櫃魔怪一般。兩人對視一眼，神色都無比恐慌。衛真拿出鑰匙串，鑰匙互擊，聲響格外刺耳。司馬遷不由得回頭四顧，書庫內一片黝黑死寂，滲著陣陣陰寒，他不由得打了個冷戰。

衛真選好鑰匙去開鎖，手都在微微發抖，插進鎖孔，擰了半天，才發覺鑰匙不對，湊近燈光，仔細選找，鑰匙又發出刺耳碰擊聲，衛真恐極而笑：「還真有些怕。」聲音也在抖。

司馬遷忙沉了沉氣，安慰道：「莫慌，慢慢找。」

試了好幾把，才終於找對鑰匙，開了鎖。衛真盡量小心去拉櫃門，才一動，軸樞發出一聲揪心之響。他忙伸手摁緊門扇，略停了停，才輕手打開了門。

司馬遷舉燈湊近，衛真將櫃中書簡一卷卷搬出，擺在地下，櫃內騰空後，拿過燈盞，照著櫃裡，伸手小心拉開銅板，底下黑洞緩緩顯露，如一口無底鬼井一般。司馬遷也擎燈湊近，兩人又對視一眼，都神色寒悚。

衛真脫下外服，摘掉冠帽，鼓了鼓勇氣，提著燈，鑽進櫃裡，猶豫了半晌，才踩著梯子，小心爬下洞去。

司馬遷忙低聲囑咐：「務必小心，如有不妥，速速回來！」

衛真強壓住懼意，笑著說：「主公千萬莫睡著了，到時候我叫不應。」笑容僵硬，面色在燈影下異常慘白。

司馬遷忙道：「我知道，你千萬小心！」

衛真又點頭盡力笑了笑，才沿梯慢慢下到洞底，竟有一丈多深。他用燈一照，洞底一個橫伸隧道，剛好容一人通過，鼓足勇氣，小心走進去。

司馬遷趴在櫃子裡，一直伸頸探看，見燈光漸漸暗去，直到底下全黑，才爬起身，按商定之計，拉回銅板，蓋住洞口，留下一道縫隙，取出備好的一個鈴鐺。鈴鐺下繫一根細繩，繩端一個鐵環，司馬遷將繩環墜下洞壁，鈴鐺掛在櫃角處，然後將書卷搬回櫃中，藏好衛真冠袍，虛掩了櫃門，回到書案邊，擦掉額頭汗珠，坐下來等候。

等了許久，心始終懸著，卻無可施為，便取出延廣所留書帛，反覆端詳誦念。

第一句「星辰下，書卷空」既然應驗，後面五句也應該各有解釋，而且都可能與《論語》失竊有關。「星辰」指秦星辰書櫃，難道「高陵」「九河」「九江」也各指一個書櫃？莫非是山河地理志？他忙去找到山河地理書櫃，一個一個打開，搬出書卷，仔細搜尋，卻沒看到有什麼秘道機關。

他想，後面幾句恐怕另有所指，於是回到書案邊，一邊等候衛真鈴聲，一邊仔細琢磨。

等了一個多時辰，仍不見動靜，正在焦心，忽然聽到身後有人低聲呼喚，驚得他大叫一聲，寒毛森立。

回頭一看，是個小黃門，端著一盤酒食點心，嘴裡連聲告罪：「小的驚到大人，該死！該死！」

司馬遷驚魂未定，大聲喝問：「你是誰？深更半夜來做什麼？」

「書監怕太史大人熬夜讀書，腹中饑餓，所以派小人送些酒食過來。」

司馬遷這才略略定神：「有勞書監如此悉心周至，代我致謝。」

「太史大人為公事辛勞，些微慰勞，不成敬意。」小黃門將酒食放到案上，眼角四下睃探。

司馬遷忙遮掩道：「你方才進來，有沒有見到我那侍書衛真？」

「小的不曾留意，閣外並無一人。」

「方才他說困倦，出去吹冷風醒醒神，這半大了還不回來，想是又去躲懶。你出去若見到他，叫他立即回來。」

「遵命。」

小黃門躬身告辭出去，司馬遷這才抹掉額頭冷汗。

第六章：繡衣金鷙

好不容易等到天黑。

朱安世又將馬留在林中，帶著盜具，見驛道早已無人過往，便索性走大道，一路疾奔，趕到扶風城牆下。

如他所料，清晨汗血馬公然奔逃出城後，城裡警備已鬆，只有日常兵卒在城上巡更。

朱安世渡過護城河，來到城牆犄角處，取出繩鈎，用力一甩，鈎住城牆垛口，攀繩蹬牆，只一口氣就爬到牆頂，躲在牆角外。等更卒過去，輕輕躍入，又墜繩鈎，倏忽間滑下內牆，到了城內。

幸而扶風城不大，一共只有七八家客店，朱安世隱蹤潛行，一家一家查探，查到第五家，於院中見到那對夫婦車子。便繞到客店後邊，攀上後牆，沿牆頂輕步走到離後檐最近處，縱身一躍，跳上檐角，落腳處瓦片只輕微響動。樓上一排皆是客房，透著燈光。朱安世躡步輕移，一間一間窺探，到第四間，找見了那對夫婦身影。

朱安世伏身窗外，見那對夫婦背坐在窗邊說話，驩兒則坐在几案那頭。

看到驩兒，朱安世才長吁一口氣。驩兒閉著眼睛，又在念誦，身邊案上一碗麥飯、一碟葵菜。小男童趴在驩兒身邊，不住問：「你在做什麼？你念的是什麼啊？」

婦人喚道：「敞兒過來，不要吵他。」

男子低聲道：「我一路觀察，這孩子實在古怪。而且一個農家，只是順道送個人，一下掏三兩金子，我怎麼越想越不對？」

朱安世心頓時一緊，他們果然起疑了。

但隨即，那婦人開口打斷了丈夫：「你管他呢，錢多還燒心？再古怪也不過是個孩子，難不成是個妖怪？你這輩子就霉在這點疑心上。心大財路廣，多少錢財都被你的疑心嚇跑了？咱們不過順路送人，明天趕早出城，走快些，傍晚就能到長安，交付了他，就了事了。你沒聽那人說，孩子舅舅還有酬謝呢！」

男子點頭：「說得也是。只是——」

「只是什麼？沒見過你這樣的，錢送到手邊還嫌燙，你看看這些年，得富貴的那些人，哪個不是膽大敢為？」

婦人一徑數落，說得丈夫再無聲音。

朱安世暗呼僥倖，一顆心這才落實。窩在窗下，繼續聽那婦人嘮叨嘀咕，不過日常瑣碎話頭。過了半晌，驩兒也念完畫罷，端起碗低著頭吃飯。小童在旁邊一直逗他說話，他始終不睬。小童沒趣，就過來縮到母親懷裡，嘰咕玩鬧。驩兒則默默吃完飯，放下碗，一直坐在案邊不聲不響，低頭摳弄著自己手指。

婦人站起身，鋪好被褥，讓驩兒睡在地下席子上，他們一家則睡床上。

屋內熄了燈，再無聲響，不久便傳出鼾聲來。

朱安世勞累了一天，也覺得困乏，卻不敢離開，輕輕換個姿勢，靠著牆在房檐上坐好，閉著眼睛，半醒半睡守著。

直到凌晨，天就要發亮，才輕步返回，離了客店，原路出城，回到東門外林中，找到汗血馬，靠著馬背，坐著打盹。

天剛亮，他就立即醒來，牽馬來到驛道邊一棵大樹後，靜候那對夫婦。

城門開後，陸續有人出城，然而，直等到近午，卻不見那對夫婦車馬。

＊＊＊＊＊

石渠閣星曆銅櫃內傳出鈴鐺搖動聲。

司馬遷趕忙過去，搬出書卷，拉開銅板，衛真爬了上來，滿身塵土，一頭大汗。

兩人一起將書卷搬回，鎖好銅櫃，回到案邊，衛真見桌上有酒，顧不得禮數，抓起酒壺猛灌了一大口，這才擦嘴喘氣道：「太古怪了！實在是太古怪了……」

司馬遷忙阻止：「回去再說。還有一個時辰宮門才開，暫且歇息一下。」

司馬遷伏在案邊，衛真則躺倒在地上，小睡一場，等天微亮，司馬遷催醒衛真，叫他穿戴好衣冠，出了書庫。門值宿處房門虛掩，司鑰小黃門在裡面猶睡未醒，衛真輕步進去，把書庫鑰匙串放在席上，兩人帶門出閣。這時宮門才開，司馬遷常在兩閣通夜讀書，守衛已經慣熟，拜問一聲，便放二人出宮。

才到家中，衛真便迫不及待講起洞底經歷。

他下到洞底，穿進橫道摸索而行，起先害怕，不敢走快，後來見那條秘道總走不完，便加快腳步。行了一陣，旁邊居然有條岔道，黑暗中不知通向哪裡，便仍沿著主道前行，走了不知有多久，眼前忽然現出磚鋪梯階，拾階而上，前有一道木門，門從內鎖著，推不開。

他怕燈光映出門縫，便熄了燈，扒著門縫往裡張望。裡面一間居室，燈燭通明，掛著帷帳，立一屏風，遮住了視線。屏風外榻上隱隱有一人憑几而坐，正在燈下夜讀。看屏風左右，陳設華美，器物精緻。

不多時，有人進到居室，因隔著屏帳，看不清相貌，只聽他說：「稟大人，繡衣鷲使到了，在外面候見。」

榻上人沉聲道：「喚他進來。」

那人出去片刻，引了另一人進來，伏地叩拜：「暴勝之叩見鷲侯。」

衛真從未聽過「繡衣鷲使」「鷲侯」這些名號，燈光之下，見暴勝之半邊臉一大片青痣，身上衣袍紋繡熒熒閃耀，才明白「繡衣」之意，又看屏風上繪一蒼鷲，凌空俯擊，猜想「鷲」應是指這蒼鷲。

那鷲侯問道：「扶風那裡可探明了？」

暴勝之答道：「確有一老兒將一孩子托付給一個盜馬賊，現扶風城內正在大搜，尚未捕獲。」

「那盜馬賊又是什麼來歷？」

「就是昨日盜走汗血馬的朱安世。」

「哦？這盜馬賊已經逃出長安了？他和那老兒有什麼瓜葛嗎？」

「杜周與減宣正在查辦審訊，屬下已派人潛聽，還未查出端倪。」

「有這兩人追查，麥垛裡的針尖也能搜出來。你速回去，查明那孩子身份，既牽涉到盜馬賊，那孩子必然古怪，不管是否我們所追餘孽，搶在杜周之前，殺了那孩子，不可漏了半點口風。」

「卑職即刻去辦！」

暴勝之離開後，那鸑侯坐了片刻，隨即命熄燈安歇。衛真又聽了一會，再無動靜，便輕步下了梯階，摸黑回到書庫洞口。

司馬遷聽罷，尋思半晌：「暴勝之這個名字似在哪裡聽過。」

衛真說：「我也覺得耳熟，只是想不起來。不知道這鸑侯是什麼來歷，聽口氣，有官員氣派，聲音尖厲，莫非是宮中內官？」

「但宮裡從沒聽說有什麼官稱『鸑侯』。」

「秘道裡還有一條岔道。」

「恐怕是通往天祿閣。天祿閣也曾失書，當年孔壁藏書就在天祿閣中，自我任太史令以來，就未曾見過。」

「這麼說，秘道已經很多年了？居然是個積年慣盜！如非宮中內官，絕無可能在兩閣挖鑿秘道。」

* * * * *

追查一日一夜，毫無結果。

杜周找了個托詞回長安，正在囑托減宣繼續密查追捕，卻見成信來報：「捉到那小兒了。」

杜周忙命帶進來，士卒押了一對夫婦、兩個小童來到庭前。仔細一問，才知道那對夫婦進京行商，途中受一路人之托，帶一個小童去長安，交給長安西市賣酒的樊仲子。因見了告示，心中起疑，所以報於城門守衛，經蔣家客店店主及客商一起辨認，正是當日店中那個小兒。

杜周又盤問一番，見那對夫婦與馬賊確是路上偶逢，毫無瓜葛，便命人賞了一匹帛，放了他一家。隨即遣郵使急速趕回長安，命左丞劉敢立即捉拿樊仲子，留住活口。

杜周這才細看那小兒，穿著農家布衣，緊咬著下唇，黑亮亮一雙圓眼，定定盯著人。問了幾句，小兒死咬著嘴唇，始終不開口。

杜周歷年所治獄案中，也曾拘繫過數百個罪人家幼兒，從未見過這樣坦然無懼的，便不再問，命人將小兒帶到後院廡房內，又在減宣府中找了個看著面善又能言會道的僕婦，細細吩咐了一番，讓那僕婦好好安撫逗哄小兒，從他嘴裡套問些話來。

那僕婦領命，到後院房中，拿了許多吃食玩物，溫聲細語，慢慢逗引小兒，小兒卻始終低著頭，不聞不問。過了午時，看著餓狠了，小兒忽然閉起眼，嘴裡念念有詞，念叨了半個多時辰。他睜開眼，又伸出手，手指在手心裡畫一番，這才拿了身邊盤裡的麻餅，低頭吃起來。餅太乾，被噎到，那僕婦忙端湯給他。小兒只喝了兩口，其他果菜魚肉一概不碰。吃完後，又照舊低頭坐著，一動不動。僕婦去找了幾個伶俐的童男幼女，來陪小兒玩耍，逗他說話，小兒卻始終像個小木頭人，連臉都不轉一下。

僕婦法子用盡，沒套出一個字，只得前去回報。

杜周又選了一個身壯貌惡的刑人，去後院，一把提起小兒，拎到刑房之中，拿刀動火，嚇唬小兒。小兒雖然害怕，卻一直咬著下唇，一點聲音不出。刑人見不奏效，又提了一個罪犯，當著小兒的面，施以重刑。

小兒仍木然站著，滿臉驚恐，淚水在眼裡打轉，卻仍狠咬著唇，強忍住不哭。後來見那重犯受刑，鮮血淋漓，痛號慘叫，嚇得閉眼捂耳，才哭起來。但問他話，只哭著搖頭，仍不說一個字。

刑人不耐煩，上來奏請略施些刑，逼小兒就範。

杜周越發詫異，略一沉吟，說聲：「不必。」

減宣提醒道：「這小兒恐怕知道馬賊去向。」

「那馬賊不至於傻到將去向告訴小兒。這小兒來歷不簡單，待我回長安慢慢套問。」

＊＊＊＊＊

快到午時，那對夫婦車馬才終於緩緩出了扶風東城門。

遠遠望去，車上似乎只有一童，朱安世大驚，顧不得藏身，不等車馬過來，大步奔迎過去。

車上果然不見驩兒，只有那夫婦自家孩子。那對夫婦見到朱安世，立刻停住車馬，滿臉驚懼。

朱安世一把扯住男子韁繩，喝問：「孩子去哪裡了？」

那男子支支吾吾，朱安世一惱，伸手將男子揪下馬來，男子跌倒在地，抖作一團。車上婦人驚叫，小童大哭，車夫嚇呆。

「孩子在哪裡？」朱安世又吼道，抬腳作勢要踢。

男子怪叫一聲，抱著頭忙往後縮。

「被官府抓去了！」婦人忙滾下車跪到朱安世身前哀哭起來。

「怎麼被抓去的？」朱安世雖然已經料到，但仍驚惱至極。

「官軍在城門口盤查，認出了那孩子，就捉走了。」

「胡說！」朱安世大怒，起腳踢中男子胸口。

男子又怪叫一聲，婦人忙撲爬過去，護住丈夫，不住叩頭，大叫饒命，哭著說出實話：原來，他們夫婦二人清早離開客棧，店主見他們帶著兩個孩子，就告誡說出城要小心，滿城都在搜捕一個孩子。離開客棧，見市門牆上掛著緝拿告示。到了城門，又有兵卒押著幾個人，在城門口盤查出城孩童。當時刑律，匿藏逃犯，觸首匿之科，罪至棄市。夫婦兩人怕受牽連，便交出了驩兒。

「兵卒押著什麼人？」

「看著像是客商。」

朱安世一想，應是昨日蔣家客店的客商，他們均見過驩兒，被官府捉來做人證。

他見那男子縮在妻子身後，癩鼠一般，越發惱厭，一把推開那婦人，抬腿就要去踢。婦人哭著抱住朱安世大腿，大聲哀告：「這位大哥哥，這怨不得我們啊，你也知道現今的刑律，稍微有點牽連就被殺被斬的。再說，城門把守得那麼嚴，我們就是想帶那孩子出城，也辦不到啊……」

朱安世腿被她抱住，一個婦道人家，又不好使力甩開，只得壓住火：「你鬆手，我不踢他就是。」

他連說了幾遍，那婦人才鬆開手。隨即她爬起身，跑到車邊，從車上抱下一匹帛：「這是官府賞的，我們不敢留，大哥哥你拿走吧，還有你給的酬金——」她朝丈夫喊道：「呆子，快把金子拿來啊！」那丈夫忙從囊中取出那三個金餅，仍跪在地上，抖著雙手遞過來。

朱安世見他們夫婦二人嚇得這樣，那小童更是唬得哭不敢哭，縮在車頭瞪大了眼睛，滿臉驚恐。他最怕見小孩子這樣，心一軟，長嘆一聲，心想婦人說得其實在理，錯還是在自己處事不周。酈袖若在這裡，也斷不會讓他為難這對夫婦。他身上只剩幾十個銅錢，路上還要花費，便從那男子手中一把抓過自己的三個金餅，恨恨吼了聲「走！」

婦人忙將那匹帛也遞過來，朱安世心中煩躁，又大吼一聲：「走！」夫婦兩人忙連聲道謝，抱著那匹帛，上了馬、駕了車，慌忙忙走了。

朱安世走進路邊林中，來來回回徘徊不定。那孩子眼下被嚴密看押，要救太難，偏偏自己又正被緝捕……正在煩躁，忽聽到路上傳來一陣急密蹄聲，躲在樹後偷眼一望，是匹驛馬，馬上一人官府郵使打扮，背著個公文囊，振臂揚鞭，飛馳而過，向長安方向奔去。

見到這驛馬，朱安世猛然想起：長安好友樊仲子定是被那對夫婦供出，只怕這郵使正是去長安通報此信。事未辦成，反倒連累好友，朱安世氣得跺腳，忙打個呼哨，喚來汗血馬，翻身上馬，不敢走大道，便穿到林後，找條小路，拍馬飛奔，向東急趕。雖然汗血馬快過那驛馬，但路窄且繞，一時難以趕過。

奔上一個高坡，俯瞰大路，那對夫婦的車馬正在前面，驛馬則遠得只見個黑影。朱安世急忙縱馬下坡，奔回大路，轉眼趕上那對夫婦。那對夫婦聽到蹄聲，回頭看是朱安世，大驚失色。朱安世放緩了馬，瞪著眼大聲問：「你們可向官府供出了長安樊仲子？」

那對夫婦滿臉驚懼，互相看看，不敢說謊，小心點了點頭。

「唶！」朱安世氣嘆一聲，顧不得其他，拍馬便向前趕去。大路平敞，汗血馬盡顯神駿，過不多時，便趕上了驛馬，馬上那個郵使轉頭看到，滿眼驚異，朱安世無暇理會，繼續疾奔，不久便將驛馬遠遠甩在身後。心想：這郵使怕會認出汗血馬，但救人要緊，就算認出，也只能由他。

急行二百多里路，遠遠望見長安，朱安世折向東北，來到便門橋。

這便門橋斜跨渭水，西接茂陵，東到長安。茂陵乃當今天子陵寢，天子登基第二年開始置邑興建。這些年先後有六萬戶豪門富室被遷移到茂陵，這裡便成為天下第一等富庶雲集之處。為便於車馬通行，渭水之上修建了這便門橋，可謂繁華咽喉。橋兩岸市肆鱗次，宅宇櫛比。

朱安世遠遠看到橋頭有兵卒把守，便將馬藏在岸邊柳林僻靜處，拔刀砍了些枯枝，紮作一捆柴，又抓了把土抹髒了臉，背著柴低頭走過橋去。橋上人來車往，他一身農服，灰頭土臉，兵衛連看都未看一眼。

上到橋頭，舉目一望，他的舊宅就在橋下大街幾百步外，遠遠看到院中那棵老槐樹樹頂，樹葉已盡黃，落了大半，他心裡一蕩，不由得怔住。

他自幼東飄西蕩，直到娶了酈袖，在茂陵安了家，才算過了幾年安適日子。尤其是兒子出世後，一家三口何等喜樂？若是安安分分，他們今天該照舊住在這裡，照舊安閒度日。然而，他生來就如一匹野馬，耐不得拘管，更加之心裡始終積著一股憤鬱，最見不得以強凌弱、欺壓良善，而這等不平之事滿眼皆是，讓他無法坐視。

現在尚未找見酈袖母子，他又惹了大禍，還牽連到老友，另得設法救驩兒那孩子……唁！我這死性就是改不掉！

他嘆了口氣，不能再想，拇指在唇髭上狠狠一劃，下了橋，繞至後街，到一宅院後門，輕敲門環，裡面一個小童開了門。

朱安世一步搶入院中，隨手掩門，扔下柴捆，低聲問小童：「你家主人可在？」

小童惶惶點頭。

朱安世忙說：「快叫他來！」

小童跑進屋中，片刻，一個清瘦的中年男子走出來，是朱安世故友郭公仲。

郭公仲見到朱安世，大驚：「你？」

朱安世顧不得解釋：「官府要捕拿樊仲子，你快去長安傳信，讓他速速躲避！」

「為何？」

朱安世嘆口氣：「事情緊急，不容細說。你馬上動身，快去長安！務必務必！我也就此告別。他日若能重聚，再細說。」

「好！」

郭公仲轉身去馬廄，朱安世開門窺探，見左右無人，便快步出巷，望見橋頭才放慢腳步，緩步上橋。

走到橋中央，他忍不住又回頭向舊宅望去。

他最後一次見兒子，就是在這橋上。

那天清早，他去長安辦事，兒子鬧著要跟他一起去，哄了半天，最後答應給兒子買個漆虎，兒子才掛著淚珠，嘟著嘴答應了。上了便門橋，他一回頭，淺淺晨霧間，依稀見兒子小小身影，竟仍立在門邊，望著他……

分別已近四年，這一幕像是刻在了心裡，時常會想起，只要想起，心裡便是一陣翻湧。

他行刺天子劉彘，本來堪堪已經成功，那日正是猛然想到了這一幕，才頓時喪了心氣。

當時，眼看劉彘騎遊就要結束，他再次深吸一口氣，雙手將韁繩分開，分別攥緊，心一橫，正要轉身動手，前面忽然傳來一聲叫喊「父皇！」

朱安世心底一顫，手一鬆，韁繩幾乎掉落在地。

那聲音清亮細嫩，在一派肅穆中格外鮮明悅耳。是一個小童，站在下馬錦榻邊，三四歲，穿著小小錦袍，戴著小小冠兒，應該是小皇子。他睜大眼睛望著劉彘笑，模樣乖覺可愛。

朱安世立時想起自家兒子，他最後一次在便門橋上遠遠望見兒子，兒子就是這麼大。

「髆兒！」劉彘在馬上笑道，「抱他過來！」

黃門聽命，連忙抱起小皇子奔到馬前，劉彘俯身抱起小皇子，放到自己身前，命道：「再走一小圈！」

朱安世照吩咐繼續牽著馬走，聽著劉彘在馬上笑語慈和，逗小皇子說話，威嚴肅殺之氣忽然消散，純然變作一個老年得子的慈父。

朱安世心中大為詫異：他竟也是個人？竟也有父子之情？詫異之餘，恨意也隨之頓減，聽著他們父子說笑，他心中一陣酸澀。

他以為自己早已想好，這機會千載難逢，只能狠心拋下妻兒。然而那一刻，想到將與妻兒永訣，心中忽然伸出一隻手，狠命將他揪住，既暖又痛，根本無法斬斷。

拋下世間最愛，一雪心中之恨，值嗎？

反覆猶豫，一小圈又已走完，馬已行至腳榻邊，幾個黃門迎了上來。

朱安世只得扯住韁繩，讓汗血馬停下來，頹然垂手，眼睜睜看著黃門將小皇子和劉彘扶下馬，護擁而去……

＊＊＊＊＊

司馬遷坐在案邊，手裡拿著延廣所留那方帛書，又在展看誦念。

柳夫人走過來，拿起火石火鐮，打火點著油燈。

司馬遷納悶：「大白天，點什麼燈？」

柳夫人並不說話，伸手從司馬遷手中一把抽過那方白帛，湊在燈焰上，白帛頓時燃著，等司馬遷去奪時，只剩了焦黑一角。

司馬遷怒道：「你這是做什麼？」

柳夫人抬頭直視丈夫，問道：「你因耿直木訥，屢屢得罪上司同僚，常年不得升遷，我可曾勸過你半句？」

司馬遷不解，搖頭說：「沒有，你忽然問這話做什麼？」

柳夫人不答，又問：「你私自著史，只求實錄，文無避諱，我可曾勸過你半句？」

司馬遷更加疑惑，又搖搖頭。

柳夫人嘆口氣，道：「你耿直，我不勸你，因為我知這是你天生脾性，而且忠直待人本是君子應有之格，人不喜你，並非你之過。你不得升遷，我從不憂慮，富貴浮雲，何須強求？況且仕途險惡，職卑位閒，正可避禍。你私自著史，我日夜擔心，只怕被外人得知。你那幾十卷文章隨手一翻，到處皆是罪證，我卻不敢勸阻，也不當勸阻。一來這是繼承父志，發揚祖業；二來是你滿腹才華，正當其用。人誰不死？哪怕因此獲罪，也是死得其值。但眼下這件事，我卻必須勸阻。《論語》遺失，自有太常查辦，與君何干？延廣明知秘道之事，卻不能替自己脫罪，反倒禍及全族。遺書給你，都不敢直言其事，設些謎語來遮掩，可見此事玄機重重、殺氣森森，你區區一個太史小官，職不在此，又何必涉險？我既然嫁你為妻，要生要死，都會隨你，並不敢惜命，只求夫君一件事——就算你不顧惜自己，也請顧念兒女性命……」說到此，柳夫人泣拜於地。

司馬遷忙扶住妻子，心中感慨，也禁不住濕了眼眶，長嘆一聲道：「好，我就丟過此事，再不管它！」

話音剛落，衛真走進門來，見此情景，忙要退出，司馬遷看見，問道：「什麼事？」

衛真小心道：「四處打探石渠閣原來那個書監的下落，問了許多人，連他素日親近之人都不知道他的去向。」

柳夫人聞言，抬起淚眼望著丈夫。

司馬遷沉吟一下，道：「我知道了。」

衛真偷眼看這情形，已大致猜到，便道：「石渠閣書監雖非要職，卻也是御封內官，如今憑空消失，可見背後之人權勢之大，衛真懇請主公再不要去管這事。」

司馬遷笑道：「好了，我知道輕重，你們不必再勸，我不再理會這件事就是了。」

柳夫人和衛真聽後，才長吁一口氣，一起展顏而笑。

第七章：黃門詔使

近黃昏時，重又望見扶風城。

路上朱安世想了各種辦法，都覺不妥，便驅馬來到驛道邊一個土坡後，放馬在坡底吃草，自己躺在坡邊，一邊歇息，一邊觀察路上，伺機應變。這時天色將晚，驛道之上行人漸少，多是行商販卒。望了一陣，忽見東邊駛來一輛軺傳車，皂蓋金飾，三馬駕車，一看便知是皇宮詔使。

朱安世頓時有了主意：可以假扮詔使，借天子之威，相機行事，沒有幾個人敢生疑。不過，這樣一來，又得添一條重罪，酈袖若是知道，恐怕會越發生氣。稍一遲疑，他隨即笑了：盜了汗血馬，其實罪已至極，再多條罪，也不過如此。何況，此舉並非出於洩憤，而是為了救驩兒，酈袖若在這裡，雖不情願，恐怕也只得答應。

於是他不再猶疑，幾步跳到路中，那車正駛到，車上御夫忙攬轡急勒住馬。朱安世看車中坐著一人，白面微胖，頭戴漆紗繁冠，前飾金璫，右綴貂尾，身穿黑錦宮服。御夫則是宮中小黃門服飾。

御夫喝問：「大膽！什麼人？敢攔軺傳！」

朱安世笑著說：「兩位趕路趕得乏了，請到路邊休息。」

御夫怒道：「快快閃開！」

朱安世笑著歪歪頭，拇指在唇髭上一劃，隨即伸手抓住中間負軛那匹馬的馬鬃，騰身一躍，翻上馬背，伸手攥住轡繩，吆喝一聲，執扯轡繩，那馬應手轉向路右，兩邊驂馬也隨之而行，向坡底奔去。御夫用力扯轡，卻被朱安世截在中間控死，絲毫使不上力，氣得大叫，車中詔使也跟著叫起來：「大膽！大膽！啊……」

那車離開驛道，繞過土坡，駛進路邊野草叢中，奔行到一片林子，朱安世勒住馬，跳下來。車上兩人都大張著嘴、蒼白了臉，看來從未經歷過這等事，驚得說不出話。朱安世抽出刀，笑著走到車邊，兩人一同驚叫起來。

朱安世晃晃刀，笑著安慰：「莫怕，莫怕！這刀一向愛吃素，只要別亂嚷，別亂動。」

兩人忙都閉緊了嘴。

朱安世又笑著說：「這刀還愛聽實話，問一句，答一句，好留舌頭舔湯羹。」

兩人又忙點頭。

朱安世便細細問來，那詔使一一實答，原來是京中罪臣之族被謫徙北地，出城後作亂逃逸，天子詔令杜周回京查治。

問清楚之後，朱安世便命那詔使脫下衣服。詔使不敢不從，從頭到腳，盡都脫了下來，只剩了件褻衣。朱安世自己也隨即脫掉衣服，一件件換上詔使衣冠。他人高，衣服略短了些，但詔使肥胖，所以穿著倒也大致過得去。他展臂伸足，擺弄賞玩一番，自己不由得笑起來。

正笑著，一扭頭，忽然看到詔使那張光滑白膩的臉，登時笑不出來——那詔使是黃門宦官，臉上無一根髭鬚。

朱安世一部絡腮濃鬚，並一直以此自許。要扮作黃門詔使，就得剃掉鬍鬚。男子無鬚，若非宦官，便是罪犯，這鬍鬚一旦剃掉，必定遭人恥笑，而且行動更加招人眼目。

他低頭看看手中的刀，又想想驩兒，雖然不捨，但畢竟救孩子要緊，何況這鬍鬚剃了還會再生。於是，一狠心，倒轉了刀鋒，揪住鬍鬚，割下一撮，端詳了端詳，撒手扔到草裡，繼續又割。這刀他新磨過，刀法又熟，不多久，頷下鬍鬚散落一地，伸手一摸，只剩鬍茬。又掏出匕首，一點點刮，刮得生疼，想起囊裡還有塊牛肉，就取出來用刀削了些肥脂，揉抹到臉上，刮起來果然爽利很多。

那詔使和御夫蹲在地下，都睜大了眼看著他。朱安世怕自己刮不乾淨，就喚那御夫站起來，把小刀交給他，讓他替自己刮。御夫顫著手接過匕首，朱安世伸著脖子，御夫握緊匕首剛要伸手，朱安世忽然大叫著跳開：「發昏了！竟把匕首交給你割我喉嚨！」說著拔出刀，刀尖抵住御夫肚子，「好！現在刮，你要妄動一下，或是刮破一點，我就捅出你的肚腸來。」

御夫手抖得更加厲害，驚瞅著朱安世，不敢動手。朱安世見狀，又不由得笑起來：「怕什麼？你只要好好給我刮乾淨，我自不會為難你。」

那御夫這才握著匕首，戰戰兢兢湊近，小心翼翼伸手，屏住氣，輕手把朱安世臉上鬍茬都刮乾淨，而後將匕首交還給朱安世。朱安世伸手在頷下摸了一圈，溜滑如剝殼雞蛋，心裡一陣煩膩。那黃門詔使偏又在一邊用尖細之聲嘟囔：「劫持詔使，罪可誅族，假扮詔使，更是……」

朱安世正在來氣，聽他聒噪，抬腿一腳，踢翻了那詔使：「你這醃肉！常日在宮裡，縮頭縮腦作狗，出了宮，拿腔拿調扮虎，老子最厭你這等聲氣嘴臉，再多屙半個字，割了你舌頭餵狗！」那詔使趴在亂草地下，捂著胯部被踢處，不敢再出聲，一張臉本就白膩，這時更加煞白。

朱安世從未見過宮內詔使宣詔，便大聲呵斥道：「起來！你見了杜周要怎麼說、怎麼做，仔細給老子演示一遍。」

那詔使忙爬起身，一招一式演示給朱安世看。朱安世照著學了一遍，其實倒也簡單，車駕到了府寺，自然有人來迎候進去，杜周上前跪拜聽詔，詔使宣讀詔書，而後將詔書交與杜周即可。只要做足詔使派頭，再不必說什麼、做什麼。讓朱安世犯難的倒是宣讀詔書。

他只粗識幾個字，從未讀過什麼詔書，而且詔文字句古雅拗口，哪裡能認得？好在總共只有幾句話，朱安世便叫那詔使一字一字念給自己聽，反複跟讀念誦，死死記在心裡。等詔文記牢，朱安世才讓詔使穿上自己脫下的那套農服，讓他靠著一棵大樹坐下，掏出繩子，將他牢捆在樹上，割了一塊布塞住他的嘴。詔使嗚咽點頭求饒。

朱安世笑道：「本該讓你赤著身子，吊起來凍成乾肉，看你老實才讓你穿了我的衣裳。你先在這裡好好歇一宿，若你命好，這林子沒有餓狼野狗，明日我就來放了你。」

隨後，他拿了詔使的公文袋，坐到車上，命御夫駕車：「去扶風！」

御夫振轡，車子啟動，回到驛道，向扶風疾駛。

不多時，已到扶風東城門，這時天色已經昏暗，幸喜城門還未關。

朱安世抽出刀，刀尖抵住御夫臀部，又用袍袖遮住，低聲說：「你只要叫一聲，我這刀就捅進你的大腸！」

御夫連忙點頭，驅車過橋、駛進城門，門值見是宮中軺傳車，皆垂首侍立，車子直駛進城，來到府寺門前。朱安世命御夫傳喚杜周接詔，門吏上前報說，杜周在右扶風減宣宅中，朱安世便命驅車前往。

遠遠看到街前滅宣宅門，朱安世算好時辰，掏出一個小瓶，拔開瓶塞，遞到御夫嘴邊，命他喝一口。御夫駭極，卻不敢不從，煞白著臉，張嘴喝了一口。朱安世命他繼續駕車，剛到滅宣宅前，車才停，御夫昏然倒在車上。

原來那瓶內是天仙躑躅酒，是一個術士傳於朱安世的，可致人昏睡。

朱安世學那詔使聲音，擠著嗓子，向宅前高聲喚人，門內走出兩個門吏，見是宮中軺傳車，慌忙迎出來。

朱安世繼續擠著嗓子道：「速去通報執金吾杜周接詔！」

一門吏忙回身進門通報，另一門吏躬身上前伺候，又有兩人也急忙奔迎出來。

朱安世下了車，吩咐道：「我這御夫又中了惡，他時常犯這病症，自帶有藥，我已給他服下，你們不必管他，片時就好了。」

門吏一邊答應，一邊躬身引路，朱安世手持詔書，進了正門。

＊＊＊＊＊

天色將晚，杜周只得再留一晚，明日再行。

小兒關在府寺後院廡房裡，賊曹掾史成信親自率人監守。

滅宣仍請杜周回自己宅裡安歇，兩人用過晚飯，又攀談了一會。杜周見滅宣一臉愁悶，心想最好還是能追回汗血馬，於是作出誠懇之姿，勸慰了幾句。減宣雖在點頭，神色中卻流露怨憤之氣。杜周裝作不見，知道減宣為了保命，定會盡力追捕，至於能否追回，則要看天意。若是減宣因此獲罪，也怪不得我，仕途之上，本是如此。

於是他不再多言，回到客房，正在寬衣，侍者忽報：「黃門傳詔至！」

杜周忙重新穿戴衣冠，急趨到正門，減宣也穿戴齊整趕了出來，黃門詔使已手持詔書大步走了進來。杜周和減宣忙跪地聽詔。那個黃門展卷宣讀詔書，原來是京中發遣罪人謫戍五原，才出長安十幾里，有罪人生亂逃亡，詔命杜周回京治辦緝捕。

那詔使讀罷，將詔書遞予杜周。杜周忙雙手接過，在地下垂首道：「杜周即刻遣人查辦。」

那黃門點點頭，問道：「皇上問汗血馬查得如何了？」

杜周忙答道：「汗血馬尚未追回，但已捉得一個小兒，與那盜馬賊甚有關係，正監押在府寺中。明日帶回長安，再查問。」

黃門點了點頭，道了聲「好」，略一沉吟，轉身就走。

杜周、減宣忙起身相送，杜周見那黃門身形魁梧，儀表堂堂，以前並未見過，左右只有兩盞燈籠，燈光昏昏，看不清相貌神色，他方才聽這詔使聲音似有些異樣，但也無暇細想。

兩人一同陪送詔使出了府門，減宣命人服侍黃門去驛館安歇。

拜送詔使離開，杜周即命人星夜趕回長安，告知左丞劉敢，連夜率人趕赴北邊查辦此事。吩咐完畢，才又和減宣道別，各回房中安歇。

躺下後，杜周不由得又回想那黃門言行，越想越覺不對，但一時又想不出哪裡不對。

正在輾轉反側，門外侍者忽然敲門急報：「大人，有刺客！」

杜周忙問：「什麼刺客？在哪裡？」

「右扶風府寺。」

＊＊＊＊＊

司馬遷只得拋開雜想，安下心來，繼續寫《孔子列傳》。年輕時，他曾師從孔子第十一代孫孔安國，又曾遊學齊魯，走訪儒林故舊，孔子身世大略都記得清楚。但提筆開始記述，需要援引孔子言論時，卻覺得心底發虛、落筆不安。現在世傳今文《論語》，不知道哪一句是真，哪一句是後人偽造。

五十多年前，還是景帝末年，當今天子王兄、魯恭王劉餘被封於魯地。劉餘好宮室犬馬，為擴新殿，毀壞孔子舊宅，匠人從牆壁中發現大批竹簡古書，其中便有《論語》。[50]是秦頒布挾書禁律後，孔子後人所藏。簡上文字狀如蝌蚪，是秦以前古文字，無人能識，只有孔安國能讀。孔安國將這批古書上獻朝廷，藏於天祿閣中。不知何時，這些古書竟都已不知去向，古本《論語》也隨之消失。[51]本

50 《漢書・藝文志》中記載：「魯恭王壞孔子宅，欲以廣其宮，而得古文《尚書》及《禮記》《論語》《孝經》凡數十篇，皆古字也。」

51 何晏在《論語集解・序》中說：「《古論語》，唯博士孔安國為之訓解，而世不傳。」

來石渠閣秦本《論語》尚可以引以為據，現在也被人盜走。

當今天子繼位以來，罷黜百家，獨興儒術，現在卻居然找不到一本真《論語》！

想到此，司馬遷心中窒悶，憤憤擱筆。衛真在旁邊正手握研石，碾墨粒、調墨汁，見司馬遷停筆悶思，瞅了瞅案上竹簡，文章停在「孔子曰」三個字，便小心問道：「主公又在為《論語》煩惱？」

「所引《論語》不知真偽，叫我如何下筆？孔子少時貧賤，一生困厄，曾被困於陳蔡，斷食數日，幾至於餓死。我師孔安國曾引《論語》孔子之言誡我，『士志於道，而恥惡衣惡食者，未足與議也』。你卻看今世所傳《論語》，居然云『食不厭精，膾不厭細。魚餒而肉敗，不食，色惡，不食，失飪，不食，不時，不食，割不正，不食，不得其醬，不食……』這哪裡是孔子？分明是飽食終日、富極無聊之語！」

「主公何不去向扶卿先生請教？」

「是了！這兩天事情一亂，頭腦發昏，怎麼竟忘了他？」

扶卿也是孔安國弟子，曾得孔安國親傳《論語》。[52]後被徵選入太學，作博士弟子。

司馬遷立即起身，帶了衛真出門，駕車去太常寺，到太學博士舍中尋扶卿。

到了一問，才知道扶卿出任荊州刺史，半年前就離京赴任去了。

衛真納悶說道：「朝廷只立五經博士，《論語》不屬五經，而扶卿只精於《論語》，為何能升任官職？」

司馬遷道：「聽說他後來師從呂步舒，習學《春秋》。呂步舒曾官至丞相長史，今又為光祿勳，為皇上近臣，想必扶卿是由此得官。」

衛真搖頭：「看來學通五經，不如拜對一師。」

司馬遷嘆道：「這便是今上高明之處——威之以殺，令人喪膽；餌之以祿，使人骨酥。」

離了太常寺，正要上車，司馬遷見前面走來一人，身著儒服，相貌清臞，看著面熟。那人見到司馬遷，急趨過來，躬身拜問：「學生簡卿拜見太史令。」

司馬遷這才憶起簡卿是兒寬弟子。兒寬當年也曾受業孔安國，[53]四年前，因歷紀紊亂，司馬遷與兒寬、落下閎等人共定《太初歷》[54]。當時，簡卿來京陪侍兒寬，司馬遷曾見過他兩次。雖然兒寬官至御史大夫，簡卿卻生性散淡，只在鄉里耕田讀書，朝廷數次徵舉，他都托病辭謝。因此，司馬遷甚是心敬簡卿，笑著執手問候：「原來是你，數年不見，一向可好？」

兩人寒暄了幾句，司馬遷想起兒寬病逝已經三年，歸葬故里，便隨口問起兒寬家人。誰知簡卿聞言，神色忽變，支支吾吾幾句，推說有要事去辦，使匆匆告辭。

司馬遷上了車，納悶不已，轉頭問衛真：「我說了什麼不妥的話嗎？」

衛真也正奇怪，上了馬，想了想：「並未說什麼不妥之語，主公詢問兒寬大人家人時，他才變色，莫非兒寬大人病故後，他也改投師門，去尋更好的門徑？」

---

52 王充在《論衡．正說篇》中說：「初，孔子孫孔安國以教魯人扶卿，官至荊州刺史，始曰《論語》。」

53 《漢書．兒寬傳》中記載：「治《尚書》，受業孔安國。」

54 《太初曆》：中國古代有文字記載的第一部完整的歷法。根據這部新曆法，漢朝中止了秦朝的以每年十月為歲首的紀年方法，改為正月為歲首，定農時二十四節氣。

「他不是這等人，況且看他剛才神色，似是要替兒家遮掩什麼……」司馬遷說著，忽然想起一事，大聲叫道：「對！是兒寬！」

＊＊＊＊＊

朱安世傳罷詔書，出了減宅，這才鬆了口氣。

行走說話只是裝樣子，倒不難辦，他最怕的是宣讀詔書。果然，剛才展開帛卷，要宣讀時，一見那些黑蟲一般的字跡，心頭一犯怵，頓時忘了詞句，幸好身邊有個僕役挑著燈，他裝作湊近燈光，略定定神，才記了起來，好在念得還算通暢。

杜周和減宣都跪伏在地，似乎也未起疑。不過朱安世早知兩人老辣精明，絲毫不敢鬆懈，仍裝出黃門那等趾高氣揚之狀，昂昂然出了門。

剛邁出府寺大門，一眼望見那輛軺傳車，卻見車上不見了御夫！

這時更加不能慌亂，他繼續若無其事，緩步走過去，那門吏急趨過來，俯首回報：御夫尚未醒來，另安排在一輛車上，還在昏睡，已派了府中御夫替詔使駕車。

朱安世這才放心，鼻子裡應了一聲，傲傲然上了車。減宣的御夫在車前躬身行過禮，隨即坐上車，執轡前行。杜周和減宣在一邊侍立目送，朱安世頭也不回。

車到了驛館，已有驛丞在外迎候，朱安世下了車，只點頭，不說話，隨驛丞到了館中宿處，回頭見人抬著那御夫到了側房中。朱安世算了時辰，心中有數，便不去管他。驛丞安排夜飯，朱安世兩天沒吃過好飯，見食物豐盛，便飽食一頓，卻不喝酒。吃罷即去安歇，吩咐不得打擾。

歇了一個多時辰，見天色已黑，朱安世脫了宮袍，沒有便服，便只穿著中衣，帶了刀，從後窗跳出，翻牆出了驛館，循著暗影向府寺趕去。還未到，就聽見裡面殺聲一片。他忙翻牆上檐，俯身一看，見後院中十幾個兵卒和七八個蒙面人廝殺，還不斷有兵卒衝進來。火把照耀下，那幾個人身穿蒼衣，各持一柄利斧，攻勢凌厲，又聽見有人大喊：「護住那孩子！」

朱安世大大納悶：難道有人來救驩兒？這樣正好，免得我勞神。他隨手又伸拇指在唇上一劃，發覺唇上溜光，不由得惋惜：白剃了鬍子了！

於是，他便坐在屋檐之上觀戰。下面亂騰騰鬥了一陣，忽然有人喊：「小兒不見了！」

雙方頓時都停住手，朱安世也忙挺起身。只聽見其中一個蒙面人打了個呼哨，隨即在牆上一蹬，躍上牆頭，其他幾個聞聲也一起急退，全都躍上牆頭，一起跳下，倏忽之間，隱沒在夜色之中。

朱安世看得真切，蒙面人並未帶走驩兒，見院中兵卒們紛紛搜尋，院中各處搜遍，都未找到。一個將官出來大聲吩咐：「快去府外尋找，各個角落都去細搜！」

吏卒們領命，各自率人分頭去追查。朱安世也忙轉身離開，避開兵卒，四下裡暗自急急找尋。

＊＊＊＊＊

杜周和減宣來不及駕車，一起騎了馬，急速馳往府寺。

到達門前，只見人馬混亂，嚷聲一片。

成信正提劍呼喝指揮，見了杜周與減宣，忙奔過來稟告：「一群刺客趁夜翻牆進到府寺，意圖行刺——」

減宣忙問：「刺客呢？」

「逃了。」

「全逃了？」

「卑職無能，卑職該死！」

「小兒呢？」

「不見了。」

「什麼叫『不見了』？」

「那些刺客要刺殺那小兒，卑職率人防守，刺客手段高強，殺傷十幾個衛卒，天黑人亂，等殺退那些刺客，卻找不見那小兒了。」

「是被刺客劫走了？」

「應該不是。刺客是來刺殺小兒的。」

杜周疑道：「你如何知道他們是來刺殺，而非劫搶？」

「卑職起先也以為他們是來劫搶，親自守在廡房中看護小兒，有個刺客刺倒門邊衛卒，跳進來，卑職與他相鬥，見他只要得空，就揮斧去砍那小兒，幸而都被卑職攔擋住，未能傷到小兒。」

減宣又問：「那小兒怎麼不見的？」

「卑職正與那個刺客纏鬥，後又有個刺客殺開衛卒，也衝進來，卑職以一敵二，難於招架，險些喪命，燈盞又被撞翻熄滅。幸而有其他兵卒隨後衝進來相助，才僥倖保命，一時慌亂，房內漆黑，就沒顧到那小兒。卑職已下令全城急搜，務必要找到那些刺客和那個小兒。」

杜周與減宣下馬進到正堂，左右掌燈，兩人默坐不語，等待消息。

過了一個時辰，門前忽然來報：「找到那小兒了！」

第八章：失而復得

朱安世四處暗尋，都不見驪兒蹤影，見滿城大搜的官軍，也都無所獲。正在焦急，忽然想起：驪兒恐怕是趁黑逃走，躲到了上次的藏身之處。

他忙避開官軍，繞路潛行，到營房邊大石後面，月光下果然看到一個瘦瘦小小的黑影。

朱安世低聲喚道：「驪兒？」

驪兒聽見聲音，撲過來，抱住朱安世，卻不說話。

朱安世摸著他的頭，溫聲道：「你來這等我？」

驪兒點點頭。

朱安世笑道：「你怎麼知道我要來？」

「我就是知道。」

「我要不來，你怎麼辦？」

「你肯定要來。」

朱安世咧嘴一笑，蹲下來，撫著驪兒瘦小雙肩仔細地看，月光微暗，看不清驪兒的臉，只見黑亮亮的眼中，隱約有淚光閃動。

朱安世忙問道：「你受傷了？」

驪兒搖搖頭：「有人衝進房子要來殺我，我趕緊躲到牆角——」

「哦？殺你？他們不是去救你的？」

「不是。」

「你是怎麼逃出來的？」

「一個將官和那兩個人打鬥，燈被撞滅了，房子裡很黑，我沿著牆角，爬到門外邊，又沿著牆根，爬到後院門邊，後門正好有人衝進來，門被撞開了，我就鑽出後門，一路跑到這裡躲起來了。」

朱安世打趣道：「你哭了沒有？」

驪兒慢慢低下頭，不出聲。

朱安世忙安慰：「該笑就笑，該哭就哭，這才是男兒好漢。」

驪兒點點頭。

朱安世又緊緊抱住驪兒：「有朱叔叔在，咱什麼都不怕！」

驪兒手無意中碰到朱安世的臉頰：「朱叔叔，你的鬍了？」

朱安世連忙說道：「有件事你要記住，三個月內，一個字都不許提我的鬍鬚！也不許盯著我的下巴看！」

驪兒不解，掙開懷抱，盯著朱安世的臉看。

「不許盯著看，不許說一字！聽見沒有？」

驪兒忙點著頭，轉開眼。

「這才是乖孩兒。」

朱安世坐下來，一邊攬著驩兒說話，一邊心裡暗想出城計策：以杜周、減宣的老到，河底秘道一定是被封閉了，現在扶風防守更嚴，輕易逃不出去。黃門詔使那輛軺傳車只有傘蓋，沒有遮擋，也不能隱藏。杜周明日要回長安，說要帶走驩兒，今天劫了軺傳車，又剃了鬍鬚，這鬍鬚不能白剃，既然杜周沒發覺他假冒黃門詔使，使點計策，於路上劫了，城外寬闊，又有汗血馬，應好逃脫。

盤算好後，朱安世對驩兒說：「叔叔有條計策救你出去，不過你得先回官府去。」

驩兒略一遲疑，隨即說：「好。」

「怕不怕？」

「不怕。」

朱安世見他如此信任自己，心中一陣感慨激蕩，便說道：「你放大膽子回去，朱叔叔死也會救你出來！」

驩兒點頭說：「嗯。」

朱安世又囑咐了些話，才讓驩兒回去，自己暗中跟隨，見官軍捉住驩兒，送回府寺，又隨杜周送到減宣宅中，才放心回到驛館。

這時已經時近午夜，驛館中寂靜無聲。他先潛到側房裡，那御夫正要醒不醒，朱安世見案上有壺水，便澆些在他臉上。御夫驚醒過來，開口要叫，朱安世早已捂住他嘴，用匕首逼著，嚇唬了幾句，命他跟著，輕步回到自己宿房，用衣帶捆了，汗巾塞住嘴，扔到牆角，讓他繼續睡，自己也睡了三個時辰。

天微亮，朱安世就起身，解了御夫捆綁，脅迫他到院中，駕了車就要走。驛丞聽到聲音，來不及穿戴，跑出來款留早飯，朱安世說聲「不必」，驅車離了驛館。來到東門，門尚未開，朱安世擠著嗓子高聲叫喚，門值見是黃門詔使，慌忙開了門，放下吊橋，朱安世叫聲「走！」御夫駕著軺傳車，疾駛出城。

＊　＊　＊　＊　＊

兩個兵卒擁著那小兒來到府寺庭前。

小兒頭上身上盡是血跡，杜周忙令查看，只有肩上一道淺傷，其他都只是濺到的血跡。杜周這才放心，命人帶到後面，擦洗敷藥。

這時成信前來回報，他帶人馬在城內巡查，走到南街口，卻見那小兒迎面跑過來，正好捉住。

杜周心裡疑道：這小兒應是趁亂摸黑逃離，該遠離府寺才對，怎麼反倒往回跑？

成信見狀，忙又道：「南街外有巡查衛卒，小兒恐怕是見到衛卒，所以才掉頭回來。」

杜周微點點頭，問道：「共幾個刺客？相貌看到沒有？」

「七八個，夜黑混戰，加之刺客都以巾遮面，所以未看到相貌。他們各個身手快捷，攻勢凌厲，而且彼此呼應，進退有度，不像是尋常草莽盜賊。卑職四下查看，只在後院找到一截衣襟，應是鬥殺時，從刺客身上削落的。」

成信說著取出巴掌大一片斷錦，杜周接過細看：蒼底藍紋，織工細密，銀線繡圖，纖毫畢現。因只有一角，不知所繡何圖，只隱約看著像是鷹翅之尖。

減宣接過去看過後，道：「王侯巨富之家才能見到這等精緻錦繡。」

＊＊＊＊＊

司馬遷回到家中，急忙找出所藏的那卷《太初曆》，打開一看，點頭笑道：「果然是兒寬筆跡！」

衛真在一旁大惑不解。

司馬遷又取出延廣所留帛書殘片，展開鋪到竹簡上：「見到簡卿，我就似乎想起什麼，卻又道不出，後來說著話，才忽然想起，這帛書上是兒寬筆跡！這卷《太初曆》，是當年兒寬親手抄寫贈予我的。」

衛真湊近低頭，仔細辨認後，吃驚道：「果然是同一人手筆，這麼說，這帛書是兒寬寫的？他留給延廣，延廣又留給主公？兒寬早就知道秘道盜書的事？」

司馬遷沉聲道：「兒寬一生溫良恭謹，位至御史大夫，可為則為，不可為則止，天子有過，也不敢匡諫，善於順承聖意，才得善終。他知曉此事後，怕禍延子孫，定是不敢聲張，卻又良心不安，所以才留下這帛書給延廣。方才問及兒寬家人，簡卿神色大變，恐怕正是因為此事。以我猜想，兒家子孫若非已經遭禍，則必定是避禍遠逃了。你速去找到簡卿，請他來宅中。」

衛真忙叩首勸道：「主公怎麼又要管這事了？先前延廣遇難，現在又牽出兒寬，他們位列三公，都無能為力，主公即使查出真相，又能何為？兒寬堂堂御史大夫，至死都不敢說出這事，主公何必要自蹈禍海？」

正說著，柳夫人忽從後堂走出：「衛真，你不必再勸，先下去吧。」

衛真忙起身退出。

司馬遷看妻子神情冷肅，正要開口解釋，柳夫人卻搶先說道：「你要說什麼，我盡知道，請夫君聽我一言——方才你走後，我反覆思量，才自覺失口，不該拿那些話來勸你。你我為夫婦已經二十餘年，我何以不知，以你之脾性，若想做一件事，誰能勸阻得了！何況事關《論語》，孔子一生言傳身教盡在於此。五百年帝王早化作塵土，而孔子仁義之道，澤惠至今。你要修史，若寫不好孔子之傳，一部史書將如人少了一隻眼。夫君放心，此事今後我不會再勸一字。只懇請兩件事——」

柳氏說著便叩拜下去，司馬遷忙伸手扶住：「難得你如此深明大義，司馬遷在這世間並無什麼知己，能有夫人如你，夫復何求！你有什麼話儘管說。」

「第一件事，請夫君千萬小心，萬萬謹慎，如今已有兩位御史牽連進來，這事恐怕包藏著天大的禍患。」

「這我知道，我也怕死，更怕牽連你和兒女。」

「第二件事正是為兒女，女兒已經出嫁，有罪恐怕也不會牽連外族，只是這一對兒子，我思前想後，想了個防患之策，只是不敢說出口……」

「你說。」

「我看近年多有官宦富豪之家，禍難將至，為保子孫性命，便教子孫改名換姓，移居他鄉，不知夫君可否——」

「那日在石渠閣看到櫃中秘道，我便已經遍體生寒，預感不祥，也在心中盤算此事。我只怕你捨不得他們，便沒有提起，既然你我不謀而合，無須多說，此事宜早安排。」

*　*　*　*　*

次日清晨，杜周命人備駕回京。

有了御詔皇命，現在回京，更是名正言順，減宣也無話可說。

那小兒昨夜關在減宣宅中，有重兵把守，再無刺客來襲。衛卒將小兒帶了過來，杜周盯著小兒細看，小兒仍像昨日，咬著下唇，不言不語，但碰到杜周目光，眼睛一閃，忙低下了頭。杜周令人去驛館，請黃門詔使同行，嘴裡吩咐著，眼睛餘光卻一直不離小兒。小兒聽到，忽又抬頭望向杜周，碰到杜周目光，又立即躲開，左顧右盼，顯然是在裝作無事。

侍者去了片時，回來報說天剛亮，黃門詔使就已出城去了。那小兒眼看著地下，耳卻一直豎起在聽。杜周看在眼裡，吩咐帶小兒下去，換一套衣服。

減宣前來送行，杜周道：「有事勞你。」

減宣勉強提起精神：「大人儘管吩咐。」

「途中盜馬賊必會劫這小兒。」

「他有這膽量？」

「此人昨夜就在你我面前。」

減宣瞪大了眼。

杜周心中氣悶，嘴角微微一擂：「黃門詔使。」

減宣越發吃驚：「在下眼拙，並未察覺。不知大人從何看出？」

原來，初見那黃門詔使，杜周便覺可疑。夜間躺在床上，細細琢磨，一一找出十一處可疑：

一、那詔使從未見過；

二、聲音聽著古怪，並非黃門自然發出的尖細聲；

三、宣讀詔書時聲氣猶豫；

四、衣裳略短，並不合身；

五、黃門大都皮膚光潔，那詔使遞過詔書時，手上皮膚粗糙，結著厚繭；

六、那雙手厚實有力，像是習武之人；

七、黃門在宮中，常年躬身低首，身形卑恭，那詔使卻氣宇軒昂，甚有氣概；

八、黃門在宮內謙卑，一旦出宮，見到官員，奉旨宣詔時，卻又有一種仗勢之驕，那詔使卻正相反，說話舉止均含忌憚；

九、那詔使始終不敢與自己對視，但說到那小兒，雖是夜晚，仍可感到他目光陡然一亮；

十、匆匆就走，似在逃離；

十一、軺傳車御夫昏倒在車上。

其中，杜周斷定至少有兩點確鑿無疑：

一、這詔使必定是假冒；

二、他假扮詔使必定與那小兒有關。

至於此人真實身份，杜周卻無法猜出。直到剛才，說到詔使，從那小兒眼神中，杜周才又另斷定三點：

一、那假冒詔使是朱安世；

二、小兒昨夜逃走後，又主動回來，定是朱安世的主意；

三、朱安世讓他回來，定是因為無法逃出城，因此要趁自己帶小兒回京途中，設計劫奪。

見減宣問，杜周不願多言，只答說：「猜測。」

減宣半疑半愧，不好細問，便道：「大人高明，在下這就去部署人手，沿途暗中防護，叫他自投羅網。即使那盜馬賊不來，也須防備那些刺客。」

杜周點頭道：「多謝！還有一事。」

「請說。」

杜周在減宣耳邊低語幾句，減宣聽後點點頭，隨即叫來親信書吏，低聲吩咐了一番，讓那書吏受命去辦。

部署已定，杜周上車，叫長史帶著小兒，坐一輛廂車，跟在自己軺車之後，隨即命令啟程。

五十名輕騎護著車駕駛出東門，向長安行進。行了十幾里路，見前面一輛宮中軺傳車翻倒在路邊，左邊車輪斷裂掉在地上，御夫昏倒在車旁，昨夜那個黃門詔使滿身塵土，哭喪著臉站在路上。

杜周看到，命令停車，那黃門詔使一瘸一拐走過來，正要開口說話，杜周吩咐一聲：「拿下！」

五十名護衛立即拔刀抽劍，驅馬圍過來，兩邊林中也突然跳出數百兵卒，賊曹掾史成信執劍當先。

黃門詔使大驚，但隨即打了一聲響亮的呼哨，向旁邊林中大叫道：「兄弟們，一起上！」

護衛們聞言，都扭頭向林中看，杜周忙喊道：「快拿下他！」

話才出口，黃門詔使已抽出佩刀，兩步飛跨過來。杜周車前有四名先導騎衛，黃門詔使刷刷揮刀，向前面兩匹馬腿上各砍一刀，兩匹馬受傷驚跳，馬上兩個騎衛沒防備，都摔下馬來。黃門詔使行步如飛，又揮兩刀，後面兩匹馬也相繼中刀驚跳。眾人大驚，尚未看清，黃門詔使已經飛身來到杜周車前，一刀砍倒御夫，跳到車上，一把抓住杜周，等杜周明白過來，黃門詔使一隻腳踩住自己肩頭，刀已逼在頸項上。

黃門詔使大叫：「交出那孩子！」

眾騎衛和兵卒全都驚呆，手執刀劍，圍在四周，不敢亂動。

路邊林中忽然傳來一陣馬蹄聲，隨後一聲馬嘶，汗血馬揚鬃奮蹄，飛奔出來。

黃門詔使又叫：「快將那孩子給我！」

杜周嘶聲叫道：「給他！」

後面那輛廂車前簾掀開，長史滿臉驚慌，哆嗦著從車裡探出身來，隨後拉出小兒，小兒被反捆著，滿臉滿身是血。黃門詔使見狀大怒，一拳重重打在杜周臉上。杜周從出生起，從未遭過這等重擊，顴骨劇痛無比，嘴角連連抽搐，但他只悶哼了一聲。

黃門詔使隨即拽著杜周，拖下車，朝長史大叫：「解開繩索！讓孩子過來！」

長史忙把小兒抱下車，解開繩索，送到黃門詔使面前。黃門詔使朝路旁衛卒叫道：「讓開！」

衛卒們看看杜周，又看看成信，成信也茫然失措，杜周這時卻已恢復冷靜，沉聲道：「放他走。」

衛卒讓開一條路，黃門詔使挾著杜周，叫小兒跟著自己，慢慢退到人圍外，來到汗血馬邊，叫道：「讓他們扔了兵器，退到路那邊。」

杜周向成信點頭，成信只得拋了劍，其他衛卒也紛紛扔掉刀劍，一起向後退。

杜周腿上一痛，被黃門詔使猛踢一腳，重重跌到地上，黃門詔使抱了小兒，飛身上馬，吆喝一聲，飛奔入林，蹄聲如滾豆，急密遠去，消失於林深處。

成信喝令一聲，衛卒們忙奔過來撿起兵器，紛紛上馬，衝進林中追捕。

長史和左右手下也忙趕過來扶杜周，杜周心中羞憤至極，但盡力沉著臉，擺擺手，自己從地上慢慢站起來，叫了信使過來，吩咐道：「回報減宣，依計行事。」

信使領命，騎了馬向扶風奔去。

這時，兵卒在土坡後發現黃門詔使，扶著出來，杜周命人攙上後面廂車。

隨即，也不要人扶，自己上了車，命啟程返京。

第九章：夾擊之策

朱安世救了驩兒，騎著汗血馬沒命地狂奔。

見驩兒滿身是血，他心中焦急，卻顧不得查看。

快要奔出林子，前方依稀有條小路，朱安世吆喝一聲，汗血馬一聲長嘶，更加快了速度。正在奔行，前面忽然現出幾騎，排成一個弧形，立在林子邊，一共八騎，一色西域蒼黑駿馬，馬上人全都蒼青繡衣，面罩青紗，手執長柄利斧，衣襟上都繡著一隻蒼鷹。

昨夜那些蒙面客？

朱安世見勢不對，忙撥轉馬頭，向左邊要走，那八騎立時驅馬，仍做弧形，圍趕過來。八匹馬雖不及汗血馬神駿，卻也都是西域良駒，無法輕易甩開。

左奔沒幾時，前面又現四騎，同樣黑馬繡衣、青紗遮面、手執長斧。那四騎迎面奔來，斧刃寒光閃閃。朱安世忙又左轉急奔，後面十二騎會合一處，列成一個大弧，圍追不捨。驩兒嚇得哭起來，朱安世忙安慰道：「驩兒莫怕！有朱叔叔在！」

他雙腿夾緊馬肚，解開腰帶，把驩兒拴緊在自己身上，而後掣出長刀，繼續左轉，向林子另一邊奔去，那十二騎隨即也掉轉馬頭，依然緊逼不捨。奔行不久，前面又現出四騎，迎面堵上來，仍是同樣裝束。朱安世連忙回頭看，後面十二騎已然圍過來，與前面四騎漸漸合成大半圓，不斷挨近，圍攏縮逼。

驢兒哭得更加厲害，嚇得聲音都變了。朱安世卻已經顧不得這些。眼下，只有來路上才有空缺，而官軍很快就會追到，別無他法，只有朝著蒼衣黑騎硬衝過去。

十二騎與另四騎之間空檔較大，朱安世便打馬急向那個方向衝去。等到那裡時，左右兩騎已經逼近，左邊一騎更近，揮動長斧就向驢兒砍來，朱安世忙揮刀擋開，那人斧柄一轉，向汗血馬後身砍去，朱安世急扯韁繩，汗血馬猛一側身，險險避開那斧。這時，右邊一騎也奔到近前，斜揮長斧，又向驢兒砍來，驢兒一聲尖叫，朱安世忙舉刀擋住，斧力沉猛，幾乎震落長刀。朱安世一驚，隨即翻腕，向那人反擊一刀，削向他的脖頸，那人急忙側身躲閃。朱安世轉身又反手一刀，刺向左邊那人胸前，那人正雙手高舉著利斧，要砍下來，見刀尖直刺過來，慌忙倒仰身子躲開。

朱安世這兩刀不實擊，只想逼退兩人，見破出空檔，急忙拍馬前衝，然而剛才稍一耽擱，另外兩騎已經疾奔過來，攔在前面。朱安世不等他們舉斧，先帶馬直衝向左邊，一刀疾砍，左邊那人猝不及防，慌忙躲開。朱安世又撥轉馬頭，右奔兩步，一刀揮向右邊那匹馬，右邊那人異常凶悍，並不管馬，揮斧向驢兒砍去，驢兒又驚叫起來，朱安世不等他斧頭過來，急忙翻腕，刀向那人臂膀砍去，那人左臂一痛，已被割到，才慌忙避開。朱安世打馬便走，其他十二騎卻已先後趕來，各個揮斧逼近。

朱安世見硬衝難過，一旦十六騎圍合成圈，就更難脫身，便急轉馬頭，回身返奔。剛才四騎攔在面前，朱安世無暇細想，直衝向最左邊，向那人連攻三刀，那人剛才臂上受傷，心有餘悸，左遮右擋，連退兩步，朱安世乘機衝破包圍，向來時方向回奔。那十六騎也隨即撥轉馬頭，緊追過來。

＊＊＊＊＊

杜周車駕從西邊直城門入城，長安熙攘如常，像是什麼都不曾發生。

杜周臉上被朱安世拳擊處，猶青腫一片，尚在痛。他不能用手掩住，這車又無遮擋，雖然路人看不到，門值及迎面行來軺車上的人卻都能看到，眼中都露出同樣的驚異。這等恥辱，即使當年做小吏時都未曾受過，杜周卻只能裝作不知。

多年歷練，他心緒越煩亂，面上便越陰沉。他深知除非有意為之，絕不能示人以短，何況倘若追不回汗血馬，性命都危在旦夕，這點恥辱又算得了什麼？

他不回家，先到府寺，也不叫醫，只擦拭乾淨，便命屬卜都來議事。

這些下屬看到杜周臉上之傷，都不敢問，一起裝作不見。

左丞劉敢率先回稟了三件事。

「其一，京中謫戍罪人逃亡生亂一事。已前去查明，戍伍出了長安，北上途中，延廣家中兒孫數人一起死亡，是在夜裡被人割斷喉嚨，不知何人所為。延廣家人因此與押送護衛起爭執，護衛鞭打了幾人，延廣母親被鞭，倒地猝死，延廣家人更加憤怒，奪了護衛的刀，砍傷了幾名護衛。卑職接到大人旨令，便同京輔都尉趕去辦理，因看詔書上明示要嚴辦，因此依照大人舊例，下令處斬了延廣家主僕中所有八歲以上男子，共計三十二口。其他謫戍之家均不敢再生事，戍伍繼續啟程，此事已經平定。」

杜周聽後，只微微一點頭。這樁事他並未放在心上，劉敢經他著意教導幾年，處置這等事不過是隨手應景而已。

劉敢繼續稟告：「其二，扶風所捉那老兒。卑職接到長史傳信，即命人查看簿記。二十一年前，淮南王叛亂平定後，除被斬萬人外，波及之族盡被發配西北邊地，其中有三百人被遣往湟水屯戍。戍卒兵器正是從淮南王武庫中收繳得來。由此可確知，那老兒正是當年湟水戍卒之一。卑職已傳信湟水，查明此人身份，半月之內必有回音。」

有下落就好辦，杜周說了聲：「好。」

劉敢又稟告第三件事：「其後卑職又收到大人傳信，立即去西市橫門大街捉拿『春醴坊』賣酒的樊仲子，那人似已得信，已先逃亡，只捉得酒坊中僕役六人，搜出若干金寶禁物。再三拷問，這些人確曾見朱安世與樊仲子有往來，朱安世盜馬一事，他們並不知曉。至於樊仲子下落，他們也並不清楚，不過，卑職已探得這樊仲子與茂陵郭公仲有瓜葛，郭公仲曾為盜賊，數次被捕，均以錢財抵罪，卑職已遣人前往緝捕。」

杜周聽到「朱安世」，一股怨毒從心底騰起，嘴角不禁微微抽搐，扯痛臉上之傷，但只是低低「哼」了一聲，隨即從懷中取出昨夜扶風刺客衣襟上削落的那片斷錦：「再去查明這個。」

* * * * *

天微微亮，司馬遷就和妻子送兩個兒子出城。

直送了三十里，才停下來，到路邊驛亭休息。司馬遷看著一對兒子，雖然心裡是淒楚難捨，但還能忍著淚。柳夫人卻從幾天前就開始偷偷流淚，今天一路行來，淚未曾乾過，下了車，才拭了淚，這時抓住兩個兒子的手，眼淚又止不住滾下來。

大兒十八，小兒十六，年紀雖不大，卻都稟了父親剛耿之氣，忍著淚，擁著母親笑語安慰。

司馬遷將家裡財產全數變賣，換成五十金，兩兒一人一半，各分派了一個老成家人看護。把自己的複姓「司馬」拆開，給兩兒各賜一姓：「司」字加一豎，改作「同」，給大兒；「馬」字加兩點變作「馮」，給小兒。讓他們一往東，一向南，各自求生路。

他又取出祖傳的玉佩，那玉佩是由兩條玉龍團繞成一個玉環，龍的首尾是接榫而成，可以拆為兩半，各成一枚半圓玉玦，司馬遷將玉環拆開，兩個兒子各傳一枚玉玦。

最後，司馬遷囑咐道：「盡量走遠一些，到地僻人稀的地方，給你們的錢財，一半用來置些田地房屋，一半留作積蓄以備不患。雖不多，卻也足以安家立業，度日過活。離開之後，萬萬不可對人談及父母家世，也不要寄書信，無須掛慮家中，我自會安排妥當。過幾年，各自婚配成家，自己主張，不必稟告。若日後平安無事，我自會去尋你們。」

兩兒垂首聽著，不住點頭答應。

「書要讀，理要明，但不許登仕途——」司馬遷繼續道，「我只盼你們能世世務農，清靜度日。存心須正，處事要端，待人以敬，不可貪慕富貴，捨本逐末。為人一世，但求無愧。你們兩個夜半自省，若能心中坦蕩，便是最大之孝。」

兩兒一起跪下：「父親教誨，兒定會銘記。只求二老能身安體康，早日家人團聚，讓兒能在身邊服侍雙親，養老送終……」

兩兒哽咽難語，哭了起來，重重磕著頭，淚水滾落塵土。柳夫人聽了更加傷痛，號啕大哭。司馬遷這時也再難自持，淚水滾滾而出。

良久，司馬遷才強忍住淚，說道：「好了，上路吧。」

柳夫人哭著抓住兩個兒子不放，司馬遷含淚勸了又勸，柳夫人才放開手。兩兒又重重跪拜，連連磕頭，後才哭著上車離去。

＊＊＊＊＊

那十六騎緊追不捨。

雖然汗血馬神駿無匹，一時間卻也難以擺脫。朱安世忽然想起昨夜府寺中情形，心想：好，就來個虎狼鬥！

他驅馬直直向來時方向衝去，奔了不多時，隱隱見官軍馬隊迎面追來，很快逼近，只見賊曹掾史成信當先，近百騎勁卒緊隨，蹄聲奔雷一般，直殺過來。

朱安世大叫道：「朱爺爺在此！」

那些衛卒見到，紛紛大叫：「馬賊在前面！」

朱安世毫不減速，直衝過去。

成信忙喝令：「小心不要傷到汗血馬！盡量活捉賊人！」

朱安世聽後暗喜，回頭見十六騎依然緊追不捨，更加高興，驅馬繼續前衝，等近在咫尺，眼看就要與成信迎頭撞上，才急轉馬頭，向右邊疾奔。成信大驚勒馬，其他前列衛卒也趕忙急停，後馬撞前馬，亂成一團，朱安世趁亂急奔。

那十六騎隨後追到，見朱安世向右邊奔去，也隨即向右急追。成信及幾個衛卒都認出那蒼色繡衣，又見他們面遮青紗，成信急忙下令：「兵分兩路，一路追馬賊，一路捉拿這些刺客！」

朱安世在前疾奔，後面官軍與十六騎緊緊圍追，一半官軍得令，執刀揮劍殺向那十六騎，那十六騎起先並不理睬，只拚力追擊朱安世，但那些官軍逼近後，便不得不揮斧廝殺。朱安世回頭看到，哈哈大笑，不再逃奔，驅馬只在林子裡兜圈，引得那十六騎被官軍越追越近，越圍越多。

等十六騎全被官軍拖住後，朱安世才打馬疾奔。官軍的馬不如那十六騎，漸漸被他甩遠。

朱安世卻不敢大意，奔出林子，沿著小路，直奔了半個時辰，離開小路，穿進田野，又東繞西折，確信官軍再追不上時，才在僻靜山塬、密草叢中找了個山洞，牽馬躲了進去。

朱安世抱驩兒下馬，才仔細查看他的傷勢，驩兒卻掙開他的手，縮到角落，渾身簌簌發抖。

朱安世忙走過去伸手攬住：「驩兒不用再怕，追兵已經被我甩遠，他們找不到這裡。」

驩兒卻繼續掙著身子，小聲哭起來。朱安世起先以為他只是受了驚嚇，仔細一看，覺得不對，忙取了水囊，用袖子蘸著水，擦拭驩兒臉上血跡。驩兒不停躲閃，朱安世一手抓住他，一手繼續擦，擦了一半，大驚：小兒不是驩兒！

面前這小兒只是身形相貌大致似驩兒，頭上臉上都是血污，不細看，根本看不出來，再加剛才事情惶急，哪裡能分辨得出？

朱安世抓住小兒喝問：「你是誰?!」

小兒被抓疼，大聲哭起來。

朱安世連忙鬆開手，忍住急火，小心安慰道：「你莫哭，我不會傷害你，你好好跟我說，你到底是誰？」

問了好一陣，小兒才哭著說：「我叫狗兒……」

「你家在哪裡？你怎麼會在那車上？」

「我爹是賣醬的，今天早上爹讓我去倒溲溺，提著桶剛出門，街上有個人過來，看見我就朝我笑，過來抓著我去跟爹說話，說府裡大人要借用我一天，還給了爹一大串錢。爹高興得了不得，就答應了。那個人就把我帶到府裡，給我好吃的吃，讓我換了這套衣服，又抹了些豬血和泥巴在我頭上、身上，讓我跟著那個大人坐上車，說帶我出來玩耍，然後你就來了，然後……嗚嗚嗚，我要回家……」

小狗兒又哭起來，朱安世氣惱之極，一腳將洞壁上一塊岩角踢個粉碎。

* * * * *

「黃門詔使果然是那盜馬賊偽裝，正要捉拿，卻被他突襲，劫持了執金吾杜周大人，奪走了那小兒。卑職率人追趕，誰知有十六名蒼衣刺客冒出來攪擾，那盜馬賊乘亂逃走了。那些蒼衣刺客身手迅猛，又都騎著西域良駒，殺傷我衛卒十幾個，也都突圍逃走，卑職無能，有辱使命。」

減宣聽了成信回報，厲聲斥責了一番，心裡卻暗嘆杜周果然眼力毒準，便命人帶小兒出來。不一時，驪兒被引了進來。成信見到，大為吃驚，才明白被奪走的小兒原來是替身。

減宣吩咐道：「將這小兒帶到市口，綁在街中央。」

成信忙小心問：「大人這是？」

減宣道：「那盜馬賊屢次捨命救這小兒，定不會輕易罷手。眼下只有用這小兒引他出來，你速率人埋伏，等那馬賊自投羅網。這次若再失手，你就自行了斷，不用再來見我！」

成信口裡答應著「是」，心裡卻大不以為然。

減宣看他欲言又止，更加惱怒：「怎麼？你覺著我這計謀不好？！你有更高明的計策？」

「卑職不敢！大人計謀甚好，卑職只是擔心那盜馬賊不會輕易落套。」

「他來不來是他的事，你只需盡好你的本分！」

「是！只是……」

「什麼？」

「還有那些繡衣刺客，他們志在殺那小兒，卑職擔心盜馬賊沒引來，倒留下空子讓那些刺客得手。如小兒死了，那盜馬賊就更無羈絆了。」

「我也正要捉拿那些刺客，他們若來，一併給我拿下！若小兒死了，唯你是問！」

「是！」

成信不敢再說，忙愁眉苦臉地押了驪兒，領命退下。

＊＊＊＊＊

衛真見司馬遷夫婦整日愁悶，便提議出城去走走，一為散心，二來正好可踏看一下石渠閣秘道通往何處。

司馬遷攜了柳夫人，駕車從未央宮西面直城門出城，到了郭外，向南略走了一段路，到了雙鳳闕下。此處正是與石渠閣平齊的地方，衛真估算了秘道方向、里程，向西一望，不禁伸出舌頭：「建章宮！」

其實聽衛真說秘道是向西時，司馬遷已隱約料到，秘道應是從未央宮通往建章宮。

建章宮是五年前興建，因天子嫌長安城裡地狹宮小，所以在長安城外、未央宮西營建了這建章宮，周回二十餘里，奢華宏麗遠勝未央宮，人在建章前殿之上，可俯瞰長安全城。因與未央宮隔著城牆，為方便往來，凌空跨城，造了飛閣輦道，從未央宮可乘輦直到建章宮。

秋風習習，秋陽如金，建章宮玉堂頂的轉樞之上，那只銅鳳迎風旋動，光耀熠熠。

衛真抬頭遠望宮牆樓闕，搖頭道：「建章宮裡千門萬戶，這可就不好找了。」

司馬遷問道：「秘道是否向正西？」

衛真閉著眼回想：「底下黑漆漆，當時心裡又怕，只記得洞口是向西，直直走了一陣子，而後似向左折了……」

「從你來去的時辰看來，秘道並不甚遠，出口應在建章宮東側，兮指宮和駘蕩宮這兩處在最東頭，離石渠閣最近。」

「我從門縫裡張看，那間屋子並不很寬敞，倒像是宮人、黃門議事之處。」

「從宮中竊書，必不敢在正宮大殿裡公然出入——」司馬遷向來只在未央宮太常官署行走，建章宮只在建成時去過一兩回，仔細回想了一下道路，「我記得東牆內有一排房舍，或是在那裡？」

「我得再去秘道走一遭，才能辨得準確些……」

柳夫人忙勸道：「那秘道不能再去，一旦被察覺，萬事休矣！還是先去打問一下，建章宮東側是哪些黃門主事。」

司馬遷點頭稱是，命御夫伍德駕車回城。

衛真忙道：「既然已經出城了，渭水之上，秋景正好，主公主母何不去遊賞遊賞？」

司馬遷見妻子滿面哀容、神色憔悴，心中湧起愛憐，伸手握住妻子的手：「你我很久沒有一起出來走走了，今日天氣晴好，且去賞一賞秋色。」

第十章：虞姬木櫝

朱安世忍不住連聲大罵，自己居然中了杜周奸計！

他見狗兒哭得可憐，沒辦法，只得等到天黑，把狗兒送到扶風城外，叫他自己走到城下，等天亮進城。

打馬回到山洞裡，雖然連日勞累，卻哪裡睡得著！手摸到光溜溜的下巴，更是怒不可遏。他越想越氣，恨恨道：「劉老彘！杜老鼠！這孩子我救到底了！」

話雖如此說，等氣消了些，平心細想時，卻不得不垂頭喪氣，現在再去救驩兒，比先前越發艱難。

眼下扶風城裡必定監守更嚴，雖然杜周已回長安，減宣仍在，也是個老辣劊子手，不好對付。何況自己剃了鬍鬚，又不能再扮黃門，光著一張臉，極易被人認出。思來想去，沒有好辦法。更何況驩兒此次被擒，實乃自己的過錯。早知如此，前夜既已找到驩兒，何苦自作聰明，又讓他回去？

正在氣悶，忽然想起一人：東去扶風幾十里，有一市鎮名叫槐里，朱安世有一故友在那裡，名叫趙王孫，是當世名俠，為人慷慨豪義。

他本不想讓老友牽涉進來，但眼下獨力難為，只得去勞煩老友了。

朱安世便趁著天未亮，騎了馬，悄悄向東邊趕去。到了槐里，晨光已經微亮。

朱安世當年曾與趙王孫約定，遇到緊急事，要訪他時，為避人耳目，在鎮西頭大楊樹上拴一條黑布帶，打三個結，然後到鎮外一處古墓等待。朱安世趁這時還沒人出來，爬上那棵大楊樹，在一根伸向路邊的高枝上拴好布帶，然後下樹打馬離開，走了二三里，到一處僻靜低谷，找見那座古墓，便躲在殘碑後面枯草叢中，讓汗血馬伏在草裡，自己也坐著歇息等待。因為疲倦，不久便睡去了。

睡了一陣子，一陣簌簌響動將他驚醒，朱安世忙攀著殘碑偷望，來人卻不是趙王孫，而是一個女子，正撥開枯草走過來。

那個女子二十多歲，面容嬌俏，體態嫵媚，一對杏眼顧盼含笑，兩道彎眉斜斜上挑。

朱安世認得，這女子名叫韓嬉，是秦國公主後裔。當年漢高祖劉邦攻破咸陽後，公主趁亂逃亡，流落到民間，隱姓埋名。韓嬉的母親嫁了一個鹽商，二十年前，朝廷下詔，不許民間製販鹽鐵，鹽鐵從此收歸官營。韓嬉父親得罪當地豪吏，不但鹽場被奪，全家也被問罪族滅。韓嬉當時年幼，幸得父親的故交——一位俠士相助，將她藏匿起來，才得以存活。

韓嬉從小跟著那位俠士，四處逃亡，學了一身遊俠飛盜的本事，因是個女子，又生得嫵媚動人，因此名揚四海，不論遊俠盜賊，還是王公貴族，都爭相與她交接，以能得她片時笑語為榮。

怎麼是她？

朱安世暗叫晦氣，知道躲不開，只得站起身，從殘碑後走出來。

韓嬉一眼見到朱安世，上下掃視一遍，目光最後停在朱安世下巴上，剛說了個「你」，一手指著朱安世下巴，一手袖子掩住嘴，呵呵呵笑起來。朱安世被她笑得難堪，又不好發作，皺著眉頭瞪著她。韓嬉見他這副神情，笑得更加厲害，也顧不得掩嘴了，雙手捂著腹部，直笑得彎下腰，幾乎癱倒。

朱安世惱火道：「笑什麼！」

韓嬉勉強收住笑：「莫非你在宮裡……」

朱安世氣哼哼道：「莫亂猜，是我自己剃的。你來做什麼？」

「剃了好，白嫩了許多，以後進宮就更便易了。」韓嬉一邊笑著，一邊從懷裡抽出一條黑布帶，上面打著三個結，正是朱安世剛才掛在樹上那根。

朱安世氣道：「怎麼在你手裡？」

半晌，韓嬉才算止住大笑，抿了抿笑得散亂的鬢髮，直直盯著朱安世的眼：「多年不見，故友重逢，怎的沒一句暖心的話？這樣狠聲狠氣，不說你欠了我，倒好像我欠了你一般。」

朱安世知道她難纏，勉強笑了一下：「你找我做什麼？」

韓嬉仍盯著朱安世：「明知故問，我可是追了你好幾年了。」

朱安世哈哈笑起來：「你還記掛著那匣子？」

韓嬉眉梢輕揚，伸手摘了身邊一朵小野菊，輕輕捻動，杏眼流波，望著朱安世道：「是我的東西，永遠是我的，千里萬里，千年萬年，也要討回來。」

朱安世笑道：「那匣子上又沒有刻你的名字，怎麼就成你的了？那本是虞姬之物，誰有能耐誰得之，我又不是從你手裡奪的。」

二人說的「匣子」是項羽愛妃虞姬盛放珠寶的木櫝。當年項羽殺入咸陽，盡搜秦宮寶藏，揀選了最稀有的珠寶珍玉，賞賜給虞姬。垓下之戰，虞姬自刎，項羽自刭，高祖劉邦為安撫項羽舊部，厚葬項羽，並將虞姬與之合葬，虞姬的珠寶木櫝也隨葬墓中。有個盜墓賊盜了項羽墓，得了這個珠寶木櫝，要送給韓嬉以求歡心。朱安世無意中得知了這個消息，於半路盜走，送給了自己妻子。

韓嬉輕嗅小菊，幽幽道：「我愛上哪樣東西，哪樣東西就是我的。」

朱安世知道她的性子，便謊稱道：「那匣子早在幾年前就已經丟了。」

韓嬉纖指拈下一片花瓣，微微撮起紅唇，吹了一口氣，將那片花瓣吹向朱安世臉上：「丟了也有個落處。」

朱安世伸手拂開花瓣，仍笑著道：「我另找一件好東西賠你。」

韓嬉又捻動那朵小野菊，輕嘆道：「今日今時今地，這朵花就是這朵花，哪怕一萬朵蘭蕙，也抵不過眼前這一朵。」

朱安世雖然不耐煩，但也只能賠笑道：「我現在有急事要辦，等辦停當了，一定找回那匣子，原樣奉還。」

韓嬉嘴角輕輕一撇：「喲，又來跟我打鬼旋兒。」

朱安世乾笑了兩聲：「我怎麼打鬼旋兒了？」

韓嬉冷笑一聲：「你不用再遮掩，我知道那匣子現在哪裡。」

「在哪裡？」

「在你家的妝奩櫃子裡。」

朱安世見她說到妝奩櫃子，暗暗心驚，看來她早已知道實情，只得賠笑說：「你既然知道，那就更好了。等我辦完手頭這件事，立即回家取了來，奉還給你。」

韓嬉聽了，忽然扭頭喚道：「趙哥哥，你聽見了？你出來吧，給我們做個證見。」

話音剛落，不遠處一棵樹後走出一個胖胖的中年男子，是趙王孫。

朱安世立即明白：定是韓嬉纏著趙王孫，讓他先躲在樹後。

趙王孫呵呵笑著走過來，見到朱安世光溜溜的下巴，也覺得好笑，怕朱安世難堪，便故作厲色道：「惹了滔天大禍，不騎著那胡驢子趕緊逃命，還敢來找我？」

趙王孫是當年趙國王族後裔，被秦滅國後，其祖淪為庶民，朋友間都不叫他名字，只叫他趙王孫，後來連他本名都忘了。

朱安世忙拱手一拜，誠懇說道：「碰到一件扎手的事，我一個人實在對付不了，所以才來向趙大哥求助！」

趙王孫哈哈笑道：「快活的時候不見你，有事就想到趙大哥了？」

朱安世知道他是在打趣，不過想到驩兒本就在被官府追捕，又出現那些蒙面刺客，雖然不知道底細，但看身手作派，又敢闖劫府寺，來路定不尋常。此事干係不小，實在不該讓趙王孫牽連進來，因此心中著實生愧。

趙王孫又笑道：「那馬呢？讓我也開開眼！」

朱安世輕聲打個呼哨，汗血馬從殘碑後站起身，邁步走了出來，趙王孫抬頭看見這匹神駒，不由得讚嘆：「果然名不虛傳，一生親見汗血馬，不枉英雄千里馳。」

朱安世笑道：「我還故意弄汙了牠，剪殘了牠的毛，若是洗刷乾淨，毛髮長齊，那才真正是天馬凌風。」

韓嬉笑道：「我正在想這幾年子錢[55]該怎麼算呢，這匹馬還好，勉強可以抵過。」

朱安世拍拍馬頸說：「我逃命全仗著牠了。」

韓嬉斜睨而笑：「你怎麼逃命我不知道，但你要騎了牠，只有死路一條。為了我那匣子，我勸你還是捨了這馬。」

趙王孫也道：「嬉娘說得是，現在全天下都在追查這匹馬，哪怕污殘了，到底是天馬，不難認出。你盜其他東西還好，偏偏盜這匹馬，等於騎了個大大的『盜』字在路上跑，你這頑性也太大了些。」

朱安世聞言，嘆了口氣。刺殺天子未果，他胸中始終難平，心想總得殺殺劉彘威風，劉彘既愛汗血馬，就盜走汗血馬。這一節他不願啟齒，只道：「我哪裡是頑？你沒跟著那李廣利西征，哪知道其中的辛酸氣悶？為奪西域良馬，六萬大軍征伐大宛，那些將吏個個貪酷，克扣軍糧，凌虐士卒。等攻克大宛，士卒死了上萬，一半戰死，一半竟是餓死。上萬性命最後只換來十匹汗血馬，一匹馬值一千人性命，大軍回來，那劉老彘不但不罰，反倒將他的小舅子李廣利封為海西侯，將吏封賞上千人，那些士卒卻只揀了條殘命回鄉。我不盜他一匹馬，實在洩不去心裡一團火。」

趙王孫聞言嘆息，韓嬉卻笑望著朱安世道：「你盜走一匹，他就能再去奪十匹，又得賠上幾萬條

55　子錢：利息。漢代把高利貸商稱作「子錢家」。見《史記．貨殖列傳》：「長安中列侯封君行從軍旅，齎貸子錢，子錢家以為侯邑國在關東……」

性命。」

朱安世聽她說得其實在理，這普天之下，只要劉彘想要，幾乎沒有什麼他得不到的，自己與他對抗，只如螞蟻搏猛虎。念及此，頓時鬱悶喪氣。

趙王孫察覺到，笑問：「你不遠遠逃走，來找我做什麼？」

「忙中添亂，攬了一樁事，纏住我，解不開，所以才來向你求助。」

「可是扶風城那小兒？」

「你怎麼知道?!」

「這兩日到處風傳你的事跡，連杜周都被你戲耍了，受你牽連，我們這裡家家戶戶都被搜查。那小兒究竟什麼來歷，你為了他鬧這麼大動靜？」

「我也不知道他什麼來歷，只是受人之托，那孩子又乖覺可憐，撂不下手。」

「你也算盡心盡力了，況且你本身就已擔了滅族之罪。」

朱安世低頭嘆了一聲道：「唶！前次本已經救出了那孩子，結果我一時考慮不周，又誤中了杜周的奸計，害那孩子又被捉回去。事由我起，怎好不管？況且你我都是做父親的人，怎麼忍心見人家孩子受這個苦？只是我一個人應付不過來，又犯蠢，剃了鬍鬚，更加不好行動了。」

韓嬉聽他說到鬍鬚，又呵呵笑起來。

趙王孫也忍不住笑道：「你現在這個樣子的確不能再露面了，你權且在我這裡躲一陣，至於那小兒，我聽說你的消息後，已經派人去扶風打探，午後應該就回來了，到時我們再商議。」

三人正說著，一個人撥開荒草走了過來，朱安世認得，是趙王孫的管家。那管家也一眼就看到朱安世的下巴，一愣，不敢笑，忙拱手垂眼拜問一聲，又向趙王孫稟告：「衣服取來了，莊客已在外面等候。」說著將手中一個包袱遞給朱安世。

趙王孫道：「槐里有公人巡查，去不得，你先到我莊子上躲一躲，這是一套莊客的衣服，你先換了吧。」

朱安世接過衣服，道聲謝，便要脫衣服，忽想起韓嬉在一邊，忙躲到殘碑後面去換衣服。

韓嬉笑道：「喲，還害羞呢。」

趙王孫和管家一起笑起來，朱安世頓時漲紅了臉，扭頭道：「嘿嘿，你不羞，我一個男兒漢羞個什麼？」便不管她，大模大樣脫下外衣，換上布衣，將換下來的衣服包在包袱中。

趙王孫道：「趁天還早，路上人少，快些走吧。」

四人一起離了古墓，出了山谷，來到路上，十幾個莊客騎著馬等在路邊，趙王孫教朱安世騎了汗血馬，混在莊客隊中，一起趕往農莊。

＊＊＊＊＊

成信押著驩兒到了市口。

他先挑了百十個精幹衛卒，都裝扮作平民，在街口周圍巡視、樓上樓下潛伏。又分遣人馬，埋伏在城裡城外，日夜輪值，一刻不休。四面城門則照平日規矩，任人進出。

佈置已定，叫人找來一根木樁，拿了一根粗繩，親自押著驩兒到街口，將木樁豎起在市口街中央，命衛卒拿繩索將驢兒牢牢捆綁在木樁上。

人們見一個小童被綁在木樁上，都覺得奇怪，但看風頭不好，不敢駐足，更不敢近前，都遠遠避開。本來這街口人流如織，這時卻頓時冷冷清清，只有那一干衛卒不時裝作路人往來。

守了一天一夜，並沒有動靜。

第二天清晨，東城門才開，門值見一個小童獨自走進城來，抓住一問，原來是裝扮驢兒的狗兒，忙送到成信那裡，成信又急忙領到減宣面前，一起盤問。狗兒說：盜馬賊夜裡送他到城門前，然後騎馬飛快地走了。至於其他，一概不知道。減宣只得命人送他回家。

一連三日，街口上始終不見動靜，成信有些焦急，減宣也暗自忐忑，但又想不出更好的計策，便仍命成信繼續嚴密監守。

第十一章：高陵之燔

伍德駕了宅中廂車，載著司馬遷夫婦，驅動車子，向北緩緩而行。一路秋風舞秋葉，來到渭水之上，兩岸秋樹紅黃，一派秋水碧青，日暖風清，讓人胸襟大開。

伍德聽司馬遷讚嘆，便扯轡停了車，司馬遷扶妻下車，讓伍德歇車等候，夫妻二人並肩沿著河岸，漫步向東游賞，衛真在後面緊隨，不時說些趣話逗兩人開心。

走了一陣，對岸看到高祖長陵，北依九嵕山，坐鎮咸陽原，陵冢形如一隻巨斗，倒覆於土塬之上，俯覽著長安城。

衛真笑道：「太祖高皇帝不放心自己的子孫，把陵墓端端建在北邊高地上，日夜望著長安，從駕崩至今，望了九十五年了，他看著兒孫作為，不知道中意不中意。」

司馬遷和柳夫人聽到「兒孫」兩個字，觸動心事，都黯然神傷。

衛真見狀忙岔開話題：「聽說當年高皇帝最厭儒生，聽人談及儒術，必定破口大罵。如果有客戴著儒冠來見，他必要奪扯了客人儒冠，扔到地下，當著眾人面，溺尿在裡面。當今天子獨尊儒術，高皇帝在墓裡見到，不知道這三四十年罵了多少。」

司馬遷搖頭道：「你只知其一，不知其二。高帝生性粗豪放蕩，群臣也多起自草莽，登基之後，把秦時苛繁禮儀全都廢除，君臣之間素來言語隨意。但平定天下之後，大宴群臣，大臣在席間飲酒爭功，妄呼亂叫，甚至拔劍擊柱，醜亂不堪，高帝這才深以為患，卻也無可奈何。當時有儒生叔孫通[56]，上奏高帝，願為制定朝儀，高祖應允。叔孫通召集魯地儒生三十人，共定了一套禮儀，訓練群臣。恰恰是整一百年前，長樂宮建成，群臣朝賀，叔孫通演示朝儀，諸侯群臣全都震恐肅敬，無人敢喧嘩失禮。高帝見了大喜曰『吾乃今日知為皇帝之貴也』。當朝興儒實始於此。」

衛真聽了，笑起來：「當初楚霸王項羽攻入咸陽後，要引兵東歸，說『富貴不歸故鄉，如衣繡夜行，誰知之者！』有人笑他是『沐猴而冠』，長樂宮那天朝賀，可謂是數百隻猴子一起冠戴起來裝模作樣。」

司馬遷苦笑一聲道：「孔子在世時就曾深嘆——『人而不仁，如禮何？』禮之本，在愛人敬人，如果心中不仁、胸懷不敬，禮則徒具其表，自欺欺人。禮越多，詐偽越多。大興禮儀，其實是在教天下人一起說謊瞞騙。」

「怪道人們常說『寧要真罵，不要假笑』。」

司馬遷點頭嘆道：「孔子本是一片救世仁心，後世只顧穿戴一張儒家之皮，儒者之心卻漸漸喪盡。」

兩人正在議論，柳夫人望著對岸長陵，忽然問道：「延廣那帛書上是不是有什麼『高陵』『高原』的句子？」

衛真忙答：「有！有一句『高陵上，文學燔』！難道『高陵』是指高祖之陵？」

司馬遷連連點頭：「有這可能！第一句『星辰下，書卷空』，指明《論語》失竊秘道，這一句莫非是說《論語》下落？」

衛真問道：「『文學燔』該怎麼解釋呢？」

司馬遷答道：「『文學』是文雅之學，今世專指儒學。『燔』者，焚也，是焚燒之意。陵墓之上，也有燔祭，焚燒柴火或全獸，祭拜先祖。」

「難道《論語》被盜之後，送到長陵來燒了？」

「冒天大風險挖秘道，費盡心思辛苦盜出，為何要燒？何況長陵有人看守，哪裡不能燒，非要拿到長陵來燒？」

「莫非盜書人深恨儒家，所以才去盜書焚毀？」

「現在天下人人學儒，爭先恐後，讀書之人盡都收藏儒經，哪裡能燒毀得盡？何況秦宮《論語》用古字書寫，遍天下也找不出幾個能識的人。即使深恨儒家，也不必燒這一部。」

兩人議論半天，找不出頭緒。也走得乏了，就慢慢回去，坐車返家。

柳夫人在車上道：「聽你們說『高陵燔』，我倒是想起了一件舊事，我家原在關東，後被遷徙到長陵邑，兒時曾親見長陵便殿遭過一場大火，當時我才七八歲，那火燒掉了大半個殿，濃煙升到半空裡。人都說這火來得古怪，議論紛紛，說是天譴，當時聽著心裡怕得很，雖然隔了三十多年，記得卻格外牢。」

56　叔孫通：（？—約前一九四年），秦末漢初儒家學者，曾協助漢高祖制定漢朝的宮廷禮儀，先後出任太常及太子太傅。詳見《史記・叔孫通傳》。

司馬遷道：「我也記得這事。那年我十一歲，第一次隨著父親進京，當時長安城裡也有許多人在議論，長陵令以及陵廟屬官全都被處斬。」

「我父親有位好友當時任長陵圜郎，正是因這場火，被問罪失職，送了命。一場火，死了多少人，卻並不是被火燒死。我還記得那火災是在四月春末，只隔了一個月，竇太后就崩了。又有人說那火災是個徵兆。」

「竇太后?!」司馬遷心裡猛地一震，忽然想起了什麼。

* * * * *

趙王孫派家人去扶風打探了消息回來：「減宣把那孩子綁在市口，顯然是設下陷阱等人去投。現在扶風城外鬆內緊，到處都是伏兵，要救那孩子，千難萬難。」

朱安世聽說驩兒還活著，稍放了些心，但想到他小小年紀，卻要遭受這些折磨，不由得罵道：「可恨！竟拿一個小孩子做餌！」

趙王孫也搖頭嘆息：「漢興百年以來，吏治一直都還清儉，直到當今天子重用酷吏張湯，這吏治才日漸嚴酷起來，後來為官做吏者都效仿張湯。張湯雖然執法嚴酷，倒還能清廉自守，不避權貴。那張湯後來被誣告納賄，自殺身亡，死後家產卻不過五百金，還都是天子賞賜，此外再無餘產。再看今世，趙禹、王溫舒、義縱、杜周、減宣……哪一個不是既酷又貪，變本加厲，越演越烈。無罪都要盡力牽連攀扯，何況有罪之家的婦孺？不說別人，你和嬉娘不都是僥倖得活的遺孤？你救的那小兒，據我猜測，恐怕也是罪臣之後。」

朱安世氣悶無比，一掌重重拍向几案，案上酒壺酒盞都被震翻，酒水四流。他圓睜著眼怒道：「禍根不在這些酷吏，罪魁還是那劉老彘。若不是他縱容，這些臣吏哪敢這樣放肆猖狂？早知如此，那日就該殺了劉老彘！」

趙王孫和韓嬉聽了都張大眼睛，十分納悶，朱安世這才大略講了講那日在宮中行刺的經過。

趙王孫聽罷，不由得吐了吐舌頭：「幸好你沒有動手，否則這天下已經大亂了。」

朱安世反問：「難道現在還不夠亂？劉彘繼位以後，奢侈無度不說，連年征戰，耗盡國庫，只有重斂搜刮，又濫用酷刑。別說尋常百姓，就是王侯之家、巨富之族，哪年不殺上千上萬人？我倒不與這些人交往，趙老哥你交往的那些官吏富戶，現在還剩多少？」

韓嬉扶起酒壺，放好酒盞，用帕拭淨几案，重新滿斟了一杯酒，雙手遞向朱安世，笑道：「歇歇氣，歇歇氣！那天你就算真的得了手，也並不好。」

朱安世接過酒杯，皺眉問：「怎麼不好？」

韓嬉笑道：「你想，殺了劉老彘，還有劉大豬，殺了劉大豬，還有劉小豚，劉家子子孫孫有多少？你還是改行做騙工算了，與其斬頭，不如騙根，絕了劉家的戶，那才叫一了百了。」

趙王孫笑道：「這個法子仍根治不了。」

朱安世和韓嬉同問：「怎麼？」

趙王孫道：「騙了劉家，還有王家、朱家、呂家、霍家……這天下遲早還是要被某一家佔了，到了這地位，恐怕誰都一樣。就拿我家來說，倘若當年我趙國勝了秦國，趙王做了皇帝，恐怕也不會比秦始皇好多少。就算有一兩代天子能賢明仁慈，誰家能保證子孫代代賢良？就像當今的劉家，高祖雖然出身無賴，當了皇帝，倒也沒有什麼大過，文帝、景帝，都還清靜節儉，輕徭薄賦，與民休息，天下過了幾十年還算清靜的日子，到了當今天子，說起來胸懷見地，遠勝前代，文治武功，天下繁盛，但就像朱兄弟所言，他對外連年窮兵黷武，對內搜刮殺伐無度，如今官吏貪酷，民間怨怒……」

朱安世問：「照你說來，就沒有法子治得了這病？」

趙王孫搖頭道：「諸子百家我也算讀了一些，平日無事時，也常思尋，卻沒想出什麼根治之法。」

朱安世低頭悶了一會，抬頭一口飲盡杯中酒，道：「這些事我也管不得許多，眼下還是商議怎麼救出那孩子。」

趙王孫又搖頭道：「看眼下情勢，想救那孩子，像是去沸油鍋底取一根針，難，實在難。」

朱安世自己又斟了一杯酒，一口吞下，回道：「實在不成，就只有捨了這條命，衝進去，救他出來！」

趙王孫搖頭道：「不好，這樣硬衝，不但救不了那孩子，反白白搭上你一條性命。」

朱安世悶頭連飲幾盞：「那孩子被捉，是我的錯，若那孩子有個好歹，我下半輩子也過不安生。」

趙王孫勸道：「還是從長計議，想必會有法子——」

韓嬉抿著嘴，略想了想，隨即眼波流動，笑道：「你們這些男人，只會硬來，不會軟取。其實這點事有什麼難？若是我出馬，定會叫那減宣乖乖交出那小毛頭。」

朱安世大喜：「哦？你有什麼好手段？」

韓嬉笑盯著他問：「如果我救出那小毛頭，你拿什麼謝我？」

「不管你要什麼，我保管替你找來。就算你想要那劉老彘的七寶床，我也有本事給你搬出來。」

「那匣子的賬都還沒了，你先不要耍嘴賴賬。匣子是舊賬，現在是新賬，你可不要蒙混過去。」

「那匣子一定會送還給你。若你真能救出那孩子，今後不管你要什麼，我給你找了來就是了。」

「趙哥哥在這裡，話是你說的，今後不許賴賬！」

「我朱安世是什麼人，會賴賬？要什麼，你儘管說！」

「我現在還想不出要什麼，等我想出來再跟你要。」

趙王孫笑道：「我就做個證人。只是——你真有法子救出那小兒來？」

韓嬉纖指舞弄著一支筷子：「我自有法子，不過，還需要趙哥哥在扶風城裡的朋友幫幫手。」

「這好說，我的朋友你儘管調遣。其實就算是仇敵，你嬉娘說一句，再笑一笑，誰會不聽你的？」

「趙哥哥如今也學滑了，會說甜話了。」韓嬉呵呵笑起來。

朱安世忙斟了杯酒，雙手恭恭敬敬呈給韓嬉：「趙老哥說的是實話，嬉娘果然是嬉娘，我老朱先敬謝一杯。」

韓嬉笑著接過酒杯，卻不飲，盯著朱安世，眼露醉意，頰泛紅暈，媚聲道：「你可要記著，我韓嬉的債可不是好欠的，欠了我的，哪怕一根針一縷線，我這輩子都記得牢牢的，到死都要追回來。」

朱安世笑道：「等這些事都辦了了，你哪怕要我這條糙命，也隨你。」

韓嬉纖手舉杯，袖掩朱唇，一口飲盡，而後倒傾酒盞，眼波如灼，盯著朱安世：「好！你這句話，跟這杯酒，我已經咽在肚裡，流進血裡，哪天了了賬，哪天才能忘。」

趙王孫笑道：「老朱這次是掉進蜂巢裡了，落在嬉娘手裡，能甜死你，也能螫死你，哈哈——」

韓嬉嬌嗔道：「趙哥哥不但學滑了，更學壞了，這樣編派我。」

朱安世心裡也暗暗叫怕，但眼下救驩兒為重，日後如何，且邊走邊看，於是，不再多言，只是嘿嘿賠笑。

第二天清晨，韓嬉一大早就去了扶風城。

她隨身只帶了一些金餅銅錢和一個小小的籠子，籠子用黑布罩著，不知道裡面是什麼。

趙王孫和朱安世既好奇，又不放心，派了個機敏的家人偷偷跟去，查探內情。兩人在農莊裡飲酒閒談，等候消息。

＊＊＊＊＊

第四日清晨，減宣在宅裡剛睡醒，侍寢的妾室忙起身，開門要喚僕婢服侍，抬頭卻見門梁上垂下一條白錦，頂端插著把匕首，錦帶上用朱砂寫了五個血紅的字：

饒你一命　朱

那侍妾不由得驚叫起來，減宣忙起身過去，看了看錦條上的字，又驚又怒，寒透全身，立即喝人查問。

查來查去，毫無結果，正在氣急敗壞時，成信滿面惶恐前來稟事：「稟告大人，那小兒……」

「被劫走了？！」

「沒有，不過……」

「不過什麼？」

「今早衛卒發現，小兒身上所捆繩索斷了。」

「怎麼斷的？那小兒現在何處？」

「小兒並未逃走，只坐在木樁下。卑職剛才親自去查看，繩索被齊齊割開，斷成幾截……天黑之前繩索還捆得好好的。」

「既然繩子斷了，他為何不逃走？」

「卑職也覺古怪，問那小兒，他卻一個字都不說，又不好用刑。」

「小兒身上藏有匕首？」

「前日捉到小兒時，卑職就曾親自搜查過小兒，倒是搜出一把匕首，已經收起來了。綁上木樁時，卑職不放心，又細搜了一遍，小兒身上並無一物。」

「必是送飯的人做的勾當！」

「卑職就怕有人私通，只派卑職家中一常年僕婦送飯，且每次送飯，都有兩個兵卒監守著一起去，街口上日夜都有衛卒監看，並不曾見有其他人靠近那小兒。」

減宣氣得無言，愣了半晌，才取出門梁上掛的那條錦帶：「這是賊人昨夜掛在我門前的，你一併給我查問清楚。當年王溫舒讚你如何如何能幹，怎麼到我這裡竟成了個廢物！」

成信只有連聲道：「卑職該死！」

「你死何足道哉！但死前先把這事給我辦好，將盜馬賊給我捉來！」

＊＊＊＊＊

司馬遷回到長安，忙帶著衛真，去天祿閣翻檢史錄。

果然，建元六年四月，高祖長陵旁高園便殿遭火災，大殿被焚，天子還為之素服五日，距今已三十五年。同年五月，竇太后駕崩。

竇太后是漢文帝皇后、景帝之母、當今天子祖母，歷經三朝。她出身貧寒，素知民情疾苦，又信奉黃老之學，深喜《老子》一書，一生厭惡儒學。時常勸諫文帝節儉持國、清靜待民，實行無為而治。景帝時，竇太后曾召問儒生轅固生[57]，讓他品評《老子》，轅固生直言嘲笑《老子》是家下婦人之言。竇太后大怒，令轅固生到獸圈中與野豬搏鬥。景帝在旁不敢違抗，見轅固生身單力薄，便偷偷送了他一把匕首，轅固生才刺死野豬，幸免於難。此後，再無人敢言儒學。

當今天子繼位後，起用趙綰為御史大夫、王臧為郎中令，欲興儒學，兩人勸天子不必事事上奏太皇太后，竇太后聞言大怒，將趙綰、王臧下獄，兩人在獄中自殺，竇太后又罷黜了支持儒學的丞相竇嬰、太尉田蚡，興儒之事因此擱下。

直到繼位六年，竇太后駕崩，當今天子才得以自行其道，命田蚡為丞相，詔舉賢良儒者，重用公孫弘、董仲舒等，罷黜百家，獨興儒學。

司馬遷又查火災原因，史錄中並沒有記載，只有董仲舒一篇文章談及這場火災。當時董仲舒歸居在家，聽聞此事，發了一篇議論，說此事是上天降災警示天子，應該誅殺奸佞貴臣，才能息天之怒。草稿才完成，無意中被政敵看到，偷偷竊走，密告給天子。天子拿這文章給左右大臣看，董仲舒弟子呂步舒當時在座，不知文章是出自老師之手，說此文大愚，言有譏刺。天子聽後下令將董仲舒下獄，其罪當死，後又下詔赦免，董仲舒才保住性命，從此不敢再言災異。[58]

司馬遷一邊查閱史料，一邊反覆默誦那句「高陵上，文學燔」，始終查不出其中關聯，只得釋卷回家。

路上，衛真道：「這一年儒學才剛剛振興，帛書上那句卻說『文學燔』，恐怕說的不是這一年的事情？」

司馬遷道：「如果竇太后沒有駕崩，儒學哪有可能振興？竇太后一生厭惡儒學，見當今天子有興儒的念頭，恐怕不會輕易讓其得逞。」

衛真瞪大了眼：「難道是竇太后知道自己將不久於人世，為防止天子興儒，燒了儒經？」

司馬遷點頭沉思道：「秦始皇曾焚燒諸子百家書籍，又頒布禁民挾書律。漢興以後，二世惠帝廢

---

57 據《史記・儒林列傳》記載，轅固生為西漢齊人，精於《詩經》，景帝時為博士，為人廉直。武帝時，以賢良徵固，遭人讒忌，罷歸。曾正言教導公孫弘：「公孫子，務正學以言，無曲學以阿世。」

58 《漢書・董仲舒傳》記載：「長陵高園殿災，仲舒居家推說其意，草稿未上，主父偃候仲舒，私見，嫉之，竊其書而奏焉。上召視諸儒，仲舒弟子呂步舒不知其師書，以為大愚。於是下仲舒吏，當死，詔赦之，仲舒遂不敢復言災異。」

除挾書律，自此民間才可藏書讀書。竇太后駕崩之後，儒學日盛一日，天子又採納公孫弘建議，在民間廣收藏書，獻書於朝廷能得重賞，儒家古經價值陡漲，人人求之不得，哪裡會再有『文學燔』？如果儒經真的被焚，的確只可能是在竇太后駕崩之前。高祖長陵這一年發生火災，一個月後竇太后就駕崩，恐怕並非偶然。」

「只可惜沒有真憑實據。」

「凡事再隱秘，總會有蛛絲馬跡留下，慢慢查尋，應會找出一些跡象。」

第十二章：巫術異法

朱安世坐立不安：「那韓嬉不是在戲耍我們吧？」

趙王孫笑道：「嬉娘看似輕薄浮浪，其實心思縝密、手段高超，又會魅惑團籠人，但凡男子，見了她無不願意效力，她要什麼，向來難得落空。」

「你這麼誇讚她，莫非也被她迷住了？」

「哈哈，男子見了她，能不為之心蕩神迷的恐怕不多，難道你就不動心？」

「嘿嘿，動心真是沒有，只是我見到她，不知怎的，心裡始終有些怕怕的。活了這三十幾年，能讓我老朱怕的人，除了我那妻子，也只有這韓嬉了。」

「嗯，我倒忘了你那賢妻，不論美貌還是聰慧，她比韓嬉毫不遜色，若論起貞靜賢淑，還更有勝之。」

「嘿嘿！」說到妻子，朱安世心頭一熱，不由得笑著嘆口氣。

「你們夫妻已分別三四年了吧？」

「差十來天，就整四年了。等救了這孩子，我就去尋她母子。」

「你盜那汗血馬，恐怕也是因為歸心似箭吧？」

「嘿嘿，確實是想盡快找見她母子。」
「不過，我倒有句話，這汗血馬太惹眼，你不能再騎了。」
「我本是想騎到北地草野無人煙處，放了牠，讓牠自在去跑去活。眼下看，不如送給你。」
「哈哈，這禮太重，我不敢收。騎又不敢騎，只能藏在宅子裡看，要牠何用？牠剛剛在馬廄裡叫了兩聲，我聽到都心驚。」
「韓嬉想要牠，那就送給韓嬉？」
「韓嬉也只是說說而已，這馬現在不是汗血馬，倒是塊大火炭，沾到誰就燒誰。這兩天就暫且藏在這裡，等韓嬉救了那孩子出來，再商議。」
「好，不過還有一事要拜托你。」朱安世忽然想起心事。
「那孩子？」
「嗯，那孩子不能再跟著我了，等救他出來，趙大哥能否替我將他送到長安？」
「好，我也正是這樣想。」

*　*　*　*　*

成信回去，一肚子怒火無處釋放，想起當初自己緝拿盜賊罪臣，南殺北討、東追西逐，不管貴戚豪富，還是強犯大盜，見了自己莫不驚惶逃竄，何等威風？現在卻因這盜馬賊，屢屢挫敗，受盡責罵。
百般想不過，成信便命人把昨夜當值的所有衛卒全都吊在庭院裡，親自執鞭，一個一個拷打，打得手軟，才喚手下繼續。那些衛卒已經受過拷問，這時痛上加痛，更加鬼哭狼嚎、聲震庭宇，拷問了半日，卻沒有一個知道繩索是如何斷的，更不知道那白錦帶從何而來。

成信無可奈何，只得到東市街口，又親自細搜小兒身上，衣縫都查遍了，也沒找到什麼東西，命人仍捆綁結實。自己來到街邊一家酒樓，選了間窗口正對著街心的房，親自坐鎮看守。

僕婦送飯時，成信又下樓到街口，親眼監督那僕婦給小兒餵飯飲水。到了木樁前，卻見那小兒又閉著眼，嘴裡急速念念叨叨，仍聽不清楚在念什麼。僕婦拿湯匙舀了粥，喚小兒張嘴，小兒卻繼續念叨著，成信大聲喝他，他也不理。過了半晌，他才睜開眼，張開嘴，一口一口吃了。成信盯著他吃完，才又回到樓上。

坐守一整天，並沒有看出任何異樣。

黃昏時分，信使忽然來報，命成信即刻去見減宣。成信吩咐衛卒繼續當心監看小兒，自己忙趕到減宣宅中，只見宅外卒吏密密圍定，進到宅裡，四處一片擾攘。到了中堂，見減宣正在咆哮，不知道又發生了什麼大事，心裡慌恐，低頭躬身小心進去。

減宣見成信進來，並不說話，怒氣沖沖將一件東西扔到地下。

成信忙撿起來看，又是一條錦帶，不過濕答答的，浸透了水，上面仍是用朱砂寫了幾個紅字：

再饒你一命　朱

成信聞到錦條上散出湯羹味道，大驚：「這錦帶在大人湯飯中？」

減宣身邊侍丞道：「剛才大人用飯，喝蓮子羹時，吃出一顆蠟丸，剖開一看，裡面藏了這錦帶。」
成信小心道：「當是廚灶及侍餐婢女所為。」
那侍臣答道：「相關人等已經全部拘押拷問，目前還無頭緒。」
「或是外賊潛入？」
「今早自發現了那門梁上錦帶，宅內外皆佈置了重兵把守，外賊如何能進來？」
成信不敢再言，低垂下頭，躬身聽候吩咐。
減宣這時氣憤稍平：「這定是那盜馬賊為劫走那小兒，故造聲勢，街口可有動靜？」
成信忙答：「卑職親自監看了一整日，絲毫不見異常。」
「我這裡自有人來查辦，你快回街口，片刻不能離開，睜大眼睛看著，不要中了那盜賊詭計！」
「是！卑職告退！」
成信火急趕回街口，那裡一切照常，仍無動靜。
這時夜幕漸起，成信命人在木樁上懸掛一隻燈籠，光照著小兒，顧不得困倦，上了樓，到窗邊，繼續親自監看。
夜色漸濃，街頭寂寂，除了偶爾飄過幾片落葉，爬過一隻老鼠，沒看到絲毫動靜。
熬到後半夜，成信實在熬不起，便吩咐衛卒嚴密監視，自己躺下歇息。睡了不一會兒，就被衛卒急急喚醒：「大人，那繩索又斷了！」
成信慌忙起身，到窗邊一看：小兒坐在木樁下，繩索散在地上。
他急忙跑下樓去，奔到街口，見那小兒圓圓的黑眼睛露著笑意。士卒撿起斷繩呈過來，成信接過來查看，仍是齊齊割斷。

身邊侍衛小聲說：「街市上人們紛傳這小兒會巫術，恐怕是真的。只要到飯時，他就閉起眼，嘴裡念念叨叨，莫非是在念咒語。」

成信心裡也狐疑，卻不答，只吩咐另拿一條繩索，重新將小兒捆綁起來。那小兒聽之任之，眼裡始終露著得意。成信看著惱火，卻又沒有辦法。呆看了半晌，看不出什麼，只得又回樓上監看。

監守到天亮，再無異常。

*　*　*　*　*

柳夫人親手置辦了些精緻小菜，溫了一壺酒，端上來擺好，讓司馬遷將那事暫放一放，先寬懷暢飲幾杯。

司馬遷笑著道聲謝，坐下來，舉杯要飲，忽又放下，另滿斟了一杯酒，讓妻子也坐下同飲。夫妻兩個很久沒有這樣對飲過，舉起杯，相視一笑，雖然日夜相伴，此刻卻像是分別多年、忽然重逢一般，心中都感慨萬千。

司馬遷望著妻子鄭重道：「此杯敬謝上天，賜我一位賢妻。」

柳夫人也笑道：「願我能陪夫君一起白頭到老，有朝一日父母子女能重新團聚……」話未說完，眼淚已滾了下來，忙放下杯，舉袖拭淚。

司馬遷溫聲安慰道：「你我難得這樣清閒同坐，今天就把心事都放下，好好痛飲幾杯才是。」

柳夫人點頭舉杯，兩人一飲而盡，柳夫人拿壺添酒，司馬遷伸手要過壺：「今天我來斟酒。」兩人連飲了幾杯，想說些什麼，卻都不知從何說起，竟有些尷尬，互相看著，忍不住一起笑起來。窗外秋意蕭瑟，這一笑，座間卻忽地蕩起一陣春風，暖意融融。

司馬遷伸臂攬住妻子：「你可記得？當年我們初見時，便是這樣笑了一場。」

柳夫人閉起眼，笑著回憶：「那時，你連鬍鬚都沒長出，一個呆後生，愣頭愣腦盯著我，眼睛也不回避一下，像是從沒見過女子一樣。」

「哈哈，我自小一直在夏陽耕讀，見的都是些村姑農婦，十九歲才到了長安，看什麼都眼暈，何況見了你？」

「你是因為見了我才這樣呢，還是只因為見了長安的女子？」

「當然是你，見你之前，我已見到過許多長安女子，見了你之後，眼裡再見不到其他女子了。」

「看你平時木木訥訥，今天喝了點酒，舌頭居然轉得這麼甜巧了。」

司馬遷哈哈笑著，將妻子攬得更緊：「你是我父親給我挑的，他臨終還告誡我，要仔細珍重你，不可負心。」

柳夫人笑著嘆息：「是我命好，嫁個好丈夫，更遇到好公婆，二老當年——」

「對了！我怎麼居然就忘了！」司馬遷忽然想起一事。

柳夫人嚇了一跳，忙坐直身子：「你想起什麼了？」

「父親當年留下的書札！他曾經說起過天祿閣丟失古書的事情，他在書札中應該記有這事！」

司馬遷忙叫了衛真，去書屋翻檢父親司馬談所留書札。

父親做事謹細，書札都是按年月整齊排列，司馬遷只掃視片刻，就找到建元六年的書札，打開書簡，一條條細細查看，讀到當年八月，果然看到一條紀錄：

天祿閣古書遺失九十五卷，其中孔壁古文《尚書》《論語》《禮記》《孝經》七十二卷，魯地古文《春秋》二十三卷。

「果然！果然！可惜！可惜！」司馬遷連聲感嘆。

柳夫人道：「看來那句『高陵上，文學燔』所言非虛，只是這條紀錄是八月，而竇太后駕崩是在五月。」

司馬遷道：「可能父親當時並未發覺，或者那幾個月並未去天祿閣，所以晚了幾個月才察覺古經丟失。」

衛真道：「這些古經若真是竇太后所焚，為何不在後宮悄悄燒掉，卻跑到長陵便殿，鬧哄哄弄出一場火災來？」

司馬遷道：「竇太后當年雖然威勢無比，卻也怕留下焚書惡名。近百卷古經，在後宮焚燒，必定有人看見，借祭拜高祖，燔祭柴牲，在便殿裡燒掉，則人不會起疑。至於火災，恐怕是黃門宮女不小心所致。」

衛真道：「她燒這幾十卷古經有何用？難道就能阻斷儒學？」

司馬遷又深嘆一聲，道：「你哪裡知道？秦以後，經籍散亡，雖然民間還有一些私藏，大多殘缺不全，更有一些是後人篡改偽作。這孔壁古文是孔子家族代代親傳，秦代禁民藏書，孔子第八代孫孔鮒將其家傳古經藏於故宅牆壁中，才得以保留下來。直到景帝末年，魯恭王毀壞孔子古宅，這些古經才復現於世。孔安國將這些古經獻於宮中，藏在天祿閣裡。這些孔壁古經是當世唯一真本全本，就以《論語》來說，孔子亡後，眾弟子為其守孝三年，為紀念老師，教導後人，眾弟子追憶孔子生平言論教誨，合編成《論語》。後來弟子們四散各國，各主一說，儒學開始分裂，知名的就有八家，各家傳人不斷添減自家《論語》。所以，今日我們所見《論語》中雜有孔子弟子及再傳弟子言論。其實，最早編訂《論語》時，各弟子哪敢妄自尊大，把自己的言論加入《論語》中？如今，孔壁《論語》已經被焚，《論語》原貌再也無由得見了，唉……」

衛真道：「雖然沒有了古本，儒學還是照樣興盛無比啊！」

司馬遷道：「如果這些古經真本真是竇太后所焚，她若地下有知，恐怕也要追悔莫及了。儒家本義在於『仁義』二字，竇太后雖然嘴上恨儒，卻一向奉行仁慈節儉，這不正是儒家之義？焚了古文真本，卻讓偽作大行其道，人人自言其理，爭搶儒家正統地位，讓人無從辨別，更難於反駁。看如今之儒，心中裝的是什麼？嘴裡又道的是什麼？」

柳夫人道：「雖然我自己也身為婦人，卻不得不說竇太后此舉真是『婦人之見』，就像母親怕孩兒被火燙到，就嚴禁孩子去碰火，可孩子天性好奇左逆，不讓碰偏要碰，哪個孩子不曾偷偷玩過火？」

司馬遷點頭道：「確實如火，火既可照明煮食，又可燒人焚物。任何一家學說，總是有利有弊。本來諸子百家，各有勝處，兼收並濟，才能除漏去弊，臻於全善。當今罷黜百家、獨尊儒術，已是故步自封、鉗心障目，焚了古經真本，更是減除了儒家之益，倒生出重重弊端。」

柳夫人道：「此事還有些疑竇未明，我昨天所說的那位長陵圓郎，他當年因火災失職被斬，他的妻子如今卻還在世，老伯母當年對我甚是疼愛，多年沒見，我也正想去探望，借機打問一下，她也許還記得些舊事。」

＊＊＊＊＊

前兩夜的消息早已傳遍街市，人們紛紛來到街口看那小兒，街上人比平日多了幾倍，又不敢靠近，都遠遠躲著議論。

成信只得又調集了幾十個衛卒扮作平民，混在人群裡監看。直到黃昏閉市時，人群才漸漸散去，卻絲毫未見盜馬賊蹤跡。

又空折騰一日，到了晚間，成信疲憊至極，衛卒有輪值，他卻不敢去歇，只能斜靠著，盹一會，看一會；看一會，又盹一會，從來沒受過這等苦。又記掛著減宣那邊，不時派人去打探，回報總是仍在查問，並無結果。

成信心想：監看太嚴，那盜馬賊必不敢現身，這樣何時能了？得留個缺口讓他鑽才好。於是吩咐東街巡查衛卒撤走，其他街上監看的便服衛卒均躲到兩邊房舍中，街上全都空出來。又派兵卒在市外密密埋伏。

木樁上也不再點燈籠，只在小兒身上及繩索上掛了些鈴鐺，只要一動，便能聽見。吩咐安排下去後，成信吃飽飯，少喝了些酒，命熄了燈，端坐窗前，靜待賊人落套。

這時正值月半，月光皎潔，照得街頭清亮。四周寂靜，秋風掠過時，落葉瑟瑟飄下，鈴鐺微微響動，此外再無聲息。除了夜半出來尋食的老鼠，也看不到任何影子。成信卻不敢懈怠，強忍困意，繼續屏息監視。

昏昏欲睡之際，忽然聽見鈴聲齊齊振響，只見那小兒動了動身子，木樁上繩索隨之滑落！

成信及其他衛卒都目瞪口呆，看著小兒伸胳膊甩腿，在活動身子，正在吃驚，卻見小兒身後的木樁忽然晃了晃，居然齊根斷掉，倒在地上！

成信輕聲吩咐侍衛，所有人都不要妄動，侍衛忙去傳令。

成信本來困倦已極，這時頓時清醒，睜大了眼繼續盯著街心。那小兒活動了一會，卻不走，坐到地下，向四周張望，像在找什麼人。但很久都不見有人影，也再未出現什麼異樣。

一直盯看到天亮，成信才下了樓，到街口查看，小兒還抱膝睡著，繩索仍是斷成幾截，再看木樁，斷面與地平齊，平展展的，像是鋸子鋸斷的一般。成信本來還對鬼神巫術半信半疑，此刻親眼目睹，不由得不信了。

這時，小兒也醒來，揉了揉眼睛，抬頭望向成信，眼中又現出得意之笑。成信看著那雙黑亮亮圓眼，心裡不由得升起懼意。

侍衛在一邊問道：「大人，現在該如何處置這小兒？仍綁起來？」

成信這時心裡毫無主張，又不好露出來，只裝作沒聽見。

侍衛又問了一遍，成信怒道：「急什麼！」

第十三章：長陵圓郎

第三天清早，韓嬉回來了。

她滿面春風，搖搖走進門，朱安世和趙王孫忙迎上去。

韓嬉用手帕輕拭額頭細汗：「快拿酒來，好好犒勞我一下！」

朱安世忙問：「那孩子呢？」

韓嬉蹙眉嬌嗔道：「我累了這兩日，也不問聲好，道聲辛苦，一心只顧著那小毛頭。」

朱安世只得賠著笑，接她進屋，斟了一杯酒，雙手遞上：「你辛苦了，請先飲這杯酒。」

韓嬉笑著接過酒，呷了一口：「這才對嘛。」

趙王孫笑道：「嬉娘就不要再吊著老朱了，事情辦得如何了？」

韓嬉忽然瞪起眼道：「你派了暗探跟蹤我，這會又來問我？」

趙王孫笑道：「哈哈，什麼都瞞不過你這雙慧眼，我們只是不放心，才派了那家人去城裡看看，他至今還沒回來呢。」

韓嬉慢悠悠道：「你們不用等了，我給他派了個差事，正在扶風城裡蹲著呢。」

趙王孫笑道：「哈哈，我也正是這個意思，怕你需要人手。」

「喲！給個洞你就鑽。我看你該改名叫『趙王鼠』！」

「哈哈，你連日辛勞，請再飲一杯酒。」趙王孫笑著執壺，給韓嬉添滿了酒，才笑著探問，「想來事情已經辦妥了？」

韓嬉舉起杯，小口啜飲，半晌，才放下酒盞，笑望著朱安世：「你得再敬我一杯，我幫你又添了些名頭。」

朱安世心裡焦急，卻不敢發火，又幫她滿上酒，賠著笑問：「什麼名頭？」

韓嬉笑咪咪道：「那減宣一向心毒手辣，威名赫赫，我替你好好嚇唬了他一場。」

朱安世不知道她在說什麼，只得繼續賠笑：「好！好！感謝嬉娘！」停了停，又問：「那孩子現在怎麼樣了？」

韓嬉輕描淡寫道：「我已經安排停當，今日酉時，到扶風城南三十里午井亭接他。」

朱安世和趙王孫面面相覷，不明就裡。

韓嬉又道：「不過還有一件事，我沒跟你商量就定了。」

「什麼？」

「你得用汗血馬換那小毛頭。」

＊　＊　＊　＊　＊

減宣一夜未曾安枕。

雖然府宅內外都有士卒嚴密巡守，卻覺著房裡各個角落都有盜賊藏身，再加上府裡人竊竊私語，都說那小兒是個妖童，夜裡只要有一點輕微響動，他便立即驚醒。

天剛亮，信使就來回報昨夜街頭又現怪事。減宣忙起身穿戴，命駕車去街口親查。剛坐上車，一抬頭，頭頂傘蓋內側用細線掛著一小卷白錦。減宣忙伸手拽下，打開一看，上面血紅幾行字：

最後饒你一命，今日酉時將小童送至城南三十里午井亭，以小童換汗血馬，若有伏兵，必取汝命！ 朱

減宣忙收起來，坐在車上呆呆忖忖：這盜賊神出鬼沒，那小兒又古怪無比，監守如此嚴密，卻能在自己宅裡隨意來去，飯食之中都能下手，他要取我之命，易如反掌，並不是虛言恐嚇。況且，汗血馬失盜，杜周負主要之責，我捉不到賊人，並非大過，就算捉到，也功歸杜周。我何必為此擔上性命！如果眾人議論不假，那小兒一身邪術，更加可怖，招惹不得。賊人說以小童換汗血馬，不知是真是假？如果是真，倒是求之不得，倘若是假，白白放了這小兒，我難逃私自縱賊之罪……

減宣盤算良久，猛然想出一條兩全之策，便命車駕前往府寺，召集屬臣前去議事，並叫人傳令給成信，帶那小兒到府寺中。

成信正不知該如何是好，接到減宣使令，忙命人押著小兒，很快趕到府寺，其他屬臣都已聚齊。減宣命人仍將小兒關押到後院廡房中，嚴密看守。

減宣稍微定定神，道：「接連五日，都不見那盜馬賊現身，找不出他的蹤跡，這樣下去不是辦

法，你們有何良策？」

眾人紛紛獻策，減宣都搖頭不語。後來兵曹掾史言道：「水靜才好釣魚，城裡四處都是衛卒，那盜馬賊當然不敢現身，不如引到城外，假托將那小兒遣送到長安，那賊人必定會在半路劫奪，到時趁機捉他。」

減宣等的正是這個計策，卻故意問：「前日執金吾就是用這計策，反被那盜馬賊得手，豈可再用這法子？」

兵曹掾史答道：「賊人上次得手，必定志驕意滿，正可借其得意，誘他落阱。而且上次失策有兩個原因：其一，當時有執金吾大人在，正好被盜馬賊脅持，逼住了衛卒；其二，人馬埋伏在路兩邊，只顧捉拿，沒有防備逃路。此次不要大人出馬，不給賊人脅持機會，除路兩邊埋伏外，再細細查看地形，將所有逃路都派人守住，讓賊人無路可逃。」

減宣點點頭，又問：「在哪裡埋伏好？」

兵曹掾史答：「東邊驛道一路平闊，雖有樹林，藏不了太多伏兵，不如北路或南路，都有山有河阻擋，逃路不多，又好埋伏。」

「既說押送小兒東去長安，如何又選南北路？」

「兵法云：虛者實之，實者虛之。那盜馬賊狡猾至極，若不是已混入城中，則必定在城裡有其耳目。卑職想了條穩妥計策，不愁那馬賊不上當——先派一隊兵馬，用一輛廂車，再弄一個小兒替身坐在車裡，出東門走大道，露些破綻給那馬賊；而後再派一個人扮作平民，一人獨騎，帶著那小兒裝作繞道走南路或北路，仍露些破綻給那馬賊，馬賊見了，必定得意輕敵，偷偷尾隨真小兒。卑職在半路上埋下伏兵，小兒帶到那裡，故意下馬休息，等馬賊來劫，一舉擒獲。」

臧宣大喜：「那就選南路，城南漳河口，左右河灘泥濘，只有一橋通南北。你速去部署，多帶人馬，多設幾重埋伏。漳河南邊是鄗縣地界，我發書召鄗縣縣令，率人馬前來協助。只是不知派何人帶那小兒出城誘賊為好？」

成信聞言，忙躬身道：「卑職願往。」

臧宣更加高興：「此是成敗關鍵，也只有你能勝任。就這麼定了，你們速去安排部署，時辰就定在黃昏酉時，成信帶小兒到橋北口，等賊人出現，南北夾擊。」

眾人領命退下，各自去準備。

*****

柳夫人乘車，衛真騎馬護從，到了長陵邑。

當年那長陵圓郎雖然職位不高，但也算小富之家，長陵圓郎因為那場火災被處死罪，其家也隨之敗落，如今住在窄巷中，一個仄暗的門戶。

柳夫人下車，輕輕敲門，開門的是一位中年婦人，是長陵圓郎的兒媳張氏。

柳夫人忙笑著問候：「嫂子好！」

張氏愣了半晌才想起來：「柳夫人？原來是你！快快請進，有好些年頭沒見了，竟認不出你來了。淺屋陋房的，都沒個乾淨地方讓你坐……柳夫人今天忽然光臨，有什麼事嗎？」

柳夫人忙道：「說哪裡話？又不是外人。因為好久不見，來拜望一下老太太。」

「婆婆已經過世了。」

「哦？什麼時候的事？」

「去年春天。」

柳夫人聽了，說不出話，半晌才嘆息一聲：「竟是來晚了，都沒看到老太太最後一面。她的靈位可在？我去拜祭拜祭。」

張氏引柳夫人進了堂屋，昏暗中見正面木桌上擺著兩個靈牌。柳夫人忙走到桌前，跪在地下，想起兒時受過老太太的慈愛，誠心誠意，深深叩拜，心裡默禱了一番，良久，才起身。

張氏問道：「柳夫人今天來，恐怕還有其他事情吧？」

柳夫人道：「本來還想問老太太一樁舊事，誰知她已作古……」

「什麼事？」

「三十幾年前，長陵那場大火。」

「那時我也還是個小姑娘呢，你就更小了。你問這個做什麼呢？」

「倒也沒什麼，只是我丈夫編修史錄，覺得其中有些疑惑，我想起老太太親歷過那場火災，所以才來探問。」

「我婆婆在世時，也常常念叨那場火災，說我公公是被人嫁禍，冤死的。」

「哦？她是怎麼說的？」

「說火災前幾天，我公公就曾發覺事情有些古怪，那幾天，每到半夜，就有幾個人偷偷搬運箱子到高園便殿，藏在殿後的一間寢房裡，一共搬運了有七八只箱子。他見那些人穿戴著黃門衣冠，知道是宮裡的宦官，帶頭的一個看冠冕服飾，職位還不低，所以不敢去問，裝作沒見。白天趁人不在，他偷偷溜進去，打開那些箱子，裡面全都是竹簡。後來，到那天，高園便殿忽然起火，公公帶人去救火，發現起火地點竟是那間藏箱子的寢房。公公怕那幾只箱子裡的竹簡很貴重，便冒火衝進寢房裡，火又大、煙又濃，什麼都看不見，他隨手亂抓，只抓到一根殘簡。不知道誰在寢房裡外鄰舍都澆了油，所以那火很快燃起來，根本撲不滅，把大殿都燒了。第二天公公就下了獄，被判失職，送了命。」

「那根殘簡還在嗎？」

「在，我婆婆說那是公公冤死的證據，一輩子都珍藏著，卻也從來沒機會給人看過，更不用說申冤了。」

張氏說著走到靈牌前，從靈牌後面取過一條細長的布卷，打開布卷，裡面一根舊竹管，管口用布頭扎著，他解開布頭，從竹管中倒出一根竹簡，竹簡已經發霉，一頭燒得焦黑。

張氏將竹簡遞給柳夫人，問道：「不知道這上面寫的是什麼？」

柳夫人接過竹簡，見簡上寫了一行字，是古字，也認不得，便道：「我丈夫大概能認得，這竹簡能否借用兩天？」

張氏道：「都已經三十多年了，現在婆婆也去世了，我們留著它有什麼用？柳夫人儘管拿去。」

柳夫人拜謝了，又寒暄幾句，留下帶來的禮物，告辭回去。

* * * * *

趙王孫找來一把黑羊毛，讓朱安世黏在臉上做假鬍鬚，好遮人眼目。

朱安世對著鏡子，在頷下抹了膠，捏著羊毛一撮一撮往下巴上黏，費了許多氣力，卻始終不像，倒累得雙臂酸乏。正在惱火，身後忽然傳來一串嬌膩笑聲——是韓嬉，她斜靠在門邊，望著朱安世笑個不住。

驩兒的事情，韓嬉始終隻字不提，朱安世一直憋著火，卻只能小心賠笑，回頭看了一眼，嘿嘿笑了兩聲，繼續黏他的鬍鬚。

韓嬉搖搖走到他身邊，伸出纖指，輕輕拈住朱安世正在黏的一撮黑羊毛：「黏斜了，再往右邊挪一點。」

朱安世許久沒有接近過女子，韓嬉指尖貼在自己手指上，柔嫩冰涼，不由得心裡一蕩，忙嘿嘿笑了兩聲，縮回自己的手。

韓嬉笑道：「笨手笨腳的，來，姐姐幫你黏！」

朱安世只能由她，嘿嘿笑著，伸出下巴，讓她替自己黏鬍鬚。

韓嬉左手托住他的下巴，右手拈起羊毛，一縷縷黏在他的頷下，手法輕盈靈巧。這幾年，朱安世終日在征途馬廄之間奔波，看的是刀兵黃沙，聞的是草料馬糞。這時，臉頰貼著韓嬉的手掌，柔細滑膩，聞著她的體香，清幽如蘭，臉上更不時拂過她口中氣息，不由得閉起了眼，心醉神迷。

正在沉醉，卻聽韓嬉輕聲道：「鬍茬都已經冒出來了，黏不牢。」

朱安世睜開眼，韓嬉的臉只離幾寸，眉毛彎細，斜斜上挑，一雙杏眼，黑白分明，臉上肌膚細滑白嫩。比起妻子酈袖的秀雅端麗，另有一種嫵媚風致。朱安世全身一熱，忍不住咽了一口口水，聲音異常響，登時窘得滿臉通紅。幸好韓嬉正專心致志在黏鬍鬚，好像沒有聽見。

朱安世乾咳了兩聲，才小心道：「還是我自己黏吧。」

韓嬉卻全神貫注，正在黏一小撮黑羊毛：「別急，就好了。」

朱安世只得繼續伸著下巴，不敢再看再想，重又閉起眼睛，盡力想著妻子生氣時的模樣，心裡反覆告誡自己：酈袖別的事都能容忍，這種事可絲毫不容情。

「哈哈，早知道，我也該剃光鬍子！」耳邊忽然傳來趙王孫的笑聲。

韓嬉猛然聽到笑聲，手一錯，一撮羊毛黏斜了，笑著叱道：「趙胖子，莫吵！」

朱安世怕趙王孫看出自己的窘狀，嘿嘿乾笑了兩聲。

趙王孫笑著走進來：「不吵不吵，不過下次我連頭髮也剃掉，你得好好替我黏一黏。」

韓嬉一邊繼續黏著，一邊笑道：「你最好連腦袋也割掉，我最愛替人黏腦袋。」

朱安世哈哈笑起來，韓嬉輕手拍了一下他的臉：「別亂動！」

三人說笑著，半個多時辰，鬍鬚才全部黏好。

韓嬉拿過銅鏡遞過來：「嗯，好了，自己瞧瞧。」

朱安世接過鏡子一看：一部絡腮鬍，鬚根密植，絲毫不亂，竟像是真的一樣。只是羊毛比自己的鬍鬚軟，看起來比原先文弱一些。

朱安世笑著道謝：「多謝！多謝！」

韓嬉笑望著他，居然沒有再嘲弄，目光中也沒了慣常的輕佻銳利，竟露出幾許溫柔。

朱安世心裡又一蕩，忙轉開眼，問趙王孫：「如何？」

趙王孫端詳一番，讚道：「很好，很好。沒想到嬉娘竟如此心靈手巧！」

第十四章：午井小亭

臧宣命人又找來狗兒，仍扮作驪兒，坐上廂車，一隊騎衛，大張旗鼓出東門。狗兒的父母上次就已擔驚受怕，現在兒子又被強行帶走，跟著車隊，一路哭喊，護衛將士故意呵斥狗兒的父母，吵嚷得路人盡知。

這一邊，成信穿了民服，到府寺去領驪兒。

臧宣見他來，屏退左右，對成信道：「我這府寺中有人私通賊人，已將計謀洩露給那盜馬賊。」

成信大驚：「何人如此大膽？」

「你暫時無須知道，我已命人暗中監視他，等捉了那盜馬賊，再一起審辦。」

「盜馬賊既已知情，眼下該如何是好？」

「裝作不知，將計就計。漳河邊的埋伏仍叫他埋伏，不要驚動那賊人。我已另行部署，你仍舊帶了小兒出城南，早兩刻上路，一路快奔不要停，過了漳河，酉時趕到午井亭，將小兒丟在那裡，你自己繼續騎馬向南奔。我已傳書給鄗縣縣令，在午井亭布下埋伏。」

成信心裡略有猶疑，卻不敢多問，便領命去帶了驪兒出來，抱上馬。驪兒始終不言不語，只拿一雙圓眼盯著人看。成信心裡不自在，但有命在身，只得小心上馬，盡量縮後身子，不碰驪兒的頭背，心裡暗禱：這小兒別在半路上使出什麼巫術才好。

＊＊＊＊＊

朱安世心裡擔憂驢兒，急著要商議，韓嬉卻始終隻字不提，只讓靜待。

太陽西斜時，韓嬉才道：「時辰差不多了，可以動身了。」

朱安世巴不得聽到這句話，忙跳起身來，奔到後院牽出汗血馬。汗血馬一直藏在柴草屋裡，憋了幾天，猛然來到敞院，見到天光，頓時四足踢踏，揚鬃長嘶。

韓嬉說要用汗血馬換取驢兒，朱安世雖然捨不得，卻也只得答應。他輕拍馬頸，感嘆道：「好夥計，你我相伴兩年多，現在卻要分別嘍……你莫怪我心硬，畢竟驢兒那孩子更要緊，唉……」

汗血馬似乎聽懂了，低頭在朱安世身上摩擦，朱安世更加不捨，伸手不住撫摸馬鬃。

韓嬉走過來道：「等會這馬就要交回給減宣了，這段路就給我騎騎，讓我也試試這神馬。」

朱安世忙道：「這馬進皇宮後，劉老彘也只騎過牠一次，牠眼裡只認我一個，你可得小心。」

韓嬉不信，伸手牽過轡繩，剛要抬腳踩馬鐙，汗血馬忽然長嘶一聲，揚起前蹄，韓嬉險些被颳倒在地。朱安世忙攬住轡繩，輕撫馬背，溫聲安慰：「好夥計，莫惱莫惱，這是我的朋友，還是天下出了名的大美人，你就讓她騎一騎——」

韓嬉正在氣惱，聽了這話，不由得笑靨如花，不過再不敢貿然去騎，站在一邊，等馬靜下來，才小心靠近。朱安世攙住她的胳膊，輕輕扶她上馬，這次汗血馬未再亂跳。朱安世牽著轡繩，在後院慢慢溜了一圈，看汗血馬不再抗拒，才把韁繩交給韓嬉。引著馬走到前院，趙王孫已經備好兩匹好馬，在大門邊等著。

趙王孫問：「真的不要帶些人手？」

韓嬉騎在馬上，不敢亂動，小心道：「不必，人多反倒礙眼。」

出了大門，朱安世和趙王孫各自上馬，一左一右，護著韓嬉，慢慢走了一段，看汗血馬似已接納韓嬉，這才逐漸加快速度，向午井亭趕去。幾十里路，很快趕到。距午井亭兩里遠，草野中有一叢柳樹，韓嬉扯住韁繩停下來：「我們就在這等。」

三人都不下馬，靜靜注視午井亭，朱安世心裡納悶，但看韓嬉微微含笑，似乎盡在掌握，知道問也是白問，只能耐住性子等。

落日將盡，秋風裡一片平野，午井亭孤零零佇立在夕陽中。

＊＊＊＊＊

司馬遷小心翼翼接過那支殘簡，輕輕拈著，細細審視，簡上字跡已經模糊，但大致仍可辨認，他一字一字念道：「子曰：天下者，非君之天下，乃民之天下。民無君，尚可耕且食，君……」[59]

「果然是一支古簡！」

59　孟子曾言：「民為貴，社稷次之，君為輕」。《禮記》有言：「大道之行也，天下為公，選賢與能，講信修睦。」《呂氏春秋》也言：「天下非一人之天下，天下之天下也。」

還有幾個字，因下面一頭燒焦，已根本看不到字跡。

衛真跟著念了一遍，吐吐舌頭說：「這句話實在有些大膽。」

司馬遷深嘆一聲：「何止大膽，今朝誰要說出這等話，定是謀逆之罪，必誅九族。」

衛真瞅著殘簡燒焦的一段：「不知道後面這幾個字說的是什麼？」

司馬遷凝視片刻：「順著句意，大致應該是『君無民，何以存』的意思。」

「這話說得其實在理。以『子曰』開頭，難道是《論語》？」

「應當是。不過現在流傳各本，都不曾見這句話。」

「不過，孔子怎麼會說這種話呢？」

「雖然這句話我第一次見到，但據我所知，孔子說出這種話，不但不奇怪，反倒是必然之理。天下歸於一家一姓，其實是秦漢以後的事情。秦漢以前，天子雖然名為天下之主，卻絕非獨佔天下。黃帝、堯、舜、禹時代，各部族聯盟，實行禪讓制，天下共主由各族推選，而且天子之位不能傳於子孫，即所謂『天下為公』，又稱為『大同』。孔子一生最敬仰的，便是堯舜禹三王之道。」

衛真瞪大了眼睛，奇道：「我竟從來沒想過這事！從我生下來，這天下就是劉家的天下，一直覺得這是天經地義。可惜，可惜，我怎麼沒生在那個時候？『天下為公』這麼好，怎麼就中斷了呢？」

司馬遷沉思了片刻，才徐徐答道：「我也時常在想此事，源頭恐怕是私心私慾。起初人們同勞同食，彼此一視同仁，但人總有差異，力有強弱，智有高下，能者多勞，久了自然覺得不平，人心由此開始動蕩，生出分歧爭端，分出貴賤高低，並日盛一日、越演越烈。弱肉強食，成王敗寇，天下之位自然不再是有德者居之，而是有力者奪之。強者愈強，弱者愈弱，屠殺十萬、百萬人的性命，直到爭出個天子來。秦國嬴政便是最後的贏家，所以自稱始皇帝。雖然都叫天子，但古之天子與今之天子有天壤之別。」

「是從什麼時候開始，天下不再為公？」

「在黃帝之世，征伐早已開始，不過直到禹之世，天下各部族仍然是禪讓制。當時皋陶輔助大禹治理天下，素有德望，禹便薦舉皋陶，要禪位給他，皋陶卻亡故了。」

「皋陶怎麼會死得那麼巧？」衛真睜大了眼睛。

「皋陶之死，我也懷疑，但史無明文，無從查證。」

「之後禹就傳位給自己兒子了？」

「沒有，皋陶亡故後，禹又薦舉另一位賢人，名叫益。禹死後，益本當繼天子之位，益雖然也是大賢，但功業尚淺，怕人心不服，就轉而讓位給禹之子啟，許多諸侯感念大禹恩德，也都去朝拜啟。啟於是繼位，建立夏朝。夏朝乃是歷史上極其巨大之轉捩，從此大道消隱，天下不再為公，開始『天下為家』世襲之制。」

衛真問道：「益是真心讓位嗎？」

司馬遷搖搖頭：「不得而知。」

衛真又問：「之前都是選賢舉能，啟壞了古時規矩，當時竟沒有人反對？」

「自然有一些諸侯不服，有一個諸侯國叫作有扈氏，有扈氏率部族反抗啟，啟發兵征伐，大戰於甘，即今日扶風南郊，啟大獲全勝，一舉滅了有扈氏，因此威望大增，天下賓服。」

「那就是以力奪之。」

「也不盡然。大禹治水，功在千秋，啟在當時也有賢名。一半在德，一半靠力。」

「高祖打下漢家天下，也是如此。」

「夏商周三代雖然『天下為家』，但大道公義尚未完全滅絕，那時方國林立，各自為政，諸侯只是朝貢天子，並不完全臣服。天子也絕不像後來秦漢帝王，能將天下佔為己有、視為私產。」

「前日我聽主公誦讀《詩經》，似有一句『溥天之下，莫非王土；率土之濱，莫非王臣』，周天子不也是獨佔天下？」

「西周實行分封諸侯之制，天子只是天下共主，姬姓也並未盡佔天下，諸侯國中尚有不少前代王侯及功臣，如幾個著名大國：齊國封給重臣太公望，是姜姓；宋國封給商紂王之兄微子啟；秦國則是嬴姓舊族……」

「高祖得了天下，各功臣也被分封了啊。」

「高祖可以分封功臣，也可以隨時將其誅滅，韓信、彭越、黥布、樊噲……這些赫赫功臣後代而今安在？當年白馬之盟，高祖就曾言『非劉氏而王，天下共擊之』。莫說這些異姓王侯，自景帝以來，劉姓諸侯王又剩了多少？西周天子則沒有如此殺伐獨斷之權。」

「難怪這支竹簡上，孔子會說這樣大逆不道的話。看來大逆不道的不是孔子，而是後世帝王。」

「孔子在世之時，周室早已衰微，天下紛亂，弒君三十六，亡國五十二，諸侯奔亡者不可勝數，天子更是有名無實。孔子憂患世亂，一生奔走，希望能撥亂反正，還天下太平。他深知天下不可無主，但更不可有暴君，所謂『苛政猛於虎』。因此才推崇上古王道，警醒世人。」

「今天誰還敢說這種話？難怪竇太后厭惡儒學，要燒了孔壁《論語》。她這樣做，反倒是幫了儒家，當今天子如果見孔子竟然說過這種話，怎麼可能大興儒學？」

「當今之儒早已不是當年之儒，今天的儒生，見了這句話，怎麼肯讓天子聽到見到？恐怕自己早就先悄悄燒掉了。」司馬遷長嘆一聲。

「難怪現在所傳各種《論語》參差不齊，恐怕各家都爭著在刪除這種語句。」

「從這支殘簡來看，帛書上那句『高陵上，文學燔』所言應當是真的。」

柳夫人一直在一旁默聽，這時插話道：「據張氏說，她公公長陵圓郎當年見到七八只箱子，不知道裡面共有多少卷古書？恐怕不只是孔壁《論語》被焚。」

司馬遷不由得又長嘆一聲：「誰能料到，當朝也有焚書之事，而且做得如此隱秘！」

柳夫人也輕嘆一聲：「這件事看似出乎意料，其實在情理之中，人都愛聽好話，厭惡壞話，聽到對自己不利的話，當然是深惡痛絕，恨不得堵住別人的嘴巴，何況是天子？手掌全天下人生殺予奪的威權，怎麼可能容忍有人公然違逆？」

司馬遷搖搖頭嘆道：「堯舜之時，在街衢要道口，樹立『誹謗之木』，用來傾聽民意。人有不滿，都可以刻字於其上。到今世，卻有了『腹誹』之罪，唉……」

＊＊＊＊＊

成信帶著小兒，共騎一馬，出了扶風城。

他想那盜馬賊有汗血馬，身手又快，不敢疏忽，不停揮鞭打馬，向南疾奔。很快到了漳河，左右看看，並沒看到伏兵蹤影。不由得暗叫可惜：這裡果然是伏擊的好去處，上千兵馬藏在密林山坳裡，卻絲毫不露形跡，若不是計謀洩露了，那盜馬賊定然逃不掉。

他心想，馬卻毫不減速，飛快奔上石橋，駛過南岸，繼續疾奔，又行了七八里，到了午井亭。這時已是黃昏，夕陽如金，秋風寂寂，亭子空落落立在路邊，遠近看不到一個人影，更見不到伏兵的蹤跡。

成信心裡納悶：這裡毫無遮擋，一望無餘，不知道人馬藏在哪裡？

* * * * *

「來了！」韓嬉道。

朱安世雙腿一夾，忙要奔出，韓嬉制止道：「不要急，再等等。」

遠遠見那匹馬奔到午井亭邊，忽然停下來，馬上隱隱兩個人，一個成人，一個孩子。那個成人跳下馬，又把孩子抱下來，一起走進亭子。片刻，那個成人轉身離開了亭子，翻身上馬，繼續向南奔去，孩子則留在亭子裡。

朱安世睜大眼睛，仔細辨認，小小一點黑影，看不清是不是驩兒。

「好了，走！」韓嬉打馬前衝，朱安世和趙王孫忙緊跟上去。

三匹馬疾疾奔行，等奔近一些，朱安世漸漸看清楚，亭中的孩子果然是驩兒，他驚喜不已，不由得朗聲大笑。

汗血馬跑得最快，等朱安世趕到時，韓嬉已經站在亭中，伸手攬著驪兒肩膀，笑吟吟地等著。

「朱叔叔！」驪兒大叫著跑出來。

朱安世跳下馬，張開臂抱住驪兒，歡喜無比，如同見到自己兒子一般，接連把驪兒拋向半空，驪兒又叫又笑。

「好了，趕緊走吧，待會就有人來了。」韓嬉催道。

話音剛落，一陣蹄聲從東北面草坡上傳來，轉頭一看，八匹馬疾速衝下草坡，向亭子這邊奔來。朱安世抬眼張望，心猛地一沉：八匹馬上的人都是蒼色繡衣，人人手執長斧，夕陽下，斧刃金光閃耀。

＊＊＊＊＊

成信奔了幾里，又回頭時，午井亭已經小如一頂冠帽，卻不見了小兒，不知道是因為遠看不清，還是小兒已經走了。

成信越發納悶，卻只能照吩咐繼續奔行。快到湋河時，見前面一大隊人馬奔過橋來，近些一看，認出是郿縣縣令領隊，成信忙跳下馬，在路中央等候。隊伍奔到，郿縣縣令也認得成信，喝住人馬，在馬上問：「成掾史，你為何一人趕來？賊人已經捉住了？」

成信大驚：「減大人不是命你在午井亭埋伏？你怎麼才趕來？」

「什麼？減大人是命我酉時四刻，到湋河口會合啊。」

「計劃已變，你難道不知？」

「我只接到這一道指令，並未聽說計劃有變。」

成信驚得合不攏嘴：「那小兒我已丟在午井亭了！」

成信急忙上馬，狠命抽鞭，打馬回奔。到了午井亭，見亭裡空空，哪裡有小兒蹤影，他呆在原地，全身僵住。

鄠縣縣令隨後趕到，下馬過來，連聲詢問，成信卻像是中了邪一般，大張著嘴，根本沒聽到。半晌，一騎快馬從北邊飛馳而來，是兵曹掾史手下信使。那信使見到成信，急停住馬，跳下來大聲問道：「成掾史，你是怎麼了？為何不依計行事，打馬就奔過漳河，不停下？那小兒在哪裡？」

成信這才回過神，他畢竟歷練已久，隨即明白：自己被滅宣設計陷害了！

百口莫辯，唯一之計只有逃走，他偷眼看看左右，趁人不備，奔出亭子飛身上馬，打馬就奔。

鄠縣縣令先前已經起疑，見成信逃走，忙喝令：「成信私放罪犯，速速緝捕！」

成信見後面人馬紛紛追來，只有拚命加鞭，盡力狂奔。東邊幾十里是天子苑囿上林苑，他曾在裡面任過職，那裡嶺谷幽深、湖河縱橫，可以暫時藏身。便打馬向東，奔往上林苑。

鄠縣縣令率眾緊追不捨，大聲命令：「不要讓他逃進上林苑！」

幾十里馬不停蹄追逃，很快奔到上林苑，眼看成信就要奔進苑門，鄠縣縣令急命手下放箭。頓時，箭矢如雨，疾射向成信。成信聽到箭響，不敢再直奔，拽馬左右躲閃，箭羽紛紛射中上林苑門楣、門柱、兩旁樹幹。

成信躲閃之際，捕吏追得更近，連連發箭，成信再難躲避，背上接連中了幾箭，隨後更摔下馬，折頸而亡。[60]

60 《史記．酷吏列傳》中記載：「（減宣）為右扶風，坐怨成信，信亡藏上林中，宣使郿令格殺信，吏卒格信時，射中上林苑門。」

第十五章：草野鏖戰

「快走！」朱安世忙將驪兒抱到馬上，自己隨即飛身上馬。

「那是些什麼人？」趙王孫也趕忙上馬。

「就是我說的那些蒙面刺客！」

韓嬉本來要把汗血馬留在午井亭，但看情勢緊迫，便也騎上汗血馬。東邊回去的路已經被截，大路北邊通往扶風，剛才帶驪兒那人又去的南邊，只能往西邊奔。朱安世便穿過大路，打馬向路西的草野中疾奔，韓嬉和趙王孫緊隨其後。回頭看時，那八騎繡衣刺客正急急追來。

奔了沒有多久，卻見前面不遠處樹林中也衝出八匹馬，馬上同樣是繡衣長斧。

「不好！」朱安世急忙環視四周，尋思對策，斜眼望見西北角小山丘下有條小路，便在馬上抱起驪兒，朝韓嬉喊道，「你帶驪兒從那邊走！」

趙王孫也喊道：「我來攔住他們，老朱你也走！」

「我怎麼能逃走！你和嬉娘一起走，你還要帶驪兒去長安！」

「嬉娘也可以帶孩子去長安。好！我們兩個一起攔住他們！」

韓嬉這時也神色嚴峻，帶馬到朱安世身邊，伸手接過驪兒，抱在身前，說了聲：「你們當心！」

隨即輓動轡繩，向西北方向奔去。

朱安世和趙王孫各自拔刀劍，護住韓嬉左側，一起疾奔。

西面那八騎直直向他們衝來，果然是上次那些刺客，蒼青繡衣，面罩青紗，襟繡蒼鷹。

眼看刺客們就要衝到，朱安世大喝一聲，迎上前去，舉刀向最右前的那人砍去，那人揮斧要隔，朱安世迅即轉手斜砍，一刀砍中那人右臂。朱安世手腕一拐，接著又刺中馬頸，那馬痛嘶一聲，前身陡起，那名刺客手臂中刀，抓不牢轡繩，頓時跌下馬背。朱安世無暇多看，揮刀又向第二個刺客攻去。與此同時，趙王孫也舉劍衝向第三個刺客。

韓嬉則清叱一聲，打馬疾奔。

第二個刺客已有防備，見朱安世刀砍來，急舉手中長斧迎擋，噹的一聲，刀身與鐵柄相擊，朱安世手掌一麻，忙攥緊刀柄，又斜斜刺出，那刺客不守反攻，斧頭向朱安世肩頭砍落。斧長刀短，不等刺中敵胸，自己就要先被斧頭砍中，朱安世忙緊扯轡繩，馬身急轉，躥到那人右側，手中刀也隨即繞過長斧，向刺客腰間橫劃，刺客急忙掉轉斧柄去攔擋。朱安世手腕猛垂，刀身陡然向下，一刀砍中刺客馬頭，那馬吃痛，狂跳起來，一頭撞向正衝過來的第四名刺客。朱安世乘機揮刀，將第二個刺客刺下馬去。

這時，忽聽趙王孫「啊」的一聲痛叫，朱安世轉頭一眼，趙王孫左肩被刺客砍中，鮮血頓時冒了出來。這幾年趙王孫養尊處優，身體發福，手腳早已不靈便。

朱安世忙要去救，一分神，自己身前第四個刺客已經閃過驚馬，揮斧向他迎頭砍來。朱安世急忙躲閃，但已略遲，右肩被斧刃削過，一陣刺痛，連衣帶肉被削去一片，刀幾乎脫手。朱安世咬牙舉刀，向那刺客回刺，接連三刀，都被躲過，他大叫一聲，跳了起來，向那刺客猛撲過去，那刺客嚇了一跳，愣在馬上，朱安世握刀揮下，重重砍在那人肩上，隨即兩個人一起墜落馬下。剛才那第二個刺客剛從地上爬起來，正好被壓住，三人一個壓一個，一起落到地上。朱安世在最上面，剛一落地，便跳起身，一刀戳下，刀尖刺穿上面刺客的身子，刺進下面刺客的胸部，兩個刺客相繼慘叫一聲。

與此同時，趙王孫那邊也傳來一聲慘叫，趙王孫居然也將一個刺客砍下馬背。

朱安世抽出刀，抬頭環視，韓嬉已經奔離幾丈遠，剩下五名刺客，兩名先後衝向趙王孫，一名衝向自己，而最後兩名則撥轉馬頭，要去追韓嬉。

朱安世見衝向自己的那名刺客只隔幾步遠，便邁步疾奔，迎了上去，揮臂斜砍，一刀砍中馬前腿，那匹馬重重栽倒，朱安世又揮一刀，刺中落馬刺客。隨即拔出刀，躍上自己那匹馬，呵斥一聲，一陣疾奔，攔住最後兩名刺客，連連舞刀，左擊右攻，那兩名刺客各自揮斧，一起夾擊。三匹馬不斷盤旋，急攻十幾個回合，朱安世接連幾次險些被砍中，卻毫無畏懼，一邊怒喊，一邊反擊，正在酣戰，耳邊又傳來趙王孫一聲慘叫，一分神，左腿被斧頭砍中，一陣劇痛。朱安世痛叫一聲，反手一刀，也刺中了左邊那個刺客的腹部，接著手腕發力，橫著一劃，將那人肚皮劃開，那個刺客慘叫一聲，跌下馬去。朱安世正要高興，右肩猛地一痛，又被砍中，痛徹心扉，刀頓時脫手。

朱安世怒吼一聲，轉身一把抓住那人的斧柄，用力一撞，將那人撞下馬去，自己也跟著跌下去。兩人一起墜到地上，朱安世舉起拳頭一陣猛打，那名刺客被他壓住，躲閃不開，連中幾拳，慌亂中猛地一掙，滾到一邊，朱安世一把搶過他的斧頭，猛力一砍，砍中刺客頭部，刺客悶哼一聲，再不動彈。

朱安世嘶吼著向趙王孫望去，趙王孫渾身上下到處是血，和他纏鬥的那兩個刺客，一個已經倒在地下，另一個則仍在揮斧猛攻，趙王孫氣喘吁吁，已經招架不住，一不小心，手臂又被砍中，手中的劍隨之落地。那名刺客揮動斧頭，向趙王孫橫著砍去，朱安世大叫一聲「小心！」猛衝過去，但還未趕到，那一斧已經砍中趙王孫的頸部，趙王孫一頭栽下馬來。

朱安世怒吼一聲，幾步奔到，一斧砍中刺客馬頭，那馬狂跳，刺客被甩了下來，朱安世邊吼邊砍，幾斧將刺客砍死。再去看趙王孫時，見他躺在黃草地上，頸部一道深口，血水汩汩湧出。

「老趙！趙大哥！」朱安世撲過去，跪在趙王孫身邊，空張著雙手，不知道能做什麼。

趙王孫滿臉血污，掙扎著道：「這些刺客果然不尋常，那孩子值得救……」他想笑一笑，卻終沒能笑出來，喘息一陣後，溘然長逝。

東邊傳來一陣密急的蹄聲，東邊八騎蒼衣刺客已穿過大路，向這邊急急奔來。

＊＊＊＊＊

秦宮《論語》失竊，孔壁《論語》又早已被焚，司馬遷沒有真憑實據，《孔子列傳》也就遲遲難以落筆。

柳夫人看丈夫連日悶悶不樂，便勸慰道：「孔子生平履歷你是大致知道的，何不先勾勒出來？至於孔子的言論，當今流傳各個版本，我想其中雖然可能有錯漏之處，但也絕不至於通篇皆假，可以將這些版本互相對照，如果某句話各本都有，這句話應當是真的。能用則用，不能用就先空著。」

司馬遷點頭道：「還是你高明，如今看來，這個法子應該是最好了。」

柳夫人笑嘆道：「不是我高明，而是你太執著。你每個字、每句話都要落到實處才能心安。但你想，自《論語》成書，已近五百年，這五百年間，春秋戰國秦漢更迭，戰禍兵燹、世事紛擾，再加上後世儒家弟子，派系分裂，彼此攻訐，世間恐怕早已沒有了真正的原本《論語》。」

司馬遷道：「其他版本也許會增刪篡改，但孔壁《論語》是孔子後人代代相傳，應不會亂動一個字，當是最早的定本。」

柳夫人道：「這也是無可奈何之事。如果孔安國仍在世，還能求問於他，但現在人書俱亡，也就只能依據今本，有多少算多少。」

司馬遷嘆息一陣，手中握著那支殘簡，低聲念誦：「子曰，天下者，非君之天下，乃民之天下。民無君，尚可耕且食，君……」而後慨然道，「孔子一生寂寞，如今雖然舉世尊崇、萬民頌揚，其言論卻殘缺不全，缺的又偏偏是這些公義大道。後世以為孔子只教人愚忠愚孝，卻不知道為何而忠、為何而孝……」

這時，衛真正抱了一卷《論語》走進來，聽到這段話，道：「前幾天我看《論語》，有一句說『老而不死，是為賊』，嚇了一跳，孔子怎麼會說出這等大逆不道的話，當時就想，這話肯定是後人亂加上去的。」

司馬遷笑道：「你這叫斷章取義，這話前面還有兩句呢！」

衛真嘻嘻笑著念道：「幼而不遜悌，長而無述焉，老而不死，是為賊。」

司馬遷點頭道：「孔子雖然尊奉禮治，卻絕不刻板生硬。長者固然該尊敬，但並不是只要年長就必得尊敬。像這句所言，一個人年幼時不知謙遜恭敬，長大後又沒有值得稱道的言行，老了之後徒費糧食、苟延殘喘，這樣的人，當然不值得尊敬。」

衛真笑道：「也就是說，值得尊才尊，值得敬才敬？」

司馬遷又點點頭道：「所謂上行下效，父慈子才能孝，君仁臣才會忠。所以孔子先責長，再責幼。為君為父以身作則，才能讓臣子恭敬忠誠。到後世，卻本末倒置，不敢問父是否慈、君是否仁，只責問子是否孝、臣是否忠。」

衛真道：「噢，我這才明白何謂『君君臣臣、父父子子』！這八個字是不是說：君要像君，臣要像臣，父要像父，子要像子？」

司馬遷頷首笑道：「孺子可教。君要守君之道，臣才能守臣之道，父子亦然。」

衛真問道：「如果君不守君之道，該怎麼辦？」

司馬遷道：「君如果暴戾，臣自然奸佞，孔子在世時，弒君篡逆數不勝數，到秦始皇登基，獨掌威權，大臣雖然無力篡位，但天下怨聲載道，所以才有陳涉揭竿而起，百姓紛紛響應，短短幾年，秦朝便土崩瓦解。」

衛真又問：「不論大臣篡逆，還是百姓揭竿，都難免流血殺伐，難道沒有不流血的方法？」

司馬遷低頭望著那支殘簡，沉思良久道：「堯舜禪讓，選賢舉能，就不曾流血。這支殘簡上說『天下者，非君之天下，乃民之天下』，這句話，其實便是追述古道，給出的長治久安、萬世良方，這天下是萬民公有，天子只是受天下人之托，代為治理天下，如果治理不好，便另選賢人。天子不得將天子之位霸為己有，更不能把天下當作私產傳於子孫。」

「這道理雖然好，但當今之世能行得通嗎？」

司馬遷長喟一聲，搖頭嘆息：「自春秋戰國以來，霸道橫行，天下漸漸淪為強盜之世，誰殘忍凶悍，誰便是贏家，天理公義再無容身之地。」

衛真道：「就算強爭到手，贏也只能贏得一時，你強，還有更強者，大家都虎視眈眈，最終都難免被他人吞掉。」

司馬遷點頭道：「以力勝人，力衰則亡。這正如兩個人交往，和則共榮，爭則兩傷。可惜世人只貪眼前之利，不求長久之安。」

衛真壓低聲音問道：「這麼說來，這劉家的天下，有朝一日也要被別家吞佔？」

司馬遷道：「這是自然，只在遲速而已。」

衛真道：「聽說山東已經盜賊紛起……」

司馬遷嘆道：「如果人們仍將天下視為私產，你爭我搶，強盜將永為刀俎，百姓則永為魚肉。除非有朝一日，天下人都明白並共守這支殘簡上的道理，即這天下是天下人之天下，任何人不得獨佔……」

正在議論，伍德忽來傳報：「御史大夫信使到！」

* * * * *

劉敢接到扶風傳來的急信，忙來稟告：「減宣放走了那個小兒！」

杜周臉上被朱安世拳擊處，雖然腫已消去，但青痕猶在，疼痛未褪。他並不作聲，微低著頭，連眼珠都不動，盯著面前案上一隻青瓷水杯，聽劉敢繼續稟報。

「減宣受到盜馬賊恐嚇，據說那小兒還會巫術，便設了個計，用那小兒換汗血馬，誰知盜馬賊並未中套，那小兒和汗血馬均下落不明，應該是被盜馬賊奪回逃走了。」

杜周聽後，心裡一沉，氣恨隨之騰起，嘴角又不禁微微扯動。他仍盯著那水杯，一隻蒼蠅飛落到杯沿，繞著圈爬動，而後竟爬進內壁，伸出細爪，不停蘸著杯內清水，洗頭刷腦。杜周看得心煩，悶聲道：「深秋了，還不死！」

劉敢先是一愣，隨即循著他的目光望見那隻蒼蠅，忙起身幾步湊近，揮袖趕走了那蒼蠅，又喚門邊侍立的婢女，換一個乾淨杯子來。

杜周轉開目光，望向窗外，雖然日光明亮，但樹上黃葉髒亂，風中寒意逼人。

回到長安後，他立即進宮面見天子，上報平定謫戍生亂一事。天子聽後不置可否，卻聲色嚴厲，問他汗血馬失竊一案。他哪裡敢說屢屢受挫於朱安世，只說已找到盜馬賊蹤跡，正在緝捕。天子聽後大怒，只給他一個月期限。

一個月後若仍追不回汗血馬，會發生什麼，杜周當然心知肚明。他任廷尉[61]那幾年，專查重臣高官，一年能達上千案，一案能牽扯上百上千人，大臣被棄市滅族的情景，沒有誰比他眼見親歷的更多。仕宦這些年，他自己也幾次陷於罪難，卻都不及汗血馬失竊之罪重，本來還可借那小兒作餌，誘

61　廷尉：官名，為九卿之一，掌刑獄，主管司法的最高官吏。

捕朱安世，現在卻如魚入汪洋……

劉敢躬身靜候杜周示下，可是杜周能說什麼？

他唯一能想到的，便是如何不著痕跡地將罪過推給減宣。

縱觀當今朝中官吏，治獄查案，能與他比肩的，唯有減宣。減宣曾官至御史大夫，位列三公，官祿萬石，僅次於丞相、太尉。杜周則最高只到廷尉，位在九卿，官祿二千石。現在減宣雖然官位低於自己，卻難保日後不會復起。這次減宣放走小兒，罪責難逃，借這一過失，正好扳倒減宣。

不過，汗血馬失盜是由我主查，減宣只是輔助辦案，我自己始終難脫首責……

劉敢跟隨杜周多年，熟知他的心思，壓低聲音，小心道：「減宣不但放走了那小兒，更犯了件觸禁的事。」

杜周聞言，仍沉著臉，道了聲：「哦？」

劉敢忙伸頭湊近，繼續道：「減宣命扶風賊曹掾史成信帶了那小兒去換汗血馬，成信卻於途中放走小兒，逃往上林苑，郿縣縣令率人追捕，放箭射死成信，一些亂箭射到上林苑門楣上。箭射御苑門，罪可不小，雖然是郿縣縣令追捕，主使卻是減宣。」

杜周心中暗喜，卻不露聲色，只問道：「上林苑可上報此事？」

「還沒有，不過卑職與上林苑令是故交，這就寫信知會他。此事起因於汗血馬，大人可先將此事呈報天子，可不必提及箭射上林苑門一事。等上林苑令也上奏了，兩罪合一，都歸於減宣一人，大人則可免受牽連。」

杜周心中稱意，口裡卻道：「再議。」

劉敢忙躬身道：「此次是減宣謀略失當、自招其禍，大人就算顧念故交之情，皇上也不肯輕恕。」

「嗯……」杜周故作猶豫不忍。

劉敢當然明白，忙道：「法度大過人情，大人不必過於掛懷。卑職一定從公而治、依律行事。」

杜周又點點頭，知道劉敢必會辦好，便轉開話題，問道：「盜馬賊線索查得如何了？」

「前日，卑職已遣人到茂陵便門橋，捉拿了郭公仲及家人，審問得知，郭公仲與那朱安世幾年前曾有過往，朱安世從軍西征後，再未見過。卑職怕郭公仲有隱瞞，又拷問了他的妻子及兒女，他妻子起初不招，卑職又拷打她的兒女，她才招認說，朱安世原有妻室，並生有一子，四年前，朱安世被捕後，其妻攜子逃亡他鄉避禍。」

「哦？那兒子多大？」

「七歲。」

杜周「哼」了一聲，卻不說話。

「大人所捉那小兒也是七八歲，朱安世屢次不顧性命救那小兒，恐怕那小兒正是他的兒子。」

杜周點頭沉思。

「他妻子為何與兒子離散，卑職尚未查出。不過，卑職還從郭公仲妻子口中盤問出，朱安世原來家在茂陵，他妻子逃走前，將房舍賣與他人。卑職前去那院房子查看，見房檐角上掛著這件東西——」

劉敢說著，取出一串東西，呈給杜周：一個錦帶紮的小小冠帽，下面拴了一條細竹篾編的竹索。

因為風吹日曬，那竹篋已經灰舊，錦帶也褪色欲朽。

杜周拿著竹索，細細審視，卻不知道這是什麼東西。

劉敢道：「據那新房主說，他搬來之時，這東西就掛在檐角，當時竹篋還是青綠的，錦帶也色澤鮮亮，應該是新掛上去的，因為太高，掛在那裡倒也好看，所以沒有取下來。據卑職看來，這件東西有些古怪，以前不曾見過。卑職懷疑，這是朱安世妻子臨走前，留給他的暗語，指明她逃亡後的藏身之處。那朱安世這次逃逸後，必會去找妻子，如果能破解這個暗語，便能搶在他前面，以逸待勞捉住他。不過卑職想了一夜，也想不出這東西暗指之意。」

杜周略點點頭：「湟水西平亭那裡可有回音？」

「暫時還沒有，不過再過兩三日應該就到了。」

第十六章：草洞殺敵

眼見那八騎繡衣人就要衝來，朱安世卻精疲力盡。

他掙扎著站起身，找回自己的刀，插入鞘中。右臂連受重傷，連刀都舉不起，便用左手撿起一柄長斧，以斧柄撐地，挺直了身子，迎視那八騎繡衣人。

這時，身後忽然響起一陣蹄聲。

回頭一看，竟是韓嬉，騎著汗血馬奔了回來。

朱安世忙大吼：「別回來！快走！快走！」

韓嬉卻像是沒聽見，一陣風飛馳而至，驩兒卻不在馬上。

「驩兒呢？」

「我把他藏起來了。老趙？老趙死了？」

「你快走！幫我把驩兒帶到長安，交給御史大大！」

「一起走！」

「我得攔住他們，你快走！」

「你不走我也不走！」

這時繡衣人蹄聲已近，只在幾十丈之外，朱安世爭不過，只得就近牽過趙王孫的馬，翻身上馬，兩人一起驅馬飛奔。

穿過平野，前面一片荒坡。韓嬉驅馬上坡，朱安世緊緊跟隨，後面繡衣人也窮追不捨。奔上坡頂，只見土丘連綿，兩人奔下山坡，谷底生滿荒草，草高過馬背，並無路徑。韓嬉引著朱安世衝進荒草叢，在谷底迂曲奔行，追兵漸漸被拉遠。

兩人奔到一處山谷岔口，韓嬉忽然停下來，指著左邊道：「孩子在那棵小楊樹下面草凹裡，你把馬給我，我引開追兵！我騎的是汗血馬，不許跟我爭！」

朱安世只得聽從，翻身下馬，將韁繩遞給韓嬉：「你小心！」

韓嬉伸手牽住韁繩，盯著朱安世笑道：「記住，你又欠了我一筆！」說完，催動汗血馬，牽著朱安世的那匹馬，向前疾奔，頃刻便隱沒在荒草中。

朱安世轉身鑽進荒草叢，邊走邊將身後踩開的草撥攏，掩住自己足跡。走了一陣，來到那棵小楊樹下，到處是荒草，不知道那草凹在哪裡。

朱安世小聲喚道：「驩兒，驩兒，你在哪裡？」

「朱叔叔！」左邊傳來驩兒聲音。

樹側一叢亂草簌簌搖動，驩兒從底下露出頭。

朱安世忙過去撥開草，也鑽了進去，草底下是個土坑，蹲著兩人還有空隙。朱安世伸手將坑口的草攏好，伸手攬住驩兒，笑道：「好孩子！咱們又見面了。」

驩兒也分外高興，但隨即便看到朱安世渾身是血，忙關切道：「朱叔叔，你受傷了？」

「嘿嘿，小傷，不打緊——」

外面忽然傳來馬蹄聲，幾匹馬停在岔口處，兩人忙閉住嘴，聽見馬上人商議：

「這裡是個岔口，分頭追！」

「右邊草被踩開了，而且是兩匹馬的痕跡，應該是往右逃了。」

「小心為好，五人往右，三人往左！」

「好！」

五匹馬向右邊疾奔遠去，三匹馬向左邊行來，馬速很慢，想是在查找蹤跡，一路走到小楊樹前，停了下來。驪兒睜大了眼睛，朱安世輕輕搖頭，用目光安慰。

三匹馬往前行去，半晌，又折了回來，蹄聲伴著陣陣唰唰聲，應是在揮斧打草。

不久，蹄聲又回到小楊樹前，略停了停，便返回岔口，漸漸遠去。

驪兒正要開口說話，朱安世忙搖頭示意，他細辨蹄聲，離開的馬只有兩匹。側耳聽了一陣，果然，坑外不遠處忽然響起一陣輕微的簌簌聲，透過草隙，只見一個繡衣人提著長斧，在草間輕步移動，不時向四周窺伺。定是剛才偷偷下了馬，留下來探聽動靜。良久，那人才慢慢離開，走向岔口處。外面又響起蹄聲，是單獨一匹馬。

等蹄聲消失，朱安世才笑著說：「好啦，這次真的走了——啊！」

坑外亂草間忽然閃出一柄斧頭，猛地砍進來！

朱安世忙護住驪兒急躲，肩頭一陣劇痛，斧頭砍中他的左肩！

朱安世悶吼一聲，一把抓住斧柄，往上一推，將斧刃推離肩頭，隨即猛地翻肘，壓偏斧頭，往裡一抽，坑外握斧之人被猛地拉近，朱安世跟著一拳重擊，拳頭正擊那人臉部。那人吃痛，發力要奪回斧頭，朱安世大吼一聲，騰身一跳，撲向外面，正好撞向那人，兩人一起倒在草叢裡，翻滾扭打起來。

朱安世雙手扼住那人咽喉，那人伸手在朱安世肩頭傷口處狠狠一抓，朱安世痛叫一聲，幾乎暈死。手一鬆，那人用力一翻，將朱安世壓在身下，朱安世脖頸反被扼住。他拚命揮拳亂打，那人卻毫不鬆手，眼看就要窒息，那人忽然痛叫一聲，一把斧頭砍在他頭頂，是驢兒。

那人反手一掌，將驢兒打翻在地，朱安世忙一記重拳，砸中那人左耳，順勢一翻，將那人甩倒，隨即一把抽出刀，拚命一刺，刺中那人胸部，刀刃洞穿後背，那人身子一掙，隨即嚥氣。

朱安世忙回頭看驢兒，驢兒剛從地上爬起來，左臉一大片青腫。

「驢兒，你怎麼樣？傷得重不重？」

驢兒走過來，搖搖頭，咧著嘴笑了一下，扯到了痛處，疼得咧嘴，卻仍笑著說：「我沒事。朱叔叔，你又受傷了？」

「你沒事，我就更沒事了。」

「這些人殺了我媽媽，殺了幾個叔叔伯伯，還有他們的家人……」驢兒恨恨望著地上的繡衣人，眼中忽然湧出淚。

「你以前就見過他們？」朱安世大吃一驚。

「他們一直在追殺我，追了好幾年，追了幾千里。」驢兒用袖子擦掉眼淚，「我總算報了一點仇。」

朱安世看他瘦小倔強，不由得一陣疼惜，想伸手查看他臉上傷處，雙臂卻痛楚不已，手都舉不起來，只得望著驢兒溫聲道：「有朱叔叔在，斷不會再容他們作惡。那另外兩個惡徒過一會就要回來，我們得馬上離開。」

他望望四周，這時天色漸暗，自己雙臂受傷，肯定敵不過繡衣人，又沒有馬，也逃不遠。他思忖片刻，站起身，咬牙忍痛從繡衣人身上抽回自己的刀，插回鞘中。本想將繡衣人的屍體藏起來，卻根本沒有這力氣，驢兒年紀小，也幫不到，只有丟在這裡了。

「好，我們走！」朱安世一瘸一拐向岔口處走去。

「那些人就是走那邊的啊。」

「他們搜過的地方，不會再細搜。」

兩人沿著馬踩過的草徑，來到岔路口，繼續沿著草徑，向繡衣人的方向走去。走了一段，朱安世掃視兩邊，見右邊草叢中有塊大石，便對驢兒說：「去那邊，走草根空隙，小心不要踩斷草。」

兩人小心翼翼走向那塊大石，朱安世仍邊走邊忍痛撥攏身後的草，掩住足跡。繞過大石，兩人躲在石頭後面，朱安世抓了些藤蔓遮擋兩邊。剛躲好，前面隱隱傳來蹄聲。很快，馬蹄聲已經近前，朱安世在石側偷偷觀望。

暮色中，兩個繡衣人各自騎馬，另牽著一匹空馬，正原路返回，趕向剛才的岔口。

朱安世心想：很快天就黑了，至少今晚不會有事。韓嬉也應該已經甩開了追兵。只是這兩個繡衣人發現那具屍體，肯定不會輕易離開，要想躲開他們恐怕不容易。

「朱叔叔，你在流血。」驢兒小聲道。

朱安世低頭一看，兩肩及大腿的傷口都在往外滲血，剛才行走時血恐怕已經在滴，幸好天色已暗，血跡不易分辨，不然行跡已經暴露。

他等那兩個繡衣人走遠，忍痛從背上解下背囊，取出創藥，又抽出匕首，要割下衣襟包紮傷口，但雙臂疼痛難舉。

「讓我來——」驩兒要過匕首，「傷口要先清洗一下。」

驩兒說著打開朱安世背囊，找到一方乾淨布帕，又取過水囊，拔開木塞，將布帕沖洗乾淨，而後轉身湊近，半蹲著，輕手擦洗朱安世的傷口。各處都清洗乾淨後，才將藥細細塗上，又用匕首將布帕割成幾塊，蓋住傷口。最後才在朱安世衣襟上割了幾條布帶，一處一處穩穩包紮好。

朱安世看他手法竟然如此輕巧熟練，大為吃驚：「你是從哪裡學來的？」

驩兒笑了笑：「是姜伯伯教我的。當時還在常山，姜伯伯被那些繡衣人砍傷，我們躲到一個破屋子裡，他也是手動不了，就口裡說著教我，讓我幫他包紮傷口。」

「冀州常山？」

「嗯。」

「什麼時候的事？」

「大前年。」

「那時候你才五歲？？」

「嗯。」

朱安世說不出話來，自己雖然自幼也東奔西躲，卻從不曾經歷這等生死險惡。看驩兒包好藥包、整理背囊，行事動作竟像是個老練成年人。這時大已黑下來，看不清驪兒的神情，望著他瘦小的身形，朱安世心裡說不出是何種滋味。

驪兒取出乾糧，掰下一塊，連水囊一起遞過來：「朱叔叔，你餓了吧，喝點水，吃點東西。」

朱安世忙伸手接過來：「你也吃。」

驪兒卻道：「我等一下再吃，得先背完功課。你吃完了，好好休息一下，我看著。」

「今天還要背？」

「嗯，今天一天都沒背。」

驪兒靠著石頭坐下來，閉起眼睛，嘴唇微動，默誦起來。

朱安世邊吃邊看，心想：為這孩子，雖然費了些氣力，卻也真值得。

吃完後，他傷痛力乏，昏昏睡去。

等朱安世醒來，天已經全黑，月光微弱，夜風清寒。

他轉頭一看，見驪兒趴在石沿上，定定向外張望。

「驪兒，你一直沒睡？」

「朱叔叔，你醒來啦？」驪兒回過頭，眼睛閃亮，「我一直沒困，剛才那兩個人又回來了，沒停，也沒往這邊望，直接走了，我就沒叫醒你。」

「走了多久了？」

「好一陣了。朱叔叔，你傷口怎麼樣了？」

「好多了，我們走。」

「嗯。」驢兒站起身，拎起背囊就要往身上背。

朱安世笑著要過來背好，手臂動起來還是痛：「朱叔叔雖然受了傷，這點背囊還背得動，何況又經你這個小神醫醫治過。」

兩人沿著草坡爬上坡頂，四處一望，到處黑漆漆、冷清清，只聽得到草蟲鳴聲。

朱安世低聲道：「我們得先找個安穩地方躲一陣子。」

兩人向西南方向走去，朱安世腿上有傷，走不快，一路摸黑，走走停停，天微亮時，找到一處山洞，兩人躲進去休息。

朱安世腿傷痛得厲害，坐下來不住喘粗氣，驢兒走了一夜，也疲乏不堪，但仍去洞外找了些枯枝蔓草，把洞口仔細遮掩好，又解下朱安世背上包袱，取出皮氈，在朱安世身邊地上鋪好，才坐下來休息。

朱安世笑望著他：「白天我們不能走動，天黑了再走。趕了一夜路，你趕緊好好睡一覺。」

「我不累，朱叔叔，還是你先睡，我看著。」

「你再跟我爭，朱叔叔就不喜歡你了。」

驢兒咧嘴笑了笑，才枕著背囊乖乖躺下。朱安世取出一件長袍，替他蓋好，自己也躺下來，伸臂攬住驢兒，輕輕拍著，驢兒閉起眼睛，很快便靜靜睡著。

＊＊＊＊＊

司馬遷忙到院門前，迎候御史大夫信使。

那信使下了車，卻並不進門，立在門外道：「御史大人請太史令到府中一敘。」

司馬遷一愣：「何時？」

「如果方便，現在就去。」

「好，容在下更衣，即刻就去。」

司馬遷回到房中，柳夫人忙取了官袍，幫著穿戴。

司馬遷納悶道：「這新任御史大夫名叫王卿，原是濟南太守[62]，才上任幾天。我與他素未謀面，又不是他的屬下，不知道找我做什麼？」

柳夫人道：「無事不會找你，小心應對。」

司馬遷道：「我知道。」

柳夫人邊整理綬帶，邊嘆道：「談古論今，當今恐怕少有人能及得上你，但人情世故，你卻及不上大多數人。這些年，多少人以言語不慎招罪？你雖不愛聽，我還是要勸你，能少說一句，便少說一句。他說什麼，你儘管聽著就是了，有什麼不高興，都放在肚子裡，別露出來。你別的不看，就看在你的史記才完成一小半，你也好歹得留著命完成它。」

司馬遷溫聲道：「我都記在心裡了，放心。」

出了門，伍德已經備好了車，司馬遷上了車，信使驅車在前引路，衛真騎馬跟行。

62　《資治通鑒》記載：「是歲（天漢元年），濟南太守王卿為御史大夫。」

路上，司馬遷反覆尋思，卻始終猜不出御史大夫召見自己的原因，便索性不再去想，心裡道：管他什麼原因，我自認坦坦蕩蕩，並沒有什麼見不得人的地方、說不出口的話。除了一件事——私著史記，而這事他人並不知道。念此，他隨即釋然。

到了御史府，那信使引司馬遷進了大門，衛真在廊下等候，有家臣迎上前來，引了司馬遷穿過前廳，來到正堂，只見一個中年男子身穿便服，五十左右年紀，面相端嚴，正跪坐於案前翻閱書簡，正是王卿。

司馬遷脫履進去，跪行叩禮，王卿放下書簡，抬起頭端坐著受過禮，細細打量了片刻，才開口道：「你可知我今天為何找你？」

「恕卑職不知。」

「我找你是為了《論語》。」

司馬遷心中一驚，卻不敢多言，低頭靜聽。

王卿繼續道：「你上報說石渠閣秦本《論語》失竊了？」

「是。」

「石渠閣中原先真的藏有秦本《論語》？」

「是。」

「你讀過？」

「並未細讀，只大致翻檢過。」

「但這書目上並沒有秦本《論語》。」王卿指著案上書卷。

司馬遷抬眼望去，案上書簡應是御史蘭台所存的天祿、石渠二閣書目副本。他心裡暗驚：石渠閣藏書目錄已被改過，難道蘭台書目副本也被改了？

王卿見他怔怔不語，便問道：「莫非是你記錯了？」

司馬遷忙道：「卑職雖非過目不忘，但那秦本《論語》及石渠閣書目不止見過一次，斷不會記錯。」

「石渠閣書目我也查過，也沒有秦本《論語》條目。石渠閣、御史蘭台都無紀錄，除你之外，也不曾有他人看過秦本《論語》。」

「秦本《論語》是用古篆書寫，今人大多不識，所以極少人讀過它。」

「你能讀古篆？」

「卑職也只粗通一二。」

「難怪，想來是你一知半解，讀的是其他古書，卻誤以為是《論語》。這事定是你記錯了，以後莫要再提。」

司馬遷正要據理力爭，但念及妻子囑托，只得忍住，低頭應道：「是。」

王卿又道：「子曰：不在其位，不謀其政。今後無關於太史之職的事，你都不要再去管。」

「是。」

「好了，你回去吧。」

＊＊＊＊＊＊

湟水岸邊，西平亭[63]。

西平亭建在高台之上，四周以塢壁圍合，如一座小城。塢內有官守、屯兵和居人房舍，塢上可舉烽火。設護羌校尉，主管練兵守備諸事，另有斬產，督察屬吏、查驗刑獄。

西羌以遊牧為生，自當年敗退西海之後，雖偶有侵犯，卻都是零星擄掠，近年並無大的戰事，因此，這裡常年清靜，歲月寂寞。

這天午後，護羌校尉和斬產正在亭上飲酒，忽然聽到一陣急促蹄聲，舉目眺望，一匹馬由東疾奔而來，看鞍轡及騎者衣冠，依稀可辨是驛騎。這裡地處邊塞，又少戰事，難得有驛使前來，兩人連忙一起下亭。

很快，那驛騎駛進了東門，來到兩人面前。驛使下了馬，呈上驛報，兩人一起展開閱讀，原來是執金吾杜周從長安發來的緊急公文。西平亭到長安有兩千五百多里路，驛騎站站接替，日夜兼程，竟只用了六天半。

護羌校尉讀罷驛報後，與斬產商議：「原來是我們這裡一個老戍卒流竄到了京畿，不知道犯了什麼事？」

「執金吾千里迢迢送來急報，恐怕事情不小。」

「老戍卒該由你管，煩勞你去查一下。」

「好說，這裡一共才幾百戶屯戍的犯族，又有簿記，這事好查。」

這斬產名叫斬產，出身窮寒，卻位賤心高。

他因見公孫弘一個牧豬之人，五十歲才學《春秋》，卻能官至丞相，心中羨慕，十幾歲便立下死志，抛家捨親，四處求師。交不起學資，就以勞力充抵，清廁掘糞，都在所不辭。學了近十年，勉強習了點《春秋》，又百般千求，謀了個小吏之職。盡心盡力十來年，才得了這個靳產之銜。奈何這裡偏僻荒冷，一年之間，連生人都見不到幾個，怎麼能長久安身？

現在終於有了這樁差事，他歡喜無比，一遍遍誦讀那驛報，見那一行行墨字，恍如一級級登天之階。

他忙喚了書吏來，命他查檢屯戍戶籍。

沒用多久，書吏就查好回報：「據驛報所言，那老兒應當是隨驃騎將軍西征來此的犯卒，那批犯卒都聚居在湟水邊曲柳亭，我已經命人傳報那裡的亭長，讓他查問失蹤人口。」

不到一個時辰，曲柳亭亭長就趕來稟報：「曲柳亭除死喪者外，這兩年只有一人失蹤，此人名叫申道，原籍琅琊，現年六十一歲，是當年淮南王一案從犯，來這裡屯戍已經有二十一年。據其家人說，他是七月離開，回鄉奔喪。」

靳產道：「應該是此人，他家中還有何人？」

亭長道：「還有五口人，一個老妻，兒子，兒媳，兩個孫子。兒子是戍卒，現不在家，在西海臨羌戍守。」

靳產聽了，轉著眼珠尋思半晌，命那亭長暫莫回去，聽候吩咐，自己忙去見護羌校尉。

63　西平亭：今青海省西寧市。元狩二年（西元前一二一年），為阻斷南北、隔絕羌胡，驃騎將軍霍去病西征湟水，建西平亭，設臨羌、破羌二縣，西抵青海湖，東接金城，以防衛西羌。湟水流域自此納入漢朝疆界。

護羌校尉聽後道：「定是此人無疑，就寫了呈報傳回長安吧。」

「這樣是否過於簡率了？」

「驛報讓我們查找老兒身份，現在已經查明，還能如何？」

「這窮寒之地，連鬼都記不得咱們，現在好不容易有長安大官交差事給咱們辦，正好應當多盡些力。」

「話雖如此說，但這差事就算想使力，也沒處使。除此之外，我們還能做什麼？」

「至少有兩樁事情可以再挖它一挖：其一，這老兒來歷；其二，這老兒去因。」

「你剛才不是已經說過，這老兒是受淮南王一案牽連，被遣送到這裡屯戍，那老兒家人又說他是回鄉奔喪。」

「這其中還有兩個疑點：一、他當年與淮南王是何關係？二、他原籍琅琊，既說回鄉奔喪，為何在京畿犯事，還帶了一個小童？」

「這些事我是摸不著門道，你若有興致，就再去追查一下，有功勞就歸你。」

靳產巴不得這句話，忙歡喜告辭。

第十七章：申家童言

朱安世醒來睜開眼，覺得手臂痠麻。

轉頭一看，原來是驩兒枕住了自己小臂，睡得正香，便不敢動，繼續側身躺著。

日光透過洞口枝葉，射進洞裡，照在驩兒的小臉蛋上，雖然布滿灰塵，卻仍稚嫩可愛，朱安世心裡一暖，不由得想起了自家兒子，笑著輕嘆了口氣。

兒子睡覺沒有驩兒這麼安分，睡時頭朝東，等醒來，朝南朝北朝西，唯獨不會朝東，還愛流口水，褥子時常潮濕一片……

朱安世正笑著回憶，驩兒也醒了，他睜開眼睛，見自己枕著朱安世的手臂，慌忙爬起來：「朱叔叔，壓痛你了吧，你臂上有傷，我……」

「我的傷已經好多啦，已經覺不到痛了——」朱安世伸臂舞弄了兩下，雖然還是有些痛，卻笑著道：「小神醫手到病除！」

「不能亂動！得好好養幾天！」

朱安世嘿嘿笑著揉了揉驩兒頭髮，站起身，到洞口邊窺望，這時天已近午，外面一片荒林，十分寂靜。

他肚中飢餓，便回身要取乾糧，忽然想起來，笑著問驩兒：「你還是要先背了再吃？」

「嗯。」

「那好，等你背完，我們再一起吃。」

等驩兒背完，朱安世掰了一塊胡餅遞給他，兩人坐在皮氈上，一起吃起來。

朱安世問道：「你現在可以告訴我你背的是什麼了吧？」

驩兒為難起來，搖了搖頭說：「我……我真的不知道。」

「哦？」

「娘帶著我到處逃，每天都按時要我背，這些句子我都不懂，我問娘，娘也不告訴我，只說我必須牢牢記住，一個字都不能漏，說這比我的命還貴重，到時候要完完整整背給兒寬伯伯聽。」

「哦……」朱安世雖然納悶，卻也想不明白，便道，「我得跟你商量一件事——」

「什麼？」

「現在到處有人在追捕我們兩個，這一陣子恐怕不能去長安了。我的妻兒在成都，我想先帶你去成都躲一躲，等風頭過了，再送你去長安，你看怎麼樣？」

「嗯，好！」驩兒點點頭，忽然想起什麼，問道，「對了，朱叔叔，我在扶風城裡被綑在木樁上，你是用什麼法術割開繩子的？那隻神鼠是你使法術派去的？」

「法術？神鼠？」朱安世大愣，隨即想起來，他還一直沒有工夫細問韓嬉是如何解救驩兒的，便笑道，「設計救你出來的不是我，是昨天那個嬸嬸，她名叫韓嬉。」

「韓嬸嬸會法術？」

「這個我也不清楚，連你如何被救出來，我都不知道。你說的法術是怎麼一回事？」

「我被綁在木樁上，到第三天夜裡，繩子忽然就斷了，可是沒一個人靠近過木樁，我不知道是怎麼一回事，也不敢亂動。第四天夜裡，繩子又自己斷掉了，還是沒有人靠近過。第五天夜裡，不但繩子斷了，連木樁都斷了，我只見到一隻老鼠。我猜那隻老鼠肯定是隻神鼠，繩子肯定是被牠咬斷的。」

朱安世忽然記起：韓嬉去扶風時帶了一只小籠子。籠子裡可能便是驩兒說的那隻老鼠，不過，就算老鼠能咬斷繩索，怎麼可能咬斷木樁？想了一陣，理不出頭緒，便搖頭笑道：「那個韓嬸嬸手段厲害得很，恐怕真的會法術，等以後見到她，問過才知道。」

等到天黑，朱安世帶著驩兒離開山洞，繼續向西南潛行。

走走歇歇，又是一夜，晨光微現時，到了郿縣。四野蕭寂，城門緊閉。兩人正在駐足喘息，身後隱隱傳來馬蹄聲，朱安世忙攜了驩兒躲到路邊樹叢裡。

片時，四匹馬飛奔而過，仔細一看，馬上竟然是繡衣刺客！

朱安世掌心裡驩兒的小手猛地一顫。朱安世低頭朝驩兒笑笑，低聲說：「不怕！」心裡卻暗叫不妙。

那四名繡衣刺客到了城門下，大聲呼叫，城門嘡啷啷打開一道縫，一個守衛探出頭來，刺客們並不下馬，最前面那個不知從懷裡取了什麼東西給那守衛看，守衛轉身回去。不久，城門又拉開一些，四個刺客撥馬進城，城門又重新關闔。

這些刺客究竟是什麼來頭？居然能叫開城門？難道是官府之人？但官府之人又怎麼會夜劫府寺？

朱安世暗暗詫異，卻也無從得知。

他知道進城路徑，便帶著驢兒繞到城北角。城牆邊有棵大榆樹，城牆不高，榆樹有一根枝杈離牆頭只有幾尺遠。朱安世背起驢兒，用腰帶縛緊，忍著傷痛，攀上榆樹，看四下無人，便抓住那根枝杈，蕩了兩蕩，縱身一躍，輕輕跳到牆頭，取出繩鉤，鉤住牆頭，溜下城牆。趁著無人，鑽進小巷，來到一家宅院後門，照著規矩，三輕三重，間錯著叩了六下門。

不一會，有人出來開門，一個四十多歲黑瘦男子，是朱安世的故友，名叫漆辛。

*****

司馬遷回到家中，柳夫人急急迎出來：「王卿找你何事？」

司馬遷將原委說了一遍，柳夫人才吁了口氣：「延廣滿門喪命，一定與《論語》有關，現在王卿剛剛上任，就來過問此事，看來這事真的得丟開不管了。」

司馬遷道：「連御史蘭台所存的藏書簿錄都已經被改，這背後之人，權勢之大，令人可怖。」

柳夫人道：「說起來，王卿應該倒也是一番好意，他讓你不要再管此事，其實是在救你，讓你不要招惹禍患。」

司馬遷道：「回來路上我才想起來——王卿正是以《論語》起家，當今儒學主要分齊、魯二派，王卿習的是齊派《論語》。[64]」

衛真問道：「這齊魯二派有什麼區別呢？」

司馬遷道：「一揚一抑。齊學通達，精於權變迎合；魯學拘謹，一向固本守舊。齊儒擅長高談闊論，最能鼓動人心，當今天子獨興儒術以來，所倚重的公孫弘、董仲舒等人都是齊派之儒。所以當今儒學，齊派最盛。二派之爭，早已不是學問之爭，而是權力之爭。」

衛真道：「兩派《論語》差別也大致這樣嗎？」

司馬遷道：「《齊論語》篇幅章句要多於《魯論語》。據我看來，其中不少語句，似是齊儒為迎合時變而添加。前日我讀《齊論語》，其中有一段言道：『君子謀道不謀食。耕者，餒在其中矣；學也，祿在其中矣。』先言君子應當謀求仁義之道，而不應為飽口腹而憂心勞碌，又說耕種謀食，終生難免於窮困，努力學道，卻自然能得俸祿。」

衛真道：「這話說得不錯啊，修習儒經，如果學得好，自然能得高官厚祿，一輩子做農夫，只能一輩子受窮。」

司馬遷道：「天下學道，誰能及得上孔子？按這句話所言，孔子當得貴爵顯位，富貴無比，但事實上孔子一生窮困，奔走列國，始終不曾得志，曾自嘲如喪家之狗，哪裡有什麼『祿在其中』？孔子弟子中，顏回最賢，卻身居陋巷，冷水粗飯，二十九歲頭髮盡白、窮困早亡。只有到了今世，學儒才可以謀官，才真的能言『學也，祿在其中』。」

衛真道：「看來學道，還得看世道。」

64　《漢書．藝文志》記載：「《論語》十二家，二百二十九篇……漢興，有齊、魯之說。」《論語集解．序》說：「齊論語」二十二篇，其二十篇中，章句頗多於《魯論》。琅邪王卿及膠東庸生、昌邑中尉王吉，皆以教授。」

司馬遷點頭道：「當年我師從於孔安國，他曾引述古本《論語》中一句話，『邦有道，貧且賤焉，恥也；邦無道，富且貴焉，恥也』。說求道在己，富貴在外。若天下有道，賢能者必受重用，你貧賤，自然因為你不夠賢能，因而貧賤是你之恥辱；反之，天下無道，奸邪者才能得重用，你若得到富貴，必定是因為你無恥。」

衛真道：「天下有道無道，怎麼分辨呢？」

司馬遷沉思片刻：「道者，既指言，又指路，人心通路也。世間有不公，人人若能直言其事，公義自然通達，邪惡自然祛除，天下自然歸於正道；反之，眼見不公，人卻不敢言、不能言，則邪惡日盛、公義日喪，天下勢必趨於邪途。故而，有道無道，只看言路是否暢通、世人能否說真話。」

衛真問：「齊派《論語》善於迎合時變，是不是魯派《論語》更真一些？」

司馬遷搖搖頭：「也不盡然，《魯論語》泥古不化，過於迂腐，言忠言孝的篇幅最多，責君責父的言論極少。看似恭順守禮，其實是一種柔媚之道。《魯論語》開篇便是『有子曰：其為人也孝悌，而好犯上者，鮮矣。不好犯上而好作亂者，未之有也。君子務本，本立而道生。孝悌也者，其為仁之本與？』敬事父母為孝，恭事兄長為悌，正如前日我們所說，父不慈，兄不賢，上行下效，哪裡能有子之孝、弟之恭？這句話卻說孝悌是仁之本，有些本末倒置。此外，『子』是極高之尊稱，在今世所傳《論語》中，孔子弟子只有曾參和有若兩人被稱為『子』，恐怕是流傳過程中，由曾參和有若兩人的後世弟子所添加。」

衛真道：「難怪古本《論語》被毀，這兩派，哪一派都不願意見到古本《論語》。」

司馬遷嘆息道：「王卿今天召我，本意恐怕正在於此。」

柳夫人道：「不管他出於何意，這都是下了一道禁令。再查下去，恐怕結果比延廣更慘。你如果想留住命順利完成史記，那就得盡力避開這件事。」

＊＊＊＊＊

靳產帶了隨從，與那亭長一起離了塢壁，向東行了二十里，到了曲柳亭。西平亭地處偏遠，一切簡陋，曲柳亭更加窮寒，並沒有什麼官署，平常議事辦公都在亭邊一間低矮土屋中。因一向無事，土屋裡滿是灰塵和鳥鼠糞便，靳產在門外一看，皺起眉頭，便不進去。亭長忙跑去取來乾淨席子坐墊，鋪在亭子裡。靳產坐下，讓亭長帶申道家人來。

不一時，申道的家人都被帶來，跪在亭外。老婦人頭髮花白、腰背已彎，兒媳四十多歲，一個十來歲少年，一個七八歲小童。一家人雖然農服粗陋、灰頭土臉，但看神情舉止，都從容恭肅，不像一般樸笨農人。就連那個小男童也規規矩矩，毫無頑劣之氣，顯然家教甚好。

靳產一看便知，從兩個婦人和那個少年口中問不出實話，略一思索，隨即命亭長將那個小男童帶到遠處一棵柳樹下，能看得見亭子這邊，卻聽不到這裡說話。

靳產問那少年：「你叫什麼名字？」

少年雖然跪著，卻腰身挺立，頭頸微垂，不失禮數，從容答道：「小人名叫申由仁。」

「我召你們一家人來，你知道是為什麼嗎？」

「小人不知。」

「你祖父在哪裡？」

「歸鄉奔喪。」

靳產猛然喝道：「說謊！」

少年卻依舊鎮定從容：「小人不敢，祖父確實是歸鄉奔喪去了。」

靳產又喝道：「還敢抵賴？」隨即轉頭吩咐身邊的一個軍士，「鞭他二十！」

軍士走出亭，來到少年身邊，舉起馬鞭，狠狠抽向少年脊背，少年身上中鞭，疼得咧嘴皺眉，卻不喊叫。那軍士見狀，發力更狠，轉眼間，少年背上粗布便被抽裂，露出血痕，少年卻始終咬牙，不發一聲。

他祖母和母親一起大聲哀告：「大人，手下留情！孩子到底犯了什麼過錯？」

靳產並不答言，看著二十鞭抽完，才道：「將他們三個帶到柳樹那邊，讓那小童過來。」

小童被帶過來時，雖然沒哭，卻已經嚇得滿眼是淚。

靳產和顏悅色道：「不要怕，你哥哥剛才是因為說了謊，才挨了打。不說謊，就不用挨打。」

小童擦掉眼淚，滿眼驚恐。

靳產溫聲笑問：「你叫什麼名字？」

小童拖著哭腔：「申由義。」

靳產又問：「你祖父去哪裡了？」

小童聲音仍在發抖：「娘說祖父回家鄉去了。」

「你娘剛才也告訴我了，你果然是不說謊的乖孩子。」靳產笑咪咪點點頭，隨即吩咐隨從，「這孩子不錯，得獎勵一下，給他一個橘子。」

湟水地處高原，不產橘子，道路迢遠，橘子運到這裡十分稀罕珍貴，平常人極少能見到。靳產知道申道有個小孫子，來之前特意帶了幾個橘子。隨從聽命，拿了一個橘子遞給小童，小童卻不敢接。

靳產笑咪咪道：「這是長官的賞賜，你必須接。」

小童聽了，才小心接過，握在手裡，卻連看都不敢看。

靳產又笑道：「你吃過橘子沒有？」

小童搖搖頭。

靳產便命隨從另剝開一個橘子，取一瓣給小童嘗：「這也是長官的命令，你必須吃。」

小童小手顫抖，接過來放進嘴裡，小心咬了幾口，橘子汁液從嘴角流出，忙用袖子擦掉。

靳產和藹笑問：「香不香甜？」

小童輕輕點頭，驚恐之色褪去一些。

靳產道：「你哥哥說謊，挨了鞭子，你祖母和你娘沒說謊，所以沒打她們。我用她們說過的一些事來考考你，你若答對，還有橘子賞，若是說謊，就得挨鞭子。」

小童又驚恐起來。

靳產慢慢道：「好，我先來問第一件，你娘已經告訴我了，但我要看你是不是說謊。你祖父走之前，先收到了一個口信，是不是？」

小童猶疑片刻，點點頭。

靳產笑道：「嗯，好孩子，果然沒說謊，再賞一個橘子。我再來問第二件，有兩個答案，你選一個：一、到你家捎來口信的那個人你以前見過；二、你從沒見過。」

小童輕聲道：「我沒見過。」

靳產道：「又答對了，再賞一個橘子。第三件事，那個口信是從哪裡送來的？你從四個地方中選一個：一、破羌；二、金城；三、天水；四、長安。」

靳產來的路上就已想好：申道絕不是回鄉奔喪，他到湟水這裡屯戍安家已經二十年，從未離開過，這次突然離開，必定是有什麼人找他辦事。既然申道是在京畿犯事，那個人最東應該不過長安。東去長安只有一條大道，於是就選了沿途最重要的這四個地點。

他見小童猶豫不答，便笑道：「你娘已經告訴我了，我只是看你說不說謊，你哥哥剛才就說謊了。」

小童望了望軍士手中那根黏著血跡的鞭子，咬了一會嘴唇，才低聲說：「金城。」

靳產笑道：「這孩子確實極乖極聰明，再賞一個橘子！最後一問，答對了賞三個橘子，答不對就抽一百鞭子。」

小童睜大了眼睛，嚇得臉色蒼白。

「從金城捎信來的那人是你祖父的朋友，他的名字是——」靳產隨口編了三個名字，「一、劉阿大；二、張吳志；三、何匡。」

小童聽了，果然有些茫然詫異。

靳產忽然變色，大聲喝道：「快說！」

小童冷不丁被驚到，打了個寒戰，眼淚頓時湧出。

靳產忽又轉回笑臉：「這三個人都不是，對不對？」

小童含著淚，點點頭。

靳產笑道：「嗯，好孩子！果然不說謊！你告訴我那個人的名字，我就讓你回家。」

小童邊哭邊道：「我也不知道他叫什麼，我只聽祖父祖母叫他『老楚』——」

＊　＊　＊　＊　＊

見到朱安世，漆辛瞪大眼睛，驚異至極，隨即回過神，忙招手示意，朱安世一步閃進去。

漆辛忙關好門，引朱安世到了內室，這才握手嘆道：「朱老弟，久違了！」

朱安世解開衣帶放下驢兒，笑道：「嘿嘿，長安一別，已經有五六年啦。兄弟惹了些事，這次來，是向漆大哥求助的。」

「你的事跡傳得遍天下盡知，這幾日我一直在替你擔心，前天還特意跑到扶風去打探消息，城裡城外轉了幾趟，沒碰到你，只看到這孩子被拴在市口——」

「我說朱兄弟一定會來找你，被我說中了吧？」一個婦人掀簾走了進來，是漆辛的妻子郦氏。

朱安世忙拱手行禮：「嫂子好！」

郦氏也忙還禮：「朱兄弟，你來了就好了，你漆大哥這幾日焦心得不得了，怎麼勸也無益。」

漆辛道：「你快去置辦些湯飯，朱兄弟這幾日恐怕連頓好飯都沒吃過。」

郦氏笑著出去，漆辛又道：「朱兄弟，你這次太過膽大莽撞了，這種麻煩豈是惹得的？」

「唶！我也是一時氣不過。」

「那汗血馬呢？」

「被韓嬉騎走了。」

「韓嬉？她也扯進來了？難怪那天在扶風我看到她急忙忙走過，因記掛著你，也就沒去招呼她。朱兄弟，你現在是怎麼打算？」

「我準備去成都。」

「緝捕你的公文早就傳遍各郡縣，昨日我表弟來家，他在梓潼做小吏，說廣漢郡守已經下令嚴查緝捕你，廣漢如此，蜀郡也應該一樣，你怎麼還能亂跑？」

「我妻兒都在成都。」

漆辛低頭沉思片刻，才道：「這幾日風聲緊，何況你身上又有傷，就先在我這裡躲藏幾天，養好傷。我想個周全的法子，設法護送你去成都。」

「謝謝漆大哥！」

「哪裡的話？我夫妻兩個的命都是你救的。」漆辛感嘆道。

數年前在茂陵，漆辛犯了事，朱安世曾救過他一命。

朱安世笑道：「嘿嘿，咱們兄弟就不說這些見外的話了。若是我一個人，想去哪裡就去哪裡，誰攔得住我？只是現在帶著這孩子，不得不小心行事，所以才來求助漆大哥。」

「對了，這孩子是怎麼一回事？」

「我是受人之托，要保他平安。」

「唉，你自己已經惹了天大的禍，還承擔這些事。不如你把這孩子留在我這裡。」

朱安世低頭看了一眼驢兒，見驢兒眼中隱隱露出不情願，便道：「這孩子不但官府在追捕，還有刺客一路在追殺，剛才進城前，我看到那些刺客也來了郿縣。留在大哥這裡，恐怕不方便，還是我帶著他吧。」

＊＊＊＊＊

湟水靳產靳產得意無比，要過一只橘子，剝開皮，連著三瓣一起放進嘴裡，邊鼓腮大嚼，邊揮手示意，命小吏將申家兩個婦人及那少年帶過來。

小童懷裡捧著幾個橘子，見親人過來，哭著叫道：「娘——」

申道的老妻和兒媳料到孩子已經洩了密，望著孩子，無可奈何，只能深深嘆氣，那少年卻狠狠瞪著弟弟，滿眼怨責。

靳產笑道：「事情我已盡知，現在只要一個住址，就放了你們。說吧，那姓楚的住在金城什麼地方？」

三個人聞言都大吃一驚，沒有料到孩子竟說出這麼多隱情，驚慌之餘，均滿眼絕望，頹然垂下頭。

靳產又道：「中道那老兒已經被捉住，在扶風獄中自殺了。」

申家婦幼四人猛地又抬起頭，同聲驚呼。

靳產道：「他所犯的罪可以滅族，只要你們說出那姓楚的住址，可饒你們不死。」

兩個婦人和那少年重新低下頭，都不作聲，淚珠滴落塵埃。那小童望望親人，又看看靳產，淚珠在眼中打轉。

「你們既然不說，就休怪我無情了。」靳產轉頭吩咐軍士，「先從小童鞭起，從小到老，一個一個鞭死！」

軍士領命，舉起鞭子，看小童望著自己，驚恐無比，渾身簌簌顫抖，鞭子停在半空，下不了手。

靳產喝道：「鞭！」

軍士不敢違令，只得揮下鞭子，用力雖不重，小童卻痛叫一聲，栽伏在地，大哭起來，懷裡的橘子四處滾開。

他的母親痛喊起來：「國有明律，老弱婦孺均該寬有免刑[65]，你這是公然違反律令！」

靳產叱道：「在這裡，我就是律令！再鞭！」

軍士又揮下鞭子，抽在小童背上，小童更加慘叫痛哭起來：「娘——娘——」

他的祖母、母親、哥哥都心痛無比，爭著磕頭哭告：「大人，饒了他吧，要鞭就鞭我！」

靳產冷冷笑道：「你們不用急，等鞭死了他，就輪到你們了。」

那少年聽了，猛地跳起來，衝過去奪軍士手裡的鞭子，另外兩個軍士忙趕上前，幾腳將少年踢翻，按到地上。靳產又命令繼續鞭打，軍士只得一鞭一鞭抽下，小童大聲叫著娘，哭喊滾躲，十幾鞭子之後，小童嗓子已經喊啞，身上一道道傷痕。他的祖母和母親不住磕頭哭告：「大人！請饒了孩子吧！」

靳產道：「那就說出那姓楚的住址！」

小童母親終於不堪忍受，嘶喊道：「皋蘭鄉甜瓜里！」

65 中國法律早在西周時期就有「矜老恤幼」的原則。《禮記．曲禮上》云：「八十、九十曰耄；七年曰悼。悼與耄雖有罪，不加刑焉。」漢代沿襲這一恤刑原則。據《漢書．刑法志》記載，漢景帝後元三年（西元前一四一年）著令：「年八十以上、八歲以下，及孕者未乳、師、侏儒，當鞫繫者，頌繫之。」「鞫繫」，即監禁；「頌繫」，即給予寬宥待遇，免戴刑具。

第十八章：棧道符節

一輛牛車在褒斜棧道間緩緩而行。

輓車人是漆辛，牛車上擺著一具棺木，車前一邊坐著邴氏，另一邊坐著一個女童。女童身穿綠衣，梳著小鬟，眼睛又圓又黑，是驩兒。朱安世則躲在棺木之中。

這是邴氏想出的主意，她見驩兒生得清秀瘦小，又靦腆少言，便將驩兒裝扮成個女童。他們夫妻則扮作扶親人靈柩回鄉，讓朱安世躲在棺木之中，隱秘處鑿幾個洞透氣。路上關卡雖嚴，卻沒有誰會開棺查驗。

歷來蜀道艱險，這褒斜棧道北起郿縣，南達漢中，過劍門通往蜀中，是漢初丞相蕭何督修。在秦嶺山脈褒水和斜水河谷中，於山壁上凌空鑿石架木，修築棧道。此後歷代多次增修，當今天子繼位後，更是大加修造，從此棧道千里，車馬無礙。

朱安世躺在棺木中，起初很是舒坦，正好養傷。連躺了幾天，越來越窒悶難挨，卻也只得忍著。

牛車吱吱咯咯在棧道上顛簸，行到正午，停了下來，朱安世猜想應該是到了歇腳之處，他聽外面沒有聲響，想出去透口氣，正要開口詢問，忽聽見馬打響鼻的聲音，知道外面還有其他旅人，便沒有作聲。正在側耳，猛聽到邴氏和驩兒一起驚叫，隨即，一陣兵刃撞擊之聲。

他忙用力推開棺蓋，抓起刀，挺身出棺，眼前是一座依山而建的小小亭子。亭子中，漆辛正揮劍與兩個人惡鬥，那兩人身穿蒼青繡衣，各執一柄長斧，竟是繡衣刺客！邴氏則護著驩兒躲在亭外牛車旁、山壁凹處。

朱安世忙跳下牛車，兩步奔進亭子。

這時，漆辛剛擋住右邊一斧，左邊另一斧已迅猛揮向他的腰間，眼看就要被砍中！朱安世暴喝一聲，舉刀疾刺左邊刺客，那刺客猛聽到身後聲響，一驚，不及防備躲閃，手臂已被刺中，長斧隨之落地。朱安世舉刀又砍，那刺客側身一閃，手臂雖然中刀，卻臨危不亂，向後略退半步，隨即抽出佩劍。朱安世不容他喘息，連連進擊，那刺客左遮右擋，叮叮幾聲，盡數封住朱安世攻勢。

朱安世喊一聲：「好！」手臂加力，一陣狂削猛砍，那刺客勉強抵擋，腳步不住後移，漸漸退出亭子，退到棧道之上，朱安世步步緊逼，揮刀力砍，那刺客縮身一躲，刀砍進棧道邊木樁上，深逾數寸，刀刃皆沒，朱安世忙回手抽刀，刀卻嵌在木樁中，急切間竟沒能抽出，那刺客卻趁這間隙，一劍砍向朱安世手臂，朱安世只得棄刀躲閃。那刺客得勢連刺，朱安世只能連連後退，腳下木板高矮不平，一不留神，被絆倒在亭邊。

那刺客一劍刺來，朱安世急忙側身一滾，隨即一腳踹向刺客小腿，刺客忙抬腿躲閃，卻沒想到朱安世這一腳是虛招，另一隻腳隨即實踢過去，刺客膝蓋被踢中，站立不穩，倒向朱安世，朱安世雙腿一夾，正好卡住刺客頸部，用力一絞，刺客略一掙扎，隨即斷氣斃命。

朱安世一腳踢倒那個刺客，挺身跳起，拔回自己的刀，回頭看去，漆辛和另一個刺客鬥得正惡。朱安世舉刀上前助攻，那刺客見同伴已死，朱安世又來夾攻，頓時慌亂起來，肩頭猛地被漆辛砍中，接著小臂又被朱安世刺中，長斧頓時脫手落下。

漆辛舉劍就砍，朱安世忙揮刀攔住：「留活口！」隨即一刀逼住那刺客，厲聲問道：「誰派你來的？」

那刺客半邊臉一大片青痣，目光陰沉，直視著朱安世，並不答言。

朱安世又問：「你們為何要追殺這孩子？」

那刺客仍不答言，一步步慢慢向後挪，朱安世也一步步進逼，刀尖始終不離他的咽喉：「不說？那就死！」

那刺客退到亭邊護欄，再退無可退，便站住，木然道：「你不知道？不知道還捨命救他？」

朱安世刀尖抵住他的咽喉：「快說！」

那刺客猛地大笑起來，笑了一陣，忽然轉眼望向亭外的驩兒，失聲驚叫道：「你看他！」

朱安世忙回頭去看，手中的刀忽然一斜，身側漆辛急呼，朱安世頓知中計，急回頭時，那刺客身子一倒，已倒翻過護欄，滾入江水之中，江水深急，很快便被沖遠。

「嘖！」朱安世氣得跺腳。

「他恐怕也活不了。」漆辛道。

朱安世回身走到亭邊，在死去的那個刺客身上搜了一番，從他腰間搜出一塊半圓金牌，正面刻著半隻蒼鷲，背面幾個篆字，他認不得，便拿給漆辛看。

漆辛接過一看，大驚：「這是符節！」

「我就是盜了符節，才從宮中逃出來，但那是竹塊，怎麼又會有這種符節？」

「你從過軍，應該知道虎符，虎符是銅製的，乃是天子憑信。一分為二，一半留京師，一半交與使者，持符節如同天子親至，持虎符才能發兵。」

「如此說來，這些刺客是皇帝老兒派來的？」

漆辛搖頭道：「如果是皇帝派遣，又何必偷偷摸摸做刺客？而且據你所說，這些刺客在扶風，還和官府對敵，這事實在難解……」

朱安世想不出所以然，便不再想，回頭看驪兒垂著頭，像是做錯了事，便走過去，拍拍他的小肩膀，笑著問道：「驪兒嚇壞了吧？」

驪兒搖了搖頭。

「那你為何垂頭喪氣的？」

驪兒仍低著頭，不答言。

「哈哈，我知道了，你是因為扮成女娃，心裡彆扭不痛快，是不是？」

驪兒噗地笑了起來，眼淚卻跟著掉下來。朱安世蹲下身子，伸手幫他擦掉淚水，溫聲安慰：「驪兒，這不關你的事，是他們可惡！你一點錯都沒有，朱叔叔不許你責怪自己，記住沒有？」

驪兒輕輕點了點頭，卻仍咬著嘴唇，神情鬱鬱。

朱安世將他抱上牛車，笑道：「朱叔叔最愛和這些惡徒鬥，殺一個惡徒比喝一斗酒都痛快！」

邴氏也走過來，輕撫驪兒的頭髮，連聲感嘆：「可憐的孩子，這些人怎麼連個孩子也不放過？剛才那兩個人認出他後，舉著斧子就砍過來，絲毫不留情……」

漆辛道：「不知道他們是怎麼認出他來的？」

驪兒低聲說：「都怪我，剛才他們盯著我看，我心裡害怕，就想躲開……」

朱安世忙道：「朱叔叔不是說了，不許你責怪自己，剛說完你就忘了？」

驪兒又低下頭，不再言語。

漆辛擔心道：「不知道前面還有沒有他們的同伴？」

朱安世回頭看看亭子裡兩匹馬，略想了想：「那天在郿縣，他們一共四人，這兩人走南下這條道，另兩人應是往西去追了。倒是這兩匹馬得想辦法處置掉，不能留下蹤跡。」

朱安世先將刺客屍體拋入江中，而後左右環顧，一邊是峭壁，一邊是江水，除非把馬也拋到江水裡，他向來愛馬，心中不忍，便將兩匹馬的鞍轡解下來，拋到江中，轉身道：「馬就留在這裡吧，過往的人見了，應當會貪心牽走。」

他又安慰了驪兒幾句，這才鑽回棺中，漆辛蓋好棺蓋，吆喝一聲，牛車又重新啟程。

*****

長安，執金吾府寺。

「減宣在獄中自殺了。[66]」劉敢得到消息，忙來稟告，杜周聽後一怔。

劉敢繼續道：「卑職知會上林苑令後，他上了一道奏本，減宣被下獄，射中上林苑門楣，觸犯大逆之罪，當族，減宣知道不能幸免，便在獄中自殺，其家被滅族……」

杜周耳中聽著，心中湧起一絲憐意。他與減宣畢竟同儕多年，也算得上是知己。減宣事事小心，辛苦半生，曾經功業赫赫，最終卻落得這般收場。這宦海浪險，朝夕難測，他不由得想到自己，如今汗血馬仍不知所終，雖然減宣替自己暫扛一時之罪，汗血馬若追不回來，自己也將與減宣同命。他心想著那情景，喉嚨中不由得發出一聲怪嘆，如打嗝一般。

劉敢聽到，吃了一驚，忙低下頭，裝作不曾聽見。

杜周忙清清嗓，隨即正色，問道：「湟水回信了嗎？」

劉敢忙取出一份絹書，起身急趨，雙手奉給杜周：「這是湟水發來的急報，今早剛收到。」

杜周接過後，略看了一眼，隨手放到案上：「怎麼說？」

「湟水護羌校尉收到卑職驛報後，按卑職指令，設計拷問逼供，得知那老兒名叫申道，當年是淮南王劉安門客，通習儒術，尤精於《論語》。由於淮南王更重道家，因此未受重用。淮南王謀反失敗後，申道免於死罪，只被流徙到湟水。一個多月前，他接到金城一故友的口信，連夜趕到金城，想是受了故友之托，接到那小兒，然後輾轉送至扶風。」

「嗯。」

「卑職已先料到那老兒定是受人之托，故而在驛報中吩咐明白，若有線索，就近傳急報給所在官府。那申老兒故友在金城的住址已經查明，湟水護羌校尉也已傳報給金城縣令，兩地相距只有幾百里，驛報隔天就能收到。再過幾日，金城的驛報就能送來了。」

「嗯。」

66　《史記·酷吏列傳》記載：「宣使郿令格殺信，吏卒格信時，射中上林苑門，宣下吏詆罪，以為大逆，當族，自殺。」

「還有一事更加蹊蹺，從扶風刺客衣襟上削落的那片斷錦——」

*****

黃河，金城。

元狩二年秋天[67]，驃騎將軍霍去病大破河西匈奴，得勝歸來，於皋蘭山北、黃河南岸修建守城，西控河湟，北扼朔方，固若金湯，故取名「金城」。

靳產親自持驛報，連夜趕赴金城，拜見金城縣令。縣令見是長安執金吾杜周急報，又事關汗血馬，忙命縣丞陪同靳產，迅即出城，緝捕嫌犯。

縣丞一看驛報，心裡不禁納悶，但不敢多問，急忙喚車，與靳產一同趕到皋蘭鄉。皋蘭鄉長、亭長已先接到快馬急報，早已帶了一干人在路上迎候。近前停下車，縣丞問道：「那姓楚的可曾捉到？」

鄉長答道：「沒有——」

「嗯？為何？」

「那人已經死了。」

「死了？何時？」

「上個月。」

「怎麼死的？」

「這個，還未查明，屬下們仍在追查。」

「他家人呢？」

「也都死了。」

「也是上個月？」

「是。」

「你說的是上個月那件滅門案？」

「正是。」

「嗐！早知如此，就不需要跑來了。」

靳產忙問，那縣丞解釋道：「上個月，一樁滅門案震動金城，皋蘭鄉甜瓜里一個名叫楚致賀的人全家被殺，卻找不出兇手。」

上月初四，楚致賀鄰居見他家白天大門緊閉，半日聽不見動靜，敲門也沒人應，幾個鄰居最後一起撞開了門，進去一看，楚家老少全都倒在地上，早已死去，每個人脖頸上都是一道口子，血流遍地。那些鄰居驚慌失措，一看是六具屍體，以為楚致賀也在其中，後來才發覺，年長的那具男屍並不是楚致賀。幾天後，一個牧羊童在皋蘭山的一個山洞裡發現一具男屍，全身遍是傷口，經辨認，正是楚致賀。案發後，金城縣令也曾著力查過，卻毫無頭緒，只得擱下。

靳產聽了，心中越發歡喜：看來此事果然牽連極廣，這樁差事若辦好了，何愁不能出頭？

67　西元前一二一年。

兩人掉頭回去，靳產一路細細詢問那椿滅門案，一邊聽，一邊在心裡暗暗思尋盤算。

兩人到了城中，稟告縣令，縣令聽了也大吃一驚，犯愁道：「沒想到這姓楚的居然牽涉到汗血馬被盜案。當年杜周為廷尉時，曾交代我一件差事，我沒能辦好，結果被貶到這個羌胡之地，如果這件事再應付不好……但這是個死案，叫我如何再查？」

縣丞低頭皺眉，不敢應答。

靳產小心稟道：「看驛報，其實倒是有了一些頭緒。」

「哦？什麼頭緒？」

「卑職在路上聽縣丞言道，這楚致賀原本是一介儒生，乃淮南王劉安的門客，淮南王謀反事敗，楚致賀被謫為戍卒，二十一年前隨驃騎將軍西征，留戍在金城。而卑職在湟水查出，那姓申的老兒也是淮南王門客，這申、楚兩人是故交，楚致賀被滅門也許和淮南王有關聯？」

「淮南王已經死了二十幾年了，能有什麼關聯？」

「就算查不出來，畢竟也算一點收穫，報給執金吾大人，他應該能從中找出些有用的東西。」

「嗯，但只有這一點，怎麼夠交差？」

「還有兩條。」

「快說，快說！」

「縣丞剛才言道，那姓楚的家裡還有一具無名男屍。而據鄰居所言，案發前一晚，天剛黑，有一個男子帶了一個小童偷偷摸摸進了楚致賀家。那男子應該就是那具無名男屍，但沒有找到他帶來的小童屍體。驛報上說，那姓申的老兒也帶了一個小童。兩個小童應該是同一人。楚致賀不是死在家裡，可能正是帶了那小童逃走，於途中被殺，小童又被那姓申的老兒救走。」

「嗯，有道理，有道理！還有一條呢？」

「縣丞還言，案發前後幾日，有人看到三個繡衣人騎著馬，在臯蘭山腳下遊蕩。驛報上說扶風有繡衣刺客要刺殺那個小童，這兩伙繡衣人恐怕是同一路人，楚致賀全家應該正是那三個繡衣人所殺。」

「好！很好！有這三條，足以應付了！」縣令喜不自禁。

「如果只上報這三條，執金吾恐怕仍會以為大人辦事不盡心。卑職以為，還可以再挖出些東西來。」

「話雖有理，但這個案子我這裡查了一個多月，已經是個死案，還能挖出些什麼？」

「那具無名男屍。」

「上月我已命人查過，並沒有查出什麼來。」縣令搖搖頭。

「現在有了小童這條線索，或許就能追查出他的來路。」

「一個死人身上怎麼追查？」

「上個月案發後，大人下令在全縣稽查——」

「是啊，當時金城共有十幾個人走失逃逸，相關人等都被召來認過，都不認得那人。這一個多月來，也並沒有人來認領那具男屍。」

「卑職剛才在路上細想，此人定非本地人。而且據卑職推斷，那男子應是從北路而來。」

「哦？你是從何得知？」縣令又睜大眼睛。

「有三個證據：第一，那男屍身上衣服，縣丞說他穿的是複襦。上個月才入秋，卑職進城時留意，金城街市上，今天還有人穿著單衣。只有西邊、北邊才會冷得這麼早。」

「如何斷定不是西邊，而是北邊？」

「那男子是上月初四趕到這裡，初七，那申老兒接到楚致賀的口信，從西邊湟水趕來，接走了那小童。」

「他們會不會是一前一後從湟水趕到金城來的呢？」

「應該不會，如果兩人都是從湟水趕來，姓楚的又何必從金城又捎口信回去？而且從湟水到金城單程快馬至少得要兩天，日期也合不上。此外，湟水地偏人稀，哪怕來隻野狗，也躲不過人眼。卑職來之前，已經命人細細盤問過，除了給申道傳口信的人，這兩個月並沒有人到過湟水。」

「有道理，第三個證據呢？」

「縣丞說那男子身上有把鑌鐵小刀，是西域所產，卑職想，這種刀只有在北地才容易買到。」

「嗯，有道理。但北地綿延幾千里，怎麼能知道他是從哪裡來的？」

「北地雖廣，卻只有一條路通向西域，自去年征伐大宛得勝後，這條道再無戰事，路上行人稀少，大多是胡漢商旅。那男子單身帶一個小童，應該容易被人記住，沿途查訪，應不難查出他的來處。」

「好！我馬上派人北上去查！只是——找誰好呢？」

靳產聞言，暗暗後悔不該心急，將事情說得輕了，不過見這縣令優柔寡斷，忙道：「此事恐怕還是由卑職親自去查為好。一來，執金吾急報是傳到湟水，湟水首當其責；二來，若另找人去查，怕手生不諳門道；三來，卑職方才所言，也只是妄測，就算能查出那男子來路，他已是死人，恐怕極難再往下追查；四來，大人將現在查出的這些上報給執金吾，已足可表功，但若再遣人追查，查出些線頭倒好，若查不出，反倒畫蛇添足，抹殺了現在這些功勞，又要惹得執金吾不高興。」

靳產邊說邊偷覷縣令神情，縣令果然被說動，尤其最後一條，正觸到其要害，縣令假作沉吟半晌後，才道：「聽你方才一番言語，由你出馬，當然最好，只是太辛苦你了。」

靳產暗喜，忙躬身道：「這是卑職職分之內，敢不盡犬馬之力？此去若能查出一絲半點，都賴大人之福。」

「好，若辦得好，我就將你遷調到我這裡，好好重用你！」

靳產心裡暗笑：此去若真能查出隱情，這小小金城豈能安得下我的座席？但面上絲毫不露，假意跪下叩頭謝恩：「卑職賤軀，願為牛馬，供大人驅馳！另外，卑職還有一事求告，大人能否先行發急報給沿路各郡縣，等卑職到時，辦事更便捷些。」

「這個容易，我立即讓人去辦。」

第十九章：棺木囚車

牛車腳程慢，行了近一個月，才出了褒斜道，經漢中，穿劍閣，來到梓潼[68]。

朱安世一直躺在棺木中，只在夜深無人時，才能出來透氣，這十幾日竟比遠征大宛三年更加難熬，憋得五臟六腑幾乎要炸，一算路程，才走了一半，焦躁得想殺人。

「要進城了，小心。」漆辛在棺外小聲提醒。

朱安世忙凝神屏氣，牛車速度放慢，吱吱咯咯碾過木板，應是在過城門吊橋，之後停下來，聽到守城衛卒盤問漆辛，漆辛小心應答，幾句之後，牛車又緩緩啟動，朱安世這才放了心。

又行了一陣子，牛車停了下來，朱安世正猜想漆辛在買吃食，卻聽見驩兒驚叫起來：「放開我！放開我！」

朱安世大驚，要跳起身，又不知外面情形，不敢貿然行事。再聽，驩兒仍在叫，卻聽不見漆辛和邴氏的聲音，事情不妙！朱安世忙抓住刀，推開棺蓋，剛坐起來，卻見十幾把長戟逼住自己，捕吏將牛車團團圍住！

他定神一看，牛車停在官府大門前，台階上立著一位官吏，看衣冠，是郡守。左右幾個文吏，十數個執刀護衛，行人全都被兵卒擋在街道兩頭。

而漆辛，竟緊抓驪兒手臂，正拖著他走向那郡守！

朱安世驚如雷轟，大叫道：「漆大哥！」

他自幼歷盡人情涼薄險惡，從不輕易信人。活到今天，這世上能信的，除了酈袖，只有少數幾個朋友。他雖曾豁出性命救過漆辛，但不喜漆辛小心拘謹的性子，故而救過之後便丟開手，不願多交往。倒是漆辛，多年來始終不忘恩情，只要見面，必定先要叨謝一番，並想方設法要報恩。朱安世推卻不過他一片盛情，才接納了這個朋友。哪知竟會如此！

漆辛站住腳，回轉頭，滿面惶愧：「朱兄弟，我對不住你，我兒子犯了死罪，現在梓潼獄裡，表弟幫我說情，郡守恩准，只要獻出你，可免我兒死罪。朱兄弟，你於我有救命之恩，可我只有這一個兒子……」

漆辛聲音哽咽，流下淚來，邴氏站在一邊也深低著頭，不敢看朱安世。

朱安世說不出話，牙齒咬得咯吱吱響，攥著刀柄的手幾乎要擰出血，半晌才瞪著眼，一字一字狠狠道：「你陷害我可以，為何連這孩子也要拖進來？」

漆辛撲通跪到地下，嗚嗚哭起來：「郡守說連你和孩子，還有汗血馬一起獻上，才能免掉我兒子死罪……」

他的手始終緊緊抓著驪兒手臂，驪兒卻不再掙扎，望著朱安世，眼中竟是關切、自責多於驚慌。

朱安世心中雖然怒火騰燒，卻也只能長嘆一聲，環顧四周捕吏，知道萬無可能脫困，便鬆手棄

68　梓潼：西漢高帝六年（西元前二〇一年），置廣漢郡，轄十三縣。治所設在梓潼（今四川梓潼縣）。

刀，慢慢站起身，氣極苦笑，連聲道：「好！好！好……」又望著驩兒道，「驩兒，是朱叔叔害了你，倘若你能僥倖活下來，一定要記住，萬萬不能輕易相信人，日後就是見了朱叔叔，也不能輕易相信。」

驩兒眼中這時已全然沒有了驚慌，只有擔憂和難過。朱安世心下稍安，一眼望見旁邊停著一輛木籠囚車，心中閃念：雖然被捕，料不會就地處罰，應是要押解去長安，只要不死，何必灰心？

於是，他細細整理了一下皺起的衣衫，這些日子他的鬍髭已經長出，黏的假鬍鬚已經脫落不少，頷下發癢，他索性伸手把餘下的假鬍鬚全都扯淨，而後才抬腿跳下牛車。車邊的捕吏嚇了一跳，攥緊兵刃，時刻緊逼。朱安世視若無睹，徑直走向漆辛，漆辛不由得向後退縮，雙眼驚恐，盯著朱安世，卻又不敢直視。抓著驩兒的手箍得更緊，驩兒忍不住輕哼了一聲。幾個捕吏忙執刀攔住朱安世，朱安世停住腳，冷笑而立。

郡守下令道：「押起來！」

他身邊兩個捕吏，一個捧赭衣[69]，一個拎鉗鈦[70]。兩人一起走過來，朱安世身邊的一個士卒收起刀，伸手要剝朱安世的衣裳。朱安世抬臂攔住，自己動手解開衣衫，一件件徐徐脫掉，脫得赤條條，眾目睽睽之下，面帶冷笑，旁若無人。

捕吏遞過囚衣，朱安世接來套在身上，另一捕吏先將鉗上鐵圈箍住他的脖頸，鐵圈前面連著兩根鐵鍊，鏈端兩個鐵扣，分別銬住他的雙腕，鎖好，又用鐵鈦銬住他的雙腳。而後捕吏推過囚車，打開木柵門，朱安世抓著木欄，抬腿鑽進囚車，手足鐵鍊噹啷啷響。他靠著木欄坐好，見兩邊圍觀的行人大多臉露讚意，不由得微微一笑。

郡守又下令：「將這小兒也押進去。」

漆辛遲疑了片刻，才鬆手，一個捕吏捉著驩兒的手臂，將他拉到囚車邊，抱起來推進囚車裡。

朱安世並不出聲，望著驩兒笑了笑，點點頭，伸手示意他坐到自己身邊。

＊　＊　＊　＊　＊

執金吾府寺。

劉敢滿面喜色，匆匆趕來。叩拜過後，他忙不迭道：「那片斷錦果然出自宮中！」

他取出刺客繡衣上那片斷錦，細細指給杜周看。

「卑職初見這斷錦，看它織工細密、紋樣精細，懷疑是宮內織造，便拿到未央宮織室去查問。織室令見到這片斷錦，先是一愣，隨即便掩住驚訝，說這錦並非出自織室。我看他神色異常，便沒有多說。回來後，立即去找了一個舊識，他曾在織室為丞，眼光極老到，他看到這片斷錦，毫不猶豫說這定是出自宮中織室。僅從經線數量上就可以看得出：一寸錦，民間經線一般四百根，最好的也只能到五百五十根，宮中織室織的錦，經線則是六百根。」

「哦？」

69　赭衣：囚衣，用赤土染成赭色（紅褐色），無領，不縫邊，以區別於常服。

70　鉗釱：秦漢時期拘押重罪犯用鐵質刑具。鉗是頸部鐵圈，釱是腳鐐。

「此人與織室中一個織婦有舊情，我讓他將這片斷錦偷偷傳遞給那織婦看，那織婦看了也一口斷定，這錦必定是出自宮中織室。她說這錦是絨圈錦，所用的不是普通提花技藝，而是起圈提花——」劉敢指著上面的紋樣說，「普通織錦，紋樣與錦面平齊，起圈提花卻能讓花紋突起成絨。是用細竹絲做假緯，用經線繞著假緯起圈，織好後再抽去假緯。這種技藝是織室近年新創，尚未傳到民間——」

「當真？」一直閉目的杜周不由得睜開眼睛。

「這兩人斷不會看走眼，這片斷錦必是宮中之錦。如此看來，這事疑竇實在太多：既然是宮中之錦，為何織室令不敢承認？扶風那些刺客為何會穿宮中之錦？能用宮中官錦做袍，那些刺客來歷大不一般。刺客不一般，他們要刺殺的那小兒必定更不一般。」

「嗯。」

「卑職已經買通那個織婦，讓她暗暗查探這錦的來龍去脈。卑職怕她一人力單，織室歸少府管，卑職又在少府中找了兩個人，分頭去查這事。」

「暗查。」

「卑職知道，此事看來非同小可，況且刺客之事已經無關汗血馬，越出大人職分，卑職一定小心在意。」

「好。」杜周微一點頭。

「此外，那盜馬賊妻子所留暗語，卑職還未猜破，不知大人是否——」

杜周微微搖頭，盯著几案上的蒼錦，沉思不語。

******

朱安世和驪兒坐在囚車裡，前後二十幾個衛卒騎馬監看，離開梓潼，返回原路，緩緩北上。

朱安世見驪兒一直低著頭，心事重重，他伸手攬住驪兒，想安慰幾句，卻不能開口說話，因為他口中含著一卷細鐵絲。

這鐵絲是在趙王孫莊上時，韓嬉贈給他的。只有一尺多長，比馬鬃略粗，鐵絲上遍布細密鐵粒，是一根絲鋸[71]。當時朱安世拿著試鋸一根木椿，沒幾時，木椿應手而斷，他大為高興，連聲道謝，捲成小卷藏在貼身之處。

在梓潼府寺外，他見無法突圍，便假意整理衣衫，偷偷取出絲鋸卷，又借扯掉假鬚，趁機將絲鋸藏進嘴裡。

率隊的校尉異常警醒，不論白天黑夜，隨時命人輪流緊看，士卒稍有懈怠，立遭鞭打，故而絲毫沒有空歇。朱安世只能一直閉著嘴，絲毫不敢動唇齒。到吃飯時，士卒隔著木欄遞進乾糧，朱安世接過來，卻不能吃，轉手遞給驪兒。驪兒並不知情，見朱安世不說話不吃飯，雖然接過，卻只拿在手裡，也不吃不語，低頭默默坐著。朱安世心裡著急，卻不好勸。

到了夜間，士卒又挑著燈輪流在木籠外看守。朱安世假裝睡覺，側過身，偷空從嘴中取出絲鋸，

---

71 絲鋸：據《世界古代前期科技史》（安家瑤著），商、周時期玉石加工已採用了青銅製作的絲鋸工具。另據考古發現，戰國鐵器盛行，玉器加工已使用鐵絲絲鋸，戰國到漢代的一些玉器上能夠看見鋸料時留下的痕跡。

攥在手心裡。這才坐起來，搖醒驩兒，拿起白天沒吃的乾糧，分了一半，遞給驩兒：「英雄不做餓死鬼，吃！」

驩兒一臉迷惑，見朱安世大口嚼著，也就吃了起來。士卒在一邊看見，搖頭而笑。

要天亮時，朱安世又瞅空將絲鋸塞到臀下坐住，這才開口和驩兒說話。憋了一天，這時心情大快，盡說些開心逗樂的事，不但驩兒愁容頓掃，連近旁的士卒也聽得大樂。

行了幾日，出了劍閣，沿路來到嘉陵江，峽谷之中，只有窄窄一條山道。傍晚時分，到了山坳間一片略微坦闊處，校尉下令歇息，士卒們搭灶拾柴，準備晚飯。朱安世左右望望，一邊是陡峭山壁，絕難攀登，另一邊是深闊江水，有幾丈寬，對岸山勢略微平緩，但峰頂連綿，如同遮天屏障，南北望不到邊。他心中暗想了幾種脫身方法，卻都難以施行，便索性不再去想，坐著靜待時機。

吃過夜飯，天漸漸暗下來，校尉與其他士卒都已裹著氈子躺倒休息，只有四個士卒挑燈值夜，其中兩個守在囚車邊，繞著囚車一圈圈踱步，驩兒也靠著朱安世睡著。

四下一片寂靜，只有水流聲和蟲鳴聲。

忽然，前面遠遠傳來馬蹄聲。

這麼晚還有行人？

朱安世略有些詫異，值夜士卒也一起伸頸張望。蹄聲越來越響，是四匹馬，從北邊奔了過來，值夜士卒都將燈籠伸向路邊照看，那四匹馬經過囚車時，朱安世仔細一看，見四匹馬上都掛著長斧，斧刃映著燈火，寒光閃耀，馬上竟是繡衣刺客！

朱安世忙向裡扭過頭，前三匹馬都奔了過去，第四匹卻突然勒住，向囚車湊過來。

「大膽！」衛卒厲聲喝止。

「囚車裡是什麼人？」那刺客聲氣傲慢。

前面三匹馬也倒轉回來。

「找死？還不走開！朝廷重犯豈容你亂問？」衛卒怒罵道。

刺客鼻中極輕蔑地「哼」了一聲，朱安世不由得微微轉頭，偷眼斜瞄，見那刺客從腰間取出一件東西，拿給衛卒看，燈影裡金光一閃，朱安世想那東西恐怕是符節。

果然，那衛卒見到之後，聲調忽變，連聲道歉：「小人該死！小人該死！囚車中是長安盜賊，就是盜了汗血馬那個，還有一個小兒……」

那刺客不等衛卒說完，忽然抽斧在手，直直向囚車衝來。朱安世大驚，他手腳被鎖鏈銬著，囚車又矮窄，只能急轉過身子，用背護住驩兒。倏忽之間，那刺客已經衝到囚車外，舉斧就砍，哢嚓一聲，木籠上橫梁登時被砍斷。

那刺客繼續揮斧，從木籠缺破處，向朱安世頭頂狠狠砍落，朱安世忙抬起兩條腿，扯緊腳上鐵鍊，擋住刺客斧頭，腳腕上鐵環猛地一勒，疼得他齜牙咧嘴。

驩兒被驚醒，見此情景，急忙縮到籠子內角。那刺客毫不停頓，連連揮斧猛砍，哢嚓！哢嚓！幾根木欄接連被砍斷。朱安世只能用腳上鐵鍊左遮右擋，木籠裡沒有多少騰挪餘地，稍一不慎，斧頭滑過鐵鍊，撞到腳踝，雖未砍傷，也已經痛徹骨髓。

其他三個刺客隨即也一起驅馬衝了過來，先前那個士卒呆在原地，手足無措，另三個忙揮矛上前攔擋，那三個刺客毫不容情，揮斧就砍，三個士卒猝不及防，頃刻間，其中一個慘叫一聲被砍倒在地，接著另一個也被砍傷。

燈籠全都掉落在地，眼前頓時黑下來。

朱安世應付一個刺客已經吃力，現在光亮頓暗，看不清斧頭，只能靠聽力分辨，另一個刺客又已衝到木籠外，他心裡大聲叫苦，只能用背死死抵住驩兒，能拖一時算一時。幸好校尉及其他士卒都被驚醒，全都抓起兵器，喊叫著趕了過來。三個刺客立即背轉身，護住囚車，分別抵擋上前的士卒。

第一個刺客繼續揮斧，不斷砍向朱安世。有幾個士卒點燃了火把，有了亮光，能看清斧頭，朱安世心下稍安，不斷挪轉身子，用手腳上的鐵鍊抵擋刺客攻勢。光亮之中，他隱隱辨認出，這刺客半邊臉一大片青黑，竟是前日棧道跳江的那一個，又悔又怒，心想一味這樣只守無攻，遲早要受傷。抬眼一覷，頭頂木欄已經被砍斷幾根，大致已能站起身，便趁刺客一斧揮空的間隙，猛力一踢，踢中刺客左臂。刺客略微一退，他忙騰身站起來，不等刺客再次舉斧，雙腳一蹬，撲向刺客，左肘猛力擊下，擊中刺客臉頰，隨即摟住刺客脖頸，緊緊箍住，兩人一起栽到地上，朱安世不容刺客掙扎，右手又是一肘，刺客頓時暈死過去。

他才從地上爬起，旁邊一個刺客察覺，揮斧逼開身前士卒，一扭身，斧頭斜砍過來。朱安世急忙側身躲過，腳下被鎖鏈一絆，又栽倒在地，手正好碰到掉在地上的斧頭，順手抄起，抓住木欄，縱身鑽回囚車。

那個刺客被士卒纏住，無暇繼續來攻。朱安世環顧左右，另兩個刺客也都各自被數個士卒圍攻。校尉一邊呼喝指揮，一邊揮刀參戰，竟無人顧及囚車。朱安世大喜，低聲叫驩兒抓緊，隨即揮斧砍斷木籠前方木欄，伸出手抓住轡繩，用力一蕩，大叫一聲，驅動馬車，向前急衝。前面一個刺客和士卒正在惡鬥，馬車奔過，撞開刺客胯下之馬，踢翻兩個士卒，一路向北急衝。奔出幾丈遠，衝進暗夜之中，朱安世回頭一看，三個刺客已經逼退士卒，驅馬趕來，那校尉也忙高聲大叫，命士卒各自上馬。

朱安世知道馬車跑不快，很快將被追到，繞過一段彎路後，用力抽動轡繩，讓馬跑得更快，隨即棄了轡繩，回身到木籠後面，抱起驩兒，說聲「小心」，縱身一躍，跳下馬車，滾進路邊草叢。這裡一帶都是一丈多高的陡斜江岸，根本無法停住，兩人徑直滾向江中，緊急之下，朱安世騰出左手，迅疾抓住一把野草，才止住落勢。大半個身子已經泡在水中，江水湍急，身子隨即被衝斜。

秋草已經枯黃，承受不住兩人重量，朱安世忙將驩兒托起來：「抓緊草根！」驩兒忙伸手死死攥緊兩把野草，朱安世這才騰出手，換了兩叢草抓緊，兩人緊緊貼在陡坡上。

這時，三個刺客已經追了過來，馬不停蹄，疾奔而過。很快，校尉率士卒也緊隨而至。等追兵全都奔過後，朱安世才小聲說：「爬上去。」

兩人爬到坡頂，朱安世從囚衣上撕下幾條布帶，拴作一條繩子，讓驩兒趴到自己背上，用布繩緊緊捆好，這才又溜下陡坡，探到水中，伸臂蹬腳，向對岸游去。

江水湍急，他手腳都被鐵鍊銬著，腿臂不能大張，使不上太多力氣，加上鐵鍊及驩兒的重量，游得越發吃力，根本無法抵抗水流，不斷被衝向下游，只能拚力划水，斜斜向對岸一點點挪近。手臂漸漸酸軟，幾次沉下水去，險些被江水吞沒，驩兒也被水嗆得不住劇咳。他咬緊牙關，拚死挺住，才終於游到對岸。爬到岸上時，筋疲力盡，癱在石板上動彈不得。

沒過多久，斜對岸隱隱傳來馬蹄聲和呼叫聲，看來追兵已經追到了囚車，發現朱安世半路跳車，又沿路找了回來。

朱安世不敢逗留，喘息片刻，強撐著爬起來。他一動，手腳上的鐵鍊便噹啷作響，幸好響聲不大。他輕手解開布繩，放下驢兒，將布繩一頭繫在腳鏈中央，一頭用手提著，避免鐵鍊碰地，這才牽著驢兒向山上爬去。

爬了一陣，馬蹄聲已經來到了正對岸，回頭一望，幾根火把在岸邊晃動。這時夜靜山空，對岸的話語聽得異常清楚：

「這一路都沒有山洞、樹叢，那賊人沒地方可躲，這邊峭壁又陡，也爬不上去。」

「他一定是跳進江水裡了，難道游到對岸去了？」

「江水這麼急，他就是手腳沒被鎖，也難游過去。」

「那他能去哪裡？」

「該不是被江水沖走，淹死了？」

「休要囉唆，仔細查找！」

士卒們不再說話，火把慢慢向南邊移動，只聽見馬蹄聲和兵刃撞擊石頭的聲音。

朱安世鬆了口氣，牽著驢兒繼續登山。山勢越來越陡，不但驢兒越走越慢，朱安世也氣喘吁吁。一夜走走停停，天快亮時，才終於爬到山頂。朱安世怕對岸看見，牽著驢兒向山裡又趕了一段，找了一處茂密草叢，這才一起躺倒。

雖然夜寒露重，兩人疲乏已極，很快就呼呼睡著。

第二十章：山野猛虎

山上滴起雨來，山風越發濕冷。

朱安世被凍醒，轉頭一看，驩兒還在熟睡，但皺著眉頭，臉蛋潮紅，伸手一摸，額上滾燙。不好，孩子生病了！

朱安世連忙伸手輕輕搖動他：「驩兒，驩兒！」

驩兒迷迷糊糊呻吟著，卻睜不開眼。朱安世四處望望，見不遠處有塊巨石，石下有個凹處可以避雨，便抱起驩兒走過去，先輕輕放到石下，然後撿了幾抱尚未打濕的枯草黃葉，厚厚鋪在石凹裡，才讓驩兒睡好，又折了些樹枝遮擋住山風。昨夜渡水過來，兩人身上衣服至今未乾，身上火石在梓潼時已被搜走，沒辦法生火烘烤，只能用枯葉厚厚堆在驩兒身上。

他粗識一點草藥，忙去採了些牛燥葉、葴、蒲公英，沒有瓦罐，煎不成藥，只能在石塊上搗爛，一點一點餵給驩兒。忙了半晌，腹中飢餓，又去掘了幾個山薯胡亂充飢，之後便坐在驩兒身邊看護。

雨淅淅瀝瀝越下越密，山上越來越冷。

他忍不住打了幾個寒噤，見驩兒縮成一團不住發抖，便躺下來，把驩兒抱在懷中，替他保暖。驩兒漸漸沉沉睡去，朱安世一動也不敢動。

當年，兒子生病時，他就這樣將兒子抱在懷中，分別幾年，不知兒子現在是什麼模樣，是否照舊跟他親。他笑著長嘆一口氣，望著雨幕，想像別後重逢的情形，妻子酈袖見到他，定會又裝作生氣，冷著臉不理睬他，等著他賠好話。這次不同以往，惹了這麼大的禍，分別這麼久，定得好好賠些不是才成。他在心裡反覆思量著各種甜話、乖話、趣話、真心話……正瞇著眼睛笑著浮想，驩兒忽然叫道：「娘！娘！娘！」

驩兒仍閉著眼、皺著眉，在夢裡哭起來，眼角滾下淚珠。朱安世輕輕替他擦掉淚水，不由得深嘆一口氣。

一連兩天，驩兒始終昏迷不醒，一會笑、一會哭、一會驚叫，朱安世看著心疼，但沒有火種和衣被，只能定時給他餵藥，又把山薯搗成泥，餵他吃一些，然後一直守在他身邊。心裡不住念：孩子啊，你千萬得好轉過來，不然朱叔叔就白花這麼多氣力救你啦！

鉗鈦箍著手腳，實在礙事，他找了塊硬石，想砸爛鐵鐐上的鎖，但費盡氣力也沒能成功，倒是幾次失手，砸到手腳，疼得他哇哇怒叫，只能恨恨作罷。

他攀上巨石，舉目眺望，只見四周群山連綿、峰巒如波，根本望不到邊。出入蜀地只有峽谷間一條驛道，沿路絕難避開盤查，只能翻山越嶺。他心裡暗暗叫苦，不論南下去成都，還是北上回長安，都得越過這重重山峰。他獨自一人要走出去都艱難，何況還有驩兒！想了一陣，也沒有他途，還是先醫治好驩兒再說。

到了第三天，驩兒才睜開眼睛，見朱安世正在給自己餵薯泥，有氣無力地說：「謝謝朱叔叔……」

「你終於醒來啦，嘿嘿！」朱安世十分開心，「不要說話，乖乖吃！」

又過了兩天，驢兒病勢漸漸好轉，能自己坐起來吃東西了。他從懷裡取出一卷東西遞給朱安世，朱安世一看，竟是那卷絲鋸！那夜逃得急，全然忘了這東西，更沒有跟驢兒說起，倉皇中他居然能留心，朱安世甚是納罕：「哈哈，你什麼時候把它拿著了！」

驢兒並不作聲，只是微微一笑。能替朱安世做一點事，他顯然十分開心。郦氏替他梳的小鬟已經散亂，頭髮披散著，恢復了男孩模樣，雖然身子還是虛弱，但圓圓的黑眼睛又閃出光亮。

朱安世接過卷絲鋸，套在指頭上轉啊轉，感嘆道：「這東西寶貴，丟不得。」

他想起韓嬉說這絲鋸是精鐵製成，連鐵器都能鋸斷，便坐到石凹邊的草地上，扯開絲鋸，兩手拽緊，試著鋸腳上的鐵鍊，鋸了一陣，果然鋸出一條細縫，他大喜，埋頭加勁繼續鋸起來。正鋸著，驢兒忽然低聲叫道：「朱叔叔！」語氣十分怪異。朱安世抬起頭，見驢兒盯著石凹外，滿眼驚恐，他順著目光回頭一看：一隻猛虎！

那隻老虎立在兩丈外，渾身斑斕，身形強壯，雙眼泛著黃光，定定盯著朱安世，一陣一陣發出低重鼻息。

朱安世頭皮一麻，頓時呆住，一動不敢動。老虎盯了片刻，忽然抬腿奔了過來！

朱安世這才回過神，慌忙要站起身，卻一頭撞到頂上的岩石，一陣眩暈，一屁股又坐了下來。這時，老虎已經衝到眼前，兩隻巨爪撲向朱安世！朱安世嚇得魂飛魄散，忙張開雙腿，繃緊鐵鍊，攔向虎爪，但哪裡攔得住？鐵鍊被老虎一爪摁到地上，一聲咆哮，一股腥臭之氣撲面而至。老虎張開巨口，舌頭血紅、利齒森森，向朱安世咬來！

朱安世魂已不在，正好兩腿之間有塊大石頭，一把抱起來，用力推了出去。這時虎嘴正張到最大，那塊圓石一下子搡進虎嘴之中，老虎喉嚨中發出一聲怪叫，猛地頓住。朱安世忙撤回手，倒退著連蹭幾步，縮回到石凹裡，抓起一根粗樹枝，準備搏鬥，卻見那老虎猛搖著頭，要吐出那塊石頭。誰知那石頭剛好撐滿了虎嘴，又被虎牙卡住，吐了半天吐不出來。老虎伸出爪子，嘶吼著，要扒出石頭，然而石頭圓滾滾的，無處著力，扒了半天扒不出來。牠暴怒起來，不停轉圈打滾，石頭卻始終卡在嘴裡。

朱安世和驢兒看得目瞪口呆，過了半晌，那老虎竟嗚咽一聲，大張著嘴，含著那塊石頭，轉身向遠處跑去，不久便隱沒在樹叢之中。

朱安世這才慌忙抱起驢兒，跳出石凹，抓起掉在地上的絲鋸，沒命地狂奔。

這深山之中，不知道還要遇見什麼。

他不敢再在地下睡，找了棵粗壯老樹，在枝杈上搭了個棚子，和驢兒住在裡面，讓驢兒繼續養病，等身子復原了再上路。

兩人斜靠在樹棚裡，想起那隻老虎，不約而同地一起笑起來。起初還只是低笑，互相一對視，頓時大笑起來，再也停不住，笑聲驚得樹叢裡宿鳥撲啦啦一起飛去，直笑到筋疲力盡，才漸漸止住。

朱安世已經很久沒有這般開懷大笑過，心頭悶氣一掃而光。自見面以來，他也是第一次見到驢兒笑得這樣開心，心裡十分欣慰。

過了一陣，驢兒望著林野，忽然牽念道：「不知道那隻老虎吐出石頭來沒有？要吐不出來，牠就得餓死了。」

朱安世想了想說：「牠既然能吞進嘴裡，大概也能吐出來，只是當時太焦躁，等安靜下來，慢慢吐，應該能吐得出來。」

驪兒不再說話，望著遠處，不知道在想什麼。

朱安世問道：「你娘是讓你以後跟著那御史大夫嗎？」

驪兒搖搖頭：「我娘沒說，只說一定要找到御史大夫，當面背給他聽。」

「見到御史大夫，背給他之後呢？」

「我也不知道。」

「那你就跟著我吧，我兒子一個人太孤單，你們兩個年紀一般大，正好做個伴。你願不願意？」

驪兒扭過頭，眼睛閃著亮，狠狠點點頭：「嗯！朱叔叔，你的兒子叫什麼？」

「郭續。」

「哦，朱郭續……」

朱安世笑起來：「他就叫郭續，不是朱郭續。」

「他不是該姓朱嗎？」

「我本來姓郭，我父親被皇帝老兒無緣無故問了罪，我們郭家全族被斬，只有我僥倖被救走，為了活命，所以改姓了朱。我兒子自然該姓回郭。」

「難怪你把天子叫『劉老彘』……」

幾天悉心調養，驪兒已漸漸復原。

他畢竟是個孩子，在樹棚裡拘困了這幾日，見朱安世跳下樹，又去尋吃食，嘴裡雖不說，眼中卻露出跟隨之意。朱安世回頭看到，立即明白，他丟下驩兒去尋食本也不放心，不敢走遠，附近山果野菜薯根也幾乎找盡。於是他便在樹下伸出雙手笑問：「你也該走動走動了，敢不敢跳下來？」

「敢！」

驩兒頓時爬起身，扒在棚沿邊，笑著望了望朱安世的懷抱，稍一猶豫，隨即鼓起勇氣跳了下來。樹棚離地有半丈高，朱安世在下面穩穩接住，兩人一起笑起來。朱安世當年和兒子就時常這樣玩耍，看驩兒異常開心，他心頭一熱，竟湧起一陣酸楚，忙嘿嘿笑了兩聲，小心放下驩兒，牽著他的小手，慢慢往林子裡穿行。

沒有火，吃了幾天山薯野果，朱安世口中寡淡，想另找些食物吃，問驩兒，驩兒卻說很好。朱安世笑起來：「你這孩子，問什麼都說好。小孩子家，要常說說『不好』才對嘛。」

但這山裡，能有什麼？找了許久，依然只有山薯野果。

兩人穿出樹叢，來到一處山坳，忽然聽見前面傳來小獸啼鬧之聲。撥開草叢一看，下面一個山洞，洞口一隻猛虎！身邊兩隻小虎崽。

朱安世忙一把護住驩兒，躲在草叢後，一動也不敢動。過了半晌，不見動靜，只聽見小虎崽仍在啼叫，聲氣竟十分哀惶。朱安世輕輕撥開亂草，偷偷望去，那隻大虎躺在地下，一動不動，嘴大張著，口中卡著一塊圓石。

居然是那天那隻老虎！牠竟沒能吐出那石頭！

看來真如驩兒所言，牠因此而餓死。再一看，牠的肚腹露出乳頭，是隻母虎。兩隻小虎崽圍著牠，不斷挨擦抓撥，含著母虎乳頭吸吮兩下，接著又哀啼起來。看來是餓極了，而母虎乳汁已乾。

朱安世看在眼裡，心底不由得有些歉疚。

「牠是兩隻小虎的娘……」身邊驩兒忽然小聲說道，語氣有些傷憐。

朱安世知道他是觸景生情，想起了自己的娘，忙伸手輕輕攬住他，低聲說：「我去捉幾隻野兔餵牠們。」

「不好……」驩兒小聲道。

「嗯？怎麼不好？」

「野兔也有娘，也有兒女。」

朱安世一聽，先覺好笑，但略一想，又一陣感慨：這孩子心太善了。小兒天性都頑劣，不懂什麼善惡。自己的兒子當年還專門捉了蟲子弄死取樂，被酈袖責罵了幾次才不敢了。驩兒小小年紀，卻能處處替人著想，善心竟及禽獸，若不是自幼就身遭大難，哪裡能有這片善良之心！

他溫聲問道：「你覺著該怎麼做才好？」

驩兒望著小虎崽想了半晌，小聲道：「我也不知道。」說完，眼中竟閃出淚光。

朱安世從未細想過這些事，一直以為，一物降一物，本就是自然之理。然而，此時以父母子女之心去看，忽然覺得，這自然之理竟是如此無情！他不由得記起趙王孫似曾說過一句話：「天地不仁。」當時聽了，渾不在意，此時猛然想起，看著驩兒滿眼傷心，聽著兩隻小虎崽哀哀而啼，再想起自己的妻兒，相隔千里，不知能否順利重聚，就算重聚，自己和酈袖有朝一日總得死。倘若死時，兒子已經成人還好，若不幸死得早，留下兒子孤零零在這世上，又得像自己幼時一樣孤苦無助……這樣一而二、二而三，心緒蔓延，無邊無際，竟至一片空茫灰冷。

他眼中一熱，落下大滴淚來。臉上一涼，他才驚覺，忙抬手擦掉，幸好驢兒一直望著老虎，沒有發覺。

他萬分詫異，自己竟像婦人一樣多愁善感起來，不由得自嘲而笑，但臉上雖然笑著，心裡卻始終不是滋味。

良久，等心緒平復，他才蹲下身子，攬住驢兒雙肩，溫聲道：「我們不是有意要害死那隻母虎，我們只是自保。這世上的事情就是這樣，有好運，也有壞運，不論好壞，碰上了，都得自己承擔。我看那兩隻小虎崽不算太小，也該斷奶，學著自己尋食了。就像你，小小年紀就沒了爹娘，你就得比別的小孩子多吃些苦，早點學會如何活命。其實朱叔叔也和你一樣，很早就孤單一個人，凡事只能靠自己。你看朱叔叔現在不是活得好好的？既然你不願我去捉野兔，那就讓牠們自己求活吧。你呢，也得盡力好好活下去。這世上雖說太多不公，但至少這一條很公平——你盡力，才能得活；不盡力，只好去死。」

驢兒默默聽著，不住點頭，等朱安世說完，他抬起頭，望著朱安世，滿眼感激：「我命好，還有朱叔叔。」

朱安世咧嘴一笑，回頭望了望，那兩隻小虎崽似乎也啼累了，或者明白母虎已經死了，竟也不再哀啼，嗚咽幾聲，轉身離開，低頭嗅著，一先一後，向草叢裡鑽去，不久，便不見了蹤影。

朱安世笑道：「看，牠們自己尋食去了。」

「嗯。」驢兒也微微笑了一下。

「我們自己也該尋食去了。」

又過了兩天，驢兒身體完全復原。

朱安世決計還是去成都，便帶著驩兒離開樹棚，穿林越谷、走走停停，依著日影，一路向南，在林莽中慢慢跋涉。

一路上，不論朱安世腳步多快，驩兒都始終緊緊跟隨，從未落後，也沒叫過一聲苦。朱安世要背他，他抵死不肯，問他累不累，他總是搖頭。朱安世說休息，他才休息。

＊＊＊＊＊

三個多月後，兩人才終於走出群山。

遠遠望見山下一條江水蜿蜒，江灣處小小一座縣城，是涪縣[72]。

這時已是暮冬，兩人早已衣衫襤褸、頭髮蓬亂。朱安世脖子上還套著鐵圈，雙腕鐵扣各拖著一截鐵鍊。他用絲鋸鋸斷手腳上的鐐銬，脖頸上的鐵圈和雙腕的鐵扣卻使不上力，只能由它。

「嘿嘿，走出來啦！」朱安世和驩兒相視一笑，都格外開心。

兩人穿過密林，走下山坡，前面現出山間小徑。久隔人世，雙腳踏上人間小徑，朱安世頭一回發覺：路竟也會如此親切。

正走得暢快，轉彎處忽然走過來一個人，面目黧黑、身形佝僂，是個農家老漢。

見到兩人，那老人登時站住，眼中驚疑，手不中得握緊腰間的鐮刀。

72　涪縣：今四川省綿陽市涪城區。

朱安世忙牽住驢兒，也停住腳，溫聲道：「老人家，我不是壞人。」

那老漢上下打量朱安世，扭頭看看驢兒，又盯住朱安世手腕上的鐵扣鐵鍊，小心問道：「你是逃犯？」

朱安世點點頭，正要解釋，老人看看驢兒又問：「這孩子是你什麼人？」

「是我兒子。」朱安世脫口而出。

這三個月跋涉，兩人朝夕相處，共歷飢寒艱險，早已與父子無異。

「孩子這麼小，你就帶他一起逃亡？」

「唉，我也是沒法子。」

「你犯了什麼事？給你戴上鉗鈦？」老漢神色緩和下來。

「我被發往邊地從軍，這孩子娘又沒了，在家裡無人照看，我才逃回家去，想帶他去投靠親戚，途中又被逮住，幸好有山賊劫路，我趁亂帶孩子逃了出來。」

老漢忽然嘆口氣道：「我兒子因為自己鑄了幾件農具，亭長說是私鑄鐵器，將我兒子連同兩個孫子一起，全都關進牢獄，又被強徵從軍，隨貳師將軍李廣利去北地攻打匈奴了。」

「我前年也是隨那李廣利西征大宛。」

「聽說李廣利遠遠趕不上當年的大將軍衛青和驃騎將軍霍去病，出征連連失利。只可憐我那兩個孫子，不知道還能不能活著回來……唉，不說這些了，說起來傷心——」老漢擦掉老淚，望望驢兒說，「這孩子吃了不少苦吧，前面轉過去就是村子了，小心被人看到。這樣吧，我帶你們走小路，從村後繞過去。」

「謝謝老人家。」

老漢慢慢引著朱安世、驪兒穿過一片竹林，沿一條僻靜小路，走了一陣，樹林後隱隱現出一片農舍。老漢停住腳，正要指路道別，眼見朱安世身上的鐵圈、鐵鍊，遲疑了良久，又道：「你身上戴著這東西，走不多遠就會被人察覺，乾脆你先到我家，我幫你去掉它。」

藏匿逃犯是死罪，老漢是擔著性命救助他們。朱安世連聲道謝，老漢卻擺擺手，又引著他們避開眼目，從村後偷偷繞到自家後院，推開柴門，讓兩人躲進柴房中，隨後去拿了鐵錘鐵鑿進來。原來老漢是個老鐵匠，沒用多久，便幫朱安世卸下鐵圈和鐵扣。朱安世被箍了幾個月，終於一身輕鬆，忙又連聲道謝。

老漢道：「這算得上什麼？我只盼能多幫幫別人，我那兒孫在外也能有人相幫。你們還沒吃飯吧，我已經讓渾家置辦了，你們稍躲一會，馬上就好。」

不多時，一位婆婆端著一個木托盤進來，盤上一盆米飯、一鉢菜湯、兩碟醃菜。那婆婆手腳利落、性子爽快，不等朱安世道謝，就已經擺放到木墩上，連聲催著他們快吃。

朱安世和驪兒這幾個月，全都是生吃野菜、野果、山薯，勉強療飢，維持不死而已，肚腸裡早已寡得冒煙。突然見到這熱飯熱湯，眼放光、口流涎，端起碗來就往嘴裡刨。驪兒忘了飯前的誦讀，朱安世吃得太猛，幾乎噎死，只覺得這頓飯比平生所吃過的任何珍饈都要美味百倍。

看他們狼吞虎嚥，兩位老人又是笑又是嘆氣。

吃飽後，老人找來兒孫的舊衣服讓兩人換上。朱安世又討要了一把匕首，一小段鐵絲。

躲到日暮，等人們各自歸家，路上看不到人影時，老漢才送朱安世從後門出去。臨別時，朱安世和驪兒一起跪下，恭恭敬敬謝了兩位老人。

出了村子，沿著田間小路，兩人走到涪縣城外，這時天色已黑，城門早閉。

朱安世想這一路去成都，沒有乾糧和路費，得進涪縣弄一些。便把驪兒安頓在山邊一個小洞裡，自己隻身來到涪縣城下。涪縣依江而建，他顧不得天寒水冷，潛到江中，游到城牆臨江一邊，找到一條水道，有當地盜賊出入的小洞，便鑽進去，進到城中。

當年，他和妻子酈袖新婚時，南遊成都，曾經在這涪縣歇過兩天。當時，他囊中錢財用光，就趁夜裡酈袖睡熟後，去了城中最富的鐵礦主宅裡盜了些金子。城中路徑還大致記得，剛才和老漢攀談時，他又有意探問了那家鐵礦主，雖然朝廷已不許私家開鐵礦、鑄鐵器，那人還是使錢謀了個鐵官的職位，仍為當地巨富，家宅就在江岸一側。

朱安世避開巡夜衛卒，摸黑潛行，很快找到那座宅院，比先前更加寬闊軒昂。

他仍從後牆翻入，躲在暗中查看，見宅院大體格局未變，後院一片亭台池榭，院子正中並排三座樓，用飛閣相連，中間那座主樓最宏偉，連頂上閣樓共四層。主樓正堂燈火通明，人語喧嘩，想必是主人正在宴客，二層是主人寢居之所。富戶都有個習慣，將財帛寶物封藏在寢室樓上，以便看管。

朱安世躡足來到主樓後面，攀上樓邊一棵大柏樹，輕輕一縱，跳上二樓檐角，見房內漆黑，便放心越過木欄，跳進觀景廊，來到門前，門從內扣著。他掏出匕首，輕輕挑開門閂，推門進去，摸黑找到樓梯，上到三樓，門上著銅鎖。他取出向老漢討的那段鐵絲，戳進鎖眼，搗弄一陣，彈起簧片，頂開鎖栓，打開了鎖。進了門，黑暗中摸見屋內佈置仍像當年，靠裡並排立著十幾個大木箱，都上著鎖。他打開了其中一把鎖，但剛掀開箱櫃，忽然覺得有什麼在扯動，一摸，箱蓋角上有一根絲線，連到地下。

不好！一定是主人防竊，新設了機關，線的另一端恐怕通到樓下，連著鈴鐺之類報警的東西！果然，樓下隱隱傳來一陣叫嚷，隨後，便是幾個人急急上樓的腳步聲。

朱安世慌忙伸手摸進箱中，和原來一樣，裡面整齊堆滿小木盒子，他隨手抓起一個小盒子，沉甸甸的，顧不得細看，急忙下樓，剛到了二樓屋中，腳步聲也已到了門外。他忙從廊門出去，輕手帶好門，隨即從檐角跳到柏樹上，溜到地下，奔到後院，翻牆出去，後面一片叫嚷聲。

他急急從原路返回，游水來到城外，爬上岸，才打開那個盒子，裡面滿滿一盒金餅。

當年，他盜了兩盒，第二天興興頭頭拿出一塊金餅去買車，準備繼續南下。酈袖知道錢已用光，正打算變賣自己的首飾，忽然看到金餅，立即沉下臉來，問他：「這又是你偷來的？」他忙解釋說他從來都只盜官宦豪富，酈袖卻說：「做官的，也有只拿俸祿養家過活的，至於豪富，許多都是靠自己本事辛勞贏利，你憑什麼去盜？」他又解釋說都是事先打問清楚了才去盜的，從來不盜清廉本分之人。何況盜來的錢財也不全是自己用，時常散濟給窮苦之人。酈袖又問：「你自己用多少？分給窮人多少？」他從來都是憑著興致做事，哪裡記得這些，所以頓時噎住。

酈袖盯著他，良久，才正聲道：「你是我自己挑中的，嫁了你，此生我不會再作他想，我只想問明白一件事，也望你能誠心答我——你能否戒掉這盜習，你我夫妻二人好好謀個營生，安安穩穩度日？」

自從相識以來，朱安世事事依順酈袖，為了酈袖，便是捨了性命也滿心歡喜，那一刻，他卻忐忑起來。

他自幼便天不收、地不管，野慣了的，忽然讓他像常人一般安分守己、老實過活，恐怕連三天都熬不住……夫妻之間，不該有絲毫隱瞞，但若說實話，定會讓酈袖傷心，這又是他最不肯做的事。若順著酈袖的心意，酈袖固然歡喜，但話一出口，便得守信，此後的日子怎麼挨下去？

他望著酈袖，猶豫再三，不知道該如何對答。

酈袖也定定望著他，半晌，輕嘆了口氣，眼裡沒有責備，竟滿是愛憐：「你這匹野馬，若給你套上籠頭韁繩，你也就不是你了。好，今後我不硬拗你的性子，但你也得答應我一件事。」

「什麼事？你儘管說！」

「你以後若要行盜，只能盜為富不仁、仗勢凌弱的貪酷之人，而且盜來的財物，自己至多只許留兩成，八成必須散濟給窮人。」

「好！我一直也是這麼做的，只是沒有你說得這麼清楚分明！」

想起當日情景，朱安世在夜路上獨自笑起來。

他念著老漢的救助之恩，便先趕回小村子，來到老漢家。心想以老漢為人，當面給他，必定不收，便翻牆進去，摸進廚房，黑暗中大致一數，盒裡一共二十枚金餅，便留下四枚，其餘十六枚金餅全都放到米缸中。這才潛行出村，趕到山邊，找到了驩兒。

驩兒縮在洞裡，正在打盹，聽到腳步聲，立刻驚醒。

朱安世心懷歉意，但又不得不盡快離開，便拍拍他的小肩膀，道：「我們又得爬山了。」

「嗯。」驩兒立即站起身。

他們連夜翻山，天微亮時，繞過了涪縣，遠遠看見山腳下通往成都的大道。

第二十一章：錦江錦里

外面下起了雨。

杜周立在窗前，望著雨絲漸漸變成水簾，垂掛檐前，聽著霹霹啪啪的水響，他心裡很是受用。

他一向厭煩人笑，也厭煩人哭，更厭煩人喋喋不休。這時，僕役們都躲進屋去，院裡不見一個人影，雨聲大，罩住了人聲、畜聲。眼前耳邊頓時清靜，如同與世隔絕，讓他身心終於鬆緩，什麼都不必去防。

可惜的是，雨並沒有下多久，便淅淅瀝瀝收了場。

書房外妻子和僕婦說話的聲音又傳了進來，婦人家能說些什麼？無非針頭線腦、東長西短。

杜周心裡冒出一陣煩惡，嘴角不由得微微抽搐。他咳嗽了一聲，外面妻子的聲音立即壓低了些，喊喊喳喳，像老鼠一般。杜周皺眉輕哼了一聲，抬頭望著檐角不時墜落的水滴，不得不又回到那樁心事：朱安世。

天子又催問過兩回，聲色越來越嚴厲，他卻只能連聲告罪。

錦帶紮的小冠帽，竹篾編的細索，究竟意指什麼？

他已經想了這麼多天，卻絲毫沒有頭緒，越想心越煩亂。書房外妻子的聲音卻又漸漸升高，一句句像濕毛蟲在心裡爬一般。一個僕婦接過話頭，絮絮叨叨，竟越發放肆：「當然還是蜀錦好。我家原來就在錦江邊上，那條江原來不叫這名字，後來人們發覺，織好的新錦在那江水裡洗過後，顏色格外鮮亮，換其他江水都沒這麼好，人們開始叫它『濯錦江』，後來乾脆就成了『錦江』，春天的時候，江面上漂滿了花瓣，那水喝起來都有些香甜呢……」

杜周聽得煩躁，正要開口喝止，他妻子又接回話頭道：「難怪朝廷單單在那裡設了錦官，還造了錦宮……」

聽到「錦官」二字，杜周心中一震：錦官？錦冠？

隨即他猛然記起：蜀地岷江之上，有一種橋是用竹索編成，稱為「笮橋[73]」。

錦冠，竹索，是成都笮橋！

他心頭大亮，鬱悶一掃而光，嘴角不住抽搐，喜得身子都有些發抖，忍不住伸掌猛擊了一下窗櫺。

他妻子在外面聽到，忙住了嘴，隨即腳步窸窸，向書房走來，杜周忙袖手站立，仍看著窗外，並不回頭。他妻子在門邊張望片刻，見沒有事，知道他脾性，不敢發問，又輕步退出。

杜周開心至極，在書房裡連轉了幾圈，想找個人說，卻又沒有。他想到左丞劉敢，這世上也只有劉敢能稍微體會他一二。

巧的是，剛想到劉敢，劉敢居然來了。

* * * * *

繞過涪縣後，朱安世不敢走大路，只在田野間穿行。

他雖然盡量放慢步子，驩兒卻已經累得氣喘吁吁、滿臉汗泥，但一聲不吭、盡力跟著。

朱安世心中不忍，見前面大路上有一座小集鎮，心想：不能把孩子餓壞了。便領著驩兒趕過去，集鎮上人跡稀少，更不見官府公人。朱安世這才放心，找見一家村店，進去一屁股坐下，知道村店也做不出什麼珍餚，便點了一隻雞、二斤牛肉、一盆魚、幾樣菜蔬，又給自己要了兩壺酒。

店裡有現成的熟牛肉，先端了上來。

「驩兒，今天就先別念了，等吃飽了再念不遲。放開肚子，盡情吃！」

朱安世夾起一大塊牛肉，濃濃蘸了些佐醬，放到驩兒碗裡。驩兒猶豫了一陣，終於還是經不住饞，夾起放進嘴裡，大口嚼起來。兩人許久沒有沾過葷腥，況且又趕了一夜路，飢虎餓狼一樣，一起大吃大嚼，大吞大咽。朱安世久沒聞到過酒味，更是渴極。

其餘菜肉，也陸續端上來，不一時，兩人吃掉了大半，兩壺酒盡都喝乾，清湯寡水幾個月，終於飽足了一回。

吃罷，朱安世才想起來：他身上只有四枚金餅，一枚半斤，值五千錢，這頓飯卻不過幾十錢，拿這金餅付賬，恐怕會嚇到店家。一扭頭，見後院停著一輛牛車，心中一動：驩兒一路疲倦，該買輛車代步。於是他便和店家商議買那輛牛車。連牛帶車時價不過兩千錢，店家卻開口就要三千。朱安世假意討還了一會價，裝作沒奈何，才掏出一枚金餅。

73　笮橋：竹索編織而成的架空吊橋。據傳秦代李冰曾在益州（今成都）城西南建成的一座笮橋，又名「夷里橋」。

即使這樣，店家還是睜大了眼：「我頂多只有一千錢，哪有這麼多餘錢找你？」

朱安世看後院還養著雞羊家畜，心想裝作販雞賣羊的小商販，路上方便行走。便又和店家商議，買了兩隻羊、十隻雞，外加一床被褥，一把刀，一籃熟食，算一千錢。店家找了一千錢，路途中正好使用。

吃飽喝足，朱安世哼著歌，駕起牛車，驢兒挺著飽脹的小肚子，躺在厚褥子上，兩人慢悠悠前行。前去成都並不多遠，籠子裡雞兒不時鳴叫，車後牽著兩隻羊咩咩應和，簡直逍遙如神仙。

*　*　*　*　*

劉敢匆匆趕到杜周府邸。

他雖然打了傘，但衣襟鞋履皆濕。進到書房時，眉眼之間竟也難掩喜色。

杜周見他冒雨前來，知道有好信，便收起自己的喜色，嘴角下垂，恢復了常態。

劉敢叩拜過後，稟報道：「那塊斷錦有了線索。」

「哦？」

「它果然是出自宮中織室。卑職買通的那個織婦在織室庫房中找到了相同的蒼錦——」

劉敢說著取出一塊兩尺見方的錦，鋪展在几案上，那錦蒼底青紋，繡著一隻蒼鷲。劉敢又拿出那片斷錦，放在蒼鷲翅角位置，色彩紋樣竟一毫不差。

杜周盯著錦上蒼鷲，並不出聲，但心頭浮起一片陰雲。

「卑職也查出了它的去向——」劉敢望著杜周。

「說。」

「卑職在少府打探到，這錦是宮中黃門蘇文帶人趁夜取走的。」

「蘇文？」

「正是他，天子身邊近侍。但宮中並沒有詔命訂製這些錦，也沒有黃門或宮女穿這錦，更不見天子賞賜給誰。」

杜周仍盯著那錦，像是在注視一口幽深的井。

劉敢略停了停，又道：「蘇文為什麼要私自訂製這錦？又為何會送到宮外，讓那些刺客穿？這背後恐怕有更大的玄機。卑職會繼續密查。」

杜周微微點頭，心底升起一股寒意，同時又隱隱有些欣喜：汗血馬固然稀貴，但此事看來更加深不可測。雖然凶險，卻值得一搏。一旦探出其中隱秘，將是非常之功。

他心裡想著，面上卻絲毫不露。仕途之上，既無常敵，也無久友。劉敢跟隨自己多年，雖說辦事殷勤盡力，但此人心深志大，日後必定高昇，需要時刻提防。不過，眼下此人用著極稱手，只要護緊軟肋，倒也無妨。何況當務之急，還是追回汗血馬。

於是他停住默想，沉聲道：「盜馬賊要去成都。」

「成都？大人已經解開了？對！對！對！成都號稱錦官城，錦官不正是錦冠？那竹索……唉，我怎麼居然忘了？那年我去過成都，見過一座橋，很是奇異，不是用木石搭建，而是用竹索編成！卑職這就草擬緊急公文，速派驛騎南下，通報蜀道沿線郡縣，再讓蜀郡太守立即追查那朱安世妻子的下落！」

＊＊＊＊＊

司馬遷正在書房中埋頭寫史，忽聽到窗外有人高聲喚道：「故友來訪，還不出來迎接！」

一聽到這聲音，便知是任安，司馬遷心中頓時一暖，忙撂筆起身，幾步趕出門去。只見任安大步走進院中，年近五十，身形高大，氣宇軒昂。身後跟著一個童僕。

司馬遷一向朋友極少，自任太史令後，息交絕遊、埋頭攻書，交往越發疏落，只有任安、田仁兩人與他始終親厚。尤其是任安，心地誠樸，性情剛直，與司馬遷最相投。

司馬遷迎上去，執手笑道：「多日不見，兄長一切可好？」

任安哈哈笑道：「我是來道別的！」

「道別？去哪裡？」

「蜀地。我剛被任命為益州刺史。」

「哦？」

「長安幾十年，活活憋煞了人，出去走走，正好開闊心胸。」

司馬遷正不知道是否該道賀，任安原為北軍使者護軍，官秩比刺史高，但天下十三部州，刺史監察一州，權柄極大。現在聽他這樣說，隨即釋懷，替他高興，但同時，心下又多少有些悵然。去年田仁遷任三河巡查，現在任安又要離去，這長安城中更無可與言者。

這時，柳氏也迎了出來，笑著拜問。

任安轉身從童僕手中接過一個盒子，遞給柳氏：「這是賤內讓我帶過來的。」

柳氏打開一看，是一盒精緻甜糕。

任安又道：「這是她特意蒸的，說讓你們也嘗嘗。」

柳氏忙謝道：「讓嫂子費心了，時常記掛著我們。這定是棗花糕了。」

任安笑道：「好眼力，正是河間[74]棗花糕。」

柳氏忙去廚下，吩咐伍德妻子胡氏置辦了酒菜，司馬遷與任安對坐而飲，談笑了一會。

任安忽然皺起眉頭，道：「昨天杜周找到我，托我到成都時，務必幫他料理一樁事。」

「關於盜馬賊？」

「你怎麼知道？」

「我只是猜測，杜周眼下最大的煩惱，當然是汗血馬失竊一事。這馬如果追不回來，杜周休矣。」

「正是事關那朱安世。杜周查出他妻子現在成都，他料定朱安世必會逃往那裡，要我到成都，知會蜀郡太守，一定要捉住朱安世。這讓我實在為難。」

「你職在監察，能否捉到，該是蜀郡太守之責。」

「我不是怕捉不到朱安世。相反，我怕的是捉到他。」

「哦？這我就不明白了。」

「我沒向你提過，那朱安世與我相識多年，算是忘年之交，情誼非淺。」

---

74 河間：地處冀中平原腹地，位於今河北省內，屬滄州市管轄。河間之名始於戰國，因處九河流域而得其名，古稱瀛洲。盛產糧棉瓜果，尤以金絲小棗著名。

「你怎麼會認識他？」

「他父親於我有恩。我年少窮困時，他父親曾數次相助，我能投靠大將軍衛青門下，也是由於他父親引見。其實他父親你也見過。」

「哦？姓朱……我想不起來。」

「他是改了姓。他原姓郭，他父親是郭解[75]。」

「郭解？」司馬遷大驚，隨即恍然嘆道，「難怪，難怪，果然是父子，世上恐怕很難找到第二個人敢去皇宮盜走汗血馬。」

「這朱安世也實在魯莽，那汗血馬身形特異，極容易辨認，偷到手，騎又不能騎，盜牠做什麼？」

「我猜他恐怕並不是為了貪這汗血馬。他既能從宮中盜走汗血馬，必然機敏過人，怎麼會不知道盜汗血馬是自找麻煩？」

「那能是什麼？」

「恐怕是洩憤。」

「洩憤？洩什麼憤？」

「我聽說他曾隨軍西征大宛，此次西征，去時六萬大軍，牛十萬，馬三萬，歸來時，只有萬餘人，馬千餘匹。大半士卒並非戰死，而是由於將吏貪酷，克扣軍糧，凍餒而死。而所得汗血馬才十匹，中馬以下三千餘匹。」

「這麼說他是因為怨恨李廣利？」

「恐怕不止，他定是知道天子極愛汗血馬，再加之他是郭解之子。」

「唉！」任安長嘆道，「朱安世這次真是闖了個天大的禍。他在扶風城又胡鬧一氣，減宣都因此自殺。還有一事更加奇怪，他自己性命難保，身邊竟還帶著個孩子，不知道那孩子是從哪裡來的，杜周格外囑咐，那孩子也一定要捉住。」

「我也聽說了，那孩子甚是詭異，到處風傳他會妖術——」

兩人又談論了一陣，任安要回去置辦行裝，飲了幾杯後，便起身告辭。司馬遷依依拜別，在門邊駐望良久，才黯然回屋。

柳夫人將棗花糕分作三份：一份捎給女兒，一份分給衛真和伍德胡氏兩口子，一份他們夫妻兩個享用。

她遞給司馬遷一塊，然後自己也拈起一塊，邊嘗邊讚嘆：「這棗花糕只有金絲小棗棗泥拌著棗花蜂蜜，才會這樣香濃滑爽。河間金絲小棗可是天下一絕，那裡的棗樹移到別處，棗子就會變得酸澀，就像咱們院裡這棵，棗子雖然結得多，卻沒那麼脆甜，聽說是因為河間那地方九河環繞，水土獨一無二……」

「九河環繞？」司馬遷心頭一震，喃喃念道，「九河……九河……」

「怎麼了？」

「對！」司馬遷忽然叫道。

柳夫人被嚇得一抖，手中半塊棗花糕掉落在地。

75　郭解：西漢著名遊俠，詳見《史記·遊俠列傳》。

「九河枯，日華熄！『九河』是河間，『日華』是日華宮！」

＊＊＊＊＊

五天後，朱安世到了成都。

二百多里地，所幸一路無人過問。

到成都北城門外時，正值傍晚，出城入城的人流往來不絕，雖有士卒執戈守衛，卻都漫不經心，不聞不問。

朱安世下了牛車，抓了把塵土，在自己和驩兒臉上抹了抹，更顯得灰頭土臉，風塵僕僕。這才輓著牛車，低頭緩步走過去，過城門洞時，衛卒看都未看。進到城裡，朱安世駕車向城南趕去。

成都天氣一向陰霾，今天卻意外放晴，夕陽熔金，霞染錦城，此時又是年關歲尾，富麗繁華之外，更增融融暖意、洋洋喜氣，正合歸家心境。

朱安世迎著夕陽，半瞇著眼，想著就要見到妻兒，心頭狂跳，不由得嘿嘿笑起來。

四年前，他被捕入獄時，知道妻子酈袖為了避禍，定會逃往他鄉。從大宛西征回來後，他還是馬上趕去茂陵家中，舊宅果然早已換了主人，在門前和那新房主攀談時，他一眼瞥見院裡房檐檐角上掛的那串飾物——小小巧巧一隻錦冠，下綴著一條竹索。

他立即明白那是妻子留下的記號，並馬上猜出了其中意思：

成都夷里橋錦里。

新婚後，朱安世曾和妻子酈袖漫遊至成都，知道成都因設錦官，故而號稱錦官城。那錦冠自然是指「錦官」。酈袖極愛錦江邊、夷里橋一帶的景致。那夷里橋是用竹索編成，橫掛錦江兩岸，人行其上，橋隨人蕩，別處均未見過。那竹索自然是指「夷里橋」。夷里橋北，有片街里名叫錦里，整日熙熙攘攘，是錦城最繁華的所在。

酈袖曾說，如果長安住厭了，就搬到成都錦里，開一家錦坊，安逸度日。

牛車行不快，等到了錦江畔，天色已經昏暗，遠遠望見笮橋懸掛江水之上，只有三兩個行人走在橋上，橋索在暮色中悠悠搖蕩，朱安世的心頓時怦怦跳響。

當年，和妻子過橋時，他曾在橋中央用力搖蕩，想逗嚇酈袖，誰知酈袖非但沒有驚怕，反倒興致大漲，兩人一起晃蕩一起笑，還惹惱了過橋的行人……想到這一幕，朱安世又忍不住嘿嘿笑起來，把驪兒嚇了一跳。

來到錦里街口，大多數店鋪全都關門歇業，街上只有稀疏幾個路人。

朱安世跳下車，輓著轠繩，望著兩邊門戶，挨家細看。

走了一段路，他一眼看到旁邊一扇門，左門角上鏤刻著一枝梅花，右門角上則是一隻蟬。

酈袖！

他心頭猛地一撞：酈袖最愛梅花和蟬，說人生至樂是「冬嗅梅香夏日聽蟬」，當年在茂陵安家時，就曾請工匠在門扇角上鏤刻了這樣的梅蟬紋樣。

第二十二章：梅蟬雙枕

朱安世仔細拍打身上的灰塵，用衣袖揩淨了臉，又整理一下衣衫，這才抱下驢兒，牽著他走上前，抬手叩門。

走近細看，那門角上梅蟬圖案和茂陵舊宅的果然完全一樣、紋絲不差，恍然間，似回到了舊宅一般，朱安世心又咚咚跳起來。

半晌，聽見裡面響起腳步聲，有人出來開門，朱安世頓時屏住呼吸，一個婦人探出頭，卻不是酈袖。

朱安世一怔，那婦人也眼帶戒備，上下打量後，才問道：「你有何貴幹？」

「我來找人。」

「找什麼人？」

「長安茂陵來的酈氏。」

「你姓什麼？」

「朱。」

「朱什麼？」

「朱安世。」

「喲！原來是朱妹夫，快進來，快進來！」那婦人神色頓改，滿面含笑，忙大開了門，連聲招呼，一邊又回頭朝屋中喊道，「酈妹妹，你丈夫回來啦！」

朱安世牽著驢兒進了院門，見小小一座院落，院中竟也有棵大槐樹，葉已落盡。另一邊栽著一株梅樹，梅花已經半殘，但仍飄散出一些香意。正屋門上掛著半截簾子，裡面寂靜無聲，並不見有人出來。

朱安世站在院中，望著那簾子，心又狂跳起來。定定望了片刻，仍不見有動靜，微覺不對，回頭一看，卻見那婦人不關門，也不走過來，退到牆角，臉上的笑容忽然變成懼意。朱安世大驚，忙伸手護住驩兒。

就在這時，簾子一掀，裡面衝出兩個人！

執刀拿劍，是士卒！

朱安世急忙轉身，拉著驩兒要出門，兩邊廂房又各衝出兩個士卒，手執兵刃圍過來。朱安世幾步趕到門口，卻見門外一個校尉帶著一群士卒攔住去路！

不可能奪門而出，朱安世猛一閃念，一把挾起驩兒，又回身向裡奔。院裡六個士卒已經圍成半圓，齊舉刀劍，向他逼來。朱安世大喝一聲，邁開步子，迎面衝向最中間的那個瘦卒。那瘦卒大為意外，不由得向後退縮，其他士卒見狀，忙挺刀劍，要上前阻攔。

「留活口！」門外校尉大喊。

朱安世一聽，大為放心，抬腿向那瘦卒踢去，瘦卒見他來勢凶猛，忙縮身躲閃，其他士卒聽了吩咐，都不敢亂動。朱安世趁這間隙，一腳踢倒那個瘦卒，幾步飛奔，衝進了正屋，關上門，插好門閂，這才放下驢兒。見屋子中間一個火盆，炭火仍燃，朱安世忙走過去，抓起盆邊的鐵鉗。

「撞開門！」校尉在門外吩咐。

隨後，門板響起撞擊之聲，士卒在用身子用力撞門。

驢兒的眼皮隨著撞擊聲一眨一眨，腳也一步一步向後退。

「驢兒不要怕，你躲到後邊去。」

朱安世走到門邊，見門扇一震一震，隨時會被撞開。略一思忖，隨即伸手，一把抽開門閂。門忽地大開，兩個士卒側著身子猛地跌了進來。朱安世一把揪住靠前一個，大喝一聲，拋了出去，隨手又揪住另一個，也拋了出去。兩卒先後撞向門外士卒，被同伴扶住。

朱安世手執火鉗，前踏一步，立在門口，圓睜雙眼，作勢要拚命。

門外士卒看他這般雄壯凶悍，不由得心生畏懼，沒有一個敢上前。

「給我拿下！」校尉喝道。

那些士卒慢慢挪動身子，卻沒有誰敢先上前動手。那校尉大怒，抬起腳，朝自己身前一個執戈士卒狠狠踢了一腳。那執戈士卒一個踉蹌，向前栽了幾步，幾乎跌倒，他忙穩住身子，手握長戈，盯著朱安世，小心翼翼地逼過來。朱安世正盼他能先攻，等長戈離自己一尺多時，猛喝一聲，向前一步，伸手一抓，攥住戈桿，用力一奪，那士卒手抓得緊，腳卻不穩，被猛地一帶，俯跌過來。朱安世抬腿一腳，踢翻那個士卒，隨後抄戈在手，跨出門外，那些士卒忙舉刃戒備。

朱安世環視一圈，猛地揮戈，向那些士卒橫掃過去，那些士卒慌忙各自躲閃。朱安世又略一蹲身，舞動長戈，向那些士卒小腿掃去，士卒們又急忙後退，有幾個避讓不及，腳踝被掃中，先後跌倒。

朱安世挺戈而立，怒目而視。

士卒們望望朱安世，又望望校尉，各個惶惶，跌倒的那幾個趕緊悄悄爬起來。

那校尉也不知所措，定了定神，才瞪著朱安世道：「我看你能鬥得了幾時？」

朱安世「哼」了一聲，朝那校尉一冷笑，心想能拖一時就拖一時，於是望望天，懶洋洋道：「天要黑了，老子要休息了，別吵老子睡覺。你們要戰，老子明天奉陪！」

說罷，他轉身進屋，砰地又關上門，插好門閂，側耳一聽，門外靜悄悄，毫無聲息，這才稍稍放了心。

他環視屋內，陳設佈置竟也和茂陵舊宅一模一樣，只是器具上蒙滿塵灰，案上碗盞凌亂。酈袖向來愛潔，看來離開已有時日。不知道是逃走了，還是被官府捉住了？

*****

湟水靳產靳產離了金城，輕騎北上。

每到一處驛亭，他便前去詢問。果然有人記得，上個月確曾有一個漢子帶著一個孩童南下，神色甚是匆忙。

靳產心意越發堅定，沿途探問，一路向北，到了張掖[76]。張掖山川風土與塞外迥異，水草豐美，宛如江南。曾先後是烏孫、大月氏、匈奴領地，二十多年前，霍去病領軍西征，大敗匈奴，始設張掖郡。

靳產進了城，先去府寺拜見郡守。他本來職位低微，但如今身負執金吾急命，郡守甚是禮遇，說接到驛報後，已將事情查明。隨後命書吏帶他去軍營，找到校尉。

從校尉口中，靳產得知：死在金城楚致賀家中的那個男子名叫姜志。

姜志是冀州人，從軍西征，因立了些戰功，被升任為軍中屯長，管領五百士卒。去年，漢軍北進大漠與匈奴交鋒，大勝，俘虜了幾百匈奴，其中竟有數十個漢人，是被匈奴擄去為奴。姜志恰好受命監管囚犯，發現其中一個漢人竟是自己伯父，這件稀奇事當時在軍中廣為傳聞。

姜志見伯父受盡苦楚、身體病弱，還帶著一個孩童，便在城中租賃了一院房舍，讓伯父住下來將息調養。然而他伯父染了風寒，一病不起，拖了一個多月，撒手人寰。過了不多久，姜志和那孩童忽然一起離開，不知去向。

靳產問那校尉：「當時俘虜的那些匈奴現在哪裡？」

「都在郡中鐵坊裡做工。」

「其中有沒有當年擄走姜志伯父的匈奴？」

「這我就不清楚了……哦，對了──」校尉轉頭吩咐身邊小卒，「你去喚蔡黎進來。」接著他又對靳產解釋道，「蔡黎是姜志的同鄉好友，他或許知道些東西。」

不一時，一個軍吏走進帳中，跪地叩拜。

校尉道：「這位湟水靳產有些事要問你，你好生回答。」
靳產便問道：「那姜志的伯父叫什麼？」
蔡黎答道：「姜志不曾說過，屬下也未曾問過。」
「那孩童是姜老兒什麼人？」
「據姜老伯言，是他在途中救的一個孤兒。」
「姜志原籍是冀州哪裡？」
「常山元氏縣槐陽鄉。」
「常山？那裡遠離邊關，怎麼會被匈奴擄去？」
「姜老伯是在朔方，被一個匈奴百騎長所俘。」
「那個百騎長捉到沒有？」
「捉到了，當時姜志還曾重重鞭打過那匈奴一頓。」
「姜志離開前可有什麼異常？」
「嗯……好像沒有。或許有，不過屬下沒有覺察。」
「他離開前兩天，附近有沒有出現古怪可疑的人物？」
「嗯……似乎沒有。」

76　張掖：今甘肅省張掖市，位於河西走廊中部。漢武帝元鼎六年（西元前一一一年）置張掖郡，意為「張國臂掖，以通西域」。

「比如幾個身穿繡衣的人?」

「繡衣人?對了,記起來了!是有三個繡衣人!」蔡黎忽然道,「應該正是姜志離開前一兩日,傍晚我正要回營,迎面看見三匹馬走過來,馬上三人都穿著蒼色繡衣,各掛著一柄長斧。神色十分古怪,不住向營裡張望,像是在搜尋什麼。這邊塞之地,除了平民、兵卒,只有往來客商,那三人服飾相貌態度格外惹眼,所以我才記得清。」

*　*　*　*　*

杜周正在查看案簿,忽見劉敢急急趕來稟報。

「汗血馬被送回來了!」

「哦?」杜周頭猛地抬起。

「今早西安門門吏剛開城門,看到一匹馬被拴在護城河邊的柳樹下,四周卻不見人影。門吏見那馬身形不一般,跑過去看,見馬頸轡繩上掛著一條白絹,上面寫著一行字,就是這條——」劉敢取出一條白絹,雙手呈給杜周。

杜周接過一看,上面寫著:

汗血馬奉回,執金吾安枕。

杜周心裡既喜且怒，喜的是汗血馬終於歸還，怒的是絹上文字語氣輕佻，顯然是在嘲弄奚落他。不過，他面上毫不流露，只抬頭問道：「馬呢？」

「卑職已經牽了回來，現在府裡馬廄中。」

「好。」

劉敢接著道：「那門吏發現汗血馬後，報給了門值，門值立即將馬牽到門樓下，藏了起來，同時遣人急報給卑職。卑職聞訊立即趕到西安門，見果然是汗血馬。卑職當即就想，汗血馬雖然是盜馬賊自己送回，但畢竟是由於大人一路嚴控急追，逼得他走投無路，為保性命，才送了回來。此事若讓旁人知道，一旦傳到天子耳中，天子雖不會怎樣，但多少會抹殺大人功勞。幸好當時天色早，沒人進出城，只有司值和幾個門吏知道此事，卑職已經告誡了他們，此事不得向外透露半句。而後，卑職才調了十幾匹馬，將汗血馬混在中間，牽到府裡來了。」

「不錯。」杜周嘴角微扯出些笑意。

這件事如同一團油抹布，一直塞在他心裡，今天才終於一把掏了出來，心底頓時清爽。

＊　＊　＊　＊　＊

司馬遷日夜苦思兒寬、延廣所留帛書上的後四句話。

「九河」「九江」他一直認為是大江大河，但天下江河如此之多，究竟是哪九條江、哪九條河？他不斷挑選、拼湊，拼出無數種「九江」和「九河」，每一種地域都太寬闊，且毫無意味，根本理不出頭緒，更莫說關涉到《論語》。

誰知卻被任安送來的棗花糕無意中點醒！

河間地處冀州，因有徒駭河、大史河、馬頰河、覆釜河、胡蘇河、簡河、絜河、鈎盤河、鬲津河九條河環繞，故而名叫河間。日華宮則是由河間獻王劉德[77]所築，幾十年前，曾是儒者雲集之所。

劉德是景帝二子，當今天子之兄，五十多年前被封河間王。其他諸侯王或驕或奢或貪或佞，唯有劉德性情誠樸、崇儒好古。

他精通典籍，尤愛收藏古籍秘本。為求先秦古書，遍訪天下，凡聞有善本，必定親自前往，重金求購，並抄寫副本贈予書主。若書主不願出讓，則好言求之，絲毫不敢強橫，因此賢名遠揚，懷書者紛紛前往，主動獻書。數年之後，藏書滿樓，數量堪與宮中國庫相比，而且，書品之精，猶有勝之。

為整理古籍，他築造日華宮，設客館二十餘區，廣招天下名儒，雲集上百學士。校對編輯，夜以繼日；講誦之聲，數里可聞。他為人清儉，奉行仁義，日用飲食從不超過賓客。

山東諸儒，聞名而至，如水之就海，源源不絕，河間因此成為一時儒學中心。

劉德又曾多次車載典籍，獻書宮中，天子十分歡悅，每次均要特設迎書之儀，並親自把盞賜酒，獎賞金帛。

三十多年前，劉德最後一次來長安朝拜，天子詔問治國之策三十餘事，劉德對答如流，天子卻怫然不悅，對劉德道：「湯以七十里，文王百里，王其勉之。」[78]

劉德聽了此言，又驚又懼，回到河間後，遣散了諸儒，不敢再講學論文，日夜縱酒聽樂，不久便鬱鬱而終。死後天子賜謚為「獻」。

柳夫人疑惑道：「天子那句話是在勉勵河間獻王，他為什麼怕呢？」

司馬遷道：「天子這句話聽似溫和，實則嚴厲無比。他是認定劉德施行仁義，是在收聚人心，日後必將有篡逆之心。正如商湯和周文王，商湯封地最初只有七十里地，周文王也只有百里，最終卻覆滅桀、紂，建立商、周。」

「劉德在對策中究竟說了些什麼，竟讓天子這樣惱怒，說出這種狠話？」

「我也不知道，明日我去天祿閣查找當年紀錄。不過延廣帛書所言『九河枯，日華熄』，說的定是河間獻王。這幾十年，自天子至庶人，舉世紛紛推崇儒學，誰能想到，劉德卻因儒學而亡？世道錯亂荒唐，竟至於此！」司馬遷一陣憤慨，不小心一把捏碎了手中的棗花糕。

柳夫人邊取抹布收拾糕渣，邊嘆道：「別人學儒，只是嘴上學學而已，用來謀些利祿。劉德卻是心裡真信，要以此安身立命。這就像金子的成色，起初都是真金，後來你加些銅，我加些銅，到最後遍天下都是鍍金的銅塊，他卻偏要執意用真金，別人豈能容他？」

司馬遷嘆口氣道：「劉德如此愛好古籍，當年孔壁發現古文《論語》等古書，他自然不會不知，知道之後，定然渴慕至極。孔安國當年將那批古書上交宮中，劉德得不到原本，我猜他必定會抄寫一份副本。」

「不是說好不再管這事？你怎麼就是不聽勸告呢？」

77　參見《史記・五宗世家》及《漢書・景十三王傳》。

78　參見《史記集解》。

司馬遷指著棗花糕，笑道：「這次可不能怨我，都是這棗花糕招致的。」

柳夫人也被逗笑了，但隨即望著丈夫嘆息道：「你這性子恐怕到死都改不了，我也不必勸你了，只盼你能在引火燒身之前，完成你的史記，這樣至少不算枉費你一身才學。唉……」

司馬遷溫聲安慰道：「你放心，我自會小心。我本也要丟開此事不再去管，但又一想，我寫史記，不但記古，更要述今；不但要寫世人所知，更要寫世人所不知。延廣所留帛書，前兩句已經應驗，現在第三句又已猜出，看來此事不只事關《論語》，背後牽連極大。兒寬留書於延廣，延廣又寄望於我，我若置之不理，後世將永難得知其中隱情，我寫史何用？史之為史，不但要記以往之事，更要通古今之變，善者繼之，惡者戒之。以古為鑒，方能免於重蹈覆轍。就如路上有陷阱，你已被陷過，便該立一警示，以免後人再陷。史之所貴，正在於此。」

柳夫人嘆道：「我何嘗不知道這道理？但你一心全在史記，而我為你之妻，我之心……卻只能在你。」

司馬遷望著妻子，心底暖意潮水般湧起，一時間感慨萬千。

妻子眼角已現皺紋，鬢邊已經泛白，一雙眼也早已不復當年的明麗清澈，但目光如陳釀的秋醴，溫醇綿厚，令人沉醉。

他伸臂將妻子攬在懷中，一句話都說不出。

第二十三章：箱底秘道

朱安世背著驪兒，蹚過小溪，鑽進了對岸樹林。

他一邊逃一邊暗暗讚嘆妻子，越發覺得天上地下、從古至今，再找不到第二個女子能如酈袖這般聰慧可人。

原來，門外那些士卒被朱安世唬住，又要活捉他，便沒有再硬衝進來。朱安世這才有餘地仔細打量房間，他見左右各有一間側室，便點了盞油燈，先走進右邊那間。

屋內一張床，一張案，一個櫃子。他走到床邊，見褥子中間微微有一片凹陷，長寬差不多是驪兒的身量，續兒睡覺時壓的？分別時，續兒只有兩尺多高。他笑了笑，真的長大了。

一抬頭，見床頭木桿上掛著些玩物：小鼓、竹編螳螂、木劍、陶人、漆虎……其中一小半朱安世都熟悉無比，正是當年他買給兒子的。他心頭一陣暖意，伸出手，一件件輕撫，兒子的小臉、小肩膀、小手，哭、笑、氣惱……全都潮水一樣湧上心頭。他拿下那隻漆虎，最後和兒子分別時，他答應給兒子買的就是它，卻沒能兌現。恐怕是酈袖為了安慰兒子，後來替他買的。

朱安世眼睛潮熱，長呼一口氣，轉過身，看那木案。案上堆了幾卷竹簡，擺著筆墨硯台，還放著一塊石板，一尺見方，半寸厚，面上整整齊齊寫了幾十個字。這定是酈袖教兒子寫的。兒子剛滿三歲時，酈袖就開始教兒子認字，並讓朱安世買了這個習字石板，字寫滿後，用水洗淨，擦乾再寫。朱安世輕手端起那石板，剛買來時，石板潔白如玉，現在已經深浸了一層墨暈，看來已經寫過無數回。上面那些字，朱安世只認得幾個，看那字跡齊整、筆畫繁複，他忽然覺得兒子有些陌生。

他怔了半晌，輕手放下石板，又環顧一圈，轉身離開。回到正屋，見驩兒坐在火盆邊，睜著圓圓的黑眼望著他，他微微笑一笑，聽了聽外面，仍無動靜，便又走進左邊那間屋子，進門一看，是酈袖的寢室。

昏暗中，寢室陳設也和茂陵舊居並無二致，就連榻上的枕頭被褥也和當初完全一樣。

看到那兩顆枕頭，朱安世眼睛一熱，險些落淚：一顆枕頭白底繡著紅梅，另一顆綠底繡著青蟬。梅枕歸酈袖，蟬枕歸朱安世。酈袖說朱安世白天聒噪不停、晚間鼾聲不斷，常笑他是隻大蟬，枕邊私語時，也不叫他的名字，只喚他「大老蟬」……

朱安世不敢多想，又環視室內，窗邊是妝奩台，牆角是衣箱。妝奩台上空無一物，他拉開抽屜，裡面也空空如也，那只虞姬珠寶木櫝，酈袖一直藏在抽屜最裡面，現在也已不見。他心裡又一陣悵灂，重重嘆了一聲，轉身打開了衣箱，裡面只有幾件舊衣亂堆著，顯然被翻檢過。

他蹲到衣箱一側，雙手摳住箱子底板兩端，試著用力一扳。如他所料，衣箱底板被抽了出來，再起身看衣箱裡，朱安世不由得嘿嘿笑起來：箱子底現出鋪地青磚，中間靠邊的一塊青磚缺損了一小塊，他用指頭摳住那處缺口，用力一提，九塊青磚一起被掀起來，底下露出一個黑洞，洞壁上掛著一副繩梯。

在茂陵安家時，為防不測，朱安世就在寢室衣箱底下挖了個地道，通到宅後的樹林中。那九塊青磚其實是一整塊磚板，上面劃了縱橫三道磚縫而已，是專門請工匠燒製。沒想到酈袖居然記得清清楚楚，並且在新居依法炮製。

既然有這秘道，他們母子應已逃走？但若是捕吏突如其來，毫無防備，酈袖恐怕根本來不及逃。朱安世心裡七上八下，憂煩不已，聽到外面士卒聲音雜沓，心想：現在不是煩的時候，先逃出去再說。

他忙回到正屋，這時天色已暗，驩兒躲在門後，從門縫裡向外張望。朱安世也過去窺探，只見外面火光閃耀，士卒們手執火把兵刃，排成一排，在院中守衛，那個校尉立在庭中，正在聽一個士卒回報：「這宅子後面是一條青石路，路邊是條溪溝，本就有兩人守住後門，現在又已增派了四人過去……」

朱安世聽了，轉身到櫃中找到火石袋，拿了盞油燈，悄悄牽著驩兒走進寢室。他先把驩兒抱進衣箱，讓他抓住繩梯慢慢下去，而後自己也爬了下去，伸手托住青磚板慢慢合攏，這才點亮油燈，照見洞口邊垂下的一根細繩，便拽住用力向下拉。

這根細繩是從衣箱腳底引下來的。造衣箱時，底邊框木中央鑽一個小洞，穿一根細繩，一頭拴住衣箱底板，另一頭在磚縫間鑽個小孔，引到洞下。合起青磚後，扯動這根細繩，便可以將衣箱底板重新拉回合攏。朱安世確信繩子拉死、箱底合攏後，便用刀齊根割斷那根拉繩，以防上面有人發覺線索。

他手執油燈，貓著腰，驩兒跟在後面，兩人沿著地道向前走，地道並不是直的，而是向左斜彎。走了一陣子，便到了底，盡頭是一扇小木門。朱安世知道這木門其實是一個木盒，外面填著泥，種著蔓草，以作掩飾。

後門有士卒把守，朱安世不知道洞口開在哪裡，但想酈袖一定想得周全，便不太擔心，伸手拔起門閂，剛要推開門，心裡忽然一沉：這暗門從裡面閂著，酈袖母子沒有從這裡逃走！

一陣慌亂憂急，他忙定定神，酈袖母子就算被捕，只要還沒捉到自己，官府斷不會處死他們。只要人還活著，總有法子救出來。眼下一定要逃出去，留住這條命，好救他們母子。

他忙收住心，輕輕推開木門，一陣涼風吹來，外面一片漆黑，只聽見水聲淙淙。

他悄悄伸出頭，四周探看：洞口開在一道陡壁上，離溪水一尺多高，頭頂斜斜一塊石板，從岸邊搭到溪水中一塊石坪上，看來是為方便取水洗滌而搭。

朱安世側耳靜聽，頂上寂靜無聲，地道是斜挖的，應該離後門有一段距離，於是他小心鑽出洞口，踩著溪水，扒著岸壁，向左邊偷望，兩三丈外的岸上，果然有幾個士卒手執火把，在一扇院門外把守，那扇門應該正是酈袖宅院的後門。

朱安世回身，把驩兒小心抱了出來，放到背上，探著水，一步步慢慢向對岸渡去，盡量不發出水聲。幸而溪水不深，最深處也只沒腰。

他邊走邊不時回頭望，那幾個士卒一直面朝小院後門，執械戒備，始終沒有扭頭。

不一時，到了對岸，岸上是一片林子。

朱安世放下驩兒，牽著他躡足上岸，快步前行，鑽進林子。

才走了幾步，樹叢裡忽然冒出一個人影！

* * * * * *

靳產離了張掖，動身又趕往朔方[79]。他在張掖盤問了那個匈奴百騎長，得知兩年前，匈奴侵犯朔方，漢軍戍卒抵擋不住，棄城奔逃，當地百姓也各自躲命。匈奴殺入城中，除了老弱病殘，城裡不見其他人影，只有牢獄內尚有幾十個囚犯，匈奴便擄走這些囚犯，姜老兒和那孩童當時正在那獄中，被一起押往漠北，隨軍作苦役。

靳產原本要奏請張掖郡守，發驛報給朔方，追查此事，但轉念一想，自己只是邊地一個小小靳產，平生難得遇到這樣一樁大差事，萬萬不可錯過。於是，他決意親自去朔方追查。

自張掖至朔方，兩千多里路，沿途盡是荒野大漠，又都地處邊塞，行一整日都見不到人影。好在漢軍攻破大宛之後，匈奴大受震懾，又加之老單于才死、新單于初立，向漢廷求和，遣使獻禮，這一年邊地還算安寧。

靳產獨自一人跋涉荒漠，寂寞勞累，但只要一想到仕途晉升之望，再累也不覺得苦了。而且他因身懷執金吾密令，沿途投宿戍亭時，各處官吏無不盡心款待，單這一點，便足以慰勞旅途艱辛。

近三個月，靳產才終於到了朔方城。

進了城，靳產徑直前往郡守府，郡守聽了通報，立即命長史帶靳產去查閱當年獄中簿錄。

---

79 朔方：西漢北地邊郡，元朔二年（西元前一二七年），衛青率軍擊逐匈奴，大勝，築朔方城，置朔方郡，轄河套西北部及後套地區，治朔方縣（今內蒙古杭錦旗北）。

朔方雖然屢遭匈奴侵犯，但所幸刑獄簿冊不曾毀掉。長史找出兩年前的簿冊，全都抱出來，讓靳產查看。

靳產埋頭一卷卷細細看完，卻沒找見姜老兒被捕紀錄。他心中愕然，又仔細翻看了幾遍，的確沒有，難道是那匈奴百騎長記錯了？姜老兒不是在朔方捉到的？

他大失所望，卻只能苦笑著搖搖頭，勉強道過謝，黯然告辭，心裡一片死灰。

*　*　*　*　*

司馬遷前往天祿閣查詢檔案。

他找到河間獻王劉德的案卷，抽出來，展開細讀。

讀到最後，卻不見劉德最後一次與天子問策對答的內文。而且，紀錄中有些文句似乎不通，反覆讀了幾遍，又發現有一些段落缺失，所缺者為劉德與儒生論學語錄和劉德幾次向宮中所獻書目。

更令他吃驚的是：這些缺失之處，上下文筆跡與全文筆跡略有不同。

這檔案是司馬談當年親手記錄，父親的筆跡司馬遷自然無比熟悉，而那另一種筆跡乍看十分相似，仔細辨別，便能看出是在模仿司馬談筆跡。

司馬談雖然崇尚道家，不重儒家，但身為太史，他一生求真，毫不隱晦，而且生前曾屢次讚嘆過劉德的品格，定不會有意略過這些內容，即使空缺，也定然要令文義自然貫通，絕不會讓文句如此阻斷。

「果然……」司馬遷喃喃道。來之前，他便預感不妙，現在他的猜測被印證，不覺遍體發冷。

衛真湊近那卷書簡，仔細鑽研了半晌，小聲道：「編這竹簡的皮繩是後來換的。」

司馬遷也俯身細看：這簡卷編成至今已有二十多年，竹簡已經黃舊，穿編竹簡的皮繩卻要新一些。看來是有人拆開書卷，抽去其中一些竹簡，刪改了文句，而後另用皮繩穿編。

什麼人如此大膽，竟敢刪改史錄？

做這等事必定隱秘，不會在天祿閣中公然行事。司馬遷頓時想到石渠閣秘道，竊走古本《論語》的人，與刪改這史錄的恐怕是同一起人。衛真在那秘道中發現另有一條岔道，必定是通往這裡。他環視四周，閣中書架林立、書櫃密列，不知道秘道入口藏在何處。但無論如何，刪改史錄必定得先從秘道中取走原本，在別處刪改後，再悄悄送回閣中。

劉德史錄上究竟有什麼言語？為何要刪改？

司馬遷沉思片刻，隨即明白：劉德當年所收大多是古文儒經，而朝中得勢掌權者均為今文經派。古文經一旦公之於世，今文經地位必將動搖。此事定是關涉到古本《論語》及其他古文儒經。

司馬遷又查看劉德後人，劉德共有十二子，他去世後，長子劉不害繼嗣河間王位，次子劉明封茲侯。

三年後，天子頒布「推恩令」，命諸侯王各自分封子弟為列侯，名為「推恩」，實則是拆分藩國封地，離析諸侯勢力。此令頒布不到一年，劉德長子劉不害去世，次子劉明因謀反殺人，廢為庶人。其他十子一起封列侯。

司馬遷心中暗疑：劉不害死因、劉明謀反詳情，均不見紀錄。兩人同一年死去，難道真是巧合？

他盯著「元朔三年」四個字，低頭細想，猛然記起：這一年，天子不但借「推恩令」，一舉削弱諸侯勢力，更升任公孫弘為御史大夫、張湯為廷尉，儒學與酷法並行，恩惠與威殺同施，天下格局由此大改。

兩年後，公孫弘位至丞相，置五經博士，廣招學者，今文經學從此獨尊，齊派儒學一家獨大……

＊＊＊＊＊

朱安世從酈袖所留秘道逃出圍困。

他背著驩兒渡過溪水，剛鑽進林子，林中猛地冒出一個黑影。

驚得朱安世頭皮一麻，驩兒更是嚇得全身如遭電擊，張大了嘴，卻叫不出聲。

那人嘻嘻一笑說：「老朱，是我——」

朱安世聽聲音熟悉，是個女子，再一細看，竟是韓嬉！

「你？」朱安世更加吃驚。

「噓——跟我來！」韓嬉低聲說著，伸手牽住驩兒，轉身往林中走去。

朱安世趕忙跟上去，韓嬉在前引路，一路摸黑鑽出林子，外面是一片田地，月光如水，冬麥如陣，沿田埂走了一陣，眼前一片民居，燈火隱約。走近時，狗吠聲此起彼伏，三人鑽進小巷，左穿右拐，來到一座小小宅院前。

韓嬉掏出鑰匙，開了門，讓朱安世和驩兒進去，她回身扣好院門，引著兩人脫鞋進了正屋，又關好屋門，點亮油燈，放到案上，朝兩人抿嘴一笑，隨即轉身進了側室。

朱安世和驩兒立在房中，一起微張著嘴，互望一眼，都像在做夢一般。

片刻，韓嬉抱了一摞東西出來，是一套男子衣襪，她笑吟吟遞給朱安世：「去裡屋把濕衣服換掉，進門左邊木架子上有乾淨帕子。」

朱安世仍在恍惚，韓嬉喚了一聲，他才回過神，看韓嬉，還是那般嫵媚俏麗，眼波映著燈影，流霞一般。他嘿嘿笑了笑，忙道了聲謝，接過衣服，進到裡屋，一間素潔的寢室。他怔怔站著，越發覺得身在夢中，回頭看左邊木架上果然掛著幾張新帕子，又聽到外面韓嬉和驩兒說話，才又笑了笑，心裡暗嘆：韓嬉不是仙，就是鬼。

他脫掉濕衣，拿帕子擦乾身子，換上了乾淨衣襪。等他走出去時，只見案上已經擺好幾碟熟食，一摞餅，三雙箸，一壺酒，兩只酒盞。

韓嬉和驩兒坐在案邊，一起抬頭望他，朱安世立在門邊，有些不知所措，又嘿嘿笑起來。

「喲，幾個月不見，怎麼變靦腆了？還不快過來坐下！」韓嬉笑起來。

朱安世嘿嘿笑著，過去坐好。

韓嬉拿起一塊肉餅，遞給驩兒，柔聲道：「驩兒餓了吧？快吃。」

「謝謝韓嬸嬸。」驩兒接過餅和筷子，望著朱安世，有些為難。

朱安世這才略微清醒，忙道：「你要不餓，就先背了再吃，韓嬸嬸不會見怪。」

韓嬉笑道：「我怎麼就忘了？你說起過這件事呢。驩兒，你喜歡怎樣就怎樣。」

驪兒這才放下餅，坐到一邊，背對著他們，低聲念誦去了。

韓嬉拿起酒壺，兩只盞都斟滿酒，端起來，一盞遞給朱安世：「別後重逢，先飲一杯。」

朱安世忙雙手接過，要開口說話，卻被韓嬉打斷：「先飲酒，再說話。」

兩人相視一笑，一杯飲盡，韓嬉隨即又斟滿，連飲了三杯，韓嬉才放下杯子，用手帕輕拭朱唇，笑道：「好，現在我就來答你想問的幾樁事——」

她扳著細長雪嫩的指頭，一條一條數起來：「第一，我怎麼會在成都？因為我知道你會來成都，所以我就追來了。

「第二，為什麼我要追來？因為你欠我的還沒結賬。

「第三，我怎麼知道你會來成都？首先，我知道你要找你的妻兒；其次，當時在趙老哥莊子上時，我們閒聊起天下各處名城風俗，說到成都，你的神色忽然有些古怪，所以我猜你妻兒定是在成都。

「第四，剛才我怎麼會在林子裡？我來成都已經一個月了，來了之後，我就到處打聽，我在郡府裡有個故人，前幾天他說起一件事，郡守接到京中執金吾密信，讓他到夷里橋一帶去查訪緝拿一個京中遷來的婦人，這個婦人的丈夫盜走了汗血馬。郡守立即派人尋訪，很快就找到了那婦人的宅子，我當然也就知道了。這裡，我先給你報個喜信，官府去捉拿你妻子時，她早已經帶著你兒子逃走了，所以，你不用擔心。」

朱安世心一直懸著，聽了韓嬉這句話，才長長吁了口氣，心裡頓時亮堂，喜不自禁，竟至手足無措。

韓嬉拿起酒壺遞給他，盯著他嘲道：「聽了好信，是不是想痛快喝兩杯？想喝就自己斟，還要我來伺候？」

「嘿嘿，謝謝嬉娘，謝謝！謝謝！」朱安世忙接過酒壺，連斟了幾杯，一氣喝下，心中暢快無比。再要斟時，一抬頭，見韓嬉正似笑非笑盯著自己，忙也給韓嬉斟滿酒，端起來，恭恭敬敬遞過去：「恕罪恕罪！」

韓嬉接過杯子，卻不飲，隨手放到案上，悠悠道：「看來你真是很記掛你的妻子呢。」

朱安世又嘿嘿笑了笑，自己斟上酒，端起來敬韓嬉。

韓嬉道：「你喝你的，不必管我，我接著說我的。那郡守撲了個空，但杜周在密信中說你會來成都找妻兒，郡守便派人守在宅子內外。我每天就在那宅子對面樓上，喝酒閒坐，看你怎麼落網。等了這些日子，眼睛都望出繭子來了，都沒見你們來，偏巧今天傍晚，那店家上來說事，囉哩囉唆，打了個大岔子，等我回頭看到時，見你和驩兒正要進門。喊已經來不及，我急忙下樓，原以為你們只能束手就擒，卻不見有什麼動靜。偷眼一看，校尉帶著士卒守在院子裡，我猜你定是衝到屋裡，把門關了起來。他們必是要活捉你，所以沒有硬衝。我又想，你為什麼要衝進屋子裡呢，恐怕那屋子裡有秘道可以逃生。如果真有，這秘道必定是通到後門外溪水邊。於是我就繞到溪對岸，左右一看，那宅子後門外面溪岸一帶都沒有遮攔，秘道出口只能開在旁邊那條石板橋下面，才最隱秘。於是呢，我就在對岸林子裡等你們——」

第二十四章：絲鋸老鼠

司馬遷告了假，換了便服，帶著衛真，二人各騎一馬，離開長安趕往河間。

行了幾日，過了河南郡，司馬遷繼續向東直行。

衛真提醒道：「河間國在冀州，走西北這條道要近便些。」

「我們先去青州千乘[80]。」

「那樣就多繞路了。」

「我想先去尋訪兒寬家人。」

兒寬原籍青州千乘。那日，司馬遷在長安偶逢兒寬弟子簡卿，才忽然想起延廣所留帛書是兒寬的筆跡，帛書密語既然是兒寬所留，兒寬家人或許知道其中隱情。

過了陳留，到了兗州，大路上迎面竟不斷見到逃難之人，挑擔推車，成群結隊、絡繹不絕。一打問才知道，泰山、琅琊等地百姓揭竿而起，群盜蜂起，佔山攻城，道路不通。在長安時，司馬遷就已經略有聽聞，只是沒想到情勢如此嚴重。

看眼前男女驚慌、老幼病羸，司馬遷一時間心亂如麻，不由得深嘆：民之幸與不幸，皆繫於天子一念之間。

天下蒼生，誰不願安樂度日？民起而為盜，實乃逼不得已。回想文景之世，奉行清儉，安養生息，七十餘年間，國家安寧，天下富饒，非遇水旱之災，百姓豐衣足食。當今天子繼位以來，南征百夷、北擊匈奴，東討朝鮮、西敵羌宛，征伐不已，耗費億萬。又廣修宮室，大造林苑，加之酷吏橫行、搜刮無度，天下疲困，民不聊生，一旦遇災，屍遍野，人相食……

司馬遷正在感慨，忽聽身後一陣呵斥之聲，路上行人紛紛避開，司馬遷和衛真也忙駐馬路旁。回頭一看，一隊驍騎飛馳而來，馬上騎士均身穿蒼色繡衣，手執斧鉞，隨後一輛華蓋軺車，車上坐著一人，蒼色冠冕、神色僵冷，臉側一大片青痣，異常醒目。

衛真低聲驚呼：「是他？！」

司馬遷不明所以，等車隊駛過，衛真才又嚷道：「車上那人我見過！石渠閣秘道外，向鷙侯稟報的正是他！」

司馬遷驚問：「當真？」

衛真急急道：「他左臉上那片青痣只要見過一次，就絕忘不掉！而且馬上那些人穿的蒼色繡衣，和他那晚穿的也完全一樣！」

司馬遷道：「此人名叫暴勝之，新升光祿大夫[81]，最近又被任為直指使者，奉命逐捕山東盜賊。[82]

---

80 千乘：位於今山東省淄博市高青縣。《中國古今地名大辭典》中注：「千乘縣，本齊邑，漢置縣，並置千乘郡治焉。」

81 光祿大夫：皇帝內廷近臣，漢武帝始置，秩比二千石，掌顧問應對，隸屬於光祿勳。

82 《漢書．武帝紀》中記載：「（天漢二年）泰山、琅邪群盜徐穀等阻山攻城，道路不通。遣直指使者暴勝之等衣繡衣、杖斧分部逐捕。刺史、郡守以下皆伏誅。」

他是光祿勳呂步舒下屬，你那夜在秘道見的鷙侯難道是呂步舒？」

衛真叫道：「對！一定是呂步舒！我想起來了！當時在秘道裡，雖然只能看見那個鷙侯的後背，但我一直覺得似曾相識，主公這麼一說，我才想起來，那天在石渠閣外，呂步舒從我們身邊走過，看到的背影和秘道裡的正是同一人！」

司馬遷恍然大悟：「應該是他，也只該是他……呂步舒本是董仲舒的弟子，後來轉投公孫弘，公孫弘為丞相時，他曾任丞相長史。董仲舒雖然好言災異，但為人剛正不阿，學問高過公孫弘。公孫弘則精於吏事，只以儒術為表飾，外寬厚，內深忌，設法逼退了董仲舒，從此獨得天子之寵，升為丞相。公孫弘、呂步舒都是以今文經起家，當然嫉恨古文經。而且，秘道出口在建章宮，呂步舒身為光祿勳，掌管宮廷宿衛及侍從，才能在兩宮之間往來自如。」

衛真道：「對了，我們不是談到過，當年長陵高園殿那場火災，董仲舒著文說那是天降災異警示天子，天子拿給群臣看時，呂步舒不也在場？主公曾說，當時呂步舒不知這文章是董仲舒所寫，便說著文者罪當至死，董仲舒因此幾乎送了命。呂步舒是董仲舒的高徒，跟隨董仲舒多年，怎麼可能認不出老師的筆跡？」

「這麼說來，董仲舒恐怕知道火災原委，又不便說破，只好用災異之說來旁敲側擊。而呂步舒一定和那場火災有關聯，他是怕董仲舒拆穿內幕，才裝作不知著文者，想置董仲舒於死地……」

司馬遷心中震驚，身在麗日之下，卻覺得寒意陣陣。

＊＊＊＊＊＊

小院夜靜，燈影微搖。

韓嬉一番解釋，讓朱安世暗暗心驚。

他忙舉起酒杯，心悅誠服道：「嬉娘實在機敏過人，佩服佩服，容我老朱誠心誠意敬你一杯！」

韓嬉一擺手，笑起來：「你先不要忙，你心裡的疑問還沒答完呢。我不要你七分、八分的佩服，要佩服，你就得佩服十分才成。你不想知道減宣為什麼會放走驪兒嗎？還有，汗血馬去哪裡了？」

朱安世只得放下酒盞，咧嘴笑道：「我正要問呢。」

驪兒聽到，也顧不得念誦，忙扭過頭，等著聽。

韓嬉反倒拿起酒盞，輕呷一口，而後慢悠悠道：「我先說汗血馬，那天我騎著汗血馬，牽了你那匹馬，奔到岔路口，把那匹馬趕到左邊山谷，我自己走右邊山谷，後面幾個刺客分成兩路追，汗血馬果然快，等我奔出山谷，已經把刺客遠遠甩開。我心裡記掛著趙老哥，他的屍首不能丟在那裡，唉……」

「那位伯伯也死了？」驪兒驚問。

朱安世知道驪兒心事重，故而一直沒有告訴他。

韓嬉嘆了口氣，眼圈一紅，低頭靜默難言，朱安世深嘆一口氣。驪兒見狀，隨即明白，也默默垂下了頭。

半晌，韓嬉抬起頭，舉起酒盞：「來，我們兩個為趙老哥飲一杯！」

朱安世端起酒盞，卻喝不下去，愧疚道：「我只忙著逃命，把老趙丟在那裡……」

「趙老哥不會怪你，他不顧自己性命，正是要你和驪兒安全。我們這班朋友結交，本就為了在危難時，彼此能捨命相助，換了你，也只會這麼做。」韓嬉說著挪過身，伸手攬住驪兒，柔聲安慰道，「驪兒不要自責，這不是你的錯，是那些人可惡可恨。趙伯伯和朱叔叔殺了他們八個，也算報了仇。」

她拿起肉餅遞給驪兒，驪兒接過來，仍低垂著頭，小口默默吃著，神情鬱鬱不振。

朱安世恨道：「來的路上，我又殺了三個。這些刺客追了驪兒幾年。過了這一陣子，我定要去查清這些刺客底細，一個都不放過。老趙臨死前也說，這些刺客來頭不小。在棧道上，我從一個刺客身上搜出了宮中符節，看來背後那個主使者極不簡單，我遲早要揪出他來！」

韓嬉點點頭：「嗯，到時我跟你一起去查。」

朱安世問道：「那天甩開刺客後，你又回去了？」

韓嬉輕嘆了口氣：「趙老哥屍首留在那裡，倘若被那些刺客查出他的身份，他的家人也要遭殃。所以，我繞路趕了回去，幸好當時天已經晚了，趙老哥的屍首還在那裡，那八個刺客的屍首還有那些馬也都在。我牽了匹馬馱著趙老哥的屍首，送回他家，在他家留了幾天，幫著料理完喪事才離開。那汗血馬留著始終是禍患，驪兒有人追殺，你又擔著盜御馬的罪，能減免一些就減免一些。所以，我自作主張，把汗血馬帶回了長安，趁夜晚，拴在長安城門外，天亮後，守城門值發現了牠，把牠交了上去。」

朱安世惋惜道：「便宜了那劉老彘！」

韓嬉笑道：「你戲耍他也戲耍夠了，再鬧下去，可不好收場。」

朱安世悶了片刻，轉開話題，問道：「你究竟使了什麼魔法，竟能讓減宣白白交出驪兒？」

韓嬉笑道：「我哪裡會什麼魔法？只不過小小嚇了他一場。」

「哦？」朱安世更加好奇。

驪兒也抬起頭，睜大了眼睛。

韓嬉又呷了一口酒，慢悠悠道：「我聽趙老哥說兵法，別的我也聽不懂，只愛一句，叫什麼『不戰而屈人之兵』。你們男人喜歡動刀動劍、喊衝喊殺的，我們女流家有那氣力？就算有那氣力，也不喜歡那蠻勁，橫衝直撞的樣子不好看。你們用劍，我們用針，哪怕一隻老虎，也有牠的要害，拿針輕輕巧巧刺中牠的要害，再凶猛也動彈不得。不過這要害千萬得找準，否則反咬過來，命都不保。」

聽她說到「虎」，朱安世和驪兒不由得對視一眼，韓嬉見他們目光異樣，忙問道：「嗯？怎麼了？」

朱安世將山中遇虎的事說了出來，韓嬉先瞪大了眼睛，繼而呵呵笑個不止：「竟有這樣的稀奇事？那老虎也過於晦氣了，這萬年遇不到的巧事偏偏被牠碰到……」

朱安世見驪兒神情有些不自在，知道他又想起了那兩隻虎崽，忙岔開話：「這只是湊巧，你救驪兒出來，才真正叫絕妙。我死活想不出來你究竟用了什麼法子。驪兒說你使了巫術，你不要盡顧著笑，快說說！」

「我這事輕巧得很，不用扳大石頭，減宣的嘴也沒有那麼大，呵呵……」韓嬉說著又笑起來，半晌，才收住笑，繼續道，「那減宣一向出了名的小氣吝嗇，一鹽一米都要親自過問，[83]這算是他的要害。不過，若是一般的事，多使些錢財便能辦妥，但你這禍惹得太大，這要害管不到用。減宣有個僕

83 《史記・酷吏列傳》中記載：「其治米鹽，事大小皆關其手。自部署縣名曹實物，官吏令丞不得擅搖，痛以重法繩之。居官數年，一切郡中為小治辨，然獨宣以小致大，能因力行之，難以為經。」

婦曾是我家鄰居，現在臧宣宅裡掌管廚房，從小就極愛佔小利。我就買了些錦繡飾物去見她，她得了東西，歡喜得了不得，和她攀談，問什麼就說什麼。我這才探問出臧宣真正的要害是膽小，他總是疑神疑鬼，夜裡從來不敢一個人睡。錢財固然好，命才最要緊，我就是從這裡下的手……」

韓嬉說得高興，伸手去端酒盞，朱安世忙起身執壺幫她添滿酒，端起酒盞遞給她：「臧宣雖然膽小，卻不是輕易就能嚇得到的。何況丟了驪兒，就等於丟了命——」

韓嬉接過酒盞，俏然一笑，飲了小半盞，繼續講道：「怕也要分個先後緩急，捨了驪兒，只是將來或許沒命，我是要讓臧宣覺得眼前就會沒命。趙老哥在扶風有個毛賊小友叫張嗝，我就找到他，在一條錦帶上寫了五個字，托他深夜潛入臧府，將錦條掛在臧宣寢室門外。第二天我去打聽，臧宣果然嚇得不輕。」

「什麼字？這麼厲害？」

「饒你一命，朱。」

「嘿嘿……我的姓？」

「我不是說了，又替你添了些名頭？不過，你說得對，臧宣膽子雖小，但畢竟見慣風浪，嚇這一次肯定不管用。我得讓他覺得你無處不能到、隨時都能殺他。若是你，你會怎麼做？」

「我？」朱安世低頭想了想，門上掛錦條不難辦，就算掛到臧宣床頭，也做得到。但要隨時隨地，那就不好辦了，除非，是他身邊親近之人。於是，他猜道：「你又買通了臧宣的侍妾？」

韓嬉搖搖頭：「家裡可以買通侍妾，但路上呢？府寺裡呢？何況就算在家中，侍妾也不只一個，不能處處跟行。」

朱安世又想了幾種法子，但都顧得到一處、顧不到另一處，做不到隨時隨地，只得搖頭笑道：「我想不出來。」

驩兒也轉著眼睛想了一陣，隨即猜道：「韓嬸嬸，是不是用巫術？」

韓嬉呵呵一笑，揉了揉驩兒的頭頂，柔聲道：「韓嬸嬸可不會什麼巫術，我用的是心思。你們只想著怎麼隨時隨地，我想的是怎麼讓他覺得是隨時隨地。」

驩兒滿眼困惑，聽不明白，朱安世卻恍然大悟：「找幾個最要緊處下手，他自然會覺得處處不安！」

韓嬉點頭笑道：「嗯，你還不算太笨。其實，減宣每日不過是在家中、車上和府寺這三處。車上、府寺都好辦，其中家最讓他安心，只要再在家中嚇他一次，也就大致差不多了。家裡最要緊的地方無非床上、碗裡。這兩處，飯碗更加要緊。」

朱安世笑道：「嗯，若能將錦帶藏進減宣飯碗中，其實也就是隨時隨地了。這麼說，你又去找了那個僕婦？」

「那僕婦雖然貪利，卻不會幫我做這個。」

「那就是你混進廚房，親自動手？」

「我若混進廚房，一個生人，總會被人留意，減宣也定會查出，若知道是誰下的手腳，就嚇不到他了。」

「那就得買通廚娘？」

「碗裡見到異物，減宣第一個要拷問的就是廚娘。這嘴封不住。」

朱安世又想了想，除非在婢女端送飯食的途中，設法把錦帶投進碗裡，但要不被察覺，極難。

韓嬉看他犯難，得意道：「看來你只會搬石頭。這有什麼難？廚娘的嘴不好封，那就不讓她知道。我和那僕婦攀談的時候，見灶上有個婦人專管減宣的飲食，留心問了一下，得知她丈夫是減宣的馬夫，夫婦兩個在減宣府中已經服侍十幾年，自然都是減宣信得過的人。這夫婦二人也有一個要害，他們只有一個兒子，也在減府作雜役，兩口子視如珍寶，但這兒子嗜賭如命，將家裡所有財物都賭完賭盡，還不罷休，整日叫鬧，跟爹娘強要賭資。」

朱安世笑著讚道：「哈哈，這等人最易擺布，只是難為你竟能找得出來。」

韓嬉輕輕一笑：「是人總有要害，只要留心，怎麼會找不出來？我拿了些錢給張嗝，讓他借給那小子，誘他去賭，讓那小子一夜輸了幾萬錢。張嗝立逼他還錢，那小子哪裡能還得了？結結實實唬了他一陣後，我才讓張嗝叫那小子做兩件事，以抵賭資：一是將一個蠟丸偷偷放進減宣飯食裡，二是將一條錦帶掛到減宣車蓋上。」

「這事要送命，他肯了？」

「那小子起初不肯，張嗝便作勢要殺他，又將蠟丸含在嘴裡，讓他知道沒有毒，他才答應了。當天夜飯時，那小子果然溜進廚房，看他娘煮飯，瞅空把蠟丸投進減宣的羹湯中。減宣見了蠟丸，自然是驚破了膽，全府上下鬧成一團。第二天，減宣上車，當然又見了第三條錦帶……」

驩兒手裡拿著肉餅，聽得高興，早忘記了吃。

朱安世連聲讚嘆：「三條錦帶就能救出驩兒，果然勝過我百倍！」

韓嬉笑道：「這才只是一半呢。那減宣是何等人？不花盡十分氣力、做足十分文章，哪裡能輕易嚇得到他？而且，若沒有汗血馬，我這計策恐怕也不會這麼管用。」

驩兒忍不住開口問道：「韓嬸嬸，我身上的繩子你是怎麼弄斷的？」

韓嬉笑咪咪地問：「那幾夜，你見到一隻老鼠沒有？」

「見到了！那是你派去的？」

「嗯，那隻老鼠跟了我有一年多呢。」

朱安世奇道：「我最想不明白就是這一點，老鼠可以咬斷繩索，但怎麼讓牠聽話去咬？另外，驩兒說那木樁都連根斷了，老鼠本事再大，恐怕也做不到。」

韓嬉笑道：「這事說起來，其實簡單得多。要嚇滅宣，得內外交攻才成，所以我才想了這迷魂障眼的法子。那日我送你的絲鋸還在不在？」

「在！在！」朱安世從懷裡掏出絲鋸卷，撫弄著讚道，「這實在是個好東西，在梓潼我被上了鉗鈦，多虧它才鋸開。」

「我就是用絲鋸鋸開驩兒身上的繩索的。」

朱安世和驩兒都睜大了眼睛，想不明白。

韓嬉笑道：「只不過我用的絲鋸要比這長得多。驩兒當時被綁在市口，街南角是一家酒坊，店主是趙老哥的好友，北角是一家餅鋪，店主是我的故友。我約好這兩家店主，到了夜裡，一起躲在自家店門後，兩人隔著街，扯動絲鋸，一起鋸那繩索，幾下子就鋸斷了。」

「原來如此！這絲鋸在夜裡，肉眼根本看不到！」朱安世恍然大悟，但隨即疑惑道，「但是，絲鋸是怎麼遞過街去的？」

韓嬉道：「我不是剛說了嗎？」

驪兒忙問：「那隻老鼠？」

韓嬉點頭笑道：「那隻老鼠是一個侯爺送我的，牠可不是一般的老鼠，靈覺得很。牠極愛吃烤松瓤，那三天夜裡，我躲在餅鋪中，用根細線把絲鋸一頭拴在牠身上，對面酒坊的店主就抓一把烤松瓤誘牠，老鼠隔著幾丈遠都能嗅到松油香，我就放開牠——」

「原來如此！」朱安世忍不住大笑，驪兒也咯咯地笑個不停。

韓嬉摸了摸驪兒的頭頂，笑道：「就是這樣，三條錦帶，一根絲鋸，一隻老鼠，救出了你這個小毛頭。」

朱安世斟滿了酒，雙手遞給韓嬉，道：「這一杯，誠心誠意敬你，你說要我佩服十分才成，老朱現在足足佩服你二十分。」

韓嬉接過酒盞，笑個不住，酒灑了一半，才連聲道：「可惜可惜，二十分被我灑掉了十分。不過——」她忽然收住笑，正色道，「有句話要問你，你必須說實話，我才喝。」

朱安世爽快答道：「你儘管問，只要我知道，一定照實答。」

韓嬉盯著朱安世，片刻，才開口：「我和酈袖你佩服誰多一些？」

朱安世一愣，酈袖的名字他從未告訴過別人，忙問：「你怎麼知道她的名字？」

「是我問你，不是你問我，快答！」

「這個，嘿嘿……」朱安世想來想去，覺得兩人似乎難分高下，但他心中畢竟還是偏向酈袖多一些，又怕說實話傷到韓嬉，一時間左右為難，不知道如何對答才好。

韓嬉繼續盯著朱安世，似笑非笑，半晌，忽然點頭道：「嗯，很好，很好……」

「什麼？」朱安世迷惑不解。

「我知道答案了。」韓嬉抿嘴一笑，竟很是開心，將酒盞送到嘴邊，一飲而盡。

「嘿嘿——」朱安世越發迷惑，卻不敢多言。

韓嬉站起身道：「好了，不早了，該安歇了。你們兩個睡左邊廂房，明天得趕早起來，還要辦事呢。」

* * * * *

朔方城，風獵獵，塵飛揚。

靳產悵然行在街頭，心神俱喪。

千里迢迢趕來，卻一無所獲，心中氣苦，卻無人可訴。只能長長嘆一口氣，失魂落魄，慢慢走向城門。

他抬眼茫然環顧，這北地小城，房舍粗樸，行人稀落，與金城有些相似。

相似？他猛然想起一事，急忙轉身奔回郡守府。

那長史正走出來，靳產幾步趕上去，大聲問道：「朔方這裡囚犯被捕後，要多少天才審訊？」

長史一愣，隨即答道：「這個說不準，若是囚犯少，當天就審，若是囚犯多，就要拖一陣子。並沒有個定制。」

靳產大喜，果然和湟水、金城一樣，偏遠之地，縣吏做事都散漫拖沓，他忙問：「或許那姜老兒被捕之後，還未來得及審訊，匈奴就來襲了，所以這簿錄上沒有紀錄？」

「這個好辦，在下去找幾個獄吏來，問問看，若是真有這事，定會有人記得。」

長史找來三個執事多年的獄吏，一問，其中一個立即答道：「確實有這樣一老一少，我記得很清。不過他們不是被捕，是那老漢自己撞上來的。」

靳產大奇：「哦？怎麼一回事？」

那獄吏道：「我有個兄弟是靳產大人的車夫，那天他駕著車，載靳產大人出城巡查，前後跟了幾十個衛卒。出城才不久，他看見大路上四匹馬迎面急奔過來，一匹在前，三匹在後，前面那匹馬上是個老漢，身前還有個四五歲大的小孩子。老漢奔到靳產車前，猛地停下來，攔住靳產的馬車。我兄弟嚇了一跳，趕忙扯轡繩，停住了車，險些把靳產震倒。靳產大人大怒，大罵那老漢，那老漢卻大叫救命。原來後面三匹馬上的人在追這老漢。那三個人都手執長斧、身穿繡衣——」

「繡衣？」靳產忙問。

「是，我兄弟說的，是蒼色繡衣，前襟繡著蒼鷹，看著精貴無比。他們衝過來，一句話不說，也不把靳產大人放在眼裡，揮著斧頭就去砍那老漢。衛卒們一擁而上，護住老漢，都去和那三個人廝殺，那三個人砍傷了幾個衛卒，但衛卒人多，他們敵不住，就掉轉馬頭，一陣風逃走了。靳產大人問那老漢到底怎麼一回事，那老漢很古怪，什麼都不說。靳產大人一惱，命人把他帶回城，關到獄裡慢慢審。當時還是小人把他們關起來的。我問他姓名，他也不答。關進去才一兩天，還不及審，匈奴就來了，城裡官民都逃了，小人也跟著大家逃命去了，那一老一少後來怎麼樣，小人就不知道了。」

第二十五章：九河日華

清晨，韓嬉早早叫醒朱安世和驩兒。

她已備好早飯，看著兩人吃了，才道：「你們昨晚逃出來，城內戒備必定森嚴，得先在這裡躲一陣子，再想辦法出城。這個宅子是我一個朋友的，他全家剛去了長安行商。」

朱安世道：「昨天我們逃走，全城各處必定都要搜查，民宅恐怕也躲不過……」

韓嬉微微一笑：「這我已經想好，我設法先穩住這裡的里長和鄰居。廚房裡有個地窖，你們兩個今天先躲到那裡。」

說著，韓嬉用竹籃裝了一壺水、幾個肉餅，帶兩人去了廚房，挪開水缸後面一堆雜物，揭起地上一塊木板，下面一個幾尺深的地窖，朱安世先跳下去，又接住驩兒，韓嬉遞下竹籃，而後蓋回了木板，搬回雜物遮住。

朱安世和驩兒便在黑暗中坐著靜聽，上面先是水聲嘩嘩，繼而咚咚當當之聲不絕，想是韓嬉在洗菜切菜剁肉。半個時辰後，韓嬉離開了廚房，院子裡傳來開門鎖門聲。靜了許久，院門響起開鎖聲，接著腳步輕盈，韓嬉回來了，在廚房與前堂間來來回回走個不停，之後她又出了院門。

朱安世猜想韓嬉一定是以進為退，置辦筵席，宴請當地里正、鄰居，熟絡人情，也借此表明自己是獨自一人，以事先避開嫌疑。

果然，過了不久，隨著開門聲，傳來韓嬉的笑語和幾個男女的聲音。

「里長請進，小心門檻，幾位高鄰也快請……」

一陣足音雜沓，七八個人走到院裡，進了前堂。

韓嬉笑著大聲招呼安座，那幾人彼此謙讓，接著，韓嬉又快步來到廚房，進進出出幾遍，想是在端菜，之後，她的笑語聲便在前堂裡飄蕩。

有個男聲道：「朝廷有令，三人以上，無故不得聚集飲酒。這樣斷斷使不得。」

韓嬉笑道：「無故當然不成，但今天大有緣故。小女子初來乍到，和里長、各位高鄰初次見面，這禮數是一定要盡的。小女子本姓酈，可憐我生來命薄，拋家別舍，遠嫁到成都，做人小妾。丈夫為了求利，如今又去了長安，把我一個人丟在這裡，好不孤單。有親靠親，無親靠鄰，小女子想著還沒拜見過各位鄰里，故而今日備了些粗飯淡酒，請各位來坐坐，盼著各位今後能多多看顧……」

這些話語，朱安世大致都能猜到，但韓嬉話語時而可憐，時而嬌俏，時而恭敬，時而爽利……演百戲一般，那些客人聽來被她奉承得極是暢快，客套聲、誇讚聲、道謝聲、玩笑聲……魚兒躍水一樣，此起彼伏。朱安世在地窖裡聽著，又是好笑，又是佩服。驩兒也在黑暗中捂著嘴不住地笑。

直到過午，那些人方離開，韓嬉這才揭開窖板，笑道：「好了，里長算是先查過一遍，可以安安靜靜過一陣子了，不過，我們說話得小聲些。」

上來後，朱安世讚嘆道：「嘿嘿，你這手段實在是高。」

「我做了人小妾，你聽了是高興，還是傷心？」

「嘿嘿，你怎麼可能做人的小妾？」

「若是真的呢？」

「就算是真的，天下也恐怕沒有哪個正室敢在你面前做正室。」

韓嬉聽了，猛地笑起來，笑得彎下腰，眼淚都笑了出來。

朱安世和驩兒就在這小宅院裡躲了一個多月。

其間，捕吏曾來搜查過幾次，聽到動靜，兩人就立刻躲進地窖，韓嬉能言善道，又有里長在一旁作保，所以都輕易躲過。

等城裡戒備漸鬆後，朱安世盤算去路，心想還是得先設法送驩兒去長安，了了這樁事，再去尋找酈袖母子。北上棧道恐怕很難通得過，東去水路應當會好些。

他在成都認得一個水路上的朋友，於是便和韓嬉道別，要去尋那朋友。韓嬉聽了之後，道：「我也要回長安，我最愛坐船，正好一路。」

朱安世知道她是不放心，心中感激，見她這樣說，又不好點破，只得笑笑說：「那實在是太好了。」

這一陣，驩兒也和韓嬉處得親熟，聽到後，點著頭，望著韓嬉直笑。

朱安世和韓嬉商議一番，還是由韓嬉出去，到碼頭尋朱安世那位朋友。那朋友聽到風聲，正在牽掛朱安世，聽了韓嬉解釋，一口應允。約定好後，韓嬉買來兩只大箱子和一些錦帛。朱安世和驩兒用錦帛各自把身子包裹起來，躺到箱底，韓嬉在上面蓋滿錦帛，又去雇了兩輛車，韓嬉扮作錦商，將箱子運去碼頭。

經過關口時，韓嬉裝作希圖減免關稅，柔聲嬌語，奉承關吏，又暗地行了些賄，幾個關吏歡喜受用，開箱隨便看了兩眼，便放了行，朱安世故友早在碼頭駕船等候。

箱子搬上船，駛離成都後，韓嬉便放朱安世和驩兒出來透氣。朱安世這才和故友相見，互道離情。

攀談中，朱安世打聽酈袖，那人並不知道酈袖搬來了成都，更不知她去了哪裡。

那日，被圍困在錦里宅院中，朱安世格外留意酈袖是否又留下了其他記號，卻一無所獲。其實這也早在他的預料之中：他最怕兒子郭續重遭自己幼年命運，所以曾和酈袖約定，一旦自己遇事，酈袖立即攜續兒遠遠逃走，一點蹤跡都不能留下。酈袖在茂陵舊宅留下記號，已經是冒險違約，她在成都應該是聽到了長安的消息，見機不對，忙先避開，再不敢留任何記號。

朱安世知道，妻子這樣做無疑極對，心頭卻難免悵然，但也只能先擱下。

船沿岷江，一路向南。

幾個人說說笑笑，倒也開心。

黃昏時，吃過飯，朱安世見韓嬉閒坐船頭，便湊近坐下，想再道聲謝，卻見韓嬉凝視著遠處，正在出神，鬢邊青絲飄曳，肌膚因為風冷而略顯蒼白，神情竟隱隱透出一縷淒清落寞。

朱安世一怔：遇見妻子酈袖之前，他就認得韓嬉，她從來都是嬉笑不停，此刻卻好像忽然變了一個人。

他心裡納悶，卻不好問，更不敢起身離開，甚是尷尬。

韓嬉忽然扭過臉，盯著朱安世，目光有些異樣，又遠又近，似哀似怨。

朱安世從來沒有見過她這等神情，除酈袖外，他也從未和其他女子親近過，一向不懂女子心事，所以不知道此時該說什麼，憋了半天，才乾笑了兩聲。

韓嬉也嫣然一笑，眼中閃過一絲幽怨，但轉瞬即逝。

「你這是——」朱安世小心探問。

韓嬉抿了抿鬢髮，漫不經心道：「沒什麼，不過是女人家的心思，你沒見過酈袖這樣嗎？」

「她好靜，常日都是這樣，一個人能在窗邊坐一整天。倒是你，忽然靜下來，讓人有些吃驚。」

韓嬉忽然笑咪咪地問：「我平常的樣子好些呢，還是安靜時的樣子好些？」

朱安世有些發窘，支吾道：「只要沒事，都好，都好，嘿嘿——」

韓嬉呵呵笑起來，但笑聲裡竟略帶傷惋。

＊＊＊＊＊

劉敢奉命備了一輛囚車，率人出城，到了郭外，徑直來到一處民宅。

卒吏上前用力敲門，一個男僕出來開門，一見這些人，驚得手中的碗跌碎在地。

劉敢下令：「進去搜！」

士卒一把推開那個男僕，一擁而入，分別鑽進幾間房屋，屋裡一陣亂叫，幾個男女孩童忙跑出來，都聚在一個老者身邊，個個驚惶。

劉敢並不下馬，只立在門外觀望。屋裡一陣掀箱倒櫃之聲，士卒們紛紛抱出一些錦繡器皿，堆在院子中間。劉敢的貼身書吏一件件查看，出來稟告道：「大半都是宮中禁品。」

劉敢點頭道：「好，將東西和人全都帶走，只留那老傢伙一個。」

士卒上前驅趕那一家人，將他們全都推搡出門，關進囚車，又將那些搜出來的東西全都搬上車。那老人趕出門來，跪在劉敢馬前，大聲求饒：「大人！我兒子介寇在宮裡當差，這些東西都是宮裡賞賜的！」

劉敢道：「哦？那得查明了才知道。」

說罷吩咐卒吏回長安，囚車裡女人孩子一路在哭，那老者追了一陣，才氣喘吁吁停足。進了長安，劉敢命卒吏將那家人押入獄中，自己去見杜周。

＊＊＊＊＊

東去路上，災民越來越多，竟至道路不通。

司馬遷只得轉向北邊，避過兗州、泰山，繞道趕到青州千乘縣，幸好這裡還算安寧。千乘因春秋時齊景公驅馬千駟、田獵於此而得名，兒寬家在城東門外鄉里。司馬遷和衛真一路打聽，找到兒寬故宅。到了宅前，卻見大門緊鎖，透過門縫，見裡面庭院中竟然雜草叢生，檐窗結滿蛛網。衛真去鄰舍打聽，一連敲開幾家門，不論男女，一聽到是問兒寬家事，都神色陡變，搖搖頭便關起門。

衛真只得回來，納悶不已：「奇怪，兒寬曾是堂堂御史大夫，而且為人仁善，德高望重，怎麼在他家鄉，居然人人懼怕？」

司馬遷也覺奇怪，忽然想起去年遇到簡卿，問詢兒寬家人時，簡卿也是神色異常、匆匆告別。他驅馬來到驛亭，找到當地亭長，向他探問。

那亭長聽見是問兒家，也頓時沉下臉，冷聲問：「你打聽這些做什麼？」

衛真在一旁忙道：「大膽，我家主公是京城太史令，你一個小小亭長，敢如此無禮！」

那亭長上下打量司馬遷，見他身穿便服，相貌平常，有些不信。

衛真從背囊中取出司馬遷的官印，送到那亭長眼前：「瞪大眼，看清楚了！」

那亭長見了官印，慌忙跪下，連聲謝罪。

司馬遷忙道：「起來吧，不必如此。我只想知道兒寬後人到底去了哪裡？」

那亭長爬起來，小心道：「兒寬大人過世後，他的兒子扶靈柩回鄉安葬，喪禮過後，他家忽然連夜搬走，不知去向，只留了兩個老僕人。過了三天，鄰居發現那兩個老僕人，一個被人殺死在屋裡，另一個不知下落。這幾年，也再沒聽見過他家後人的信息。」

司馬遷越發吃驚，又詢問了幾句，那亭長一概搖頭不知。

司馬遷看他神色間似乎另有隱情，但知道問不出來，只得作罷，騎了馬，悶悶離開。他在馬上仔細回想，發覺那亭長神色之間，似乎有幾分袒護之情。兒寬一生溫厚恭儉，在鄉里必定聲望極高，不論鄰里還是亭長，恐怕都是想庇護兒家後裔，故而不願多說。

衛真跟上來道：「這一定和那帛書密語有關，可能是兒寬知道內情後，怕子孫受牽連，所以臨終前囑咐兒子遠遠逃走。」

司馬遷點點頭，隨即想到自己的兩個兒子，頓感傷懷，不由得長嘆一聲。

衛真見狀，立即明白，忙安慰道：「主公是想兩位公子了吧。他們並不是孤身一人，有兩個老家人看顧，現在一定各自買了田宅，都分別安了家。何況，兩個公子為人都誠懇本分，又沒有嬌生慣養，所以主公你不必太擔心。」

司馬遷眺望平野，深嘆一聲：「我倒不是擔心，只是忽而有些想念。」

「等主公完成了史記，如果一切平安，我立即去找兩位公子回來。」

司馬遷聽了這話，越發感懷：史記能否完成，他並無把握，而眼下這樁事越陷越深，越深越可怖。今天得知兒寬這事，更讓他覺得前路越來越險峻，此生恐怕再也見不到兩個兒子。但事已至此，已不容多想，但求他們能平安無事。

他長出一口氣，揚鞭打馬，道：「去河間。」

＊　＊　＊　＊　＊

岷江之上，江平風清，兩岸田疇青青、桃李灼灼，正是天府好時節。

幾個人談天觀景，都甚暢快。

韓嬉早已恢復了常態，一直說說笑笑，正在高興，她忽然扭頭問朱安世：「對了，我那匣子呢？」

朱安世一聽，心裡暗暗叫苦，當時答應把匣子還給韓嬉，不過是隨口而說，沒想到韓嬉一直記著。只得繼續拖延：「那天我到酈袖寢室中找過，沒找到那匣子，恐怕被酈袖帶走了，得找見她，才能要到。」

韓嬉眉梢一挑，盯著他：「這就怪了，不過一個空木匣子，又舊又破，她帶在身邊做什麼？」

朱安世聽她說出「空」字，吃了一驚，她怎麼知道那匣子是空的？只得含糊遮掩道：「這個，我就不知道了。」

其實，朱安世當然知道：宅院、金玉、錦繡，酈袖全都能捨棄，唯獨不能捨棄那個空木匣子。

八年前，在茂陵，當時正是春末夏初，朱安世去一家衣店買夏衫。

他正在試衣，一轉頭，見店後小門半開，後院中有個妙齡女子正在摘花，只一眼，朱安世便馬上呆住，像是在烈日下渴了許多日，忽然見到一眼清泉。

他立時想到一個字——靜。

只有「靜」這個字才可形容那女子的神情容貌，他從未見過哪個女子能有如此之靜。

簡直如深山裡、幽潭中，一朵白蓮，嫻靜無比，又清雅無比。

朱安世呆呆望著，渾然忘了身邊一切，店主發覺，忙過去掩上後門，朱安世這才失魂落魄地離開。

第二天，朱安世一大早就趕去那家衣店，那扇小門卻緊緊關閉，他只得離開。過一會，又湊過去看，門仍然緊閉。一連幾日，都是如此，再沒見到那女子。

逼不得已，到了夜間，他悄悄翻牆進到那個後院，院子不大，只有一座小樓，上下幾間房。朱安世先在樓下尋找，只看到店主夫婦。一抬頭，見樓上最左邊一扇窗透出燈光。

他輕輕攀上二樓，當時天氣漸熱，窗上垂著青紗，隔著紗影，他偷眼一望：裡面正是那個女子！

那是一間小巧的閨閣，屋內陳設素潔，那女子正坐在燈前，埋著頭，靜靜繡花。

朱安世便趴在窗外，一動不動，望著那女子，一直到深夜，那女子吹熄了燈，他才輕輕移步，悄悄離開。

自此以後，朱安世夜夜都去，他不知道能做什麼，只是趴在窗外，偷偷看，那女子也始終嫻靜如一，甚至難得抬起頭。

有一夜，朱安世在去的途中，聞到一縷幽香，見路邊草叢開著一簇小花，心下一動，便順手摘了一朵，到了那女子窗邊時，將花輕輕放在窗檽上。

隔夜再去時，發現那朵花已經不在。

難道是風吹落了？

以後再去時，他都要帶一朵花，偷偷放到窗檽上，第二夜，那朵花總是消失不見。

*　*　*　*　*

長安，直城門大街。

軺車緩緩而行，杜周呆坐車中，木然望著宮牆樓闕。

汗血馬追回，天子氣消了不少，但隨口就問盜馬賊下落，杜周卻只能說仍在追捕。天子當即面色一沉，得馬之功頃刻間化為烏有。杜周俯伏於地，絲毫不敢動，天子呵斥了一聲，他才連忙躬身退下。

天子性情越老越如孩童，好惡越來越任性，喜怒越來越難測。身為臣下，真如《論語》中曾子所引那句：「戰戰兢兢，如臨深淵，如履薄冰。」

回到宅裡，妻子見他臉色陰沉，小心上前，要幫他寬衣。他擺擺手，驅開妻子，自己伸手慢慢摘下冠帽，望著那冠帽，又發起怔來：只要在朝為官，除非到死之日，否則，誰也不知明日腦袋是否還在頸上，是否還能戴這冠。

但不做官又能做什麼？回鄉養老？一旦沒了權勢，連亭長小吏都要借機欺辱你，你當年不正是為了不受這些欺辱，才發狠讀書謀職？登得越高，敢欺辱你的便越少。這世事便是如此，只有這條陡路，不進則退，別無他途。

他正在沉想，書吏忽然拿著一卷錦書進來，是成都的急報，杜周展開一看：朱安世又逃走了。

他將那錦書緊攥在手裡，嘴角一陣陣抽搐，心裡生出一把鋸齒刀，一刀一刀慢慢割在一個囚犯身上，那囚犯沒有面目，名叫朱安世。

這時，劉敢脫履輕步走了進來，杜周見到，隨即鬆手，將急報扔到腳邊，面上也恢復了常態。

劉敢似有察覺，說話比平日更加恭敬小心：「那介寇家中果然有宮中禁品，他家人已經關在獄中，卑職照大人吩咐，留下了他父親，那老兒現在應該也趕往宮中，給他兒子報信。介寇很快便會得知消息。」

介寇是宮中黃門蘇文手下親信。

那些繡衣刺客所穿蒼錦，是由蘇文從織室中取走，杜周多方打探，卻查不出任何下落。他知道蘇文一向愛財貪賄，所以才想到這個主意，從蘇文身邊小黃門下手。蘇文既然貪財，手下自然也乾淨不了。

果然，才過了兩個時辰，門吏來報，黃門介寇求見。

杜周當然不願出面，仍讓劉敢去辦。劉敢領命出來，回到自己書房，書吏已將在介寇家查沒的物件清單抄好，呈給他，他接過來，坐到案前，仔細看了一遍，又讓書吏將那塊從織室得來的蒼錦取來，放在手邊，這才吩咐書吏引介寇進來。

介寇一臉惶急，進門就伏地叩拜：「劉大人開恩，我家中那些東西都是我得的賞賜，小人在宮中當差多年，從不敢私取一絲一線。」

「哦？如此清廉？難得，難得！那就請你一件件說明來路。」劉敢拿起那張清單，扔到介寇面前。介寇忙拾起來，展開一看，頓時變了色，伏地又拜，額頭敲得地面咚咚響：「劉大人開恩，劉大人開恩！」

劉敢緩緩道：「我倒是願意賣你個人情，但執金吾杜大人你是知道的。」

介寇繼續哀求：「劉大人，您一向最得杜大人信任，只要您開口，杜大人一定會容情。」

「我為什麼要開這個口？」

「只要大人饒了小人一家性命，小人一輩子都銘記大人活命之恩，從今往後，任憑大人差遣。」

「往後的日子誰說得準？眼下我正好在為一件小事煩心，這事你應該知情，只要你能如實說出來，我就替你在杜大人面前說情。」

「謝大人！大人儘管問，小人只要知道，絕不藏半個字！」

劉敢命書吏將那塊蒼錦遞給介寇，問道：「這錦你可見過？」

介寇一見那斷錦，一驚，略一遲疑，才道：「小人見過。」

劉敢點了點頭：「我知道這是蘇文從織室取走的，他拿到哪裡去了？」

介寇聞言，越發驚慌，低頭猶豫很久，才答道：「他交給了光祿勳呂步舒。」

第二十六章：袖仙送福

轉眼，炎夏消盡，天氣漸涼，已是秋天。

朱安世仍舊每夜去看那女子，每次去仍要帶一朵花。

第二天，花朵總會不見。他知道定是那女子取走，二人雖然從未對過一眼、道過半字，但藉由這花朵，竟像是日日在談心一般。

朱安世以往只知道飲酒能令人上癮，沒料到，送花竟比飲酒更加醉人難醒。

只是入了秋，花朵越來越少，菊桂芙蓉又尚未開，只有皇宮或王侯花苑溫室中，還有一些奇花異卉。他顧不得那許多，隔幾日就去侯府御苑中偷盜一株，養在自己屋裡，一朵一朵摘了，送到那女子窗前。

一夜，他又來到那女子窗外，剛要放花，卻一眼看見窗櫺上放著一塊白絹，疊成小小一塊。他嚇了一跳，忙輕手取過來，就著窗內微弱燈影，打開一看，是一方手帕，帕子上繡著一株枝葉，上結著青色果子，帕角還繡了一團碧綠。

這一陣，那女子繡的正是這張帕子！

朱安世又驚又喜，忙向裡望，但見那女子仍安坐燈前，靜靜繡另一方帕子。

朱安世正不知該如何是好，忽然見那女子放下帕子，抬頭向窗外望過來，輕輕一笑，接著竟站起身，向窗邊走來！

朱安世驚得幾乎倒栽下樓去，心跳如鼓，強撐著，才沒逃開。

「你又來了，謝謝你的花！」那女子忽然輕聲道。

朱安世第一次聽到她的聲音，如清泉細流。她背對燈光，看不清她面貌，但身影嫻靜而親切。

朱安世大張著嘴，不知道她是不是在和自己說話，更不知道自己該不該答言。

「你為什麼不說話？不過你要小聲一點，不要讓我爹娘聽見。」那女子又道。

朱安世仍張口結舌，渾身打戰，但心中恐懼散去，狂喜急湧。

「我叫酈袖，你叫什麼？」

「朱——朱安世。」朱安世終於能開口了。

「你為什麼每晚都要來這裡偷看我？」

「我——我只是——只是想看你。」

酈袖笑起來，笑聲也如泉水般清澈。

「你不怪我？」朱安世小心問道。

「為什麼要怪你？你又沒吵到我，也沒有做不好的事。」

「那我以後還可以來看你？」

「我也想見到你。」

「你能看見我？」

「現在看不見，外面黑，不過，四月十七那天，你來我家店裡買夏衫，我見過你。今天是七月十七，都已經整三個月了。」

朱安世無論如何也沒有料到，他第一眼看到酈袖時，酈袖也留意到了他。

酈袖繼續輕聲言道：「你那天試的那件衣裳其實不大合體，可你胡亂一試，也不還價，隨手就買了，我猜你一定是個重義輕利的人。我還留意到你的靴子，已經很舊了，可你還穿著，我想你又是個重情念舊的人。」

朱安世一字一字聽著，越聽越驚心，不敢相信自己耳朵，但酈袖就在眼前，那清澈話語正出自她口中，絕非做夢！

有生以來，他從未如此大喜過，只覺得這世上所有福澤都賜給了他。

「這絹帕是給我的？」他緊緊攥著那方手帕。

「嗯，你懂上面繡的意思嗎？」

「這個——我是個莽夫，生來粗笨……」

「不要緊，我說給你聽，你就知道了。那枝子上結的果子是青木瓜，角上是一塊碧玉。這繡的是《詩經》裡一句詩：『投我以木瓜，報之以瓊琚。匪報也，永以為好也』。」

朱安世雖然不通詩書，但也立刻明白了這句詩的意思，尤其是「永以為好」四個字，美過世間所有話語，簡直如一輪紅日，頃刻間照亮天地。

他睜大眼睛，呆住了，說不出話來。

「我們不能再說了，怕爹娘聽到。你回去時，小心一點。」

「好，好！」

酈袖轉身回到案邊，又回頭朝窗外輕輕一笑，隨後，湊近油燈，輕輕吹滅。

朱安世見燈光熄滅，呆立了一會，雖然不捨，卻不敢久留，便悄悄翻牆離開。

他手裡攥著那方絹帕，不斷摩挲，歡喜得不知該如何是好。人半夜，一個人大笑著，一路狂走，渾忘了夜禁。途中被巡夜士卒攔住，他拔腿就跑，那幾個士卒在後面追趕，他心裡暢快，便時快時慢，故意逗引那些士卒。奔了不知道有多久，那些士卒疲累至極，只得由他，他才揚長而去，直到天亮，才覺得倦乏了。

第二天午後，他才睡醒，起來出去買酒，途中遇見了一個舊識，名叫李掘，也是個慣盜，尤其精於盜墓。

兩人見面親熱，一起去喝酒。酒間閒談時，李掘指著手中一個包袱得意揚揚，說是盜了西楚霸王項羽墓，得了虞姬珠寶木櫝。朱安世心裡暗驚：就算當今衛皇后，見了這盒珍寶也要眼饞。

李掘問道：「你說這盒東西，現今世上，哪個女子配得上它？」

朱安世立即想到酈袖，卻故意道：「我想不出來，你說是誰？」

「韓嬉。」李掘眼中陡然放光。

「嗯。」朱安世笑起來，的確，除了酈袖，他能想到的也是韓嬉。

李掘又問：「你猜韓嬉見到這盒東西，會怎樣？」

「我不知道。」

「只要她能朝我笑笑，也足足值了。這是稀世珍寶，說不準，嘿嘿……」李掘眯著眼睛，咋舌舔唇，迷醉不已。

朱安世見他這般痴樣，心裡暗笑：這盒珍寶雖然稀貴，但韓嬉是何等樣的女子？多少王侯豪富爭相與她結交，送她的禮物哪一樣不是奇珍異寶？朱安世就曾親眼見過，好友樊仲子從齊王墓中盜得結綠[84]美玉，這玉光色如水，瑩潤如露，原是宋國鎮國之寶，與和氏璧齊名，是齊國滅宋後齊王得到的。樊仲子將結綠贈給韓嬉，韓嬉也不過笑一笑，把玩一兩日，就丟到了一邊。李掘身形乾瘦、舉止卑瑣，韓嬉哪裡會看得上眼？這盒珍寶送給她，不過是多一件玩物而已。

朱安世不由得伸手摸了摸懷中酈袖贈他的那方絹帕，心想：恐怕只有這盒珍寶，才抵得上這方絹帕。

於是，他暗暗盤算：如何把它弄到手？至於李掘，日後花力氣另尋件寶物，再好好向他賠罪。他知道李掘酒量小，便趁機猛力勸李掘喝酒。幾盞之後，李掘果然醉倒在案邊。朱安世忙去街上買了個大小相似的木櫝，裝了一盒廉價珠玉，偷偷換掉了李掘包袱裡的木櫝。

溜出來後，到了個僻靜處，朱安世才拿出來細看，那木櫝初看普通至極，一個暗紅漆盒而已，但仔細打量，面上細細雕著花紋，布滿盒身，是一幅鳳鳥流雲圖。每根細紋都描著金線，無一絲紊亂。揭開盒蓋一看，裡面滿滿一盒珍寶，晶瑩澄澈，璀璨奪目，都是從未見過的金玉珠寶，不由得心中大喜。

太陽才落山，朱安世便趕到酈袖家宅院後街，踅來踅去。好不容易天才黑下來，他立即翻牆進去，誰知酈袖父親正在後院忙活，若不是朱安世應變得快，急忙閃身，躲到一只木桶後面，險些被察覺。酈袖父親進去後，朱安世才攀到二樓，溜到酈袖窗外，屋內漆黑，酈袖不在。

又等了良久，酈袖才端著油燈，上樓開門，走進屋裡。

看到酈袖，朱安世心又狂跳，趴在窗邊，輕聲學蟬叫。

酈袖輕步走過來，小聲笑道：「早入秋了，哪裡來的老蟬？」

朱安世忙將那個木櫝遞進窗口：「給你的。」

「什麼？」酈袖伸手接過木櫝。

昏昏燈影下，那雙手細白如玉。背著光，她的面目仍看不清楚，但朱安世還是緊緊盯著，等著她揭開盒蓋，發出驚呼。

然而，酈袖並沒有驚呼，反倒輕聲嘆了口氣，只說了兩個字：「真美。」

朱安世略略有些失望，問道：「你不喜歡？」

「當然喜歡。」

「那就好！那就好！」朱安世大樂。

「這是你盜來的？」酈袖忽然問道。

「嗯——不過——」朱安世臉頓時紅了。

「你為我盜的？」

「嗯。」

---

84 結綠：戰國著名的四寶之一，除和氏璧外，其他三件都在戰爭中失傳。《戰國策．秦策三》中記載：「周有砥厄，宋有結綠，梁有懸黎，楚有和璞。」

「我不能收它。」

「為何？」

「我能看一看就夠了，我不喜歡藏東西。謝謝你！」

酈袖闔上盒蓋，遞了回來。

朱安世沮喪無比，只得伸手接過木櫝，心裡不甘，又道：「這裡面任何一顆珠子，都值十間衣店。」

酈袖輕輕一笑：「我知道。不過我家有這一間衣店，已經足夠了，再多，就是負擔了。那天我讀《莊子》，很喜歡裡面一句話——『鼴鼠飲河，不過滿腹；鷦鷯巢林，不過一枝。』」

朱安世低下頭，頓覺自己蠢笨不堪。

「你生氣了？」酈袖察覺，語帶關切。

「沒有，哪裡會？嘿嘿——」朱安世勉強笑道。

「嗯，我知道你不會生我的氣，你是在生自己的氣。我已經說了，我很喜歡，你費心為我盜來，我也很感激。本來，我該收下它，不過我是真的不喜歡藏東西。這樣的寶物，在富貴人家，只是個擺設；在我這裡，則是累贅；貧寒之人，拿去賣了，卻能療飢禦寒，解燃眉之急……」

「我知道了！」朱安世心裡一亮，頓時振奮起來，「我去辦件事，三天後我再來看你！」

「好的，我等著。」

朱安世到一家繡坊，訂製了百十個錦袋，每個錦袋兩寸大小，袋子上都繡了四個字：袖仙送福。

他把木櫝中的金玉珠寶，一顆顆分裝在錦袋中，等天黑，來到城郊最破落的里巷，挨家挨戶，將錦袋一個個扔進院裡、窗內。第二天，茂陵街市上四處紛傳袖仙送福、救濟貧民的神跡，朱安世聽在耳裡，喜在心中。

第三天夜晚，他採了兩朵芙蓉，連一個錦袋，一起放在木櫝中，回到酈袖窗前。見到酈袖，他忙將木櫝隔窗遞過去，笑嘻嘻道：「這次你不能再推辭了。」

酈袖接過木櫝，揭開盒蓋，一看，忽然定住，默不作聲。

「怎麼了？」朱安世慌道。

片刻，酈袖才抬頭望著朱安世，眼中竟隱隱閃著淚光，輕聲言道：「我聽說袖仙的事了，我一聽就知道是你，你為我做的……」

「嘿嘿……」朱安世這才如釋重負，心中暢快無比。

酈袖靜默半晌，抬起頭，忽然道：「我想嫁給你，你願意娶我嗎？」

朱安世猛聽到這話，驚得目瞪口呆。

酈袖繼續道：「我其實不用問，我知道你願意娶我。不過，今晚我就想跟你走，你能帶我走嗎？」

朱安世恍然如夢，不敢相信。

酈袖又道：「我本來想讓你托個媒人，去向我爹娘提親。可是我爹娘已經把我許給長安未央宮織室的一個小吏，想借他的勢，承攬些活計。明天那家就要來行聘禮了，我從來沒見過那人一面。所以，你要娶我，今晚就得帶我走。」

就這樣，朱安世帶著酈袖逃離，先是南經蜀道到成都，去遊司馬相如、卓文君的故地，而後乘船東去，四處漫遊……

＊＊＊＊＊

當年河間國封地數百里，現在卻只剩一座小城。進了城，很容易便找到河間王府，遠遠便能看到日華宮，五層殿閣，巍然高矗。只是窗內黑寂，欄外蕭索，不復當年書聲琅琅、儒衫如雲之盛況。走近時，看宅院甚是宏闊，但房宇門戶簡樸厚重，並無什麼華飾。門前也十分清冷，並沒有人進出。

劉德死後，河間王位至今已傳了三代，現在河間王為劉德四世孫劉緩。

衛真先拿了名牒，到門前拜問，門吏接過名牒，進去通報，不久，一位文丞出來迎接，引著司馬遷進門過庭，來到前堂，脫履進去，堂中端坐著一位華冠冕服的中年男子，自然是河間王劉緩。見司馬遷進來，劉緩笑著起身相迎。

司馬遷忙跪伏叩拜，劉緩恭敬回禮，請司馬遷入座，和顏悅色道：「久聞天下文章，兩支筆、二司馬。司馬相如我一直未能得會，今日能親見司馬太史，實在快慰平生。」

司馬遷雖然一直以文史自許，但向來謙恭自守、默默無聞，沒料到劉緩遠在河間，素未謀面，竟能如此讚揚自己，心中感激，忙謝道：「承王謬讚，實不敢當。」

劉緩微笑道：「司馬相如以賦名世，《子虛》《上林》二賦我都讀過，雖然辭采富麗、氣象浩闊，但總覺鋪排過繁、奢華過當。幾年前，我到京城，兒寬先生讓我讀了你兩篇文章，字句精當，文義深透，正合孔子『辭達』之意。尤令人敬重的是，先生文章情真意誠，無隱無偽，實乃古時君子之風。我當時就想面晤先生，誰知先生卻不在京城，抱憾至今，今天總算得償夙願。」

司馬遷從未聽誰如此誠懇地面讚過自己，一時百感交集，竟說不出話來。

劉緩又道：「先生不遠千里來到河間，必是有什麼事？」

司馬遷忙答道：「在下貿然前來，的確有三件事向王求教。」

「請說。」

「三件事都與王之曾祖河間獻王有關。」

「哦？」

「第一件，當年河間獻王曾向宮中獻書，天祿閣卻不見當年獻書書目，不知河間王這裡可留有這些書目？」

劉緩神色微變，隨即答道：「我這裡也沒有。第二件呢？」

「河間獻王最後一次進京，曾面聖對策。在下查看檔案，卻語焉不詳，紀錄有缺。王是否知道當時對策內容？」

劉緩神色越發緊張，問道：「我也不知。你問這個做什麼？」

「在下職在記史，見史錄有缺，心中疑惑……」

「那已是三十幾年前的舊事，當今世上，恐怕無人記得了。第三件呢？」

「在下要查閱古文《論語》，河間獻王當年曾遍搜古文經書，不知是否藏得有古文《論語》，能否借閱幾日？」

劉緩笑了笑，道：「慚愧，我仍幫不到你。那些古經當年全都獻給宮中了。」

司馬遷見劉緩雖然在笑，笑中卻透出一絲苦意，而且目光躲閃，神色不安。想到此前的懷疑，司馬遷隨即明白：這三十多年來，三代河間王定是受到監視、重壓，處境遠遠艱於其他諸侯王。劉緩即使知道當年內情，也隻字不敢提。當年劉德所藏古經，就算留有副本，恐怕也早已毀掉。

他不敢再問，忙起身拜辭。

劉緩神色略緩，似有不捨，但隨即道：「好不容易得見先生，本該多聚幾日，暢敘一番。怎奈我近來身體不適，就不留先生了。」

＊＊＊＊＊

朱安世、韓嬉和驩兒乘船到了僰道[85]。

僰道是一座江城，蜀滇黔三地樞紐，岷江與金沙江交匯於此，始匯成萬里長江。十幾年前漢軍平定西南夷，自蜀經滇，遠達身毒國[86]，一路商道暢通無阻，南下北上商賈不絕，這裡漢夷雜居，律令寬鬆，正好藏身。

上岸前，朱安世因屢遭圍困，怕再出閃失，便和韓嬉商議，在城裡僻靜處賃一小處宅子，避居一陣子，等風頭過去，再帶驩兒北上長安。

韓嬉聽了，笑著問道：「你不去尋你妻兒？」

「等了了驪兒這樁事，我再去尋他們母子。」

「你妻子正在等著你去找呢，你不怕她傷心惱你？」

「她最愛助人，不會惱我。」

「她知不知道你和我在一起呢？」

「應該不知道。」

「她若知道了，也不惱你？」

「這個嘛，她知道我，也應該不會。」

韓嬉原本笑著，聞言臉色微變，但稍縱即逝：「好，請你們進櫃吧。這次得多在裡面憋一陣子，等我賃到房子，才能出來。」

「實在是有勞你了。」

「我做的這些都記在賬上呢，到時候要你連本帶利一起還。」

「嘿嘿，一定要還，一定會還。」

朱安世和驪兒又裹著錦帛躲進櫃裡。

---

85 僰道：今四川省宜賓市。

86 身毒國：印度的古譯名之一。《史記・大宛列傳》中記載：「東南有身毒國。」司馬貞索隱引孟康曰：「即天竺也，所謂浮圖胡也。」

一路聽韓嬉打點關吏、雇牛車、請人搬箱、問路、尋房、談價、賃下房子、搬箱進院、打發力夫，關門，等揭開箱子，朱安世和驩兒爬起來時，已經是傍晚。

三人便在這裡住下，兩間睡房，韓嬉居左邊，朱安世和驩兒住右邊。

住了幾天，發覺這所宅子雖然院子窄小，房舍簡陋，但位置選得極好，地處里巷的最角落，一邊是一片低坡密林，另一邊緊挨的鄰舍只住了個聾啞老漢，十分清靜，數日不見有人來。就算事情緊急，穿後門出去，鑽進林子，也好逃脫。

幾個月來，朱安世和驩兒一直提心弔膽，哪怕藏在成都時，也始終不敢大聲說笑，又要日夜提防巡捕。住到這裡，才總算舒了一口氣。

不過，朱安世沒料到：在僰道一住，居然便是大半年。

每隔一半個月，韓嬉都出去打探風聲，京中有驛報傳到各郡，不論水路還是陸路，始終都在嚴密搜查朱安世和驩兒。

朱安世掛念著妻兒，越等越煩躁。韓嬉卻每天裡外忙碌，絲毫不見厭怠，反倒整日神采奕奕、喜笑顏開。驩兒也越住越舒心，說起去長安，嘴上雖然不說什麼，卻看得出來他心裡捨不得離開。朱安世見他們這樣，不好流露，只得忍耐。

韓嬉將屋內院外清掃得十分整潔，換了乾淨輕暖被褥，置辦了一套精緻酒食器皿，每日悉心烹製各樣飯食菜餚，竟像是要在這裡長久安家一般。

朱安世看在眼裡，心中暗暗叫苦。他雖然一向粗疏，但也漸漸看出來：韓嬉之所以一路相隨、傾力相助，恐怕是對自己有意。

他不由得想起當年初見韓嫣的情景：那日在長安，朱安世去會老友樊仲子，樊仲子正在宴客，剛進門，朱安世一眼便看到韓嫣，席間盡是男人，唯有韓嫣一個女子，她身穿艷紅蟬衣，廣袖長裾，粉面烏鬢，在席間嬉笑嗔罵，滿座男子無不為之神魂顛倒。

朱安世當時尚年輕，當然也不例外，雖然坐在一邊，只是遠遠看著，卻也目不轉睛，為之神迷。此後，朱安世時常見到韓嫣，言談時，他始終不太敢和韓嫣直視。韓嫣對他，也像對其他男子一般，時熱時冷、時親時疏，花樣百出，變幻莫測。起初，朱安世還心存親近之意，後來見韓嫣與樊仲子分外親暱，便知難而退，斷了念想。

這之後不久，他便遇見了酈袖，自此也就全然忘了韓嫣。

想到天下多少男子愛慕韓嫣，欲求一席同飲而不得，韓嫣居然對自己生情？朱安世無論如何也不敢相信，何況他心中已有酈袖，再沒有絲毫餘地作他想。

韓嫣似乎覺察了他的心思，不止一次提醒他：「你給我記住，我留下來，並不是為你，我是放心不下驩兒。」

朱安世見她如此，更不敢說破，只能事事小心，只盼是自己猜錯。

第二十七章：御史大夫

直到八月，官府緝捕才漸漸鬆懈。

韓嬉又乘船去江州查探，去了半個多月才回來，回來時面容蒼白、神色委頓，開了門，倚住門框，幾乎癱倒。

朱安世和驩兒慌忙迎上去，將她扶進屋，只見她肩上、臂上、腿上好幾處包紮著，滲出血跡。不等他們開口，韓嬉卻先忍痛笑道：「不妨事，死不了。我已經自己敷了藥，養幾天就好了。」

朱安世忙問：「在哪裡受的傷？什麼人傷你的？」

「繡衣刺客，在江州。」

「他們又追來了？」

「我把他們引向荊州那邊，繞路回來的。他們應該不會往上游追。」

「你還沒吃東西吧，我馬上去弄。」

朱安世讓驩兒守著韓嬉，自己忙鑽進廚房。

他向來粗爽，極少自己煮飯，迫不得已要煮時，也只是燒一鍋水，肉菜米麥有什麼就都一股腦丟進去亂燉，稀裡糊塗管飽就成。但韓嬉平日於吃食上本就極挑剔，現在受了傷，更得吃得好。朱安世又不能請人來幫忙，心裡念著韓嬉恩情，只得盡力回想酈袖烹飪時的情景，依樣模仿，切菜割肉，笨手笨腳忙了一個時辰，累了一身汗，才烹了幾樣菜、煮了半鍋羹。煮出來後，自己先嘗嘗，比胡亂燉的更加難吃。以韓嬉的脾性，她必定吃不下去。

再難吃，總比餓著好，他硬著頭皮端過去，韓嬉見他進來，顧不得傷痛，盯著他直笑。

「嘿嘿，我整不好，你將就著吃一點吧。」朱安世將食盒擺到韓嬉身邊。

「聞著很香嘛。」

韓嬉坐起來，拿起調羹，先嘗了一口肉羹，閉著眼睛，品了一會，而後向朱安世笑著眨了眨眼，一口接一口吃起來，竟吃得十分歡暢。

朱安世很是納悶，小心問：「你不覺得難吃？」

韓嬉重重點了點頭，做個苦臉：「極難吃。」

朱安世大是奇怪：「那你還能吃這麼多？」

韓嬉不答，反問：「酈袖有沒有吃過你煮的飯菜？」

「沒有。」

「這就對了。」

朱安世頓時愣住。

韓嬉停住調羹，正色道：「我給你煮了大半年的飯，你欠我，現在你給我煮，我收賬，當然得多吃點。」

朱安世只能笑笑，小心看著她吃罷，收拾了，才和驩兒一起吃，驩兒邊吃邊皺眉，朱安世自己也幾欲嘔吐。
自此，朱安世和驩兒悉心照料韓嬉。朱安世每天勤勤懇懇煮飯，越煮越好，韓嬉每頓都吃得不少，朱安世心裡半是快慰、半是忐忑。靜養了兩個月，韓嬉的傷全都復原。她自己下廚房，置辦了許多精緻菜餚，擺滿了一案。滿眼美味，朱安世和驩兒都饞得垂涎。韓嬉皺起眉，做出苦臉道：「被你煮的飯活活折磨了兩個月，總算是熬出頭了。」
三人一起大笑，而後一起舉箸，風捲殘雲。
吃飽後，三人坐著休息，韓嬉忽然輕嘆一聲：「在這僰州住了快一年，我們也該啟程了。」

＊＊＊＊＊

司馬遷拜別河間王劉緩，出門上了馬，悵然離開。
離了河間城，取道向南，雖然野外滿眼春色，卻覺得如同到了寒秋一般。
行了不多時，身後忽然傳來一陣疾疾馬蹄聲，回頭一看，是剛才河間王府那位文丞。
那文丞一邊疾奔，一邊高聲叫道：「司馬先生，請稍留步！」
司馬遷忙停住馬，下來等候。
那文丞來到近前，下了馬，拱手一拜，言道：「河間王命我前來轉告先生，先生問的三件事，都與一個字有關，河間王心有苦衷，不便明說。先生若真想知道，回長安可走河東郡，到霍邑，見到河水，便可找到這個字。」

說罷，那文丞轉身告辭，司馬遷心中納悶，上馬繼續南行，一路思忖，始終不明就裡。

衛真道：「這個河間王實在古怪，什麼字這麼要緊，說不出口？」

司馬遷嘆道：「推恩令頒布之後，諸侯王不斷被離析削弱，動輒滅國，倖存的個個如履薄冰，當然事事都得小心。」

行了幾日，到了邯鄲，司馬遷心想反正也順路，便轉向西路，離了冀州，進入河東郡。

穿過太岳嶺霍山峽谷，駐馬向西眺望，遠處一條大河，河谷平原上，坐落一片小城。除了那條大河，遠近山嶺間還流出三十幾道大小水流，全都聚向河谷低處。

衛真道：「那個文丞說見到河水，就能找到那個字。那條大河是汾水，其他這些小河誰知道叫什麼名字？難道是『汾』字？但『汾』字平常極難用到，好像沒有什麼意思……」

司馬遷望著那些河流和那座小城，默想了良久，也想不出什麼原委來，便驅馬出谷，向小城行去。

到了城下，他抬頭一看，城門上寫著城名：彘縣[87]。

司馬遷不由得驚呼一聲，隨即恍然大悟，喃喃道：「原來如此，原來如此！」

衛真也抬頭念道：「彘縣？不是叫霍邑嗎？」

司馬遷解釋道：「此地因東靠霍山，所以叫霍。西周時，周武王封其弟於此，因境內有條河名叫

87 彘縣：今山西省霍州市，位於山西中南部。

彘水，所以又名彘。春秋時，此地歸晉，復又稱為霍邑。漢高祖元年，又在此地設彘縣，所以現在就叫這個名字了。」

衛真道：「原來如此，顛來倒去幾次。不過，主公想起什麼了？難道猜出那個字了？」

司馬遷笑了笑，反問道：「那文丞為何不叫㲋縣，而要稱呼舊名霍邑？其實他已說出了答案。」

「嗯？」衛真撓頭想了一陣，「我笨，猜不出來。」

司馬遷笑道：「此處說話不便，先進城，找地方歇息。」

*　*　*　*　*

靳產騎馬出了朔方城門，立在路上。

望著荒莽平野，他悵然若失，頹喪無比。跋涉兩千多里路，居然只是驗證了那匈奴百騎長的一句話——姜老兒的確是在朔方被擄走。除此之外，一無所獲。

從朔方回湟水至少三千里路，想到路上艱辛，他氣悶至極，一鞭重重抽在馬臀上，那馬吃痛，發足狂奔。

向西奔了幾里，他忽然勒住馬，心想：豈能就這樣白跑一趟？

據那獄吏說，又是繡衣人在追殺姜老兒。這些繡衣人幾千里窮追不捨，不是追姜老兒，而是在追那孩童。從朔方到張掖，從張掖到金城，又從金城到扶風，接連幾個人為救護那小兒而送命，一個幾歲大的孩童有什麼重要？那姜老兒本來恐怕是要將小兒送到京畿，只是為逃避繡衣人追殺，才一路繞道，奔到朔方。他是從哪裡來的？

常山！

姜老兒原籍冀州常山[88]，去常山定能查到一些線索！

靳產心中重又振奮，忍不住笑起來，撥轉馬頭，取道東南，向常山趕去。

＊＊＊＊＊

朱安世三人輾轉回到了茂陵，這時已是天漢三年[89]春。

他們扮作一家三口，在夔州雇船，載著兩箱錦帛，沿江南下，經江州[90]，到江陵[91]，上岸後買了一輛馬車，仍裝作行商，由陸路北上。

沿途關口守備果然鬆了許多，他們進城出城，都無人盤查。那些繡衣刺客也未再出現。

朱安世卻絲毫不敢鬆懈，因為要時刻戒備，故而不太說話；韓嬉也不再嬉笑，整日神情淡淡，若有所思；驩兒本來就安靜，見他們兩個不言語，就更安靜了。朱安世覺著不對，便說些逗趣的話，韓

---

88 常山：秦始皇攻佔趙國後，設恆山郡，治所在東垣縣（今石家莊市東）。西漢時，為避漢文帝劉恆諱而改稱常山郡。漢武帝元鼎四年（西元前一一三年），常山郡郡治移到元氏縣（今河北石家莊元氏縣西北），隸屬冀州刺史部。

89 天漢三年：西元前九八年。

90 江州：今重慶地區，秦漢時期稱為江州。

91 江陵：今湖北省荊州市。

嬉只是略略笑一笑，驩兒也最多咧咧嘴。幾次之後，也只得作罷。

就這樣，旅途遙遙，一路悶悶，到了京畿。

朱安世怕進長安會被人認出，不敢犯險，故而先趕往茂陵，黃昏時，來到好友郭公仲家。

郭公仲大吃一驚，又見韓嬉隨著，更是瞪大了眼睛：「你們？快進！」

他一把將三人拉進門，又忙轉身吩咐童僕，快把馬車趕進院裡，將門鎖好。

郭公仲生來性直心急，自幼又有些口吃，故而說話一向極簡短。

進了廳堂，未等坐下，他便一連串問道：「你？妻兒呢？你們？這孩子？」

朱安世笑著坐下，從頭講起前因後果。

講到酈袖，郭公仲忽然大叫：「逃了？好！」接著又扭頭朝門外喊道，「進來！」

郭公仲的妻子鄂氏從門邊露出身子，半低著頭，臉含羞愧。

朱安世十分詫異：「郭大哥，嫂嫂？你們這是？」

郭公仲嘆了口氣，扭頭望向妻子，恨恨道：「說！」

鄂氏局促半晌，才小聲道：「朱兄弟，我對不住你！」

朱安世越發納悶：「嫂嫂，究竟怎麼一回事？」

鄂氏舉袖揩掉淚水，滿面委屈：「你逃出長安後，杜周手下劉敢查出你郭大哥和你是故交，就將我們一家五口全都捉到長安，把你大哥和我們母子分開來審。劉敢單獨審我，我本不肯說，他把我的孩兒們全都吊起來，先從大的開始鞭打，我知道我一旦說出來，你大哥一定不會輕饒我，我就閉起眼睛、捂住耳朵忍著。開始還能忍得住，後來，他們開始鞭打小兒，那劉敢又讓人扳開我的手，不讓我蒙耳朵、閉眼睛。小兒哭著喊娘，他才三歲啊！我受不住，只得說出了你在茂陵的舊宅……」鄂氏嗚嗚哭起來。

朱安世忙勸道：「郭大哥千萬不要這樣，是我連累了你們，這怎麼能責怪嫂嫂？她身為母親，當然疼惜孩子，何況她也知道我那妻子已經遠逃，說出舊宅地址也沒有什麼妨礙。再說，就算那杜周再狡猾，也休想捉住你弟媳……」

狠勸了一番，郭公仲才消了氣，回頭瞪了一眼妻子道：「煮飯！」

鄂氏抹著淚，轉身出去。

韓嬉笑罵道：「好個郭猴子，在女人面前耍什麼威風？」說著也起身去廚房幫忙。

朱安世轉回正題：「郭大哥，我來茂陵，是求你一件事。」

「說。」

「這孩子得送進長安，交給御史大夫。我身負重罪，那些繡衣刺客認得韓嬉，所以想托大哥送他去。」

「好。」

朱安世轉頭問坐在一邊的驩兒：「驩兒，你認得那御史大夫嗎？」

「我不認得。不過娘教會我四個字，讓我畫在竹簡上，交給御史大夫，說他看了就會明白。」

郭公仲聽了，忙去找了筆墨和一根空白竹簡。

驩兒執筆蘸墨，在竹簡上畫了四個字符，曲曲彎彎，筆畫繁複。

朱安世和郭公仲都是粗人，均不認得。

朱安世忽然想起驩兒每次飯前念誦完，都要用手指在手心裡畫一番，便問：「你每次在手心裡畫的就是這幾個字？」

驩兒擱下筆，點點頭：「嗯。不過，我也不知道這是什麼字，我問過娘，她說我不用知道。」

* * * * *

司馬遷和衛真進了㚟縣城，找了家客店安歇。

吃過夜飯，回到客房，仔細關好門，司馬遷才對衛真解釋道：「那文丞說的那個字是『㚟』。」

「㚟？不是豬嗎？這和主公問河間王的三件事有什麼關係？」

「你再想想，這個字其實是在說一個人……」

「一個人？」衛真低頭想了半晌，忽然抬起頭、瞪大了眼睛，大叫道，「他？難道是他？！噢……難怪河間王不敢直說出來！」

司馬遷點了點頭，他知道衛真猜對了：這個人是當今天子劉徹，劉徹乳名叫「㚟」。

衛真問道：「但主公問的三件事和這個人有什麼關係？」

「我問的三件事其實可以歸為一件，即古本《論語》。我猜河間獻王劉德定是有孔壁《論語》副本，不過，或是被查沒，或是自行毀掉，現在河間府中已經沒有了孔壁《論語》。劉德最後面見天子，對策時，也一定是引述了孔壁《論語》中的言論，才觸怒了天子。」

「但盜走宮中古本《論語》、刪改劉德檔案的是呂步舒啊。」

「你認出暴勝之時，我也認定主謀者定是呂步舒，但這一陣仔細一想，公孫弘恐怕才是始作俑者。正是他，奏請推行獻書之策，廣收民間書籍，全都藏入宮中，立五經博士，只重今文經學。公孫弘死後，呂步舒才繼任。不過公孫弘、呂步舒等人縱然不願看到古文經流傳世間，也絕沒有膽量敢私改史錄、盜毀古經。」

「主公是說……他們得到天子授意了？」

「或是授意，或是默許，不得而知。不過，天子雖然尊儒，卻不喜儒學中督責君王的言論。」

「所以古本《論語》必得毀掉。」

「嗯。另外，這個『彘』字不但指天子，更有其他含義。」

「還有什麼含義？」

「河間王說我問的三件事都與『彘』字有關。我猜想，孔壁《論語》中或許有孔子關於彘的論述。」

「孔子論豬？」

司馬遷笑起來，搖搖頭，解釋道：「不是豬，而是彘縣這個地方，這裡曾發生過一件大事。」

「這個荒僻的小地方能發生什麼大事？我怎麼從沒聽說過？」

「正因為這裡荒僻，才會發生那件事。西周時，這裡是國土邊境。西周第十位天子周厲王登基後，橫徵暴斂、專制獨斷，又連年興兵征伐，四境戰事不休。國人苦楚，怨言四起，周厲王不聽勸諫，反倒派人到處監控，捕殺口出怨言者。國人盡皆鉗口，路上無人敢言，只能以目對視。周厲王很是得意，自以為善於弭謗。民憤越積越深，不久，國人終於忍無可忍，起而暴動，驅逐周厲王，推選周公和召公兩位賢人共和執政。周厲王則倉皇逃離鎬京，渡過黃河，流亡到彘地，最終死於此處。[92]」

「原來這個『彘』字既指人又指地，還暗含了這樣一樁古史。」

「國人暴動、天子流亡、周召共和，是西周大事，孔子不會不論及，古文《論語》中或許有相關記載。河間獻王最後一次進京時，天子正躊躇滿志，要興兵征伐、開疆拓土。劉德恐怕是預感到此後將征戰不休，擔心天下擾攘、民生困苦，才引用古文《論語》中的話來勸諫天子，天子聽了必然惱怒，因而用言語逼死劉德——」

「天子當然也不願他人看到、聽到、說出這樣的言論，所以，古文《論語》不見了。」

司馬遷長嘆一聲：「孔子首先便是教人明辨是非，而齊《論語》中有一句『民可使由之，不可使知之』，說君王只該下達指令，民只能遵旨行事，而不能讓民知道令自何出、是否當行。此句是要萬民俯首聽命，不得自作主張、妄議是非。這是法家御民之術，孔子恐怕說不出。當然，也有儒生解釋說，這句應當斷句為『民可，使由之；民不可，使知之』，民若是對的，就該任由他們行事，民若不對，則該教導，使他們明白對錯。若是後者，倒也不錯，但這句話極易混淆——」

衛真點頭道：「君王當然喜歡前一種解釋，百姓則願意後一種解釋，但君王能壓服百姓，百姓卻管不得君王。所以，這話恐怕只能按前一種解釋。」

＊　＊　＊　＊　＊

清早，郭公仲帶著驢兒去長安。

臨出門前，驢兒回頭望著朱安世，眼神裡有些緊張，又有些不捨。

朱安世笑道：「驢兒不想去？不想去就不去，正好少了麻煩。」

驢兒搖搖頭：「娘說我必須去。」

朱安世走過去蹲下，攬住驢兒的小肩膀，笑著道：「你去了之後，就把那東西背給御史大夫聽。郭伯伯再去接你回來，咱們就一起離開這裡。」

驢兒點點頭，跟著郭公仲出門，兩人共騎一匹馬，趕往長安。

過午，郭公仲獨自騎馬回來。

朱安世忙迎上前，問道：「如何？」

「送到。」

「你見到御史大夫本人了？」

「對。」

「你是先把那支竹簡交給門吏，然後御史大夫召你帶驢兒進去的？」

「對。」

「他有沒有問什麼？」

92　此段史實參見《國語．周語》《竹書紀年》《史記．周本紀》。

「來歷。」

「你怎麼說的？」

「不知。」

「然後你就出來了？」

「對。」

「他沒說什麼時候去接驢兒？」

「三天。」

「有勞郭大哥了。」朱安世懸了一年多的心總算踏實下來。

韓嬉也甚為高興，和鄂氏一起去料理酒菜，擺好後，幾個人坐下飲酒閒聊。席間，朱安世順口問道：「兒寬這人如何？」

「好人。死了。」

「誰死了？！」朱安世大驚。

「兒寬。」

「你今天見的是誰？！」

「王卿。」

「御史大夫不是兒寬嗎？怎麼變成王卿了？」

郭公仲忽然呆住，大張著嘴，手中酒盞當的一聲掉落在案上，半晌才結結巴巴道：「錯……錯……錯了！」

第二十八章：孔壁論語

離開堯縣後，司馬遷和衛真沿著汾水，一路南下。

由於心裡記掛著妻子，又怕官事積壓，所以一路趕得很急。

到河津時，汾水匯入黃河，司馬遷在岸邊駐馬眺望，只見河水浩茫、波浪翻湧，不由得默默念起帛書上那兩句「九河枯，日華熄；九江湧，天地黯」，心中也空空茫茫，一片悲涼。

衛真在一旁察覺，便說些高興話來打岔，拉雜說了一陣，他忽然猜道：「既然『九河』指地名，又暗含河間獻王，那麼『九江』說的也應該是一個地名、一個人，會不會是九江郡？不過九江郡什麼人會和《論語》有關呢？」

司馬遷被他提醒，猛地想起一人：淮南王劉安！

劉安是漢高祖之孫，封國在九江，號淮南國，劉安為淮南王。他不愛遊獵享樂，只好彈琴讀書、著文立說。[93]

司馬遷想：「九江湧，天地黯」恐怕指的正是淮南王劉安，也唯有劉安才能和劉德相提並論。

---

93 參見《史記・淮南衡山列傳》。

當年，河間王劉德和淮南王劉安，一北一南，雙星輝映。二人都禮賢下士、大興文學，門下文士薈萃、學者雲集。不過劉德崇仰儒學，劉安則信奉道家，主張無為而治、依從自然之道。不過，二十多年前，劉安卻因謀反，畏罪自殺。淮南國被除，恢復為九江郡。

衛真問道：「不知道劉德和劉安當年有沒有來往？」

司馬遷道：「兩人一個崇儒學，一個尊道家，志趣有所不同。」

衛真道：「尊儒未必就不讀道經，尊道也未必不讀儒經。兩個人都愛收藏古書，我猜應該會互通有無。就算他們不來往，兩家門客學者也應該會有相識相交的。」

司馬遷點點頭：「兩人年紀相仿，劉德比劉安早亡八年。比起其他諸王，這兩位迥然超逸，當會有相惜之意。」

衛真又問：「劉安當年謀反一案是誰審理的？」

司馬遷倒推了一下，不由得一驚：「當時公孫弘為丞相，呂步舒是丞相長史，張湯為廷尉，此案正是由呂步舒和張湯兩人審理！」

衛真道：「這裡就有關聯了！」

司馬遷道：「現在還不能遽下結論，等回長安，去查閱一下當年史錄，看看能否查出線索。」

＊＊＊＊＊

郭公仲後院大門砰地打開。

朱安世牽了匹馬，幾步拽出大門，翻上馬背，揚鞭重重一抽，急急向長安狂奔。

他遠征西域四年，回來只在宮中馬廄服侍，繼而又一路逃亡，哪裡會知道四年之間，御史大夫竟換了三任？加之他又從來不屑於理會官府之事，即使聽過兒寬的死訊，也如風過耳邊，絕不會放在心上。倒是「御史大夫」這個官職與他身世淵源太深，所以牢牢記得。跟趙王孫、韓嬉、郭公仲說起時，也只提官職。想天下只有一位御史大夫，怎麼會搞錯？驩兒年紀小，更不清楚這些事情，又不愛說話。偏偏郭公仲口吃，向來話語極簡短，多說一個字都難，因此他也沒有詳問。

幾下裡湊到一起，竟釀成這等大錯！

但那老人為何也不知兒寬已死？

他思來想去，猛然記起那老人說話時語帶羌音，恐怕那老人常年居住在西域羌胡之地，和內地音信隔絕，所以並不知曉。至於驩兒母親和幾個中途轉托之人，都只顧逃亡藏匿，恐怕也沒有機會與人談起朝中官員之事。

朱安世重重「嗐」了一聲，不願再多想，繼續加鞭趕路，只盼驩兒此時無恙，哪怕賠上自己的命，也絕不顧惜。

一路飛奔，等趕到長安，暮色已深，遠遠看見城西北角的雍城門已經關閉。他雖然心中焦急，卻怕遇到巡夜衛卒，更加礙事，因此沉了沉氣，放慢了馬速，繞過雍門，沿著西城牆，向南而行。正行著，忽聽腦後傳來馬蹄聲，他忙驅馬躲到路旁樹後。

那馬一路小跑，行到近前，昏暗中一看，是郭公仲，他忙迎了出去。

郭公仲低著頭，不敢與朱安世對視。方才在家中，發覺出錯後，他急愧之下，竟跳起身，抓過牆上掛的劍，抽劍就要自刎，朱安世已先覺察，忙撲過去，奪過了劍。又讓韓嬉和鄠氏勸住郭公仲，自己才奔了出來。

郭公仲憋了片刻，忽然道：「竹簡……字。」

朱安世一愣，隨即明白：是了，驩兒母親說先將那支竹簡交給兒寬，竹簡上的字符必定是約好的交接暗語。此事十分隱秘，王卿應該不會知曉。既然如此，王卿身為堂堂御史大夫，憑區區一支竹簡，怎麼會平白召見一介平民？而且還留下了驩兒？看來王卿似乎知情？難道是兒寬死前告訴了王卿？

一轉念，朱安世忽又想起繡衣刺客所持符節，隨之大驚，那些刺客來路不尋常，幕後主使難道是現任御史大夫王卿？！

無論如何，當務之急，得趕緊把孩子救回來。

他隨即斷念，對郭公仲道：「郭大哥，眼下不是自怨自責的時候，我們先去把驩兒救回來。王卿既然跟你約定三天後去接驩兒，驩兒此時恐怕還在御史府裡。」

郭公仲點點頭，攥了攥手中的劍柄：「走！」

兩人沿著潏水，經過直城門，來到雙鳳闕下。

此處城牆內，是未央宮，河對岸，是建章宮。飛閣輦道，凌空數丈，雙鳳闕承接飛閣，跨城連接兩宮。

平日，如果城門關閉，朱安世等人便是從這裡溜進城去。

兩人將馬拴在樹叢中，朱安世居前，郭公仲隨後，悄悄爬上雙鳳闕。飛閣上有侍衛巡守，兩人在閣外潛伏，等侍衛走遠，攀著飛閣輦道底面的木梁，吊在半空，慢慢向東挪，越過城牆。下面城牆與宮牆之間是一條巡道，朱安世取出繩鈎，鈎死木梁，抓住繩索，蹬著城牆，溜了下去，郭公仲也隨後下來。

兩人貼著城牆，向北快奔，要到路口時，前面忽然走來一隊提燈巡衛。巡道筆直，一覽無餘，兩邊高牆，絕無藏身之處。

兩人拔腿就向前跑，疾奔到路口城牆拐角。長安城是因地而建，西城牆並非一條直線，而是從中間直城門分成南北兩段，南段比北段向外多進一丈，因而在路口形成一個拐角。以往，朱安世等人溜進城後，常常會碰到侍衛巡守。因此，設法在這個城牆拐角上偷偷鑿出些凹缺，以備急用。

兩人都是慣熟了的，朱安世手腳並用，抓蹬著凹缺，急向上爬到兩丈高處，郭公仲也隨後爬到朱安世腳底。兩人緊貼著牆角，一動不動。

巡衛走了過來，轉過拐角，繼續前行，毫無察覺。等巡衛走遠後，兩人才慢慢溜了下來，出了拐角，穿過直城門大街，折向東邊，沿著桂宮南牆，循著暗影，向前潛行，到了北闕甲第區。郭公仲引路，尋到御史大夫府，從後院翻牆進去。

＊　＊　＊　＊　＊

司馬遷沒有料到：才回到長安，便突遭橫禍。

若是晚幾天回來，也許便能避過這場災禍？

那日，在未央宮前殿，他話還未講完，天子便勃然變色，怒喝黃門將他帶走下獄。司馬遷遭電掣了一般，頓時蒙住，木然趴伏在地，任由兩個黃門拽住自己雙臂，倒拖著扯出殿門，交給衛卒，押出宮門，解往牢獄。在宮門外，他聽到衛真在一旁大叫「主公」，他猶在震驚，扭過頭望著衛真，恍如夢中，竟像是不認得一般。直到走近牢獄圜牆[94]，看見黝黑大門敞開，他被推進去時，才意識到：自己闖了大禍，被下了獄。

他慌亂起來，想掙開，獄吏卻扭住他，拖扯到前廳，在他背上重重一摁，他沒有防備，一下跪倒在地。抬頭一看，正中案前端坐一人，面目森冷，看冠戴，是獄令。旁邊另有一人，展卷執筆，應是獄史。

獄史冷喝道：「報上姓名！」

司馬遷一愣，一時間竟想不起自己名字來。

「叫什麼名字！」獄史猛地提高聲音。

司馬遷一驚，才忽然記起，低聲道：「司馬遷。」

獄史提筆記下，又問：「現任何職？」

「太史令。」

「犯了何罪？」

「不知。」

獄令一直漠然看著他，聽到這句，忽然咧嘴而笑，笑聲陰惻尖厲，其他人也陪著笑起來。

司馬遷這時才忽然覺到冤屈憤怒，卻說不出話，渾身顫抖。

獄令歇住笑，懶懶道：「押進去。」

獄吏揪起司馬遷，推搡著走進旁邊一扇門，剛進門，一股霉氣惡臭撲鼻而來，裡面幽暗陰濕。司馬遷頓時恐慌起來，略一遲疑，背上又被重重一推，一個踉蹌，幾乎跌倒。站穩一看，房間狹長，一條甬道，旁邊是一排木欄隔開的囚室，裡面隱隱擠滿囚犯。

一個獄吏迎上來，手裡抱著一套赭色囚衣，冷冷道：「把冠袍脫掉！」

司馬遷仍像身在夢中，猶疑了一下，慢慢伸手摘下冠帽，放到身邊一個木架上。而後去解綬帶，手抖個不停，半晌才解開。又脫掉衣袍，只剩下褻衣。

「脫光。」獄吏將囚衣扔到司馬遷腳邊。

司馬遷心中悲鬱，抬頭望向獄吏，獄吏也盯著他，目光寒鐵一般，冷森森不可逼視。想到自身處境，司馬遷頓時黯然自失，不敢爭辯，只得轉過身，面對著牆壁，遲疑了一會，才慢慢解開褻衣，脫得赤條條。只覺得後背獄吏目光冷冰冰如刀一般，心中羞憤欲死，忙抓起地上囚衣套在身上。

獄吏從旁邊取過一副木枷鐵鎖，鎖住司馬遷手足，套上木枷，而後吩咐道：「跟我走。」說著轉

94 圜牆：圜同「圓」。漢代拘押官員的牢獄圍牆為圓形環圍。《釋名・釋宮室》中說：「獄……又謂之圜土。土築表牆形，形圜也。」

身向甬道裡面走去。

司馬遷跟著獄吏慢慢挪步，腳上鐵鍊沉重，鏘啷作響。他轉頭一看，身旁每間囚室，都擠滿囚犯。長安城中原本只有幾處牢獄，但這些年來，政苛令繁，囚犯猛增，牢獄也不斷增加，已增至二十多座。[95]那些囚犯有的躺著，有的坐著，有的扒著木欄瞪著他，全都蓬頭垢面、身形枯瘦。

走到甬道盡頭，獄吏取下腰間掛的鑰匙，打開旁邊一間囚室，轉頭道：「進去。」

司馬遷向裡一望，陰暗中，小小囚室竟堆了十幾個囚犯，呻吟、咳嗽聲此起彼伏。走到門邊，司馬遷心裡有些怕，才一猶豫，身後挨了重重一腳，被獄吏踹了進去。裡面囚犯忙往牆邊躲靠，空出一塊地方。

司馬遷生平第一次被人踢，又驚又怒，不由得回頭瞪向那獄吏，想要罵，氣怒之下，竟張口結舌，一個字罵不出。

「瞪什麼？」那獄吏兩步衝進來，抬腿朝司馬遷狠狠踢過來。

司馬遷從沒和人動過手腳，哪裡知道避讓？被獄吏一腳踢中腹部，一陣劇痛，頓時跌倒在地，撞到身後一個囚犯，那囚犯慌忙躲開。那獄吏卻不停腳，一邊罵一邊狠踢。司馬遷頭上、背上、腰間，一處接一處被踢中，手足被銬，無法躲避，忍不住叫起來：「住手！我是朝中官員！」

獄吏停住腳，忽然笑起來：「你也算官員？這間囚室裡，光二千石的官就有三四個，你問問他們，敢不敢在我面前自稱官員？」

另一個獄吏也走了進來，手裡拎著一根木槌，怪笑道：「他可是堂堂太史令，六百石的大大官！」

司馬遷又痛又怒又羞又怕，趴在地上，不知道該如何是好。

獄吏又笑道：「在這裡，這木槌是丞相，笞板是御史，今天就讓木槌丞相教導教導你，打出你的屎來，讓你做個太屎令！」

說著，木槌劈頭蓋臉、冰雹一般向司馬遷砸落……

＊＊＊＊＊

御史府，院落深闊，樓宇軒昂。

朱安世和郭公仲兩人在黑暗中，尋著燈光，透過窗戶，一間一間房子地找。

到一間大房外時，郭公仲低聲道：「這裡！」

朱安世湊近一看，窗內燈燭明亮，有兩人據席對坐，其中一個是孩童，低垂著頭，一動不動，是驩兒！

朱安世這才長舒一口氣，郭公仲也咧嘴笑起來：「活的！」

朱安世又看屋中另一個人，是個中年男子，身穿便服。

郭公仲低聲道：「王卿。」

王卿正在問話，驩兒則低著頭，一聲不吭。

---

95 《續漢書・百官志二》中記載：「孝武帝以下，置中都官獄二十六所。」

朱安世見四下無人，疾奔幾步，躥進門去。

驩兒聽到聲音，一抬頭，見到朱安世，驚喜無比：「朱叔叔！」

王卿聞聲扭頭，猛然看到這條陌生大漢闖進來，雖然吃驚，卻並不變色，竟仍端坐著，仰頭厲聲問：「什麼人？」

朱安世並不理會，過去拉起驩兒，往外就走。王卿急忙站起身，攔在門口，挺身而立，瞪著朱安世，目光凜然。

「讓開！」朱安世喝道。

「你就是朱安世？」王卿毫無懼意。

「正是老子，若不想死，給我讓開！」

朱安世伸手就要推開王卿，屋外忽然傳來一聲驚呼，是個婢女，正端著筆墨要進來。見此情景，手一慌，筆墨掉落在地。那婢女見勢不妙，轉身就跑，郭公仲已從一旁跳出來，捉住那婢女，蒙住她的嘴，推進了屋中。

郭公仲緊抓那婢女，向朱安世喊道：「走！」

朱安世手正停在王卿胸前，又低聲喝道：「讓開！」

王卿卻鎮定道：「我只要一聲喊，侍衛立刻就到。」

朱安世一愣：對了，他為什麼沒有喊叫呼救？

王卿接著又道：「朱先生能捨命救這孩子，重義守信，一諾千金，實乃君子俠士，王卿能得一會，三生有幸。」說著竟抬臂向朱安世拱手致禮，神情十分恭肅。

朱安世越發詫異，郭公仲也同樣瞪大了眼睛。

王卿見狀，忽而笑道：「這孩子本該交給兒寬大人，卻陰差陽錯，到了我這裡。是不是？」

朱安世盯著王卿，心中疑惑，並不答言。

王卿望瞭望驩兒，又道：「我先見到那支竹簡，便覺得吃驚，這孩子留下來後，說要背誦東西給我聽，才念了兩句，他忽然察覺，問我是不是兒寬。我說不是，他便不再念了。所以我猜想你們誤把我當作了兒寬。不過，幸而找到的是我，若落於旁人之手，這個錯就犯得太大了……」

朱安世見他神色泰然、言語誠摯，戒備之心鬆了一些，卻仍不敢輕信，便問道：「你想怎樣？」

王卿不答反問：「你知道這孩子念的是什麼嗎？」

「不知道。」

「那你為何要救他？」

「救一個孩子，要什麼理由？」

王卿點點頭，低頭沉吟片刻，又道：「我可以放你們走，但有一事相求。」

「什麼？」

「讓這孩子把他背的東西念給我聽。」

朱安世看看驩兒，驩兒望著他，眼中驚疑，似有不肯之意。

朱安世便道：「這孩子的母親囑咐他，只能念給兒寬一個人聽，連我都不成，何況是你？」

王卿道：「那支竹簡上寫的四個字是『孔壁論語』，這孩子雖然只念了幾句，但我斷定他念的正是孔壁《論語》。你們也許不知，孔壁《論語》是當今世上唯一留存的古本《論語》，萬萬不能失傳。」

朱安世道：「我管不了這許多，我只想保這孩子性命。」

王卿忽然怒道：「你以為我是在貪圖什麼？這古本《論語》難道是什麼修仙秘籍、藏寶地圖？只要這孩子心裡還裝著古本《論語》，他便永無寧日。你難道沒有見識那些刺客？你能保得了這孩子一世安全？」

朱安世忙問：「你知道那些刺客？他們是誰？」

王卿眼中浮起陰雲：「你還是不知道為好。」

看神情，他不但與那些刺客無關，而且深含憂懼，朱安世略略放心。想起這一路上的艱辛危難，知道王卿所言不虛，那些刺客斷不會放過驩兒，不由得低頭躊躇。

王卿也沉默片刻，忽而俯下身，溫聲問驩兒：「孩子，你母親是否對你說過，背誦的這東西比你的性命更重要？」

驩兒遲疑片刻，點了點頭。

王卿繼續問道：「你母親之所以讓你只念給兒寬一個人，是因為她信任兒寬，怕別人不可靠，但現在兒寬已經過世，若你母親在這裡，你想她會怎麼做？」

驩兒咬著嘴唇，搖搖頭，小聲說：「我不知道。」

王卿笑了一笑，又溫聲道：「如果有人和兒寬一樣可靠可信，你母親會不會讓你念給他聽呢？」

驩兒猶豫不決，咬著嘴唇，答不上話來。

正在這時，有人忽然急急奔進來，朱安世和郭公仲急忙拔出刀劍。

第二十九章：飢不擇食

奔進來的是個年輕男子，看衣著是童僕，他見到屋內情形，頓時呆住。

朱安世伸手就要去捉那人，王卿忙勸道：「兩位不必驚慌。」隨即問那童僕，「什麼事？」

「直指使者暴勝之率人前來，正在府門外，說是來捉拿逃犯。」

「哦？」王卿大驚，「他有沒有說是什麼逃犯？」

「沒有，但我看見卞幸先生跟隨著暴勝之一起來的。」

「卞幸？他怎麼會和暴勝之在一起？難道是他洩密？」王卿忙轉頭對朱安世道，「你們得立即離開，那卞幸是我的門客，今日這孩子來時，他也在　旁，必是他暗中通報了暴勝之。唉，怪我不善識人，誤交小人。」

「好！我們就此告別！」朱安世牽著驢兒就要往外走。

王卿忙問：「你們是如何進來的？」

「從後院，翻牆。」

「好，我去前面設法拖延，你們還是從原路離開！」

「謝謝王大人！」朱安世拱手道別。

「且慢，我還有幾句要說——」王卿回頭吩咐童僕，「你快快出去，設法拖住暴勝之，我隨後就到！」

童僕答應一聲，忙轉身向外奔去。

王卿走到朱安世面前，忽然雙膝一彎，跪到地上。

朱安世大驚：「王大人，你這是？」

王卿恭恭敬敬向朱安世行了一個叩首禮，而後又移動膝蓋，向驩兒、郭公仲也各行了一個。

朱安世三人一時不知所措。

王卿站起身，鄭重言道：「三位，我這一拜，是為仁心道義而拜。古本《論語》一旦失傳，後世將再難看到公道之語、大義之言。荊州刺史扶卿曾經得傳孔壁《論語》，[96]但可惜學得不全，王卿懇請你們，去荊州找到扶卿，將全本古《論語》傳給他。當然，此事我也不能強求，由三位定奪。古本《論語》若能得以流傳，自是萬世蒼生之幸，如果失傳，也恐怕是天意如此，唉……好，我的話已經說完，就此別過，請兩位速速帶這孩子離開！」

說罷，王卿拱手道別，轉身出門，大步走向前院。

朱安世和郭公仲帶著驩兒，奔到後院，卻見牆外有火光閃動。

朱安世爬上牆，探頭一看，外面一隊騎衛舉著火把，排成一列，守住了後街。

* * * * *

麗日耀長安，一道斜光，自小窗洞射進幽暗牢獄。

等司馬遷醒來時，渾身火燒火燎，遍體刺痛無比。

他想睜開眼睛，但左眼被踢腫，右眼也只能睜開一道縫，眼前幽暗中浮現幾張憔悴面孔，目光麻木冰冷，形同鬼魅。他知道這些人都是朝中官吏，其中幾個他認得的，官位都遠遠高過他，然而到了這裡，卻全都連乞丐不如。

他忽然一陣心酸，淚水頓時湧出來，流到臉側傷口，一陣蜇疼。

他雖非生於豪貴之族，卻也是史官世家，自幼便乖覺馴良，只喜讀書，極少與人口角爭執，更無粗蠻之舉。成年之後，繼任太史令一職，也始終謹守本分、謙恭自持，遠避是非、全心攻史，哪裡曾遭過這等粗暴對待？儘管他早知當今酷吏橫行、牢獄殘狠，但此刻才終於明白何為身陷囹圄，何謂身痛心辱。

我做了什麼？我說了什麼？

他在心裡連聲問自己，漸漸想起，他是因替李陵遊說而獲罪。[97]

李陵是名將李廣之孫，驍勇善射，敢於赴死。大子派貳師將軍李廣利率三萬騎兵攻打匈奴，命李陵監護糧草輜重，李陵卻請纓率部眾獨自出征，側翼輔助李廣利。天子應允，但因戰馬不足，只許李陵帶五千步卒。

---

96 王充在《論衡．正說篇》中說：「孔子孫孔安國以教魯人扶卿。」

97 參見司馬遷《報任安書》及《漢書．司馬遷傳》《漢書．李陵傳》。

李陵率兵北上大漠，行軍一月，遇見三萬匈奴騎兵。李陵命士卒以輜重為營，千弩齊發，射死匈奴幾千人。喜報傳回長安，天子大喜，群臣齊賀。

匈奴大驚，急招八萬大軍圍攻李陵。李陵率士卒且戰且退，轉戰千里，甚至一日數十戰，又先後射殺敵軍數千人。最後矢盡糧絕，卻救兵不至，李陵始終身先士卒，奮力督戰，士卒也感於義氣，泣血鏖鬥。匈奴卻怕有伏兵，不敢緊逼。李陵軍中有一人叛逃，向匈奴通報軍情，匈奴才全力進攻。李陵見再無活路，欲自殺殉國，被部下以趙破奴之事相勸阻。朝中名將趙破奴[98]曾逃亡匈奴，後又歸漢，天子並不介意，委以重任，趙破奴屢建軍功，被封浞野侯。此後又被匈奴俘虜，再次逃回，天子仍未懲處。

李陵聞言，才斷了自殺之念，令士卒全力突圍，各自逃亡。匈奴數千騎追擊，李陵被捕，投降匈奴。五千步卒只有四百餘人逃回漢地。

天子聞訊大怒。群臣為求避禍，紛紛揭露李陵之短。司馬遷與李陵平素並無私交，但自幼敬慕李廣名將之風，又素聞李陵侍親至孝、待友信義，與士卒同甘共苦，為國奮不顧身，能得部下忠心死力。這次雖然兵敗投降，但五千兵卒，殺敵過萬，震懾匈奴，功足以掩過。而且，以李陵為人，應該不是真降，心中定然存著逃回報國之念。

那日，天子召群臣商議此事，司馬遷仍如慣常，在角落默不作聲、執筆記錄，那些大臣或唯唯諾諾附和聖意，或義憤填膺痛責李陵，滿朝竟沒有一人替李陵說一句好話。他越聽越氣憤，不由得抬起頭怒視這群奴顏小人。正巧天子望向他這邊，發覺他目光異常，便問道：「司馬遷，你怎麼看？」

司馬遷繼任太史令已近十年，常在末座，記錄天子和群臣廷議朝政。天子極少看他一眼，更難得和他說話。這時突然問他，他心中正在氣悶，一時激憤，便忘了妻子叮囑，脫口而答，據實而言，替李陵辯說。這些話他在心裡已反覆默想過許多遍，所以不假思索、一氣說出，話未說完，忽然被天子一聲喝止，而後，便被投到這裡。

我說錯了嗎？沒有。

我不該說嗎？該。

我秉直而言，天子為何發怒？

天子惱怒，應該不僅是因為李陵，更是為了李廣利。李廣利是天子寵妃李夫人之兄，天子連番命他出征匈奴，是望李廣利能如衛青、霍去病，破軍殺敵、建功封侯。而此次出征，李廣利大軍雖殺敵一萬，自己卻損折二萬，功不及李陵，過卻大之。天子之憤，實為遷怒。

司馬遷想：就算我錯看了李陵，他是真降，我進言有過，但依照律令，也並非大罪，最多不過褫奪官職。這雖然讓家族蒙羞，但我並未說違心話，免了官職、做個庶人，倒也少了許多煩惱，正好回鄉耕讀，清清靜靜完成史記。更何況，李陵一旦真的逃奔回漢，我就更沒有過錯了。

司馬遷躺在地上，捫心自問，並無愧疚，於是釋懷，掙扎著坐起來，見牆邊有一點空地，便挪過

98　趙破奴：西漢名將。《史記》：「將軍趙破奴，故九原人。嘗亡入匈奴，已而歸漢，為驃騎將軍司馬。出北地時有功，封為從驃侯。坐酎金失侯。後一歲，為匈河將軍，攻胡至匈河水，無功。後二歲，擊虜樓蘭王，復封為浞野侯。後六歲，為浚稽將軍，將二萬騎擊匈奴左賢王，左賢王與戰，兵八萬騎圍破奴，破奴生為虜所得，遂沒其軍。居匈奴中十歲，復與其太子安國亡入漢。後坐巫蠱，族。」

去，靠牆坐好，閉目休息。

這時，甬道中傳來腳步聲，繼而是鎖鑰撞擊聲，囚室中忽然騷動起來。司馬遷忙睜開眼，見其他囚犯全都聚到門邊，彼此不斷爭擠。他正在詫異，見一個獄吏提著一隻木桶，打開牢門，走了進來，站住腳，掃視一眼，囚犯們一起略往後退了退。獄吏放下木桶，桶中飄出一些熱氣，一股麥香撲鼻而來，原來是飯。麥香飄在囚室潮腐之氣中，異常誘人，司馬遷不由得咽了一口唾沫，才發覺自己餓了。

獄吏才轉身，那些囚犯便一擁而上，獄吏回頭瞪了一眼，囚犯們忙一齊停住。獄吏出去鎖好門，轉身離開，囚犯們立即圍緊木桶，紛紛伸手去抓搶，鐐銬鏘啷啷一陣亂響。司馬遷只在幾年前河東遭災時，曾見過飢民這樣爭搶食物，沒想到這些常日裡錦衣玉食的官員竟也如此。搶到飯的，忙不迭往嘴裡塞，沒搶到的，拚命擠進去伸手亂抓，喉嚨中發出野獸般低吼聲。

司馬遷目瞪口呆，又驚又憐，不忍再看，重又閉起了眼睛。

過不多久，囚室重又安靜下來，囚犯們各自縮回原地，只有兩個老病者，仍趴在桶邊，一個手伸在木桶裡摸尋剩下的飯粒，另一個在桶邊地下撿拾掉落的殘渣。司馬遷睜眼瞧見，心裡一陣酸辛。

* * * * *

御史府後牆外，火光閃動，軍吏呼喝、馬蹄踢踏，前院也傳來叫嚷之聲。

朱安世左右看看，見左邊高牆外隱隱露出樹木樓閣，便牽著驢兒道：「去那邊！」

三人急奔到左牆，朱安世先一縱身攀上牆頭，向外一看，一座庭院，應是比鄰的官宅。他騎在牆上，郭公仲托起驩兒，朱安世伸手接住，拉了上來，郭公仲隨後攀上牆，跳進鄰院，朱安世先把驩兒送下去，而後自己也跳了下去。

他略一環望，小聲道：「前街後街都有把守，得到前面橫街才走得掉。」

「走！」郭公仲率先引路。

三人貼著牆，在黑影中潛行，穿過庭院，到了對面院牆，正要翻過去，後面忽然傳來一聲惡狗嘶吠，一個黑影猛地躥了過來，郭公仲急忙一刀甩出，那個黑影猛地倒地，一陣嗚咽，再無聲息。

「快！」郭公仲催道。

三人急忙翻牆過去，小心戒備，繼續向前疾奔，幸好再無驚險，一連翻過五座相鄰庭院，才終於來到橫街，左右一看，街上漆黑寂靜，果然沒有巡守。

朱安世道：「現在出城太危險，得先躲起來，等天明再想辦法混出城。」

郭公仲道：「老樊。」

「樊大哥？他回長安了？仍住在橫門大街？」

「對。」

「好，就去他那裡躲一躲。」

橫街向北，一條大道直通東、西兩市。

三人忙趁著夜黑急急向西市奔去，西市門早已關閉。他們繞到西市拐角，爬上牆邊一棵高柳，跳到裡面亂草叢中，進到西市，拐過一個街口便是樊仲子的舂醴坊。

三人摸到後院，翻牆進去，居室窗口透出燈光，他們走到窗邊，朱安世按照規矩，三輕三重，間錯著扣了六下。

片刻，一個人開門出來，燈影下，身形魁梧，正是樊仲子。

樊仲子一見他們，低聲道：「是你們，快進來！」

進了屋，樊仲子妻子迎了上來。

朱安世忙拱手道：「大哥、大嫂，又來給你們添麻煩了！」

樊仲子哈哈一笑，聲音洪亮：「怪道這兩天耳朵發燙、腳底發癢，正猜誰要來，沒想到是你們！」

三人坐下，樊仲子忙催妻子去打酒切肉。

樊仲子望著驩兒問：「這就是那孩子？」

朱安世納悶道：「哦？樊大哥也知道這孩子的事？」

樊仲子笑道：「你在扶風事情鬧那麼大，連減宣都被你害死，聾子都聽說了，哈哈。早知這麼纏手，就不讓你去接這樁事了。」

當初朱安世接驩兒這樁買賣，正是樊仲子引薦。樊仲子父親與湟水申道曾是故交，申道從天水托人送信給他，求他相助，但並未言明是何事，只說是送貨，酬勞五斤黃金。樊仲子當時在忙另一樁事，脫不開手，正在為難，剛巧朱安世正需要回家之資，向樊仲子打問生意，樊仲子便轉薦給他，回信申道，約好在扶風交貨。

朱安世回想起來，不由得苦笑一聲，但也不願多想，隨即道：「因為我，拖累樊大哥幾乎受害，實在是——」

樊仲子大笑著打斷他：「你又不是不知道我的脾性，三天無事，就會發癢，十天沒事，準要生病。何況，我也只是出城避了避而已，你把汗血馬還了回來，我也就無礙了。又托人打點了杜周的左丞劉敢，更加沒事了。」

「汗血馬是韓嬉還回來的，那減宣也是中了韓嬉的計策。」

「嬉娘當時也在扶風？」樊仲子眼睛頓時睜大。

當年樊仲子認得韓嬉時，前妻已經病逝，他和韓嬉十分親近，眾人都以為兩人會結成婚姻，誰知後來竟無下文，過了兩年，樊仲子續弦，娶了現在的妻子。

朱安世當然知道這段舊事，但不好隱瞞，只得將這一年多和韓嬉同行的事大略說了一遍。

樊仲子不但毫不介意，反倒開懷大笑，連聲讚嘆：「果然是嬉娘，不愧是嬉娘，也只有她才做得出！」

隨後說到趙王孫的死，屋內頓時沉默。

樊仲子眼圈一紅，大滴眼淚落下，他長嘆口氣，抹掉眼淚，感嘆道：「可惜老趙，我們這一伙都是粗人，只有他最有學問。今後再聽不到他大談古往英雄豪傑事跡了……唉！不過，說起來，人都要死，老趙為救人仗義而死，也算死得值了。過些年，等我活厭煩了，也去救他百十個人，這樣死掉，才叫死得痛快。」

話音剛落，忽然「啪」的一聲，大家都驚了一跳。

是郭公仲，他用力一拍木案，臉漲得通紅，張著嘴，半晌才吐出幾個字：「別……別……忘我……」

樊仲子一愣，隨即明白了，哈哈笑道：「放心，我這人最怕孤單，到時候一定約你同去。咱們生前同飲酒，死後同路走！」

「好！」郭公仲重重點頭。

朱安世聽得熱血沸騰，驩兒也張大了眼睛，小臉漲得通紅。樊仲子的妻子則在一旁苦笑一下，輕嘆了一聲。

飲了幾巡，朱安世想起王卿，便問道：「樊大哥知道御史大夫王卿這個人嗎？」

樊仲子道：「我只知他原是濟南太守，前年延廣自殺後，他遷升為御史大夫。你問他做什麼？」

朱安世將方才御史大夫府中的經過講了一遍。

樊仲子望望驩兒，想了想，道：「《論語》這些事我也不懂，只有老趙才懂。你現在怎麼打算？」

回想起王卿那番言行，朱安世暗暗敬佩，隱隱覺得此事可能真的事關重大。但看看驩兒，瘦小單弱，一雙黑眼睛始終藏著驚慌怯意，實在不忍讓他再涉險境，便道：「我也不知王卿所言是否屬實，驩兒這孩子為了這書吃盡了苦頭，我只想讓驩兒盡快脫離險境。但王卿有句話說得不錯，驩兒只要還記著這書，那些刺客恐怕就不會輕易罷手。對了，樊大哥，暴勝之是什麼人？」

「暴勝之原來是羽林郎[99]，後來升作光祿大夫。去年山東百姓聚眾為盜，攻城奪寨，暴勝之又被任命為直指使者，身穿繡衣、手執斧鉞，前往山東逐殺盜賊。朝廷還下了道『沉命法』[100]，盜賊興起，若當地官吏沒有發覺，或就算發覺，逮捕不及時、滅賊不夠數，兩千石以下的官員都要處死。暴勝之到了山東，不但盜賊，連刺史、郡守、大小官吏，也被誅殺無數。暴勝之因此立了大功，那日他的車馬儀隊回長安，從我這門前經過時，我正好在樓上，看他坐在車中，鼻孔朝著日頭，好不得意，他左臉本來有大片青痣，那天都變成了醬紅色——」

「青痣？」朱安世大驚，「是不是左半邊臉，從左耳邊直到左臉頰中間？」

「你也見過？」

「一路追殺我們的刺客，都穿著繡衣，上面繡著蒼鷹，手執長斧。其中一個我曾捉到過，又被他逃了，左臉上就有一大片青痣。我還從刺客身上搜出半個符節。」

「哦？看來那人應該正是暴勝之，他的隨從那天穿的正是這種蒼青繡衣。但他隸屬光祿勳，掌管宮廷宿衛，怎麼會千里萬里去追殺？」

「光祿勳官長是誰？」

「呂步舒。」

「呂步舒是什麼來路？」

「我只知道他是董仲舒的弟子，曾做過當年丞相公孫弘的長史，後來進了光祿勳，便極少聽到他了。此事看來確實非同小可，我這裡也不安全，明天先將你們送出長安，我們再從長計議。」

99　羽林郎：漢代宮廷禁衛軍。《漢書》：「武帝太初元年，初置建章營騎，後更名羽林騎，屬光祿勳。又取從軍死事之子孫，養羽林官，教以五兵，號羽林孤兒。」

100　《漢書．酷吏傳》中記載：「散卒失亡，復聚黨阻山川，往往而群，無可奈何；於是作沉命法，曰『群盜起不發覺，發覺而弗捕滿品者，二千石以下至小吏主者皆死。』」

第三十章：御史自殺

長安每面城牆三座門，共有十二座城門。

橫門位於城西北端，從西市出城，此門最近，一條直路便到。

第二天一早，樊仲子和郭公仲騎著馬，兩個童僕趕著一輛牛車，車上擺著散出陣陣酒香的兩個大木桶，慢悠悠來到城門下。

城門防衛果然比平日嚴密了很多，往日只有八個門吏把守，今天增加了兩倍，而且京輔都尉[101]田仁居然在親自督察。

到了門樓下，樊仲子跳下馬，笑著拜問田仁，田仁私下和他一向熟絡，今天當著吏卒的面卻只略略一笑，問道：「又出城送酒？」

「去拜望老友，田大人這裡看來又有緊要的差事，不敢打擾，改日再拜。」

田仁忽道：「稍等，今日上面有嚴令，所有出城之人都得搜檢。老樊見諒！」

樊仲子笑道：「哈哈，這有什麼？按章辦事。」

田仁點點頭，向身邊一名門吏擺擺手。那門吏走到牛車邊，揭開木桶蓋，向裡望望，又揭開另一個桶，也查看後，回頭稟告道：「兩只桶裡都裝的是酒。」

田仁道：「好，老樊可以走了。」

樊仲子一眼看見田仁身後一張木案上擺著盛水的罈子和兩只水碗，便對童僕道：「去取那罈子過來，把酒裝滿。」

田仁忙道：「老樊多禮了，正在公務之中，不能飲酒。」

「這不是上等酒，不敢進獻大人，等忙罷了，犒勞一下軍卒。去，裝滿！」

一個童僕跑過去，將罈子裡的水倒掉，抱回來，爬上牛車，揭開桶蓋，拿起木勺，從裡面舀出酒來，注入水罈中。那酒是金漿醪，在晨光下如金綢一般瀉下。

剛舀了兩勺，樊仲子叫道：「這桶不好，微有些酸了，舀另一桶。」

那童僕依言揭開另一桶，舀出酒來，將水罈灌滿，抱回木案上。

樊仲子這才拜別田仁，驅馬趕車，出了城門，一路向東北，到了茂陵郭公仲家。

韓嬉迎了出來，一見樊仲子，伸手在樊仲子胸口戳了一下，笑道：「樊哥哥，不在家裡陪嫂嫂，又來這裡湊熱鬧。」

樊仲子也哈哈笑道：「韓嬉妹妹還是這麼俏皮不饒人。你來看，樊哥哥給你變個戲法！」

說話間，牛車已經趕進院中，關好大門，郭公仲喚自家兩個童僕，和樊仲子的兩個童僕，四人合力將一只木桶搬了起來，底下露出一人，縮身蜷坐，是朱安世。童僕又搬起另一隻桶，下面是驩兒。

101　京輔都尉：掌管京畿軍事的武官。《史記・田叔列傳》中記載：「仁以壯勇為衛將軍舍人，數從擊匈奴，衛將軍進言仁為郎中，為二千石丞相長史，失官。後使刺三河，上東巡，仁奏事有辭，上說，奏事稱意，拜為京輔都尉。」

韓嬉見了，又驚又笑，忙過去細看，原來這兩只木桶是樊仲子精心特製，專門用來運人。木桶底部凹進去一截，剛好能容一個人縮在裡面。將空桶罩住人，再選稠濁的醴醪，灌滿木桶，從上面便看不出桶裡高出一截。

驩兒坐在桶下倒沒覺得怎樣，朱安世這一個多時辰卻很是憋屈，手腳痲木，頭頸酸痛，半天才能活動。

＊＊＊＊＊

牢獄之中，漸漸昏暗。

挨到黃昏，司馬遷腹中飢火漸漸燒灼起來。

這時他才有些後悔，剛才多少該過去抓一點飯來充飢。看其他人，或躺或坐，各不理睬，若不是有呻吟聲、咳嗽聲，竟像是在一座墳墓之中。司馬遷原本最不喜與不相干的人說話，這時卻很想找人說兩句話，但看別人都漠不關心的樣子，只得閉目忍著。

他忽然格外想念妻子，妻子一定早已得知消息，不知道此刻她焦急成什麼樣子。他暗暗有些後悔，沒有聽妻子勸告，逞一時義氣，魯莽進言，未必幫得到李陵，卻讓自己身陷囹圄。

這牢獄，一旦進來，就算走得出去，恐怕也得受許多折磨。僅此刻這番煎熬，已是他生平從未經歷過的，再看身邊這些人，不知道被囚了多久，各個只是勉強尚有人形而已，其實已和殘犬病鼠無異，過不了多久，自己也將是這番模樣。

他越想越怕，口乾舌燥，虛火熾燃，想找口水喝，但遍看囚室，並不見哪裡有水。他忍了良久，終於忍不住，碰了碰躺在身邊一個囚犯，小心問道：「請問哪裡有水？」

那人背對著他，並不理睬，司馬遷又低聲求問兩遍，那人才有氣無力地說了句：「明早。」

司馬遷頹然躺倒，身子似篩糠一般，不住顫抖，越顫越凶，見身下鋪著些乾草，慌忙抓了一把，塞進嘴裡，雖然一股霉臭，但嚼起來略有濕氣，嚼爛後，竟隱隱有一絲甜。咽下肚去，覺著甚是舒服。他大喜，又抓了一把狠力嚼起來。沒多久，竟將身下的乾草全都吃盡，這才稍稍緩解了飢渴。

不知道熬了多久，門外甬道又響起腳步聲和鑰匙撞擊聲，其他囚犯立即聞聲而動，紛紛搶向門邊。司馬遷也慌忙爬起來，顧不得遍體疼痛，掙著身子湊了過去。

果然是獄吏來送晚飯。

囚犯們等獄吏一走，照舊一擁而上，司馬遷在外圍擠不進去，便伸長了手臂，從兩個囚犯身子中間硬穿進去摸尋，還沒夠到木桶，身前的囚犯忽然一肘回過來，擊中司馬遷的眼角，頓時痛徹心扉，他卻顧不得痛，一手捂著眼睛，一手繼續伸手亂抓。

好不容易抓到一把飯，是溫熱的，他忙攥緊抽回手，急急塞進嘴中，是粗麥飯，麩皮多過麥粒，十分粗糲，但吃起來竟比世上任何美食都要香甜。他一邊急嚼急吞，一邊又伸手去抓。

頃刻間，桶裡的飯已被搶光，囚犯們也各自散開。

司馬遷前後一共只搶到三把，他攥著第三把飯，正要往嘴裡送，一眼看到一個老囚半跪在他身邊，白髮稀疏蓬亂，眼窩幽黑深陷，眼巴巴望著他手裡的飯。司馬遷心中不忍，遲疑了片刻，狠狠心，把飯遞給老囚。老囚忙伸雙手一把刨過，送進嘴裡，一陣急吞，倏忽吃完，才連聲道謝。

司馬遷嘆著氣搖搖頭，回到牆邊重新坐下。只吃到那點麥飯，非但沒有療飢，反倒更加餓了。到了夜裡，別人都已睡著，他卻根本無法入眠。身上疼痛，無論怎麼躺，都會壓到傷處，疼得狠了，就輾轉一下身子，腹中飢餓，又抓些身旁的乾草，放進嘴裡嚼。折騰大半夜，好不容易才昏昏睡去。

清晨，他被開鎖聲、鐐銬聲吵醒，睜眼一看，只見獄吏又提了一只木桶進來。

司馬遷以為是早飯，忙爬起來趕過去，隔著前面囚犯，探頭一看，桶裡不是飯，是水。

這次囚犯們竟沒有爭搶，兩個身強體壯的囚犯先走過去，彎下腰，各自伸手，從桶裡捧起水喝。應該是怕搶灑了水，才依次來喝，等那兩人喝足之後，另兩個才走過去喝。囚室中一共十三個囚犯，按體格強弱輪次。

其他人全喝過後，司馬遷才和那個老囚一起過去，桶裡水雖不多，但幸好還剩了一些。司馬遷早已渴得口舌焦灼，忙捧了一捧喝，只覺得那水流入喉嚨，甘美如蜜。兩人用手捧了兩捧後，水已經到底，再捧不起來，司馬遷便提起桶，托住桶底，讓老囚用嘴接著，他慢慢傾倒。老囚喝了一些，便接過桶幫司馬遷倒水。司馬遷張嘴大飲，一氣喝盡，總算解了焦渴。

放下桶，兩人相視一笑，老囚口中只剩了三顆牙。兩人靠牆坐到一處，司馬遷低聲報了自己姓名，問老囚，老囚也小聲答道：「萬黯。」

司馬遷又問：「你是為何被拘在這裡？」

老囚卻不再答言，目光躲閃，神色十分緊張。司馬遷迷惑不解，但隨即明白：這些年太多人因言獲罪，稍一不慎，一旦傳到獄吏耳中，恐怕要罪上加罪。

難怪這裡死氣沉沉，無人說話。

他也不再開口，呆呆坐著，默想心事。

＊　＊　＊　＊　＊

樊仲子打探到，暴勝之在御史府撲空後，立即遣繡衣使者四處追蹤。

朱安世和驩兒便在郭公仲家躲藏。正廳座席下有個暗室，沒有外人時，眾人就坐在正廳飲酒閒談，若有人來，便揭開座席，掀起地板，朱安世和驩兒鑽下暗室躲避。

一日，樊仲子急急趕回來，進門便道：「王卿自殺了！杜周升任御史大夫。[102]」

郭公仲驚道：「又？」

樊仲子道：「聽說廷尉率人到御史府緝拿王卿，進到府中一看，王卿已經服了毒酒，剛死不久。」

朱安世想起那夜王卿言語神情，心想王卿至少也是個正人君子，不免歉疚傷懷：「莫非是我們拖累了他？那夜暴勝之得到王卿門客的密報，才去捉拿驩兒，沒捉到驩兒，自然知道是王卿放了他。」

韓嬉奇道：「這點事也值得自殺？」

---

[102]《漢書．百官公卿表》中記載：「天漢元年濟南太守琅邪王卿為御史大夫，二年有罪自殺。」「擢升執金吾杜周為御史大夫。」

樊仲子嘆道：「這些年接連自殺的丞相、御史大夫，[103]哪個真的罪大惡極了？只要一言不慎，立遭殺身之禍，哪有常情常理可言？」

朱安世低頭想想，道：「據王卿所言，驩兒背誦的古本《論語》非同尋常。那夜王卿放我們走時，應該知道自己必死無疑，他自殺，恐怕是以死謝罪，防止連累家人。臨別前，王卿跪下來叩拜我們三個，求我們去荊州找刺史扶卿，把古本《論語》傳給他。但驩兒的母親曾叮囑只能傳給兒寬一個人……」

他望向驩兒，驩兒也正望著他，黑眼睛轉了轉，咬了咬嘴唇，小聲說：「我們可能應該聽王卿伯伯的。」

朱安世有些吃驚：「哦？」

驩兒繼續道：「王卿伯伯如果把我交出去，就不用死了。他連命都不要，肯定不會說謊騙我們。」

樊仲子讚嘆道：「好孩子，說得很好！小小年紀，卻能明白人心事理。我也覺著是。」

韓嬉眉梢一揚，道：「既然這古本《論語》這麼重要，他們又一直追殺驩兒，咱們就把它抄寫下來，到處去送，等傳開了，他們就沒法子了，也就不用再追殺驩兒了。」

樊仲子猛拍大腿：「好！」

郭公仲卻搖頭道：「不好。」

樊仲子忙問：「怎麼不好？」

「嫁……嫁……」郭公仲一急，頓時口吃。

樊仲子和韓嬉一起問道：「駕什麼？駕車？嫁女？」

郭公仲越急越說不出來。

朱安世忙問：「郭大哥，你是不是要說『嫁禍』？」

「對！」郭公仲忙用力點頭。

朱安世道：「郭大哥說得對，他們既然會因這書追殺驩兒，你傳給別人，不是嫁禍給別人？」

韓嬉道：「傳幾部不成，咱們就花錢抄它幾千幾萬部，遍天下去傳，我不信他們能殺盡天下人。」

郭公仲又連連搖頭。

朱安世繼續道：「他們無須全殺，只要殺幾個，這消息一旦傳出去，誰還敢接這書？就算有不怕死的，暴勝之那些人也會像追殺驩兒一樣，一個不會放過。」

樊仲子點頭道：「說得也是。依你看，該怎麼才好？」

韓嬉接過來道：「那就只有找不怕死的儒生，傳給他，他再悄悄傳給可靠的弟子，這樣一代代暗中傳下去，等沒有危險了，再公之於世。」

朱安世點頭道：「我猜驩兒的母親正是這樣想的。她能找到的可靠之人，只有兒寬，所以才叮囑只能傳給兒寬。其實傳給誰不重要，重要的是這個人，一要懂《論語》，二要不怕死。」

郭公仲也點頭贊同。

樊仲子道：「這樣的人，還真不好找。死，我倒不怕，可惜我根本不識幾個字，更不用說懂這些

---

103 《漢書・百官公卿表》中記載：漢武帝在位五十四年，共用十三位丞相，只有三人善終，三人被免、三人自殺、三人被斬，一人瘋癲而死。十八位御史大夫，五人自殺，一人被斬，另有延廣結局不明。

了。」

朱安世道：「王卿能舉薦荊州刺史扶卿，應該是信得過這個人。」

樊仲子道：「不過是一部書而已，送給我，只能當柴燒，居然鬧到要人命？」

韓嬉笑道：「你有酒有肉，有自己營生。這些儒生有什麼？不都是靠這些經書謀飯吃？我猜這《論語》應該有好幾種，一家不服一家，王卿說驩兒背的是孔壁《論語》，恐怕是比別家更貴重些，所以招來忌恨。」

樊仲子笑道：「也是，就像我們盜墓，你有你的法子，我有我的門道，但一座墓，你要是先探到了，就沒我的飯吃了，可我若先除掉你，寶物就歸我了。」

朱安世反駁道：「我們雖然為盜，也要義氣為重。這些儒生，眼裡只有權勢利祿，比所有人都要殘忍。這些人皮狼心的事我管不到，也懶得管。眼下我只管一件事，無論如何，都要保驩兒平安。至於這《論語》……」

說到這裡，朱安世遲疑起來。

他一向最憎儒生。除去身世之恨，僅平生所見儒生的作為，也足以讓他厭惡。想農夫種田、工匠做活、商人販貨，哪個不是辛勞謀生？就連自己為盜，也得冒牢獄之險、性命之災。只有這些儒生，讀幾篇破書爛文，就為官做吏。最可恨的是，這些儒生嘴上仁義，心藏蛇蠍，為了利祿，做豬做狗；見了百姓，卻又如狼似虎。

但想想扶風老人和王卿，兩人同樣也是儒生出身，但其坦然赴死之氣度，又讓他不能不肅然生敬。

於是他嘆道：「若這書真如王卿所言，事關重大，那就跑一趟，去荊州傳給扶卿。我倒不是為了什麼狗屎儒家，只是聽驩兒說，好幾個人都為它送了命，我自己親眼見到的就有兩個：一個是扶風那老人家，一個是王卿。不為別的，只為兩人這份義氣，也該出點力，了卻他們的遺願。」

韓嬉道：「要保驩兒平安，只要多加小心，找個僻靜角落躲幾年，應該就不會有事了。倒是這書有些麻煩，我們都不懂，又不能去問人。」

樊仲子道：「我倒記起一個人，名叫庸生，是膠東人，據說學問極高，但為人性子太拗，來長安求學謀職，始終不得重用，住在長安城郊一個破巷子裡，替人抄文度日，窮寒得很。我聽說之後，想接濟他一些錢物，沒想到反被他稀奇古怪罵了一頓，哈哈！這人骨頭極硬，應該不會亂說話。乾脆我去請了他來，咱們轉彎抹角打聽一下。」

郭公仲一直在聽，這時忽然道：「快！去！」

＊　＊　＊　＊　＊

被囚幾日後，司馬遷身上的傷漸漸好轉。

有了氣力，又餓怕了，搶飯的時候，他不再辭讓，搶到的飯越來越多，至少也能吃個半飽，還能幫那老囚萬黯搶一些。

每日，他只記著三件事：早上不要誤了喝水，中午和傍晚盡力多搶些飯，其他時候，便昏昏沉沉躺著。

有時，獄吏不高興，進來拿他們出氣。開始司馬遷不知情，莫名挨打，心中氣恨，神色便會流露出來，結果只會激怒獄吏，打得更重。於是，他漸漸學會了：只要聽見獄吏來，就盡快縮到牆角，不動，不抬頭，不發出聲響。實在躲不開，被踢被打時，也盡量蹲伏在地下，護住頭臉，挨幾下便無事。[104]

起初他還盼著能早日離開，但獄中囚犯太多，他連審訊都等不來。牢獄苦悶，他日夜渴望見妻子、女兒和衛真，但獄中為防串謀，不許親友探看，他只好以莊子那句「知其無可奈何而安之若命」來釋懷，又以孔子被拘於匡、困於陳蔡，卻安仁樂道、弦歌不輟來自勵。盡量不再自尋煩惱，安心等候，過了一陣，竟漸漸忘了時日，甚至忘了自己身在囹圄。

一日清晨，甬道牆上小窗洞外，霞光金亮，斜射進囚室。

獄吏又送來水，司馬遷最後一個喝，桶裡水剩得不多，他便托起木桶直接往嘴裡灌。他背對著小窗，霞光正巧照在木桶中，他猛然看到水中映出一張面孔：臉色慘白，眼窩深陷，顴骨高聳，鬚髮蓬散，沾著幾根乾草，尤其那眼神，像是窮巷中常被毆打的野狗的目光，呆滯中閃過驚怯。

司馬遷先是一驚，繼而慘然呆住，不敢相信這是自己，幽魂野鬼一般，與囚室中其他囚犯毫無二致。

他慢慢放下桶子，木然站著，眼中不由自主流下淚來。

十歲起，他就開始誦習古文，遍讀諸子群經；二十歲，隨父進京，跟隨名儒孔安國、董仲舒學史；之後遍遊天下，南涉江淮沅湘，踏訪禹穴古蹟，北至淮泗齊魯，觀習孔子遺風；三十五歲，任郎中一職，奉使西征巴蜀昆明；三十八歲，繼任太史令，博覽宮中秘藏書卷。繼承父志、豪情滿懷，要撰寫數千年史記，究天人之際，通古今之變，成一家之言。現在卻身陷牢獄，形容枯槁、面無人色，每日只為一飯一飲而拚搶。[105]

他不知道何時能出獄，妻子一介女流，連來獄中探視都不許。親族中，只有女婿楊敞有個小官職，但是楊敞素來膽小怕事，根本不能指望。至於朋友，只有任安能傾力相救，但他遠赴蜀地，恐怕還不知道自己遭難。田仁雖然已經回到長安，天子面前也說得上話，但至今不曾露面，想是怕惹禍上身。其他人本來就交接不多，更何況這次是當面觸怒天子，人人避之不及，怎麼會有人肯替他分辯？司馬遷雖然一向疏於交遊，但從未如此孤立無援，像是被舉世遺棄了一般，心中一片悲涼。眼下，他只盼李陵能早日逃回來，這樣他便可脫罪。然而李陵會回來嗎？何時才能回來？若他十年不回，我便要在這牢獄中苦挨十年？而且，天子之怒並不純然為李陵，定然不會全然無罪，總要加些罪名。

他越想心越亂，在囚室裡走來走去，腳上鐐銬不停拖響。

「做什麼？！」獄吏聞聲趕來，手裡握著木槌，隔著木欄向他搗過來。

司馬遷胸口被搗中，一陣痛楚，卻不閃不避，怒目問道：「何時審訊我？」

「想被審？好，我就來審審你！」獄吏取鑰匙開了鎖，一把推開門，兩步跨進來，揮起木槌就打。

104　參見司馬遷《報任安書》：「今交手足，受木索，暴肌膚，受榜箠，幽於圜牆之中，當此之時，見獄吏則頭搶地，視徒隸則心惕息。何者？積威約之勢也。及以至是，言不辱者，所謂強顏耳，曷足貴乎！」

105　參見《史記．太史公自序》《漢書．司馬遷傳》。

司馬遷重重挨了幾下，怒氣頓時無影無蹤，忙蹲下來抱著頭，咬牙挨著。那獄吏狠狠敲打了十幾槌，又一腳把司馬遷踢翻，才罵著離開。

司馬遷躺在地上，遍體疼痛，心中氣悶，喉嚨中發出哽澀之聲，又像哭，又像笑。

良久，平靜下來後，他才告誡自己：以後再不可這樣，你得留著命，你的史記才寫了一半。你若這樣死掉，連條野狗都不如。

他漸漸振作起來，這囚室中沒人說話，很是安靜，又無事可做，雖然沒有筆墨，卻可以打腹稿。於是他便一篇篇在心裡細細醞釀，一遍遍默誦，死死記牢。

這樣，他又渾然忘記了時日和處境。

第三十一章：生如草芥

樊仲子果然請了庸生來。

朱安世和驩兒躲在暗室下面，聽上面樊仲子恭恭敬敬請庸生入座。郭公仲口不善言，只說了個「請」字。

「不知兩位請我來有何貴幹？」一個枯澀但剛勁的聲音，自然是庸生。

樊仲子賠笑道：「先請庸先生飲幾杯酒，我們再慢慢說話。」

庸生道：「飲酒有道，舉杯守禮，或敬賓客之尊，或序鄉人之德，我一不尊貴，二無宿德，這酒豈能胡亂喝得？」

朱安世聽了，不由得皺起眉，他最怕這些迂腐酸語，若在平日聽到，恐怕會一拳杵過去。

樊仲子卻依然和氣賠笑：「先生學問精深，在我們眼裡，先生比那些王侯公卿更加尊貴。我們都是粗人，不敢拜先生為師，但有些學問上的事，要向先生討教，理該先敬先生一杯。」

庸生卻道：「賓主行酒禮，豈有女子在座？孔子曰，教之鄉飲酒之禮，而孝悌之行立矣。你們果然粗莽不知禮儀。」

樊仲子忙道：「先生教訓得是，這是我家一個遠親表妹，向來缺少訓導，所以才要向先生請教。

你還不快退下！」

朱安世頓時笑起來，正在想韓嬉會氣惱得怎樣，卻聽韓嬉笑道：「哎呀，先生哪，小女子生在窮鄉僻壤，投奔這裡之前，連件像樣的衣服都沒穿過，哪裡知道這些禮數？小女子這就退下，還望先生以後多多教導。」

隨後，一陣細碎腳步聲，韓嬉去了側室。

庸生氣呼呼道：「毫無禮法，粗陋不堪，這酒你拿開，我不能飲！」

樊仲子仍小心恭敬：「酒不喝，那先生請吃些菜？」

庸生道：「非禮之祿，如何能受？」

樊仲子道：「我聽一個故友說，當年人們向孔子拜師，至少要送上一束乾肉，我們要向先生求教，這菜餚就當敬獻的薄禮吧。」

庸生道：「如此說來，倒也不違禮儀，那我就不客氣了。」

隨即，一陣稀里呼嚕的咀嚼聲，想來那庸生許久沒有沾過葷腥，吃得忘了他的禮儀。

許久，才聽庸生咂著嘴道：「好了，既收了你們的束脩，有什麼問題請問吧。」

樊仲子問道：「請問先生《論語》是什麼書？」

庸生道：「《論語》乃聖人之言、群經之首，是孔子教授弟子、應對時人之語。後世弟子欲知夫子仁義之道，必要先讀《論語》。」

「天子設立五經博士，《論語》是五經之一嗎？」

「非也，五經者，《易經》《書經》《詩經》《禮經》《春秋》。」

「既然《論語》是孔夫子聖言，如此重要，為什麼不立博士？」

「天有五行，人學五經，此乃天人相應之義。」

「《論語》就不合於天了？」

「胡說！五行之外更有陰陽，五經之外，還有《論語》《孝經》。」

「書還要分陰陽？」

「世間萬物莫不分陰陽，何況是聖賢之書？五行歸於陰陽，五經總於《論》《孝》。《論語》是尊聖之言，屬陽；《孝經》乃敬祖之行，屬陰。言行相承、陰陽相合，體天之道、察地之義。春以知仁、秋以見義。地承天，子孝父，星拱月，臣忠君……」

庸生滔滔不絕地講起來，起初，朱安世還能勉強聽懂，後來便如陷進泥沼，聽得頭昏腦漲、煩濛不堪。樊仲子在上面也半晌不出聲，恐怕也是一樣。

幸而郭公仲性急，忽然打斷道：「孔壁！」

庸生終於停住嘴，問道：「什麼？」

樊仲子忙道：「先生講得太好了！只是我們蠢笨，怕一時領會不了這麼多。眼下，我們有一件事向先生請教——」

「何事？」

「古文《論語》是怎麼一回事？」

庸生聲音陡變，十分詫異：「此事你是從哪裡聽來的？」

樊仲子笑道：「有天在路上，我聽兩個儒生在爭論什麼古文《論語》、今天的《論語》，我也聽不懂，只是覺得納悶，一本《論語》還要分這麼多？」

「非『今天的《論語》』，乃『今文《論語》』。秦滅六國之前，各國文字不一，秦以後才統一為小篆，到我漢朝，隸書盛行，稱為『今文』，古文乃是秦以前文字。」

「這麼說古文《論語》是秦以前的？」

「正是，秦焚燒典籍，又禁民藏書，百年之間，古文書籍喪失殆盡。經典多是口耳相傳，用隸書抄寫，故而稱為『今文經』，由於年隔久遠，加之各家自傳，到了今世，一本經便有諸多版本。方才所言今文《論語》便有齊《論語》和魯《論語》之分，我所學的是齊《論語》[106]。」

「先生沒有讀過古文《論語》？」

「古文《論語》本已失傳，後來在孔子舊宅牆壁之中掘出一部，孔安國將之獻入宮中，秘藏至今，未能流傳。我來長安，本意正是想學古文《論語》，可惜未能得見。」

樊仲子道：「原來宮中也有一部？」

庸生驚問：「宮外也有一部？」

樊仲子忙掩飾道：「那日我聽那兩人談論古文《論語》，他們恐怕有一部吧。」

「絕無可能，現今世上只有一部。」

「古文《論語》和今文《論語》有什麼不同嗎？」

「我也不知。不過，應當會有不同。」

「若這古文《論語》傳到世上，會怎麼樣？」

「齊、魯兩種《論語》恐怕便沒有容身之地了。」

兩人又問了些問題，但庸生沒有見過古文《論語》，也回答不出。

郭公仲便讓鄂氏添飯，勸庸生又吃了些，命童僕駕車送他回去。

朱安世和驩兒忙爬了上去，韓嬉也從側室出來。

韓嬉笑道：「這天下要盡是這樣的儒生，我們可沒法活了。不過呢，這人雖然酸臭，卻是個耿直的人，又極想學古文《論語》，不如傳給他算了。」

樊仲子忙搖頭道：「不好，不好。他已經落魄到這個地步，如果再學了古文《論語》，連命都保不住。我們不能害他。」

郭公仲也道：「是。」

朱安世道：「我們果然猜對了，庸生說古文《論語》一旦傳到世上，齊魯兩種《論語》便都要斷了生路。那些人之所以追殺驩兒，就是要毀掉古文《論語》。」

韓嬉問道：「傳給荊州刺史扶卿，不也會害了他？」

朱安世想了想，道：「王卿舉薦扶卿，自然是知道扶卿有辦法自保，並且能保住這部書流傳下去。不過，庸生說這古文《論語》一直藏在宮中，驩兒的母親是從哪裡得來的？」

樊仲子道：「一定是某人在宮裡看了這部書，背下來，偷傳出來的。」

朱安世道：「嗯，應當如此。剛才那庸生越講越玄，我懶得聽，就在琢磨一件怪事。既然庸生說

106　據《論語注疏．解經序》（魏．何晏注，宋．邢昺疏）記載，膠東庸生傳齊《論語》，「安昌侯張禹受《魯論》於夏侯建，又從庸生、王吉受《齊論》，擇善而從，號曰《張侯論》，最後而行於漢世。」

《論語》是聖人之言、群經之首，那劉老兒一邊極力推崇儒家，一邊卻又秘藏著這部古經，這就像賣貨的商人，一邊盼著生意興旺、賣得越多越好，一邊又把最好的貨藏起來，生怕人見到買去。這是什麼緣故？」

樊仲子也奇道：「的確古怪。」

韓嬉道：「這有什麼好奇怪？老樊，你是賣酒的，什麼酒你會藏著不敢賣？」

樊仲子笑道：「當然是最好的酒，留著自己喝嘛！」

郭公仲卻道：「壞酒。」

朱安世笑道：「郭大哥說得對。樊大哥你愛酒勝過愛錢，才會藏起好酒，捨不得賣，嬉娘說的則是不敢賣。酒商賣酒為盈利，好酒能賣好價，就算藏著不賣，也是為賣更高的價，絕不會把酒放酸。倒是壞酒，賣出去會壞了名聲，毀了自家生意。」

樊仲子笑著點頭道：「這倒是，賣酒賣的是個名號。我家酒坊裡，酒若沒釀好，寧願倒在溝裡，絕不敢賣給人。若不然，『春醴坊』哪裡能在長安立得住腳？」

韓嬉笑道：「這就對了。現今儒學也不過是謀利祿的生意，劉老兒就是個販賣儒家的書販子，他想儒家生意興旺，斷不敢賣劣貨。所以呢，我猜那孔壁《論語》必定是一本壞書。」

樊仲子迷惑道：「酒壞，容易明白；書壞，怎麼解釋？」

韓嬉問道：「你是經營酒坊，那劉老兒是經營什麼？」

未及樊仲子答言，郭公仲大聲道：「天下！」

韓嬉點頭笑道：「對。賣壞酒會毀了酒坊生意，壞書便會毀了天下這樁大買賣。」

樊仲子瞪大眼睛：「毀了天下？什麼書這麼厲害？」

朱安世卻迅即明白：「劉老彘最怕的，是臣民不忠、犯上作亂；最盼的，是全天下人都變成庸生這樣的呆子，整天只知道念什麼『星拱月，臣忠君』；最恨的，則是我們這些不聽命、不服管的人。我猜這孔壁《論語》中必定有大逆不道的話，會危及他劉家的天下。」

樊仲子點頭道：「應該是這個理，否則也不至於千里萬里追殺驩兒。」

韓嬉道：「這樣一說，我倒好奇了。驩兒，你先給我們念一下，讓我們聽聽看，到底是什麼了不得的話？」

驩兒遲疑了一下，剛要開口念，郭公仲大聲喝道：「莫！」

眾人嚇了一跳。

韓嬉笑道：「怎麼了？郭猴子？又不是念催命的符咒，瞧你嚇得臉都變了。」

朱安世卻頓時明白，忙道：「為了這部書，葬送了好幾條性命，郭大哥的兒女就在隔壁屋裡，萬一聽了，出去不小心說漏了嘴，被別人聽到，禍就大了。」

樊仲子也道：「對，對，對！我常喝醉，醉後管不住自己的嘴，胡亂說出來，可就糟了。」

韓嬉笑著「呸」了一聲，便也作罷。

朱安世道：「我剛才話還沒說完。壞書和壞酒還不一樣，壞酒人人都會說壞，但書就未必。劉老彘覺著壞的，其實定是好的。於他劉家不利的，定會利於天下。所以，這書非但不是壞書，反倒該是——」

「好書！」其他三人異口同聲道。

驢兒本來一直默默聽著，有些驚怕，這時也小臉通紅，眼睛放亮。

朱安世點頭道：「既然劉老彘怕這書被人讀，那這事我偏偏得去做成！我就帶驢兒去一趟荊州，找到那扶卿，傳給他！」

＊＊＊＊＊

囚室中十一個囚犯被一起押出，再也沒有回來。

司馬遷才猛然察覺：冬天到了。

漢律規定，冬季行重刑，那十一個囚犯定是牽涉到同一樁案子，一起被斬。

現在只剩司馬遷和老囚萬黯，飯倒是沒有人搶了，兩人每頓都能吃飽。不過，甬道牆上那個窗洞毫無遮擋，天越來越冷，風徑直吹進來，獄吏卻只扔了條薄被給他們。兩人白天冷得坐不住，不停在囚室中轉圈。到了夜裡，合蓋一條被子，背抵背，互相驅寒。起初還能睡得著，到了深冬，時常被凍醒，只得起來跑兩圈，等血跑暖了再躺下。繼而手腳都生了凍瘡，連走路都生痛。其他囚室中人多，夜裡鐐銬聲更加響亮，此起彼伏。獄吏若被吵到，進來揮棒就打，囚犯們只得撕下衣襟拴住腳鐐，提著慢慢走動。

司馬遷凍得睡不著時，便不停默誦《詩經》裡那些溫暖的句子，如「桃之夭夭，灼灼其華」「七月流火、八月萑葦」等，但讀來讀去，才發覺《詩經》三百篇，真正喜樂之詩竟如此之少。人生於世，悲愁遠多過歡愉，生死操縱於人手，卻絲毫無力掙脫……越想越灰心，不但身子寒冷，心裡也漸漸結冰，一線求生之念隨之散去，索性一動不動，任由自己凍僵，慢慢失去知覺……

恍然間，他睜開眼，竟回到故里，而且滿眼春光明媚，遍野桃花灼灼。他在桃樹下讀書，一枝桃花輕輕伸到書簡上，擋住了文字。抬頭一看，是妻子，青春姣好，明眸流波，朝他嘻嘻笑著。他捲起書簡，牽著妻子，兩人在桃林中並肩漫步，細語言笑，直到黃昏，才攜手歸家。

進了門，卻聽見僕人在哭，他忙奔進去，見父親躺在病榻之上，氣息奄奄。聽到他的足音，父親猛地睜開眼，指著他厲聲罵道：「你生如草芥，死如螻蟻，白活一場，一無所值！怎麼還有顏面來見我？」他忙跪在床邊哭道：「兒也想生得慷慨、死得壯偉，只是無辜受罪、身陷絕境，無可奈何……」

正在痛哭，他忽然被搖醒，是萬黯，老人用被子緊緊裹住他，不住地替他揉搓手腳。他這才發覺寒冷徹骨，像沉在冰湖之中，身子顫抖，牙關咯咯敲擊。等稍稍緩過來一些，萬黯又盡力扶起他，攙著慢慢在囚室裡走動。良久，身子才漸漸回暖，算是撿回了一條性命。

他萬分感念，連聲道謝。

黑暗中，老人低聲笑道：「我這條老命虧得有你，才多活了這幾個月。」停了停，老人又道，「人得有個願念，再冷再苦，才能活得下去。你有沒有什麼願念？」

司馬遷打著冷戰道：「有。我想和妻兒重聚，不想死得如此不值！」

老人壓低聲音笑嘆道：「我也是，我想再抱抱我的孫兒，還有主公的孫兒。公子就是我從小服侍大的，兩個小孫兒也是我看著生的。分別時，他們還在襁褓裡，現在恐怕都能跑了。對了，有件事一直不方便告訴你——我主公你認得，是兒寬。」

「兒寬？！」司馬遷大驚，「你就是最後留在兒寬舊宅那兩個老僕人中的一個？」

「對，我們兩兄弟留下來等主公的弟子，要等的沒等來，卻來了幾個繡衣人，砍死了我弟，將我捉到京城，關在這裡，已經三年多了。」

「你要等的是不是簡卿？」

「哦？你怎麼知道？」

「我只是猜測，去年我曾偶遇簡卿，他好像有什麼急事，匆匆說了幾句話就道別了。」

老人低頭默想，自言自語道：「不知道他等的人等到沒有？」

司馬遷猜想簡卿定是受了兒寬囑托，等待一個重要之人，但見老人不再言語，不好細問，便和老人繼續在囚室中一圈一圈慢走。

眼看要挨過寒冬，萬黯卻死了。

司馬遷凌晨被凍醒，覺得背後老人的身體像冰塊一樣，忙爬起來看，老人已經凍得僵硬，毫無鼻息。

看著獄吏將老人屍體抬走，久未有過的悲憤又寒泉一般噴湧而起，司馬遷渾身顫抖，卻不是因為天寒。他不停在囚室中轉圈疾走，心中反覆念著《春秋左傳》中的一個詞：困獸猶鬥。

獸瀕死尚且不失鬥志，何況人乎？

只是如今我困在這裡，即使要鬥，又和誰去鬥？

憤懣良久，他忽然想到：天子要你死，獄吏要你死，你卻不能讓自己死。盡力不死，便是鬥！只要不死，便是贏！

他頓覺豁然振奮，一股熱血充溢全身。自此，他不再讓自己消沉自傷，盡力吃飯，盡力在囚室中行走活動，心心念念，全在史記，一句一句，一段一段，細細斟酌，反覆默誦，全然忘記身外一切。

有一天，他無意中望向甬道窗洞外，遠處一叢樹竟隱隱現出綠意。雖然天氣猶寒，但畢竟春天已至，他不由得咧嘴一笑，身心隨之舒暢。

不過才舒暢了十幾天，就有幾個囚犯先後被關到這間囚室，皆是朝中官員。

囚室中頓時擠鬧起來，這幾人初來乍到，嘆的、罵的、哭的、叫的，各個不同，被獄吏痛打了幾頓後，才漸漸安靜下來。起初他們也不懂得爭水搶飯，到後來漸漸地一個比一個凶。不過由於司馬遷先到，整日又沉默不言，他們都有些忌憚，不約而同總是讓司馬遷佔先。司馬遷也不謙讓，吃過喝過，便坐到角落，繼續默想他的史記。

直到春末，司馬遷才被審訊。

獄吏押著他到了前廳，在門前庭院中跪下。

他抬頭一看，中間案後坐著的竟是光祿勳呂步舒！

呂步舒濃密白眉下一雙鷹眼盯著司馬遷，猶如禿鷲俯視半死的田鼠。

司馬遷大驚：怎麼會是他來審訊？

還未及細想，左邊光祿丞問道：「是你上報石渠閣古本《論語》失竊？」

司馬遷一愣，我因李陵入獄，不問李陵之事，卻為何要問《論語》？但此刻不容多想，只得答道：「是。」

光祿丞又問：「你確曾在石渠閣中見過古本《論語》？」

「是。」

「為何石渠閣書目上沒有此書？」

「原本有，不知為何，後來卻不見了。」

「你是說有人刪改石渠閣書目？」

「是。」

「誰改的？」

「不知道。」

「前年，你妻子去巳故長陵圓郎家做什麼？」

司馬遷一震，這事也被他們察覺？他慌忙抬起頭，呂步舒仍盯著他，目光冰冷，像一隻利爪，逼向他，要攫出他的心一般。

他忙定定神，答道：「他們兩家是故交，只是去探訪。」

光祿丞又問：「你去千乘和河間做什麼？」

司馬遷驚得說不出話，半晌才回過神，道：「遊學訪友，請教學問。」

「可是請教古文《論語》？」

司馬遷遲疑片刻，才道：「是去請教古史。」

「你是不是說過呂大人竊走了古本《論語》？」

「沒有！」司馬遷看呂步舒的目光更加陰冷。

光祿丞聲音陡然升高：「你是不是還說過，皇上也牽涉其中？」

司馬遷大驚，忙矢口否認：「沒有！」

「真的沒有？」

「沒有！」

「今之天子不如古之天子，皇上將天下當作私產，這話是誰說的？」

司馬遷渾身冰冷，垂下頭，再說不出一個字。

這些私底下的言語行事，只有妻子和衛真知道，呂步舒是從何得知？

唯一可能是：妻子或衛真也已下獄，受不了嚴刑，招認了這些事。

靜默片刻，呂步舒才第一次開口說話，聲音冰冷陰澀：「可以了，押下去。」

第三十二章：南下荊州

直到年底，京畿一帶的搜尋戒備才漸漸放鬆。

朱安世告別郭公仲和樊仲子，帶著驩兒離開茂陵，啟程南下。

兩人穿著半舊民服，駕了輛舊車，載了些雜貨，扮作販貨的小商販，慢慢前行。

一直躲在郭公仲家，兩人都憋悶至極，行在大路上，天高地闊，胸懷大暢。

近十個月來，朱安世無日無夜不在思念妻兒，心想只要到了荊州，了結了這件事，就能專心去尋找妻兒，找到後，一家人尋個僻靜地方，從此再不惹是生非，一心一意，安靜度日。

他扭頭看看驩兒，驩兒正望著路邊一家竹籬農戶，院子裡一個農家漢子正在劈柴，一個少年在一邊撿拾砍好的柴棍，抱到牆根碼到柴垛上。一個農婦端了一盆水，從屋裡走出來，腳下一絆，摔倒在地上，盆子滾到一邊，水潑了一地。少年忙跑過去扶，不料也滑倒在地，跌到了農婦懷裡。兩人倒在一處，居然一起笑起來，那農家漢子也停住斧頭，望著他們哈哈大笑。

驩兒看著，也跟著咯咯笑起來。

朱安世不由得也隨著笑了，但隨即，猛然想起酈袖當年所言的「安安穩穩過活」，看這一家農人如此和樂，心裡一陣羨慕惆悵。

再看驪兒，這麼久以來，驪兒始終靜靜的，不言不語。即使說話，也小心翼翼，即使笑，也只微微一笑。現在笑出了聲，才現出孩童該有的模樣。

自從知道驪兒背誦的是世上唯一的古本《論語》，朱安世心中越發疼惜，不知道他父母是什麼樣的人，天大的秘密竟讓這樣一個孩子承擔！等這事了了，定要讓驪兒過孩童該過的日子。

酈袖若見了驪兒，也一定會疼愛這孩子。

續兒是個有豪氣的孩子，也自會喜歡驪兒。

驪兒又和善，兩個孩子在一處，定會玩得很好……

行了幾日，到了南陽冠軍縣[107]。

縣城不大，街市上行人也稀稀落落。

朱安世駕車緩緩前行，尋找客店，迎面走來一個貨郎，擔著一個貨架，大聲叫賣。朱安世本沒在意，但一扭頭，見驪兒盯著那貨架，眼裡透著羨慕。

他忙叫住貨郎，貨郎走過來，滿面堆笑，殷勤奉承。

朱安世一眼看見架上有一隻木雕漆虎，黑底黃紋，斑斕活跳。

他心裡猛地一刺：當年和兒子分別時，正是答應給兒子買一隻這樣的漆虎。幾年來，他一直記在心裡，在成都空宅中，他見到續兒床頭掛著一隻相似的，是酈袖替他補償了兒子，不知道續兒還記不

---

107 冠軍縣：漢武帝因霍去病功冠諸軍，封侯於此，始名冠軍。故城位於今河南省鄧州市張村鎮冠軍村。

記得這件事？

貨郎連聲詢問，他忙回過神，扭頭讓驪兒隨便選。驪兒搖頭說不要，眼角餘光卻仍停在貨架上，朱安世順著他的目光一看，驪兒竟也盯著那只漆虎。朱安世不再問，讓貨郎將那只木雕漆虎拿過來，問過價，付了錢，將漆虎遞給驪兒。

驪兒仍不肯要，朱安世故意生氣道：「錢都付了，拿著！」

「謝謝朱叔叔。」驪兒小心接過，握在手裡，用指尖輕輕撫摩著。

「喜歡嗎？」

「嗯！」驪兒點點頭，卻低垂著眼睛，似乎想起什麼心事。

「怎麼了？」

「我娘原來答應給我買一個，後來忙著趕路，再沒見到賣這個的……」

朱安世一聽，心裡更加不是滋味，卻不知能說些什麼，嘆了口氣，吆喝一聲，振臂驅馬，繼續向前。

走了不遠，找到一家客店。

朱安世停好車，便帶著驪兒到前堂坐下，點了幾樣菜，又讓打一壺酒。

店家賠笑道：「客官，實在抱歉，剛頒布了『榷酒酤[108]』令，小店沒有酒了。」

朱安世問：「什麼缺酒孤？」

店家笑著解釋：「榷是路上設的木障欄那個『榷』，這『榷酒酤』令頒下來後，民間再不許私自釀酒、賣酒，只能由官家專賣。唉，先是算緡[109]和告緡[110]、鹽鐵官營，現在又來管到酒，真是吃完了肉，又來刮骨頭。我大清早就趕到縣裡新設的官家酒市去買酒，誰知那裡已經排滿了人，我排了好一陣子，又擔心店裡的生意，等不及，只得空手回來了。實在是抱歉。」

朱安世聽了心想：樊仲子的酒坊恐怕也已經被關閉了。張口要罵，但還是忍住，只道：「不關你的事，那就快上飯菜。」

店家連聲答應著，剛離開，驪兒忽然叫道：「韓嬸嬸！」

朱安世忙抬頭，只見一個女子笑吟吟走進門來，身形裊娜，容色嬌俏，是韓嬉。

幾個月前韓嬉就離開了茂陵，卻不想在這裡遇見。

「嬉娘？你怎麼也到了這裡？」朱安世忙站起身。

「真是巧，我剛才還在想會不會遇見你們呢。」韓嬉笑著過來坐下，伸手輕撫驪兒的頭頂，「驪兒還好嗎？」

108　榷酒酤：漢武帝為解決財政困難，而實行的酒類專賣制度。《廣雅．釋室》中說：「獨木之橋曰榷。」《漢書．武帝紀》中記載：「（天漢）三年春二月……初榷酒酤。」顏師古注引韋昭曰：「謂禁民酤釀，獨官開置，如道路設木為榷，獨取利也。」

109　算緡：漢武帝為解決國用不足，於元狩四年（西元前一一九年）所施行的稅法。凡工商業者都要申報財產，每二緡（兩千錢）徵一算（一百二十錢），稅率百分之六。隱瞞不報或呈報不實者，沒收全部財產，罰戍邊一年。

110　告緡：為杜絕商人隱匿「算緡」，元鼎三年（西元前一一四年）武帝又下令「告緡」，有揭發者，獎勵所沒資產的一半。《漢書．食貨志》中記載：「中產以上大抵皆遇告。杜周治之，獄少反者。乃分遣御史、廷尉、正監往往即治郡國緡錢。得民財物以億計，奴婢以千萬數，田大縣數百頃，小縣百餘頃，商賈中家以上，大抵破。」

「嗯！」驢兒眼睛發亮，笑著用力點點頭。

朱安世忙又叫店家多加了幾個菜，才問道：「你這是要去哪裡？」

「長沙。」

「去長沙做什麼？」

「嫁人。」

「嫁人？」朱安世一愣，「嫁什麼人？」

「我嫁誰，你很關心？」韓嬉笑盯他。

「嘿嘿，只是有些好奇。」朱安世心想：哪裡有女子單身一人、千里迢迢，自己跑到男方家裡去嫁人的？

「光是好奇？不關心？」

「嘿嘿，當然也關心，畢竟——」

「畢竟什麼？」

朱安世一時語塞，想了想才道：「畢竟相識這麼久，你又幫了我那麼多忙。」

韓嬉微微一笑，略一沉吟，道：「是這樣啊，那我就沒必要告訴你了。另外，我做那些事並不是幫你，是放債，一筆一筆你都得還給我。」

「嘿嘿，那是當然。你要什麼？儘管說！我拚了命也要給你找來。」

「其他的我還沒想到，首先，你得盡快把那匣子還給我。」

＊＊＊＊＊

靳產一路急行，不到十天，便到了常山郡。

常山治所在元氏縣，他進了城，求見郡守，郡守見是執金吾杜周的急命，自然也不敢怠慢，忙吩咐長史盡力協助靳產查案。

長史陪同靳產出城，到姜志故里槐陽鄉，找到鄉長一查戶籍，姜志果然有個伯父，名叫姜德。姜德是個儒生，曾經為河間王劉德門客。劉德死後，歸鄉耕讀，在本地頗有名望。四年前，姜德犯事逃走，不知所終。因為時隔幾年，當時原委，鄉長已記不太清。

長史又帶靳產回城去查當年刑獄簿錄，果然有姜德一案檔案——

姜德當年罪名是藏匿逃犯。那逃犯是一個年輕婦人，捕吏得令，趁夜去槐陽鄉捉拿時，見夜色中一個婦人身影從前門溜出，急急向村外奔去。捕吏忙追上去，到了村外，見那婦人跑到一棵大樹影下，不再動彈。趕過去一看，那婦人竟用匕首插在胸口，人已經死了。舉火照看她臉面，不是本地之人，定是那犯婦。

捕吏又回到姜家，見合家男女老幼都在，只少了姜德一人。問他家人，說是出門訪友去了。郡守因為犯婦已死，便結了案。

靳產見簿錄上只記了那犯婦姓朱，來自何處、所犯何罪則不見紀錄。便問道：「那犯婦是什麼人？因何被追捕？」

長史又去找當年緝捕逃犯的文牒，卻沒有找到，於是道：「想是當時已結了案，文牒留之無用，便銷毀了。」

「那姜德家人現在還在嗎？」

「他的妻小當年都被黥了面[111]，充作了官奴，男子在磚窯，女子在織坊。」

「能否讓在下盤問一下姜德的家人？最好是女人。」

「好說。」

長史吩咐下去，不多時，小吏帶來了一個年輕婦人。那婦人身穿破舊粗布衣，身形枯瘦，面頰上深印著墨痕。

小吏稟告說：「這是姜德的兒媳馮氏。」

靳產盯著那婦人看了半晌，才開口問道：「你有沒有兒女？」

馮氏低頭小聲答道：「有。」

「幾個？」

「三個。」

「他們現在哪裡？」

「兩個女孩在郡守府裡做奴婢，一個男孩隨他父親在磚窯做活。」

「你想讓他們活，還是死？」

「大人……」馮氏猛地抬起頭，滿眼驚恐，隨後撲通跪倒，不住地在地上磕頭，「求大人開恩！求大人開恩！」

「好，既然你不想他們死，就老老實實答我的話。」

「犯婦不敢隱瞞半個字！求大人開恩！」

「四年前有個婦人躲到了你家裡，她是誰？」

馮氏跪在地下，遲疑起來。

靳產冷哼了一聲，道：「不說？好，就先從你小女兒開始——」

「我說！我說！」馮氏忙喊道，「那婦人姓朱，是臨淮太守孔安國的兒媳。」

「哦？你還知道什麼？都說出來！」靳產頓時睜大眼睛，心怦怦跳響。

「那朱氏是我公公夜裡偷偷接到家中來的，還帶著四五歲人一個孩子。我公公沒說她的姓名、來歷，也不許我們問，只讓我們好好待客。出事那天傍晚，我丈夫急忙從城裡回來，他探聽到有人上報消息給府吏，說我家窩藏了一個異鄉婦人。剛好郡守得到緝捕公文，要捉拿一個女逃犯，郡守便命人來我們家捉拿逃犯，捕吏已經部署好，只等天一黑就來。我公公一聽，慌忙跑到朱氏屋裡，進去不多久，他們兩個竟爭吵起來。我心裡好奇，便湊到窗下偷聽，聽了半天才勉強聽懂一些，原來我公公讓朱氏帶著孩子快逃，朱氏卻跪下來懇求我公公帶那孩子去長安，送到御史大夫府，還說什麼『這部經書比孩子的命更要緊』……」

靳產忙問：「什麼經書？」

「那朱氏沒有說。不過，她提到臨淮太守，還說孔家只剩這孩子一支根苗，所以犯婦才猜到，她應該是臨淮太守孔安國的兒媳。她說她一個婦道人家，保不住孩子的命。我公公聽了才答應，就帶著

111　黥面：又稱黥刑，在犯人的臉上或額頭上刺字，再染墨，作為受刑人的標誌。《說文解字》中注：「黥，墨刑在面也。」

那孩子從後門出去，騎了馬悄悄逃走了……」

＊＊＊＊＊

荊州、長沙正好一條路，朱安世、韓嬉、驩兒三人再次同行。

朱安世怕走急了惹人注目，便有意放慢行速，並不急著趕路，三人一路說說笑笑，甚是開心。驩兒時刻都握著那只木雕漆虎，喜歡得不得了。

三個多月後，才到了荊州府江陵，此時已經春風清暖、桃李初綻。

韓嬉先去打聽，刺史扶卿不在江陵，去了江夏等地巡查。

朱安世道：「江夏在東，長沙在南，我們就此告別。」

韓嬉略一遲疑，隨即道：「既然都到了這裡，我就先陪你們去了了這樁事。」

「你的親事怎麼能耽擱？」

韓嬉並不看他，輕撫驩兒的頭髮，隨口道：「你不必操那麼多心。」

「嘿嘿──」朱安世不好再說。

於是三人又向東趕去，到了江夏，扶卿卻又已離開，北上巡查去了，一直追到襄陽，才終於趕到。

韓嬉打問到扶卿在驛館中歇宿，便道：「這事得盡量避開眼目，我們還是夜裡偷偷去見他。」

朱安世點頭道：「我也這樣想，而且也得防備那人未必可信。」

兩人先找了間客店，住進去休息，仔細商議了一番。

韓嬉去找來根竹簡，問店家借了筆墨，又讓驪兒寫了「孔壁論語」那四個古字。

到了夜裡，朱安世背著驪兒，與韓嬉悄悄從後窗跳出去，避開巡夜的更卒，一路來到驛館。按照商議好的，韓嬉去前院，朱安世帶著驪兒去後院。

朱安世到了後院牆外，用腰帶束緊背上的驪兒，見左右無人，用繩鈎一搭，攀上牆頭，翻身跳下，躲在牆根黑影裡等著。

不多時，隱隱見前院冒起火光，隨後有人大叫：「馬廄著火啦！」

這是他們約定好的，韓嬉到驛館前院，在馬廄放火，引開驛館中的其他人。

很快，後院幾個房間裡奔出十幾個人，全都向前院奔去，後院頓時悄無聲息。

朱安世繼續偷望，見一個小吏匆忙跑過來，到中間那間正房門前，朝裡恭聲道：「扶卿大人，前院著火了。」

裡面傳來一個聲音：「火勢如何？」

「不算太大，眾人正在撲滅。」

「好，你也趕緊去幫幫手。」

小吏答應一聲，又急急向前院奔去，隨即房門吱呀一聲打開，一個人走出來，站在檐下向前院張望。

朱安世見院中無人，便牽著驪兒走過去。走到近前，那人才發覺，嚇了一跳，厲聲問道：「什麼人？」

「你無須驚慌，在下是受王卿所托，有事前來相告。」

「哪個王卿？」

「御史大夫王卿。」

「哦？御史大夫王卿去年不是已經過世？」

「對。他臨死前托付，讓在下務必將一樣東西交給你。」

「什麼東西？」

朱安世將那支竹簡遞給扶卿，扶卿滿臉狐疑，接過去，就著屋內射出的燈光，仔細一看，頓時變色：「這東西現在哪裡？」

「這孩子記在心裡。王卿讓我帶這孩子來背誦給你。」

扶卿向驩兒望去，十分驚異，隨即望望左右，忙道：「先進去再說！」

剛進到屋中，扶卿立即關起門，朱安世四處掃視，屋內並無他人。

在燈光下，才看清扶卿的容貌，略弓著背，皮膚暗黃，鬍鬚稀疏，眉間簇著幾道皺紋。

扶卿又盯著驩兒仔細打量了片刻，問道：「你真的會背古文《論語》？」

驩兒點點頭。

「你名叫孔驩，是不是？」

驩兒露出困惑的神情，朱安世更是詫異：「你認得這孩子？」

扶卿搖頭道：「我沒有見過，但除了他，世上還有誰能得傳孔壁《論語》？」

朱安世震驚無比，但隨即恍然大悟：這古本《論語》出自孔子舊宅，孔安國將它獻入宮中之前，必定是讀過，甚而抄寫過副本。這是他祖上遺留，比任何珍寶都貴重，自然不願讓經書就此消亡。外人他不敢傳，但自家子孫必定是要傳的。驪兒如此年幼，就能背誦，又姓孔，當然該是孔子後裔！

想到此處，再看看驪兒，他仍不敢相信，這個與自己朝夕相處三年的可憐孩子竟是聲名顯赫、堂堂孔家的子孫！

一時間心亂如麻，他忙定定神，問道：「孔驪是孔安國什麼人？」

「孫子。」

「孔安國現在在哪裡？」

「早已過世。」

「什麼時候？」

「九年前。」

「孔驪的父親呢？」

「他父親名叫孔卬，也是同年死去。孔安國合家遇難，同日亡故。」

「哦？什麼緣故？」

「中毒。」

「因為古文《論語》？」

扶卿蹙眉不答，神色憂懼。

驪兒則睜大了眼睛，望著扶卿，滿眼驚惶。

朱安世隨即大致明白了：孔安國私藏古本《論語》一事定是被人洩露告密，遭到其他官吏讒言陷害。他全家同日而亡，或是被人投毒，或是孔安國畏罪自殺，甚至是劉老彘親自下旨，將他全家毒殺。只有驩兒的母親帶著他僥倖逃脫，定是孔安國臨終遺命，驩兒母親才將古文《論語》傳給驩兒。

他記起此行的目的，便不再多想，問扶卿：「現在就讓驩兒把古本《論語》念給你聽？」

扶卿猶疑了片刻，咳嗽了一聲，才道：「王卿大人恐怕是看高了我，我不過是一個官秩六百石的小官，哪裡能擔負如此重任？」

朱安世見他目光躲閃，似有隱情，猛然想起王卿臨別時所言：「扶卿曾得傳古本《論語》，只是不全。」

傳他古本《論語》的自然是孔安國，孔安國遇害，扶卿卻未受牽連，反倒能升任刺史。前年在槐里閒談時，趙王孫曾說過，天子為增強監管天下之力，新設了刺史一職位，這一官職看似低微，卻是皇帝耳目，可以監察二千石太守。孔安國遇害，即使與扶卿無關，他至少也是個怯懦偷生之徒。

朱安世心中不由得生出鄙憎，牽著驩兒道：「既然如此，打擾了。」

扶卿卻問道：「你要帶這孩子去哪裡？」

朱安世冷笑一聲：「你問這個做什麼？去告密？」

扶卿臉頓時漲紅，又咳嗽了一聲：「孔安國是我老師，於我有授業之恩，我豈能做這種事？」

「那你想怎樣？」

「我猜你是那個盜汗血馬的朱安世。」

「是我。怎樣？」

「你自己本就身負重罪，帶著他，更是罪上加罪。和這孩子相比，汗血馬不值一提。而且這孩子跟著你也不安全。」

朱安世忍不住笑起來：「我的事無須你管。這孩子跟著誰安全？你？」

「我也難保他安全，但是有個人很可靠。」

「誰？」

「這孩子的伯祖父。」

「孔家還有親族？」

「當然，孔家聲望貫天，怎麼可能全都斷絕？孔子第十一代孫有兄弟兩人，長子延年，次子安國。孔安國這一支如今已絕，聖人之族現在只剩孔延年這一支嫡系，天子定不會輕易加罪。孔延年如今仍在魯縣故里。將這孩子送交孔延年，或可保住這孩子性命。」

「好，多謝提議。」

朱安世轉身就走，剛到門邊，門外傳來腳步聲，朱安世大驚，忙扭頭瞪住扶卿，準備動手將他脅持。扶卿卻朝他搖搖頭，指了指門後，示意朱安世躲起來。朱安世心中猶疑，但想能不鬧開最好，扶卿若有詐，再脅迫不遲，便牽著驩兒躲到門後。

這時，外面那人已走到門邊，站住腳，恭聲道：「稟告大人，火已撲滅。」

扶卿上前去開門，朱安世忙掣刀在手，扶卿又擺擺手，然後打開了門。朱安世緊盯著他，只要稍微不妥，便立即動手。

扶卿並未出去，只站在門內，問道：「可傷到人了？」

「沒有，只有一匹馬身上被燎傷。」

「好，你退下吧。我這就睡了，不需要侍候。」

「是。」那人轉身離去。

扶卿仍站在門邊，看四下無人，才道：「你們可以走了。」

「多謝！」朱安世牽著驩兒向外就走。

「我還有一句話。」

「請講。」

「請放心，今夜之事，我絕不會吐露半個字。你們也多保重，記住，知道這孩子身世的人，越少越好。」

「多謝。」

朱安世帶著驩兒，仍從後院翻牆出去，韓嬉正在牆根等候。

第三十三章：遊俠遺孤

司馬遷被定了死罪，罪名是「誣上」。[112]為李陵開脫，就算李陵真降，也只是庇護罪臣，至多受笞刑、去官職、謫往邊塞，誣蔑天子卻是罪無可赦。

到冬季行刑，還有半年。他不知道還能否見妻子一面，更無論兒女。至於史記，後半部則只能留在心底，與身俱滅。

司馬遷呆坐在囚室最角落，不吃不喝，如糞土一般。去年，他雖然也曾數次想到自盡，但此刻才真切看到死亡，如黑冷無底之崖，就在前方，只要走過去，一步邁出，便將瞬間墜落，從此湮沒。

不能！不能如此！

想到平生之志就此灰滅，司馬遷猛地跳起來，奔向囚室外面，一連踩到兩個囚犯，幾乎被絆倒，卻無暇顧及，踉蹌幾步，掙跳著來到門邊，抓著木欄，向外高喊：「給我筆墨竹簡！我要筆墨竹簡！」

112　參見司馬遷《報任安書》：「因為誣上，卒從吏議。」

一連喊了數聲，獄吏氣沖沖趕來，厲聲喝道：「死賊囚！叫什麼？」

「我要筆墨竹簡，請給我筆墨竹簡！我不能平白死去！求求你！」司馬遷跪下身子，不住叩頭哀求。

「住嘴！」獄吏打開鎖衝進來，舉起手中的木槌劈頭就打。

其他囚犯嚇得全都縮到囚室裡面，司馬遷卻不避不讓，仍舊跪伏在地，苦苦哀求：「請給我筆墨竹簡，求求你！」

獄吏越發惱怒，下手更狠，一陣亂打，司馬遷頓時昏了過去。

等他醒來，肩背劇痛，頭頂被敲破，血流了一臉，流進嘴裡，一股鹹澀。他徹底灰心絕念，掙扎著爬到囚室角落，其他囚犯慌忙讓開。他躺下來，不再動彈。回想自年少起，便胸懷壯志、縱覽群書，自負舉世無匹，矢志要寫下古今第一史篇，而如今，卻躺在這裡哀哀等死。他忽然覺得自己竟如此愚蠢，不由得笑起來，笑聲如同寒風泣鴉，驚得其他囚犯全都悚然側目。

笑過之後，心中無限悲涼，卻也隨之釋然，不再驚慌恐懼，事已如此，懼有何用？不甘有何用？

*　*　*　*　*

回到客店，朱安世坐下便開始喝酒。

韓嬉在一旁連聲催問，他卻思緒翻湧，一時間竟不知從何講起。

「到底怎麼一回事？快說啊！」韓嬉一把奪過朱安世手中酒盞。

「驪兒是孔家子孫……」

「哪個孔家？」

「孔子。」

「孔子？」韓嬉也大驚。

朱安世將前後經過大致講了一遍。

言罷，不由得向驪兒望去，驪兒一直坐在一邊，低著頭，抱著那只漆虎輕輕撫弄，案上燈光只照到他的肩頭，看不清神情。

想想孔家，再想想自己身世，朱安世不由得苦笑一聲。

他的父親名叫郭解，曾是名滿天下的豪俠，當年，王侯公卿、俊賢豪傑無不爭相與他結交。朱安世五歲時，有個儒生宴請賓客，座中有人讚譽郭解，那儒生反駁說郭解「專以奸犯公法，何謂賢？」不久，那儒生便被人殺死，舌頭被割掉。官府因此追究郭解，郭解卻毫不知情，司案的官吏便上奏郭解無罪。然而時任御史大夫的公孫弘卻言：「郭解雖不知情，但此罪甚於郭解親自殺之，罪當大逆不道。」於是下令族滅了郭家。[113]

朱安世雖然被家中一個僕人偷偷救走，卻從此孤苦伶仃，受盡艱辛。

父母親族行刑那天，他偷偷躲在人群裡。幾十位親人都穿著囚衣，被捆綁著跪成幾排。他的三個堂兄弟、兩個堂姐妹，年紀都和他相仿，也跪在親人中間。大人們都低著頭，一動不動，但那幾個孩

113 參見《史記·遊俠列傳》。

子看到劊子手手中明晃晃的刀，都哭喊起來。他爹郭解頓時大聲喝罵：「哭什麼？郭家子孫，不許墮了志氣！」那幾個孩子不敢再哭出聲，低著頭嗚咽抽泣。監斬官一聲令下，十幾個劊子手一起揮刀，他嚇得忙閉上眼睛，但至今忘不了刀砍過脖頸的噗噗聲、人頭落地的咚咚聲，還有圍觀者一陣接一陣混雜的驚叫聲、哀嘆聲、哄笑聲……

從幼年起，他便恨極儒家、儒生，刻苦習武，要殺公孫弘報仇，然而沒等他長大，公孫弘已先病死。此事成為他一生大憾，因此立誓：只要見到儒生，離他一丈，他必罵之；離他五尺，他必唾之；離他三尺，他必踢之。

哪能料到，他竟會為了救儒家鼻祖孔子後裔，捨下妻兒，四處逃亡，數番遇險，幾度受傷。現在又為了一部儒家的破書，千里奔波，徒費心力！

想起這些，他頓時有些心灰。

韓嬉問道：「你怎麼打算？」

朱安世低頭尋思：若驩兒是個孤兒，我自然該帶他走，好好養大。但既然他親族仍在，又是天下聞名、舉世仰慕的赫赫孔家，而我只是個犯了重罪的盜賊，又何必再多事？至於古文《論語》，本出自他家祖宗，就只該屬於他家，還找誰去傳？

想通之後，他心下豁然，又抬起頭向驩兒望去，驩兒也正抬起頭望向他，黑亮的眼中目光游移，像在猶豫不決。

朱安世有些納悶，卻見驩兒爬起身走過來，到案前，抓起酒壺，斟滿了兩杯酒，先端起一杯，恭恭敬敬遞給朱安世。朱安世一愣，忙伸手接過。驩兒又端起另一杯，送到韓嬉面前。

朱安世和韓嬉面面相覷，都覺得詫異。

驪兒卻微微一笑，忽然跪在朱安世面前：「朱叔叔，你為了救我，走了這麼遠的路，受了這麼多傷，吃了這麼多苦，還幾次差點送命，這些我全都牢牢記在心裡。我不能再拖累你，我想去伯祖父家。我現在年紀小，報答不了你。我一定努力學本事，長大後再報答朱叔叔。」

說完，驪兒伏下身子，連磕了幾個頭。

朱安世聽驪兒話語誠懇，看他神情認真，心中一熱，幾乎落淚，見他跪地磕頭，忙跳起身，過去抓住驪兒，大聲道：「驪兒，你沒拖累我！」

「要沒有朱叔叔，我早就死了。為了我，你連嬸嬸和郭續都沒去找。」驪兒仍笑著，黑亮的眼中卻閃出淚光。

朱安世忙道：「我是見你乖，是個好孩子，才滿心願意這樣做。我也正要和你商議這事，你伯祖父家聲名顯赫，比我這盜賊要強過千萬倍。不過你要說實話，你是真想去伯祖父家，還是怕拖累我？」

「我真心想去。」

「在朱叔叔面前不許說謊！」

「我沒說謊，我真的想去。我是孔家子孫，就該回孔家去。」驪兒斬釘截鐵。

朱安世不知道再該說些什麼，攬住驪兒，長聲嘆氣。

韓嬉在一旁道：「驪兒是孔家後裔，回孔家自然是正理，的確要比跟著你好。」

「照理來說，雖是如此，但——」朱安世心頭有些亂，看著驪兒，更是拿不定主意。

韓嬉笑道：「你捨不得驪兒？」

朱安世嘿嘿笑了笑，伸手撫摩著驪兒的小肩膀，心中五味雜陳。

驪兒用手背抹掉眼淚，眨了眨眼，也微微笑著。

韓嬉又道：「你先別忙著捨不得，我想那孔家還未必願意收留驪兒呢。」

朱安世點頭道：「說得是。我先帶驪兒去探一探，他們若有半點不情願，我立刻就帶驪兒走！」

＊＊＊＊＊

斬產迫不及待，急急趕往長安。

不枉他幾千里跋涉，終於查明事情原委，而且算得上是一個天大的隱情——那小兒居然是孔子後裔！

他讀了這些年的儒經，沒想到有朝一日居然能和孔子後人牽涉到一起，既覺詫異，又感榮耀，更是禁不住滿心得意。雖然此事還有些疑團：那些繡衣人是什麼來頭？為什麼要追殺孔家後人？那朱氏所說的經書又是什麼？不過他也僅僅是好奇，並不如何掛念，能查出那小兒的身份，就已足矣。

遠遠望見長安，巍然屹立於青天白雲之下。

他大張著嘴，不由得呵呵笑起來。一路笑著，來到城牆下，抬頭仰望，見城門宏闊，城牆巍然，他瞪大了眼，驚嘆半晌，才小心邁步，走進城門。這是他生平第一次到帝都，進了城，只見城樓如山、街道如川，往來的行人個個衣錦著繡、神色悠然，他目眩神迷，氣不敢出。

一路小心打問，輾轉來到執金吾府寺門前，看到那軒昂門戶，他頓時有些心虛氣促。大門外立著幾個門吏，衣著鮮亮，神情倨傲。他停住腳，撣了撣身上的灰，鼓了鼓勇氣，才小心走過去，向其中一個門吏賠笑道：「麻煩這位小哥——」

那門吏目光一掃，冷喝道：「誰是你的小哥？」

靳產知機，忙賠笑道歉，同時從懷中取出一小串銅錢，遞過去道：「勞煩老兄，替在下通報一下，在下是湟水靳產靳產，有要事稟告執金吾大人。」

門吏斜睞了一眼，撇嘴道：「果然是湟水來的，黃金比河水還多，一出手就這麼一大串錢，要砸死我們這些小縣城裡的村人！」

靳產忍住氣，繼續賠著笑，又取出收到的急報，展開給那門吏看：「這是執金吾發往湟水的急報，在下就是來稟報這件事的。」

門吏扯過去一看，才不再奚落，一把抓過那串銅錢，揣在懷裡，說聲「等著！」轉身進了大門。

靳產候在門外，惴惴不安，半晌，那門吏才回轉來，身後跟著一個年輕文吏，那文吏出來問道：「你就是湟水靳產？隨我來。」

靳產忙跟了進去，沿著側道，穿長廊，過庭院，來到一間側室，脫履進去，裡面坐著一位文丞。

那文吏道：「這是執金吾左丞劉敢大人。」

靳產忙伏地跪拜，劉敢只微微點頭，隨即問道：「你是從湟水趕來？」

「卑職是從冀州常山來的。」

「哦？」

「收到執金吾大人發來的急報後，卑職火急查辦，為追查線索，從湟水趕到金城，金城奔赴張掖，又從張掖轉到朔方，最後在常山，終於查明了真相。」

「哦？很好！你查到了些什麼？」

靳產忙取出一卷錦書，這是他在常山寫就，詳細記述了自己一路追查詳情。

那文吏接過錦書交給劉敢，劉敢展開細讀，良久讀罷，面露喜色，點頭道：「很好！很好！實在是辛苦你啦。」

靳產聽了，心中大喜，竟一時語塞，弓背垂首，只知不住點頭。

劉敢又微微笑道：「你這功勞不小，我會如實稟報執金吾大人，你先去歇息歇息——」接著，他又轉頭吩咐那文吏，「你帶靳靳產去客房，好生款待！」

靳產俯身叩首，連聲拜謝，而後才爬起來，隨那文吏出去，曲曲折折，穿過迴廊，來到一座僻靜小院。童僕打開一間房舍，畢恭畢敬請靳產進去安歇，文吏又吩咐那童僕留下，小心侍候，這才拜辭而去。

靳產見這院落清靜、陳設雅潔，隨眼一看，處處都透出富貴之氣，不由得連連感嘆。童僕打了水來，請他盥洗，靳產看那銅盆澄黃錚亮，盆壁上刻鏤著蘭花草蟲細緻紋樣，雖然內盛的只是清水，也似比常日的水清亮精貴許多。他知道哪怕這童僕，也是見慣了達官顯貴的，因此舉手投足格外小心，生怕露怯，遭他恥笑。

洗過臉，他剛坐下，方才那文吏又轉了回來，身後跟著兩個婢女，一個端食盤，一個捧酒具。

「這是劉敢大人吩咐的，給靳靳產洗塵。些許酒食，不成敬意，晚間劉敢大人要親自宴請靳靳產，請靳靳產先潤潤喉。」

靳產忙站起身，連連道謝。

兩個婢女將酒食擺放到案上，小心退下，文吏說了聲「請慢用」，隨即轉身離開，那個童僕也跟了出去，輕手帶好了門。

屋內無人，靳產這才長出一口氣，鬆了鬆肩背，坐下來，笑著打量案上酒食。雖說只是幾樣小菜，卻鮮亮精巧、香味馥郁。便是那奩匙箸杯盤，也都精緻無比，從未見過。

他輕手抓起那只形如朱雀的銅酒壺，把玩一番，才斟了些酒在同樣形如朱雀的酒爵裡。酒水從雀嘴流下，澄澈晶亮，濃香撲鼻。他端起酒爵，先閉眼深嗅，一陣眩醉，迷離半晌，才張口飲下，嗯……果然是執金吾家的酒，如此醇香，好酒，好酒！一爵飲盡，他又斟一爵，連飲了三爵，這才拿起兩根玉箸，夾了一塊胭脂一般紅艷的肉放進嘴裡，細細咀嚼，有些酸甜，又有些辛辣，不知是什麼醬料製成，從未嘗過這等滋味，竟是好吃至極！

正在細品，腹中忽然一陣絞痛，隨即心頭煩惡，全身抽搐！

他猛地倒在地下，胸口如同刀子亂戳，又似烈火在燒，先是忍不住呻吟，繼而痛叫起來。

他心中一陣翻江倒海，隨即一道閃亮：孔家！朱氏被緝捕，官府無簿錄！那部經書！孔壁古文？毒？酒裡有毒！

劉敢下毒，獨攬功勞？怕事情洩露？

他忽然明白：自己一腳踩進了一座鬼沼，有來無回。也忽然記起當年老父勸告的一句話——「貧寒苦人心，富貴奪人命。」

然而，為時已晚，他已如死狗一般趴在地下，眼珠暴突，嘴角流沫，只剩幾口殘喘……

＊＊＊＊＊

到魯縣時，已是盛夏。

這一路，驩兒像是變了個人，笑得多了，話也多了。

朱安世心裡納悶，想是即將分別，這孩子珍惜聚時，他也便一起盡量說笑。

韓嬉見他們兩個開心，興致更高，途中只要見到有吃食賣，便買一大堆來，三個人在車上一路吃得不停嘴，都胖了不少。

驩兒斷斷續續講起自己的娘、這幾年的經歷、到過的地方：

他娘帶著他從臨淮逃出來，那時驩兒才三歲多。他們沿著海岸曲曲折折一路向北，途中搭海船到琅琊，又過泰山、濟南，進入冀州，前後近兩年，才繞到常山。這一路，官府一直在追捕，繡衣刺客也不斷襲擊，好幾個人為救助他們母子而喪命。常山之前的地名，驩兒都不太記得，是朱安世按地理大致猜測出來的。

在常山，他娘找到一個叫姜德的人。在姜德家才住了幾天，捕吏就追了來，他娘從前門引開捕吏，姜德帶著他從後門逃走，一路向北，驩兒從此再沒見過他的娘。逃到北地，一老一少被關進牢獄，又被匈奴擄走，押到營中為奴，隨軍餵馬，不時要受匈奴斥罵鞭打。

兩年後，漢軍和匈奴交戰，匈奴大敗，姜德和驩兒被漢軍救回。軍中有個屯長恰巧是姜德的侄子，名叫姜志，他認出姜德，便將他們收留在身邊。姜德本已年邁，又受了風寒，不久病故。臨終前，他囑咐姜志送驪兒到金城，交給故友楚致賀。

繡衣刺客不知道從哪裡聽到消息，趕到張掖。姜志帶著驪兒避開刺客，逃往金城，找到楚致賀。繡衣刺客也尾隨而至，姜志攔住繡衣刺客，楚致賀帶著驪兒逃走。不久，繡衣刺客就追了來，楚致賀把驪兒藏到一個驛亭朋友家，自己引開了繡衣刺客。

過了幾天，申道從湟水趕來，接走了驪兒，帶著他一路躲開追殺，繞路趕往長安，直到扶風見到朱安世……

朱安世駕著車，將驪兒這些斷續經歷串起來，細細尋思。

他自己雖然自幼也嘗盡艱辛，但比起驪兒，則算是很平順了。正在感慨，忽然發覺其中有一事奇怪，忙扭頭問驪兒：「你娘當年都到了泰山，離魯縣很近，沒去你伯祖父家嗎？」

驪兒坐在車沿上，低著頭，將那木雕漆虎放在膝蓋上，讓它奔爬翻滾，玩得正高興。天氣炎熱，汗滴從他額頭一顆一顆滾落，他都渾然不覺，也沒有聽見問話。

朱安世又問了一遍，他才抬頭應了句：「沒有。」

朱安世納悶道：「你娘為何不去孔家，反倒去投奔他人？」

驪兒仍玩耍著漆虎：「我也不知道。」

韓嬉聽見，在一旁道：「驪兒他娘當時正在被緝捕，或許是怕連累到孔家，所以沒去找。」

朱安世覺得在理，點點頭，繼續駕車趕路。

行到一個小集鎮，朱安世想起一件事，便停車去買了幾個雞蛋、一把乾艾草、一塊蠟。回到車上，用刀尖在雞蛋頂上輕輕戳開一個小孔，用嘴吸盡蛋汁，然後將蛋殼放在太陽下烘烤。

韓嬉和驪兒都很好奇，他卻笑而不答。

離了集鎮，又行了一段路，赤日炎炎，熱得受不了，他們便將車停到路邊，坐在一棵大樹下乘涼歇息。

朱安世笑著對驪兒說：「看朱叔叔給你變個小戲法。」說著拿過一個蛋殼，取出水囊，對著蛋殼小孔，注入了少許水，又點燃艾草，塞進蛋殼，將蠟烤軟，封住小孔，然後放到太陽地裡。

朱安世坐下來，笑道：「好，仔細瞧著！」

三個人都盯著那蛋殼，過了半晌，那蛋殼忽然微微晃動起來，接著，竟慢慢飄了起來，一直升到一尺多高，才落了下來，摔到地上，磕破了。

驪兒驚喜無比，韓嬉也連聲怪叫，朱安世見戲法奏效，哈哈大笑。

這是他當年被捕前學到的，那日他去長安，在街上遇到一個舊識的術士，這術士曾是淮南王劉安的門客。朱安世請他喝酒，那術士喝得痛快了，便教了他這個小戲法。[114]朱安世當即就想：回家照樣子做給兒子郭續看，兒子看了一定歡喜。

誰知喝完酒，回家路上，他醉得迷迷糊糊，被捕吏捉住，關進牢獄，不久就隨軍西征，這戲法也就一直沒有機會演給兒子看。

現在看到驪兒高興，他很是欣慰，便教驪兒自己做，驪兒玩得無比開心，一個接一個，把十幾個雞蛋玩罷，還意猶未盡。

＊＊＊＊＊

杜周終於升任御史大夫。

這一天，他已經望了十幾年。

當年，在御史大夫張湯門下為丞時，他便暗暗立下志願，此生定要掙到這個官位。

於是，他處處效仿張湯，並處處要勝過張湯：張湯執法嚴苛，他就執法酷烈；張湯依照儒家古義斷案，他則深知那些儒經不過是責下之詞、御民之術，皇帝喜怒才是生殺之柄，於是他便盡力揣測天子之意斷案；張湯得罪同僚，被陷害枉死，他便盡量謹慎少語，不給人留任何把柄；張湯當年因嚴審陳皇后巫蠱一案，[115]得天子器重，他便時刻留意當今衛皇后，查出皇后侄兒違紀便毫不留情……[116]

十幾年來，他鐵了心，誅殺了十數萬人，流的血幾可匯成一片湖，才一步步升到廷尉，卻稍一不

---

114 《淮南萬畢術》中記載了一項「艾火令雞子飛」的遊戲。注釋中說：「取雞子去其汁，燃艾火內空卵中，疾風高舉自飛去。」這是世界上最早的「熱氣球」原理紀錄。

115 巫蠱：漢代盛行的一種巫術。當時人認為請巫師將桐木偶人埋於地下，施以詛咒，被詛咒者即有災難。據《漢書．外戚傳》記載，漢武帝時期曾發生兩次重大巫蠱之禍，第一次為皇后陳阿嬌，因為失寵，找巫師詛咒受寵嬪妃，遭察覺後被廢，牽連被誅者三百餘人。

116 《史記．酷吏列傳》中記載：「捕治桑弘羊、衛皇后昆弟子刻深，天子以為盡力無私，遷為御史大夫。」

慎，便被罷官，跌回塵埃。所幸又被重新起用，任了執金吾，從此，他行事越發小心，一絲一毫不敢懈怠。哪知卻偏偏遇到盜馬賊朱安世，讓他又一次險些栽倒，幸而朱安世送回了汗血馬，否則，他早已成了溝中一具腐屍。朱安世至今雖未捉到，但案子卻牽連出兩大玄機：朱安世身邊那孩童竟是孔安國之孫；而追殺這孩童的繡衣刺客，竟是光祿勳呂步舒派遣。

當年孔安國全家暴斃，杜周正任御史中丞，臨淮郡將案情呈報上來，他也曾上奏御史和天子。但天子毫不在意，他便也就不願經心，因此隨手批回，不再去管。沒想到孔安國竟還有一個孫子存活，更沒想到呂步舒會暗中派刺客追殺這孩童。

這小兒究竟有什麼玄奧？

他想來想去，只找到一條頭緒：當年孔安國全家被毒死恐怕另有隱情，而這隱情與呂步舒定然有極大關聯。

呂步舒向來深藏不露，當年因審訊淮南王劉安謀反一案，大得天子讚賞，被選入光祿寺為大夫。光祿寺原名郎中令，本來只是宮廷宿衛官署。當今天子繼位後，見丞相總管百僚、獨攬官吏任免權，心中不樂，便改郎中令為光祿寺，擴充職任，徵選能臣，聚集在自己身邊，作為內朝近臣，直接受皇帝詔命行事，光祿寺因此權勢日盛。

杜周一向對光祿寺深為忌憚，因此不敢深查呂步舒，心想暫且留下個線頭，暗中留意即可，以備後用。

誰知呂步舒反倒跳出來幫了他的忙。王卿意外自殺，杜周忙命劉敢去探問內情，劉敢從御史府一個僕人口中得知：王卿藏匿了一個孩童，呂步舒命光祿大夫暴勝之前去捉拿，王卿放走孩童，自己畏罪自殺。巧的是，劉敢還查探出，那孩童正是朱安世在扶風救走的那小兒。

想到朱安世，杜周竟已不知是該恨還是該謝。朱安世讓他束手無策，更當眾羞辱他，但若不是朱安世，王卿便不會死，御史大夫這個官位便不會騰出來。

無論如何，他終於升為御史大夫，位列三公，監察百官。

他命左右人都退下，等門關好，取過新賜的冠服，換上朝服，繫好青色綬帶，從綬囊中取出銀印，賞玩了一番，才裝回去掛在腰間，又端起三梁進賢冠，[117]走到銅鏡前，仔細戴端正。而後對著鏡子，抬頷，扭頭，振臂，轉身，走動，雖稍有些不自在，而且身形太瘦，稍顯孱弱，不過畢竟是三公冠冕，氣度自然威嚴。

他站定身子，朝著鏡子咧開嘴，想笑一笑，雖然心底十分歡欣，卻發現，這麼多年來，自己已經不會笑了。

117　《漢書．百官公卿表》中記載：「御史大夫……位上卿，銀印青綬。」《後漢書．輿服志》中記載：「進賢冠，古緇布冠也，文儒者之服也。前高七寸，後高三寸，長八寸。公侯三梁。」

第三十四章：孔府淚別

一路慢行，到了魯縣。

朱安世先找了間客店，和驢兒躲在客房裡，韓嬉去孔府探口風。

驢兒握著那只木雕漆虎，坐在案邊，一直低著頭，不言不語。

朱安世知道驢兒是捨不得離開自己，朝夕相處、共患難三年多，他又何嘗捨得驢兒？他和自己兒子郭續在一起也不過三年多。

在途中，他又反覆思量，驢兒的娘不來投奔孔家，其中必有原因。除了韓嬉所言怕牽連遺禍給孔家，也可能是孔延年膽小怕事，又或者他們兄弟一向不合。如果真是這樣，孔延年未必肯收留驢兒。他不收留，我正好多個乖兒子。

想到這裡，朱安世不由得笑起來，過去坐到驢兒身邊，攬著他的小肩膀，溫聲道：「你們孔家是天下最有名望的世家大族，你回到孔家，才能出人頭地……」

驢兒一動不動，默默聽著。

「你先去他家住住看，過一陣子，朱叔叔回來看你，你若過得不好，朱叔叔就帶你離開。」

「嗯。」驢兒輕聲答應。

「其實，你伯祖父未必肯收留你，這樣就更好辦了，我們——」

朱安世話未說完，吱呀一聲，門忽然被推開。

韓嬉回來了，身後跟著一位中年男子，儒冠儒袍，形貌俊逸，一派儒風。韓嬉道：「這位是驪兒的伯父，他是來接驪兒的。」

朱安世和驪兒一起站起來。

那男子注視了驪兒一眼，走到朱安世近前，拱手而拜，彬彬有禮，言道：「這位可是朱先生？在下孔霸[118]。朱先生跋涉千里、冒險護送驪兒，此恩此德，粉身難報，孔家世代銘記先生大義。」

朱安世不懂也不耐這些禮儀，直接問道：「你願意接驪兒回去？」

孔霸道：「驪兒是我孔家血脈，當然該由孔家撫養教導。」

朱安世本盼著孔霸能推拒，沒想到他竟一口應承，頓覺有些失落，低頭看驪兒，驪兒黯然垂頭，似乎也是一樣。但話已出口，不好再說什麼，便道：「這孩子吃了不少苦，望你們能善待他。」

孔霸微微一笑：「感謝朱先生如此愛惜鄙侄，請朱先生放心，驪兒是我侄兒，怎會不愛？」

朱安世見他言語誠摯，才放了心，扭頭對驪兒道：「驪兒，來拜見你伯父。」

驪兒怯生生走到孔霸面前，低低叫了聲「伯父」。

---

118 孔霸：孔延年之子，孔子十二代孫。孔霸少有奇才，西漢昭帝時徵為博士，宣帝時為太中大夫，授皇太子經。元帝時賜爵關內侯，封褒成君，欲升為丞相，孔霸再三辭讓而罷。謚號「烈君」。參見《漢書・孔光傳》。（注：《史記》中記孔霸為孔子十二代孫，《漢書》中則記為十三代孫）

孔霸微笑點頭，又對朱安世道：「朱先生能否移貴步到寒舍一敘，家父也盼望能當面向朱先生致謝。」

朱安世道：「這就免了吧，我是朝廷通緝要犯，不好到你府上。」

孔霸略一沉吟，道：「在下備了一份薄禮，原想等朱先生到寒舍時再敬奉，如此說來，請先生稍待片刻，在下這就回去取來。」

朱安世微有些惱：「這就更不必了，我豈是為了貪你的錢財而來？」

孔霸忙賠禮道：「在下絕非此意，只是感戴先生大恩，聊表寸心而已。」

朱安世道：「你能好好看顧這個孩子，比送我黃金萬兩更好。這縣城小，你不能在這裡久留，讓人看到你和我會面不好。」

孔霸面現難色，隨即又微笑著拱手致禮，道：「在下這便告辭，先生大恩，只能待來日再報。」隨後又對驩兒道，「孩兒，跟我走吧。」

驩兒點點頭，先走到韓嬉面前，跪下磕了三個頭，又走到朱安世面前，恭恭敬敬跪下來，重重磕了三個頭，道：「朱叔叔，我走了。你要多保重，早點找到嬸嬸和郭續。」說著，眼中淚花閃動。他忙用手背抹掉淚水，站起來，走到案邊，抓起那只木雕漆虎，抱在懷裡，道：「朱叔叔，我把它拿走了。」

「拿去，拿去！」礙於孔霸，朱安世不好多說什麼，只能盡力笑著點頭。

孔霸第三次拱手致禮，說了聲「後會有期」，轉身出門。

驩兒跟著走出去，腳剛踏出門，又回過頭，圓圓的黑眼睛，望著朱安世澀澀一笑，這才轉身離開，小鞋子踏地的聲響漸漸消失於廊上。

＊＊＊＊＊

御史府書房內，杜周在暗影中獨坐，一動不動。

心中湧起一個念頭，讓他嘴角不出自主微微抽搐：除掉呂步舒。

自從他升任御史大夫以來，呂步舒幾次當眾嘲諷折辱他，他處處容讓，從未還擊，這點小忿還不足以激怒他。他真正擔心的是：丞相一職。

現任丞相公孫賀是衛皇后姊夫，衛氏親族中，前有衛青、後有霍去病、現有公孫賀，都曾屢立戰功，是天下第一顯赫之族。然而，當今天子在繼位之初，竇太后把持朝政，讓他抑鬱數年，因此他深恨皇后外戚權勢過重。天子眼下雖然器重衛氏親族，日後必定會借機剪除。對此，衛皇后、公孫賀也都心知肚明、憂懼不安。幾年前，天子封公孫賀為丞相時，公孫賀不但不喜，反倒大懼，當即叩頭大哭，哀告請辭，天子不許，只得無奈任職。[119]

杜周料定，公孫賀遲早將被天子問罪，自己距離丞相，只有一步之遙。然而看呂步舒之勢，似乎也志在必得。

呂步舒身為宿儒，又是內臣，佔盡天時地利。眼下呂步舒唯一留下的把柄是孔安國之孫。但王卿

119 參見《漢書・公孫賀傳》。

死後，那小兒下落不明，至今追查不到，杜周也始終猜不透其中真正隱情。再加上劉敢升任執金吾，已經離他而去，杜周頓時少了臂膀，行事只能越發小心。如無必勝之策，絕不能貿然妄動。

＊＊＊＊＊

四月，天子大赦天下。

死罪贖錢五十萬，就可罪減一等。

司馬遷初聞消息，驚喜萬分，但隨即便頹然喪氣：他年俸只有六百石，為官十年，俸祿總共也不足百萬錢。[120]兩年前遣送兩個兒子時，已經將家中所有積蓄蕩盡，哪裡有財力自贖？

獄令見他沮喪，臉上露出古怪笑容，道：「沒錢？還有一個法子可免死罪，只是不知道你願不願意——」

司馬遷瞿然一驚，他知道獄令說什麼：腐刑[121]。

死罪者，受腐刑可以免死。

司馬遷跪在庭中，心中翻江倒海，堂堂男兒，一旦接受腐刑，將從此身負屈辱、永無超脫之日。他怎能以一副刑後殘軀，苟活於人世？

於是，他抬起頭，要斷然拒絕，話未出口，耳邊忽然響起夢中父親的話：「生如草芥，死如螻蟻。白活一場，一無所值。」

他緩緩低下頭，心裡反覆告訴自己：若能保得這條殘命，便可了卻平生之志，完成史記、無憾此生。

他滿頭大汗，牙關咬得咯咯響，雙手緊攥，手掌幾乎掐出血來，拚盡力氣，才終於低聲道：「我願受——」

後面「腐刑」二字他至死也說不出口。

＊＊＊＊＊

深夜，魯縣客店。

店客大多都已安睡，韓嬉仍點著燈，在房中等候。

朱安世推門進去，見案上已斟好了酒，他感激一笑，走過去坐下。

韓嬉一邊遞過酒盞，一邊問：「還是那樣？」

朱安世又笑一笑，點點頭，心中卻不是滋味，接過酒盞，一飲而盡。

他不放心驩兒，並未立即離開，又在魯縣住了三天，每天夜裡，都偷偷潛入孔家查探。

每次去，都見驩兒穿著小儒袍，戴著小儒冠，和孔家其他幾個子弟按大小，在院子裡排好隊。童僕婢女們也都齊齊排在後面，孔霸和妻子領頭，一行人輕步走進正屋。屋子正中坐著一位儒服老者，

120　據《漢書・貢禹傳》「秩八百石，俸錢月九千二百」換算，司馬遷年俸六百石約為八萬錢。

121　腐刑：宮刑。閹割生殖器的酷刑。

清瘦端嚴，旁邊一位深衣老婦，慈和安詳，當是孔延年和妻子。

孔霸夫婦在老夫婦面前跪下，少年及僕役們跟著齊刷刷跪倒，眾人一起叩頭。孔霸恭聲道：「請父親、母親安寢。」兩個老者一起起身，孔霸妻子忙上前攙扶婆婆，護侍公婆進入內間。

半晌，孔霸夫妻才退出來，這時，子弟及僕役才一起站起身。仍是孔霸夫妻領頭，眾人又排著隊，跟隨兩夫妻走到西邊側屋。孔霸和妻子坐下，子弟們又依次給孔霸夫婦磕頭。

孔霸挨個訓一句話，訓驪兒的是「不學禮，不成人」。

驪兒小聲答一句：「侄兒謹記。」

拜完之後，少年們才小心退下，各自回房。

自始至終，人人恭肅，除腳步聲外，再無其他聲響。

朱安世只聽說過儒家這「晨昏定省[122]」的禮法，初次親眼目睹，而且夜夜如此，看得心煩氣悶，暗暗皺眉。再看驪兒，夾在孔家子弟中間，拘謹茫然，手足無措，像野林中一隻雛鳥忽被關進了雞圈。

朱安世怕拘困壞了驪兒，第一夜就想帶他走。但又一想，自己野生野長，雖然痛快，卻總非正道。驪兒性子安靜，又是孔家嫡孫，這才是他該有的尊貴，過些日子，恐怕便會習慣了。

孔延年父子倒也沒有薄待驪兒，驪兒的宿處與孔家其他子弟一樣，都在後院一排房舍，一人一間。驪兒隨著其他子弟一起走到後院，朱安世躲在暗影裡悄悄跟行。幾個少年各自進房，朱安世躲到驪兒屋後窗外偷望，見驪兒敲打火鐮，點亮油燈。孔家雖是望族，但房舍器具並不奢華。屋子不大，只有一張床，一領席，一架書案，一個藤箱。床頭擺著那只漆虎，案上只有燈台、筆墨和習字石板。

驪兒站在席子上，不斷抬臂、低頭、跪下、叩首，嘴裡念著「祖父晨安」「孫兒謹記」之類的話，看來是在練習孔霸教他的各種禮。練到深夜，才停下來，從床頭拿過那只漆虎，坐在燈下，讓漆虎在案上奔跑翻跳。

前兩夜，朱安世都沒讓驩兒知道，明早他就要動身離開，於是輕輕叩了叩窗戶。

驩兒聽到，猛地抬眼，目光閃亮，小聲道：「朱叔叔？！」隨即便爬起身，飛快跑到窗邊。這時正是暑夏，窗戶洞開，朱安世輕身翻跳進屋，驩兒一把將他抱住：「我就知道！」

「小聲點，隔壁有人。」朱安世笑著輕輕「噓」了一聲，牽著驩兒，也沒有脫鞋，一起坐到席子上。

驩兒一直睜大眼睛望著朱安世，目光閃動，興奮異常。

朱安世笑著問：「你這兩天過得如何？」

驩兒略一遲疑，隨即道：「伯祖父、伯父待我都很好。」

「你那些堂兄弟有沒有欺負你？」

「他們也都很好。」

「你願意一直住在這裡？」

驩兒又遲疑一下，隨即點點頭：「嗯。」

「實話？」

---

122 晨昏定省：《禮記．曲禮上》記載：「凡為人子之禮，冬溫而夏清，昏定而晨省。」為人子女的禮節，冬天讓父母暖和，夏天讓父母涼快；晚上（昏時：二十二點左右）服侍就寢，早上（晨時：五點左右）省視問安。

「實話。」

「嗯，這樣我也就放心了。我明天就走了——」

驢兒黑亮的圓眼睛忽地暗下來。

朱安世笑著拍拍他的小肩膀：「我去尋續兒和他娘。找到之後，一定會來看你。你先在這裡住著，如果不好，我就接你走。」

驢兒點點頭，神情仍舊鬱鬱。

「我不能久留，被你伯父看到就不好了。」

「嗯。」驢兒咬著下唇，眼中泛出淚來。

朱安世也心中難捨，卻只能笑著道：「你比我還懂事，我就不教你什麼了。你要好好的，等我來看你。」

說著他站起身，驢兒也忙站起來，朱安世又笑著拍了拍驢兒的小肩膀：「我走了。」

驢兒點點頭，勉強笑著，眼中淚珠卻大滴滾落。

朱安世忙用手替他擦掉眼淚，盡力笑著：「好孩子，莫哭，我們又不是見不到了。朱叔叔走了，你要看顧好自己，平日多笑一笑——」

說著，朱安世也眼睛發熱，不敢再留，轉身翻出後窗，左右看看，漆黑無人，便輕步走到牆邊，一縱身，翻上牆頭。再回頭，見驢兒瘦小身影立在窗前，正望著自己，背對燈影，雖看不清神情，卻感覺得出孩子仍在流淚。

朱安世一陣難過，眼眶頓濕，他嘆了口氣，黑暗中，笑著朝驢兒擺擺手，拇指在唇髭上一劃，隨即轉身跳下牆。

＊　＊　＊　＊　＊

司馬遷一步步登上台階，慢慢走出蠶室[123]。

蠶室在地下，新受腐刑之人，要靜養百日，稍受風寒，必將致命。因此蠶室密不透風，常年煨著火，晝夜溫熱。出了蠶室門，一陣寒意撲面襲來，司馬遷不禁打了個冷戰。

小黃門引他出去，他一轉頭，見宮刑室的門半開著，行刑木台上，已經換了一張新布，四邊用來固縛手腳的木樁上，鐵環繩索空懸，旁邊櫃中擺滿刀具盆盞。當日給他施刑的刑人正背對著門，在洗手，水聲嘩嘩作響。

聽到這聲音，司馬遷心頓時抽搐、身子簌簌發抖，猛然想起那對乾瘦的手，那張陰沉的臉，那雙漠然的眼，以及行刑那日，自己如同豬羊一般，被剝得赤條條，捆死在刑台之上，撕心裂肺、痛不欲生……

他的心中揪痛，不敢也不能再想，狠咬了一下舌尖，讓自己痛醒，隨即忙低頭兩步撞出門去。匆匆離了蠶室，走出大門。

123　蠶室：本指養蠶的處所，後引用為受宮刑的牢獄。《漢書》顏師古注：「凡養蠶者欲其溫早成，故為蠶室，畜火以置之。而新腐刑亦有中風之患，須入密室，乃得以全，因呼為蠶室耳。」

眼前豁然敞開，只見大街之上行人往來，個個坦然自若，即使面帶愁容，也絕無羞愧之色。只有他，身殘形穢，就算有衣衫蔽體，也依舊無地自容。更何況，這三個月來，頷下鬍鬚逐漸掉落，如今已經淨光，這樣一張溜光的臉，如同一個散著光芒的「恥」字，罩在臉上，引人注目恥笑。

他低頭疾走，不敢看身邊行人，一路上如賊一般，好不容易，才走到自家門前。他停住腳，怯怯抬眼，見家宅門庭依然，只是有些蕭索，心中陡然湧起一陣淒愴。門扇虛掩著，他猶疑良久，始終不敢伸手推門。正在忐忑，門忽然打開，是衛真。

「主公？主公！主母！主公回來了！」

衛真瞪大了眼，驚呼起來，隨即撲通跪倒在地，連連磕頭，淚水奔湧：「主公終於回來了，終於回來了！主母這一年多日夜焦心，眼淚就沒乾過。我隔幾天就去一次牢獄，可他們不讓我探看主公，使盡錢財，說盡好話，也不讓我進去見主公一面。主公要回來，他們竟也不說一聲，好讓我去接……」

司馬遷呆立在門口，見衛真如此，心頭一暖，淚水頓時滾落。

衛真忙擦掉眼淚，拖著哭腔，笑著自責：「該死，主公回來，天大的喜事，我怎麼哭起來了？」說著忙站起來，緊緊扶住司馬遷，攙著往裡走，邊走邊連聲念叨，「太好了！太好了！真是太好了……」

剛走進院中，柳夫人迎面趕出門來。司馬遷頓時站住腳，見妻子容色憔悴，鬢邊遍泛白霜，也是滿眼淚水，驚愕莫名。

夫妻二人對視片刻，竟像是隔世重逢，悲欣惶惑。柳夫人忙用衣袖拭淚，抬腳趕過來，伸出了手，司馬遷也伸出手，要去握，但隨即心中羞慚，又遽然收了回去，垂下了頭。柳夫人過來一把抓住他的手，哭道：「你總算回來了！」

司馬遷雖然心中感激，卻不敢直視妻子。

柳夫人仍緊緊抓著他的雙手，流著淚道：「無論你怎麼樣，我都是你妻，你連我也要見外嗎？何況，這事從頭到尾你沒有一絲一毫的錯！你無辜入獄，吃了那麼多苦，如今總算保住性命，回到了家，就該開開心心，不要再去想那些事。衛真在一旁，我也要直說，你我已經是老夫老妻，而且也早已有了子嗣。你受了刑，雖然是一場大難，但畢竟保住了一條性命。我原以為這輩子再也見不到你，如今你我夫妻能得團聚，我已經心懷感激，你也千萬不要再多慮……」

司馬遷一直低著頭，默默聽著，雖仍不敢直視妻子，手指卻不由得微微伸開，小心握住妻子的手。

* * * * *

杜周苦思數日，卻始終想不出良策。正當他焦躁不已，各地刺史回京述職，一個名字讓他心中一動：扶卿。

扶卿是孔安國的弟子，據劉敢從常山郡得到的信報說，孔安國兒媳朱氏死前曾提及一部經書，要送到長安，交給兒寬。孔家的經書，自然應當是儒經，其中最貴重的，無疑是當年孔壁所現的古文經書。這些古文經書早已獻入宮中，杜周一直有些好奇，升任御史大夫後，還特意找來石渠、天祿閣書目，查找過這些古經，但遍尋不到。他有些納悶，但此事與己無關，便也沒去細想深究。

現在看來，此事十分古怪：什麼人敢從宮中盜走古書？而且連御史蘭台書目都敢刪改？御史大夫掌管國家圖冊典籍，幾年間，兒寬、延廣、王卿三任御史接連死去，難道與此事有關？

他細細思忖，天子以儒學選官取士，天下各派儒家，齊派最盛。齊學擅長隨俗應變、創制新說，但遇到古文經書，不免氣短。因此，齊學恨懼古文經書，是自然之理。

呂步舒師出董仲舒，又追隨公孫弘，是當今齊學砥柱。他身任光祿勳，掌管內朝，恐怕也只有他能盜毀宮中古文經書。

但古文經書和孔家那遺孤又有什麼關聯？

呂步舒為何一定要殺死那小兒？

杜周猛然想起：在扶風時，那小兒吃飯前，嘴裡念念有詞，念完之後才肯吃東西。

難道他念的是孔壁古文經書？

定然如此，也只能如此！

孔安國弟子中，現在只有司馬遷和扶卿兩人。司馬遷人雖在長安，但這一兩年一直關押獄中，又剛受了宮刑，定然不會藏匿那小兒。扶卿為人膽小怕事，應該也不敢庇護那小兒，但或許會知道些音訊。

於是，杜周命書吏單獨將扶卿叫進來。

扶卿進來剛剛叩拜罷，杜周劈頭便問：「孔安國有個孫子還活著，你可知道？」

扶卿聞言猛地一顫，杜周見狀，知道自己猜對，便冷眼直直逼視扶卿。

扶卿忙低下頭，囁嚅半晌，才道：「……知道。」

「這小兒現在哪裡？」

扶卿滿頭滲汗，掙扎良久，低聲道：「魯縣孔府。」

＊＊＊＊＊

清晨，霞光照進魯縣客店的窗戶。

朱安世才起身，就聽見叩門聲，開門一看，是韓嬉。

「我先走了——」韓嬉立在霞光中，渾身上下罩著紅暈。

朱安世笑著問：「去長沙成親？」

韓嬉笑而不答，仍注視著他，目光也如霞光一般迷離。

半晌，她才開口道：「你不欠我的債了。」

朱安世一愣。

韓嬉淺淺一笑：「你欠我那些債，我折成了一年的時日，要你陪我一年。到今天，前前後後，你陪了我一年多了，算起來我還賺了。」

朱安世不知道該說什麼，只能勉強賠笑。

韓嬉倚著門框，轉開目光，斜望著屋角，出了一會神，而後自言自語般悠悠道：「有些東西，你如果心裡真想要，就立刻去要，直接去要，不要繞一點彎——」

朱安世不知道她在說什麼，見韓嬉望著半空，像是走了魂一樣。

韓嬉繼續輕聲說著：「我一直以為自己比其他女子都敢說敢要，可是碰到最好的東西，我卻變成最蠢的一個。那年第一次見到你，你從門外走進來，第一眼就望向我，當時我並沒有在意，所有男人走進那間屋子，第一眼望見的都一定是我。你坐下來後，我才開始留意你。其他男人都想方設法要和我多說一句話、多飲一杯酒，你卻沒有，你坐在最角落，一直沒有走過來。剛開始，我只是納悶，以為你並不喜歡我，可是我隨即就發現，你其實一直在偷眼望我。我立刻明白：別人都只貪一時的歡樂，能得多少算多少。你卻不一樣，你要麼不要，要麼就全要，而且一要就要一輩子。我一直在找的就是這樣一個人。可是，我傻就傻在這裡，我沒有直接要，而是繞著彎，想試試你，我故意和樊大哥親熱，和其他人說笑，想看看你會如何。誰知道，你竟走了。等我發覺自己錯了時，你已經有了鄺袖，唉……」

韓嬉轉過頭，望向朱安世，澀然一笑，神情寂寞，如絕壁上一棵孤零零的草。

朱安世驚愕萬分，絕沒料到竟是這樣！更不知道能說什麼、能做什麼。

韓嬉又微微一笑，道：「我只是想說一說，你聽過就忘掉它。你我的賬已經清了。我唯一後悔的是，當時在僰道，沒料到後來還有這一大段時日，早知道，我就不那麼心急了。」

朱安世不知道她在說什麼，越發納悶。

韓嬉仍笑著，目光流波：「你知道那次我是怎麼受的傷嗎？」

「你不是說是繡衣刺客？」

韓嬉含笑搖頭：「在江州，我確實遇到了他們，他們也確實想捉我。不過，輕輕巧巧，就被我甩開了，他們根本沒傷到我。」

「那是什麼人傷的你？」

「沒有誰，是我自己。」

朱安世瞪大了眼睛。

韓嬉仍淡淡笑著：「當時我以為離開樊道，把驩兒送到長安，你就要走了，之後就休想讓你陪我。而且，我也想看看，如果我受了傷，你會怎麼樣。所以我找了個閒漢，花錢讓他砍我。他以為我瘋了，我又加了一倍的錢，給了他二兩金子，他才下了手。不過，說起來也算值得，那兩個多月，你服侍我服侍得很好，比我預料的要好得多。」

朱安世大張著嘴呆住，看著韓嬉若無其事的樣子，只能以為她在說胡話。

「時候不早了，我該走了。你自己當心，路上少喝酒，早日找到妻兒——」

韓嬉笑著抿了抿嘴，最後望了朱安世一眼，隨即轉身出門而去，細碎的腳步聲很快消失。

朱安世仍呆在原地，做夢一般。

忽然，門外韓嬉又露出半張臉，望著他笑道：「對了，有件事忘了說了，那匣子我也不要了，你讓酈袖留著吧。」

＊＊＊＊＊

妻子百般惜護，衛真誠心誠意。

司馬遷心中羞恥憤恨才漸漸散去一些。

然而，更大的真相又重重將他擊倒。

過了兩天，柳夫人才小心道：「今年年初，伍德夫婦一起悄悄走了，不知道去了哪裡。」

「難怪我們私底下說的話，還有《論語》一事，呂步舒都知道得清清楚楚。竟是伍德洩的密！」

司馬遷既怒又悲，要罵卻罵不出口，氣悶良久，只能付之於一聲長嘆。

柳夫人又吞吞吐吐道：「還有……還有一件事。」

「什麼？」

柳夫人面露難色，不敢啟齒。

「究竟什麼事？」

「你寫的史書……」

「怎麼了？！」

「那些書簡全都……被抄檢走了。」

「什麼？！那些書簡都埋在棗樹下，又從沒人知道……伍德？！」

柳夫人淒然點頭：「伍德走後第二天，光祿寺的人忽然衝進門來，直奔到後院，到棗樹下，把那些書簡挖了出來，全都搬走了……」

司馬遷頓時呆住，眼睛直瞪著，天地頓時漆黑。日夜辛勞、殫精竭慮，十年心血就這樣毀於一旦。

他忍辱含垢、屈身受刑，也全是為了這部史記。然而，然而……

半晌，他胸口猛地一痛，噴出一口鮮血，隨即一頭栽倒，昏死過去。

第三十五章：淮南疑案

半個多月，司馬遷才漸漸平復。

他方始明白：自己所獲誣上之罪，並非僅僅由於李陵，更肇禍於古本《論語》以及自己所寫的史記。

不幸中的萬幸，漢家天子中，他只寫了高祖、惠帝與文帝，景帝及當今天子這兩父子本紀尚未敢落筆。否則，罪可誅九族，受十遭腐刑也活不得命。

事已至此，已無可奈何。書簡雖然被抄沒，文章卻都大略記得，只得再度辛勞，將那半部重新寫一遍，獄中打的腹稿，也得盡快抄錄出來。

只是，一旦再被發覺，就再也休想活命。

他正在憂心不已，宮中黃門忽然前來宣詔：「賜封司馬遷為中書令，即刻進宮覲見！」

司馬遷大驚：他從未聽說過「中書令」這一官職，而且，自己乃刑餘苟活之人，天子為何不褫奪舊職，反倒要封賜新職？

不容細想，他忙更衣冠戴，衛真駕車，急急進宮。

下了車，步入未央宮宮門時，司馬遷感慨萬千，他沒有想到今生還能再次走進這宮門。一路上，門尉、官吏、宮人見到他，目光都似有些異樣，司馬遷一直低著頭，加快腳步，不敢看任何人。尤其是見到黃門，心中立即刺痛。他不斷默念「未央」二字，「未央」是尚未過半之意，源自《詩經·庭燎》：「夜其何如？夜未央，庭燎之光。」當年蕭何營建長樂、未央二宮，命名是寄寓「長久安樂、永無終止」。

而對司馬遷來說，此後生途卻真如漆黑之夜，遠未過半，漫漫無止，不知何時才能終了。

進了前殿，他一眼看見天子斜靠在御案後，近旁只有幾個黃門躬身侍立，不見其他朝臣。天子在讀一卷書簡，殿中空蕩寂靜，只聽得見竹簡翻動的聲響。

司馬遷伏身叩拜。

天子抬起眼，慢悠悠道：「你來了，身體可復原了？」聲調溫和，像是在問詢小小風寒之症。

司馬遷一聽，如同一隻獸爪在心間刮弄，一股怒火頓時騰起，幾乎要站起身衝過去，奪一把劍刺死面前這人——這隨意殺人、傷人、辱人、殘人之人。

但是，他不能。

他只能強忍恥辱，低首垂目，小聲答道：「罪臣殘軀，不敢勞聖上掛懷。」

「很好。你知道我在讀什麼？」

「罪臣不知。」

「你著的史記。」

司馬遷大驚，忙抬起眼，望向天子手中那卷竹簡，但隔得遠，看不清。

「大膽，你竟敢將高祖寫得如此不堪！」天子聲音陡然升高，殿堂之內回聲甕響。

司馬遷俯伏於地，不敢動，更不敢回言。

「不過，這篇《呂后本紀》很好，嗯，很好！」天子聲氣忽然緩和，放下竹簡，臉上竟露出笑意，「想不到司馬相如之後，又有個姓司馬的能寫出這等文章，而且比司馬相如更敢言、更有見識。」

司馬遷雖然吃驚，但並不意外：天子喜怒任意，且向來極愛文辭，也善褒獎才士能臣。

天子又道：「我尤愛這篇《呂后本紀》，你不寫惠帝本紀，卻寫呂后本紀，[124]用意很深。惠帝在位只有七年，雖為天子，卻徒有其名，權力盡由呂后把持，呂氏外戚權傾朝野，幾乎奪取我劉家天下。這教訓後世斷不能忘。」

司馬遷沒想到天子竟能看透自己寫史的用意，不由得嘆服，但也越發驚駭。

我想了個新官職，叫中書令[125]，專門替我草擬傳宣詔命、上奏封事。你既有這文筆見地，就由你來做吧。」

司馬遷忙叩拜辭讓：「罪臣刑餘之人，不敢有玷朝廷。」

「不用多說，已經定了。還有，這半部史記你可以拿回去，繼續寫。景帝和我的《本紀》寫好之後，我還要看。」

---

124 《史記》中的「本紀」是帝王傳記，西漢第二代皇帝是漢惠帝，但《史記》中並沒有《惠帝本紀》，代之以《呂后本紀》。

125 《初學記．職官部》中記載：「中書令，漢武所置。出納帝命，掌尚書奏事。」司馬遷是歷史上第一位中書令。《漢書．司馬遷傳》記載：「遷既被刑之後，為中書令，尊寵任職。」

＊＊＊＊＊

從東到西，從南到北，朱安世走了幾千里路。

他尋遍了所有能想到的地方，卻始終不見酈袖母子蹤跡。

轉眼間，過了一年多，他又找回到魯地，心裡記掛著驩兒，便奔去魯縣。到了孔府，只見門戶軒昂，院宇深闊，比前次在夜裡看的更加莊重氣派。心想：果然是孔家，驩兒跟著我，哪裡能住這等地方、享這等尊貴？

他向門吏報了自己姓名，門吏進去通報，過了半晌，出來道：「抱歉，我家主公出門訪友去了。」

朱安世看門吏神色不對，疑道：「你整天看門，主人在不在家，還要進去通報了才知道？」

那門吏頓時沉下臉道：「我知不知道干你何事？告訴你了，主公不在家中，你走吧！」

朱安世又道：「我不是來見你主公，是來看望你主公的侄兒孔驩。」

那門吏鼻子一哼，道：「這是孔府，豈是你想見誰就見誰？」

朱安世怒道：「就是皇宮，我也想進就進！」

「你這盜馬賊，我家主公施恩，才沒叫官府來捉拿你，你竟敢這樣撒野！」

那門吏回頭大聲叫喚，幾個僕役從院中奔出，各個手執棍棒。

朱安世一見大怒，料定其中必有古怪，心中焦躁起來，便不再客氣，一把拽住那門吏衣領，順手一甩，將他摔到台階下，隨後抬步跨進門檻。那幾個僕役見狀，一起湧過來，揮棒就打。朱安世抬腿踢翻一個，揮拳打倒一個，又奪過一根木棒，連舞幾棍，將餘下的幾個全都打翻在地。

他扔掉木棍，大步走進院中，一邊走一邊高聲叫道：「驢兒！驢兒！」又有幾個男女僕役奔出來，朱安世毫不理睬，繼續走向正廳。那幾人見他這般氣勢，都不敢靠近。剛到正廳，只見兩個奴婢扶著一位老者迎了出來，那老者年過六旬，身穿儒服，鬚髮皆白。

朱安世前次夜探時見過，便停住腳問道：「你是孔延年？」

老者微微頷首：「正是老朽。」

「我是來看驢兒的。」

「驢兒不在這裡。」

「哦？他去了哪裡？！」

「長安。」

「他去長安做什麼？」

孔延年神色微變，面帶愧色，猶豫片刻，才答道：「御史大夫杜周傳令，命我將驢兒送到長安——」

＊＊＊＊＊

司馬遷將史記書簡搬回了家。

現在這些史簡不必再掩藏，衛真樂呵呵地將它們一卷卷整齊排放在書架上，司馬遷坐在一邊，呆望著，心緒如潮。

命運如此翻覆，讓他有些不知所措。升任中書令，於他非但不是喜事，倒像是嘲弄，就如打殘一條狗，而後丟給它一塊肉。狗或許會忘記舊痛，安享那塊肉，但人呢？何況天子連丟給他兩塊肉，官位高昇是一塊，續寫史記是另一塊。縱使他不屑第一塊，那第二塊呢？

他覺得自己真如那條殘狗，嗅望著地上的肉，怕鞭子棍棒，不敢去碰那肉，但腹中飢餓，又捨不得棄之離去。

柳夫人輕步走過來，司馬遷忙假意展開一卷書看。柳夫人略停一停，注視了片刻，隨後轉身走到書架邊，伸手輕撫那些史簡，輕聲感嘆道：「十年心血總算沒有白費，終於又都回來了。誰能想到這半架書簡，竟裝著幾千年古史。多少聖王暴君、賢良奸佞，全都成了白骨，化作了土，魂卻全都聚在這些書簡裡。還有一半世事風雲、豪傑英雄等著被收藏到這裡。當今世上，讀書寫文的人無數，卻唯有你能完成得了這樁偉業，我能為你之妻，替你碾墨洗筆，在萬千女子中，也算無上之福了。」

司馬遷知道妻子看破了自己的心事，在寬慰自己，暖意如春水般融化了他心底堅冰。而且妻子這番言語，絕不是泛泛空言，能完成史記，就算被殘受辱，又算得了什麼？

他長舒一口氣，一年多來第一次露出點笑容，向妻子誠懇道：「我知道了，我不會再自尋煩惱，定會完成史記！」

司馬遷展開一卷空白竹簡，輓袖執筆，蘸飽了墨，開始書寫。

柳夫人走到案邊，跪坐下來道：「墨不夠了，我來碾！」說著從墨盒中抓了一撮墨粒放到硯台中。

「主母，讓我來！」衛真趕過來，拿起研石碾起墨粒，邊碾邊和柳夫人相視偷笑。

在獄中時，司馬遷已經熟擬了不少腹稿，文句流水般湧瀉而出。他已經很久沒有這般暢快，聚精會神，下筆如飛，全然忘記了周遭一切。

然而當他寫到淮南王劉安時，忽然停住筆。

柳夫人正提著壺輕手給他斟水，衛真也正忙著調墨，見他抬起頭，兩人都停住了手，一起望向他，卻都不敢出聲。

司馬遷轉頭問衛真：「你還記不記得淮南王劉安一事？」

衛真忙道：「記得，那次回京的路上咱們提到過他。」

司馬遷低頭沉思片刻，淮南王檔案在宮中，不過父親或許會留下些評述，於是起身到父親藏書書櫃前，找到元狩年間的紀錄，抽出一卷正要查看，衛真湊過來道：「主公是找劉安的紀錄嗎？去年我沒事時，已經找過了，在這裡──」他抽出另一卷，展開竹簡，指著道，「我都查過了，只有這一句。」

司馬遷一看，上面那句寫著：

淮南王謀反，唯見雷被、伍被、劉建三人狀辭，事可疑，惜無從查證。

衛真問道：「這三個人是什麼人？」

司馬遷答道：「雷被、伍被二人均是淮南王門客，當年劉安門客數千，其中有八位最具才華，號稱『八公』，雷、伍二人都位列其中。後來，雷被觸怒劉安太子劉遷，便赴京狀告劉遷，天子下旨削奪了劉安兩縣封地。劉安心中不平，與伍被等人謀劃反叛，誰知伍被又背棄劉安，告發反情。」

「劉建呢？」

「劉建是劉安之孫，其父是劉安長子，卻不得寵，未能立得世子。劉建心中忌恨，便也赴京狀告伯父劉遷。天子命呂步舒執斧鉞，赴淮南查辦，劉安畏罪自殺，王后、太子及數千人牽連被斬，淮南國從此滅除。」

「當年給劉安定的什麼罪？」

「我記得是『陰結賓客，拊循百姓，為叛反轉』。[126]」

柳夫人納悶道：「劉安是否叛逆我不知道，但『陰結賓客』怎麼也成了罪？不但這些諸侯王、滿朝官員，就連民間豪族，只要稍有財力，都在召聚門客。像當今太子，天子還專門為他建博望苑，讓他廣結賓客。」

衛真問道：「『拊循百姓』是指什麼？」

司馬遷道：「『拊循』是安撫惜護之意。」

柳夫人奇道：「這就更沒道理了，劉安既然在一方為王，就該安撫惜護國中百姓，這居然也成了罪？記得小時候，經常聽我父親盛讚劉安，說他德才兼善、禮賢下士，為政又清儉仁慈，當時淮南國政和民安、百姓殷富，劉安也因此清譽遠播。」

司馬遷道：「他恐怕正是被這盛名所累。當時天子正在行『推恩令』，就是要分割削弱諸侯實力。河間王劉德死後，諸侯王中，劉安聲望最高，淮南國是天下學術中心，而且天子獨尊儒術，劉安卻奉行道家自然之法。他就算無罪，也不可能長存。我父親說此事可疑，恐怕也是出於此。兒寬所留帛書上那句『九江湧，天地黯』，指的定是淮南王劉安。」

柳夫人道：「哦？劉安也和古文《論語》有關聯？」

司馬遷道：「我在獄中時曾細想這事，劉安雖然尊奉道家，但並未否棄儒家，相反，他門下也有當時名儒。劉安和門客所著《淮南鴻烈》，雖言天道，但本於仁義，更言道『民者，國之本也，國者，君之本也』，以民為本，而君為末，這等語句我只在《孟子》中讀到過，孟子曾言『民為貴，社稷次之，君為輕』。我想孟子、劉安這些語句恐怕正是源自古本《論語》。」

柳夫人嘆道：「這種話，也正是當今天子最不願聽到的。」

司馬遷道：「河間王劉德知道天子不願他傳習古經，但他愛書如命，知道自己子孫保不住這些古經，死前恐怕將古文《論語》等古書轉托給了劉安。而當年到淮南查辦此案的是張湯和呂步舒，劉安家中盡被抄沒，這些古經也不知下落。」

柳夫人道：「這麼說來，古文《論語》恐怕真的絕跡了。」

司馬遷道：「兒寬帛書上還有兩句密語，前一句『鼎淮間，師道亡』，不知道該如何解釋，但看來也是悲嘆亡失之意，倒是最後一句『啼嬰處，文脈懸』，似乎還有一線生機。」

＊　＊　＊　＊　＊

126　參見《史記・淮南王列傳》。

孔霸親自將孔驩帶到長安，獻給杜周。[127]

杜周看那小兒站在孔霸身側兩步遠，顯然是有意隔開，手裡緊握著一只木雕漆虎。小兒略高了一些，但極瘦，一雙眼睛倒仍又黑又圓，只是神情變得孤冷，碰到杜周的目光，不但不避，反倒回逼過來，冷劍一般。

杜周微覺不快，轉頭問孔霸：「什麼人送他去魯縣的？」

「朱安世。」

「他背誦的是什麼經書？」

「他不肯說，卑職也不知道。」

「孩子留下，你回去吧。」

杜周命人將孔驩押到後院看牢，自己獨坐在書房，思忖下一步計策。他又重新查看當年案卷，孔安國滿門亡故，被疑是兒媳朱氏施毒。當時廷尉下了通牒，緝捕朱氏。呂步舒卻又暗中派遣刺客追殺朱氏母子。看來朱氏定是被誣陷，幕後主使應該正是呂步舒。不過，當年孔門一案天子便不介意，如今舊事重提，天子更不會掛懷。

天子最恨什麼？

天子最不喜臣子有異議，他獨尊儒術，呂步舒卻不但盜毀宮中儒經，更毒殺孔子後裔，是公然違逆聖意，與儒為敵。

對，只有這一條才致命！

杜周盤算已定，仔細斟酌，寫了一篇奏文，又反覆默讀，沒有一字不妥，這才將奏文連同那片斷錦封好，命人押了孔驩，進宮面聖。

*****

司馬遷升任中書令，時常陪侍在天子左右。

他打定主意，只遵命行事，不多說一句話。雖然日日如履薄冰，但處處小心，倒也安然無事。

他抽空去了天祿閣，查到淮南王檔案，發現天子在此事中迴異常態——

雷被狀告劉安，公卿大臣奏請緝捕淮南王治罪，天子不許。

公卿大臣上奏劉安阻撓雷被從軍擊匈奴，應判棄市死罪，天子不許。

公卿大臣奏請廢劉安王位，天子不許。

公卿大臣奏請削奪其五縣封地，天子只詔令削奪二縣。

劉建狀告淮南王太子劉遷謀反，天子才命呂步舒與張湯赴淮南查案。

呂步舒拘捕劉遷，上奏天子，天子卻令公孫弘與諸侯王商議。

諸侯王、列侯等四十三人認定劉安父子大逆不道，應誅殺不赦，天子卻不許。

伍被又狀告劉安謀反，天子派宗正赴淮南查驗，劉安聞訊自刎。

---

127 孔安國獻書一般認為是漢景帝末年，《漢書・藝文志》卻記為「武帝末……安國獻之。遭巫蠱事，未列於學官」。荀悅《漢紀》認為「武帝時孔安國獻之」，清代漢學家閻若璩懷疑「天漢後安國死已久，或其家子孫獻之」。

司馬遷無比詫異：天子登基四十餘年來，多少王侯公卿只因一點小錯，便被棄市滅族。劉安謀反，天大之罪，天子卻居然容讓至此！自始至終，寬大仁慈、處處施恩。

他又從頭細讀，著意看呂步舒查辦此案經過，呂步舒持斧鉞到淮南之後，依照「春秋大義」審問，獨斷專行，處斬數千人，遇事從不奏請，結案之後，才上奏天子，天子無不稱是。

司馬遷恍然大悟：當時天子正在逐步削奪各諸侯王權勢，因怕諸侯抗拒，便假借「推恩」之令，允許諸王將封地分給子弟，如同令人分餅而食、碎石成沙。淮南王劉安威望素著，此時如果下詔誅殺劉安，諸侯必定人人自危、聚議興亂。因此，他才以退為進，處處寬待劉安，將生殺之權盡交與大臣諸侯。實則借大臣王侯之力，步步緊逼，直至劉安被迫自殺。

這與當年河間王劉德之死，其實並無二致。

至於叛亂，即使劉安本無謀反之意，到後來為求自保，恐怕也會逼而欲反。只是反心才起，性命已喪。

天祿閣中本就寂靜陰冷，想到此，司馬遷更是寒從背起，不敢久留，匆忙離開。

* * * * *

黃門介寇趁夜偷偷來到杜周府中。

杜周正坐在案前寫字，見到介寇，心底一顫。

今早，他將孔驩帶入宮中，等群臣散去，他獨自留下，密奏天子，說查到有人盜竊宮中經籍，追殺孔子後人。

天子聽了，並不如何在意，只問是誰。

他小心答說：「呂步舒。」

「哦？」天子抬起眼，這才有些詫異，靜默了片刻，隨即沉聲道，「奏本和那小兒留下，我要親自查問。」

杜周只能躬身退下。

回來後，他心中一直忐忑，始終猜不透天子心意，忙使人傳信給介寇，讓他在宮中隨時打探動靜。

介寇進門跪下磕頭，杜周停住筆，卻不放下，雖然心中急切難耐，仍舊冷沉著臉問：「如何？」

「大人走後，皇上立即召見了呂步舒。」

「哦？」

「皇上跟呂步舒說了什麼，小人不知，不過皇上把那小兒交給了呂步舒，讓他帶走了。」

杜周聞言，頓時呆住。

嘴角中風了一般，不停抽搐。手裡那支筆像著了魔，在竹簡上一圈一圈用力塗抹。

介寇小聲問：「大人？」

杜周略回過神，咬著牙道：「下去。」

介寇忙退出書房，杜周仍呆在那裡，手抖個不停，攥著筆，不住亂畫。喀的一聲，筆桿竟被杵斷，竹刺扎進手掌，一陣刺痛，他才醒過來——呂步舒是受天子指使！

孔安國將孔壁古經獻入宮中，天子卻不立博士，也未教傳習。相反，齊派儒學大行其道。為何？孔孟古儒，不慕權勢富貴，不避天子諸侯，只講道義，不通世故。孔壁古經，必定有許多言語不合天子之意。而齊派今文儒學，為謀私利，盡以天子喜好為旨歸，阿附聖意，滿嘴忠順。雖同是儒經，天子當然厭古愛今，斷不容古文儒經傳播於世。

呂步舒盜毀宮中古經，是天子指使；呂步舒偷改蘭台書目，是天子指使；呂步舒毒殺孔安國一家，是天子指使；呂步舒逼死延廣、王卿，是天子指使；呂步舒追殺孔驩，是天子指使……若沒有天子指使，呂步舒哪裡有這膽量？哪敢如此肆無忌憚？

接下來，呂步舒要逼死我杜周，也將是天子指使。

杜周啊杜周，你名叫杜周，杜絕疏漏，事事周密，卻居然沒有察覺，這擺在眼前天大的禍端！

他取過帕子，慢慢擦掉手掌上的血，又緩緩捲起那卷被塗抹得一片烏黑的竹簡，嘴角一咧，竟笑了起來。

這絲毫怨不得別人，他口中喃喃念起《論語》中那句「天作孽，猶可違；自作孽，不可活」。當年，你家中只有一匹病馬，湊不齊一吊銅錢。到如今，你位列三公，子孫尊顯，家產巨萬。算起來，此生並未虛過。眼下，闖了這滅頂之禍，絕無生理。事已至此，只能替兒孫著想，將罪一人擔起，不要遺禍親族。

想到此，他起身到書櫃邊，從最內側取出一個錦盒，打開鎖，揭開蓋，裡面是一個小瓷瓶，七根鬍鬚。

七根鬍鬚是他這一生所犯的七樁錯，他一根根拈起那七根鬍鬚，一樁樁回想當年情景，不由得又笑起來。回味罷，才嘆著氣，用汗巾將它們包好，揣在懷中。而後，他展開一方白錦，另取了一支筆，飽蘸了墨，在上面寫下一句話：

對外只說病死。

寫完，擱下筆，他拿起那個瓷瓶，裡面是鴆酒，已經存了多年。他拔開瓶塞，一股刺鼻之氣衝出，幸好未乾。

這時，書房外傳來妻子和僕婦說笑的聲音，杜周嘴角一扯，最後又笑了笑，一仰脖，飲下了鴆酒。[128]

*****

未央宮，御書房。

司馬遷支開小黃門，又抽取那些舊年錦書簡冊，一卷卷打開細看。

身任中書令，有一處便宜，可以查看歷年大臣密奏。

許多密奏是大臣背著史官呈報給天子，因此司馬遷原來無從知曉。現在所有奏書都由他掌管，其中有些便是密奏，這些密奏都收藏在御書房中，不曾銷毀。

司馬遷無事時便來御書房查看陳年密奏，越看越驚心，往昔諸多疑團豁然開朗，更有不少事情他

128 《漢書·武帝紀》記載：「（太始）二年，御史大夫杜周卒。」

從未料及。其中陰狠詭詐，讓他寒毛倒豎，不敢再看，卻又忍不住不看。

今天，他又展開一封錦書密函，見落款是呂步舒，隨即一眼掃到「孔壁論語」四字！司馬遷大驚，忙細讀奏文：扶卿在臨淮跟從孔安國學習孔壁《論語》，其中有諸多違逆之語，扶卿心中懼怕，上報給呂步舒。

看到密奏上有「臨淮」二字，司馬遷猛然醒悟：兒寬帛書中的「鼎淮間，師道亡」之「淮」正是臨淮，而「鼎」字則是元鼎年[129]！

元鼎年間，孔安國正在臨淮任太守！[130]在任上時，孔安國全家男女老幼同日而亡。據當時刑獄勘查，孔安國全家是中毒而死，但在點檢屍首時，獨少了孔安國的兒媳朱氏。因此，官府懷疑朱氏施毒，當年曾下了通牒，四處緝捕朱氏，後來卻不了了之，再無下文。

司馬遷當年聽聞這噩耗，曾痛惜不已，此刻卻不免心中起疑，再一看扶卿那封密奏落款日期，與孔安國過世竟是同一年！

他心中一寒：這定然不是巧合！兒寬是孔安國弟子，經書中所寫「鼎淮間，師道亡」正是在說這一隱情。看來孔安國合家猝死絕非由於一個不貞婦人，恐怕另有原因，而幕後指使可能正是呂步舒！呂步舒這樣做，定是因為得了扶卿密報，殺人毀書，斷絕孔安國家人繼續傳授孔壁《論語》！

＊＊＊＊＊

朱安世馬不停蹄趕往長安。

起先，他還唾罵孔延年父子，罵累之後，猛地想起一件事：去年，在趕往魯縣的路上，驪兒講起自己經歷，朱安世曾問他是否到過魯縣伯父家，連問了兩遍，驪兒才說沒有。

驪兒當時在說謊！他到過魯縣、見過伯祖伯父！

朱安世猛地勒住馬，張著嘴，瞪著眼，眼珠幾乎鼓出眼眶，手裡緊攥的皮韁繩吱吱絞響。

我當時的猜測是對的！孔延年是驪兒親伯祖父，驪兒母親當年逃亡，要投奔的第一個地方便該是魯縣孔府。他母親逃離臨淮後一路北上，從琅琊過泰山，不正是想去魯縣！驪兒母親一定是到了孔府，孔延年父子因為懼禍，不願接納，驪兒母親不得已，才又逃往常山。

這孩子！他一定是聽扶卿說跟著我會讓我罪上加罪，不願意拖累我，所以才說謊！

朱安世悔恨欲死，現在驪兒生死未知，就算活著，也免不了苦楚折磨。他再顧不上疼惜馬兒，狠狠揮鞭，拚命疾趕。

到了長安，他繞到西北面的橫門。橫門距西市最近，進出城的人最多。朱安世下了馬，挨著幾個客商，低下頭，避開門吏，混進城，趕往樊仲子家。

129　元鼎：漢武帝的第五個年號，西元前一一六—前一一一年。

130　孔安國生卒年至今不詳，眾說紛紜。《史記》載其官至臨淮太守，據《漢書．地理志》，臨淮郡初置於漢武帝元狩六年（西元前一一七年），因此有一種觀點認為孔安國卒於元鼎年間，本文從此說。

第三十六章：孔氏遺孤

司馬遷將孔安國滅門一事告訴柳夫人和衛真，二人都驚駭不已。

三人正在感慨，忽聽到有人敲門，衛真忙出去看。

門外一個蒼老的聲音問：「小哥，我來求見司馬遷大人，能不能請他到我家裡去一趟？」

「你是什麼人？要我主公去你家做什麼？」

司馬遷和柳夫人聽到，一起站到屋門邊去看，暮色中，門外站著一位老者，衣著簡樸，神色局促。

「我家有個人快死了，他想見司馬遷大人。」

「什麼人？」

「他名叫簡卿，是我的侄兒。」

司馬遷忙趿鞋出去，走到院門前：「是兒寬的弟子簡卿？」

「是。」

「他快死了？」

「是，他得了重病，恐怕挨不過今晚。他說有件事一定要托付司馬遷大人。」

「好！我們馬上去。」

司馬遷忙命衛真駕車，載著老人，讓他指路，一起趕到城北民宅區，穿過幾條巷子，來到一座小院落前。

這時天已昏黑，老人引著司馬遷推門進去，走入堂屋，點了盞油燈，擎燈照路，帶司馬遷進到旁邊內房。房裡除了一床一櫃外，別無他物。老人舉燈照向床頭，舊被子下，露出一張臉，面色蠟黃，雙眼緊閉，喘息急促。若不仔細辨認，根本認不出是簡卿。

老人湊近喚道：「卿兒，司馬遷大人來了。」

連喚了幾聲，簡卿才睜開眼。

司馬遷忙走到床邊，輕聲道：「簡卿，是我，司馬遷。」

「司馬先生，謝謝你能來，」簡卿盡力露出一絲笑容，氣喘吁吁，斷斷續續道，「除了你，我再想不到可以信誰……老師留給我的遺命，我已無力完成，只好向司馬先生求助，還望……」

司馬遷忙道：「是不是關於孔壁《論語》？」

「是……你怎麼知道？」

「兒寬留給延廣一封帛書，延廣臨死前，又傳給了我。」

「這樣就再好不過……老師臨終時接到一封信，是他的故友……說救了孔安國的孫子，要送到長安……讓老師庇護……」

「孔安國的孫子？」司馬遷立即想到帛書上最後一句「啼嬰處，文脈懸」。

「那孩子名叫孔驩，會背誦孔壁《論語》……我在長安等了幾年，卻沒等到……」

「你要我做什麼？」
「設法找到那孩子，否則……」
「好！我定會盡力而為！」
「從道不從君，從義不從父……」
「什麼？」
「這是孔壁《論語》中的一句……一定找到那孩……」
簡卿呼吸陡然急促，身子拚力一掙，喉嚨發出一聲怪響，隨即大張著嘴，不再動彈。
「卿兒！」老人大叫著去搖動他，簡卿卻紋絲不動。
司馬遷伸手探了探簡卿的鼻息，黯然道：「他已經去了。」

＊＊＊＊＊

朱安世混入長安，避開眼目，來到樊仲子後院小巷，輕輕敲門。
正巧樊仲子親自來開門，見到他，忙一把扯進去，關好門，才哈哈笑道：「嬉娘說你過一陣子一定會來，沒想到你今天就到了。」
「韓嬉也來了？」
「她到了有幾天了。」
「樊大哥，我是為驩兒來的。」

「我知道，嬉娘也是為那孩子來的。十幾天前，她去魯縣探望那孩子，卻發現孩子已經不在孔府，她暗地裡打聽，才知道孩子已被送往長安，她急忙追了過來。」

「是杜周。」

「嗯。杜周兩天前剛死了。」

「死了？怎麼死的？」

「據他家人說是得了暴病。但我覺得此事可疑。」

「樊哥哥也會貪功啦？」門邊忽然響起一個女子清亮的聲音，是韓嬉。

朱安世忙站起身，見韓嬉衣衫翠綠，如嫩柳枝般走了進來。

樊仲子笑道：「哈哈，想偷搶一次功勞，偏偏被你逮到。杜周的死因，是嬉娘先起疑的。」

韓嬉一眼看見朱安世，頓時收起笑容，只淺淺含笑，輕聲道：「你來了。」

想起前次臨別時她所說的那些話，朱安世有些手足無措，但又感念她先於自己為驩兒奔走，便點點頭，誠懇一笑。

三人落座，韓嬉和樊仲子又說笑了幾句，但目光不時投向朱安世，朱安世賠著笑，始終不太敢與她對視。心裡又掛念著驩兒，有些坐立不安。

「說正題吧——」韓嬉似乎體察到他的心意，收起笑，坐正了身子，「杜周是飲鴆自殺，我從他家一個老僕婦那裡探到，杜周屍身衣服抓得稀爛，全身烏青，腦殼裂開，腦漿迸了一地。」

樊仲子咋舌道：「他升御史大夫才三年，正風光，為什麼要自殺？」

韓嬉道：「我懷疑與驩兒有關，他才將驩兒送入宮中——」

「驢兒被送入宮中？！」朱安世失聲叫道。

韓嬉點點頭，望著朱安世，滿眼歉疚、疼惜。

樊仲子忙道：「剛才正要告訴你這件事，嬉娘正是為這事四處打探。」

朱安世低下頭，心中越發焦躁擔憂。

驢兒如果在杜周府宅中，要救還不算太難，此番囚在宮中，事情就極難辦了。

他靜默半晌，心中浮起一串疑問，於是抬頭問道：「追殺驢兒的是光祿寺的人，杜周似乎並未染指，而且他曾在扶風盤問過驢兒，看來並不知情，他為何要捉拿驢兒？又為何要送入宮中？是送到光祿寺？還是直接交給劉老彘？難道劉老彘也知道驢兒的事？如果知道，劉老彘該獎賞杜周才對，杜周為何要自殺？」

韓嬉輕嘆一聲，道：「這些事情我還沒打問清楚。不過剛剛探聽到一件事，杜周臨死那夜，宮裡有個黃門去過他府上，那黃門才走，杜周就死了。」

朱安世問道：「難道是劉老彘派那黃門賜的毒酒？」

韓嬉搖搖頭：「不是，那黃門名叫介寇，是天子近侍蘇文手下。原先犯了事，曾落到杜周手裡，杜周饒了他。他去見杜周是私會，並沒有賜酒宣詔。」

樊仲子道：「這麼說來，他是杜周埋在宮中的暗線，他見杜周，應當是去通風報信，不知道他說了什麼，杜周正是為此自殺。」

朱安世恨道：「這些臭狗無論做什麼事，無非為了兩點，或者邀功求榮，或者鏟除政敵。」

韓嬉點頭道：「看來杜周查出了驢兒的隱情，靠這樁事，既可以打壓呂步舒，又能立功，所以才從孔府逼要驩兒，當作罪證，用來彈劾呂步舒。呂步舒卻反戈一擊，倒把杜周逼到死路。」

朱安世愁道：「這樣一來，事情就棘手了。」

樊仲子問道：「哦？為什麼？」

朱安世擔憂道：「不管劉老彘之前知不知道驩兒的事，現在一定是知道了。去年我們曾議論過，驩兒所背那部古書對劉老彘不利，他一旦知道，一定會毀掉——」

樊仲子叫道：「那不是書，是個活生生的孩子！」

朱安世心亂無比，但盡力沉住氣道：「驩兒命在旦夕，當務之急，必須得盡快查出驩兒被囚在哪裡。」

韓嬉歉然道：「我這兩天就是在四處打聽驩兒的下落，杜周把驩兒送進宮中，沒有帶出來，現在應該是被囚在宮裡，但到底在何處，我還沒打探到。不過，我懷疑有一個人應該知道——」

朱安世沉聲道：「呂步舒。」

＊＊＊＊＊

司馬遷原以為古本《論語》已經絕跡於世，如今，兒寬帛書密語全都解開，孔安國尚有後嗣僥倖存活，而孔壁《論語》竟藏於一個小小孩童心中，讓人既喜且憂。

柳夫人聽了，嘆息良久：「不知道這孩子現在哪裡？」

司馬遷嘆道：「兒寬得信到現在，已經五六年，那孩子是否還活著，都未可知。」

正說著，衛真回來了。

司馬遷忙問：「事情料理得如何？」

衛真答道：「買了副中等棺槨，簡卿屍身也幫著那老丈裝殮好了，我又照主公吩咐，雇了個可靠的人，送簡卿靈柩回鄉安葬。那人已經啟程出城了。」

司馬遷點點頭，嘆惋道：「簡卿不負師命，這幾年一直在長安守候，最終客死長安，實在令人生敬。」

衛真道：「他臨死說的那句話是什麼意思？」

司馬遷道：「從道不從君，從義不從父——據簡卿說，這是孔壁《論語》中的一句話。我記得似曾見過這句話，特意去天祿閣翻檢了一番，果然在荀子的一篇殘卷中找到了，荀子就曾引述過這句話，的確是出自先秦《論語》。[131]」

衛真喜道：「荀子是戰國大儒，他引用的《論語》必定不假。」

司馬遷點頭道：「這話我們以前也曾談及，只是沒說得如此透徹。道義如同大路，人遵之而行，才是正途。如今卻倒轉過來，只看人，不看路。不管君父走的是正途還是歧路，臣子都唯命是從，全然不敢分辯是非對錯，卻不知，道義為重，君父為輕。董仲舒當年曾對我言：孔子知言之不用，道之不行，才憤而著《春秋》，『貶天子，退諸侯，討大夫，以達王事』[132]。孔子既然能在《春秋》中『貶天子』，《論語》中便也應該有這等語句。」

衛真吐了吐舌頭：「若我是天子，聽了這些話，怕也會毀掉古文《論語》。」

司馬遷嘆道：「在獄中，我才想起一件事，想當初，文帝崇尚黃老之學，卻還設有《論語》《孟子》博士，[133]到了本朝，天子獨興儒學，卻廢去這兩經博士。」

衛真問道：「為什麼連孟子也要廢去呢？」

司馬遷道：「孟子剛正敢言，曾言『民為貴，社稷次之，君為輕』，更說湯武以臣的身份誅殺桀紂，並非篡逆弒君，而是依仁據義，誅殺暴虐獨夫。孟子此論正合於『從道不從君』之理。」

衛真嘆道：「荀子更難得聽人提及。」

柳夫人道：「若把儒學比作一間屋子，孔子、孟子、荀子便是這屋子的正主，有他們在，誰敢胡說？只有把他們趕走了，當今的儒生才好放開手腳、胡作非為。」

司馬遷道：「我擔心的正是這一點，就算天子不毀古文《論語》，朝中得勢官吏也都除之才能後快。如今，唯一留存孔壁《論語》的又是一個孩童……」

衛真道：「那夜在石渠閣秘道中，我偷聽到景勝之和呂步舒對話，說要除掉扶風城裡的一個孩子，難道那孩子就是孔安國的孫子孔驩？」

司馬遷道：「當時那孩子在扶風鬧得滿城風雨，到處傳說他是個妖童，後來不知所終，據說是被

---

131 《荀子．子道篇》中說：「《傳》曰：『道不從君，從義不從父。』」《傳》在戰國秦漢一般指《論語》，司馬遷在《史記》多處引文中就將《論語》稱為「傳」。

132 《史記．太史公自序》中說：「孔子知言之不用，道之不行也，是非二百四十二年之中，以為天下儀表，貶天子，退諸侯，討大夫，以達王事而已矣。」東漢班固在《漢書》中轉引此段，但刪除了「貶天子」。

133 東漢趙岐《孟子題辭》：「孝文皇帝欲廣遊學之路，《論語》《孝經》《孟子》《爾雅》皆置博士，後罷傳記博士，獨立五經而已。」

盜汗血馬的朱安世救走。任安赴蜀地之前，曾說朱安世也許會去成都。至今再沒有聽到消息，但願朱安世能帶那孩子安然脫險。我這就寫封信給任安打問一下。」

衛真道：「不如我再去那秘道探聽一次，說不準能知道那孩子的下落。」

柳夫人忙道：「再不許去！你們偷入秘道後，多次說起，伍德恐怕也聽到了，說不準已經密報給呂步舒了。」

衛真想了想道：「我們好像沒在伍德面前談起過這事。」

柳夫人急道：「不管伍德知不知道，那秘道都不許再去！」

* * * * *

朱安世悄悄溜到一帶高牆下，見左右無人，縱身翻過牆去。

這裡是呂步舒府邸後院，時過午夜，院裡漆黑寂靜。之前，韓嬉已經打探清楚呂步舒宅中格局，朱安世輕步潛行，穿過花徑，繞過一排僕役房舍，來到府邸中間的院落，呂步舒的寢處就在正房。

朱安世來到窗下，輕輕撬開窗戶，翻身跳進房中。伏在牆角，就著微弱的月光，張眼細看，見左側有張床，床上傳來女子呼吸聲，輕細綿長，睡得很熟，應該是婢女。對面牆上一扇門，緊閉著，這房間分內外兩室，呂步舒應該是在內室安歇。

朱安世躡足走過去，伸手輕推，門沒有閂，應手開啟，發出吱呀一聲。他忙停手屏息，房內依然寂靜，沒人察覺，他這才又輕輕推開一道縫，伸手扳緊門扇邊緣，慢慢打開，門樞雖仍有聲響，但極輕。

走進去後，朱安世輕手將門關好。內室更加漆黑，他稍待片刻，眼睛漸漸能夠辨物，依稀看見床在正對面，便伸手拔出匕首，輕步走到床邊，隔著帳子側耳細聽。裡面有兩個人的氣息，一粗一細，細的應是女子，睡在床外側，粗的自然是呂步舒。

朱安世伸手掀開帳子，倒轉匕首，循著聲音，對準那女子的脖頸，迅力一擊，那女子應手昏死過去。朱安世爬上床，湊近一看，呂步舒微張著嘴，睡得正沉。朱安世一騰身，坐壓住呂步舒胸口，同時伸出左手，一把捂住他的嘴，右手匕首逼住他的喉部。

呂步舒猛地驚醒，扭動身子，手足亂掙。

「別亂動，不許喊！」

呂步舒頓時停住。

「孔驩現在哪裡？」朱安世右手用匕首抵緊呂步舒咽喉，同時鬆開左手。

呂步舒聞言，身子忽然鬆弛，低聲問道：「你是朱安世？」

朱安世一驚，但無暇多想，繼續問道：「快說，孔驩在哪裡？」

「我料定你要來。那小兒在建章宮，囚在太液池漸台之上。」

呂步舒聲音陰沉、傲慢，朱安世聽得心裡發瘆，幾乎一刀割斷他的喉嚨，但隨即想到救驩兒要緊，不能再惹麻煩，便一肘將呂步舒擊暈。

＊　＊　＊　＊　＊　＊

辦完宮中差事，司馬遷又來到石渠閣。

衛真早上就得了吩咐，已經在閣外等候，兩人一起走進閣中。

司馬遷現在身份不同，書監段建忙出來侍候，無比殷勤小心。司馬遷素來不喜這等逢迎，便要過他手中燈盞，命他將書櫃鑰匙交給衛真，讓他先退下。段建再三躬身致禮後，才輕步離去。

司馬遷是來查詢孟子、荀子檔案，看看能否再多找出些古文《論語》的遺文。走過星曆書櫃時，他不由得望向那個藏有秘道的銅櫃，轉頭一看，衛真也正看著那裡。想起妻子的告誡，司馬遷咳嗽一聲，繼續前行，走到儒學一列，衛真也忙跟了過來。找到所需書簡後，衛真將它們抱到案上，安放好燈盞。

司馬遷坐下來，展卷細讀。

良久，讀得肩頸酸痛，便抬起頭舒展腰身，卻忽然發覺衛真不在身邊。左右一望，均不見人影，連喚幾聲，也不見答應。倒是段建從外面顛顛趕進來，小心問道：「中書大人，有何吩咐？」

司馬遷忙道：「哦，不是喚你，我是在喚衛真，他拿錯了書，剛去換了。你還是下去吧，有事我會讓衛真去喚你。」

段建忙躬身答應著，斜眼向書櫃那邊望了望，似乎起疑，但隨即轉身離開。

等段建出了書庫後，司馬遷才起身走向星曆書櫃，幽暗中，果然見秦宮星曆書櫃門環上，鎖頭斜掛，顯然已被打開。他忙走過去，拉開門一看，裡面是空的，只有一串鑰匙落在書櫃角落。

衛真偷偷下了秘道！

司馬遷又氣又急，卻無可奈何，在櫃邊守了一會，又怕段建回來，便取出那串鑰匙，到書案邊，另點了一盞燈，走過去放到儒學書櫃上，而後才回坐在案邊，裝作讀書，但哪裡能讀得進一個字？半個時辰，一個時辰，始終聽不見聲響。

這時，已過酉時，司馬遷腹中飢餓，虛汗直冒，卻只能繼續等。

過了半晌，段建和一個小黃門一起走進來，小黃門手裡端著一個食盒。段建躬身道：「已經過了晚飯時辰，卑職怕大人飢餓，就自作主張，備了些酒飯。」

司馬遷沉住氣道：「有勞你了，放下吧，我這裡有衛真，不用你們侍候，你也該去用飯了。」

小黃門放下食盒，段建往儒學書櫃處的燈光望了一眼，躬身行禮，便帶著小黃門一起出去了。

又過了一個多時辰，仍不見衛真回來。

四下漆黑，書庫中只有遠近兩盞燈光遙遙相映。

司馬遷心急如焚，不停跑到那個書櫃邊，探頭進去傾聽，卻始終毫無聲息，只聽得到自己的呼吸聲和腸胃陣陣蠕動聲。

實在忍無可忍，他躡足走到書庫門邊，偷眼窺探外面，見段建寢室窗上映著燈光，但看不到影動，也聽不到人聲，想來是睡著了。於是他壯著膽子走到那個銅櫃前，在黑暗中摸索著，拉開底面的銅板，小心爬進去，踩著梯子，一步步摸下去，到了洞底，越發漆黑，如同跌進一口墨井。

司馬遷伸手慢慢探著，尋找洞口，然而，一圈摸過來，周邊都是硬壁，哪裡有什麼通道！他頓時驚出一身冷汗，心咚咚狂跳。挨次又上下探摸了一圈，這洞裡的確沒有通道口！

只是，洞中其他地方都是土壁，只有一面，觸手之處，像是木板。

漆黑中，難知究竟，他忙爬上梯子，鑽出銅櫃，剛站起身要走，腳下一絆，撲倒在地。他顧不得痛，慌忙爬起來，奔到案邊取了燈盞，側耳一聽，書庫外仍無動靜。這時也管不得許多，擎著燈，趕回書櫃，又鑽進去爬下梯子。

擎燈一照，洞裡真的沒有通道，只是有一面洞壁上，是一塊木板，六尺多高，兩尺多寬。仔細一照，木板四周有縫，邊緣是個木框，原來是一扇門！他忙用力推，門從裡面閂住了，只略略有些翕動，根本推不開。

難道是衛真閂的門？

衛真為什麼要閂門？

如果不是衛真，是誰閂的門？

司馬遷越想越怕，渾身陡生寒慄。

他呆了半晌，無計可施，又怕段建察覺，只得重新爬上去，掩起櫃門，回到書案邊，繼續等候。

然而，直到天亮，衛真也沒有回來。

天子早朝要議事，司馬遷只得鎖住那個銅櫃，先去前殿應卯。直到中午，他才得空，又急急趕回石渠閣，支走段建，打開櫃門，掀起銅板，衛真不在下面。他忙又爬下去探看，那扇木門仍緊緊關閉，推不開。敲擊，裡面也沒有應答。

接連幾天，司馬遷不斷回到石渠閣，卻始終不見衛真。他心急如焚，整日坐臥不安，卻又無計可施。

衛真啊衛真，你究竟去了哪裡？到底發生了什麼事？

第三十七章：太液銅蓮

郭公仲大聲嚷道：「不……不……成！」

他剛從茂陵趕過來，聽朱安世說要去建章宮救驩兒，頓時直起身子，顧不得結巴，連聲勸阻。

樊仲子也道：「呂步舒那老梟肯告訴你驩兒的下落，是張開網子，就等你自己去投！」

朱安世卻已定下主意，沉聲道：「他當時若不說，就得死。」

韓嬉也滿眼憂色，輕聲道：「按理說，呂步舒今天該滿長安搜捕你，可現在街上一點動靜都看不到。」

樊仲子勸道：「的確太冒險，那建章宮，千門萬戶，騎著馬疾馳，一天才能遊遍。太液池名雖為池，其實極廣，有數百畝，縱橫都有三四里，那漸台建在湖心，只能坐船過去。而且驩兒也未必真關在那裡。」

朱安世盯著手中的酒盞，靜默片刻，才道：「這事倘若我不知道，也就罷了。既然驩兒還活著，又知道囚在哪裡，我怎麼可能坐視不管？」說著舉盞仰脖，一口灌下。

其他三人均不好再說，屋內頓時安靜下來。

良久，韓嬉忽然道：「好，我跟你一起去！」

郭公仲也嚷道：「我！」

樊仲子跟著道：「我也去！」

朱安世忙道：「你們這番情義，朱安世粉身難報。但私闖皇宮，是滅族之罪，這事由我而起，也該由我一個人去了賬。」

樊仲子哈哈笑起來：「這些年，你為我們做的犯險殺頭的事難道少了？再說，就算不為你，單為那孩子，我們也該出手，我生平最見不得這種凌虐孩童的事！」

郭仲子叫道：「對！」

韓嬉笑道：「這事大家都有份，誰都別想躲。不過，就這樣莽莽撞撞衝進去，非但救不了驩兒，自己的性命也要白白送掉。這事得好好安排一下。」

朱安世見三人如此慷慨，心頭滾熱：「朱安世能有你們幾位朋友，此生大幸，死而無憾。既然如此，我就不再推辭。現在驩兒命在旦夕，事情緊急，拖延不得。嬉娘說得對，不能莽撞亂闖，這事我已大致想好，現在既然有了幫手，就分派一下差事——」

樊仲子道：「好，你安排，我們聽命行事。」

朱安世笑了笑，道：「你們聽聽看有什麼不妥的地方。首先，得清楚建章宮裡的地形，樊大哥，你門路最寬，這事得你來做。」

樊仲子笑道：「這個容易！我認得一個當年修建章宮的工匠頭。不過，這算不得事，我閒散了幾年，你得給我個要緊事做做。」

朱安世道：「你在宮外照應，給我們安排退路。」

樊仲子氣道：「讓我坐等？這算什麼事？」

韓嬉笑道：「這個最要緊，一旦救出驩兒，整個京畿必定會緊追嚴搜。若不安排好退路，就算救出驩兒，也是白辛苦。再說你身體肥胖，連牆頭都爬不上去，跟著也是累贅。」

樊仲子哈哈笑道：「就聽你們的！我保管大家安全離開長安就是！」

朱安世又對郭公仲道：「漸台在太液池中央，只能游水過去，郭大哥，你水性不好，不能去。」

郭公仲瞪眼嚷道：「我……做……做……」

朱安世道：「皇宮比不得其他地方，禁衛森嚴，不得輕易進入。你身手快，就替我們引開宮衛，等我們要出來時，再設法引開追兵，幫我們逃出宮。」

韓嬉道：「這事也極關鍵，不然進不去，也出不來。」

郭公仲點頭道：「成！」

朱安世又道：「我和嬉娘去太液池救驩兒，到時候，由我引開漸台上禁衛，嬉娘帶驩兒出來。」

韓嬉道：「好！」

樊仲子忽然笑起來：「哈哈，說了這些，原來是把我和老郭兩人支開，你們兩個好去游湖。」

朱安世一聽，頓時漲紅了臉，韓嬉也臉色微紅，一拳打向樊仲子肩頭，笑罵道：「樊罈子！」

＊＊＊＊＊

司馬遷剛走進建章前殿，一個小黃門迎了上來：「天子在涼風台，召中書令前去。」

司馬遷聽了，便讓小黃門引路，下了建章前殿，繞過奇華、承華二殿，來到婆娑宮後，見前面有一座闕門。這門貫通建章宮南北兩區：南為宮區，有殿宇二十六座；北為苑區，有太液池、涼風台。出了闕門，眼界頓開：左邊太液池，清波浩渺、山影蒼碧；右邊涼風台，巍然高聳、檐接流雲，其上傳來鼓樂之聲。司馬遷抬頭仰望，隱隱見涼風台上舞影翩躚，天子正在觀賞樂舞。

來到涼風台下，司馬遷拾階而上，天子近侍蘇文正走下來，見到他，奇道：「中書大人？你來做什麼？皇上今天並沒有召你啊。」

司馬遷一愣，回頭看那傳詔引路的小黃門，卻見那小黃門已經轉身走遠。莫非是傳錯了？他只得轉身，原路返回，納悶之餘，倒也心中暗喜，每次面見天子，他都局促不安，今日又多出一天空閒，正好回家寫史。

要到闕門時，忽見一個黃門提著一個食盒走出門來，身形步態極其熟稔，司馬遷心中一震，忙仔細一瞧：衛真！

司馬遷心頭劇跳，猛地站住，再走不動。衛真一抬眼，也看到了他，也是身子一顫，停住腳，呆在那裡。

兩人相隔幾十步，卻像隔了幾十年。

半晌，衛真才慢慢走過來，步履畏怯，像是在怕什麼。等走近些，司馬遷才看清，衛真唇上頷下原本有些髭鬚，現在卻光溜溜一根都不見。

「衛真？」司馬遷恍如遭到電掣。

衛真畏畏縮縮走到近前，低著頭，始終不敢抬眼。

「衛真，你？」司馬遷心抽痛起來。

衛真仍低著頭，身子顫抖，眼中落下大滴淚珠，砸在靴面上。

「衛真，你這是怎麼了？」

司馬遷伸出手要去攬，衛真卻往後一縮，忽然跪倒在地，放下食盒，重重磕了三個頭，而後抓起食盒，埋著頭，從司馬遷身側匆忙疾步走過。司馬遷忙回轉身，見衛真提著食盒，急急向前走去，一直走到太液池邊，漸漸消失在水岸樹影深處。

過了許久，太液池上出現一隻小船，划向水中央，船上一人划槳，一人站立，人影隱約，看不清那站立的是不是衛真。

* * * * *

樊仲子在長安城外、建章宮西有一處田莊。

朱安世四人早早趕出城去，避開眼目，分頭進莊。

樊仲子已找來建章宮地圖，四人展開那地圖，仔細商討進宮計策。

天黑後，四人各自去換夜行衣，韓嬉最後換好，從內室出來，只見她全身黑色，窄袖、緊腰、束腿、黑靴，再加上一頭烏鬟，如一株墨菊，越發顯得俊俏秀逸。樊仲子連聲讚嘆，郭公仲高聲叫好，朱安世也眼前一亮、心中暗讚。

四人牽馬出莊，馬蹄均已用羊皮羊毛包裹，行走無聲。今夜正巧天有烏雲，月暗星稀，四野昏黑。四人乘著夜色來到建章宮西北側，郭公仲按約定先下馬，說了聲「石魚」，轉身疾步走向宮牆。

朱安世三人繼續北行了一小段路後，也下了馬，牆內便是太液池，距漸台最近。樊仲子將四匹馬的韁繩輓在一起，低聲囑咐一聲「小心」，隨後牽馬隱入旁邊樹叢中。

朱安世向上張望，牆頭每隔幾十步便有一個衛卒挑燈執械，來回巡守。靜待片刻，牆頭忽然傳來呼叫聲，燈光紛紛向南移動，自然是郭公仲在南頭故意暴露了行跡。

「好，走！」朱安世低聲說著，疾步奔至牆角，韓嬉隨後跟來。兩人各自取出繩鈎，用力向上一拋，鈎定後，一起攥緊繩子，蹬牆向上攀行，朱安世才到牆頂，韓嬉也已到達。朱安世這是第一次見韓嬉做這些事，暗暗驚嘆。兩人攀在牆邊，收好繩鈎，向內偷望。只見附近宮衛都急急向南趕過去，不遠處一個尉官大聲叫嚷，喝令其他宮衛補好空缺。趁近前留下空當，兩人迅即翻身越過牆堞，跳下行道，幾步急行，又越過對面牆堞，鈎住牆磚，溜下宮牆。

腳底是一片草叢，眼前不遠處一條甬道，甬道外一片濃黑。仍是幾十步一個宮衛挑燈巡守，另有一隊宮衛急急向南趕去。

朱安世、韓嬉伏在草中，等近前那個宮衛走開，急忙躡足前奔，穿過草野，走了不多遠，腳下開始鬆軟，到了水邊沙地，兩人放輕腳步，向前慢行，腳下漸漸濕滑，草也多起來，已到了水邊。兩人輕步探入水中，才走了十幾步，忽然碰到一團團毛茸濕滑的東西。

隨即，一陣驚鳴聲，震耳駭心！

是水鳥！不知有多少隻，紛紛撲騰驚飛，朱安世和韓嬉慌忙俯身趴下來。

附近那個宮衛立即提燈趕過來，不遠處幾個也先後奔來，一起向這邊覷望。兩人低伏身子，絲毫不敢動。幸而那些鳥漸漸飛落，咕咕鳴叫撲騰一陣，重又安靜下來。那幾個宮衛張望半晌，見無異常，才回身又去甬道上巡查。

月亮透出烏雲，微灑了些光下來，朱安世睜大眼睛盡力張望，隱約辨出前面一片淺草灣地，是禽鳥棲息之所，水面黑壓壓伏滿了水鳥。左邊一片水面水鳥要少很多。於是他以手語示意韓嬉，隨後慢慢站起身，低彎著腰，小心避開水鳥，在草叢中輕步向左邊走去，韓嬉緊隨在他身後。

行了幾十步，見水面沒有了禽鳥黑影，兩人才慢慢探進水中。等水要沒至脖頸時，兩人相視點頭，一起深吸一口氣，俯身鑽進水裡，向前潛游，游了百十步之後，等氣用盡，才觸手示意，一起探出頭。

四周盡是黑茫茫的水，遠處亮著幾盞燈光，應該正是漸台。

兩人便輕輕划水，盡量不發出聲響，緩速向漸台游去。游了許久，漸漸接近燈光，也能隱約辨認出水面上矗立一座樓台。

眼看要游到漸台，前面忽然現出一團團黑影，朱安世怕又是水鳥，忙伸手去拉韓嬉，韓嬉也已發覺。兩人輕輕游近，仔細一看，不是水鳥，而是蓮花，一朵朵漂滿水面。現在才初夏，怎麼會有蓮花？

朱安世伸手一摸，花瓣堅硬，竟是銅片。而且，花心中輕輕發出鈴鐺響聲。

他大吃一驚，又輕手摸那花心，裡面一根細銅桿，頂上綴著一個銅鈴。再摸下面，蓮花底座是個木盤，盤下一根細繩垂在水中，他潛入水底，順著繩子往下摸，細繩竟有一丈多長，低端拴了一個小銅球。

朱安世浮上水面，再放眼一望：眼前這銅蓮花，密密麻麻，不知道有幾千幾萬，將漸台團團圍住。若想靠近漸台而不觸碰銅蓮鈴鐺、不驚動上面的宮衛，除非能飛。

他扭頭望向韓嬉，韓嬉正摸著面前一朵銅蓮花，雖然漆黑中看不見神情，但應該一樣吃驚灰心。

兩人在水中靜默半晌，朱安世不死心，繞著漸台游了一周，見那銅蓮花將漸台整整圍了一圈，沒有一點空隙。

朱安世心中憤郁，卻也無可奈何，只得聽從韓嬉，游到太液池北岸，岸邊有一條巨石鑿就的大魚，寬五尺，長兩丈，他們爬上石魚，郭公仲已甩開宮衛，在那裡等候。三人一起設法逃出了建章宮。

*　*　*　*　*

司馬遷回到家中，想了許久，才告訴妻子：「我見到衛真了。」

「他還活著？在哪裡？」柳夫人正在收拾碗盞，一驚，手裡的碗幾乎跌落。

「建章宮。」

「他怎麼會在那裡？」柳夫人忙放下碗盞。

「不清楚——」司馬遷將前後經過細細說了一遍。

「他也……」柳夫人不由得看了一眼司馬遷光光的下巴，又忙轉開臉，癱坐在席上，怔怔落下淚來。

司馬遷眼眶也濕起來，忙轉頭望向窗外，暮色晚風中，那棵棗樹如一團濃墨，塗抹在夜幕。栽種這棵棗樹時，司馬遷才滿二十，剛到冠歲，衛真則還是個孩子。

那天才立春，司馬遷在執鍬挖土，衛真跑去提水，那桶高過他的腰際，他用胳膊費力輓著，一路磕絆，潑潑灑灑，好不容易才挪到土坑邊。腳下土鬆，一不小心，連桶帶人栽進坑裡。司馬遷忙拉起他，問他傷到沒有，他滿身滿臉是泥，卻笑呵呵地說：「差點把我也種下去……」

「我早說了，再不許去那秘道……」柳夫人嗚嗚哭起來。

司馬遷用衣袖拭掉眼角淚水，內疚道：「怨我，我該盯緊一些。那天進到石渠閣，我其實察覺衛真想下秘道，卻沒有喝止他。」

「一定是呂步舒，他可能料定你們會再去那秘道。他為什麼要這麼狠？」

「呂步舒這樣做，是想折辱我、恐嚇我。前幾日，我見到了杜周的奏文，杜周也知道了孔驩和孔壁《論語》，他想借此彈劾呂步舒，自己卻反倒死了。如今，世上知道這個秘密的，恐怕只有我和衛真了。呂步舒一定會設法除掉我，只是尚未抓住我的把柄。他讓衛真在宮裡做黃門，是為了好監管，更是為了警示我。今天天子並沒有召我，小黃門卻引我去了涼風台，回來又偏偏遇到衛真，這定是呂步舒有意安排。」

「我們該怎麼辦呢？」

「能怎麼辦？我早有死志，怕他做什麼？眼下唯有盡快完成史記。只是苦了衛真……」

＊＊＊＊＊

夜闖建章宮，無功而返，一連幾日，朱安世焦躁難安。

四個人商議了許多辦法，卻都行不通。最後，韓嬉言道：「看來，只有找宮裡的人，才能救出驩兒。但找誰呢？」

朱安世聞言，猛地想起一人：任安。

他與任安相契、情誼深厚，是忘年之交。任安當年是大將軍衛青的門客，衛青之姊是當今皇后，其子劉據又是太子，如今衛青雖然已死，但任安與太子因有淵源，仍有過往。或許能托任安，求太子和衛皇后搭救驩兒。眼前無路，不管行與不行，都得試試。朱安世念頭一動，馬上起身要去找任安。

樊仲子忙攔住道：「你是朝廷重犯，大白天，怎麼能冒冒失失就這樣闖出去？你去見任安，若被人看見，任安都要受連累。那任安我雖然沒有結交過，但我與他的朋友田仁十分熟，我去請那任安到這裡來。」

樊仲子去了半天，果然請了任安來。

任安一見朱安世，幾步奔過來，捉住他雙手，不住感嘆：「你這莽頭，居然還活著！三年前我被派往益州做刺史，杜周還命我去成都捉你。我一路擔心，誰知到了成都，你居然已經逃了，哈哈！我才回長安一個多月，居然在這裡見到你！」

朱安世見任安一片赤誠，心中感激，忙連聲道謝。等落座後，他才說道：「任大哥，今天請你來，是有件急事求你——」他將驩兒的事簡要說了一遍。

任安聽後為難道：「這事恐怕不好辦，漸台是天子祭神引仙的地方，若沒有天子授意，呂步舒怎麼敢把個孩子囚在那裡？」

朱安世問道：「有件事我始終未想明白，那劉老彘既然不願孔壁《論語》傳出去，為什麼不殺掉驩兒，把他囚在那裡做什麼？」

任安嘆道：「你這莽性子絲毫不改，天子若聽見你這樣稱呼他，得將你碾成肉醬。我是頭次聽說孔壁《論語》，天子行事向來詭譎莫測，我也猜不透。」

朱安世忙求告道：「任大哥，我實在無法，才請了你來，你和太子一向親熟，能否向太子求情，救救那孩子？」

任安道：「太子心地仁厚，衛皇后也是個大善人。我去跟太子說說試試。我看你心裡焦躁，我這就去，等這事了了，我們再慢慢喝酒暢敘。」

過了幾天，任安再次來訪。

一見朱安世，他就搖頭道：「這事太子也不敢插手。」

朱安世本來滿心期待，聞言，頓時垂下頭。

「不過，太子倒是指了一條路——」

「什麼路？」朱安世忙抬起頭。

「太子對這事很是掛懷。一來，他不忍心見一個小孩子受苦遭罪；二來，他一向誠心學儒，聽說那孩子會背誦孔壁《論語》，十分驚喜。他說天子之所以要囚禁那孩子，是怕孔壁《論語》傳到世上。只要設法把那孩子背的《論語》抄出來，四處傳開，天子自然不會再為難那孩子。只要你能弄到孔壁《論語》，他一定幫你將它傳開。」

朱安世一聽，頓時振奮起來，以太子威望，將孔壁《論語》傳布於世，自然無人能阻攔，世人也會看重此書。

但隨即，他又沮喪起來：「孔壁《論語》驪兒記在心裡，救不出驪兒，怎麼抄得到《論語》？」

任安笑道：「有一個人抄得到。」

「誰？」

「這個人叫衛真。太子為這事，專門跑到宮裡去求衛皇后，衛皇后聽了，也於心不忍，就派身邊親信去暗暗打探。孩子果然囚在太液池漸台上，日夜都有宮衛把守，任何人不得接近那孩子。但一個人除外，這個人就是衛真，他不久前遭了事，被淨了身，做了小黃門，專門給那孩子送飯，每天送一次。」

「這個衛真會幫我們？」

「嗯，這個衛真我再熟悉不過，他原是我一位至交好友的書僮。」

第三十八章：自殘毀容

司馬遷正在燈下寫史，忽然聽到外面有人敲門。

新來的僕人開了門，是一名女子的聲音。

柳夫人迎了出去，不一時，引了一名女子走進書房，司馬遷抬頭一看，那女子彎眉杏眼、容顏秀媚，從來不曾見過。

女子走到書案前，恭恭敬敬行過禮，道：「小女子名叫韓嬉，深夜冒昧來訪，是受任安先生之托，有件緊要的事，來請司馬先生過去商議。」

司馬遷忙擱下筆，直起身問道：「任安？他為何不親自來？」

韓嬉道：「此事須格外小心，因為事關孔壁《論語》。」

司馬遷大驚：「孔壁《論語》？你是什麼人？」

韓嬉輕輕一笑：「我是朱安世的朋友。」

司馬遷不由得站起身：「盜汗血馬的那位朱安世？好，我跟你去！」

韓嬉道：「我已經備了車來，請司馬先生便裝出行。」

司馬遷依言換了便服，出門一看，果然有兩輛民用軺車停在門外，車上各有一個車夫。

韓嬉乘前面一輛，他上了後面一輛，兩車在夜色中駛過安門大街，轉道雍門大街，到西市外民宅區，穿進一條巷子，來到一座院落後門停下。韓嬉請司馬遷下了車，走到門前，三輕三重間隔著敲了六下門，一個魁梧漢子開了門。

韓嬉請司馬遷進去，院中三個人站著迎候，其中一人連趕兩步，迎上前來，口中喚道：「司馬老弟！」正是任安。

任安回長安後，仍任北軍使者護軍，兩人因為各自公務繁忙，只見過一面。

任安引司馬遷進屋，房裡點著幾盞油燈，甚是亮堂，任安這才一一介紹那幾人，胖壯大漢是樊仲子，清瘦的中年人是郭公仲，而那個開門的魁梧漢子則是朱安世。三人都是當世名俠，司馬遷聞名欽慕已久，沒想到今夜能一起得見，心中甚是歡喜。他年輕時曾親見過郭解，近年又耳聞朱安世種種事跡，所以著意打量朱安世，郭解生得瘦小精悍，沒想到其子卻如此雄壯豪猛，一見就知是個慷慨重諾的豪俠，不由得替郭解欣慰。

諸人落座，任安道：「大家都是朋友，不必客套，這就商議正事吧——」他將事情向司馬遷簡述了一遍。

司馬遷聽後，沉思半晌，才開口道：「這幾日，我也一直試圖探聽孔驩的下落。衛真自幼就跟隨我，若是以往，他一定會捨命相助，不過，他被呂步舒囚禁多時，又遭了酷刑，那日我在建章宮見到他，他連一個字都不跟我講，不知道是心裡羞慚，還是受了呂步舒嚴命。」

任安嘆道：「衛真我知道，這孩子心極誠。你因追查古文《論語》而受刑，卻沒死，反倒升了中書令，呂步舒一定不甘心。他讓衛真給孔驩送飯，就是設下陷阱，等你去跳。衛真恐怕知道呂步舒在暗中監視，擔心你受害，才不敢和你說話。」

司馬遷道：「若是如此，就更難辦了。衛真就算能從孔驩那裡得到孔壁《論語》，為防我受害，他也不肯傳給我。」

任安道：「這個我們已經商議過，衛真是唯一能接近孔驩的人，他只聽你的話，只要你能說服他出力相助，我們再另想辦法將經書弄出宮來。」

司馬遷點點頭，沉思對策。

朱安世一直默坐在一邊注視，發覺司馬遷眉日間始終鬱鬱不歡，此刻又神情猶疑，似乎有畏難之意。看他唇上頷下沒有一根鬍鬚，就算原本是個熱忱果敢之人，遭過宮刑慘禍之後，恐怕也再不敢挺身犯險。

朱安世從來不會服軟，更不會低聲下氣求人，然而，眼下驩兒生死全繫於此人，他心中急切，顧不得自家顏面，猛地起身走到司馬遷面前，重重跪下，咚咚叩首，正聲求道：「司馬先生，驩兒是個仁善的孩子，一心只想別人，連猛虎死了，他都要傷心幾天。他自幼逃難，從來沒過幾天安寧日子，實在可憐，朱安世懇請先生，出力救那孩子一把！」

司馬遷忙起身扶起朱安世：「朱兄弟，快快請起！沒有你們，我自己也一定會盡力去救那孩子。何況孔壁《論語》一旦被毀，民貴君輕之大義也將隨之淪喪。我就算忍心不管那孩子，也不能坐視古道消亡。我已經想好，我自己不便出面勸說衛真，我寫一封書信，你們設法偷偷傳給他，我想衛真讀了這信，一定會全心相助。」

「多謝司馬先生！」朱安世聞言大喜，感激至極，又要叩頭，司馬遷極力勸止，他才起身歸座。

任安笑道：「這樣一來，此事大致成了。太子還打聽到，建章宮御廚房剛死了個屠宰禽畜的庖宰。要接近衛真，御廚房最便宜，衛真每天都要去那裡領取飯食。宮中膳食歸食官令管，[134]屬皇后宮官，太子可設法選派一個人去頂這個缺。不過，此人必須十足可信、可靠，而且敢去、願去才成，否則事情一旦洩露，恐怕連皇后、太子都要遭殃。但倉促之間，又找不到這樣一個合適的人——」

朱安世大喜：「宰羊殺雞我在行，能不能求太子讓我混到宮裡去頂這個差？」

任安搖頭道：「你不成。」

「為什麼？」

「宮中庖宰得是淨過身的人。」

＊＊＊＊＊

一連半個多月，太子始終未找到合適之人。

御廚房卻缺不得人手，已經催要了數遍，食官令為奉承太子，一再推延。但再拖下去，既無道理，也勢必會令人生疑。眾人都很焦急，朱安世尤其焦躁難耐。

一個念頭在他心底不時冒出，但都被他壓住，根本不敢去想。

司馬遷寫好給衛真的書信，趁夜送了過來，朱安世一見司馬遷，那個念頭重又冒了出來。他知道司馬遷為完成史記而忍辱受刑，心中十分敬重。然而……

深夜，他輾轉難寐，爬起來，在屋中走來走去。

想著驪兒孤零零被囚在太液池水中央那漸台之上，他心痛萬分，那孩子自小就受盡磨難，現在又遭這等噩運，孤苦無依，只能等死。

想到「孤苦無依」，朱安世越發難過，不禁想起自己幼年經歷。他全家被捕，一個僕人帶著他僥倖逃走。那僕人牽著他奔了一夜，天快亮時，逃到一個岔路口，那僕人說：「孩子，我不能再和你一起走了。你父親當年救過我一命，現在我救了你，這恩算是報了。現在到處都在追捕我們兩個，我們在一起，誰都逃不掉、活不了。我們就從這裡分開吧，你自己當心——」那僕人拍了拍他的小肩膀，嘆口氣，然後轉身，頭也不回，朝左邊那條路走去。

當時，天才蒙蒙亮，又有晨霧，很快就不見了那僕人身影。

那年，他五歲。孤零零站在路口，天很冷，他不停地哆嗦，睜大了眼睛，四周霧茫茫，不知道該怎麼辦。心裡害怕至極，卻哭不出來。

不久，身後忽然隱隱有人聲傳來，他才慌忙往右邊那條路跑去。他已經記不清當時是怎麼活下來的，只記得自己不停地跑，跑累了就鑽到草叢裡睡，睡醒了又繼續跑，跑了不知道有多久、有多遠。餓了，能找到什麼就吃什麼，野果、草籽、草根，甚而生吃老鼠、草蟲……後來，走到集鎮上，他開始討飯、偷竊，整天被追、被打，到處遊蕩，直到遇見一個盜賊，願意收留他，才算有了依靠……

若說「孤苦無依」，沒有誰比他更明白、更清楚。

134《漢書·百官公卿表》中記載：「詹事……掌皇后、太子家，有丞。屬官有……食官令長丞。諸宦官皆屬焉。」

當年他還能四處跑，現在，驩兒被關在漸台石室之中，比他幼年更加可憐。

他心裡一陣陣痛悔，為何要把驩兒交給孔家？當時為何不多想一想？我和當年那個丟下我的僕人有什麼分別？

煩亂中，那個念頭忽又冒了出來——淨身，入宮去救驩兒。

這個念頭太過駭人，他頓時害怕慌亂起來，但想到驩兒，卻又無法不去想。

眼下，太子設的這條計，是救驩兒的唯一可行之路，一旦斷絕，再要尋其他辦法，必定千難萬難，但淨身……

是他一念之差，害得驩兒被囚，理該由他去救驩兒，但淨身……

若是用他的腦袋來換驩兒，他一咬牙，也就能捨了這條性命，但淨身……

他想起酈袖，酈袖若知道這事，會怎樣想、怎樣做？

酈袖心地極善，見驩兒受難，必定不會坐視不顧，會和他一起盡力去救，但酈袖能答應他淨身嗎？

一旦淨了身，不男不女，從此再也休想在人前抬起頭，就連酈袖母子，也再無顏面去見。

他猛然想起一個人——幼年時，茂陵街坊上住著一個宮裡出來的老黃門。兒童們常聚在一起，跟在那老黃門後面，一起大聲唱童謠：「上面光光下面無，聽是牝雞看是牡……」起初那老黃門還罵兩句，後來只得裝作聽不見。他家人羞愧難當，悄悄搬離了茂陵，不知躲去了哪裡。當年，朱安世也混在孩童堆裡，叫得響，唱得歡。

一旦自己淨了身，自然也和那黃門一樣，他或許受得了那屈辱，酈袖呢？續兒呢？

可是，我若不去做，誰來救驪兒？如何救驪兒？

當時在扶風，驪兒從府寺獨自逃到軍營後，躲在那塊大石背面，見到我，就說知道我一定會去找他。那夜在孔家，我輕輕叩窗，驪兒一聽就認出是我，也說「我就知道」。現在，他也一定在等我，等朱叔叔去救他……

司馬遷能為一部書忍受宮刑，為了驪兒，我為什麼不能？

他又想起五歲那年，和父母訣別時，母親讓他長大做個農人，而父親則聲色俱厲對他說：「我不管你這輩子做什麼，你愛做什麼，就做什麼，但哪怕死，你也得記住一個字——信！說過的話，必須做到！你若是敢失信於人，就不是我郭解的兒子，連豬狗都不如！記住沒有？信！」

活到今天，他雖然任性莽撞、胡作非為，但答應別人的事，都一一辦到，從未失信於人。在扶風，他答應那位老人，要保驪兒平安，而現在驪兒卻被囚禁於深宮。那位老人家都能捨棄性命救驪兒，我為什麼不能？我怎麼忍心失信於老人、失信於驪兒？

但是，淨身……

我做不到，真的做不到！

黑暗中，他縮在床邊，垂著頭，狠力抓著頭髮，心亂到極點，幾欲發狂，竟忍不住失聲哽咽。

* * * * *

第二天一早，任安就來報信——

「不成了。御廚房又在緊催，食官令也再等不及。太子只得在自己宮中選了個庖宰，答應明早就送進宮。」

眾人聽了，盡皆默然。朱安世通夜未眠，本就憔悴，聽了這話，頓時垂下頭，更加委頓。

韓嬉見朱安世失魂落魄，忙安慰道：「這個法子不成，總有其他辦法。」

郭公仲卻搖搖頭，道：「沒有。」

韓嬉反問：「怎麼會沒有？這又不是登天，總有路子可走。」

樊仲子嘆口氣道：「再怎麼想辦法，也只有兩條路：一條是直接到漸台去救孩子，咱們已經試過，有銅蓮花攔著，更不用說上面的宮衛，行不通；另一條是讓衛真偷傳《論語》，但又找不到人進宮和他接手。除此而外，還能有什麼辦法？總不能衝進宮去搶。何況皇帝老兒喜怒無常，驩兒的性命……唉！」

幾個人又默不作聲，屋子頓時靜下來。

朱安世心裡翻騰不息，盯著牆角，思緒如麻。

牆角是一架木櫥，上面擺著各樣瓶罐器物，靠裡貼著木板，豎放著一塊白石板，是習字板。望著這習字板，朱安世猛地又想起兒子郭續。在茂陵，續兒就開始用習字板練字，成都的宅子中，也有這樣一塊習字板，續兒已經能寫很多字，已經遠遠勝過自己。酈袖不但教續兒習字，也教他讀書。朱安世自己雖然厭煩讀書，看兒子習字誦文，卻很歡喜，望續兒成人後，能做個知書達理的文雅君子。

那日，朱安世向司馬遷請教《論語》，司馬遷說《論語》是儒家必修之書、啟蒙之經，凡天下讀書之人，自幼及老，都得終身誦習。孔壁《論語》司馬遷也未讀過，只偶然得悉古本《論語》中的一句「從道不從君，從義不從父」，另有半句，或許也出自孔壁《論語》——「天下者，非君之天下，乃民之天下……」

朱安世雖不讀書，這兩句一聽也立即明白，這正與他猜測相符。劉老彘最怕的便是這等話，他獨尊儒術，是要全天下人都忠心效命於他，為奴為婢、做牛做馬，哪裡能容得下這種話在民間傳習？

尤其是那日見到庸生之後，朱安世才知道，讀書未必都能謀得利祿，反倒會戕毒人心，尤其是老實本分之人，讀了書，如同受了巫咒蠱惑一般，痴傻木呆，只知守死理，絲毫不通人情、不懂事理。

這等巫蠱之力，不但懾人耳目，更浸入骨髓。那日劉老彘試騎汗血馬時的森然威儀，至今仍讓朱安世不寒而慄，而孔家「晨昏定省」的禮儀更是讓人僵如木偶、形似傀儡。

今世儒生，一面教人恪守禮儀、死忠死孝，一面坐視暴君荼毒、酷吏肆虐。謀得權勢，就橫行霸道、助紂為虐，謀不到利祿，則只能俯首聽命、任人宰割。

酈袖教續兒讀書，必定也會誦習《論語》，而今本《論語》卻已不見「從道不從君，從義不從父」這些道理。續兒年紀還小，很多道理若不告訴他，他可能到老都不會知曉。就如我，若不是當年父親嚴厲教導我一個「信」字，我哪裡會知道人該重諾守信？

念及此，朱安世心中猛地一震：我不只要救驩兒，更要救孔壁《論語》。不為他人，單為了續兒，也該拚盡性命、全力營救！

就算找不到酈袖母子，若能救出孔壁《論語》，縱使不見，只要兒子能讀到孔壁《論語》，明白道義、不受巫蠱，做一個頂天立地的漢子，我也算盡了一番心力，沒有枉為人父。

於是，他不再遲疑，抬起頭，正聲道：「我去。」

幾個人都望向他，都極詫異。

朱安世鼓了鼓氣，一字一字道：「我淨身進宮。」

「什麼？」幾個人一起驚呼。

朱安世又重複了一遍：「我淨身進宮。」

郭公仲嚷道：「不……成！」

朱安世話說出口，頓時輕鬆了許多，他轉頭問道：「有什麼不成？」

幾個人見他這樣，都說不出話來。

良久，任安才道：「就算你願意，也來不及。淨身之後，至少要靜養百日。太子明天就得送庖宰進宮。」

朱安世道：「我體格壯實，要不了那麼久。太子先派自己的庖宰去對付一陣，到時候那人裝病出來，再換我進去。」

樊仲子道：「誰都成，偏偏你不成。你曾在大宛廄裡養馬，不少人見過你，又盜過汗血馬，你一進去，怕就會被人認出來。」

朱安世略一想，道：「這個更好辦，當年豫讓為行刺趙襄子，漆身吞炭。[135]我只要用烙鐵在臉上烙幾下就成了。」

諸人見他這樣，都驚得說不出話來。

*****

一個多月後，朱安世進了建章宮。

太子找了一個宮中出來的老刀手給他淨了身。

朱安世只想到了宮刑之恥，沒有料到宮刑之痛。他生平曾受傷無數，但所有大大小小的傷痛合在一起，也不及淨身時的痛徹骨髓，但他咬牙挺了過來。淨身之後，他一不小心，受了風寒，幾乎死去。昏迷垂危中，憑著心底一念，竟掙回了性命。他拚命進食，不到一個月，傷口竟大致愈合，體力也迅速恢復。

他又不顧阻攔，親自燒紅了鐵鉗，在臉上連燙了幾處，一陣嗞嗞之聲，滿屋焦臭。

樊仲子、郭公仲在一旁驚得咬牙蹙眉，韓嬉更是淚如泉湧。

他卻竟不覺得有多痛，反倒分外暢快。對著鏡子，看著自己焦糊的爛臉，怔了許久，心裡默默對自己言道：那個男兒好漢已死，世間再無朱安世……

太子派一個文丞送朱安世從側門進了宮，到執事黃門處登記入冊。

執事黃門見朱安世滿臉瘡疤，而且唇上髭下，髭鬚雄密，十分驚詫。太子文丞忙在旁解釋說才淨身不久，瘡疤是在廚房不小心燙傷。執事黃門走到朱安世面前，伸出手探向他的下身，朱安世一陣羞憤，提拳就要打——

自淨身以來，樊、郭、韓諸人都盡力回避不提，莊中童僕，樊仲子也全都嚴令過，故而從沒有人

135　豫讓：春秋時期著名刺客。為報答知遇之恩，「漆身為厲（癩），吞炭為啞」刺殺仇人，未果自殺。「士為知己者死」就出自其口。參見《史記・刺客列傳》。

在他面前稍露驚異之色。縱使這樣，見眾人待自己事事小心，不像常日那般隨意，朱安世已經倍感羞恥。現在，這執事黃門竟公然伸手，來驗他身體！

拳頭剛剛揮起，他猛然驚醒：你忘了自己是來做什麼的？

那執事黃門見他抬手，頓時喝問：「你要做什麼？！」

朱安世忙將手放至頭頂，裝作撓頭癢，那執事黃門這才繼續伸手，在他身下一陣摸弄，朱安世只有咬牙強忍。

執事黃門驗過身，才命一個小黃門帶朱安世到庖廚。

庖廚設在建章宮宮區之南、婆娑宮後。宮中四處都以閣道連通，沿著閣道走了半個多時辰才到。途中，朱安世見到處殿閣巍峨，雕金砌玉，富麗奢華遠勝未央宮，看得頭暈眼花、胸悶氣窒，不由得一陣陣厭惡氣憤。到了庖廚，也是一大座院落，門闕軒昂。進了門，只見到處門套門，不知道有多少重，宮人黃門端著碗盞，捧著盤盒，來去匆忙，全都神色肅然。

小黃門引著朱安世進到一間大房，去見廚監。廚監見了朱安世的臉，又是一番驚詫。朱安世只得低頭躬身，恭恭敬敬解釋了一遍。廚監聽了才不言語，喚手下一個小黃門帶朱安世到屠宰苑。

屠宰苑在庖廚之後，周遭都是禽畜圈舍，裡面雞鳴鴨叫、羊咩狗吠，中間一片空地，幾排宰殺台，板上地下浸滿血跡。

朱安世拜見了屠長，又解釋了一遍自己的瘡疤和髭鬚。屠長指給他院北靠裡一間小房做居室，又吩咐了一遍每日差事。

朱安世便在這裡安頓下來。

每日屠宰禽畜，事雖不輕，但足以應付。

沒兩天，他便摸清了周遭地理：屠宰苑旁邊有座門，是庖廚的後門，門外不遠處有一道牆，隔開宮區和苑區，牆外便是苑區。出了庖廚後門，左邊幾百步，便是通向太液池苑區的闕門。驢兒就囚在那邊。

其他庖宰宮女見朱安世相貌醜惡，都避著他。這正合他的心意，每日他只悶頭做事，做完事就坐在一邊休息，不多說一個字，不多行半步路。只有一個清洗禽畜的宮女，其他人都喚她阿繡，被黥過面，她不時望著他笑一笑，有時還走過來說一兩句話，朱安世也只點點頭，不願多言。

他一直暗中留意，尋找衛真。

正如太子打探到的，每日午時，果然有一個身形清瘦、短眉小眼的黃門從後門進來，穿到前面廚房，不久便提著一個食盒回來，從後門出去。一個時辰後，他又提著食盒回來，送還到廚房。他來回行走，都要經過屠宰苑靠路邊的羊圈，羊圈用木欄圍成，站在羊圈裡，隔著木欄便能和他說話遞物。看相貌舉止，這人正是衛真。

一連觀察幾日，朱安世確信無疑後，等到午時，估計衛真快來時，他從靴底抽出藏好的錦書，捲成一個小團，瞅空溜出後門。向左邊一看，衛真果然低著頭走了過來，且喜路上無人。等衛真走過身邊時，朱安世低聲道：「衛真，司馬遷先生給你的信。」說著迅速將錦團塞到衛真手中。

衛真一驚，但還是接了過去，攥在手心，低著頭進門去廚房取食盒。

朱安世走進羊圈，假意餵羊，等著衛真。不多時，衛真提了食盒出來，像平日一樣一直低著頭，走過羊圈時，也未向裡看一眼。朱安世知道他還沒有讀那封信，當然不會怎樣，但心中卻難免忐忑。

第三十九章：秘傳論語

朱安世到雞圈裡偷了一顆雞蛋。

夜裡睡覺時，在雞蛋頂上戳了一個小孔，將裡面的汁液吸盡，又從衣縫裡取出藏好的艾草，塞進蛋殼中，然後小心藏起來。

來之前，他想到一件事：驩兒從未見過衛真，絕不會將《論語》背給衛真聽。這世上，驩兒恐怕只信朱安世一人，得找一件只有朱安世和驩兒才知道的信物，讓衛真拿給驩兒看，驩兒才會相信衛真。朱安世想來想去，幸虧韓嬉提醒，才想到去魯縣途中，他做給驩兒那會飛的雞蛋殼。

想到那日驩兒開心的樣子，朱安世不由得又難過起來，又不知道衛真讀了信後會如何。一夜輾轉難眠，好不容易才挨到天亮。

第二天中午，朱安世揣好那個蛋殼，等衛真進到廚房領取食盒時，忙溜到後門外等候。不久衛真提著食盒出來，他抬頭看到朱安世，有些驚慌，忙向左右掃視，隨即又低下頭，不敢看朱安世，也並不停步。朱安世不知道他的心思，但已無暇猜測，等衛真走過，忙將那個蛋殼遞給他。衛真稍一猶豫，接過蛋殼，迅速縮進袖子裡，急急走了。

回去之後，朱安世煩亂難安，毫無心思做事，殺雞時割傷了自己的手都渾然不覺。那個阿繡在旁邊拔毛清洗，扭頭看到他的手在流血，大聲提醒他，他才察覺。

估計衛真快要回來送還食盒，朱安世趕忙把最後幾隻雞胡亂殺完，便又鑽進羊圈等候。

當時眾人商議，就算驩兒願意背誦，衛真願意出力，但宮衛森嚴，衛真送飯時，必有衛卒在附近監看，兩人至多只能低聲說一兩句話，而且必須得方便抄寫傳送。所以每次驩兒只念一句，衛真也容易記住，再隨身藏帶一小塊白絹和木炭，在途中瞅空寫下來，送還食盒時，將絹揉成小團扔進羊圈，再由朱安世撿起來藏好，得空傳帶出宮。

這些司馬遷都仔細寫在信中。

朱安世在羊圈裡左磨右蹭，好不容易才看到衛真走進後門，他忙走到木欄邊，抓住一隻羊假裝查看，眼睛卻一直盯著衛真。然而，衛真像往常一樣，低著頭匆匆走過，像是根本沒有看到朱安世，更沒有任何舉動。

望著衛真走進廚房，隨後轉身不見，朱安世頓時呆住。這幾天，他的髭鬚已經開始脫落，他強迫自己不去管、不去想，只在心裡反覆告訴自己：你在做應該做、必須做、只能做的事。

但這事成敗卻完全繫於衛真，看來衛真不願或者不敢做，如此一來，種種辛苦傷痛將只是一場徒勞。

「你在那裡做什麼?」屠長忽然走過來，尖聲問道。

朱安世被驚醒，但心煩意亂，勉強應付了一句：「這羊好像生病了。」

「哦?」屠長推開圈門，走了過來，抓住那隻羊，邊查看邊咕噥，說了些什麼，朱安世一個字都沒有聽進去。

這時，衛真提著食盒走了出來，仍舊低著頭，不朝朱安世望一眼，朱安世卻直直盯著他。

這時，屠長站起身道：「果然病了，今日天子要宴請西域使者，就先把這頭羊殺了，讓那些西戎吃病羊！」

朱安世嘴裡胡亂應著，眼睛卻始終不離衛真，屠長見朱安世神情異常，順著他的目光，也望向衛真，朱安世忙收回目光，答應了一聲，站起來，吆喝著，將那羊往外趕，羊撞到屠長，屠長才連忙避開，隨即轉身出圈。

朱安世一邊趕羊，一邊仍用眼角餘光回望。衛真走到他身後，腳步似乎略頓了一下，朱安世心頓時狂跳起來，忙回眼去看，眼前一閃，一小團白色物體從衛真袖中彈出，飛進羊圈，落在圈邊羊糞之中！

朱安世心跳如鼓，生平從未如此緊張過。他忙掃視四周，屠長正背對著他走出羊圈門，其他庖宰宮女，大半都在埋頭幹活，少數幾個坐在廊下歇息說話，沒有一個人看他。他趕忙退到圈邊，連著羊糞，一把將那一小團白絹抓在手裡，緊緊攥著，像是攥住了自己的魂一般。

出了羊圈，趁著回身關圈門，他才迅速撿出絹團，扔掉羊糞，又裝作提靴，將絹團塞進了靴筒裡。

一下午，那絹團一直緊貼在腳腕邊，讓他無比歡喜。直到傍晚，回到自己房裡，關好門，他才急忙取了出來，展開一看，絹帶寬一寸，長五六寸，上面寫了一行字，字跡十分潦草，顯然是衛真倉促中慌忙寫就。

朱安世只是幼年粗學過一點文字，後來酈袖又教他認了一些。絹上一共三十二個字，有四五個字他都不認得，不過，其中一句「有朋自遠方來，不亦樂乎」他全都認得。這些字是出自驩兒之口，讀著就像見到了驢兒，老友重逢一般，他連念了幾遍，越念越樂，不由得嘿嘿笑起來。

白絹上的字是用木炭寫成，由於被揉搓，一些筆畫已經被模糊，有的地方又被羊糞染污，過些時日，恐怕就難辨認了。

幸好韓嬉心細，早已想到這一點。幾天前，朱安世已從屠長那裡偷了些墨粒，他碾碎了幾顆，調了一點墨汁，用一根細樹枝蘸著墨汁，一筆一畫，將那些字仔細描畫一遍。

他從來沒寫過字，三十二個字全部描完後，竟累出一身汗，手指僵住伸不開。

等字跡晾乾後，他才小心卷好，塞進床腳磚下挖好的一個小洞裡，蓋好磚，才躺倒在床上，心想，這輩子第一次描這麼多字，總算給續兒抄了一句《論語》，酈袖母子讀到，會不會「不亦樂乎」？

想到酈袖母子，再想想自己，一時間心潮翻湧，竟「不亦悲乎」起來。

第二天，衛真又偷扔了一個絹團在羊圈裡。

朱安世又避開眼目撿起來，回去用細樹枝蘸墨描畫過後，藏在床下的洞裡。

此後，衛真每天都來傳遞一句《論語》，除非有時朱安世正好被差事纏住，趕不到羊圈，或者羊圈裡還有其他人，衛真經過時，便不投擲，第二天等朱安世獨自在羊圈時才丟給他。

朱安世漸漸安下了心，一句一句慢慢積攢。

每隔一陣，他就乘人不備，溜到苑區，藏在太液池邊的樹叢中，眺望水中央的漸台。其上果然有幾十個人影來回走動，應該是宮衛，日夜如此，從來沒有空歇。漸台上樓閣錯落，也不知道驢兒被囚在哪一間。

有時，他忍不住想再次泅水過去，救出驢兒，但又立刻提醒自己，一旦失手，只會壞事。於是，只能強逼自己，耐住性子。

有天，他去雞圈捉雞，見一隻雞伸著頭頸，去啄牆角一隻蟋蟀。他立即想到驩兒，驩兒一個人被囚在漸台，一定寂寞難挨，不知道那只木雕漆虎還在不在他身邊。想到此，他忙趕開那雞，捉住那隻蟋蟀，用草稈編了一個小籠子，把蟋蟀裝進去。等衛真來取食盒的時候，溜到門外等著。

見衛真出來，擦身時，他忙將小籠子遞給衛真，小聲道：「給那孩子，多謝你。」

衛真接過籠子，一愣，雖然他每天傳送《論語》，但始終低著頭，從來不看朱安世，今天他卻抬起眼望過來。朱安世這才看清他的目光：慌亂、驚怯、悲郁、恓惶、悔疚、猶疑……說不清有多少傷心在其中，像是被貓撕咬戲玩卻無力逃脫的小鼠一般，一碰到朱安世的目光，立即躲閃開，微微點了點頭，便拿著蟋蟀匆匆走了。

朱安世知道衛真是為追查孔壁《論語》下落，不慎被捕受刑，望著他瘦削的背影，心中湧起一陣同病相憐之悲，不由得長長嘆了一聲。

此後，朱安世想方設法找尋各種蟲子，螳螂、蚱蜢、螢火蟲、蝴蝶、瓢蟲……偷偷交給衛真，送去給驩兒解悶。秋後，昆蟲沒有了，他就自己動手，用泥捏、用木雕、用草編，將自己幼時的玩物、給兒子郭續買過的玩具，都一一仿著做出來。雖然手法笨拙，做得難看，為便於藏遞，又得盡量小巧，因此十分粗劣，但畢竟比沒有好。

本來這皇宮讓人窒悶，自他開始動手做這些玩物，竟越來越著迷，渾然忘了周遭。

有時他也不免想，自己做了一場父親，對續兒都不曾如此傾力傾心，心中一陣愧疚，只能暗暗立誓：一定要將《論語》全部抄到，傳給續兒。

＊＊＊＊＊

轉眼，已是春天。

朱安世進宮已經半年，《論語》一共傳了一百二十多句。來之前，司馬遷曾說整部孔壁《論語》至少有八百句。朱安世算了一下，全部傳完，恐怕得到明年了。他本來就性子躁，一想這還要這麼久，便有些沉不住氣。

但一想，驩兒其實比他苦得多，就連衛真，處境也比他艱難。半年來，衛真連頭都沒好好抬起過，更不用說見他笑。比起他們兩個，自己還有什麼道理急躁？

於是，他又耐下性子，踏實做活，盡量不犯一點錯，不多說一個字，就連苑區太液池邊，也不再偷偷去了，好讓自己能在這裡平安留到《論語》傳完。

屠長見他做事勤快、手腳利落，便很少說他。其他人見他始終板著一張疤臉，也都不來招惹。

倒是那個阿繡，在一起做活時，總是在一邊說個不停。朱安世雖然極少答言，但每日悶著，有個人在身旁說笑，畢竟好過些。他也大致知道了阿繡的身世，阿繡也是茂陵人，一個小商戶家的女兒，幾年前，她父母犯了事被問斬，她則被強徵進宮，派在陽石公主宮中做繡女。一次無意中撞見公主與丞相之子私通，被公主挑了個錯，遭了罰，臉上被黥了墨字，貶到這裡來做粗活。

朱安世見她身世堪憐，性格又好，雖不多和她說話，平日能幫時也會幫一點。

卻沒想到，阿繡竟一直在偷偷窺探他的舉動。

有一天，朱安世扛著宰好的羊，送到前面廚房。回來時，見屠宰苑裡的人全都站在院子中，分男女站成兩排，屠長立在最前面，所有人都神色不安。再一看，卻見廚監背著手立在廊下，神情冷肅。

屠長見朱安世回來，朝他撇嘴示意，朱安世忙過去站到男屠一排。

院北一間居室傳來翻箱倒櫃之聲，朱安世偷眼一看，只見有幾個黃門在裡面搜查。他大吃一驚，不知道發生了什麼事。那幾個黃門搜完出來，似乎什麼都沒找到，又進了隔壁居室繼續搜查。朱安世見他們連床板都要掀開，更加驚懼。下一個就輪到他的居室，他急得火燎，卻只能站在這裡眼睜睜地看。

進宮之前，眾人商議時，曾想讓太子再找個宮裡人，每隔幾個月就到屠宰苑來取走絹帶。朱安世卻怕找的人不可靠，多一個人牽扯進來便多一分危險，便否決了這個想法，眾人也都贊同。這時，朱安世才懊悔至極，心裡連聲痛罵自己。

過了一會，那幾個黃門又空手而出，隨即轉身進了朱安世的居室，由於那居室在最裡側，看不見屋內，只聽見裡面不斷傳出開櫃、敲牆、扔東西的聲音，朱安世的心隨之咚咚直跳，手心裡全是汗。之後，猛聽到噹吱一聲，是床板被掀開的聲音！心猛地一撞，他不由得打了個寒戰，隨後，屋裡竟響起撬磚塊的聲音，完了……朱安世閉起眼睛，像是在等死一般。

屋裡聲音忽然停歇，朱安世忙睜開眼睛，那幾個黃門走了出來，看神色，他們似乎並未發覺什麼。朱安世不敢相信，仍睜大眼睛盯著，見其中一個走到廚監面前，低聲稟告，聽不清在說什麼。廚監點點頭，手一擺，隨即轉身離開，其他幾個黃門也一起跟了出去。

朱安世正在驚疑，屠長忽然高聲道：「前面廚房連丟了幾只金碗、玉盞，我說屠宰苑沒人敢做這等事，廚監不信。你們總算沒給我丟臉，好了，都去把自己房裡東西收拾一下，趕快出來幹活！」

大家散開，各自回屋，朱安世忙跑進自己房裡，見床板被掀翻在一邊，床下藏絹帶的那塊磚也被撬開丟在一邊，露出下面那個洞，他兩步跨過去，伸手一摸，洞裡一無所有！

朱安世頓時傻住，一屁股坐在地上，靠著牆，頭不停地撞向牆面，一下接一下，咚，咚，咚，咚……

「你怎麼了？你在做什麼？」阿繡忽然走進門來。

朱安世停下來，木然看著她。

阿繡走到近前，從懷裡掏出一個麻布袋子：「你是不是在找這個？」

她伸手從裡面抓出幾條白絹帶，上面用炭和墨寫滿了字。

朱安世忙一把抓過來，一根根細看，正是！正是！正是衛真傳給他的孔壁《論語》！

他又從阿繡手中一把搶過那個麻布小袋，抓出裡面的其他絹帶，都是！都是！都在這裡！

狂喜之後，他才猛然清醒，一把揪住阿繡衣領，瞪著眼睛問道：「你從哪裡拿到的？」

阿繡驚恐無比：「我……我就是從……這個洞裡拿的……」

「你怎麼知道藏在這裡？」

「我……我見你平常死死關著門，覺得好奇，就，就趴在窗子外面……」

朱安世背上一陣發寒，手不由得鬆了。

阿繡嚇得流下淚來：「你放心，我誰都沒說，我不是有意要拿……剛才我從前面廚房回來，經過廚監的房間，無意中聽到裡面吩咐，要來屠宰苑搜查，我忙跑回來給你報信，可是你又不在，我不知道你藏的是什麼東西，但一定很寶貴，萬一被搜走……我怕等不及，就偷偷跑進來，替你……」

「你為什麼要這麼做？」

「我小時候見過你。你是我們的大恩人。」

「什麼？」

「我十二歲那年，家住在茂陵一個破巷子裡，家裡一直很窮，我穿的衣裳從來認不出原來的顏色。有天夜裡，我被夢驚醒，聽到外面有響動，趕忙扒到窗邊往外偷偷瞧，看見有個人站在院牆上，往院子裡扔了個東西，隨後就跳下牆走了。第二天我娘開門出去，發現地上有個小錦袋，上面繡著四個字『袖仙送福』，裡面裝著一顆大珠子，又圓又光又亮，一看就知道是極貴重的寶珠。我爹娘歡喜得了不得，後來聽說整個巷子裡每家都得了一個。我爹就拿去賣了，得了些本錢，才開了間繡店。那天晚上月亮很亮，我雖然沒看清那個人的臉，但他的身影動作記得清清楚楚，刺繡一樣繡在心裡。他臨跳下牆前，還用大拇指在嘴唇上劃了一下。你第一天來這裡，我先看到的是你的背影，一見就記起來，你就是那個人。後來我還發現，你時常喜歡用大拇指在唇上劃一下，所以，更相信你就是那個人，是不是？」

朱安世驚得嘴眼大張，不敢相信世間竟有這等奇緣。因為酈袖當年一句話，隨手做了件善事，隔了十幾年，竟在這裡得到回報。

他的鬍鬚早已落盡，但心緒波動時，仍改不掉用拇指在唇上一劃的習慣。這時，他又忍不住伸出拇指，但隨即察覺，忙縮了回去。

阿繡卻看在眼裡，笑起來，又問：「你就是那個人，是不是？」

朱安世也嘿嘿一笑，這才點頭承認。

過了一陣，朱安世才知道阿繡並不識字，他才更加放心了。

而且阿繡還出了個主意，她說：「這些散碎的白絹不好藏，也容易丟，萬一被搜去，就什麼都沒有了。這幾天，我一直在想，既然這些東西這麼寶貴，你要是不怕疼，我倒是有個主意。」

「什麼主意？」

「把這些字刺在你身上，走到哪裡都丟不掉。就像我臉上被黥的這些字一樣。」阿繡指了指自己的面頰道，「刻在身上，有衣服遮著，別人看不見。」

「你會刺字？」

「嗯，我被黥面的時候，知道了怎麼在肉上刺字。不過，那些行刑的人才不管你疼不疼，用刀子又劃又刻，其實用繡花針輕輕刺，我想不會那麼疼。」

「你不識字，怎麼刺呢？」

「這沒什麼，就像刺繡一樣，並不用識字，只要照著樣子，一筆一畫描摹上去就成。」

朱安世想了想，這些絹帶其實原本可以分批讓太子派人偷偷送出宮去，但他始終不放心其他人。如果刺在身上，等於多備了一份，到時候也好攜帶出宮，便答應道：「是個好法子，只是要辛苦你了。」

「好久沒刺繡，心裡還怪想的，正好拿你的肉皮解解饞，呵呵。」

「而且還不能被別人察覺。」

「這裡所有人閒下來都在互相串門聊天，我們小心一些就是了。就算看見，就說是在給你身上刺青，也能遮掩過去。」

第四十章：人皮刺字

阿繡知道要刻六百多句，至少一萬五千字，便琢磨了幾天，想出了一個法子。

她在地上畫了張草圖，演給朱安世看：「在你雙臂、雙腿、前胸、後背，各繪兩條蛇，把那些字當蛇身上的花紋來刺，一條蛇大約分八十句，將字刺得極小，每一句繪成一條花紋。」

她先從朱安世左臂開始，一字一字刺上去。她手法輕靈，果然並不如何刺痛，每刺好一句，便用墨汁塗抹，擦淨後一看，一句話連綴成一條烏青的花紋，若不湊近仔細瞧，根本看不出來是字。這樣，就算脫了衣服查看，也不必太擔心。

朱安世看後大喜，不由得嘿嘿直笑。

於是，只要得空，阿繡就幫朱安世把《論語》一句句刺在皮膚上。

* * * * *

直到第三年年末，孔壁《論語》才終於全部傳完。

那天，衛真照舊又丟了一個絹團，朱安世偷偷撿起來，回到房裡，小心打開，頭前仍是「子曰」

兩個字，又一句《論語》。等絹帶完全展開，卻發現裡面還另夾著一小片白絹，一不留神飄落到地下，朱安世忙拾起來一看，上面寫了一個字：

完

看到這個字，朱安世頓時長長呼出一口氣，壓在心頭的那座山忽地消失，不由得嘿嘿笑了起來。這是事先約定好的，司馬遷在信中寫明，等全部傳完，衛真就在一片絹上單獨寫一個「完」字。「完」這個字朱安世本來不認得，還是韓嬉教他：「完」字上面一個屋頂，下面是個人。這個人頭上紮著一條絹帶，張開雙臂，伸了個懶腰，說明事情做完，邁開兩條腿，表示準備出門往外跑。

朱安世正笑個不住，忽聽到屠長在外面喚他。他忙藏起絹團，走出門去。屠長命他趕緊殺十隻雞，廚房等著用。他便去雞圈抓了雞，提到屠宰台上，提起刀準備動手宰殺時，不由得又嘿嘿笑起來。

阿繡在一旁聽到，忙問：「什麼好事？這麼開心？」

朱安世見左右無人，低聲道：「完了。」

「什麼完了？」

「全部傳完了，今天是最後一句。」

「太好了！」

朱安世又嘿嘿笑了起來。

笑完之後，他忽然覺得心裡有些空落落的。

生平第一次如此耗盡心血做一件事情，每天等著盼著，現在事情終於完了，反倒有些不知所措。

他抬起頭，望向牆外太液池的方向。心裡一算，從第一次見驪兒到現在已經七年，驪兒今年已經十四歲，再不是個孩童，而是個少年郎了。不知道驪兒現在有多高，相貌變了沒有？常年囚在石室裡，一定又瘦又蒼白。

隨即，他又想到酈袖和兒子，分別已經十一年，不知道酈袖現在如何，兒子郭續和驪兒同歲，也已經長成個少年郎，不知道他是否還記得我這個父親？現在，我已是這般殘醜模樣，還能去見他們嗎？他們見了我，一定會害怕、厭惡……

他一陣難過，不敢再想，按緊手底的那隻雞，狠狠一刀剁下去。

過了兩天。

阿繡把最後一句刺在朱安世背上，塗過墨，擦拭乾淨，嘆了一口氣，道：「好了，終於完工了。」

朱安世全身已經刺滿了字，胸背腿臂上盤著八條青黑長蛇，蛇身上紋理細密宛轉，看起來殺氣騰騰。

「你要走了。」阿繡微微笑著，眼中卻隱隱流露羨慕不捨，臉頰上的黥印越發顯得刺眼。

朱安世已經想好：「等我出去後，見到太子，一定求他救你出宮。」

「多謝你！」阿繡笑著嘆了口氣，「可是，我出去做什麼呢？當年我爹娘被人揭發告緡，被斬了頭，家早被抄沒了，也沒有其他親人。外面又危險，我在這裡已經好多年了，一切都熟悉，倒還安心些。」

「你不想嫁人嗎？」

「看到我這張臉，誰敢要我呢？」

朱安世看著阿繡，不知道再說什麼好。

＊　＊　＊　＊　＊

半夜，朱安世悄悄溜進婆娑宮。

太子事先已在婆娑宮找了個宮女做內應，朱安世按照商議好的，撕了一條布帶，打了三個結，鑽到側院，將布帶拴在左邊第一間寢室門上。

第二天夜裡，他又摸到那間寢室外，見窗台上果然放著一個小瓶子，便取了回去。

瓶子裡是天仙躑躅酒，喝了可致人昏死，朱安世在扶風時曾逼那黃門詔使御夫喝過。

朱安世私下裡向阿繡道了別，將那包寫著孔壁《論語》的絹帶托付給阿繡，讓她藏埋在自己房內。白天做活時，他偷偷取出那瓶天仙躑躅酒，一口灌下，將空瓶交給阿繡，隨即倒在屠宰台邊，人事不知。

等他醒來時，躺在一張床上，韓嬉、樊仲子、郭公仲站在床邊。

「醒！」郭公仲大叫。

「你個死鬼！」樊仲子笑著在他腿上重重拍了一掌。

韓嬉則望著他，微微含笑，眼中竟閃著淚光。

朱安世忙爬起身，頭一陣暈眩，韓嬉上前扶住，輕輕讓他躺好，柔聲道：「還是這麼急性子。」

朱安世嘿嘿一笑，問道：「這是在太子府？」

的。」

韓嬉點點頭：「嗯，是博望苑，太子招待門客的地方。你的『屍首』也是太子派人從宮中運出來

朱安世忙道：「太子現在哪裡？《論語》在我身上。」

郭公仲道：「沒……見。」

樊仲子補道：「我剛才已經搜過你身上了，沒見到什麼《論語》啊。」

朱安世伸手解開衣襟，敞露出胸膛刺青花紋，笑道：「在這裡。」

三人一起湊近來看，一起驚呼：「居然是字！」

朱安世將阿繡刺字的事說了一遍，三人聽了，連聲讚嘆。

過了半晌，朱安世才下了床，但頭依然發暈，便斜靠在案邊，四個人對坐，暢敘離情。

正說得高興，一個中年男子走了進來，衣冠華貴、氣度雍容，朱安世一看便知是太子劉據，便撐起身子要站起來。

太子忙擺手道：「朱先生不必多禮，你身體還沒有復原。」說著，他坐到正席，詢問了一番，之後道，「我已經叫人準備好筆墨簡帛，事不宜遲，現在就讓他們開始抄錄孔壁《論語》吧。」

「好！」

太子傳命下去，不一時，三位儒生進來，宮人鋪展竹簡、安置筆墨。

朱安世脫下衣裳，先露出左臂，給那三位儒生解釋先後次序，儒生們便看一句，抄一句。

整整花了三天，朱安世身上所刺《論語》才全部抄錄完。

太子大喜，一邊命人繼續謄寫，準備將副本傳送給全國各地儒生經師，一邊召集博望苑中的儒生們一起參研孔壁《論語》，並使人在長安城中到處傳言，說無意中得到孔壁《論語》副本。

儒士們與《齊論語》《魯論語》逐字逐句對照，發現孔壁《論語》篇次有所不同，內文差異共有六百四十多字。

朱安世他們都不懂經學，念著驩兒安危，便求太子遣人去宮中打探消息。沒過兩天，太子得到內報，天子和呂步舒都聽到了傳聞。大家都歡喜無比，等著下一個喜訊。

然而一連幾天，宮中並無動靜，據說衛真每天仍照舊在給驩兒送飯。

朱安世心裡焦急，便懇求太子去天子面前替驩兒求情，太子卻面露難色：「孔驩被囚一事，並未向外面透露，我若去說情，父皇定會問我從何處得知，更會懷疑孔壁《論語》外洩與我有關，一旦追查起來，母后都會受到牽連。你不要太心急，現在孔壁《論語》已經傳了出來，再囚禁孔驩已經毫無必要。父皇巡遊才回來，恐怕還顧不上這點事，再等幾日，應該就會釋放那孔驩了。此外，我本想讓你常住在博望苑，但眼下孔壁《論語》洩出，那呂步舒定會追查此事，一旦發現你在這裡……」

「我知道，我們這就走。」朱安世忙答道。

他見太子有避禍之心，恐怕不會再盡力救驩兒，自己身體已殘，再顧不得什麼尊嚴屈辱，雙膝跪地，重重向太子叩了三個頭，懇求道：「驩兒那孩子身世可憐，太子一向仁善，朱安世懇請太子施恩，救救那孩子。朱安世雖然已經是半條廢人，但日後只要有用到朱安世的地方，朱安世就算做牛做狗、粉身碎骨，也會報答太子之恩！」

「快快起來，我一定盡力！」

＊＊＊＊＊

四人拜別太子，樊仲子仍用酒桶藏好朱安世，運回到長安城外田莊上。朱安世躲在莊裡，其他三人每天都去打探消息，一連數日，仍然毫無結果。

太子也似乎開始有意回避，太子府門吏越來越冷淡，既不許他們進，也不去通報。

好在還有任安和司馬遷，兩人和他們一樣焦急。尤其是司馬遷，他剛剛陪侍天子巡遊北地回來，聽韓嬉說了情形，便時刻留心查探，但自始至終，天子從未談及過孔驩，呂步舒也一直托病未曾上朝。由於沒有時機，他也去不了太液池那邊，見不到衛真。

朱安世心裡躁悶，卻無計可施，每天只能以酒度日。

雖說古本《論語》已經盜出，劉彘、呂步舒已經不必再殺驩兒，驩兒性命多少算是安全了些。然而，劉彘並非常人，從來賞罰無度，喜怒無常。此舉恐怕反倒會激怒劉彘，那麼驩兒就越發危險了。

朱安世思來想去，只有一個辦法可以真正救得了驩兒：刺殺劉彘。

一切禍患皆來自劉彘，殺了劉彘，自然就能救得了驩兒，也算為天下人除掉最大之害。

想到行刺，他頓時悔恨萬分，將手中一隻酒盞捏得凹癟。那年舉手之間，他就可殺死劉彘，如果那日得手，現今太子繼位，就不會有後來這些禍事，當日自己卻臨陣猶疑，錯失良機。

但悔之已晚，多思無益，既然這是一條可行之策，再想就是。他振奮起來，拋掉那只癟酒盞，不再飲酒，回到房中，用冷水痛快洗了把臉，讓自己沉下心，細細思忖起來。

其一，行刺劉彘，得抱必死之心，你可願意去死？

他略略一想，隨即慘然一笑。自己唯一掛念的無非是妻兒，但現在身體已殘，再算不得男人，又有何顏面去見他們母子？就算他們母子願意接納，世人之譏、鄰捨之嘲，又怎麼避開？我豈能讓他們為我蒙羞含辱？除非躲到深山之中，但酈袖願意嗎？就算酈袖願意，續兒怎麼辦？他最愛熱鬧，一會沒有玩伴就受不得，豈能讓他小小年紀與世隔絕？所以，不見最好，不見最好……

想到從此不見，他心裡一陣傷痛。

但事已至此，又可奈何？好在我盜出了孔壁《論語》，太子已在四處散播，酈袖若能教續兒讀這部書，也算是見到了我。這副殘軀，活著只是恥辱，用來換驩兒一命，正好用得其所。

他又繼續往下想——

其二，此次行刺，再不可能如上次那般輕巧，你能否得手？

劉彘雖然戒備森嚴，但未必時刻護衛圍擁，必定會有鬆懈之時。何況還有幸識得司馬遷先生，他日常在劉彘身邊，必定知道劉彘起居行程。只要他身邊侍衛不上百人，我便有得手之機。

至於能否成功，一半在我，一半靠天，我只能盡力而為，若驩兒命該不死，我便能得手。

其三，不論能否得手，行刺都是萬死之罪，絲毫不能牽連他人。

首先是酈袖母子，朝廷必會滿天下緝捕他們，不過酈袖向來心思細密，連我都找不到他們母子，朝廷恐怕也難查出他們下落。

其次便是樊仲子、郭公仲、韓嬉這些好友。他們若知道，必定又會挺身相助，所以這次不能透露半個字。

第四十一章：宮中刺客

朱安世琢磨了一夜，終於想定了兩句話。

第二天他背著樊仲子等人，找到莊子上的管家。那管家粗通文墨，朱安世向他請教幾個字，一個一個都仔細學會記牢後，便討要了筆墨，躲進自己屋中。

他關好門，先研好了墨粒，濃濃調了些墨汁，而後從床頭取過一隻木盒，裡面一卷白帛，這是離開博望苑時，太子命人謄抄好贈給他的孔壁《論語》。他取出那卷《論語》，展開最後一張白帛，見最末一句後面還有幾寸空餘，心想：足夠了。

他拿起筆，照著酈袖教他的樣子握好，先蘸著水在幾案面上練習。寫了十幾遍後，覺著已經純熟，才向墨汁中濃濃蘸了一蘸，又在硯台邊沿上將筆毫仔細捋順抹尖。而後，坐得端端正正，深吸了一口氣，提筆在那片空餘白帛上，一個字，一個字，慢慢寫下那兩句話，又落上自己的姓名。

雖然練了許多遍，書寫時，手卻一直抖個不住，幾個字寫得歪歪斜斜、笨笨拙拙。他越看越不中意，但又不好塗改，只能這樣了。這樣或者更好，酈袖知道我字寫得醜，寫好了反倒認不得了。兒子現在字寫得那麼好，見了一定會笑我，笑就笑吧，你爹就是這麼笨，你能比爹強，爹歡喜得很。

他坐在案前，盯著那白帛，一字一字，一遍一遍，默念著，自己笑一陣，嘆一陣，而後怔怔呆住，鼻子一酸，眼睛一熱，竟落下淚來。

這時門忽然叩響，隨後是韓嬉的聲音：「青天白日，一個人關在屋子裡，做什麼呢？大伙在等你去喝酒呢。」

他忙兩把擦乾眼睛，隨口應了一聲「我這就來！」同時急急捲起白帛，放回盒子，蓋好盒蓋，藏到枕頭內側，這才起身出去。

晚飯時，朱安世暢飲談笑，韓嬉三人望著他，全都有些驚異納悶。

他心想：等他們察覺，我已是死人了，這是與朋友們最後一次飲酒，當得盡興。於是假托說愁煩無益，不如開懷暢飲，而後好好尋思救人之策。三人聽了，方始放心。朱安世感念三人待己之恩，盡心敬了幾輪酒。

吃飽喝足後，他裝作大醉，跌跌撞撞回到自己房間，蒙頭便睡。

睡到半夜，他睜眼醒來，起身用壺裡冷水抹了把臉，換上夜行黑衣，背好夜行包。因想著倘若劉彘離得遠，得飛擲兵刃刺他，便棄刀不用，取下牆上所掛一把好劍，隨身佩好。

臨出門，他又回頭望了一眼枕畔那只木盒，他怕樊、郭、韓嬉三人察覺，故而沒敢提及。不過他們都知道這《論語》是他留給自己兒子的，自己死後，他們定會找到酈袖母子，將《論語》交給酈袖，不必擔心。

他轉身輕輕開門，翻牆出院，向長安奔去。

奔到雙鳳闕下，他攀上飛閣，越過城牆，滑入城中，避開路上巡衛，穿街過巷，來到司馬遷宅前。

翻牆進去，見北面一扇窗還亮著燈。過去一看，房內一人在燈下執筆寫文，正是司馬遷。

他輕叩窗櫺，低聲喚道：「司馬先生，我是朱安世。」

司馬遷聽到聲響，先是一驚，隨即辨出他的聲音，忙開門讓他進去。

「司馬先生，請恕我深夜驚擾，我是來問一件事，問完就走。」

「什麼事？」

「天子現在哪裡？」

「你問這個做什麼？」

「先生最好不要問，你只須告訴我便可。」

「建章宮。」

「明日早朝什麼時辰？」

「卯時。」

「罷朝後呢？」

「天子要去上林苑遊獵。」

「騎隊在哪裡等候？」

「玉堂之南。」

「好，多謝！告辭！」朱安世轉身出門。

司馬遷追上來問：「朱兄弟，暫停一步，你究竟意欲何為？而且，我也有事問你，那孔壁《論語》——」

路返回。朱安世心中有事，更怕牽連到司馬遷，因此並不答言，快步出門，縱身跳上牆頭，翻身躍下，原

他又爬上飛閣，攀著輦道下的橫木，躲過上面巡衛，凌空攀行半里多，越過城牆，來到建章宮，溜下飛閣石柱，躲進草木叢中。

這時已經是凌晨，天子早朝在建章前殿。上次進宮營救驩兒前，他曾細細查看過建章宮地圖，從他藏身處向西直行一里多路，到宮區中央便是建章前殿。正南對著玉堂，前殿與玉堂之間，則是中龍華門。

朱安世知道劉彘寢處必定守衛森嚴，故而沒有打問。行刺只能在途中，正巧劉彘罷朝後要去上林苑，必定是下建章前殿，走中央大道，穿中龍華門，過玉堂，出建章南門。既然騎隊在玉堂之南等候，自前殿到玉堂，途中只有常備護衛。

於是，他避開巡守，一路潛行，來到南端的鼓簧宮。又沿著宮牆折向西面，趁著天色昏蒙，一路躲避，到達南區中央的玉堂。

堂下有間黃門寢室門虛掩著，他推門溜了進去，房內無人，應該是應卯去了，正好藏身。他透過窗戶，查看地形，見北面一座門闕，巍然軒昂，是中龍華門。通過此門，一條青玉大道，直達建章前殿。宮中人行走，都是沿著周邊閣道，宮殿之間場闊數里，空空蕩蕩，根本無處藏身。他窺望良久，抬頭看到中龍華門，忽然想出一個主意，趁天色未亮，離了玉堂，悄悄行至中龍華門下。

中龍華門門檐距地有兩三丈高，朱安世取出繩鈎，向上用力一拋，鈎住檐角，隨後猱身上攀，不多時，攀到門頂。頂上四角飛檐，檐脊各有一條木雕漆金的飛龍，龍身徑長兩尺餘，剛好能遮住身

子。他便躡足來到左邊兩條檐脊交會處，縮身伏在凹角裡，四處一望，周圍宮殿在幾十丈之外，若不細看，應不會有人發覺。

他趴伏在那裡觀望，半晌，晨曦微露，天色漸亮，隱約遙見建章前殿高台上，黃門宮女往來急行，應該是快要早朝了。果然，不多時，就見許多官員陸續由閣道登上殿側台階，依次從大殿邊門進去。

他抬頭向西北遙望，越過宮殿高牆，那邊是太液池，能依稀望見青峰聳立、白霧蒸騰，水中央隱現一座樓台，是漸台，驩兒正在那裡，被囚在石室之中。

他默默道：驩兒，朱叔叔來救你了。

過不多時，只見一隊宮衛護著一輛金碧輝煌的八馬車駕，行至中央台階之下，馬頭朝南停好，宮衛分作兩列，整齊侍立於車駕兩側，各個手持長戟，筆直豎立，紋絲不動。

朱安世心道：是了，劉彘的車駕。

他數了一下宮衛數目，共六十四人，倒也不是太難對付。

又過了半個多時辰，那些官員陸續退出，隨後，只見一隊宮人黃門從前殿正門出來，中間有四個黃門扛著一架傘蓋木榻，木榻上隱約坐著個人，自然是劉彘。

朱安世不由得握緊劍柄，睜大眼睛細看。

連宮女黃門一共二十四人，護著木榻緩緩走下前殿數百級長階，來到車駕邊。兩個黃門攙下劉彘，另一個黃門已經跪伏在車邊，劉彘踩著地下黃門，上到車中。車駕緩緩啟動，宮衛分作兩部，三十二人前導，三十二人殿後，二十四個黃門宮人護侍車駕兩側。

這時朝陽升起，霞光照射建章宮千門萬戶，到處金光閃耀。地下青玉磚也鍍上一層金箔，大道流金，似是登仙之路。那車駕彩幡飄揚、金輝熠熠，真如神龍驂駕、玉虬仙舟。

朱安世被那光芒刺到眼睛，猛然發覺一事，心裡暗叫：不好！

方才，他尋思行刺之策，本想趁劉屈氂車駕穿過門下時，自己拽住繩索，從空而降，刺穿車頂，直擊劉屈氂。然而此刻看車身映射光芒，才知那是一輛銅車，車頂車壁都是銅製，根本無法刺穿，只能從車門下手。而車門在左側，門邊有兩個黃門緊緊護侍，只有先除掉黃門，才能刺殺劉屈氂。前導、殿後的宮衛，距離車駕最近的只有十幾步，片刻之間就能趕到，行動必須極快。

他拔出長劍，在衣襟上割下一條布帶，纏在左掌上。又抓起身邊的繩鈎，將鐵鈎用力釘在檐頂木梁上，拽了幾拽，確認鈎牢後，他略想一想，再也沒有什麼可預備，於是向劉屈氂車駕望去。儀隊距離中龍華門只有七八丈遠，已可辨認出最前宮衛的面容。車駕前懸掛著錦簾，看不到車中。

是時候了，朱安世長呼一口氣。

血氣頓時上湧，心又開始劇跳。但只是激奮，絲毫沒有畏怯。

相反，他從未覺得自己如此莊重肅然、雄武有力。

他右手持劍，左手攥緊繩索，目不轉睛盯視車駕，隨時準備騰身跳下。七丈、六丈、五丈、四丈、三丈……

忽然，左邊響起一聲嚷叫：「停！停下來！」

四下裡本來一片寂靜，這聲音尖厲無比，穿刺耳鼓，在殿閣之間迴盪，驚起四周殿頂的宿鳥，撲啦啦，向空中亂飛。

朱安世忙扭頭望去，只見一個黃門從左側宮殿中奔出，向車駕急急奔過去，邊奔邊扯嗓大喊。

儀隊前列侍衛長聽到叫聲，忙舉臂一擺，儀隊車駕頓時停下。

朱安世大驚，再一望，只見左側宮殿又奔出十幾人，都是黃門，隨後，一隊宮衛也衝了出來，全都手執長戟，向車駕疾奔。

不好！定是有人見到我藏在這裡，行蹤暴露了！

他急忙定神，心中閃念：自己如果現在下去，相距還有兩丈多，完全能在報信之人到達前先趕到，但必須先衝過前面三十二名宮衛。而且，就算闖得過第一陣，還有幾十名黃門宮女，更有殿後的宮衛。得再廝殺一番，才能接近車門。

這第二關過得去嗎？

他望望那車駕，心底知道：絕難衝得過。

但不論如何，自己行跡已經暴露，如果現在不動手，劉彘遭了這一回，必定會加倍警戒，再想刺殺，根本無望。反正自己早已想好要死，何必多慮？衝下去就是了！就算刺不到劉彘，也該死個痛快！

他不再多想，抓緊繩索，騰身站起，正要抬腿躍下，忽然想到驩兒。

我這一死固然痛快了當，但我死之後，誰來救那可憐的孩子？

他又向車駕望去，宮衛們仍持戟嚴待，那報信的黃門還在奔跑呼叫，他身後其他黃門和宮衛也疾奔不止。而那車上，錦簾依然垂掛，劉彘就坐在裡面。

他猶豫片刻，隨即清醒：雖然自己只剩一副殘軀，活著只有恥辱，卻也不該如此輕棄，驪兒還在等我去救。死有何難？生才不易。我不能為求一時痛快，就這樣莽撞死掉。

主意一定，他隨即向玉堂望去，那邊依然寂靜無人，看來警報還未傳開，只要奔到那裡，左右都有花木草叢，未必逃不掉。

於是他抓住繩索，一躍而下，從門檐凌空墜向地面，片刻之間，腳已著地。再看車駕那邊，宮衛們已經發覺，並紛紛挺戟朝自己奔來。這時，劍已無用，反倒惹眼，他振臂一甩，將手中長劍擲向前方，長劍劃空而起，飛向車駕。

他隨即轉身，一路疾奔，奔到玉堂下，順著旁邊小道，跑到玉堂後面閣道，向左右一看，兩邊各有一隊宮衛奔來，而正前方，則是一道宮門，自然有門值把守。正在猶豫，耳側忽然有人叫：「這邊！」

轉頭一看，是個宮女，再一細看，竟是韓嬉！

韓嬉躲在一塊巨石後，身穿宮女衣裳。他忙跑過去，韓嬉說了聲「跟我來！」隨即轉身鑽進旁邊閣道下面，他忙跟了過去，也俯身鑽進去。閣道離地三尺懸空而建，韓嬉帶著他伏地爬行了一段，上面響起一陣急重的腳步聲。二人忙停住，等腳步聲遠去，才鑽出閣道，躲進旁邊樹叢中，穿石繞樹，向東跑了一陣，來到一處石洞前。韓嬉從石洞中取出一包東西，是黃門衣冠，她轉身遞給朱安世：「快換上！」朱安世忙將外衣脫下，塞進那個石洞，隨後換上黃門衣冠。

韓嬉又帶著他前行一段路，前面現出一道牆壁，到了牆角下，見草叢中一塊石頭上放著一個木托盤，上擺著一套酒具，旁邊還有一個食盒。

「你提食盒。」韓嬉向他微微一笑，隨即俯身端起托盤。

朱安世忙提起食盒，兩人沿著宮牆來到閣道，上了閣道，放慢腳步，向北邊走去。

一路上不時有宮衛持戟密搜急查，看到他們，卻都沒有起疑。兩人行至飛閣輦道附近，趁左右無人，跳下閣道，躲進飛閣下面的草叢中。

朱安世等四下無人，才小聲問道：「你怎麼來了？」

韓嬉淺淺一笑：「這還用問？」

朱安世心中一陣溫暖，一陣愧疚，說不出話。

兩人一直等到天黑，不遠處忽然一陣叫嚷騷動，附近巡守的宮衛聞聲，紛紛趕了過去。

韓嬉輕聲道：「是郭大哥，我們走！」

兩人急忙攀上飛閣，越過宮牆，溜下牆頭，急走了不多遠，林子邊，一個人牽著四匹馬等候在那裡，是樊仲子。

＊＊＊＊＊

驩兒始終沒被釋放。

四人日夜商議對策，尋找時機。

朱安世雖然時刻擔憂驩兒，卻不再焦躁。他能逃出建章宮實屬不易，這條性命得自三位朋友的捨身相救，只有救出驩兒，這副殘軀才用得其所，才對得住朋友，也不枉自己殘身毀容、拋妻捨子，辛苦這一場。

只是經他一鬧，宮中戒備越發森嚴，百般思量，也未找到營救之策。

一天黃昏，四人正在商議，司馬遷忽然來到莊上。

他穿著便服，獨自一人騎馬來的，神色甚是惶急。進了門，也不坐，見到朱安世，便急急道：「朱兄弟，你得盡快離開這裡！建章宮御廚房搜出失物，從一個宮女床底磚塊下面搜出一包絹帶，上面寫滿了字——」

朱安世猛地叫道：「阿繡？」

司馬遷點點頭，嘆口氣道：「廚監將阿繡姑娘和絹帶一起交給了光祿寺，今早呂步舒來向天子奏報，說阿繡和你串通，盜傳《論語》，又說那日刺客攜劍獨闖建章宮時，有個小黃門隔著窗看到了那刺客，滿臉盡是瘡疤，呂步舒斷定那刺客正是你。天子大怒，立即下命通緝你。明天定然會四處大搜，京畿之內都不安全，你趕快離開這裡！」

朱安世忙問：「阿繡怎麼樣了？」

司馬遷黯然搖頭：「呂步舒沒有講，但阿繡姑娘恐怕已遭不測。呂步舒已經在繼續追查，定然又將是一場血雨腥風。諸位也都要小心，最好一起遠遠逃走。」

司馬遷說完，便立即告辭，匆匆離去。

想起阿繡，朱安世心中傷懷，怔怔道：「是我害了她……」

果然，長安、扶風、馮翊三地巡衛騎士盡被調集，大閉城門，四處嚴搜。[136]

樊仲子忙將朱安世藏到後院穀倉下的暗室中，平日大家就在這暗室裡議事，暫時倒也安全。

躲了兩天，僕人忽然從外面打開秘窗報說：「任安大人來了。」

樊仲子忙命僕人請任安進來，任安也是一身便服、一臉惶急，一見朱安世，也急急道：「朱兄弟，你得馬上離開這裡！」

朱安世未及答言，樊仲子已先問道：「他們追查到這裡了？」

任安點頭道：「丞相公孫賀要來捉拿朱兄弟。」

樊仲子奇道：「公孫賀？關他什麼事？他夾雜進來做什麼？」

任安道：「公孫賀的兒子公孫敬聲擅自挪用軍餉一千九百萬，被發覺，下了獄。公孫賀救子無路，見天子正極力追捕朱兄弟，便懇求天子，捉了朱兄弟，來贖兒子之罪，天子應允了。」

樊仲子道：「他想捉就捉嗎？三輔騎士到我莊上來搜過，都沒能找到。」

韓嬉在一旁卻提醒道：「太子知道。」

任安點頭道：「太子門下有一位書吏和我私交甚厚，十分敬重朱兄弟，兩個多時辰前，他來給我報急信，說公孫賀去求太子，讓太子說出朱兄弟下落——」

郭公仲忙問：「說……說了？」

任安道：「太子並沒有立即答應，只含糊說一定盡力相助。但公孫賀畢竟是他的姨父，公孫敬聲是他表弟，若不是怕受牽連，他怎麼會避親救疏？而且衛皇后也知情，一定會逼他說出朱兄弟的下落。你們藏身之處，早晚會洩露出去。所以，趕緊離開此地，遠遠逃走！」

朱安世一直在聽，想的卻不是逃，他聽到「公孫敬聲」，猛然想起阿繡——阿繡當初不正是因為無意中撞破公孫敬聲和陽石公主姦情，才被公主尋事處罰？與公主私通，此罪極大，甚至會禍及丞相全族。這一陣他日夜尋思營救驩兒之計，苦無出路，此刻心頭一亮，忙問道：「如果有人告發丞相罪行，天子會不會親自聽審？」

任安一愣：「應該會。你問這個做什麼？」

朱安世不答，卻道：「趙王孫大哥曾講過，說劉彘最恨外戚勢力龐大，他斷言衛皇后及公孫賀遲早要被剪除。」

任安道：「嗯。這話倒也沒錯。不過，太子立位已久，又是長子，天子對其一向鍾愛，而且天子年事已高，恐怕不會再新立太子。」

朱安世道：「劉彘就算饒過皇后、太子，至少不會放過公孫賀。公孫敬聲為惡已久、臭名昭著，長安城哪個不知？現在才來懲治，恐怕是劉彘覺得時候到了。先除兒子，再滅老子，我猜劉彘現在正在找公孫賀的把柄。公孫賀要捉我贖罪，正中劉彘下懷，我盜了汗血馬，又進宮行刺，劉彘定是要將我碎屍萬段才解氣，公孫賀若是能捉住我，正好遂了他的意，若捉不住，也正好給公孫賀定罪。無論如何，公孫賀這次是躲不掉了，倘若這時有人再告發公孫賀，劉彘就更加如願了。任大哥，若是要告發丞相，該走什麼途徑？」

任安更加疑惑，但還是答道：「要告丞相，最便捷的路子，是先向內朝官上書，事關丞相，內朝

136　《漢書・武帝紀》記載：「（征和元年）冬十一月，發三輔騎士大搜上林，閉長安城門索，十一日乃解。」

官必不敢阻攔隱瞞，會直接上報天子。」

「呂步舒？」

「對。」

朱安世笑道：「那就好！我去見公孫賀。」

眾人大驚，齊望著他，不明所以。

朱安世將阿繡舊事講述一遍，隨後道：「公孫賀父子已是死人，我就用這點穢事，借他們父子的命，還有我的命，來換劉彘的命。只要在一丈之內，我就能設法殺掉劉彘。」

郭公仲大叫道：「……蠢！」

樊仲子和任安也忙一起勸阻，朱安世卻充耳不聞，始終笑著在心裡盤算。

韓嬉一直望著朱安世，沒有說話，半晌才輕聲道：「你們不用再勸了。」

諸人一起望向她，韓嬉注視著朱安世，嘆息道：「你們讓他去吧，這樣他才能安心。」說著，竟流下淚來。

＊＊＊＊＊

朱安世從枕畔取過那個裝著孔壁《論語》的木盒，坐了下來，打開盒蓋，抽出匕首，從頭頂割了一把頭髮，輓成一束，放到帛書之上，蓋好盒蓋，端端正正擺到几案中央。

一抬頭，卻見韓嬉站在門邊，呆呆望著他。

朱安世咧嘴一笑：「你來得正好，我有件事情得再勞煩你。」

韓嬉勉強回了一笑，輕步走過來，端坐在他的對面。

朱安世看她這一遭清瘦了不少，回想這幾年，韓嬉諸多恩情，此生再難回報，心中湧起一陣歉疚，一時間，說不出話來。

「你不是說有事托付？」韓嬉輕聲問。

「噢——」朱安世忙回過神，從案上拿起那只木盒，手指摩挲著盒面，笑了笑，「這是孔壁《論語》，我兒子郭續在讀書習字，我想留給他。」

「這是你千辛萬苦盜出來的，你兒子讀了，一定會感念你這個父親。」

「我要求你的正是這樁事，你能否替我找到酈袖母子，將這東西交給他們？本來我想托付樊大哥或郭大哥，但我妻子藏身太隱秘，連我都找不到，他們兩個就更難找到。你聰慧過人，比我妻子只會強，不會弱，恐怕只有你，才能找見他們母子。」

韓嬉點點頭，眼圈微紅：「好，放心，我一定辦到。」

朱安世嘿嘿笑笑，又深嘆了一口氣：「你這些恩情，我是沒辦法回報了。」

韓嬉淒然一笑：「等我們都做了鬼，我一定要趕在她之前找到你，到時候你再慢慢回報——」說著淚水頓時湧了出來。

第四十二章：壯志未酬

朱安世戴上鉗鈦，坐進囚車。

公孫賀奉旨將他押進建章宮，[137]宮門外，一隊執戈宮衛已經在等候。

朱安世下了囚車，兩個宮衛一左一右押著他，其他宮衛前後護從，從側門進宮，沿著閣道曲曲折折向宮區西面行去。望著四處殿宇樓閣，朱安世心裡笑嘆：又回來了。及至見到玉堂、中龍華門和建章前殿時，更是無限感慨。不由得望向太液池方向，心裡默默道：驩兒，朱叔叔來救你了。上蒼保佑，但願這次能救得成。

下了閣道，穿進一道高牆深巷，走到一個僻靜院落，四面都是青石矮屋，鐵門小窗。宮衛將他推進其中一間，緊鎖了門，隨即離開。朱安世踮著腳，從小窗向外張望，見只有兩個宮衛在外看守，都背對著門，便趁機從嘴裡取出一小圈細絲，韓嬉贈給他的絲鋸。

樊仲子將他捆起來，載到長安，前往丞相府，交給公孫賀，他預先將這絲鋸藏在嘴裡。

正如他所料，公孫賀急於將他上交天子，只簡略盤問了他幾句，他始終閉著嘴，一言不發。

這時，已時近黃昏。

來之前，他們已商議好：午時，將他交給公孫賀。等公孫賀上報、遣送，幾番來回，大致也已過申時。要受審，至少也得明天，一夜時間，足夠鋸斷鐐銬。

他靠著牆，坐在地下，閉起眼睛，養精蓄銳。

過了半晌，天昏黑時，門外一陣鎖響，一個黃門進來，將一碗麥飯放到地上，隨即出去又鎖起了門。他捧起那只大碗，心想，現在是吃一頓就少一頓了，便用手抓著，大把大把往嘴裡送，不一時，便吃得乾乾淨淨，一粒不剩。腹飽神足，他才扯直絲鋸，開始鋸鐐銬。

門外仍有宮衛把守，雖然天黑看不見裡面，但夜裡寂靜，極易聽見聲響。他兩腳分開、手臂力挺，將鐵鍊繃緊，而後只動手腕，先鋸腳鐐。他在棧道山嶺上曾用過這絲鋸，已掌握了些技巧。在樊仲子莊上，又戴著鉗鈦演練了幾日，鋸斷了幾副，現在鋸起來，便駕輕就熟。起初，絲鋸還在鐵鍊上打滑，沒多久，鋸出一條凹縫，絲鋸陷在裡面，便不太費力了。

他鋸鋸停停，一個多時辰後，黑暗中用手一摸，腳鏈中間一環已經被鋸了十之七八，到時候用力一掙，便能扯斷。

歇了一會，他又開始鋸手鐐，手鐐就要難一些，不好使力，又極易發出響聲。他按之前演練的，左肘拐起，將左邊那根鐵鍊抵在膝上，繃緊，而後翻動手腕，鋸脖頸部位的第一環。

近兩個時辰，左手鐐才鋸好，他稍歇了歇，繼續鋸右手鐐。

等右手鐐也鋸好，已是凌晨，天色微微發亮。

他從牆角抓了些泥土，就著微光，將三處鋸縫全都填抹好，又仔細檢查一遍，絲毫看不出痕跡，

137《資治通鑑．漢紀十四》記載：「是時詔捕陽陵大俠朱安世甚急，賀自請逐捕安世以贖敬聲罪，上許之。後果得安世。」

這才躺下休息。

一陣鎖響，是送早飯的黃門。

朱安世被驚醒，忙跳起身，朝那黃門叫道：「你去稟報呂步舒，我要上書，我要告丞相公孫賀！我知道他所犯的滔天大罪！」

那黃門本來放下碗就要走，聽見他喊，一愣，回身望著他，滿臉驚異。

朱安世又叫道：「聽見沒有？我要告公孫賀，他兒子淫穢公主，他本人罪大惡極。你快去稟告呂步舒！」

那黃門瞪大了眼，惶然點點頭，而後出去了。朱安世忙走到窗邊探頭，見那黃門小跑著匆匆走出院門，看樣子是去上報了。朱安世這才放心，端起地上的大碗，仍是粗麥飯，還冒著熱氣，晨光照射其上，淺黃潤亮，煞是悅目。

這恐怕是最後一頓飯了。

朱安世用手指撮了一小團，放進嘴裡，慢慢嚼，細細品，滿嘴麥香，還竟有一絲回甜。他不由得笑著嘆口氣，這些年，自己糟蹋了多少好東西？無論吃什麼，從來都是胡吃亂嚼，哪裡好好品嘗過滋味？

這碗飯，他吃得極慢，很久，才吃罷。

他放下碗，坐到地下，將臉迎向小窗，在晨光中閉起眼，深吸暮秋涼氣，只覺得胸懷如洗、身心俱淨。父母給他取名「安世」，是望他能安穩一世，然而一生之中，他竟從未這樣安安靜靜坐過片刻。

正在愜意，又是一陣鎖響。

清靜被擾，他微有些惱，睜開眼一看，進來的是個黃門令丞，身後緊隨兩個宮衛。

「你說要上告丞相？」黃門令丞尖聲問道。

朱安世點點頭。

「你要告他什麼？」

「他的罪太多，就是伐盡南山之竹，也寫不盡。」[138]

「你可有真憑實據？」

「有。」

「果真有？」

「當然。」

「你為何要告他？」

「他捉了我，我豈能讓他逍遙？」

那黃門令丞盯著他，他也回盯過去。

半晌，那黃門令丞道：「好，我去稟報呂大人。」說著轉身鎖門而去。

---

138 《資治通鑑．漢紀十四》中記載：「安世笑曰：『丞相禍及宗矣！』遂從獄中上書，告：『敬聲與陽石公主私通；上且上甘泉，使巫當馳道埋偶人，祝詛上，有惡言。』」

成了，朱安世暗暗道。

他忙又在心裡演練行刺劉彘的種種情形和對策。

過了一陣，那黃門令丞又回來了：「呂大人已經上奏皇上，皇上要親自審問你。」

「哦？」朱安世心中大喜。

「將他押走！」

兩個宮衛過來，揪起他，架著便拖向外面。

朱安世聽之任之，來到院中，兩個宮衛卻沒有走向院外，而是折向旁邊另一間大石室。朱安世心中納悶，卻不及想，已經被拖了進去。

這間石室沒有窗戶，裡面十分昏暗，牆上掛著幾盞油燈，中間一張木台，台邊一個木架，上面擺著錘鋸刀斧，到處血跡斑斑。旁邊立著幾個漢子，各個精壯凶悍。

朱安世大驚，心中正急想對策，那幾個壯漢已經迎了上來，從衛卒手中接過他。抓住他的手足，抬起四肢，將他按到木台上。接著，打開他的鐐銬，將他的手足綁在台角的四根木樁鐵環上。

朱安世見勢不對，想要掙扎，但哪裡能掙得開？

那黃門令丞走過來，陰惻惻望著他，尖聲道：「要見皇上，得先去掉你的殺氣。」隨後一擺手，轉身出去。

一個漢子從木架上拿了把鐵錘，走到朱安世腿邊，舉起鐵錘向他的左腿砸下！

喀嚓一聲，骨頭斷裂。朱安世撕心裂肺慘吼起來，劇痛鑽心，全身急劇抽搐，幾乎昏死過去。

那漢子又一次揮起鐵錘，又砸向他的右腿，又是喀嚓一聲，朱安世頓時疼昏過去……

不知道過了多久，他被劇痛疼醒。

全身上下到處疼得如同被鋸、被燒一般，卻絲毫動彈不得，他忍不住又痛叫起來，但嘴裡也劇痛無比，聲音含糊，竟說不清字句，反倒噴出一口血。他又痛又急，又驚又慌，頓時又昏死過去。

就這樣，數度痛醒又昏死，他才稍稍清醒過來。嘴裡空蕩蕩，才知道舌頭竟已被割掉，已經不能說話。他費力抬起頭，看見雙臂雙腿血肉模糊，四肢都被砸斷。

他曾以為自己已是個廢人，這時才真正知道什麼叫廢人。

除了頭頸，身體已是一塊死肉，癱在木台上，動不了分毫，像是他在屠宰苑宰殺過的那些牲畜一般。淚珠不由自主從眼角滾落。他連哀求別人殺死自己都已經做不到，只能在嘴裡含混念叨：死，死，死……

有人走過來，在他腿上、臂上的傷口處塗抹藥膏，又用布條包紮。之後，扳開他的嘴，將藥粉灌進他口中。

自始至終，他都只能聽之任之。不知道又過了多久，疼痛才漸漸緩和，但他的心也漸漸麻木，覺得自己已經死了。

又有人過來，搬動他的身子，給他套了件衣服，將他抬起來，放到一個木榻上，木榻上豎著塊木板，他們讓他背靠木板，保持坐姿，又用一根布帶攔腰紮緊，以防他倒下。

其中一人道：「皇上要見你。」

隨後四個人抬起木榻，向外走去。

他只有脖頸和眼睛能動，但他呆呆靠著，直直睜著眼睛，眨都不眨。

那四人抬著他，沿著閣道急速行走，曲曲折折，來到宮區最北端，行到婆娑宮後，經過屠宰苑，裡面傳來雞鴨羊犬的叫聲。木架繼續前行，經過門闕，來到苑區。左邊便是太液池，水面茫茫，漸台寂寂。

木榻轉向右邊，來到涼風台下。放慢速度，緩緩登上台階，這長階又高又陡，像是登天一般。到了台頂，整個建章宮鋪展在眼底，向東，未央宮、長安城，一覽無餘。但他仍然連眼珠都不轉。

木榻穿過長廊，進到一座殿堂，放了下來。

殿堂裡一片寂靜，中央高懸著紗帳，裡面隱隱現出一張几案，後面榻上坐著一人，應該正是當今天子。帳外立著一個官員，枯瘦矮小，形如老鷲，是呂步舒，旁邊候著幾個黃門。

這時已是深秋，台頂秋風浩蕩，一陣陣寒意在殿堂中流蕩，不時拂動帳前的青紗，偶爾會露出天子的身臉。雖然他正對著天子，而且相隔不到五尺，他卻視而不見。

「朱安世，你還認得我嗎？」呂步舒忽然開口問道。

聽到自己的名字，朱安世茫然轉頭，木然望向呂步舒。

呂步舒笑道：「我還得謝你，那夜你跳到我床上，用刀逼住我，卻沒有殺我。」

朱安世並沒有聽見他在說什麼，只覺得眼前這人可憎得很，不由得微微皺眉。

呂步舒又道：「為了一部《論語》耗費了我多年心血，若不是你，這事早就該了結了。不過，也得謝你，若沒有你，此事收場也不會這般圓滿——」說著他手指著左邊的太液池，滿臉得意，笑問道，「你一直以為孔驩被囚在漸台上，是不是？哼哼……漸台是天子迎神之所，怎麼可能把個罪臣孽子囚在那裡！」

「孔驩」兩個字，像是一根刺在心裡一蜇，朱安世上身不由得一顫。

「你認得這個吧！」呂步舒舉起一樣東西。

一只木雕漆虎，黑底黃紋，色彩昏沉，已經陳舊。

看到這只漆虎，朱安世上身劇烈顫抖起來，嘴裡含糊喊道：驩兒！

一瞬間，當年的一幕幕在他心中迭相閃現：扶風、棧道、成都、長安、冠軍縣、貨郎、驩兒又黑又圓的眼睛、抱著漆虎時的笑臉、荊州、魯縣、孔府後院、夜裡那扇窗、驩兒瘦小的身影……

呂步舒擺弄著那只漆虎，笑道：「你為了那小兒，連皇上都敢刺殺。皇上說，為了犒賞你，在你死前，有件事該讓你知道──」

朱安世瞪大了眼睛，死死盯著那只漆虎，忽然清醒過來，想起了自己是誰，自己為何而來。

呂步舒緩緩道：「那小兒其實早已死了。四年前，杜周將他帶進宮，第二天，他就被處死了……」

呂步舒森然一笑，將那只漆虎隨手一丟，摔在朱安世腳邊，啪的一聲，漆虎碎裂成幾塊。

一片碎屑飛濺起來，擊中朱安世左眼，眼淚頓時湧出。

他渾身劇顫，頭不住搖晃，雙眼幾乎瞪出血來，喉嚨中發出獸一般的悲號怒嘶。隨後，他張開嘴，拚力一掙，向幾尺外帷帳內的劉彘咬去，木榻翻倒，他重重栽伏於地，卻仍伸著脖頸，向劉彘不住嘶吼……

第四十三章：茂陵棺槨

整整一年，長安城不知死了多少人。

自去年冬天，朱安世在西市被斬，血光便像瘟疫一般四處蔓延。先是丞相公孫賀被滅族，接著天子以清查巫蠱為名，重用佞臣江充、黃門蘇文，宮裡宮外滿城大搜，兩位公主相繼被處死，數萬人被殺。最終禍及皇后、太子，衛皇后畏而自殺，太子宮中據說搜出木偶和帛書，帛書上有不道之語。太子被逼起兵，殺死江充，城中混戰，又是數萬人死亡。血流入河溝，紅染數里。

太子逃亡，最終被捕自殺。門值田仁因為放走太子，被腰斬。御史大夫暴勝之因為失察，畏罪自殺。就連呂步舒，也被問罪誅戮。[139]太子曾向任安調兵，任安拒絕，天子認定任安坐觀成敗，任安也被判死刑，冬季即將問斬。

耳聞目睹這一切，司馬遷心中慘痛，卻無能為力，只能一筆一筆載入史記。

朱安世一案，他也牽連其中，遲早會被追查出來，命在旦夕，他無暇多想，唯有趕在死前，晝夜拚力，完成史記。

只有一件事，讓他迷惑不已：朱安世從宮中盜出孔壁《論語》後，韓嬉曾將副本送來一份給他，他搬出齊魯兩種《論語》對照，發覺並沒有多大差異，既不見長陵圓郎所留殘簡中那句「天下者，非君之天下，乃民之天下」，也不見簡卿臨終所言的「從道不從君，從義不從父」，更不見其他貶天子、責君父之語。

那夜，朱安世深夜突訪，他要詢問盜經詳情，朱安世卻匆匆告別，誰知那一面竟成永訣。他又在宮中四處打探衛真和孔驩的下落，卻聽不到絲毫音訊。

有一天，他去石渠閣查閱檔案，經過孔子書櫃，心中一動，便過去打開查看，竟赫然看到孔壁《論語》古簡。忙展開細讀，簡上所用文字確是古字，但內文與朱安世所盜的《論語》完全相同。

他悵然若失，難道是自己猜測有誤？

但隨即生疑：既然如此，呂步舒先前為何要盜走孔壁《論語》？而且還偷改藏書目錄？既然已經盜走，為何又要放回來？

他慢慢捲起那卷竹簡，卻忽然發現穿皮繩的小孔內壁與外面看起來有些不同：竹簡表面古舊污朽、內壁卻很新鮮。湊近細看，發覺這竹簡其實只是看起來像古簡。這種仿古手段司馬遷以前就曾見過，是用煙薰、泥染、土埋等法子，將新簡做出古舊的模樣，但穿繩之孔太細，不好動手腳，所以難免露出破綻。

這孔壁《論語》是假的！

既然這部古簡是假的，那麼朱安世盜的那部也是假的！呂步舒是在借朱安世之力，以假替真，將

139　《鹽鐵論》記載：「呂步舒弄口而見戮。」

假孔壁《論語》流布於世上！

一時間，司馬遷驚怒悲憤之極：呂步舒心機如此可怖！朱安世為了救孔驩而盜經，為進宮而淨身毀容，最後連性命都搭上，盜出來的竟是一部假《論語》！

他又猛地想起衛真，這假《論語》是衛真傳給朱安世，他所傳《論語》不是從孔驩口中得來，而是受呂步舒之命！呂步舒讓衛真給孔驩送飯，只不過是設下釣鉤，用來誘騙蒙蔽我和朱安世。

衛真啊衛真，你為何要這麼做？

司馬遷心中悲傷，不敢深想，匆匆離開了石渠閣。

回到家中，他將此事告訴了柳夫人，柳夫人聽後也驚駭無比，不禁落淚。

* * * * *

史記只剩最後一篇——《孔子列傳》。

這幾年，司馬遷一直在等待孔壁《論語》，然而現在孔驩不知去向，恐怕早已遇害，此生再也無望見到《論語》全文。

他滿腔悲憤，心想：後世縱使不知《論語》真面目，但必須知道這一真相。

於是他奮筆疾書，將真相全部書之於文，終於完成《孔子列傳》。

寫罷最後一個字，天色微亮，已是清晨。他擱下筆，吹滅燈，直起身子，望著案上竹簡，萬千滋味一起湧上心頭，一時間難辨悲喜。不由得喃喃念起兒寬帛書上的那六句：

星辰下，書卷空
高陵上，文學燔
九河枯，日華熄
九江湧，天地黯
鼎淮間，師道亡
啼嬰處，文脈懸

尤其是讀到「啼嬰處，文脈懸」，更是喟嘆不已，呆坐半晌，萬千感慨最終化作一聲深嘆，消散於清寒之中。

正要起身，遠處忽然傳來一聲雞鳴，他心中一動：人心郁暗，世道昏亂，孔子一片仁心，不正是這世間的一聲雞鳴？雄雞不會因世人昏睡，便不鳴叫。仁人志士，又何嘗會因為天下無道，便杜口噤聲？孔子一生寂寞，但為傳揚仁義，明知其不可為，卻不遺餘力而為之。

痴嗎？傻嗎？的確是。但世間若沒有了這一點痴傻，人心還能剩下什麼？

人可死，魂不可滅。他精神一振，生出一念，忙抓起書刀[140]，將卷首《孔子列傳》的「列傳」二字削刮去，重新提筆蘸墨，寫下「世家」二字。

他寫史記，是以人為綱，獨創了紀傳體，將史上人物按身分分為「本紀」「世家」「列傳」三類。

140　書刀：又稱「削」，書寫修改工具。秦漢時期文字書寫於竹簡，有誤則用刀削去重寫。

《本紀》記帝王，《世家》記王侯，《列傳》則記載古今名臣名士、特出人物。孔子家世低微，故而一直分在《列傳》中，但此刻想來，孔子雖不是王侯，但孔子之重，重過歷代所有王侯。世間少一位王侯，並無損失，但世間若沒有了仁義，則暗無天日。

*****

史記完成，只剩下最後一件事：如何留傳？

古史部分倒還好，天子也曾看過。但當代之史，不少都是隱秘醜聞，尤其景帝及當今天子本紀，他毫無避諱，秉筆直書，一旦被天子看到，必會被焚毀。

他能托付的人，只有女兒女婿，女兒司馬英頗具膽識，自不會推托，但女婿楊敞膽小怕事，只要看到當今天子本紀，就斷然不敢收留史記。就算他敢，一旦被察覺，也必將禍及全族。孔壁《論語》之禍已經令人慘痛，再不能為了史記，又禍害親人、傷及無辜，但如果不能公之於世，寫史記又有何用？

司馬遷思前想後，始終想不出一個妥善之策。

幸好柳夫人想到一個主意：抄一份副本，將該避諱的地方全部刪去，再交給女兒女婿，這樣，至少大部分史記能得以留傳。至於正本，萬萬不能托人收藏，找個隱秘的地方，埋藏起來，以待後世之人發掘。

這個法子兩全其美，很是妥當。但正本藏在哪裡好？

藏的地方既不能太顯著，也不能太荒僻。太顯著，易被當世人發現，則仍然難逃被毀之運；太荒僻，則恐怕永世都不會被人發現。最好是劉氏王朝覆滅之後，再被發現，到那時，則不用再怕觸怒朝廷。但什麼地方能保證這一點？

夫妻兩個一邊思索商議，司馬遷一邊抓緊抄寫史記副本，邊抄邊刪改。

景帝及當今天子本紀，全部刪去。[141]

河間獻王劉德，只留下劉德好儒學一句，藏書、獻書及死因全部刪去。[142]

淮南王劉安，有意記得極其詳細，文中處處自相矛盾。[143]

遊俠列傳中，朱安世段落本來篇幅最多，只有狠下心，全部刪除。趙王孫、樊仲子、郭公仲只錄其名，事蹟全都刪去。[144]

---

141 世傳《史記》有缺失，班固言「十篇有錄無書」（《漢書．藝文志》）。其中包括《孝景本紀》和《孝武本紀》。唐人司馬貞《史記索隱》指出：「《景紀》取班書補之，《武紀》專取《封禪書》」，其中《孝景本紀》是從《漢書》摘補，《武帝本紀》由《史記．封禪書》中截取。

142 世傳《史記》關於河間獻王劉德只有簡略一句：「好儒學，被服造次必於儒者。山東諸儒多從之遊。」（《史記．五宗世家》）

143 參見《史記．淮南衡山列傳》。

144 參見《史記．遊俠列傳》。

孔子第十一代孫中，孔延年為嫡長子，刪去其子孫名姓，以為諷戒。[145]孔安國、孔驩經歷全部刪除，只留下一句「安國生卬，卬生驩」。[146]想到孔壁《論語》就此湮滅，他心中實在不甘，再三思忖，又提筆在孔安國處添了一句「至臨淮太守，早卒」。孔安國死時已年過六旬，用「早卒」二字，暗示他死於非命。[147]至於孔壁《論語》，只在《仲尼弟子列傳》篇末提及「孔氏古文」，寫了一句：「論言弟子籍，出孔氏古文近是。餘以弟子名姓文字悉取論語弟子問並次為篇，疑者闕焉。[148]」

副本抄完刪罷，司馬遷連聲喟嘆：疑者闕焉，疑者闕焉。

如果史記正本不幸消失，這些空缺之處，不知道後世之人能否起疑、思索、明白？

＊＊＊＊＊

司馬遷喚來女兒女婿，將史記副本托付給他們。

女婿楊敞面露難色，司馬遷細細給他解釋，這份副本中毫無違逆不敬之語，楊敞聽後才放心，命僕人將簡冊全都搬到車上，等到天黑，悄悄載回家中。[149]

送走女兒女婿，司馬遷和妻子繼續商議史記正本的藏處，正在為難，韓嬉來了。

韓嬉身穿素服，頭上不戴釵環，面上也不施脂粉，如秋風秋霜中一株素菊。明天是朱安世週年祭日，韓嬉是來取司馬遷為朱安世所作祭文，明日到墓前去焚。柳夫人忙請韓嬉入座，三人談起朱安世，又不禁嘆惋悲慨，韓嬉眼中頓時泛起淚光。

司馬遷嘆道：「朱安世為孔子後裔和孔壁《論語》而獻身，雖然最終人書俱滅，但我想一部《論語》不過『仁義』二字，朱兄弟這番豪情義氣，足以抵得上半部論語。」

一番感慨之後，司馬遷言及自己心事，韓嬉聽了，略想一想，道：「我倒是想到一個好地方。」

「哦？什麼地方？」

「這地方有五處可選，地方倒是好挑，難的是怎麼把書藏到那裡。這件事我辦不到，得請人來辦，該選哪一處得由辦事的人來定，而且這事越隱秘越好，我不知道最好，但我可以幫先生找來能辦這事的人。」

司馬遷夫婦越聽越迷惑。

韓嬉又道：「我要找的人先生其實也認得——樊仲子和郭公仲。這兩人，先生應該信得過吧？」

「他們二位？當然信得過。只是我這史記和孔壁《論語》一樣，一旦不慎，又是一場殺身滅族之禍，怎好牽連他們？」

---

145 《史記．孔子世家》中第十一代孫，記錄次子孔安國子孫姓名，卻未記錄嫡長子孔延年子孫姓名。

146 參見《史記．孔子世家》。

147 孔安國生卒年為歷史懸案，至今未解。司馬遷《史記．孔子世家》中記載孔安國「早卒」，然而《孔子家語後序》與《孔子世家譜》則稱孔安國「年六十卒」。而且孔安國既已有孫，當不算「早卒」。

148 見《史記．仲尼弟子列傳》，大意為：講述孔子弟子的書籍，孔家所傳古文經最接近真實，我摘取《論語．弟子問》中語句依次編寫成篇，可疑之處，只能空缺。

149 《史記》後來正是由司馬遷外孫、楊敞之子楊惲傳播於世。

「這一點先生倒不必過慮。先生書中不但有朱安世的事跡，還寫到了他們兩位和趙王孫，僅為此，赴湯蹈火他們也一定樂意去做。此事不能拖延，明天他們也要去祭奠朱安世，我約他們一起來，取了書，盡快去藏。」

第二天傍晚，韓嬉果然帶來樊仲子和郭公仲，駕了一輛車，趁夜將史記正本偷偷載走。150

*****

一連幾日，司馬遷夫婦惴惴不安。

正在焦急，韓嬉來了，她的雙眼哭得通紅。

柳夫人忙上前牽住她的手，連聲詢問。

韓嬉言未出口，淚珠便滾了下來：「樊仲子和郭公仲一起自殺了……」

「啊？！」司馬遷夫婦一同驚呼。

韓嬉流淚道：「他們臨死前，讓我來轉告先生，說那書按照說定的地方，已經藏妥當。他們一死，世上就只有先生一人知道藏書之處，先生可以放心了。」

司馬遷夫婦驚痛至極，一起慟哭。

又過了幾日，司馬遷正在宮中查閱古簡，近侍的小黃門忽然跑進來悄聲說：「宮裡捉到了一個刺客，是一個美貌女子，她裝作宮女，意欲行刺天子，被侍衛發覺，亂戟刺死——」

司馬遷一驚，竹簡掉落，散亂一地。

他一猜便知，那美貌女子定是韓嬉……

150 司馬遷在《史記．太史公自序》及《報任安書》中均言《史記》有正副兩本，正本「藏之名山，副在京師」。正本下落，至今未明。

第四十四章：天理不滅

司馬遷早早起來，穿戴整齊，走進書房，打開牆角的櫃子，在裡面翻找。

「你是在找這個？」身後忽然傳來柳夫人的聲音。

司馬遷轉頭一看，柳夫人站在門邊，神情悲戚，伸著右臂，手裡拿著一個小瓷瓶。

司馬遷一愣，隨即歉然一笑，答道：「是。」

那是一瓶鴆酒。

昨天，任安被處斬。任安臨死前，司馬遷曾寫了封書信，托人遞進牢獄，傳給任安，向摯友傾吐心中悲郁，並告知任安史記已經完成。任安死後，這封書信被搜出，呈報給了天子。

司馬遷知道：自己死期已到。今天上朝，恐怕再回不來。

他不能再受任何屈辱，所以才來找這鴆酒，卻不想柳夫人已經察覺。

他望著妻子，不知道該說什麼好，夫妻兩個怔怔對視良久，冬日寒冷，兩個人都不住顫抖。

許久，他才輕聲道：「這次逃不過了。」

「我知道。」柳夫人眼圈頓時紅了，她擦掉眼淚，悲問道，「但你為什麼要背著我？」

「我是——怕你傷心。」

「你不說，我只有更傷心。」

「等我死後，你先去女兒那裡，然後慢慢找尋兒子。」

「你死了，我還能活嗎？」

司馬遷望著妻子，一陣悲慟，再說不出話來。

柳夫人走近他，將瓷瓶塞進他手中，隨後從懷裡又拿出另一個小瓷瓶：「我已經分了一半。過了午時，你若沒回來，我就喝下它，我們一起走。」

「你不能這麼做！」

「為什麼？」

司馬遷答不上來。他一把將妻子攬在懷中，兩人都已凍僵，身子緊貼，才漸漸有了些暖意。

良久，司馬遷才低聲道：「時候不早了，我得走了。」

柳夫人伸手替他將鬢髮抿順，柔聲道：「我很知足。」說著，眼圈又紅了。

司馬遷鼻子一酸，眼淚也滴了下來，他重重點點頭，又用力抱了一下妻子，而後低頭舉步就走。

＊＊＊＊＊

天冷，天子在未央宮溫室殿。

來到殿門前，司馬遷從懷中取出那個小瓷瓶，捏在手心，而後，振振衣襟，昂起頭，並不脫靴，直接走了進去，一陣熱氣混雜著馥郁香意，撲面而來。

小黃門見司馬遷竟然穿靴進殿，大驚，司馬遷並不理睬，昂然前行，殿中其他黃門見了，均面面相覷。

大殿正中一座方銅爐，燃著炭火，靠裡懸掛一張錦帳，半邊撩起，裡面是一張暖榻，天子正斜靠著繡枕，手裡展開一方錦書，正在讀。

司馬遷走至銅爐前，停住腳，隔著銅爐，望向天子——這個名叫劉徹、時年六十六歲、雙眼深陷、目光幽暗火燙的人。他所讀錦書恐怕正是自己寫給任安的書信。

天子聽到皮靴踏地的聲音，抬起頭，看到司馬遷，微微一愣，隨即懶洋洋道：「你來了？」

司馬遷不答言，也不叩拜。

這一生，他第一次挺直腰身，立在天子面前，並且他站著，是俯視。

劉徹竟不以為意，放下手中的錦書，又望向司馬遷，目光越發燒灼：「你的史書完成了？我猜副本裡沒有我的本紀，該刪的你也都刪淨了。那正本現在已經藏了起來。」

司馬遷聞言，不由得微微一笑。

他知道劉徹定會滿天下去搜尋史記正本，而且志在必得。但是，天下有一個地方劉徹絕不會去搜：他的陵墓棺槨。

劉徹繼位不久，便開始修建自己的陵墓——茂陵。十幾年前，樊仲子和郭公仲便開始挖掘地洞，潛入茂陵墓室，查看地形，預作準備，等待天子一死，就開始盜取其中財寶。他們得知司馬遷期望史記能在劉家王朝覆亡後再被發覺，便立即想到了茂陵。兩人將史記正本偷偷運入茂陵地洞，又挖了一條地道通到棺槨正下方幾尺處，將史記簡卷裝進一隻鐵箱，放在那裡，又將那條地道用土封死。

劉徹怎麼會想到，他死之後，會睡在史記之上？

劉徹看司馬遷笑，嘴角輕輕一撇：「孔壁《論語》我能以假亂真，讓你們盜出去傳到世上，你的史書……哼！」

司馬遷心中一刺，隨即正聲道：「你雖毀了孔壁《論語》，卻毀不掉天理公義。人可以殺，書可以毀，但只要人心不滅，公道便永世長存。孔子也不過是以自己之口講天下之理。」

劉徹猛地笑起來：「小兒之語！」

司馬遷道：「善，不論老者，還是小兒，人人都愛；惡，不論七十，還是七歲，人人都不愛。這就是天理公義。我尊你敬你，你喜；我辱你罵你，你不喜。這也是天理公義。小兒不教就懂，老人雖老不忘，這是天理公義。千年之前，人願被人愛；千年之後，人仍願被人愛，這也是天理公義。這些，你可毀得掉？」

劉徹冷笑一下，漫不經心道：「哪裡要我勞神去毀？我只要放下釣餌，自然有人爭搶著來替我毀。公孫弘是這樣，呂步舒也是這樣，張湯、杜周、減宣，各個都是這樣。過不了幾十年，只要有利祿，天下人都會這樣。」

司馬遷立即道：「你只見到這些人，你見不到天下無數人怨你、憎你。朱安世執劍獨闖建章宮，他刺殺你，不是為自己，是為孔驩、為天理公義。此後更會有張安世、李安世、司馬安世執劍來殺你，同樣不是為自己，是為天理公義！」

劉徹臉色陰沉下來：「看來你今天要做司馬安世？」

司馬遷搖搖頭：「不需我殺你，我也殺不了你，但天會殺你。你幾十年苦苦求長生，求到了嗎？」

劉徹聞言，頓時變色，坐起身子道：「這天下是我的，我雖不能長生，但我劉家子孫生生不息，這天下也將永為我劉家之天下。」

司馬遷忍不住笑起來：「禹之夏、湯之商，如今在哪裡？姬姓之周、嬴姓之秦，如今在哪裡？」

劉徹忽然得意道：「你拿他們來和我比？哼哼！他們哪裡懂御人之道？我威之以刑、誘之以利、勸之以學、導之以忠孝。從裡到外、從情到理、從愛到怕、從生到死，盡都被我掌控馴服，誰逃得出？」

司馬遷又笑道：「你為鉗制人心，獨尊儒術，忘了這世間還有其他學問，你難道沒有聽過莊子之言：『盜其國，所盜者豈獨其國邪？並與其聖知之法而盜之。』你能創制這御人之術，別人難道不能借你之道，奪你天下？」

劉徹竟然高聲讚道：「好！你說了這麼多，獨有這句說得好！這兩年我也正在尋思這件事。以你看來，該當如何？」

司馬遷道：「你貪得天下，人也貪得天下。只要這天下由你獨佔，必會有人來盜來奪。」

劉徹問道：「如此說來，此事不可解？」

司馬遷道：「天下者，非君之天下，乃民之天下。把天下還給天下，誰能奪之？」

劉徹大笑：「你勸我退位？哼哼，就算我答應，這天下該讓給誰？」

司馬遷道：「天下公器，無人該得。一國之主，乃是民心所寄、眾望所歸。既為一國之主，便該盡國主之責，勤政愛民、勸業興利，而非佔盡天下之財、獨享天下之樂。」

「我若不樂意呢？」

「你不樂意，天下人也不樂意。」

「他們不樂意，我便殺！」

「嬴政也只懂得殺。」

劉徹沉吟半晌，笑道：「說得不錯，看來我是得改一改了。不過，你必須死。」

「我知道。」

「我不能讓你這麼容易死。」

司馬遷舉起手中的瓷瓶，拔開塞子，送到嘴邊，直視劉徹道：「不需你費心，我之生不由你，我之死也不能由你。」

劉徹一怔，隨即點頭：「好！好！不錯！不錯！只是我不愛見死人，我答應你，讓你自己回家去死。」

司馬遷放下手，道：「多謝。」

劉徹道：「你離開之前，最後替我寫一篇詔書，我留著預備用。名字我已經想好，就叫《罪己詔》。我已經活不了幾年，的確如你所說，民怨太盛，下一代皇帝不好做。我就悔一下罪，讓天下人心裡舒服些。」[151]

151　據《資治通鑑》記載，征和四年（西元前八九年），漢武帝頒布《輪台罪己詔》，三月，見群臣，自言「朕即位以來，所為狂悖，使天下愁苦，不可追悔。自今事有傷害百姓，糜費天下者，悉罷之。」

＊＊＊＊＊

離開未央宮時，太陽已經高懸頭頂，眼看就到正午。

馬已被抽打著疾奔欲狂，司馬遷卻仍嫌太慢，連聲催促。

好不容易趕到家門，司馬遷立刻跳下車子，到門前狠命敲門，僕人剛打開門，司馬遷便立即問道：「夫人在哪裡？夫人可還活著？」

僕人滿臉惶惑，司馬遷一把推開他，奔進門，衝向正房，卻見柳夫人迎了出來。

司馬遷顧不得僕人在旁，一把抓住柳夫人的手，連聲道：「太好了！太好了！」

柳夫人也喜極而泣：「我幾乎要走了，但又怕你會趕回來……」

司馬遷轉頭吩咐僕人不許打擾，而後，緊牽著柳夫人的手，走進屋中，一起坐下，彼此注視，都悲喜莫名。

司馬遷伸臂攬住柳夫人，兩人相偎相依，並肩而坐。

不知不覺，坐到了傍晚，天色漸漸黑下來。

司馬遷溫聲道：「時候到了。」

柳夫人輕聲應道：「嗯。」

兩人坐直身子，各自取出小瓷瓶，一起拔開塞子。對望一眼，黑暗中面容模糊，但彼此目光都滿含繾綣、毫無懼意。

瓷瓶輕輕對碰，一聲輕微但清亮的嗚響。

二人一起舉瓶，一起仰頭喝盡，一起將瓶子放到案上。
而後，手緊緊握住、身子緊緊依偎在一起……[152]

152 司馬遷死於何時何因，至今仍是歷史懸案。

尾聲：汝心安否？

五鳳元年[153]，春。黃昏，一個青年男子獨自立在驛館客房門邊，抬頭望著庭中那棵槐樹。這青年名叫郭梵，新近被徵選為博士弟子，正要進京從學。槐樹剛發新綠，樹枝間有個鳥巢，巢裡小雀吱喳啼叫。望著那鳥巢，青年不由得笑了笑：祖母和父親都最愛槐樹，搬了幾次家，都要在院中種一棵槐樹。幼年時，父親還曾捉些小蟲子，背起他，爬到樹上，去餵小雀仔……

正在沉想，驛館門外忽然一陣吵嚷。

一個蒼老尖細的聲音道：「我聽說又有博士弟子要進京，小哥你開開恩，就讓我進去跟他說幾句。」

門值罵道：「又是你那些瘋話，哪個耐煩聽？」

「這真真實實，沒有半個字假，古文《論語》真的是一部假書！」

郭梵聽到「古文《論語》」，心裡一動，不由得走向院門邊，門外是一個老漢，六十多歲，穿著件短破葛衣，一雙爛麻鞋，白髮蓬亂，渾身骯髒，唇上頷下並無一根鬍鬚，郭梵這才明白門值為何喚他「老禿雞」。

郭梵問那門值：「他說什麼？」

門值忙解釋道：「這老兒原是宮裡黃門，有些瘋癲。一年前來到這裡，只要見到儒生，就上去說古文《論語》是一部假書！」

郭梵又向那老漢望去，老漢雖然破爛窮寒，但神色並不呆痴愚拙，看得出曾讀過書。正好自己也客中寂寞，便道：「你隨我進來，給我講講聽。」

門值勸道：「郭先生，這人滿嘴胡話——」

「我知道。」郭梵打斷了門值，喚老漢一起進到自己客房。

剛坐下，老漢便道：「古文《論語》真的是假書！」

郭梵微微一笑，示意老漢繼續。

老漢咂著嘴講起來：「那還是太始二年，到今年，已經三十八年了。那天主公帶我去石渠閣——」

「石渠閣?未央宮石渠閣？」郭梵一驚，石渠、天祿兩閣是天下讀書人夢寐之地，他已渴慕多年，如今做了博士弟子，終於可以去兩閣讀古經真卷。

老漢點點頭：「我偷偷鑽下那條秘道，被呂步舒捉住，他們把我押到蠶室……」老漢忽然停住，雙眼蒼老渾濁，滿是怨恨痛楚。

郭梵聽他說什麼「秘道」，以為真是瘋話，但看他神情，又似乎不假。等老人稍稍平復，他和聲問道：「接下來呢？」

老人用手背擦了擦老淚：「呂步舒拿出一個玉佩給我看，那是主公的家傳玉佩！是主公臨別前傳給兩個公子的。呂步舒說：『我命你做什麼，你就做什麼。稍有違抗，我先殺了司馬遷兩個兒子，再

153　五鳳：漢宣帝第五個年號，五鳳元年為西元前五七年。

殺了他們夫妻！』」

郭梵只隱約聽說過呂步舒，是前朝重臣，而司馬遷，他則欽慕已久。面前這老漢的主公竟是司馬遷！不知是真是假。他極欲往下聽，便沒有開口打斷。

那老漢嘆了口氣：「我原來是個孤兒，是主公主母救了我的性命，養我成人，我怎麼敢忘恩？怎麼敢違抗呂步舒？他命我每天去御廚房領食盒，到太液池漸台一間石室，將飯倒進室內一口井裡。起初，我不知道這是做什麼。後來，屠宰苑有個滿臉瘡疤的人，那人名叫朱安世，他偷傳給我一封主公的絹書，讓我從漸台被囚的孩子孔驩那裡，每天偷傳一句孔壁《論語》。可是漸台沒有那孩子啊？呂步舒搜走了那封信，每天給我一句《論語》，讓我傳給朱安世。朱安世毫不知情，還讓我偷送小玩物給孔驩，我不敢說破，只能接著，那些玩物都丟在漸台石室的牆角，三年下來，堆了一大堆。我愧對主公，也對不住朱安世，這樁事壓在我心裡，壓了幾十年……」

老漢竟嗚咽哭起來。

郭梵聽到「朱安世」三個字，心中一動：父親去世後，他整理遺物，發現櫃中藏著一個木盒，盒中是一束頭髮、一部帛書《論語》。他很納悶，通讀了一遍，並沒有什麼稀奇。只是讀到最後一章，見空白處歪歪斜斜寫著幾個字：

永思吾妻

永念吾兒

郭安世

字跡稚拙，如同孩童所寫，但看文句和落款，又似是郭家先祖。郭梵從未見過祖父，幼時曾問過祖母和父親，但他們頓時沉下臉，不許自己多嘴，他也就再未敢問過。現在聽到「朱安世」這個名字，他又猛然想起一件事：父親教他習字，寫到「朱」字，總要缺一撇，他後來發覺，問過父親，父親說這是避諱，紀念一位先人。至於哪位先人，父親卻不說。

郭梵正在思憶，那老漢擦乾眼淚，顫巍巍站起身，來到郭梵案前，跪了下來：「大人，孔壁古文《論語》真的是假的，你是博士弟子，求你把這件事告訴別的博士、儒生，讓天下人都知道這件事。」說著，老漢咚咚咚磕起頭來。

郭梵忙站起身，勸止道：「老人家，萬莫這樣！」

老人眼中又流下濁淚，哀求道：「你若是不答應，我就磕到死，我已經活不了多久，這事若是傳不出去，我就是死了做鬼，也不得安寧！」

郭梵不知道該如何對答，但祖母、父親一直教他敬老憐貧，他忙扶起老人，含糊答應道：「好，到了長安，我盡力而為。」

老漢重又俯身跪下，重重叩頭：「感謝恩公，感謝恩公……」

郭梵連番勸止，老漢才爬起來，滿口仍在道謝，弓著背，告別而去。

郭梵站在門邊，望著老漢蒼老背影，心中惶惑：看老人言語真切悲痛，父親又藏著那帛書《論語》，此事難道是真的？但無憑無據，自己又好不容易得選博士弟子，貿然向人說這事，不但要遭人恥笑，恐怕還會斷送仕進之途……

思忖良久，他啞然失笑：就算真的又如何？不過是一部書而已，何況已經消亡？

於是，他回身進屋歇息，獨坐片刻，心裡終還是放不下，又從囊中取出父親所藏的那部帛書《論語》，點燈誦讀。讀至其中一段對話，心中一動，不由得抬起頭，望著窗外蒼茫暮色、怔怔出神——

「於汝安乎？」

「安。」

「汝安，則為之。」

（全文完）

西漢末年，帝師張禹（？—前五）根據《魯論語》，參照《齊論語》，重新編定《論語》，號為《張侯論》，為儒生尊奉，風行於世，《齊論語》《古論語》大半失傳；

東漢末年，經學大師鄭玄（一二七—二〇〇）以《魯論語》為底本，參考《齊論語》《古論語》，編校《論語注》，世稱「鄭玄本」，三家差別就此泯滅；

三國時期，何晏（？—二四九）等人著《論語集解》，為漢以來《論語》集大成著作，是現傳最古《論語》完整注本。

本文故事基於推測

歷史真相留待考證

New Black 019

論語密碼

作者　冶文彪

堡壘文化有限公司
總編輯　簡欣彥
副總編輯　簡伯儒
責任編輯　簡欣彥
行銷企劃　曾羽彤
封面設計　周家瑤
內頁構成　李秀菊

讀書共和國出版集團
社長　郭重興
發行人　曾大福
業務平台總經理　李雪麗
業務平台副總經理　李復民
印務部　江域平、黃禮賢、李孟儒
版權部　黃知涵

出版　堡壘文化有限公司
發行　遠足文化事業股份有限公司
地址　231新北市新店區民權路108-2號9樓
電話　02-22181417
傳真　02-22188057
Email　service@bookrep.com.tw
郵撥帳號　19504465 遠足文化事業股份有限公司
客服專線　0800-221-029
網址　http://www.bookrep.com.tw
法律顧問　華洋法律事務所　蘇文生律師
印製　呈靖彩藝有限公司
初版1刷　2023年6月
定價　新臺幣520元
ISBN　978-626-7240-59-5
978-626-7240-63-2（Pdf）
978-626-7240-64-9（Epub）

本著作物由北京閱享國際文化傳媒有限公司獨家代理，由讀客文化股份有限公司授權出版中文繁體字版本。

國家圖書館出版品預行編目（CIP）資料

論語密碼／冶文彪著. -- 初版. -- 新北市：堡壘文化有限公司出版：遠足文化事業股份有限公司發行, 2023.06
面；　公分. -- (New black ; 19)
ISBN 978-626-7240-59-5（平裝）
857.81　　112007154